Thomas Glavinic

# DER JONAS-KOMPLEX

Roman

S. FISCHER

Thomas Glavinic wurde während des Jahres 2015 für dieses Werk von der Guntram und Irene Rinke Stiftung im Rahmen des Projekts TAGEWERK-Reihe unterstützt.

GUNTRAM
UND IRENE
RINKE
STIFTUNG

FSC
www.fsc.org
MIX
Papier aus verantwortungsvollen Quellen
FSC® C083411

Erschienen bei S. FISCHER



Satz: Katja von Ruville, Frankfurt am Main
Druck und Bindung: CPI books GmbH, Leck
Printed in Germany
ISBN 978-3-10-002464-0

*Für Stani*

# WIEN

Wer wir sind, wissen wir nicht. Beim letzten Durchzählen kam ich auf mindestens drei Personen, die jeder von uns ist. Erstens die, die er ist, zweitens die, die er zu sein glaubt, und drittens die, für die ihn die anderen halten sollen.

Als ich aufwache, geht es mir so elend, dass ich mit keinem der drei etwas zu tun haben will.

Ich bin zu Hause. Im Fernseher läuft das Neujahrskonzert. Ohne Ton. An der Wand hat sich jemand Notizen gemacht. Überall im Zimmer liegt Geschenkpapier. Neben mir liegt eine Frau. Ich kenne sie. Sie heißt Ina. Ich frage mich bloß, was sie da macht. Immerhin hebt und senkt sich ihr Brustkorb.

Ich versuche mich an den Sex zu erinnern. In meinem Gehirn, oder was ich dafür halte, finde ich keine Bilder davon. Vielleicht besser so.

Ich erlaube mir eine kurze Zimmerinspektion. Dem Zustand meiner Kleidung nach hatte ich eine verlustreiche Auseinandersetzung mit einem Autobus. Die Konföderiertenflagge in der Vase mit der undefinierbaren Flüssigkeit verbreitet eine gewisse Revolutionsstimmung, die mir unlieb ist. Aus den Notizen an der Wand werde ich erst recht nicht schlau, es geht um irgendeinen Bären und einen Peter. Die Schrift erinnert mich an meine.

Mir ist dieses Jahr schon jetzt nicht ganz geheuer.

Als ich meinen Körper nach Anzeichen von Gewalt absuchen will, läutet es an der Tür. Eine Sekunde Pause, dann wird wieder geläutet. Und das dritte Läuten hört gar nicht mehr auf. Es hört einfach nicht mehr auf. Es läutet. Es läutet. Es läutet. Es läutet. Es läutet. Es läutet.

Vor der Tür steht entweder

a) der Wahnsinn oder

b) die Polizei.

Panisch suche ich nach meinen Koksvorräten. Dass ich keine finde, beruhigt und ärgert mich gleichermaßen. Dann hört das Läuten auf. Also war es die Polizei. Der Wahnsinn hört nämlich nie auf.

Ina hat sich nicht gerührt, sie ist demnach entweder taub oder doch tot.

Am Stil der Frauen, neben denen ich aufwache, kann ich gut ablesen, wie schlimm der Abend davor gewesen ist. Ihr Äußeres, im angezogenen Zustand freilich, dient mir als Indikator für die Heftigkeit meiner Umtriebe. Am Haken über dem Fernseher hängt Inas Fransenlederjacke. Wenn Ina nicht einiges an Herz, Verstand und Hemmungslosigkeit zu bieten hätte, wäre ich jetzt allein hier. Oder wer weiß, wer dann erst da drüben im Bett taub oder tot wäre.

Ina schnarcht. Ich ziehe mein blutiges Kopfkissen ab und werfe es zur Schmutzwäsche, dabei stolpere ich über einen Motorradstiefel. Er ist ziemlich lädiert.

Alles in allem muss ich einräumen, dass es Jahre gab, die einen Tick eleganter begonnen haben.

Überhaupt interpretieren manche Menschen in den 1. Januar zu viel hinein. Sie sagen, so wie der erste Tag wird das ganze Jahr. Als ob der Rest des Jahres etwas für den Anfang könnte. Außerdem brauche ich nicht den ersten Tag, um zu wissen, wie dieses Jahr wird. Dieses Jahr ist die logische Fortsetzung des vergangenen. Die Stimmung bleibt dieselbe. Es liegt etwas in der Luft, schon seit einigen Jahren, das sich nun mehr und mehr verdichtet. Die Neunziger waren hell, und da, wo sie dunkel waren, waren sie prickelig dunkel. Im ersten Jahrzehnt des neuen Jahrhunderts ging es mit uns bergab. Wir wollten es noch nicht wahrhaben, wir hatten auch noch Restlicht von früher. In diesem Jahrzehnt nun sind wir angekommen, wo wir hingehören. Die Dunkelheit ist da.

In der Kochnische nehme ich das Morgenmüsli zu mir. Es besteht aus einem Antidepressivum, weil ich mich ohne die regelmäßige Einnahme dieses Mittels aus dem sechsten Stock stürze, einem Phasenprophylaktikum, weil ich ohne die regelmäßige Einnahme dieses Mittels andere aus dem sechsten Stock stürze, einem Antibiotikum, weil ich Angina habe, einer Magnesiumtablette wegen der nächtlichen Krämpfe in den Beinen, die eine Folge übermäßigen Alkoholkonsums sind, sowie einiger Vitamintabletten, weil ich gesund leben möchte.

Heute ergänze ich mein pharmakologisches Menü durch zwei Schmerztabletten, für Hals, Nase und Schädeldecke. Überdies schlucke ich zwei Xanor, das Beruhigungsmittel meiner Wahl, weil mir wegen des unkontrollierten Konsums stimmungsverändernder Substanzen die Panik bereits auf den Fersen ist.

Diese Angstattacken kommen selten aus dem Nichts, und dank meiner Routine kann ich sie gewöhnlich mit Benzodiazepinen abfangen. Wenn ich den *point of no return* versäume und die Pillen zu spät einnehme, sitze ich eine Stunde lang zitternd in einer Ecke, und über mir bricht die Welt zusammen. Selbst wenn die Panik verschwindet, bleibt die Selbstanklage, laut oder leise, bewusst oder als Hintergrundrauschen.

Um es klar zu sagen: Xanor ist meine *last line of defense*.

Ich esse eine Banane, wegen der Gesundheit, und mache mir Kaffee. Die Espressomaschine dröhnt wie ein Schlagbohrer, aber zumeist wachen meine Gäste davon nicht auf, vermutlich sind sie zu betäubt, wer geht denn auch nüchtern mit einem wie mir nach Hause.

Mir wäre es lieber, eine separate Küche zu haben. Schlafzimmer, Wohnzimmer, Arbeitszimmer und Küche sind derselbe Raum. Das liegt daran, dass ich mir keine größere Wohnung leisten kann. Ich verdiene nicht schlecht, aber ich habe ein lockeres Händchen mit Geld. So würde ich es nennen. Ich kenne allerdings Leute, die haben eine andere Interpretation der Sachlage und sprechen von kostspieligen Hobbys und aufwendigem Lebenswandel

Eigentlich drücken sie es gnadenloser aus, doch Unterschied macht das keinen. Ich bin ständig pleite, dafür hat mein Dealer einen Porsche in der Garage.

Mit meinem Kaffee setze ich mich an den Schreibtisch. Das Handy liegt da. Immerhin liegt es hier und nicht in irgendeiner Kaschemme. Ich werde es trotzdem nicht anrühren, zumindest nicht, solange ich keine Ordnung in meine Erinnerung gebracht habe. Ich kann mir schon vorstellen, wem ich wieder geschrieben und was für Fotos ich verschickt habe. Die Reaktionen kommen zumeist am Morgen, und wenig überraschend sind nicht alle so positiv, wie ich mir nachts noch gedacht hatte.

Am Vorabend, dem 31. Dezember, hatte ich eine Lesung. Das hat sich ungefähr abgespielt wie folgt:

16.00: Ich begebe mich ins *Café Anzengruber*, um mich zu stärken. Ich schäkere mit den Kindern der Wirtsleute und diskutiere mit Tomy, dem Chef, das Lotterleben eines anderen Stammgasts. Von Zeit zu Zeit kommen irgendwelche Galgenvögel auf ein Bier herein. Sie bestellen, reden drei Minuten über dies und jenes, zahlen und gehen. Ich frage mich, ob die das in jedem Lokal der Schleifmühlgasse machen.

17.00: Es gesellen sich mehr und mehr Bekannte und Freunde hinzu. Mehr als einen anderen Menschen auf einmal ertrage ich schwer. Ein Weißer Spritzer könnte die Situation entspannen. Ich vertrage mehr Weiße Spritzer als Menschen.

17.05: Ich habe verinnerlicht, dass angesichts des Menschenauflaufs ein Weißer Spritzer zu wenig ist, und bestelle noch einen.

17.10–18.00: Die Bestellung wiederholt sich mehrfach. Die vielen Menschen machen mir nichts mehr aus.

18.20: Um diese Zeit ist Friedrich mit dem Fuß, der Koksdealer vom Stephansplatz, am Naschmarkt anzutreffen. Ich verlasse das Lokal für fünf Minuten, kehre zurück, verschwinde auf der Toilette, fühle mich endgültig der Situation gewachsen.

18.30: Es erscheint mein Anwalt und Freund Werner Tomanek,

einer der besten Strafverteidiger des Landes, wenn nicht der beste, und nebstbei Erfinder der Schweineblutspritzpistole gegen islamistische Attentäter. Wir trinken einige Magenbitter und machen uns auf den Weg in das sri-lankische Lokal, in dem die Lesung stattfindet.

19.00: Ankunft. Werner und ich, beide kahlköpfig und robust, werden angestarrt.

19.05: Toilette.

19.10: Mit Werner und dem Wirt Umtrunk im Backstage-Raum (Küche).

19.50: Toilette.

20.05: Beginn der Lesung. Angelika Hager moderiert. Zum Glück ist sie eine langjährige Freundin von mir, kennt mich entsprechend gut und stellt ihre Fragen langsam.

21.00: Pause. Toilette.

21.15: Fortsetzung der Veranstaltung. Ein Zwischenrufer wird vom überdies stets bewaffneten WingTsun-Kämpfer Werner ohne großes Federlesen zum Schweigen gebracht.

22.00: Ende der Veranstaltung. Toilette. Trinken. Ich bekomme Wallungen und knöpfe mir das Hemd auf.

22.30: Ich Trottel gebe in diesem Zustand auch noch ein Interview fürs Radio.

23.30: Übersiedelung ins *Otto e mezzo*. SMS mit guten Wünschen für 2015 werden versendet.

Ca. 0.00: Werner und ich begrüßen das neue Jahr mit Spirituosen.

Irgendwann zwischen 1.00 und 5.00: erfolgreicher *booty call*.

Ich klappe das Notebook auf. Bevor ich meine Mails abrufe, lese ich Nachrichtenseiten. Die Spitzenmeldung neben der Silvesterberichterstattung handelt vom abgestürzten Airbus der AirAsia. Wrackteile davon sind aus der Java-See geborgen worden.

Gierig suche ich auf anderen Nachrichtenportalen nach mehr Informationen. Ich bin von Flugzeugabstürzen besessen. Ich kenne fast alle. Zumindest die Abstürze von Verkehrsmaschinen. Ich schaue

nämlich jede Folge von *Mayday – Alarm im Cockpit*. Eine lehrreiche Sendung, und wenn man Flugangst hat, ist sie besonders aufregend.

Nun wage ich mich auf meine Facebook-Seite.

*Danke an alle Frauen, die 2014 mit mir geschlafen haben.*

Kommentar Nummer 1: »Bei der einen, die sich erbarmt hat, hättest du dich auch persönlich bedanken können.«

Es muss endlich jemand den Alkomaten für Elektronikgeräte zum Patent anmelden. Ich träume von einem Computer, den ich nur bedienen darf, wenn ich ihm zuvor alkoholfreien Atem in irgendeine USB-Öffnung gehaucht habe. Und von einem Handy mit derselben Funktion. Die Welt wäre weniger bunt, aber mein Leben um einiges einfacher.

Mein Handy läutet. Damit Ina trotz Taubheit nicht aufwacht, hechte ich ins Badezimmer und drücke sanft die Tür zu. Es ist nicht so, dass mir Inas Schlummer so wichtig wäre, obwohl ich ein rücksichtsvoller Mensch bin, mir geht es mehr um meine Privatsphäre, die ich gerade morgens dringend gewahrt sehen muss. Wenn Ina aufwacht, beginnt sie sich unter Garantie auszubreiten, sie geht herum und redet und ist da, und ich ertrage in der Früh niemanden, der herumgeht und redet und da ist, es sei denn, es wäre eine Frau, die ich liebe und die mich liebt, aber so eine ist schon seit einer Weile nicht aufgetaucht.

Else ist es, die anruft. Ich melde mich flüsternd.

»Kannst du nicht lauter reden?«

»Besuch.«

»Wer denn schon wieder?«

»Ist doch egal, was gibt's um die Zeit?«

»Na, noch einmal gratulieren wollte ich dir!«

»Danke.« Ich lausche hinaus, doch es rührt sich nichts.

»Ich weiß, ich sollte das gerade heute nicht …«

»Sag schon.«

»Es geht um deine Kreditkartenabrechnung.«

Aus Gründen der Paranoia bin ich noch immer bei ihr angemel-

det, weswegen alle Post an ihre Adresse geschickt wird. Darüber hinaus hat sie auch nach unserer Trennung die Obergewalt über meine Finanzen, sie tätigt alle Überweisungen für mich, sie bewahrt die TAN-Briefe auf, ich brauche mich um nichts zu kümmern. Ich vertraue ihr vollkommen.

Natürlich entlohne ich sie für ihre Arbeit. Genau genommen überweist sie sich selbst Geld von meinem Konto dafür, dass sie Geld von meinem Konto an andere überweist.

»Da ist eine Hotelrechnung von 760 Euro aus Berlin, das verstehe ich überhaupt nicht. Die Übernachtung hat doch Karin bezahlt!«

»Hat sie ja auch. Das waren die Extras.«

»Welche Extras? Hast du dir Koks aufs Zimmer bringen lassen?«

Ich unterdrücke einige naheliegende Beleidigungen. Ich schätze die Wahrscheinlichkeit, von der Polizei abgehört zu werden, auf fünfzig Prozent, und das weiß sie, sie vergisst es nur immer wieder.

»Sehr witzig!«, sage ich in einem Ton, den sie versteht. »Als ob ich Drogen nehmen würde!«

»Entschuldige. Ja, stimmt. Aber welche Extras waren das?«

»Zimmerservice.«

»700 Euro für Zimmerservice? Hast du dir einen Rasenmäher bestellt?«

»Was weiß ich … zwei Flaschen Wodka, ein paar Flaschen Wein, Zigarren, das Hotel ist eben nicht ganz billig.«

»Wieso bringt dich Karin in so einem teuren Hotel unter?«

»Das war ein Geschenk!«

»Ein Danaergeschenk!«

»Also bitte, das war nett von ihr! Welche Agentin schenkt einem zum Agenturjubiläum eine Übernachtung in einem Nobelhotel?«

»Eine, die nicht zurechnungsfähig ist oder dich nicht kennt. Wer dich kennt und mag, schenkt dir einen Monat in der Betty-Ford-Klinik. Du musst dich wirklich einkriegen. Pause machen.«

Sie hat recht, ich muss mich einkriegen und Pause machen. Aber ich habe mich vom Tag meiner Geburt an noch nie eingekriegt, und wovon soll ich Pause machen, vom Leben? Ich kann mich ja nicht in

Kryostase versetzen. Das Leben ist ständig um mich herum oder tobt aus mir heraus, und wie es tobt, kann ich nicht beeinflussen.

»Wie geht es dem Kind?«, erkundige ich mich.

»Hervorragend geht es ihm! Hat gerade einen Freund hier.«

»Könntest du mir bitte neue Rezepte organisieren?«

»Natürlich«, sagt sie, wobei sie dem *ü* mindestens fünf weitere folgen lässt, wodurch dieses an sich zustimmende Wort einen kritischen Charakter bekommt.

Else hat den besseren Draht zu unserer Hausärztin, deswegen besorgt sie regelmäßig neue Rezepte. Die Ärztin nennt Else die »Mutter Teresa unter den Exfrauen«.

Nachdem wir besprochen haben, welche Tage der kommenden Woche das Kind bei mir verbringt, lege ich auf und schleiche hinaus. Ich nehme noch ein Xanor.

Ich lese meine SMS. Neben einigen Gratulationen massenhaft Neujahrsgrüße. Ein paar Nachrichten, denen man an Uhrzeit und Grammatik anmerkt, in welchem Zustand die Verfasser gewesen sind.

Eine SMS von Daniel: *Morgen esse ich mit Salman zu Abend.*

Als ich mich im Bad ausziehe, entdecke ich allerhand obszöne Zeichnungen, die mir irgendein Trinkkumpan mit Edding auf den Oberkörper gemalt hat. Die Geschwindigkeit, mit der Säufer regredieren, war mir schon immer unheimlich.

Ich verzichte auf Versuche, die Kunstwerke wegzurubbeln. Nach der Dusche putze ich mir die Zähne, dann tappe ich in der Hoffnung, Ina noch schlafend anzutreffen, zurück ins Wohn-, Schlaf- und Arbeitszimmer.

Meine Hoffnung wird nicht erfüllt. Ina sitzt nackt im Bett, steckt ihre Ohropax in eine Dose, zieht an einer Zigarette und will Sex. Im Moment bin ich auf Sex so scharf wie auf drei Stunden Ringelreihen, aber das wird ihr nicht beizubringen sein.

Ich lege mich zu ihr. Sie bläst mir einen. Ohne entscheidenden Durchbruch. Irgendwie schaffen wir es dann doch. Während ich in einem etwas verkrampften Rhythmus in sie hineinstoße, schwitze

ich, ich schwitze Schnaps und Koks. Es ist nicht das erste Mal, dass ich mich beim Sex frage, wieso um alles in der Welt ich gerade Sex habe.

Nachdem sie gekommen ist, wobei sie sich wer weiß was vorgestellt haben muss, rolle ich von ihr herunter und mache die Augen zu. Ich höre, wie sie an der Espressomaschine hantiert. Ich weiß, ich sollte ihr Kaffee machen, aber ich kann nicht. Mein Herz hämmert von der Anstrengung, und das Gewackel hat die Kopfschmerzen nicht eben gelindert. Ich hoffe, sie ist nicht gekränkt, ich mag sie nämlich wirklich gern.

»Gehen wir frühstücken?«

Ich tue so, als hätte ich nichts gehört. Sie verschwindet im Bad.

Ich versuche meine Gedanken auf etwas Erfreuliches zu richten. Den heutigen Tag habe ich immerhin für mich. Das ist ja schon was. Aber morgen steht wieder ein Termin im Kalender, den ich nicht absagen kann und der mit Sicherheit übel enden wird. Ich halte es unter Menschen nicht aus, ohne zu trinken. Sie verbreiten so viel Unruhe. Ich muss diese Empfindungen dämpfen, sonst fahre ich aus der Haut.

Also morgen wieder. Zuerst Kaffee mit Ela, das ist nett. Danach habe ich eine Besprechung mit zwei Opernmenschen, die von mir ein Libretto wollen, und ich habe schon am Telefon gemerkt, was für Nervensägen das sind.

Vielleicht schaffe ich es wenigstens, keine Drogen zu nehmen und nur beim Alkohol zu bleiben. Ohnedies gibt es kein Geld für Koks, das Konto ist gesperrt. Obwohl. Die VISA-Card. Die müsste noch funktionieren.

Als Ina aus dem Bad kommt, fällt mir ein, dass ich ja für spätabends mit Helen ausgemacht habe, gemeinsam *The Walking Dead* anzusehen. Ein Lichtblick. Helen ist noch keine dreißig, aber schon eine tolle Schriftstellerin, und es ist auch ziemlich toll, mit ihr zu schlafen. Genau das machen wir eigentlich immer, wenn wir ein paar Folgen *Walking Dead* hinter uns haben, als ob die Zombieapokalypse

in uns die Lebensgier wecken würde. Das bedeutet ferner, dass ich heute vermutlich auf Koks verzichten werde, denn Koks hat Nebenwirkungen. Und vor die Wahl gestellt, mit Helen zu schlafen oder neben ihr mein Nasenbluten zu stillen, wähle ich den Sex.

Eigentlich habe ich es immer vermieden, etwas mit Schriftstellerinnen anzufangen. Man weiß nie, was die danach daraus machen. Zumal Helen ihrerseits ja sagt, ich dürfe über sie schreiben und sogar über unseren Sex, sie vertraue mir vollkommen. Natürlich würde ich darüber nie schreiben, frage mich jedoch, wie das umgekehrt aussieht. Jedenfalls finde ich, man muss die Sexpartner, über die man schreibt, entweder vorher um Erlaubnis fragen oder sie gleich erfinden.

»Was ist jetzt mit Frühstück?«, fragt Ina.

Im Treppenhaus begegnen wir meiner dementen Nachbarin. Wenigstens trägt sie ihren verschlissenen Morgenmantel und Hauspantoffeln aus den Siebzigern, das ist mehr als beim letzten Mal. Sie scheint etwas zu suchen. Zwar erkennt sie mich nicht, lässt sich aber dennoch von mir zurück in ihre Wohnung geleiten, zu der ich einen Schlüssel habe, ausgehändigt von ihrem Enkel, der wenig Lust zeigt, sich in die Betreuung seiner Verwandten einzubringen.

Ich dirigiere die alte Frau zur Couch, suche ihr Kuscheltier, finde den klebrigen Elefanten mit dem einen Auge schließlich im Backofen und drücke ihn ihr in die Hand. Kurz glaube ich ein Zeichen von Erkennen in ihren Augen zu sehen.

Sie fragt nach ihrer Schwester und nach jemandem, der bislang noch nicht Gegenstand unserer Unterhaltungen war. Ich lege eine Platte von Mario Lanza auf, die sie beruhigt. Zuletzt kontrolliere ich, ob der Herd ausgeschaltet und die Badewanne leer ist.

»Bist du mit der verwandt?«, fragt Ina, während wir auf den Lift warten.

»Leider nicht.«

»Wieso leider?«

»Weil das eine großartige Frau ist.«

»Viel ist von der Armen ja nicht übrig.«

Ich sage nichts.

»Kennst du sie besser?«

»Ein bisschen.«

Ich mag mit Ina nicht teilen, was mir diese Frau erzählt hat, als sie noch halbwegs wach war. Ich habe einige Nachmittage bei ihr verbracht. Kaffee machen konnte sie nicht, aber wenn sie redete, sah man ihre Mutter oder das Haus ihrer Kindheit oder ein Lager plastisch vor sich. Ich habe ihr damals versprochen, dass ich ihre Geschichte für mich behalten werde, obwohl ich finde, jeder sollte wissen, wie diese Frau zu der tätowierten Nummer an ihrem linken Arm gekommen ist. Aber sie wollte es nicht.

Der Lift in meinem Haus war in seinem früheren Leben garantiert Polizist oder Justizvollzugsbeamter. Er handelt vollkommen nach eigenem Gutdünken, und einige seiner Macken sind furchteinflößend. Jetzt etwa schließt er die Tür, macht jedoch keine Anstalten, hinunterzufahren oder die Tür wieder freizugeben.

Ina beginnt zu zittern. Sie ist klaustrophob. Ich taste meine Taschen nach Xanor ab, finde jedoch nur eine zerbröselte Zigarette, was bei einem Nichtraucher bemerkenswert ist. Die Tür öffnet sich wieder. Warum auch immer.

Ina rennt nach unten, als stünde das Haus in Flammen. Ich folge ihr und bekomme die nächste Schwitzattacke.

»Dieser Scheißlift!«

»Ja, er ist gewöhnungsbedürftig.«

»Nie wieder! Nie wieder steige ich da ein!«

»Ist okay.«

Ihre Hand liegt auf der Klinke der Haustür, doch anstatt aufzumachen, mustert sie mich. Etwas geht in ihr vor. Sie scheint ihre Gedanken zu sammeln.

»Weißt du eigentlich noch, was du heute Nacht am Telefon alles gesagt hast?«, fragt sie.

Das weiß ich nicht im Geringsten, und das gebe ich freimütig zu.

»Du hast von Thailand geredet. Und dass du mit mir hinfliegen willst.«

Das hört sich nicht unplausibel an. Ich will ständig nach Thailand. Aber ich will nicht mit einer Frau nach Thailand, die Fransenlederjacken trägt. Das habe ich gestern offenbar nicht bedacht. Wenn ich betrunken bin, werde ich rührselig, und wenn ich eingekokst bin, werde ich geil. Diese Kombination bringt immer wieder aufs Neue Probleme in mein Leben. Und auch in das anderer.

»Manchmal weiß ich echt nicht, was du von mir willst«, sagt Ina.

Ein Taxi fährt vorbei. Sie hält es auf und ist so schnell darin verschwunden, dass ich keine Gelegenheit habe, sie zurückzuhalten oder mich wenigstens zu verabschieden.

Ich wundere mich nicht, ich kenne ihre Art. Ich schreibe ihr eine SMS, in der ich mich für die schöne Nacht bedanke. Ich will nicht, dass sie mit einem schlechten Gefühl nach Hause fährt.

Und was jetzt? Jetzt schon anfangen? Was ist mit den guten Vorsätzen?

Na ja, warum nicht. Aber aufpassen! Auf alle Fälle für Helen fit bleiben! Mit ihr wegen zu viel Koks nicht schlafen zu können wäre ungefähr so dumm, wie eine Reise nach New York nicht antreten zu können, weil man sich den Magen bei McDonalds verdorben hat.

Während ich mich Richtung *Café Rudi* quäle, den Kokainkater wieder als Alpdruck im Hinterkopf, denke ich über die Art meiner Beziehungen zu Frauen nach. Ich kann sie nicht mehr definieren.

Also die mit Ina schon, die sogar sehr leicht. Bei der zu Helen etwa wird es schwieriger. Wir haben Sex, wir trinken, wir haben Sex, wir trinken, all das so lange, bis wir uns lieben. Nach ein paar Tagen Innigkeit meldet sich einer von beiden zwei Wochen lang nicht.

Alles ist lose. Wir leben allein mit anderen. Keiner ist mit jemandem fest zusammen, jeder hat ein paar Menschen, mit denen er ab und zu ins Bett geht. Ich weiß nicht, ob dieses Modell eine Erscheinung unserer Zeit ist, und ich glaube nicht, dass ich mich daran gewöhnen möchte.

Im *Café Rudi* hängen nur Schnapsleichen herum. Gegen die Leute, die hier an der Theke am 1. Januar aufgereiht sind, bin ich in einem hervorragenden Zustand. Das gedenke ich jedoch bald zu ändern. Heute darf ich ja. Dass es für mich ein spezieller Tag ist, weiß zum Glück so gut wie niemand, also sollte er nicht eskalieren.

Mein Handy läutet.

Auf dem Display lese ich entsetzt:

DSCHINGIS KHAN

# WIEN

Neben mir schläft das Kind. In meiner Wohnung gibt es für ein zweites Bett keinen Platz. Was mir in diesem Fall nur recht ist. Ich liebe es aufzuwachen, und da liegt es. Einen schöneren Anblick kenne ich nicht.

Ich lausche seinem weichen, regelmäßigen Atem. Eigentlich müsste ich zur Toilette, doch ich will es nicht wecken.

Ich betrachte sein Gesicht. Früher war es noch ein wenig zarter. Die Zeit schreibt sich in seine Züge. Aber es hat noch immer einen unbeschwerten Ausdruck, schlafend wie wach. Ich hoffe, dass das so bleibt. Möglichst lange. In seinem Alter haben viele Kinder schon diese dunklen harten Augen und diesen verletzten Blick. Hoffentlich kriegt meines den nie.

Es gähnt und streckt sich, zwinkert, sieht mich, lächelt, schlingt den Arm um mich und schläft wieder ein.

Ein Gefühl, das zu beschreiben nutzlos wäre. Wer ein Kind hat, versteht es. Wer keines hat, kann es sich nur ungefähr vorstellen.

Ich schmiege mich vorsichtig an das Kind. Tagsüber ist es aufgekratzt und wild, man kann keine Zärtlichkeiten abstauben. Morgens, wenn es erst langsam in den Tag gleitet, kann man es überlisten und sich ein paar Minuten Kuschelei stehlen.

# MÜNCHEN

Etwas verstört sehe ich der Frau zu, mit der ich heute Nacht Sex hatte und deren Name mir entfallen ist. Sie trippelt in meinem Hotelzimmer herum und beschnuppert meine Wäsche.

Das geht seit Minuten so. Sie sucht die Kleidung, die ich gestern getragen habe und die nicht einfach zu finden ist, weil wir beim Heimkommen, falls man das bei einem Hotelzimmer sagen kann, uns quasi stehend ausgezogen haben, also in großer gieriger Sexualhast, weswegen alles im Zimmer verstreut ist. Vorhin hat sie ein T-Shirt vom Vorabend erwischt und daran geschnuppert, dann hat sie am Pullover geschnuppert, jetzt ist ihr eine Socke untergekommen, und sie schnuppert. Ich schaue ihr zu und sage lieber nichts.

In den vergangenen Monaten hat sich die Zahl meiner Konfrontationen mit psychisch auffälligen Menschen nach der Fibonacci-Folge entwickelt.

Ich weiß, mein Anwalt sieht im Anblick einer an Wäsche schnuppernden Nackten nicht viel mehr als ein ganz normales Symptom meines kleinen Lifestyle-Problems, aber mir wird das langsam zu viel.

Was ist mit den Leuten los? Kann man sich nicht normal benehmen? Muss es Wahnsinn sein? Und muss der Wahnsinn ausgerechnet mir ins Haus geliefert werden?

Hier stimmt etwas ganz und gar nicht. Ich muss etwas unternehmen. Ich weiß bloß nicht, was.

Wie ist es überhaupt schon wieder so weit gekommen?

Gestern früh holt mich mein Anwalt zu Hause ab. Er ist strahlender Laune, denn er hat in den Tagen zuvor einen Unschuldigen her-

ausgepaukt, einen Mörder zum Totschläger gemacht und einen Totschläger zum fahrlässigen Todesfolger. Er hat seit seiner frühen Jugend ein kritisches Verhältnis gegenüber Amtsträgern und anderen Autoritäten und hält Widerstand gegen die Staatsgewalt nicht für ein Delikt, sondern für einen Beruf, und zwar weitab jeder Sozialromantik. Es mag nicht den Eindruck machen, aber Menschen mag er.

Im Café um die Ecke trinken wir ein paar Gläser. Er sieben, ich drei. Auf dem Weg zum BMW wird Werner von jemandem angerempelt, ein bemerkenswertes Schauspiel, denn Werner ist zwar einen Kopf kleiner als ich, jedoch so stark und breit wie ein Lastwagen. Er hilft dem Gestürzten höflich auf.

Über die Westautobahn nach München. Wie üblich muss ich fahren, das faule Schwein schnarcht neben mir. Mein Lebtag habe ich nie einen Menschen so schnarchen gehört, das waren nur großkalibrige Tiere.

Und wie tief der schläft! Ich fahre 250, er schläft. Ich lege wegen eines schleichenden Linksspurungarn eine Notbremsung hin, er schläft. Ich drehe die Musik so laut, dass beinahe das Dach abhebt, er kuschelt sich wohlig in seinen beheizten Sitz, und sein Schnarchen übertönt David Bowie. Nur wenn er das Rascheln meiner Zeitung hört, ist er gleich wach.

Fahrtunterbrechung an einer Raststätte. Ich esse eine Suppe, mein Anwalt isst eine Suppe und zwei Hühner. Fünf große Schnäpse zum Nachtisch. Wir fahren weiter, er schläft nach wenigen Sekunden ein. So etwas habe ich noch nicht erlebt. Hätte ich nicht das Auto zum Spielen, mir wäre langweilig. Ich fahre und grüble, fahre und grüble.

Wir checken im Hotel ein. Stärkung an der Hotelbar, mein Anwalt trinkt derzeit nur Schnaps. Zuerst die Lesung, kein Honiglecken, weil sie vor zweihundert Schülern stattfindet, von denen nicht alle freiwillig erschienen sind, und bei solchen Veranstaltungen muss man immer gegen eine gewisse Unruhe anlesen.

Nach dem Abendessen beim Italiener mit Werner ab zum Konzert von Arcade Fire. Das ist so großartig wie alle, die ich von ihnen

gesehen habe. Ich finde, Arcade Fire ist die beste Live-Band der Welt. Da stehen acht, neun Menschen auf der Bühne, und bei jedem von ihnen wirkt es, als würde er mit seinem Instrument *ficken*. Sie wirken, als würden sie nur durch unsichtbare Fesseln daran gehindert, in ihr Publikum zu laufen. Es zu überrennen. So viel Energie. Und die kriegen wir. Wenn der rothaarige Typ in seine Trommel hineinprügelt und ins Mikrophon schreit, habe ich das Gefühl, etwas ganz Neues zu sehen. Und ich sehe fast nie Neues.

Außerdem erinnert mich die ganze Truppe frappant an die Familie Cullen aus Twilight.

Nach dem Konzert sind Werner und ich beinahe nüchtern. Wir ändern diesen Zustand im *Schumann's*, wo wunderschöne Frauen herumsitzen, die mich leider nicht ansprechen.

Ich warte immer darauf, dass die schönen Frauen mich ansprechen. Ich spreche nie sie an. Die werden sowieso dauernd angesprochen, und mit meinem Gestammel werde ich sie nicht genügend beeindrucken.

In der Hotelbar werden die Bilder langsam dunkler. Mein Anwalt erzählt mir ausführlich, dass er nach seinem Tod ausgestopft werden möchte. Von diesem van Dings. Er will mit einer Zigarette in der einen und einem Glas in der anderen Hand in einer Ecke stehen, in seiner Brust soll eine Tür angebracht sein, und wenn man die öffnet, findet man eine beleuchtete Hausbar vor. Außerdem will er bei seiner Witwe gelagert werden, und wenn sie Sex mit einem anderen hat, beginnt er zu knurren.

Dann kam irgendwo die Frau her. Die, die jetzt gerade an meinem Mantel schnuppert. Ich hätte mir gleich denken können, dass mit der etwas nicht stimmt, denn einer ihrer ersten Sätze an unserem Tisch war: »Ich bin gestern im Traum mit einem Hund spazieren gegangen, der vorne tot war.«

Die Erleuchtung. Jetzt und hier. Neben der Duftfetischistin. Ich werde mich in dem Sanatorium anmelden, von dem mir eine junge Frau erzählt hat.

In diesem Sanatorium bleibt man drei bis sechs Monate. Man hat

jeden Tag Therapiestunden, nicht mal Bier zum Essen ist erlaubt, und nach der Zeit dort ist man zwar nicht geheilt, denn von Kokain und Alkoholismus kann niemand geheilt werden, das bleibt einem für immer, wie ein Virus, der im Körper schlummert und jederzeit ausbrechen kann. Aber man hat gelernt, mit der Sucht umzugehen. Und mit ein wenig Glück und einiger Disziplin hat man die Sache weitgehend hinter sich.

Drei bis sechs Monate in so einer Anstalt klingt nach Horror. Einzeltherapie und Gruppentherapie. Ich in einer Gruppentherapie, da werde ich schnell meinen Anwalt brauchen. Aber was sich da vor mir präsentiert, die schon am nächsten Kleidungsstück schnuppernde Wahnsinnige, dazu das Verlangen nach Rausch, nach irgendeinem Rausch, der die Angst vertreibt, das ist auch Horror. So kann das nicht weitergehen.

Im Nachbarzimmer schnarcht Werner, das Schlachtschiff. Die Frau ist mit der Wäsche fertig. Ich nehme mein Tablettenmüsli zu mir, suche meine gekaperte Kleidung, ziehe mich an und verdrücke mich Richtung Frühstücksraum, als die Frau unter der Dusche steht.

Die Serviererinnen sind schon dabei, das Buffet abzuräumen. Ich versuche es mit meinem niedlichsten Hundeblick, aber offenbar gelingt mir der mit suffgeschwollenen Backen und Schweinsaugen nicht überzeugend genug. Gerade ein weichgekochtes Ei und zwei Stück Brot kann ich den ordnungsgierigen Pranken der dicken Oberserviererin entreißen.

Ich setze mich in die hinterste Ecke und checke am Handy meine Nachrichten. Eine liebe SMS von Helen, eine nette von Daniel, eine von David Schalko, der nicht ganz nüchtern gewesen zu sein scheint, eine von Stefan Beuse, dem es offenbar ähnlich ging, eine kuriose von Ela und eine von Dschingis Khan, der aufgewacht ist und wissen will, wo ich stecke.

Ich habe einige Male miterlebt, wie es einen arglosen Tischgenossen geradezu vom Stuhl gehoben hat, wenn mein Handy klingelte und auf dem Bildschirm das Bild des Führers erschien, unter

dem auch folgerichtig der Name Adolf Hitler stand. Diese Zwischenfälle führten mehrfach zu Missverständnissen und wurden alsbald so unangenehm, dass ich Werner lieber als Dschingis Khan eingespeichert habe. Mit dem Bild eines feisten Mongolen hat niemand ein Problem, obwohl sein historisches Vorbild auch nicht gerade ein Albert Schweitzer war.

Schon viele Menschen haben mich gefragt, wieso in meinem Handy niemand so heißt, wie er eigentlich heißt.

Zunächst einmal handelt es sich um eine Vorsichtsmaßnahme. Meine Handys haben die kritische Tendenz, in der Nacht verlorenzugehen, und einige Male haben sich Menschen, die man gemeinhin kennt und deren Nummern bei mir gespeichert sind, über Anrufe Unbekannter beschwert.

Zweitens passen diese Namen besser zu den Betreffenden als ihre echten. Ich stehe Fuchur und Stalin nahe, Ulrike Meinhof schickt mir fast jeden Tag SMS, die schweinischen Nachrichten um drei Uhr nachts kommen leider nicht von der echten Lady Gaga, auch wenn ihr Bildschirmfoto das vorgaukeln mag. Nina ist bei mir Amanda Palmer, eine Ex firmiert als Calamity Jane 1 und eine andere Ex als Calamity Jane 2, Tomy aus dem *Anzengruber* heißt seiner Frisur entsprechend Prinz Eisenherz, und so weiter. Bei Eduard Habsburg lag Kaiser Franz Josef nahe, doch auf den Einfall, Fiva Marlene Dietrich zu nennen, halte ich mir noch immer einiges zugute.

Ich bin im Übrigen ziemlich froh, dass meine Agentin keine Ahnung davon hat, dass bei ihren Anrufen das Gesicht von Angela Merkel aus meinem Handy strahlt, und Daniel sollte besser auch nicht Wind davon kriegen, dass er bei mir Heinz Rühmann heißt.

Sonst keine aufregenden Nachrichten. Das Übliche eben. Anzüglichkeiten, Informationen, Grüße, Einladungen zu Lesungen. Auf Facebook ein Irrer, der mich beschimpft, fünf Hallowiegehtsdirs, eine Freundin will, dass ich sie in Amsterdam besuche. Und Tic, mit der ich dieses eine seltsame Jahr zusammen war, schickt Grüße.

Aber dann, gerade als ich mir den zweiten Kaffee auf den Tisch

stelle, den die Jungserviererin noch gnädig ausgeschenkt hat, sehe ich in meiner Timeline einen Strom von Kondolenzen und begreife, dass der Journalist Kurt Kuch gestorben ist.

Scheiße.

Er hat öffentlich gegen den Lungenkrebs gekämpft, er hat monatelang Bilder von sich im Krankenhaus gepostet, von seinen Chemotherapien, von seiner Familie, er hat von sich und seiner Familie erzählt und davon, wie gern er leben will, wie sehr er sich verflucht dafür, dass er geraucht hat, täglich drei Schachteln. Mist.

Wenn ein so mutiger Mensch eine so tapfere Entscheidung trifft, nämlich sein Sterben öffentlich zu machen, um andere aufzurütteln und vor Schaden zu bewahren, ist sein Tod eine Tragödie. Man stirbt selbst ein klein wenig mit. Man trauert um ein ausgebliebenes Wunder. Eigentlich ist man traurig über das existentielle Drama des Menschseins an sich und weiß, man ist Teil dieses Dramas und wird ihm nicht entkommen. Ich glaube, wir trauern alle ständig über die totale Abwesenheit von Wundern, weil sie uns spüren lassen, dass unser Schöpfer uns alleingelassen hat.

Mein vierter toter Facebook-Freund. Ihre Accounts schweben allesamt noch in der virtuellen Cloud. Werden die eigentlich irgendwann von allein gelöscht? Oder leben wir alle auf Facebook weiter, bis die Welt untergeht?

Von Tic kommt noch eine SMS. Wie üblich lese ich zwischen den Zeilen Gefühle, die nicht da sind. Aber warum schreibt sie mir dann so? Warum schreibt sie mir überhaupt? Sie ist die Einzige unter den Frauen, mit denen ich wichtige Beziehungen hatte, die für eine normale Freundschaft nicht zu haben ist.

Ich war nur mit großartigen Frauen zusammen. Keine Ahnung, was die von mir wollten, irgendwas muss sie hinters Licht geführt haben. Sie waren aber auch ihrerseits nicht gerade das, was man Prototypen nennen könnte. Eine war besessen von Natur und Nacktheit, eine zerschnitt sich monatlich die Arme und ließ sich von mir ins Krankenhaus bringen, eine hatte einen Jesuskomplex und wollte die

Welt retten, eine glaubte an Tantra, eine war Kifferin und selten ansprechbar, eine litt unter schwerer pseudologia phantastica und eine war lesbisch. Sie alle sind mir davongelaufen. Die einzige Normale war Else, und die habe folgerichtig ich verlassen. Vielleicht sollte ich beginnen, die Sache umgekehrt zu sehen, die anderen passten zu mir und Else dürfte eine psychotische Episode gehabt haben.

Ich muss an Kuchs Frau denken. Wie es ist, wenn man den Lebenspartner auf diese Weise verliert. Ob irgendwann die Dankbarkeit für die Zeit, die man hatte, stärker sein kann als der Schmerz darüber, dass sie enden musste. Ich wünsche es allen.

Das Handy läutet. Gewöhnlich hebe ich nicht ab, ein Handy ist für SMS und Emails da, doch am Display erscheint der Name *Waldorf Astoria*. Ich nehme an, Ela will über Kuch reden.

»Auf dich ist Verlass«, bringt sie hervor, dann folgt lang anhaltendes Gelächter.

Ich kenne das, und ich mag es. Es gibt viel zu wenige Menschen, die herzlich lachen können. Wenn Ela lacht, rückt jede Depression in den Hintergrund. Im Augenblick finde ich es allerdings etwas unpassend.

»Furchtbar, oder?«, sage ich.

»Clemens Rettenbach-Hollenstein hat es mir erzählt …«

»Du immer mit deinen Adeligen.«

»Er hat dich in einer Bar an der Theke angesprochen …«

»Hä? Was? Wovon redest du?«

»Von der Bar. In der Clemens dich angesprochen hat.«

»Wer ist das? Wann und wo hat er mich angesprochen?«

»Keine Ahnung. Vor ein paar Wochen, glaube ich. Er spricht dich an, um dir zu sagen, dass du sein absoluter Lieblingsautor bist. Er schwärmt von deinen Büchern. Du stierst ihn nur mit glasigem Blick an. Hahahahaha …«

Das klingt nicht, als wollte sie mit mir über einen tragischen Todesfall reden. Sie weiß es noch gar nicht. Gegen meinen Willen zieht mir ihr Gequieke die Mundwinkel hoch.

»Ela, bitte. Ich komme mir komisch vor, wenn ich jetzt lache.«

»Sei ruhig! Hahahaha … Er denkt sich, was ist denn … hahahahaha … was ist denn das für ein unfreundlicher Typ. Er macht dir noch mehr Komplimente. Du stierst und sagst nichts. Erst dann … hahaha … erst dann merkt er, dass neben dir eine Frau sitzt, die dir einen runterholt, hahahahahaha …«

»Bitte was?«

Das Gelächter geht in Kreischen über.

»Ela, willst du mich auf den Arm nehmen?«

»Ich schwöre dir … Er war ziemlich geschockt.«

»Kannst du ihn bitte fragen, in welcher Bar das war und wie die Frau ausgesehen hat?«

Sie ringt vor Lachen nach Luft.

»Beruhig dich. Bitte.«

»Das ist nicht so leicht. Hahahaha …«

»Ela, Kurt Kuch ist gestorben.«

Im Hörer Stille.

»Hallo? Bist du noch da?«

»Ach, ist das traurig! Der Arme! Weißt du etwas Näheres?«

»Da gibt es nicht viel Näheres zu wissen, oder? Er hat es nicht geschafft.«

»Stimmt, ja. Nein, nein, nein, das darf nicht wahr sein.«

Ich finde, es ist viel zu viel wahr, aber Lamentieren hilft ja nicht. Ich finde, wir müssen uns irgendwie durchlügen, solange es geht. Die Notlüge der Existenz. Humor und Lügen, viel mehr haben wir ja nicht.

Aber so wenig ist das gar nicht.

# TOKIO

Im Morgenlicht, das schwach ins Zimmer fiel, sah er allmählich die Umrisse von Maries Rücken vor sich, der durch seine Stöße vor und zurück geworfen wurde. Der Anblick trieb ihn noch mehr an, bis er etwas hörte, das er, würden sie sich nicht so gut kennen, für Schmerzenslaute gehalten hätte.

Kein Gefühl machte ihn leichter als jenes, das von ihrem krampfartigen Pulsieren beim Höhepunkt ausgelöst wurde. Wenn er in ihr spürte, wie sie kam, wenn er sich an sie presste, während sie sich aufbäumte und in sich zusammenfiel, ein Wesen Hunderttausende Jahre alt in dieser Sekunde, fühlte er eine Art Einvernehmen mit allem, was geschehen konnte und geschehen war. Dieses Gefühl wich auch niemals, nachdem er selbst gekommen war. Es versickerte langsam, ohne Bitterkeit zu hinterlassen.

Sie drehte sich auf den Rücken und verlangte mehr. Ihm war es recht. Er ließ sich nicht mehr viel Zeit. Er kam tief in ihrem Mund, wie es ihr nachts am liebsten war, wenn ihr nicht alle Sinne zur Verfügung standen. Er wurde laut, dann wurde es still.

Beim Sex mit anderen waren seine Gedanken manchmal abgeschweift. Während er sich in einer Frau bewegte, spürte er, dass etwas Entscheidendes fehlte, für das ihm nicht das richtige Wort einfiel. Er machte weiter, sein Körper nicht minder gierig als zuvor, aber sein Geist schon jetzt am anderen Ende der Welt und darüber hinaus.

Mit Marie kam er gar nicht zu solchen Gedanken. Sie war überall. Sie umfasste ihn, sie war so sehr in ihm wie er in ihr, ohne die

Leidenschaft durch zu viel Wärme zu ersticken. Die Wärme war vorher da und danach da, und dazwischen tat sie ihnen den Gefallen, sie nicht zu stören.

Sie blieben nebeneinander liegen. Er merkte, wie noch etwas aus ihm herausrann. Marie, die ihn mit der Hand umfasste, verrieb es zwischen ihren Fingern.

Keine Scham. Kein Weltschmerz. Die Dankbarkeit dafür, da zu sein und das Gefühl zu haben, etwas stimmt.

»Glückliches neues Jahr«, sagte sie. »Erinnerst du dich noch genau, wo du heute vor einem Jahr warst? Und fragst du dich, wo du heute in einem Jahr sein wirst?«

»Ich habe komischerweise im Moment gerade ganz andere Dinge im Kopf. Frag mich in ein paar Minuten. Oder einer Stunde. Ich bin im Augenblick … ein bisschen …«

Sie lachte. »Ich auch, keine Sorge. Trotzdem, ich möchte heute in einem Jahr am Südpol gewesen sein. Mit dir.«

»Jaja, gute Idee«, sagte er und drehte sich noch einmal um.

Maries Sex war wie der, den er sonst nur von den Verzweifelten, von den Unsteten kannte, von denen, die eine Bindung suchten, die sie niemals länger als eine Woche ertragen würden. Aber sie war nicht eine von diesen Frauen. Sie war ganz bei ihm. Sie konnten sich fast jeden Tag oder jede Nacht so weit voneinander entfernen, wie es diese Augenblicke verlangten. Augenblicke waren es, einer folgte dem nächsten.

Er wusste nicht, was das zwischen ihnen war, doch es war da und schien bleiben zu wollen.

Ich werde mich wohl damit abfinden müssen, dass es schön ist, dachte er, während er hörte, wie sie im Schrank bei der Suche nach einer Hose die Kleiderbügel zum Klingen brachte. Und: Sie ist unglaublich schnell.

Jeder Mensch hat seine eigene Geschwindigkeit. Manche müssen sich quälen, um sich schneller zu bewegen, worin auch immer, im Gehen, im Rausch, im Denken, im Handeln, im Entscheiden, in der

Liebe, im Leben schlechthin. Anderen wiederum hat die Natur eine so hohe innere Geschwindigkeit mitgegeben, dass sie sich kaum oder gar nicht bremsen können, sie haben enorme Energien, wissen sie aber nicht richtig einzuteilen. Die brennen irgendwann aus.

»Jonas? Hörst du mir zu?«

»Entschuldige. Was hast du gesagt?«

»Ich würde gern über den Südpol reden.«

Er schüttelte sein Kopfkissen auf und drückte das Gesicht hinein. Es roch warm nach Schlaf.

»He«, sagte Marie und kitzelte ihn, bis er es nicht länger ertrug und sie abschüttelte.

»Zum Südpol ist es weit«, sagte er. »Sehr weit.«

»Weiter geht es nicht. Das reizt mich ja.«

»Sag mal, ist das dein Ernst?« Er setzte sich auf. »Südpol? Du willst da hin?«

»Und zwar mit dir!«

»Glaubst du, Ärzte sind unsterblich?«, fragte er.

»Generell nicht, aber bei mir könnte ich es mir vorstellen.«

»Äh … na gut.«

»Also? Also? Los, los, los, sag etwas!«

»Weiterschlafen kann ich vergessen, oder?«

Die Kaffeetasse in der Hand, stellte er sich ans Fenster und schaute in den Regen hinaus. Trotz all der Jahre überwältigte ihn der Blick über Tokio immer wieder. Eine Stadt unter ihm, die Häuser wie gebastelt, manchmal von Erdstößen erschüttert. Ein Gewirr von Menschen, Autos, Bussen. Menschen im Gleichschritt. Menschen in Gedanken. Fremd, fern, ungreifbar. Trotzdem wie er.

»Willst du wirklich?«, fragte er. »Und nur wir beide?«

»Selbstverständlich.«

»Zum Südpol zu marschieren haben schon einige nicht überlebt.«

»Das waren andere Zeiten. Und den Everest haben gewisse Leute auch nur mit viel Glück überlebt.«

Er begann mit den Händen einen Gummiball zu kneten, wie es

ihm die Ärzte geraten hatten, damit die Nerven für die Heilung die nötigen Reize bekamen.

»Aber warum? Was suchst du dort?«

»Was hast du am Everest gesucht?«, fragte sie.

»Ich könnte sagen, dich. Ich könnte sagen, mich. Beides wäre nicht falsch. Aber genau kann ich es nicht sagen.«

»Siehst du, und mir geht es genauso. Ich weiß bloß, dass ich ständig Abenteuer erlebe, in denen es nur um das Leben anderer geht. Jeden Tag hängt von meinen Entscheidungen ab, ob jemand lebt oder stirbt. Nie geht es darum, ob ich lebe oder sterbe. Ich denke, es hat damit zu tun.«

»Du suchst den Nervenkitzel?«

»Nein, oder nicht in erster Linie. Ich suche eine existentielle Erfahrung, dir mir abgeht. Ich suche eine Grenze, an der ich noch nie war.«

»Die Todesnähe?«

»Das nicht. Aber eine Situation, in der alles passieren kann.«

Prima, dachte er, das klingt nach einem Himmelfahrtskommando.

»Und es muss ausgerechnet der Südpol sein? Du könntest doch Fallschirmspringen gehen.«

»Oh! Nein, dann habe ich mich falsch ausgedrückt. Natürlich will ich die Natur dort erleben. Die blauen Eisberge, das Licht, die grenzenlose Weite, die Einsamkeit! Die Stille. Ich stelle mir das überwältigend vor. Eingeschlossen von Eis und Stille, marschieren wir dem Südpol entgegen!«

»Und du meinst, du schaffst das?«

»Ich war Landesmeisterin im 1500-Meter-Lauf. Ich war in der Biathlon-Staffel. Ich war bis zwanzig Leistungssportlerin. Und du? Schaffst du es?«

Da komme ich wohl nicht raus, dachte er.

»Willst du nicht?«, fragte Marie. »Wirst du schon alt?«

Sie lachte, sprang auf und kniff ihn in die Seite. Das genügte. Er musste lachen, aus keinem anderen Grund als dem, dass sie da war.

# WIEN

Ich mag meine Wohnung nur, wenn draußen Schnee liegt, das sieht hübsch aus und erinnert mich an eine Zeit, die ich offenbar verkläre. Eine Zeit, in der es nichts als Schneeballschlachten und Geborgenheit und alltägliche Wunder gab. Im Sommer sind mir die dreißig Quadratmeter viel zu heiß, in einer Wellblechhütte kann es kaum heißer sein. Wir haben zwar Winter, aber von Schnee seit Wochen keine Spur. Ich will raus und in ein Café. Leider muss ich auf den Boten der Schuhfirma *Dachstein* warten.

Ich lese im *Schwejk*. Den habe ich schon fünfzehnmal gelesen, doch das stört mich nicht. Wenn mir mein Leben gerade besonders zerbrechlich vorkommt, suche ich beim *Schwejk* Schutz. Das ist, als würde ich von einem Freund aufgemuntert werden. Die Szene mit dem Feldkuraten kann ich immer wieder lesen. Vermutlich bin ich ein schlichter Mensch. Aber darauf hat man selbst keinen Einfluss, also belastet mich das nicht.

Mir ist, als hätte ich draußen etwas gehört. Ich öffne die Tür, kein Bote da. Ich horche an der Tür der Nachbarin. Auch kein Laut.

Zurück in der Wohnung fällt mir auf, dass es darin kälter ist als im Treppenhaus. Ich drehe die Heizung höher. Im Heizkörper rauscht etwas. Ich bin über vierzig und habe noch immer keine Ahnung, was das ist. Wasser, das heiß wird? Einströmendes Gas? Aber ich heize mit Fernwärme, nicht mit Gas, glaube ich. Natürlich habe ich keinen Schimmer, was Fernwärme ist. Es klingt, als würde irgendwo in der Ferne geheizt und die Wärme dann geliefert. Doch wie liefert man Wärme? Die braucht einen Träger, die fliegt ja nicht einfach im Vakuum herum. Das spricht wieder für Wasser.

Nein, ich kapiere das ganze Fernwärme- und Heizkörperkonzept nicht.

Am späten Vormittag läutet es endlich. Vor der Tür schweben zehn Schuhkartons. Dahinter wird gestöhnt. Eine freundliche Stimme bittet um Hilfe. Als ich die oberen fünf Kartons nehme, entdecke ich einen lustig zwinkernden Boten, der eine intelligente Bemerkung über unsere Konsumgesellschaft macht.

Ich packe die Schuhe aus und probiere sie an. Bis auf zwei Paar passen alle, bis auf eines sehen alle gut aus. Die drei Paar lege ich in die Schachteln zurück. Die anderen schichte ich ins Regal, bis auf eines, das ich gleich anlasse.

Ambassador von *Dachstein* bin ich seit einem Jahr. Werbeträger für Schuhe zu werden hat mir sofort gefallen, schon wegen Al Bundy. Wie ironisch Ambassador in Kombination mit Schuhen klingt, macht mir immer wieder gute Laune. Daniel ist auf meine Rolle neidisch und nennt mich Schuhbotschafter. Ich nenne mich selbst gern Schuhbotschafter. Irgendeine Botschaft muss der Mensch ja haben.

Daniel beschwert sich oft, dass er und Zadie Smith so etwas nicht kriegen. So etwas kriegt kein Schriftsteller, er verstünde überhaupt nicht, wieso ich so etwas kriege. Ich habe ihm erklärt, dass er niemals Schuhbotschafter werden wird, denn die Leute wollen ihre Schuhe ja auch verkaufen. Das hat er nicht gut aufgenommen.

Im *Otto e mezzo*, dem italienischen Restaurant, das mein Freund Massimo führt und das neben dem *Café Anzengruber* mein Hauptquartier ist, treffe ich Nina. Früher musste sie noch nebenbei in einem Lokal kellnern, um durchzukommen, mittlerweile kann sie als Künstlerin leben. Dass sie nicht mehr mit mir zusammen sein wollte, hat mir damals nicht gefallen, aber mittlerweile habe ich mich daran gewöhnt, und wir sind Freunde.

Sie zeigt mir die neueste Entwicklung ihres Ganzkörpertattoos.

Sie und ihr Mann Chris – heiraten hat sie nach mir auch gleich müssen, und da ist sie nicht die Einzige, nach mir nehmen sich die Frauen gern nette junge heiratstaugliche Männer – lassen sich von einem Tattookönner in ein zusammengehöriges Kunstwerk verwandeln, was bedeutet, da, wo an ihren Fingerspitzen ihr Tattoo endet, beginnt an seinen Fingerspitzen seines, und zusammen ergeben sie ein Tattookunstwerk.

Für mich wäre das nichts. Nina sieht damit ein bisschen aus wie eine Verkäuferin in einem Indie-CD-Laden, die nebenbei irgendwas mit Pornos macht, aber weil sie wirklich schön ist, stört nicht einmal das.

Besonders mag ich ihre Körpersprache. Sie hat eine *Siehst du, ich habe es ja gesagt*-Bewegung, die sie mit dem ganzen Körper vollführt. Der Oberkörper bäumt sich auf, die rechte Schulter dreht sich nach vorne, die linke zurück, das alles binnen einer Sekunde, und dazu verzieht sie das Gesicht ein wenig bitter, danach schlägt sie sich aufs Knie. Seit wir nicht mehr zusammen sind, sind wir meistens einer Meinung, und die *Siehst du, ich habe es ja gesagt*-Bewegung kommt nicht gegen mich zum Einsatz. Heute verrenkt sie sich oft.

»Ich bin fett«, sagt sie.

»Ich habe noch nie eine Frau getroffen, die das nicht von sich behauptet hat.«

»Aber bei mir stimmt es.«

»Das sagen auch alle.«

»Drei Kilo noch.«

Drei Kilo Gewicht abwerfen, mein Gott, wir haben Sorgen. Aber früher hatte sie existentielle Probleme, kein Geld, mich als Freund, das waren harte Zeiten. Ich bin froh, dass sie jetzt nur die Speckneurose plagt.

Am Nachmittag stößt Chris zu uns. Wir bestellen noch eine Flasche Wein.

Am Abend fahren wir zu ihnen, weil Ninas alte Hündin Lima nicht so lang allein sein darf. Nina kocht vegan. Entweder ist das Rezept

ein Nebenprodukt altchinesischer Folterexperimente, oder sie hat mehr auf die Weinflasche aufgepasst als auf den Topf mit den Zucchini und dem Ersatzkäse.

Nach ein paar Joints beginne ich eine weitere Person wahrzunehmen.

Ich fühle eine vierte Präsenz im Raum.

»Wollen wir schlafen gehen?«, fragt Nina.

»Ich werde mir ein Taxi rufen.«

»Nein, bleib doch. Kannst ja hier übernachten.«

Wenn ich nicht wüsste, dass sie wirklich nur übernachten meint. Sie meint schlafen, sie meint nicht Sex zu dritt. Sie meint es harmlos. Wie kann man so etwas harmlos meinen? So etwas habe ich mein Lebtag nicht harmlos gemeint, ich habe bloß so getan.

Ich strecke mich auf der Wohnzimmercouch aus. Die beiden legen sich nebenan ins Bett. Eine Tür dazwischen gibt es nicht.

»Willst du dich nicht zu uns legen?«, fragt Nina nach ein paar Minuten.

Und noch immer weiß ich's. Wir sind Freunde. Sie meint: In aller Unschuld bequemer liegen.

Ich taumele hinüber. Chris liegt links, Nina rechts. Ich lege mich ganz nach links.

Kurz darauf schlafen beide.

Ich bin putzmunter. Die Situation ist seltsam. Das erste Mal im Bett mit Nina nach einer ganzen Weile.

Chris rollt sich auf die Seite und schnarcht mir ins Gesicht.

Ich wechsle wieder ins Wohnzimmer. Der Vierte ist da. Hier scheint es in jedem Zimmer Geister zu geben. Was soll's. Ich nehme die Couch.

# WIEN – HAMBURG

Seit 116 Stunden nüchtern. Zum Ibiza-Urlaub von Friedrich mit dem Fuß habe ich keinen Cent beigetragen. Und gestern dann, zack, da habe ich mir, ohne viel nachzudenken, bei seiner Urlaubsvertretung Koks für unterwegs besorgt. Weil ich bei der Lesung in Hamburg sowieso trinken werde. Da ist es auch egal …

Ich bin kein Dummkopf. Genau hier müsste mein Bewusstsein einschreiten und nein sagen. Aber Bewusstsein gegen Unbewusstes ist wie Bambi gegen Godzilla. Wir sind naiv, wenn wir denken, wir träfen freie Entscheidungen. Das Unbewusste trifft sie eine Sekunde, bevor wir glauben, uns soeben bewusst und frei entschieden zu haben.

Wir sind keine freien Menschen. In jedem von uns ist etwas, das ihn belagert. Ein Parasit. Das Schlimme daran ist: In Wahrheit sind wir dieser Parasit und nicht das, wofür wir uns halten. Wir sind unser Unbewusstes, nicht unser Bewusstes. Was wir zu sein glauben, ist nicht viel mehr als ein Bagger und dessen Greifarm, bedient von einer überlegenen Kraft.

Beim Online-Check-in wird mir angeboten, »heute einmal Business Class zu fliegen«, für einen Aufpreis von 99 Euro.

Warum nicht? Die Kreditkarte verträgt noch etwas Belastung.

Ehe ich das Taxi rufe, drehe ich den geöffneten Laptop um und klopfe auf die Unterseite. Es schneit auf den Schreibtisch. Ich schiebe das Gerät, das demnächst sowieso den Geist aufgeben wird, in die Umhängetasche, danach ziehe ich eine frisch gewaschene Hose an und schrubbe meine Hände mit zwei verschiedenen Desinfektions-

mitteln. Mich haben sie an Flughäfen schon sechsmal der beunruhigenden Prozedur eines chemischen Abstrichs unterzogen, der mal an den Händen, mal an den Hosentaschen durchgeführt wird, und die Aufregung während der minutenlangen Wartezeit will ich mir ersparen.

Zum Schluss wickle ich die drei Koksbriefchen in eine Plastikfolie und schiebe sie wie üblich in meine zu diesem Zweck gewählte enge Unterhose. Ich bin von Sicherheitsleuten ja wirklich schon überall durchsucht worden, aber da noch nie. Man darf nur nicht den Fehler begehen, die Sicherheitsschleuse mit dem Nacktscanner zu wählen, denn dort sehen sie's.

In der Abflughalle ziehe ich mit meiner VISA-Card ein paar Hunderter aus dem Automaten. Sollte auch diese Karte gesperrt werden, will ich noch etwas Bargeld dabeihaben.

Geld hilft fast immer. Zeit ist Geld, welch Unsinn. Geld ist Zeit. Mit Geld kauft man Zeit und Freiheit, man erwirbt die Freiheit, sich die Zeit zu nehmen für das, was immer man tun will. Zu dumm, dass ich damit schlecht umgehen kann. Sowohl mit Geld als auch mit Zeit, und mit meiner Freiheit sowieso.

Ab und zu schaue ich mich um, ob jemand aussieht, als hätte er Ebola. Ich weiß schon, dass man das vermutlich nicht erkennen wird, aber ich traue Flughäfen nicht, was das anbelangt. Ich mag Flughäfen wirklich, aber wenn sich eines Tages die widerlichsten Erreger des Planeten in irgendwelchen asiatischen Hühnerwohnungen zu einem Superbug zusammengeschlossen haben, wird dieser Armageddon-Erreger an genau so einem Flughafen mit seinem Vernichtungswerk beginnen. Und mir ist schon Ebola unsympathisch. All diese Krankheiten, die die Organe in Schlamm verwandeln, finde ich unzumutbar. Und Ebola haben sie da unten in Afrika noch immer nicht ganz unter Kontrolle. Das geht schon fast ein Jahr so.

An der Sicherheitskontrolle leere ich meine Taschen, wobei ich mit der Securityhexe scherze, und achte darauf, wirklich jedes Stück Metall abzulegen. Verlogen schmunzle ich über ein räudiges Klein-

kind, das vor mir partout nicht durch die Metalldetektorschleuse gehen will, dabei möchte ich diesem verzogenen Mädchen mit dem bösen, arroganten Gesicht in Wahrheit Beine machen.

Die allgemeine Begeisterung für kleine Kinder teile ich nicht im Mindesten. Das können bereits ganz üble Menschen sein, boshaft und kaltherzig, und im konkreten Fall kann ich mir gut vorstellen, was aus dieser Prinzessin wird. Brauche mir nur die Mutter anzusehen, eine teuer gekleidete, modelschöne Frau mit Minirock und einem hochnäsigen Ausdruck, der alle Menschen ringsum zu Lakaien degradiert. Mit solchen Frauen war ich im Bett, in solche Frauen war ich verliebt, gut ausgegangen ist das nie.

Nachdem ich es ohne Zufallsalarm durch die Schleuse geschafft habe und auch mein Handgepäck keinen Anstand erregt hat, mache ich mich auf den Weg Richtung Business-Lounge.

Ich steuere die Ecke mit dem gekühlten Weißwein und den Spirituosen an. Da ich weiß, dass ich in Hamburg trinken werde (wieso weißt du das, fragt irgendjemand in meinem Kopf, weil ich Stefan Beuse treffen werde, antworte ich), kann ich genauso gut hier damit anfangen. Außerdem sind da diese verlockenden, herrlichen, alles verändernden Päckchen in meiner Hose, also darauf gepfiffen, auf alles, nach mir die Sintflut.

Ich tue so, als würde ich nicht merken, was vor sich geht. Das Bewusstsein des eigenen Fehlverhaltens sitzt bei mir links hinten im Kopf, eher oben. Ich schaue in eine andere Richtung.

Ich suche mir einen einsamen Winkel, stelle meine Flasche Weißwein und einen Whisky auf den Tisch und beeile mich, aufs Klo zu kommen, denn länger halte ich es nicht aus. Jetzt ist es so weit, jetzt ist es wirklich so weit, jetzt MUSS ich mir etwas in die Nase pfeffern, sonst zerspringe ich.

Zurück an meinem Platz ist die Gleichförmigkeit der letzten zehn Tage endlich wie weggeblasen. Unterstützt von Wellen substanzinduzierter Euphorie beginne ich mit der dringendsten Email- und SMS-Korrespondenz.

Zuallererst meine Tierärztin. Ich habe zwar kein Tier und kann auch gut weiterhin darauf verzichten, aber von ihr beziehe ich alle erdenklichen Medikamente, und mir gehen allmählich Xanor und Cialis aus. Ohne Benzodiazepine, ohne diese kleinen großartigen Angstlöser, ist in meinem Alltag der Teufel los, und ohne Potenzmittel ist mein Sexualleben zum Scheitern verurteilt. Auf Koks tut sich da unten bei mir nicht viel, das fordert dann nur der Kopf vehement, ohne dass ihm der Körper folgen kann.

Meine Internistin sagt zwar stets, ich dürfe niemals Cialis oder Viagra verwenden, wenn ich mich davor stundenlang mit der Droge meiner Wahl auseinandergesetzt habe, weil das mein Herz überlasten könnte, aber dann denke ich immer daran, dass sie mit mir ohne Kondom Sex hat, und wer mein Sexualleben so gut kennt wie sie und dann trotzdem auf jeglichen Schutz verzichtet, dessen Mahnungen bescheren mir keine schlaflosen Nächte.

Die Tierärztin erwartet für ihre Lieferung eine Gegenleistung, worauf ich mich jedes Mal erst einstellen muss. Der Sex mit ihr ist ja okay, aber sie erzählt danach immer scheußliche Geschichten über ihre Praxis und über die Tiefkühltruhe, in die sie die eingeschläferten Tiere stopft, bis sie abgeholt werden. Manchmal werden die nämlich länger nicht abgeholt, und dann muss man den Deckel der Truhe sehr fest zudrücken.

»Ich brauche wieder X«, schreibe ich ihr.

»Ich brauche wieder XXX«, kommt prompt von ihr zurück.

Mit dieser Sache will ich mich im Augenblick nicht beschäftigen. Es geht mir gut. Es geht mir wundervoll. Die Welt gehört mir. So schlimm sieht alles gar nicht aus. Weder mit den Frauen, noch mit dem Geld, noch mit dem Schreiben. Irgendwann kommt alles in Ordnung, und jetzt reite ich auf einer Kanonenkugel und genieße den Flug.

Ich schreibe Ela, dass ich ihr neues Manuskript erst in ein paar Tagen lesen kann. Ich schreibe Angie, dass sie bei ihrer Buchpräsentation mit mir rechnen darf. Ich schreibe Nina, wohin zu reisen ich mich anschicke, was sie mit einer Gebetszeile quittiert, denn sie

kennt Stefan. Das erinnert mich daran, meinen Freund Habsburg um Beistand zu bitten, wie ich es wegen meiner Flugangst vor jeder Reise tue. Er hat eine Hauskapelle, in die sich zurückzuziehen, er mir umgehend verspricht, um für mich zu beten.

Ich finde das keineswegs lächerlich. Er ist derjenige, der für mich an Gott glaubt, und dafür bin ich ihm dankbar. Durch ihn fühle ich mich weniger verdammt.

Eine SMS von Daniel: *Spaziere mit Coetzee durch den Regen. Das ist ein so intelligenter Mensch!*

Für mich hört sich das irgendwie schwul an, ich sehe die beiden unter einem Regenschirm Arm in Arm ineinander verhakt durch südafrikanischen Wiesenmorast stapfen. Eine Antwort fällt mir auf so etwas auch nicht ein. Ist mir doch schnuppe, wo die herumwandern. Konversieren sicher über kluge Dinge, aber da kann ich nicht mitreden. Also kriegt er ein nichtssagendes Smiley zurück, weil ich weiß, dass er Smileys hasst.

*Bist du im Anzengruber mit deinem viehischen Anwalt?*

Ich schicke ihm ein Jugendfoto von Daniel Arthur Mead. Es kommt keine Antwort mehr.

In einem Magazin entdecke ich einen Fragebogen. Ich liebe Fragebögen, die mir etwas über meine Psyche verraten könnten, ich fülle sie eifrig, akribisch und vollkommen ehrlich aus.

Dieser hier heißt: »Sind Sie Alkoholiker?« Ab 5 von 26 Punkten gilt man als im medizinischen Sinne als alkoholkrank. Ich erreiche 21 Punkte. 21/26, das habe ich in der Schule in keinem Unterrichtsfach jemals geschafft.

Nach zwei Flaschen Veltliner und ebenso vielen Abstechern zur Toilette gehe ich zum Gate. Normalerweise plagt mich trotz der ständigen Fliegerei ein wenig Flugangst, aber nach zwei Stunden in der Business-Lounge mit all den beruhigenden Getränken bin ich nicht mehr nervös. Im Gegenteil, bei meinem entspannten Bummel mache ich an verschiedenen Zeitungsläden halt, wo ich gegenüber Frauen und Kindern eine spürbar unerwünschte Leutseligkeit bekunde.

Ich sitze auf 3C. Noch vor dem Ende des Boardings bestelle ich einen doppelten Whisky, für 99 Euro Aufschlag wird so etwas wohl drin sein.

Die Purserin lächelt. Sekunden darauf halte ich in der Hand keinen Plastikbecher, sondern ein echtes Glas, aus dem der Duft von feinem schottischen Whisky aufsteigt. Da stört es mich gleich weniger, wenn mich einer der nach hinten drängenden Passagiere anstarrt.

Ich werde häufig angestarrt, und ich kann es nicht leiden. Ich vermute dahinter stets Probleme, und das wiederum setzt bei mir eine gewisse Gewaltbereitschaft frei, gegen die ich mich gern besser wappnen könnte.

Ab und zu streift mich ein Wintermantel, manchmal kriege ich sogar eine Handtasche über den Schädel gezogen, aber das kümmert mich nicht. Hauptsache, ich habe meinen Whisky und sitze am Gang. Aus dem Fenster zu schauen fällt mir beim Fliegen nicht ein. Draußen sehe ich zwar die erhabene Schönheit des Erdenkreises, aber auch zehn Kilometer Luft unter mir. Außerdem muss ich garantiert dann zur Toilette, wenn ich am Fenster sitze und die Plätze neben mir vor unbeweglichen Adipositas-Patienten überquellen.

Heute ist das anders, heute muss ich sofort. Kaum sind die Anschnallzeichen erloschen, springe ich auf, eine Sekunde schneller als der blasierte Anzugträger auf 3D, der schon beim Einsteigen eine junge Flugbegleiterin ohne Grund angeschnauzt hat und den ich hinter mir missmutig knurren höre.

In der engen Toilette donnere ich zuerst einmal mit dem Kopf gegen die Wand. Oder gegen die Decke, das ist an dieser Stelle nicht klar zu sagen, das nennt man wohl aeronautische Dachschrägen. Umständlich fische ich das Koks aus meiner Unterhose und packe es aus. Das Flugzeug wackelt. Ich fluche. Würde mich nicht wundern, wenn mir jetzt der ganze Stoff ins Klo fliegt.

Vorsichtig lege ich mir eine Line auf, ziehe sie aber nicht sofort, sondern lasse Vorfreude und Gier wachsen. Ich öffne meine Hose, einer der Knöpfe springt ab.

Während ich mich mit zur Seite geneigtem Kopf bemühe, meinen Strahl in die unterdimensionierte Schüssel zu richten, überlege ich, ob mir in dieser Haltung eine kräftige Turbulenz das Genick brechen würde. Es spricht mehr dafür als dagegen.

Durch einen zusammengerollten Fünfer ziehe ich die weiße Substanz in meine brennende Nase. Danach wische ich mit dem Zeigefinger über die Fläche neben dem Waschbecken und stecke ihn mir in den Mund. Die Angst, ein paar Krümel zu verschwenden, ist größer als mein Ekel vor allem Öffentlich-Sanitären.

Ich beginne in der engen Kabine wie verrückt zu schwitzen, kann aber nicht so schnell hinaus, wie ich möchte, weil ich die weißen Päckchen lieber wieder in meinem Intimversteck verstaue.

Vor der Tür stehen die Purserin und der Anzugträger. Er drängt an mir vorbei in die Toilette. Ich knurre ihn an. Er wirft mir einen verunsicherten Blick zu.

Mit tauber Zunge bitte ich die Purserin um den nächsten Whisky. Sie nickt knapp, deutet auf ihre Nase, senkt diskret den Blick.

Ich reibe mit dem Daumen über mein rechtes Nasenloch. Die Fingerspitze ist weiß. Ich schlecke sie ab. Es schmeckt salzig. Die Zunge wird noch tauber. Es geht mir gut. Es geht. Mir gut.

Bevor ich mich setze, fahnde ich unter den weiblichen Passagieren und dem Kabinenpersonal nach Attraktivität. Das dauert bei mir keine zwei Sekunden. Schwupp, schon ist ein Raum gescannt.

Ich glaube zu verstehen, dass meine Sex-Exzesse hauptsächlich eine schlichte Form der Liebessuche sind, aber diese Erkenntnis ist ungefähr so hilfreich wie das Wissen eines Rauchers um die Gefahren seiner Sucht, denn Erkenntnisse bringen selten Nutzen. Mir zumindest.

Der Anzugmann erscheint wieder und pöbelt eine Flugbegleiterin an. Soweit ich verstehe, wegen des Seifenspenders auf der Toilette. Ich beobachte die Szene, und mir tun beide leid. Ich bin ja auch beide.

Wenn jemand besonders autoritär auftritt und man von ihm eingeschüchtert ist, stellt man ihn sich am besten als das Kind vor,

das er einmal war und das noch immer in ihm ist. Dann verliert er seine Rüstung. Dann tut er einem vielleicht sogar leid. Bei mir funktioniert es. Fast möchte ich sagen: leider. Mit dieser Erkenntnis tut einem nämlich fast jeder Mensch leid.

Die Turbinen dröhnen gleichmäßig. Kein Grund, Angst zu haben. Dieses Flugzeug stürzt nicht ab. Hier sorgt man sich um mich. Die Purserin. Bringt mir Drinks. Und jetzt Essen. Kein Appetit.

Eine Frau bleibt neben mir stehen. Sie muss warten, weil die Schlange vor der Toilette lang ist. Sie ist schön. Ich habe sie vorhin übersehen. Erinnert mich entfernt an jemanden, der mir einmal viel bedeutet hat.

Ich fürchte, es gibt einige Frauen, die ich nie ganz werde loslassen können. Das bereitet mir Kopfzerbrechen. Und Schwierigkeiten. Ich bin umgeben von Gespenstern.

Diese Menschen waren ja da, neben mir, manche kürzer, manche länger. Schliefen neben mir, während ich fernsah, und ich strich ihnen ab und zu über den Rücken. Wir machten einander Kaffee oder Abendessen, tranken miteinander, badeten gemeinsam, erzählten einander unsere Lebensgeschichten, hatten Spaß, hatten Sex, waren eben zusammen.

Ja, und irgendwann dann eben nicht mehr. Niemand lag neben mir, die Frau lag nun woanders. Bei ihr zu Hause oder bei jemand anderem. Und die Vergangenheit wurde unwirklich. Verschwommen. Eine neue Gegenwart kam, ging, und ich fand das seltsam.

Ich finde auch seltsam, dass offenbar nur ich all das auf diese Weise wahrnehme. Dass nichts, nichts, überhaupt nichts beständig ist. Dass alles vorübergeht. Was bleibt, sind Schemen und Gespenster.

All diese Frauen sind nämlich noch da. Ebenso wie meine Eltern, meine Großmutter, mein Großvater, Spielkameraden in meiner Kindheit, meine durchwachten Nächte, damals, irgendwann, vielleicht gestern.

Diese Frauen? Denken sie manchmal noch an die Zeit, in der jene

Liebe gültig war, ehe sie verschwanden oder versanken oder entschwebten oder wohin zum Kuckuck sie sich eben verdrückt hatten? Oder schauen sie tapfer nach vorne?

Ich bin in einer Denkschleife gelandet. In mir steigt Unruhe auf, und ich weiß, die Angst wird bald folgen. Was in einem Flugzeug, besonders für jemanden mit Flugangst, eher unangenehm ist. Also schlucke ich schnell zwei Xanor. Doppelt hält besser, denke ich, und nehme noch zwei.

Ich wache auf, weil es kräftig rumpelt und ich mir schon wieder den Kopf anschlage. Ich liege quer ausgestreckt über die drei Sitze meiner Reihe, bin nicht angeschnallt und wundere mich, wieso wir gerade gelandet sind. Der Anzugheini wirft mir einen Blick zu.

Ich reibe mir den Kopf, der gegen das hinuntergeklappte Tablett an der Rückenlehne des Vordersitzes gekracht ist, und frage mich, wieso mich die Purserin nicht geweckt hat, damit ich mich anschnalle.

»Sie waren nicht wach zu kriegen«, sagt der Mann im Anzug, als könnte er Gedanken lesen.

»Habe ich geschnarcht?«

»Nicht so schlimm.«

»Tut mir leid. Aber ist es nicht verboten, die Passagiere bei der Landung frei herumliegen zu lassen?«

»Bei Ihnen ist es egal, werden die sich gedacht haben.«

Stefan Beuse ist auch ein wahnsinnig intelligenter Mensch. Ich muss umgehend neue Prioritäten setzen, denke ich, als ich sein vergeistigtes Gesicht in der Ankunftshalle entdecke. Ich will ja, dass er noch länger mit mir redet.

# TOKIO

Unter infernalischen Geräuschen ließ Tanaka Tintenfische, Reisnudeln, Entenbrüste und gedünstete Leber, Pferdesashimi und Hühnersashimi, Fischköpfe und geröstete Gräten zusammen mit Substanzen gänzlich undefinierbaren Charakters in seinem Mund verschwinden. Manchmal machte er sich mit einem Kugelschreiber auf seiner Serviette, auf dem Tischtuch oder auf seinen Ärmelaufschlägen Notizen.

Während dieses Spektakels schaute sich Jonas in der Suite um, die Tanaka im *Mandarin Oriental* gemietet hatte, um bestimmte Klienten zu empfangen. Er fand sie nach wie vor entsetzlich. Nicht einmal den gläsernen Kopf John F. Kennedys hatte Tanaka rausgeworfen.

Dem Anwalt schien die Suite tatsächlich zu gefallen, wie sie war, er hielt sich praktisch nur noch hier auf. Es konnte sich aber auch um eine Notfallmaßnahme handeln, wie sie Jonas über die Jahre schon einige Male miterlebt hatte. Die Zahl der Männer mit den Knöpfen im Ohr, die Jonas auf der Treppe gesehen hatte, sprach zumindest nicht dagegen.

Schönes Leder, dachte Jonas. Das hat einmal gelebt.

Tanaka war das egal. Wenigstens war es ihm nur egal, denn manche seiner Klienten entzückte gerade das sogar. Jonas hatte es aufgegeben, solche Menschen am Kragen in Schlachthöfe zu schleppen, es änderte nichts in ihren Köpfen. Und ihm war sein eigener Fanatismus unangenehm.

Sein Handy vibrierte. Marie hatte geschrieben. Er schickte ihr ein Herz zurück und kam sich dabei nicht lächerlich vor.

Es war das Geld von Jonas, über das Tanaka redete, von dem er ihm erzählte, wie er es vermehrt hatte und wie er es weiter zu vermehren gedachte, doch was er sagte, kümmerte Jonas kaum. Jonas wusste, dass er genug davon hatte.

Mittlerweile ging es um Fischfabriken in China, von denen sich Tanaka großen Profit versprach.

»Sind Sie wahnsinnig geworden?«, fuhr Jonas auf.

»Mir fehlt dafür jegliche Evidenz«, erwiderte Tanaka mit vollem Mund.

»Wieso kommen Sie mir dann mit diesen Fischfabriken? Fischfabriken, Aquakulturen, das sind Kapitalverbrechen, und zwar in jeder Hinsicht!«

»Das weiß ich. Ich meine, das sind sie nicht im Geringsten, aber ich kenne Ihre Ansicht.«

»Was soll das dann? Glauben Sie, ich stecke mein Geld in so eine Barbarei? Wollen Sie mir vielleicht auch noch zu Anteilen an einer Walfängerei oder einer Geflügelfarm raten?«

»Keineswegs. Die haben Sie ja schon.«

»Bitte was?«

»Die habe ich Ihnen schon vor langer Zeit untergejubelt. Sie müssen ja Geld verdienen.«

Jonas stand da und suchte nach Gegenständen, mit denen er den Anwalt bewerfen könnte, ohne ihn gleich umzubringen. Tanaka machte sich ungerührt eine Notiz auf der Serviette. Die eine Seite war voll, er drehte sie um.

»Was immer Ihnen durch den Kopf geht, lassen Sie es bitte bleiben«, sagte er schmatzend und schaufelte sich einige Löffel Kaviar in den Mund. Mit nachsichtigem Nicken blickte er zu Jonas auf. Er kaute, schluckte, rülpste leise.

»Setzen Sie sich doch. Eine Beschädigung fremden Eigentums oder gar Handgreiflichkeiten mir gegenüber würden Ihnen hinterher leidtun, zumal diese Überreaktionen vollkommen unnötig wären. Sie haben nämlich keine Geflügelfarmen.«

»Also nein?«

»Natürlich nicht! Wofür halten Sie mich?«

»Das möchte ich lieber nicht sagen.«

»Ich wollte nur wissen, wie sehr Sie mir nicht zuhören. Ob leicht, mittel oder schwer.«

Jonas stand noch immer da und war verwirrt.

»Wieso erschrecken Sie mich so, Sie Ungeheuer?«

»Nun setzen Sie sich endlich«, bat Tanaka. »Irgendwie muss man Sie doch aus Ihrer Lethargie reißen. Sie wirken mir ein wenig bedrückt. Das ist besonders am ersten Tag des Jahres ein unfreundlicher Akt sich selbst gegenüber.«

»Ich werde Ihnen gleich einen unfreundlichen Akt zeigen«, sagte Jonas.

»Das werden Sie nicht, weil Sie mich insgeheim sehr amüsant finden und mich überdies wie einen Vater lieben, so wie ich Ihnen in väterlicher Zuneigung verbunden bin.«

Jonas sank auf seinen Stuhl und ächzte.

»Es wird immer schlimmer mit Ihnen, Tanaka.«

»Ich erlaube mir, das in Zweifel zu ziehen. Ich war schon immer so. Darf ich fragen, warum Sie mich am ersten Tag des Jahres mit Ihrer Anwesenheit geißeln und nicht Ihre bezaubernde Freundin?«

Jonas fragte sich, was Tanaka sagen würde, wenn er die gesamte Möblierung seiner Suite heimlich über Nacht gegen etwas ethisch Akzeptableres austauschen ließe.

»Sie muss arbeiten«, antwortete er. »Gestern frei, heute arbeiten. Silvester war gestern. Da haben wir gefeiert. Abgesehen davon weigert sie sich mittlerweile, mit Ihnen gemeinsam zu essen, weil sie danach vor Lachen die halbe Nacht nicht schlafen kann.«

»Ich feiere nie Silvester«, sagte Tanaka ungerührt. »Zu Silvester arbeite ich bis in die Morgenstunden des neuen Jahres. Um Mitternacht höre ich das Knallen und arbeite weiter. Ich feiere am Abend des ersten Tages im Jahr. Warum das Gewesene begehen? Ich bin für den hoffnungsvollen Blick in die Zukunft.«

»Das gefällt mir«, sagte Jonas. »Darauf stoße ich mit Ihnen an. Auch wenn mir nicht nach Feiern zumute ist.«

Sie tranken. Tanaka setzte sein Glas ab.

»Darf ich denn so kühn sein zu fragen, wieso?«

»Tanaka, meinen Sie, ich würde damit anfangen, wenn Sie nicht so kühn sein dürften?«

»Ich bemerke an Ihnen heute eine gewisse Gereiztheit.«

»Ich auch.«

»Ich vermute, es hat mit Ihrer Freundin zu tun.«

»Woher wissen Sie das?«

»Weil Ihnen alles andere sowieso egal ist.«

»Das stimmt nicht!«

»Nein, aber es ist lustig.«

»Das stimmt. Aber mir sind viele Dinge nicht egal. Ich …«

Tanaka hob die Hand.

»Jonas, bevor Sie mir etwas erzählen, was ich weiß, und mich damit so sehr langweilen wie ich Sie mit meinem pflichtschuldigen Bericht zu Ihrer finanziellen Gesamtsituation, überspringen Sie doch diese Exkurse und sagen mir einfach, was Sie bekümmert.«

»Mit welchen Frechheiten habe ich denn heute noch zu rechnen?«

»Wir Japaner haben da ein Sprichwort: Wo die Notwendigkeit ruft …« Er hielt inne. »Nein, haben wir nicht. Aber Sie hätten es bestimmt geglaubt.«

»Ist mit Ihnen alles in Ordnung?«, fragte Jonas.

»Entschuldigen Sie bitte. Ich bin fröhlich, weil wieder ein Jahr verstrichen ist, ohne dass ich vom Angesicht der Erde verschwunden bin.«

»Ja, ein gutes Jahr war es nicht. Aber demnach feiern Sie ja doch sein Ende.«

»Hören Sie, es klingt doch gut, wenn man sagt, man kümmert sich nicht um das Feuerwerk und die Feiern und sitzt stattdessen ungerührt am Schreibtisch, weil man einen eigenen Kopf hat und ein autarkes Original ist und angeblich der erste Tag des Jahres eine viel größere Bedeutung hat und so weiter. Was glauben Sie, was ich gestern gemacht habe? Ich habe mich mit drei chinesischen Liebes-

dienerinnen unterhalten. Seit wann nehmen Sie alles, was ich sage, so ernst?«

»Weil man manches davon sehr ernst nehmen muss. Den Rest kann man vergessen. Leider ist nie sofort klar, wo man das Gesagte einordnen darf.«

Der Anwalt rieb sich die Hände, notierte sich etwas und griff nach seiner Zigarrenkiste.

»Da haben Sie vermutlich recht. Jetzt verraten Sie mir, was Ihre Freundin gesagt oder getan hat.«

Mit einer knappen Bewegung seines Zeigefingers lehnte Jonas die angebotene Zigarre ab.

»Sie will zum Südpol«, sagte er.

»Hm.«

Tanaka zündete umständlich seine Zigarre an. Er paffte und ließ eine Rauchwolke zu dem Leuchter über ihnen hochsteigen. Jonas merkte, dass er doch auch eine wollte, dringend sogar, aber er blieb stark.

»Tanaka, ich weiß, dass Sie nicht leicht zu beeindrucken sind, aber …«

»Ich bin überhaupt nicht zu beeindrucken. Ich versuche nur, die Situation zu überblicken. Sie will zum Südpol. Allein? Nein. Sie will mit Ihnen zum Südpol. Sie haben gerade den Everest bestiegen, Jonas …«

»Ich war nicht ganz oben«, sagte Jonas.

»Mit diesem Märchen können Sie Ihren armen Expeditionsleiter deprimieren, mein bester aller Freunde. Andere schaffen es nicht nach oben und behaupten, sie wären auf dem Gipfel gewesen. Er war oben, und was tut er? Er behauptet, er hätte es nicht geschafft. So etwas Verrücktes kann nur Ihnen einfallen. Nein, Sie waren oben, und Marie weiß es auch. Aber das ist nicht der Grund, warum sie zum Südpol will. Sie will nicht mit Ihnen konkurrieren. Sie hat endgültig verstanden, dass sie zu Ihnen gehört, deshalb ist sie Ihnen auch in den Himalaya hinterhergereist, und nun will sie solch ein großes Erlebnis mit Ihnen teilen.«

»Spätestens hier verlassen wir deutlich den Boden halbwegs plausibler Spekulationen und verlieren uns in Hellseherei, Tanaka. Von Tatsachen rede ich gleich gar nicht. Woher wollen Sie wissen, was in ihr vorgeht? Hat sie Ihnen das erzählt? Wohl eher nicht!«

»Ich habe mich ungeschickt ausgedrückt«, sagte Tanaka. »Kein Wort hat sie mir von solchen Plänen erzählt. Aber in der Zeit, als Sie beide getrennt waren, hat sie mich manchmal angerufen. Und ich sie noch öfter.«

»Wieso weiß ich davon nichts?«

»Weil Sie es vermasselt hätten. Sie hätten es bestimmt geschafft, sie wieder zu vergraulen. Marie wäre nie zu Ihnen zurückgekommen, wenn ich ihr nicht ein wenig zugeredet hätte. Wenn ich sie nicht mit Nachdruck auf Ihre wenigen guten Seiten hingewiesen hätte.«

»Haben Sie denn gar kein Mitleid, Tanaka?«

»Mitleid nicht«, sagte Tanaka, plötzlich ernst. »Aber ich empfinde eine tiefe Freundschaft zu Ihnen, und auch wenn Sie mich für einen Zyniker halten …«

»… tue ich nicht …«

»Auch wenn Sie mich für einen moralischen Grenzfall halten, so liegt mir doch alles sehr am Herzen, was Sie betrifft. Wenn Sie nicht glücklich sind, bin ich es auch nicht. Nicht weil ich Ihnen mein Leben verdanke …«

»Hören Sie mit den alten Geschichten auf.«

»Sondern weil Sie der einzige redliche Mensch sind, den ich kenne.«

»Übertreiben Sie nicht.«

»Erwischt«, sagte Tanaka. »Aber es war nicht sehr übertrieben. Nur ein bisschen.«

Jonas zog es vor, nichts zu erwidern.

»Also. Der Südpol. Forschungsstationen, Eis. Minus dreißig Grad, Wind, keine Eisbären.«

»Tanaka, bitte!«

»Pinguine, Gletscherspalten, dreitausend Meter dickes Eis.«

»Das Eis hatten wir schon«, sagte Jonas.

Tanaka drückte einen Knopf an dem alten Telefon, das in die Tischplatte geschraubt war. Er stand auf und begann in der Suite umherzugehen.

»Ein Sehnsuchtsort«, fuhr er fort. »Aber im Gegensatz zum Mount Everest einer, an den sich nicht viele verlieren. Dort haben Sie es nicht mit Horden von Amateurbergsteigern zu tun, die sich mit Ihnen um einen freien Meter am Fixseil zum Gipfel streiten, sondern mit der Einsamkeit. Und mit den extremsten Witterungsbedingungen, die man sich vorstellen kann. Im Winter gibt es kein Licht. Es ist immerzu dunkel. Betrifft Sie nicht, weil Sie nicht im Winter hingehen werden. Im antarktischen Sommer ist es immerzu hell, 24 Stunden am Tag. Wenn auch nicht sehr hell. Aber wie wir wissen, existiert die Lichtfolter. Mit den Temperaturen werden Sie dort keine Schwierigkeiten haben, denn im Sommer hat es keine minus 65 Grad Celsius so wie in Zeiten der Finsternis, da ist es dreißig Grad wärmer. Die Höhe wird Ihnen auch nichts ausmachen. Sind nur 3000 Meter. Es gibt Menschen, die glauben, der Südpol wäre eine zwei Meter hohe, etwas breiter geratene Eisscholle.«

»Wieso können Sie eigentlich über jedes Thema Stegreifreferate halten, Tanaka? Wieso wissen Sie alles?«

»Na ja, Sie wissen ja auch fast alles.« Er wandte sich zur Tür, denn es hatte geklopft. »Herein!«

Ein Kellner erschien, an seiner Seite einer der Männer mit den Knöpfen im Ohr. Tanaka flüsterte ihm etwas zu. Der Kellner und der Leibwächter zogen sich unter Verbeugungen zurück. Tanaka drehte sich wieder zu Jonas.

»Wir werden Ihnen beiden eine wunderbare Expedition organisieren …«

»Aber genau das will sie nicht!«

»Was will sie nicht?«

»Eine organisierte Expedition! Sie will allein mit mir ihren Schlitten durchs Packeis ziehen! Sie will zu Fuß zum Südpol laufen!«

»Aber doch nicht die gesamte Strecke?«

»Sie redet von 400 Kilometern. Einer ihrer Arztkollegen in diesem Krankenhaus hat ihr davon erzählt.«

»Ich hatte ja gleich zu einem anderen Krankenhaus geraten.«

»Da hatten Sie wohl ausnahmsweise recht.«

»Ich habe immer recht. Nun, dann werden wir eben diese 400 Kilometer entsprechend vorbereiten.«

»Tanaka, ich marschiere ganz sicher nicht 400 Kilometer durch die Antarktis.«

»Sie haben schon Blöderes gemacht.«

»Das stimmt, aber da ging es nur um mein eigenes Leben.«

»Vielleicht überlegt sie es sich ja auch noch. Aber wenn nicht, bereiten wir diese Expedition gewissenhaft vor.«

»Verstehen Sie nicht, Tanaka? Sie will das nicht. Sie will nicht, dass wir das vorbereiten.«

»Dann werden wir das eben richtig gut vorbereiten. So vorbereiten, dass es nicht vorbereitet aussieht.«

»Sie verstehen noch immer nicht, Tanaka.«

Es klopfte wieder. Auf Tanakas Ruf trug der Kellner eine kunstvoll geschliffene Flasche Whisky herein, die er auf dem Esstisch abstellte. Jonas erkannte die Sorte, so einen hatte er mit Helen in London getrunken. Seither war ihm keine solche Flasche mehr untergekommen.

»Die schenke ich Ihnen zum neuen Jahr«, sagte Tanaka. »Ich brauche Ihnen nicht zu erzählen, was das ist, oder?«

»Sie verstehen heute überhaupt nichts, Tanaka. Ich glaube, dass entweder Marie oder ich da unten sterben werden.«

»Unsinn. Niemand wird sterben.«

»Ich habe Ihnen erzählt, wie das mit dem Tod meines Bruders war. Ich habe Ihnen erzählt, wie das mit Werners Tod war.«

»Niemand wird sterben.«

»Ich habe ein schlechtes Gefühl, Tanaka.«

»Niemand wird sterben, Jonas. Ich verspreche es.«

»Alles können Sie nicht versprechen, Tanaka.«

»Versprechen kann ich sehr wohl alles. Nur halten vielleicht nicht.

Schauen Sie nicht so bekümmert, haben Sie denn Ihren Humor ganz verloren? Dieses Versprechen kann ich halten, glauben Sie mir.«

In der Suite war es heiß. Jonas wischte sich mit der Serviette den Schweiß aus dem Gesicht. Er merkte, dass er die von Tanaka erwischt hatte. Der Anwalt riss sie ihm aus der Hand und hielt sie gegen das Licht. Die Schrift war verschmiert.

»Mein Bad steht Ihnen zur Verfügung«, sagte Tanaka säuerlich. »Sie wissen ja, ich habe es gern warm.«

»Das Bad sollten eher Sie aufsuchen. Und sich endlich den Reis vom Hals waschen.«

»Das soll alsbald geschehen«, sagte der Anwalt, »aber erst möchte ich von Ihnen hören, dass Sie mir vertrauen.«

»Ich bin ja nicht übergeschnappt, Tanaka.«

»Da gibt es unterschiedliche Ansichten, Jonas.«

»Ja, sogar in meinem Kopf.«

»Wieso überrascht mich das nicht?«

# SCHWARZAU AM STEINFELD

Die vergangenen drei Tage sind nicht schlecht gelaufen, ich bin seit 61 Stunden ohne Alkohol, und die Abstinenz tut mir gut. Ich fühle mich ausgeglichen. Das hängt allerdings vielleicht auch mit den fünf bis sechs Xanor zusammen, die ich über den Tag verteilt nehme, um mich ausgeglichen zu fühlen.

Nach einer Viertelstunde auf der Autobahn schläft Werner so tief, dass ich ausnahmsweise die Zeitung herausholen kann. Komisch, wenn ich nach ein paar Schnäpsen mit 220 dahinfahre, stört ihn das nicht im mindesten, aber kaum kommt eine Zeitung ins Spiel, beginnt er zu zicken. Ich habe ihm schon mehrfach erklärt, dass ich am Steuer nur die Briefmarkenmeldungen der Käseblätter lese und nicht die *Times*, meine Aufmerksamkeit also höchstens um zehn Prozent verringert ist und ich zudem langsamer fahre als sonst, aber er legt stur sein Veto ein.

Während er neben mir seine apokalyptischen Schlummergeräusche von sich gibt, überfliege ich die Weltnachrichten.

Von Neuigkeiten kann nicht die Rede sein. In der Ukraine herrscht Krieg, den keiner so nennt, in Deutschland geben die PEGIDA-Narren allmählich auf, in Syrien und im Irak schlachtet der IS nun schon seine eigenen Leute ab, offenbar wegen Desertion oder Sabotage, was ich so übel nicht finden kann, und der Papst hat offenbar wieder einmal ordentlich einen sitzen gehabt. Er hat einen Vater gelobt, der sein Kind ab und zu schlägt, um es zu erziehen, dabei jedoch »seine Würde achtet«.

Der Rest in der Zeitung ist auch ein Scheiß.

Als ich auf dem Parkplatz halte, wacht Werner auf. Er ist wie ein Kind: Wenn der Wagen stehen bleibt, wacht er auf. Er muss aber auch genauso oft aufs Klo und braucht genauso oft etwas zu trinken.

»Da sind wir«, sagt er aufgeräumt und völlig überflüssigerweise, zumal ich uns hergebracht habe und überdies ein großes Schild mit der Aufschrift JUSTIZANSTALT SCHWARZAU auch selbst deuten kann.

Zuallererst fallen mir die klare Luft und die Stille auf. Alles wirkt friedlich, ein wenig öde, aber friedlich. Was ich von einem Ort, an dem die gefährlichsten Straftäterinnen des Landes untergebracht sind, unbewusst wohl nicht erwartet habe. Aber das passt gut, denn über dem Park hinter den Mauern liegt eine gewisse versöhnliche Friedhofsruhe.

Zur Sicherheit nehme ich trotzdem ein Xanor. Ich war zwar noch nie in so einer Anstalt, aber ich kann mir kaum vorstellen, dass ich mich darin wohl fühlen werde.

Estibaliz Carranza, genannt Esti, junge und schöne Besitzerin eines Eissalons in Wien, schießt 2009 ihrem Ehemann, während der am Computer ein Ego-Shooter-Spiel spielt, mit einer Beretta Kaliber .22 in den Kopf, viermal, um sicherzugehen. Sie lässt den Tatort, wie er ist, und übernachtet bei ihrem Geliebten. Tags darauf fährt sie wieder zu ihrer Wohnung, wo sie feststellen muss, dass warmes Frühlingswetter Leichen nicht guttut. Darauf übergießt sie die ihres Mannes mit Speiseöl und zündet sie an. Für eine Kremierung benötigt man ganz andere Temperaturen, aber das ist ihr nicht bekannt, und rasch steht die von Nachbarn verständigte Feuerwehr vor der Tür. Während zwei Meter neben ihr der Ehemann auf seinem Schreibtischstuhl kokelt, überzeugt sie die Feuerwehrleute, es sei ihr lediglich beim Kochen Fett angebrannt.

Diesmal bleibt sie drei Tage weg.

Als sie wiederkommt, schlägt ihr schon an der Haustür Verwesungsgestank entgegen. Eine Nachbarin fragt sie im Treppenhaus, ob sie wieder Fisch gekocht hat. Vor ihrer Wohnungstür stößt Esti

auf eine Pfütze aus Blut und Leichenwasser und in der Wohnung auf einen Ehemann, der sich im Zustand fortgeschrittener Auflösung befindet. Nachdem sie sich übergeben und geputzt hat, besorgt sie sich im Baumarkt eine transportable Hebebühne, die sie allein zusammenbaut und mit deren Hilfe sie den Ehemann samt Stuhl in eine ihrer geräumigen Tiefkühltruhen zu befördern versucht. Zu ihrem Pech ist die Hebebühne der Belastung nicht gewachsen, und die Halterung bricht auseinander.

Esti fährt wieder zum Baumarkt, ersteht eine handliche Motorsäge und lässt sich noch vor Ort den Gebrauch erklären. Bei der Zerteilung des Ehemanns im Wohnzimmer geht einiges schief, so setzt sie etwa bei einem Bein die Säge zu hoch an, was den Austritt der Eingeweide zur Folge hat, die sie daraufhin in einen Eimer legt. Kopf, Arme, Beine und Torso wandern in die Tiefkühltruhe, in die Esti einige Zeit später Beton gießt. Das Betontruhengrab lässt sie von ihrem nichtsahnenden Bruder und einem ebenso arglosen Nachbarn in den Keller befördern. Das Wohnzimmer streicht sie selbst neu.

2011 erschießt sie ihren Lebensgefährten im Schlaf. Die Zerstückelung und Entsorgung der zweiten Leiche dauert nur zwanzig Minuten, wobei der Torso im Reisetrolley den Weg in den Keller antritt.

Zwei Jahre darauf wird sie durch einen Zufall geschnappt und Werner ihr Anwalt. Was ihr auch nichts mehr hilft, sie bekommt lebenslang mit Sicherungsverwahrung. Damit sind ihre Aussichten, je wieder in Freiheit zu gelangen, relativ gering. Für die Gutachterin ist sie einer der gefährlichsten Menschen der Welt. So jemanden trifft man ja nicht an jeder Straßenecke, also begleite ich Werner nur zu gern bei seinem monatlichen Besuch. Was gar nicht so einfach war, Esti musste vorab meinen Namen der Anstaltsleitung bekanntgeben, denn erst wenn man auf irgendeiner Liste steht, darf man zu ihr.

Nachdem wir eine Metalldetektorschleuse passiert haben und ich gefilzt worden bin, sitzen Werner und ich in einem schlauchartigen Warteraum. Er ist kämpferisch gestimmt, weil die Polizei ihre Schi-

kanen gegen ihn wieder intensiviert hat und erneut Beamte in Wiener Gefängnissen von Zelle zu Zelle gehen und Insassen mit der Aussicht auf Vergünstigungen zu Aussagen gegen ihn bewegen wollen. Sag, du warst dabei, als er ein Kilo Koks verdreht hat, und du gehst ein halbes Jahr früher nach Hause, so in etwa lautet das Eröffnungsangebot. Wer die Polizei zwanzig Jahre lang auf die Hörner nimmt, muss mit so etwas rechnen, den wollen sie im Knast sehen.

Unsere Gespräche haben meist einen unbeschwerten Charakter, aber bei diesem Thema ändert sich das schnell. »Einigen Polizisten muss man alles zutrauen«, hat er mir mehrmals versichert. »Alles.«

Wir warten.

»Wie lange dauert der Besuch eigentlich?«, frage ich.

»Halbe Stunde. Wieso, wann musst du zurück in Wien sein?«

»Na ja. Um vier treffe ich eine Geisteskranke. Von Facebook. Und um sieben eine Nette.«

»Die ist danach auch geisteskrank.«

Wir warten.

»An den Anblick von dir im Anzug werde ich mich nie gewöhnen«, bekenne ich. »Du siehst beinahe seriös aus.«

»Was dir nie gelingen wird.«

»Wieso fragen mich dann so viele, wie es meinem Freund, dem zwielichtigen Anwalt geht?«

»Immerhin fragen sie, wie es mir geht.«

»Aber wieso nennen sie dich zwielichtig?«

»Weil du viele Trottel kennst.«

»Das ist bei dir aber nicht besser.«

»Eher schlechter«, stöhnt er. »Und bevor wir das nächste Mal Esti besuchen, mache ich dich hübsch. Deine Hände fixiere ich mit Kabelbindern auf dem Rücken, und dann rasiere ich dir deinen Taliban-Bart ab!«

Schon zu Beginn der Fahrt hat Werner gewisse Vorbehalte gegenüber meiner zugegebenermaßen derzeit etwas wuchernden Gesichtsbehaarung geäußert. In der Hinsicht haben wir unversöhnliche Standpunkte.

»Besser Bart tragen als ausschauen wie du«, sage ich.

»Wieso?«

»Weil du unseriös ausschaust.«

»Und du schaust aus, als hättest du einen Teller Calamari im Gesicht!«

»Und du dafür, als hättest du ein paar Teller Calamari zu viel gegessen.«

»Notiz für mich selbst: dem Schriftsteller auf den Kehlkopf schlagen«, sagt Werner beim Aufstehen, denn durch das Fenster zum Besucherraum ist Frau Carranza zu sehen.

Wir sitzen zu dritt an einem kleinen grauen Tisch. Um uns lauern einige sprungbereite Justizbeamte. Was angesichts der rollenden Kanonenkugel im Anwaltskostüm etwas übertrieben scheint, aber vielleicht belauern sie in Wahrheit ja gar nicht die Doppelmörderin, sondern uns. Was heißt uns, mich. Werner kennen sie ja

Esti hat mich mit Wangenküsschen begrüßt. Das gefällt mir. Erstens habe ich noch nie eine Mörderin geküsst, zumindest weiß ich nichts davon, zweitens sieht sie wirklich verdammt gut aus, noch besser als auf den Fotos. Letzteres sage ich ihr auch, und das trägt zu einer entspannten Atmosphäre bei.

Ich muss nicht viel fragen, sie erzählt von sich aus, und das ist mir recht. Ich weiß gar nicht, was ich sie fragen sollte. Ich will nur in sie hineinschauen.

»Siehst du das?«, fragt sie mich. »Wie sie aufpassen? Als könnte ich noch jemandem etwas antun!«

»Das ist wirklich absurd«, pflichte ich ihr bei.

»Schau mich an! Ich bin eine zarte Frau, ich wiege 50 Kilo, ich habe keine Waffe, wem soll ich etwas tun? Und warum?«

Ich schaue sie an, und ich mache das durchaus gern. Zum Glück bin ich nicht besonders hybristophil, sonst hätte ich jetzt ein Problem.

»Das ist doch Schikane! Findest du nicht?«

Ja, das finde ich auch, und das sage ich ihr und schaue sie weiter

gern an. Nur der Anblick ihrer Hände löst ein befremdendes Gefühl in mir aus.

»Nicht einmal meinen Sohn darf ich allein sehen!«

Werner schaltet sich ein. »Frau Carranza, Sie müssen Geduld haben. Nach fünf Jahren können wir ein neues Gutachten beantragen …«

Esti ist im Moment jedoch auf mich fixiert. »Meinen Sohn, verstehst du?« Unsere Unterarme berühren sich auf dem Tisch. »Weder meinen Sohn noch meinen Mann!«

»Deinen Mann?« Ich bin leicht irritiert.

»Roland! Den ich im Gefängnis geheiratet habe!«

»Ach ja.« Diese Hände. »Was, du darfst beide nicht sehen?«

»Nicht im Langzeitbesucherraum«, erklärt Werner. »Das ist die sogenannte Kuschelzelle. Dort dürfen andere Insassinnen drei Stunden im Monat ihre engsten Familienmitglieder ohne Beisein von Beamten empfangen. Frau Carranza nicht, sie darf ihren neuen Mann und ihren Sohn nur hier in diesem Besucherraum sehen.«

Ich muss einräumen, dass mir diese Maßnahme zumindest im Fall des neuen Ehemanns nicht ganz unbegreiflich ist, aber das behalte ich für mich.

Esti richtet nun einige Beschwerden an Werner. Ich bewege mich keinen Zentimeter, ich bleibe an Estis Unterarm kleben.

Was diese Hände getan haben.

Es mag hartherzig klingen, doch bislang habe ich über die Opfer kaum nachgedacht. Esti interessiert mich, das Dunkle, nein, das Kohlrabenschwarze, diese finsterste Nacht interessiert mich, denn aus der Nacht komme ich selbst. Nicht aus so tiefer Nacht, aus einer anderen, und deshalb will ich ihre sehen und verstehen. Aber nun muss ich ständig an die zwei Männer denken, die sie ermordet hat. Als wären sie hier, so fühlt es sich an.

Unter den Wachbeamten bricht plötzlich Hektik aus. Einer legt mir ein Papier vor und fordert mich auf, es zu unterschreiben. Damit soll ich bestätigen, dieses Gespräch nicht journalistisch zu verwenden. Darauf hat mich Werner bereits vorbereitet.

»Das kannst du ruhig machen«, sagt er. »Das hat keinerlei Rechtsgrundlage.«

Das hätte auch ich als Laie so gesehen, ich sitze ja in Niederösterreich und nicht in Pjöngjang. Ich finde diese Prozedur irritierend, unterzeichne aber schnell und ohne Einwände, um wieder Kontakt mit Estis Unterarm aufzunehmen. Was ich mir davon verspreche, kann ich nicht sagen.

Nachdem alle aktuellen Anwaltsangelegenheiten besprochen sind, wendet sich Esti wieder mir zu. Sie will unbedingt alle meine Romane haben, die es auf Spanisch gibt. Ich verspreche, sie ihr umgehend zu schicken.

»Oder du bringst sie selbst?«

»Das kann ich gern machen. Wenn du das möchtest.«

»Ich weiß, dass es unrecht war, was ich getan habe. Ich habe mein Leben verpfuscht. Ich habe zwei Müttern das Wichtigste genommen, das es auf der Welt gibt. Und ich bin froh, dass ich hierhergekommen bin. Wirklich, ich bin froh. Hier hat man mir Gelegenheit gegeben zu heilen. Ich habe ein ganzes Jahr Psychotherapie hinter mir und weiß jetzt, dass etwas Böses in mir war, das endlich nicht mehr da ist.«

Sie sieht mir in die Augen, lange genug, bis sie meint, ich hätte verstanden. Innerhalb eines Sekundenbruchteils ändert sich ihr Ausdruck, ihr Blick erstarrt, und so einen Blick habe ich mein Lebtag noch nicht gesehen. Sie dreht sich zu Werner.

»Sie haben mich im Prozess völlig im Stich gelassen«, sagt sie.

Diese Frau würde auch dem guten alten Charlie Manson den Arsch aufreißen.

Auf der Heimfahrt habe ich nichts zu lesen, und da Dschingis Khan neben mir schnarcht, kann ich mir Estis Geschichte durch den Kopf gehen lassen.

Was ist das für ein Mehrfamilienhaus, in dem nachts geschossen wird, in dem es nach Verwesung riecht, in dem es brennt und in

dem Motorsägengeräusche zu hören sind, in dem erst der eine und dann der andere Partner einer Mieterin verschwindet, ohne dass einer der Nachbarn misstrauisch wird?

Was läuft schief, wenn zwei Männer spurlos verschwinden und deren Frau nur als Doppelmörderin enttarnt wird, weil ein Wasserrohrbruch im Keller zur Entdeckung erheblicher Mengen von Leichenteilen führt: Hat die Polizei zu viel damit zu tun, zwielichtigen Anwälten nachzustellen, die nicht mehr angestellt haben, als ihren Job gut zu machen?

Wer heiratet so eine Frau als Nummer 3?

Wie findet man für so eine Wohnung einen Nachmieter?

# TOKIO

Marie ging zur Kuchenvitrine, um sich etwas auszusuchen. Sie trug mit Vorliebe diese dünnen langen Westen, die einer Frau jene lässige Eleganz verleihen, und als er ihr hinterherschaute, wie sie mit ihrer grauen Weste und ihren langen Haaren um die Ecke bog, fragte er sich, ob Frauen selbst auch so große Freude daran hatten, sich zu betrachten.

Woher weiß sie bloß, was sie mit mir macht, nur durch diese Weste? Und wieso können wir Männer so etwas nicht?

Er beobachtete die anderen Gäste. In einer Ecke eine Gruppe junger Leute, die offenbar auf ihren Handys gemeinsam ein Multiplayerspiel spielten. Er hatte sie schon öfter gesehen, und er mochte sie. Wie sie war er nie gewesen, in keinem Alter.

In der Ecke gegenüber zwei alte Frauen. Der Anblick ihrer grauen Haare rührte an etwas in ihm. Er mochte auch diese beiden, doch vor allem taten sie ihm leid.

Wieso? Wegen ihres nahen Endes? Wusste er, wann seines kam? Vielleicht früher als das dieser alten Frauen mit ihren feinen asiatischen Gesichtszügen. Ein wenig sahen sie aus wie Puppen.

Die Jungen. Die Alten. Und dazwischen ich.

Alles ist groß.

Und es fühlt sich groß an, so voll zu sein mit Leben, mit Vergangenheit, mit Substanz. Und es ist seltsam, mit all diesem Leben und der Vergangenheit und der Substanz auf junge Leute zu treffen, die diesen Weg noch vor sich haben, und auf alte Leute, die nichts mehr nachholen können, die auskommen müssen mit dem, was sie bis heute gesammelt haben. Es kommt nicht mehr viel dazu.

Nach dem Tod, was wartet auf uns?

Der Hüter zeigt mir die Welt, wie sie vor Hunderttausenden von Jahren war. Ich bin der einzige Mensch auf Erden.

»Es geht weiter, wenn du mit einem Raumschiff zum Mars geflogen bist.«

»Es geht weiter? Mit mir?«

»Ja. Dann geht es weiter.«

»Ich soll ein Raumschiff bauen? Allein?«

»Du ganz allein.«

»Wieso allein?«

»Weil du alles allein machen willst.«

»Mit welchem Werkzeug?«

»Mit Werkzeug, das du zuvor gebaut hast.«

»Das ist unmöglich«, sage ich.

»Nichts ist unmöglich«, sagt er. »In der Ewigkeit geschieht alles irgendwann.«

»Aber das ist unmöglich!«

»Du hast es schon oft geschafft.«

Ich beginne. Ich suche nach passendem Material für einen Faustkeil. Es gibt in der Nähe nur Wiesen. Woher nehme ich den Faustkeil? Aber ich brauche den Faustkeil.

Der Hüter sieht mir zu.

»Das könnte dauern«, sagt er. »Ich gehe Kaffee trinken.«

Und ich suche einen Faustkeil, und ich denke an das Feuer. An das Feuerholz und die Reibung. An das Rad, an Behausung, an Schnüre, woher Schnüre? An das Essen, das ich für mich besorgen muss, ich habe Hunger, Faustkeilsuche macht hungrig. Wenn ich Fische essen will, muss ich angeln. Die Angelschnur, der Haken, der Wurm. Das Feuerholz, das Feuer. Die Dunkelheit, die Kälte, die Nacht. Die Hütte. Der Regen. Der Schlaf, das Erwachen, der erste Gedanke: die Zeit. Die Zeit, die Zeit, die Zeit, die Zeit, die Zeit, die Zeit, die Zeit, die Zeit, die Zeit, die Zeit, die Zeit, die Zeit, die Zeit, die Zeit, die Zeit, die Zeit, die Zeit, die Zeit, die Zeit, die Zeit, die Zeit, die Zeit, die Zeit, die Zeit, die Zeit, die Zeit die Zeit, die Zeit, die Zeit, die Zeit, die Zeit, die Zeit,

die Zeit, die Zeit, die Zeit, die Zeit, die Zeit, die Zeit, die Zeit, die Zeit, die Zeit, die Zeit, die Zeit, die Zeit, die Zeit, die Zeit, die Zeit, die Zeit, die Zeit, die Zeit, die Zeit, die Zeit, die Zeit, die Zeit, die Zeit, die Zeit, die Zeit, die Zeit, die Zeit, die Zeit, die Zeit, die Zeit, die Zeit, die Zeit, die Zeit, die Zeit, die Zeit, die Zeit, die Zeit, die Zeit, die Zeit, die Zeit, die Zeit, die Zeit, die Zeit, die Zeit, die Zeit, die Zeit, die Zeit, die Zeit, die Zeit, die Zeit, die Zeit, die Zeit, die Zeit, die Zeit, die Zeit, die Zeit, die Zeit, die Zeit, die Zeit, die Zeit, die Zeit, die Zeit, die Zeit, die Zeit, die Zeit, die Zeit, die Zeit, die Zeit, die Zeit, die Zeit, die Zeit, die Zeit, die Zeit, die Zeit, die Zeit, die Zeit, die Zeit, die Zeit, die Zeit, die Zeit, die Zeit, die Zeit, die Zeit, die Zeit, die Zeit, die Zeit, die Zeit, die Zeit, die Zeit, die Zeit, die Zeit, die Zeit, die Zeit, die Zeit, die Zeit, die Zeit, die Zeit, die Zeit, die Zeit, die Zeit, die Zeit, die Zeit, die Zeit, die Zeit, die Zeit, die Zeit, die Zeit, die Zeit, die Zeit, die Zeit, die Zeit, die Zeit, die Zeit, die Zeit, die Zeit, die Zeit, die Zeit, die Zeit, die Zeit, die Zeit, die Zeit, die Zeit, die Zeit, die Zeit, die Zeit, die Zeit, die Zeit, die Zeit, die Zeit, die Zeit, die Zeit, die Zeit, die Zeit, die Zeit, die Zeit, die Zeit, die Zeit, die Zeit, die Zeit, die Zeit, die Zeit, die Zeit, die Zeit, die Zeit, die Zeit, die Zeit, die Zeit, die Zeit, die Zeit, die Zeit, die Zeit, die Zeit, die Zeit, die Zeit, die Zeit, die Zeit, die Zeit, die Zeit, die Zeit, die Zeit, die Zeit, die Zeit, die Zeit, die Zeit, die Zeit, die Zeit, die Zeit, die Zeit, die Zeit, die Zeit, die Zeit, die Zeit, die Zeit, die Zeit, die Zeit, die Zeit, die Zeit, die Zeit, die Zeit, die Zeit, die Zeit, die Zeit, die Zeit, die Zeit, die Zeit, die Zeit, die Zeit, die Zeit, die Zeit, die Zeit, die Zeit, die Zeit, die Zeit, die Zeit, die Zeit, die Zeit, die Zeit, die Zeit, die Zeit, die Zeit, die Zeit, die Zeit, die Zeit, die Zeit, die Zeit, die Zeit, die Zeit, die Zeit, die Zeit, die Zeit, die Zeit, die Zeit, die Zeit, die Zeit, die Zeit, die Zeit, die Zeit, die Zeit, die Zeit, die Zeit, die Zeit, die Zeit, die Zeit, die Zeit, die Zeit, die Zeit, die Zeit, die Zeit, die Zeit, die Zeit, die Zeit, die Zeit, die Zeit, die Zeit, die Zeit, die Zeit, die Zeit, die Zeit, die Zeit, die Zeit, die Zeit, die Zeit, die Zeit, die Zeit, die Zeit, die Zeit, die Zeit, die Zeit, die Zeit, die Zeit, die Zeit, die Zeit, die Zeit, die Zeit, die Zeit, die Zeit, die Zeit, die Zeit, die Zeit, die Zeit, die Zeit, die Zeit, die Zeit, die Zeit, die Zeit, die Zeit, die Zeit, die Zeit, die Zeit, die Zeit, die Zeit, die Zeit, die Zeit, die Zeit, die Zeit, die Zeit, die Zeit, die Zeit, die Zeit, die Zeit, ich, ich, ich, die

# WIEN

Für jemanden, der sich überlegt, ob er seine letzten zweihundert Euro bei Friedrich mit dem Fuß, in einen Restaurantbesuch oder doch in einen Großeinkauf beim Supermarkt investiert, ist es bestimmt keine gute Idee, sich einen WingTsun-Privattrainer zu leisten.

Kampfkunst hat mich schon immer interessiert. Ästhetisch ansprechende körperliche Überlegenheit fasziniert wahrscheinlich alle Jungen, aber bei mir hat diese Faszination die Pubertät überdauert.

Mit 14 übte ich Karate, scheiterte jedoch an der Tatsache, dass es sich um ein Gruppentraining handelte, denn die einzige Gruppe, die ich ertrage, bin ich selbst und vielleicht zusätzlich noch eine Person. Mit zwanzig versuchte ich es mit einer Mischung aus Bodybuilding und Hap Ki Do, war jedoch für beides zu faul. Mit dreißig scheiterte ich im Jiu-Jitsu (Gruppe), und vor ein paar Jahren begann ich mit WingTsun, einem chinesischen Kung-Fu-System, das von einem deutschen Grafen mit dem wunderschönen Künstlernamen Keith R. Kernspecht in Europa verbreitet worden ist. Nicht lange und ich verließ den Kurs wieder, es waren andere Leute dabei. Zum Glück vermittelte mir Werner dann seinen Privattrainer. Das kostet zwar pro Einheit so viel wie ein Monat in der Gruppe, aber das ist es mir wert. Ein- oder zweimal die Woche fahre ich zur EWTO in die Stumpergasse und lasse mich darin schulen, bösen Menschen Böses mit Bösem zu vergelten.

Einen schönen Namen hat auch er, mein SiFu, er heißt Matthias Gold. SiFu bedeutet so etwas wie väterlicher Lehrer. Mein väter-

licher Lehrer ist zwar ein paar Jahre jünger als ich, aber dafür ein didaktisches Genie, er bringt mir Fertigkeiten bei, die ich mir nicht zugetraut hätte. Dieser gerissene Mensch übt mit mir Abwehrtechniken, verwickelt mich ein, zwei Minuten lang in ein Gespräch und attackiert mich dann aus dem Nichts. Natürlich nur angedeutet. Der Mann hat den 6. Meistergrad, und wenn er Ernst machen würde, wäre ich in zwei Sekunden eine Leiche.

Heute sind zunächst Schritttechniken dran. Die hasse ich. Sie müssen leider sein, weil meine Beinarbeit die von Kapitän Ahab ist. Danach wiederholen wir verschiedene Möglichkeiten, die Ellbogen ins Spiel zu bringen. Das habe ich am liebsten, garantiert der Einsatz der Ellbogen doch die größtmögliche Zerstörungswirkung im Gesicht des Angreifers.

Ich weiß nicht, ob ich mich für WingTsun entschieden habe, weil es die vielleicht intelligenteste Selbstverteidigung ist oder weil sie eine der brutalsten ist.

Unter der Dusche bin ich fast glücklich. Langsam ziehe ich mich an, jede Bewegung nehme ich bewusster wahr als sonst. Ich verabschiede mich herzlich von meinem SiFu, stapfe hinaus in den Schnee und beschließe, heute auf Drogen und Kneipen zu verzichten.

Supermärkte gehören zum Trostlosesten überhaupt. Vor allem die der Billigketten. Durch meine Penny-Filiale schlurfen Menschen, denen man ansieht, dass es ihnen nicht besonders gutgeht. Sie haben wenig Geld und wenig Freude im Leben. Wenn sie den Blick heben, dann nur, um ein Regal nach der gewünschten Ware abzusuchen. Auch die Angestellten interessieren sich mehr für irgendwelche unsichtbaren Punkte auf dem Boden als für die Kunden. Ich kann es auf den Tod nicht ausstehen, solche leblosen Produkthallen mit dem Gute-Laune-Radio irgendwo über mir zu betreten.

Aber heute bringt mich nichts aus der Ruhe. Ich habe ja nicht nur meine WingTsun-Einheit hinter mir, sondern auch seit einigen Tagen weder Alkohol noch Drogen angerührt, und das führt bei mir

immer zu einem Gefühl von Ausgeglichenheit. Keine Depressionen, keine Angstattacken. Ich mache keine Luftsprünge, doch ich halte es aus mit mir und mit der Welt. Sogar die Nervenzuckungen in Armen und Beinen werden schon weniger.

Ohne Hast lade ich in meinen Einkaufswagen, was ich für die nächste Zeit benötige. Ich will einige Tage arbeiten, ohne nach draußen gehen zu müssen.

Viel brauche ich nicht. Milch, Nudeln, Butter, Brot. Ich lasse eine alte Frau an der Kasse vor, ich grüße die Kassiererin freundlich, ich ärgere mich nicht über ihr Schweigen, denn die hat es sicher auch nicht leicht. Das ist das Leben. Das da draußen ist die Welt, das hier drinnen bin ich, heute können wir koexistieren.

Der Lift hat schlechte Laune. Ohne ersichtlichen Grund fährt er mit mir zuerst in den fünften, dann in den sechsten und erst dann in den dritten Stock. Dort steht die demente Nachbarin, die die ganze Nacht ein unheimliches Kreischen von sich gegeben hat. Sie erkennt mich nicht und bezichtigt mich des lausbübischen Klingelns an ihrer Tür. Es kostet mich einige Mühe, sie wieder in ihre Wohnung zu befördern.

Ich räume den Einkauf aus. Dabei denke ich darüber nach, wie angenehm Nüchternheit ist. Abgesehen von Supermarktbesuchen verdunkelt wenig mein Gemüt.

Ich liebe diese Klarheit, dieses Bewusstsein für das eigene Leben, für das, was mich antreibt, ebenso wie für das, was mich schwächt. Ich sehe die Dinge, wie sie sind. Ich freue mich über meinen Zustand und fürchte mich vor dem, was unweigerlich kommen wird.

Ich nehme mir fest vor, meine nächste Rauschphase zeitlich zu minimieren. Von jetzt an will ich nicht öfter als zweimal die Woche Alkohol trinken und höchstens einmal koksen.

Ich ziehe den Tischkalender für 2015, den mir das Rote Kreuz als Dank für meine obligatorische Weihnachtsspende zugeschickt hat, aus der Schublade und beginne die Exzesse des jungen Jahres ein-

zutragen. A bedeutet Alkohol, K bedeutet Kokain. AK bedeutet getrunken und gekokst. Ein Strich steht für einen nüchternen Tag. Das dürfte ich mir merken.

Erfreut stelle ich fest, dass es noch wenige As und Ks einzutragen gibt. Eine gute Motivationshilfe! Von jetzt an muss und wird alles besser werden.

Eine SMS von Nina. Sie ist wegen ihrer Ausstellung nervös. Eine von Werner, er will mit mir morgen Abend ins Clubhaus der Hells Angels, deren Anwalt in Österreich er ist. Eine von Helen, ob ich morgen Abend Zeit für Zombies hätte. Eine von Olga, sie hat ein Aufenthaltsstipendium in der Schweiz, ich soll sie besuchen. Eine von David Schalko, ob wir uns nächste Woche sehen. Eine von Daniel, er ist irgendwo in Italien bei einem Literaturfestival und hält mit Zadie Smith einen Schwatz.

Eine Email vom Pornopärchen. Cynthia ist mir bei Facebook untergekommen. Seit Monaten verlangt sie, dass ich sie und ihren Herrn besuche. Er sieht gern zu und macht auch mit, sagt sie. Auf den Fotos wirkt sie attraktiv. Ein bisschen roh vielleicht, aber beileibe nicht abstoßend. Aber die Schilderungen ihrer ungeschützten Gangbangs machen mich nicht besonders heiß. Wenn ich mir vorstelle, wie eine Frau von einem Rudel unappetitlicher fetter Versager in Badelatschen gevögelt wird, kommt mir alles hoch.

Bevor ich mich um den vorhersehbaren Facebook-Stuss kümmere, besuche ich Nachrichtenseiten, und da lese ich, dass islamistische Attentäter zwei Drittel der Redaktion von *Charlie Hebdo* ausgerottet haben.

Sensationelle Ereignisse sauge ich voller Gier in mich auf. Ich bin neugierig, ich will die Welt brennen sehen, solange ich zu Hause sitzen und Kaffee trinken kann und mir nichts passiert.

Im Augenblick bin ich jedoch vor allem fassungslos. Im Gegensatz zu den meisten meiner Facebook-Freunde, die nun im Sekundentakt ihre Profilfotos durch ein »Je suis Charlie«-Bild ersetzen,

kenne ich diese Zeitschrift schon länger, ich kenne sogar die meisten Zeichner, dem Namen nach jedenfalls.

Dabei hat der Tag so gut angefangen.

Jetzt hätte ich doch gern etwas zu trinken.

Ich denke diesen Satz, und natürlich hört der Teufel mit. Er schickt mir einen Anruf.

DSCHINGIS KHAN

steht auf dem Display.

Die kleinen Herausforderungen gewinne ich manchmal. Ich hebe nicht ab.

Ich sehe fern. Nachrichten vor allem, Berichte über die Verfolgungsjagd auf die zwei Mordbrüder in Frankreich. Ihre Fotos werden eingeblendet. Die zwei sehen aus wie Typen, die nachts auf die Ampeln aufpassen.

Auf Dauer deprimieren mich diese Szenen. Ich suche mir in meinem digitalen Videorecorder eine UFO-Doku, die ich noch nicht kenne.

Seit einiger Zeit bin ich süchtig nach Dokumentationen. Wobei ich eine gewisse Beschränktheit meiner Interessen bekennen muss, ich schaue mir eigentlich bloß Dokus über Flugzeugabstürze und über UFO-Sichtungen an.

Ich kenne jeden Passagierflugzeugabsturz der vergangenen vierzig Jahre. Ich weiß alles darüber. Ich kenne die Geschichte des Aeroflot-Flugs 593, der mit 75 Passagieren abschmierte, weil der Kapitän seine Kinder ins Cockpit mitgenommen und ans Steuer gelassen hatte. Lauda Air im Jahre 1991, Schubumkehr, 223 Tote. 1985 Japan Airlines, Hydraulikleitungen zerrissen, Jumbo fliegt gegen einen Berg, 520 Tote. Abstürze wegen Feuer, Strömungsabriss, Bombenanschlägen, kenne ich alles. Ich kenne auch das Schicksal von Bashkirian 2937, einer Tupolew, die unter anderem 50 hochbegabte Kinder nach Barcelona bringen sollte und die über dem Bodensee

mit einem DHL-Jet kollidierte, woraufhin es Geniekinder vom Himmel regnete, die ausgerechnet auf dem Grundstück eines Heims für behinderte Kinder landeten. Ein Vater, der bei diesem Unglück seine Tochter und seinen Sohn verloren hatte, erstach später den verantwortlichen Fluglotsen.

Das sind natürlich prächtige Geschichten. Aber heute will ich nichts mehr von Toten hören, heute brauche ich Außerirdische.

Die neue Folge handelt von den belgischen UFO-Massensichtungen Anfang der neunziger Jahre. Darüber weiß ich zwar schon fast alles, aber mir sind altbekannte UFOs gerade lieber als der Anblick eines Polizisten, der eine Kugel in den Schädel kriegt.

Außerdem gehören die belgischen Phänomene, auch wenn eines der Fotos eine Fälschung war, zu den bestdokumentierten Sichtungen überhaupt. Über 10 000 Menschen sahen ein Objekt, das innerhalb von zwei Sekunden von 250 auf 1700 km/h beschleunigte und in derselben Zeit von 2700 auf 1500 Meter Höhe sank. Das war mit Sicherheit keine Cessna.

Die Leute lachen mich gern aus, wenn sie hören, dass ich an UFOs glaube. Ich muss ja selbst grinsen.

Wobei, UFO bedeutet nicht mehr als Unbekanntes Flugobjekt und hat noch nichts mit Aliens zu tun. UFOs gibt es massenhaft, die meisten Sichtungen lassen sich rational erklären. Was mich fesselt, ist der Rest. Die Sichtungen, die niemand erklären kann. Die mich in meiner Überzeugung bestärken, dass wir Menschen so etwas wie Labormäuse sind. Denn wenn es intelligente außerirdische Zivilisationen gibt, sind sie mit höchster Wahrscheinlichkeit um Hunderttausende oder gar Millionen Jahre älter und weiter als wir, denn dass wir uns auf demselben Punkt der Zeitlinie treffen, wäre ein absurder Zufall.

Es gibt keine Aliens? Kann kein Mensch wissen. Was ahnt eine Fliege von Stephen Hawking?

Die Menschen glauben zu Milliarden an ein Wesen, das über ihnen schwebt, über sie wacht, ihre Geschicke lenkt und noch von niemandem erblickt wurde außer an dem Tag, an dem es allürenhaft

aus einem brennenden Dornbusch sprach, aber sie halten diejenigen für verrückt, die sich manche Himmelserscheinungen nicht erklären können.

Nach der Doku wieder Nachrichten. Die Charlie-Mörder sind auf der Flucht. Die glauben an Allah. Baudelaire hatte eminent unrecht, es ist *nicht* egal, woran man sich berauscht, die Glaubensbesoffenen zetteln die allergrößten Schwierigkeiten an.

Mein Blick fällt auf die vollen Rotweinflaschen im Regal.

Nein, heute nicht. Und morgen auch nicht. Und übermorgen genauso wenig. Ich brauche mein Gehirn noch. Meine Arbeit funktioniert nicht, wenn man sich das Hirn zu Brei trinkt.

Ich hoffe nur, es ist noch nicht zu spät. Bei Säufern verhält es sich womöglich wie bei Demenzkranken, die merken es ja auch nicht, wenn sie die Schwelle zur Nacht überschritten haben. Wenn ich schon debil bin, weiß ich es selbst wahrscheinlich gar nicht. Ein beunruhigender Gedanke.

# WIEN

AK
A
AK
–
–
–

# ROM

Von April bis Oktober liebe ich Rom. Im Winter deprimiert es mich, da ist es steif und leer. Die Menschen bewegen sich wie Roboter. Alle warten auf die Leichtigkeit, die sich erst in ein paar Monaten wieder einstellen wird. Beim Rauchen vor den Lokalen reiben sie sich die Hände und reden leiser als sonst. Aber ich muss und möchte hin, denn mein Freund Paco präsentiert sein neues Buch.

Paco holt mich ab. Weit kommen wir zunächst mal nicht. Die ersten drei Grappa trinken wir stehend in einer Flughafenbar.

Wie üblich unterhalten wir uns in einer Mischung aus Englisch und Italienisch. Wir sind in nahezu jeder Hinsicht Seelenverwandte. In groben Zügen berichten wir einander von den letzten Monaten. Unsere Biographien nehmen eine so desaströse Entwicklung, dass wir schon nach kurzer Zeit aus dem Lachen nicht mehr herauskommen. Humor ist ohnehin das Einzige, was man einem Desaster entgegensetzen kann.

Paco bringt mich in ein Hotel, das er ausgewählt hat. Ich hatte ihm gesagt, er solle sich bei der Preisklasse an den Vermögensverhältnissen eines Obdachlosen orientieren. Vor dem Gebäude stehend stelle ich fest, dass er das wörtlich genommen hat, es ist nämlich ein Abbruchhaus. In dem sich jedoch, man möchte es nicht für möglich halten, ein Hotel verbirgt. Ob offiziell oder nicht ist mir einerlei, solange der ganze Krempel nicht über mir zusammenkracht. Ausschließen kann ich genau das angesichts der Bausubstanz freilich nicht.

Was man an anderen Orten als Rezeption bezeichnet, ist hier ein

Loch in der Wand des Hausflurs. Dort führt Paco diskrete Verhandlungen, um mir nach einer Weile mit einem Schlüssel in der Hand zu winken.

Das Zimmer finden wir nach einigem Suchen im zweiten Stock. Es ist eiskalt. Die Glühbirne hängt nackt und schmutzig von der Decke. Auch der Bettbezug hat schon bessere Tage gesehen. Ich stelle mein Gepäck ab. Paco sieht sich um.

»Not bad«, sagt er. »This is one of the rooms where people die.«

Da kann ich ihm nur recht geben, aber ich habe ohnehin nicht vor, viel Zeit darin zu verbringen.

Wir ziehen eine Line. Er fährt in seine Bar, ich dusche, das Wasser ist kalt. Dem Erfrierungstod nahe, wickle ich mich in eine Decke und setze mich an das winzige Fenster, durch das ich in einen engen Lichthof schaue. Zitternd lege ich mir noch eine auf. Ich nehme zu viel. Nachdem ich sie geschnupft habe, rumpelt mein Herz so heftig, dass mir die Luft wegbleibt.

Ich lege mich aufs Bett. Mein Herz rast, schlägt unregelmäßig, zuweilen so hart, als wollte es sich aus mir herausklopfen. In letzter Zeit habe ich häufig Herzrhythmusstörungen, und ich finde sie lästig. Jedes Mal ist da ein Moment der Erwartung, ob es so weit ist, ob das die letzte Sekunde ist, ob gleich alles schwarz wird.

Der Rausch in meinem Kopf hilft mir, die Panik niederzukämpfen. Ich will nicht in diesem Zimmer sterben. Und ich werde nicht in diesem Zimmer sterben.

Nachdem ich mich angezogen habe, überprüfe ich meinen Bestand an Xanor. Selbst bei dramatischen Ereignissen sollte der Vorrat für die paar Tage reichen.

Wobei dramatisch relativ ist. Bei meinem letzten Besuch in Rom hielt ich einen schwarzbärtigen, mit Krücken humpelnden Alten, der an einer roten Ampel zwischen den Autos umherging und bettelte, für den zu diesem Zeitpunkt längst hingerichteten Saddam Hussein. Ich bekam eine Heidenangst vor Saddam Hussein und verkroch mich im Fußraum des Beifahrersitzes. Paco wunderte sich nicht einmal.

Auf dem Weg zu Pacos Bar fällt mir an einer Kreuzung eine Frau auf. Ich sehe sie nur von hinten. Langes schwarzes Haar, die Größe stimmt, die Figur ist zumindest sehr ähnlich. Ich schleiche um sie herum. Als ich ihr Gesicht sehe, bin ich enttäuscht. Sie ist es nicht. Schön, aber nicht sie.

Komisch, das bleibt mir wohl ein Leben lang. Manche Menschen wird man nie wieder los. Manche Erinnerungen sind zu stark. Zwar weiß ich nicht, ob ich einen Menschen aus meiner Vergangenheit suche oder in die Zukunft schauen will. Ich habe keine Ahnung, ob es Trauer oder Sehnsucht ist, die mich Ausschau halten lässt. Dennoch kann ich getrost damit rechnen, dereinst selbst in tiefer Demenz beim Anblick einer Frau mit langen schwarzen Haaren zusammenzuzucken und mich an etwas erinnert zu fühlen, an etwas Starkes, Unwiederbringliches, an etwas, das kurz geleuchtet hat und untergegangen ist.

Ich schreibe einige SMS, dann rufe ich die Mutter Teresa unter den Exfrauen an und frage, wie es dem Kind geht.

»Das hast du doch heute früh noch selbst in die Schule gebracht! Bist du nicht mehr ganz nüchtern?«

»Absolut!«

»Gut gelandet?«

»Gleich nach dem Start abgestürzt. Nach links über den Flügel abgeschmiert …«

In Rom kauft man keine Briefchen, man kauft Kügelchen. Der Hausdealer ist noch nicht da, und überall in der Bar sitzen Männer, die mit den Fingern auf den Tisch trommeln und ihre Blicke sehnsuchtsvoll auf die Tür richten. Heute gehöre ich ausnahmsweise nicht zu ihnen, ich habe mir etwas aus Wien mitgenommen und bin bis zum Abend versorgt.

Paco und ich trinken Shots.

Wir reden nicht viel. Nebenbei lese ich im Internet Nachrichten.

Der Papst schon wieder. Sie haben ihn nach *Charlie Hebdo* gefragt. Er dürfte ähnlich denken wie die Mörder, er hat geantwortet, wer

seine Mutter beleidigt, den erwartet eben auch ein Faustschlag ins Gesicht. Ich glaube wirklich, der säuft.

Solche Sätze kenne ich ja eigentlich nur von Halbstarken, sagst du was gegen meine Mutta? Ich weiß, wo dein Haus wohnt, ich mach dich Messer. Vom Oberhaupt der katholischen Kirche erwartet man eine andere Konfliktlösungsstrategie. Dieser Franziskus, dort drüben residiert er, ich grüße dich, ist so ein bisschen eine Mischung aus Don Camillo und Peppone.

Es wird unruhig, als ein Kerl erscheint, dem Paco schon vor langer Zeit Lokalverbot gegeben hat. Den kenne ich, seinen Namen weiß ich nicht, ich nenne ihn für mich Matto. Auch ein Dealer, aber einer von der gruseligen Sorte. Ein rechtsradikaler Hooligan von Lazio Rom, sogar am Hals und im Gesicht tätowiert, mit bösen toten Augen und der Ausstrahlung eines Mörders.

In meinem Kombinationsrausch aus Schnaps und Koks und mit der Kenntnis der gängigen Handkantenschläge gegen den Hals lässt mich das kalt, aber einige Gäste zahlen rasch. Andere signalisieren ihm mehr oder eher minder diskret, dass sie an der Abwicklung eines Geschäfts interessiert sind. Diese Geschäfte werden prompt am Tresen erledigt, was wiederum Paco in Teufels Küche bringen könnte, es braucht nur einer der Kerle ringsum ein Bulle sein.

Paco entschließt sich, nichts zu hören und nichts zu sehen.

Ich höre und sehe ganz gut, deshalb schaue ich nach links, als dort seltsame Geräusche ertönen. Trotz meines Zustands erkenne ich deutlich den Hooliganpsychopathen, der mit einem riesigen Kampfmesser eine Bierflasche zu öffnen versucht, dabei mit diesem immer wieder abgleitet, worauf die im Barlicht gleißende Waffe in Richtung meines Oberarms zuckt. Dieser Anblick lässt mich nun doch von ihm abrücken. Zum Glück bekommt er die Flasche irgendwann auf. Noch glücklicher sind alle, als er sich kurz darauf verzieht.

Alkoholismus erkennt man angeblich auch daran, dass der Alkoholiker mit Menschen trinkt, die unter seinem Niveau sind.

Ich frage mich immer, auf wen das mehr zutrifft, auf mich oder auf die, die mit mir trinken.

Stunden verstreichen. Stunden, leer, gefüllt mit dem Immergleichen. Trinken, ziehen, trinken, ziehen. Der scharfe Geruch in der Nase, der beißende Geschmack im Rachen. Die Beine zappeln, ohne dass man es selbst merkt. Wellen von Nervosität. Der ganze Körper vibriert auf eine unheimliche Art. Man redet mit Menschen und doch nur mit sich selbst. Man will Sex, Sex ist in jeder Sekunde da, Sex, Sex, Sex, Sex, Sex. Gesichter sind austauschbar, Themen sind austauschbar. Nur die schönen jungen Leute, die von Zeit zu Zeit mit ihrer fröhlichen ausgelassenen Gesundheit über das Lokal hereinbrechen und die stumpfen Kokspuppen auf den Barhockern anrempeln, unterbrechen die Monotonie. Und der Schrecken, wenn der Vorrat zur Neige geht.

»Paco, will Stronzone come tonight?«

»He already was here. You talked to him.«

»Mamma mia.«

»Si.«

Er lacht. Einstweilen. Eine Stunde später hängt er am Telefon und versucht jeden Menschen zu erreichen, der ihm zum Thema einfällt. Das ist zwar halb Rom, aber zur Sperrstunde sitzen wir noch immer mit Zappelbeinen herum.

Es gibt nicht viel Erbärmlicheres als einen Kokainisten, dem der Stoff ausgegangen ist. Ich kratze mich alle zehn Sekunden, auf meiner Stirn klebt seltsam stinkender Schweiß, mein Herz rumpelt wie verrückt, und mir ist übel. Mir fällt nichts Besseres ein, als mir dagegen eine halbe Flasche Averna hineinzuschütten.

Ich bete, dass Paco irgendeinen Menschen erreicht, der seinen Lebensunterhalt mit dem Verkauf von Drogen bestreitet.

»I see only one solution«, sagt Paco.

»Tell me.«

»The guy.«

»Which guy?«

»The idiot with the knife.«

»Ouch.«

»Exactly.«

»Well. Let's go.«

Paco schließt den Laden ab, und wir setzen uns auf seine Vespa. Natürlich gibt es für mich keinen Helm. Und natürlich weiß ich, dass das wieder so eine Sache ist, auf die ich mich nicht einlassen sollte. Was mich jedoch nicht im Geringsten beunruhigt, auch nicht, als wir mit 80 über das Kopfsteinpflaster mangelhaft beleuchteter Straßen rattern, deren Schlaglöcher so tief sind wie Bombenkrater.

Vor einiger Zeit, wann immer es war, keine Ahnung, habe ich meine Angst verloren. Meine Angst vor den Dingen, vor denen man wirklich Angst haben sollte. Dafür habe ich im Flugzeug Angst, zu Hause im Dunklen und wenn ich Bauchschmerzen habe. Ich habe solche Angst vor Krankenhäusern, dass mir das geringste Stechen in der Seite Panikattacken beschert.

Wie wenig das zueinander im richtigen Verhältnis steht, merke ich selbst, aber ich habe nicht die Macht, etwas daran zu ändern. Erkenntnis bedeutet keineswegs die Fähigkeit zur Veränderung, das wollen einem nur manche Leute einreden, die vom Wunsch erfüllt sind, eine Antwort gefunden zu haben.

Lazio ist ziemlich weit weg von Pacos Bar. Mir ist kalt, ich habe ja kaum etwas an, und der winterliche Nachtwind pfeift mir hart um die Glatze. Fast werde ich nüchtern bei diesem Unternehmen mit unwahrscheinlicher Rückkehr der Einsatzkräfte. Paco ist betrunken, er bremst oft zu spät und dann sehr hart, wobei ich immer wieder mit der Nase gegen seinen Rücken pralle.

Irgendwann fange ich an mitzuzählen. Acht. Neun. Zehn. Elfmal Nase gegen Rücken. Dann sind wir da.

Paco ist schweigsam. Die Kneipe, vor der wir halten, sieht auch entsprechend aus.

Drinnen nicht anders, ausschließlich Hooligans, Nazis, Dealer, Schwachköpfe. Mich beachten sie nicht weiter, es hat nicht nur Nachteile, auszusehen wie ich, Paco hingegen erregt ihr Misstrauen. Er hat einen niedlichen Lockenkopf und verströmt die Aura eines

Britpop liebenden Bäckerbuben. So etwas kommt in Spelunken wie dieser nicht gut an.

Aber da ist schon der Messerspinner. Sie erledigen den Handel auch hier am Tresen. Es ist ja wirklich egal. Wenn einer von den Monstern hier ein Polizist ist, wirft er selbst so viel ein, dass es ihn nicht kümmert oder er gar nicht merkt, was rund um ihn vorgeht.

Wir trinken ein paar Schnäpse an der Bar. Danach ist Paco sichtlich entspannter, besonders als sich der Beknackte wieder zu seinen Nazifreunden verzieht.

Während ich mich mit der frischen Ware in der Toilette einsperre, denke ich darüber nach, wie stupide ich jede Form von Club oder Zusammenschluss immer schon gefunden habe. Es gibt nur zwei Ausnahmen, Rapid Wien und noch allenfalls eine Vereinigung mit dem Ehrenstandpunkt und dem Selbstverständnis wie etwa dem der Hells Angels, über die die meisten Menschen nichts wissen, aber alles glauben, was in der Zeitung über sie geschrieben wird. Ich war schon als Kind der Meinung, dass mich keine Vereinigung verdient hat. Im Guten wie im Schlechten. Und auch davon gelten nur die zwei genannten Ausnahmen.

Wir fahren auf die gleiche halsbrecherische Art zurück. Ich habe mittlerweile das Stadium erreicht, in dem ich nicht mehr durch die Nase atmen kann, und ducke mich hinter Pacos Rücken, damit mir der eisige Wind nicht die Mandeln aufschlitzt.

Es ist schön, so einen Freund zu haben. Wir bewegen uns zwar beide entlang der schmalen Grenze zwischen Lebensunfähigkeit und Selbstaufgabe, aber wir kennen und erkennen uns. Ich verstehe, wieso er so ist, ich verstehe, wieso er mit dem Leben nicht so richtig zu Rande kommt. Wir sehen es ähnlich, dieses Leben. Es gibt keinen Trost, wir warten, auf die Liebe oder auf den Tod, das ist die Welt.

Paco steigt vor seiner Bar ab, er müsse etwas holen. Er überlässt es mir, die Vespa zu halten, schließt auf, geht hinein. Das ist natürlich eine ganz wohlüberlegte Idee, mich in diesem Zustand mit einem Scooter alleinzulassen.

Elegant brause ich durch die engen Gassen nahe dem Campo dei Fiori. Kurze Zeit später drehe ich eine Runde über die Piazza Navona. Ich bin völlig allein. Weit und breit kein Mensch. Sogar die Polizisten, die sonst hier stehen, sind nach Hause gegangen.

Dreimal umkreise ich Berninis Vierströmebrunnen, der mich stumm anstarrt, dann fahre ich zurück. Gerade als ich vor der Bar halte, kommt Paco heraus. Als er mich sieht, nickt er nur verständnisvoll, als hätte er nichts anderes erwartet.

»Where do you come from?«, will er wissen.

# WESTSTEIERMARK

Das Dröhnen, das der Radiowecker von sich gibt, klingt aggressiv wie ein Zahnarztbohrer. Wenn Uriellas alte Taufpatin bei uns übernachtet, stelle ich einen anderen, einen, dessen Schrillen sie gewöhnt ist, sonst wirft es sie womöglich vor Schreck aus dem Bett oder sie kriegt gleich einen Herzinfarkt. Zweimal war es nämlich fast schon so weit.

Ich mag es, viel zu früh aufzuwachen. Gerade jetzt im Winter. Ich schalte das Radio ein und denke in der Dunkelheit vor mich hin. Die Gedanken sind langsamer um diese Zeit, sie strömen nicht bösartig gehetzt auf mich ein wie Bakterien, die mich auf Teufel komm raus attackieren, sie scheinen mir irgendwie gewogener zu sein oder mehr Geduld mit mir zu haben.

Außerdem ist es mein Geburtstag. Seit fünf Stunden bin ich dreizehn, und je früher ich aufwache, desto länger habe ich Geburtstag. Mein Geburtstag ist einer jener Tage, an denen ich mich freue, dass es mich gibt. Meine Geburt hätte mir allerdings den Gefallen tun können, sich einen Tag im Frühjahr auszusuchen und nicht den 1. Januar. Ganz egal, was einem die Erwachsenen sagen: Da bekommt man weniger Geschenke. Wegen Weihnachten so kurz davor. Das ist also schon mal nicht ideal gelaufen, würde ich sagen, eine Punktlandung am Ostersonntag zum Beispiel wäre weit besser gewesen.

Ein neues Jahr. 1985. Eine schöne Zahl. Ich kann Zahlen sehen, das war schon immer so, und 1985 ist eine sehr schöne Zahl. Ein bisschen verspielt, etwas geschwungen, ein wenig durchtrieben. Für mich ist sie eine Eiskunstläuferin und ein dunkelgrauer Magnet,

fast so groß wie eine Schultafel. Meine Zahlenseherei finden alle anderen blöd, aber ich weiß nicht, was daran blöd sein soll. Ich finde, es ist gut, wenn man das Wesen der Dinge erkennt. Eine Zahl ist ja nicht zufällig eine Zahl, die meint das ja wirklich so. Ich bin die 13, ich bin die 100, ich bin die 1985, und nur ich bin die 13 oder die 100 oder die 1985, und ich meine es bitterernst damit, diese Zahl zu sein, ich war nämlich schon vor euch da. Das sagt uns jede Zahl.

Ich denke an die Schule. Jetzt schon, obwohl sie erst in einer Woche wieder losgeht. An die Fächer, die am ersten Tag unterrichtet werden. Ich fürchte mich vor Chemie. Aber vor Chemie sollte sich sowieso jeder fürchten.

Eigentlich fürchte ich mich vor fast allem. Ich fürchte mich vor Menschen ebenso wie vor Hunden, vor schlechten Noten ebenso wie vor einem Fahrradunfall, vor Gespenstern, vor Einsamkeit, vor Strafen und Blamagen, und weil ich mich eben nicht blamieren will, scheue ich Risiken. Sogar im Schach, obwohl ich mir da noch am meisten zutraue. Dabei weiß ich, dass mir die Menschen nicht viel tun werden und die Hunde nichts tun können, denn beide sind auf die eine oder andere Weise angeleint. Die schlechten Noten sind mir in Wahrheit egal, Fahrradunfall hatte ich noch keinen, Gespenster belagern mich, haben mir aber noch nichts Böses zugefügt, und im Schach kann ich vermutlich alles erreichen, was ich will.

Ich bin so. Überall sehe ich die Gefahr, nicht die Chance. Ich habe gelesen, das nennt man den Jonas-Komplex.

Im Geist spiele ich Schachpartien durch. Zunächst meine eigene von vergangenem Wochenende. Sie ging unentschieden aus, womit ich mehr als zufrieden war, immerhin war mein Gegner der nominell stärkere Spieler. Aber meine Stellung war besser, ich hätte auch auf Gewinn spielen können. Ich habe mich nicht getraut.

Nebenan läutet der Wecker von Uriella. So nenne ich sie natürlich nur heimlich, in Wahrheit heißt sie anders. Doch der Name Uriella gefällt mir. Sie sieht wirklich aus wie die durchgedrehte Chefin der Fiat-Lux-Bewegung, sie trägt sogar ähnliche absurde wallende

Gewänder, in denen sie aussieht wie ein Schlossgespenst, und ab und zu schlägt auch sie einen pathetischen Religionston an.

Ich höre das Klicken ihres Feuerzeugs, dann ihr Husten. Kurz darauf rieche ich den Zigarettenrauch. Ich höre ein zweites Husten. Aha. Wir haben Besuch. Der Silvesterabend hat noch jemanden ins Haus gespült.

Im Radio laufen Nachrichten. Nachrichten sind weit weg, Nachrichten sind die ganze Welt. Ich liebe Nachrichten. Ich liebe Zeitungen. Ich liebe das Draußen, das mir eine Ahnung vermittelt von dem, was noch alles möglich ist.

Vom Weltgeschehen weiß ich mehr als meine Mitschüler, die Fiat Lux für eine Automarke halten würden und unter denen es sowieso ein paar gibt, für deren Hirn man ab und zu eine Schweigeminute einlegen müsste. Ich weiß nicht nur, was es mit Scientology, der Moon-Sekte und anderen religiösen Bewegungen auf sich hat, ich verstehe auch, was Salt 1 und Pershing 2 bedeutet, ich kann die Mitgliedsländer von NATO und Warschauer Pakt aufzählen, und ich kenne von den grauhaarigen Politbüro-Gestalten, die bei den Moskauer Panzerparaden klatschend auf dem Balkon stehen, viele beim Namen. Ich habe ferner Meinungen zur Innenpolitik. Meine Lehrer finden sie nicht besonders ausgegoren. Das ist schon okay, ich sage ihnen ja auch bisweilen, was ich über sie denke.

Die Morgendämmerung bricht an. Uriella kommt ins Zimmer und gibt mir einen Kuss. Sie gratuliert mir herzlich. Der Mann nicht, er sieht mir nicht in die Augen, als er, einen Gruß murmelnd, die Haustür hinter sich zuzieht.

Uriella verabschiedet sich bald. Sie muss etwas hinzuverdienen und arbeitet an Sonn- und Feiertagen auf Festen. Was sie da genau macht, weiß ich nicht. Sie bringt Leute dazu, sich fotografieren zu lassen oder etwas zu kaufen, so viel habe ich verstanden. Sie verspricht, mir etwas mitzubringen.

Stundenlang wechsle ich zwischen Schreibtisch und Bett hin und her. Im Bett lese und döse ich, am Schreibtisch studiere ich Schachpartien der Weltmeister. Vor allem die von Bobby Fischer.

Ab und zu hole ich mir aus der Küche eine Scheibe Milchbrot. Dazu trinke ich Cola. Am Nachmittag finde ich eine kleine Tafel Schokolade. Normalerweise schimpft Uriella, wenn ich mir eine unter den Nagel reiße, doch an meinem Geburtstag wird sie nichts sagen.

Irgendwann werde ich so müde, dass ich einschlafe. Als ich aufwache, ist es dunkel, und ich habe Angst. Ich knipse die Nachttischlampe an. Ihr Licht beleuchtet das Zimmer so schwach, dass ich mich wie in einem Spukschloss fühle und noch mehr Angst habe. Ich schalte alle Lichter in der Wohnung ein. Danach geht es mir ein bisschen besser.

Ich nehme mir noch ein Milchbrot und schaue Nachrichten. Nach der Wettervorhersage rufen Verwandte an. Am liebsten würde ich gar nicht abheben, weil ohnehin alle dasselbe sagen. Alles Gute. Was ist alles Gute? Ein bisschen Gutes wäre auch schon ganz gut.

Uriella kommt um halb elf. Sie schwankt ein wenig und riecht nach Wein, aber sie hat mir eine kleine Leckerei mitgebracht. Nachdem sie mir erzählt hat, wie ihr Tag war, holt sie aus ihrem Schlafzimmer einen Plastiksack mit meinen Geschenken.

Zwölf Schachbücher und einen Pullover und Geld. Zwölf! Bücher! Eröffnungen, Mittelspiel, Strategie und Taktik, Endspiele, Biographien! Ich springe vor Freude auf und ab und umarme Uriella. Sie lacht und beginnt zu kochen.

# WESTSTEIERMARK

Zum Frühstück schneide ich mir ein Stück Milchbrot ab und pule die Rosinen heraus. Ich kann Dörrobst generell nicht ausstehen, ich habe keine Ahnung, wie einem so etwas schmecken kann.

Uriella sitzt rauchend am Küchentisch und dreht sich die Haare.

Ich putze mir die Zähne, suche frische Kleidung, räume meine Schultasche ein. Beim Anblick meines Mathematikhefts zieht es mir den Magen zusammen. Hausaufgaben habe ich schon lange nicht mehr gemacht. Ich bin zwar garantiert der beste Kopfrechner der Schule, doch Mathematik interessiert mich nicht.

Ebenso wenig wie alles andere. Nur Geschichte kann ich etwas abgewinnen. Aber was kümmern mich denn Funktionen, Ableitungen, Säuren und Basen, Erdölproduktion, Kohäsion, Adhäsion, Pyramus et Thisbe, iuvenum pulcherrimus alter oder das beknackte Geräteturnen? Mich interessieren bloß der alte Mann und das Meer. Oder altera, quas Oriens habuit, praelata puellis. Auch für Kronprinz Rudolf und Mayerling kann ich mich erwärmen, so ein geheimnisvoller Mord und Selbstmord, so eine winterliche schicksalhafte Liebestragödie ist ganz nach meinem Geschmack. Leider sind wir erst beim Prager Fenstersturz.

Draußen ist es kalt und neblig. Ich nehme trotzdem das Fahrrad, die Kinder und Jugendlichen im Schulbus sind allesamt nicht ganz normal. Ich bin ja auch nicht ganz normal, aber bei denen stimmt noch viel mehr nicht. Sie denken zu wenig und reden zu viel. Überdies reden sie nicht, sie schreien. Bestimmt sind sie es gewohnt, sich über mehrere Äcker hinweg zu unterhalten.

Am sympathischsten ist der Fahrer, der lässt sich von den wenigen alten Frauen, die einsteigen, Geld zustecken und sich die Hand tätscheln. Wofür er diese Scheine kassiert, werde ich wohl nie durchschauen, mit einem Beförderungsentgelt hat es sichtlich nichts zu tun, denn Fahrkarten gibt er dafür keine her.

In der Schule bin ich der Erste. Ich mag es, das Klassenzimmer für mich in Besitz zu nehmen, bevor die anderen kommen.

Alles ist still. Ich sitze da. Der strenge Raum mit der stickigen Luft wirkt beinahe gemütlich. Ich denke nach, träume mich weg. Bemerke kaum, dass die anderen Schüler nach und nach eintreffen. Sie ignorieren mich ohnehin.

Unterrichtsende ist um eins. Ich habe nicht die geringste neue Information über die Welt und fahre nach Hause. Dort suche ich nach Essbarem, es gibt Milchbrot. Dazu trinke ich Milch aus der Packung. Ich mag den Geruch von Milch.

Nachdem ich eine halbe Stunde im Bett gedöst habe, hole ich mir einen runter. Das mache ich eigentlich jeden Tag nach der Schule. Oder wenn mir langweilig ist. Oder wenn ich aufgeregt bin. Was alles nicht so selten vorkommt.

Obwohl ich noch ziemlich müde bin, setze ich mich ans Schachbrett und schlage Pachmans *Moderne Schachstrategie 2* auf. Den Unterschied zwischen Strategie und Taktik habe ich sofort verstanden. Strategie ist das, was man braucht, wenn nichts los ist, und Taktik ist das, was man braucht, wenn etwas los ist.

Eigentlich sollte ich Hausaufgaben erledigen. Ich verstecke den Gedanken. Das kann ich gut. Beim Gedankenverstecken war ich immer schon sehr geschickt. Das hat Vor- und Nachteile, denke ich, aber so ein Kopf ist eben so groß, damit man darin die Dinge verstauen kann wie in einem Kleiderschrank, in dem es ja auch oben ein Fach gibt, an das man schwer rankommt.

Am späten Nachmittag ruft mein Opa an. Ich freue mich, wenn ich ihn höre. Er fragt, wie es mir geht. Ich sage, sehr gut. Ich mache ihm lieber etwas vor, als ihn zu beunruhigen.

Danach lege ich beim Schach eine Pause ein. Ich nehme mir noch ein Milchbrot und rufe bei Uriella im Büro an. Sie hebt nicht ab, ist also wohl schon unterwegs. Was nicht heißt, dass sie bald kommt. Erstens braucht sie mit dem Pendlerzug eine Stunde von der Arbeit nach Hause, und zweitens üben Gasthäuser auf sie eine ähnlich magische Anziehungskraft aus wie auf mich Buchhandlungen.

Ich lese eine Stunde in einem Buch, das ich gestern angefangen habe. Das Hungergefühl ist langsam nicht mehr zu ignorieren. Ich hole mir noch ein Milchbrot. In einem Regal finde ich Salzcracker. Mit einem Glas Milch und einem Stück Schokolade verziehe ich mich zurück ins Bett und lese weiter, bis ich erschrocken feststelle, dass es bereits halb sieben ist und ich bis zu den Nachrichten um halb acht noch meine Endspielübungen erledigen muss. Das wird knapp.

Ich weiß nicht recht, was ich mit mir anfangen soll. Weder auf das Buch noch auf Schach habe ich Lust. Mir bleibt nichts übrig, als zu denken. Irgendwann habe ich wieder die Hand in der Hose. Wenn einem langweilig ist oder wenn einen die Leere bedrückt oder wenn der Geist sich selbstständig gemacht hat und irgendwohin geflogen ist, wo es einem nicht gefällt, sollte man sich einen runterholen. Man kommt damit eigentlich immer zurück. Manchmal glaube ich, mein Ding ist eigentlich nur dafür da.

# WIEN

Gute Tage. Ich verbringe viel Zeit mit dem Kind. Das erste Handy ist meistens aus. Die wichtigen Leute haben die Nummer des zweiten.

Beim Schlittschuhlaufen versuche ich, dem Kind eine Ahnung von der Eleganz zu vermitteln, mit der ich mich einst auf zugefrorenen Teichen präsentiert habe, und fliege der Länge nach hin, wobei ich zwei kleine Jungs umsäge, die sich zum Glück nicht weh tun, sondern die Sache ebenso komisch finden wie das Kind.

Ich schmuggle das Kind in den Schießstand ein, weil es seit Ewigkeiten bettelt, einmal erleben zu können, wie eine echte Pistole abgefeuert wird. Zum Glück ist mein Ergebnis dabei besser als das am Eislaufplatz, im Schießen habe ich doch etwas mehr Übung. Danach erkläre ich dem Kind, was an Waffen gefährlich ist und warum sie besser nicht jeder zu Hause haben sollte. Es nickt zustimmend. Ich schärfe ihm ein, was Gewalt ist: eine Reaktion, niemals etwas anderes. Wer Kraft hat, hat Verantwortung. Wer stark ist, muss sich für Schwache einsetzen. Es nickt. Es nickt nicht einfach so. Die Worte dringen in es ein. Das ist schön.

Nachdem es am Abend eingeschlafen ist, drücke ich mich an seinen Rücken, sauge seinen Geruch in mich auf und streiche ihm ab und zu über den Kopf. Halb bin ich glücklich. Halb quälen mich Selbstvorwürfe.

# TOKIO

»Du liebe Zeit, ziehen Sie jetzt hier ein?«, fragte Jonas mit einem Blick auf die Koffer, die die Pagen zugleich mit seiner Ankunft in die Suite trugen.

»Sagen wir, ich stelle mich auf einen längeren Aufenthalt ein. Und eine liebe Zeit gibt es nicht.«

»Sie könnten Ihren Freunden da draußen einen Wink geben, dass sie mich nicht nach Waffen abtasten müssen. Ich bringe Sie schon nicht um, ich brauche Sie noch.«

»Ja, das sagen Sie! Wenn es nach mir ginge, säßen Sie hier wie Hannibal Lector im Käfig, einen Beißkorb vor dem Gesicht.«

»Den Beißkorb empfehle ich Ihnen«, sagte Jonas mit einer Geste Richtung Tisch, auf dem die Teller kaum noch Platz für Tanakas Unterlagen ließen. Einige davon sahen aus wie saubergeleckt. »Aber dann würden Sie eben Ihr Futter pürieren und mit dem Strohhalm aufsaugen.«

»Danke, dass Sie mich erinnern …«

Tanaka ging zum Tisch und kritzelte etwas auf das Tischtuch.

»Was war denn das jetzt wieder?«, fragte Jonas, als sich der Anwalt aufrichtete.

»Nichts von Bedeutung, für Sie zumindest. Eine argumentative Gedankenstütze für eine ganz andere Sache. Ganz anderer Klient.«

»Möchten Sie sich nicht endlich ein Notizbuch zulegen? Sie sind wirklich nicht ganz normal. Schauen Sie! Da! Da! Da!«

Jonas zupfte mit spitzen Fingern an beidseitig beschriebenen Servietten, die auf Aktenordnern lagen, über Tischlampen hingen oder zwischen Büchern steckten.

»Wissen Sie, wie das aussieht?«, fragte Jonas. »Als gehörten Sie irgendeiner verrückten Sekte an, die überzeugt ist, mit bekritzelten Servietten und Tischtüchern die Apokalypse zu überstehen. Ich traue Ihnen sogar zu, dass Sie der Kopf dieser Vereinigung sind.«

»Japan ist bekannt für seine guten Sekten«, nickte der Anwalt. »Hatten Sie schon Nachtisch?«

»Tanaka, ich flehe Sie an, lassen Sie mich mit Ihrem Essen in Frieden.«

»Ich kann mich an Zeiten erinnern, in denen Sie Berge von sonderbaren Nudelgerichten und widerlichen Gemüsesuppen in sich hineingestopft haben!«

»Das war etwas anderes. Das war vor dem Everest. Da geht es darum, sich eine gewisse Fettschicht zuzulegen, weil man schon im Basislager eine Menge Substanz verliert.«

Der Anwalt ließ sich ächzend auf den Diwan fallen. »Ich sollte einen Aufenthalt in diesem Basislager erwägen.«

»Sie wären dort binnen drei Tagen tot.«

»Drei Stunden. Was machen die Vorbereitungen? Sind wir weitergekommen? Möchte Marie noch immer zum Südpol?«

»Sie ist wild entschlossen!«

»Manche Frauen sind so, da kann man nichts machen. Sie werden es ihr nicht mehr ausreden können.«

»Weiß ich«, sagte Jonas gereizt.

»Sie sollten sich damit abfinden.«

»Mache ich.«

»Aber was ist denn nun mit Ihren Ahnungen?«

Jonas bat einen von Tanakas Leibwächtern, dem Personal Bescheid zu geben, es möge etwas zu trinken heraufschicken. Der kleine, schmächtige Mann mit dem Knopf im Ohr verbeugte sich und geleitete den letzten Kofferträger hinaus. Jonas setzte sich und schob die Teller von sich, um wenigstens etwas Platz für sein Handy zu finden.

»Meine Ahnungen … Ja, was ist mit denen? Ich weiß nicht. Ich versuche, nicht darüber nachzudenken.«

»Geben Sie es zu, das Abenteuer lässt Sie doch jetzt schon mit den Hufen scharren.«

»Normalerweise würde es das. Aber diesmal habe ich das Gefühl, dass das Ganze in einem Desaster endet.«

»Wenn tatsächlich Sie allein diese Expedition in der Hand haben, ist das mehr als gewiss. Sie könnten nicht einmal einen Elternsprechtag organisieren.«

»Da haben Sie ausnahmsweise mal recht.«

»Ich habe immer recht. Nennen Sie mir einen Fall, in dem ich nicht recht gehabt habe.«

Es klopfte.

»Herein!«, riefen Jonas und Tanaka gleichzeitig.

»Na? Das ist noch immer meine Suite«, sagte Tanaka.

»Und das ist mein Kaffee«, sagte Jonas und nickte dem Leibwächter zu, der mit regungsloser Miene den Kaffee abstellte. Erst als er die Suite wieder verlassen hatte, bemerkte Jonas das Säckchen auf dem Tablett.

»Tanaka, ist das Kokain? Ich kann mich nicht erinnern, welches bestellt zu haben. Ich würde Ihnen raten, die Finger davon zu lassen, einen Freund von mir hat es damit ziemlich schlimm erwischt.«

»Oh, das ist nicht für mich, das ist für einen Klienten, der nach Ihnen kommt. Mein Freund in der Bar dachte wohl, der Kaffee sei für mich. Legen Sie es irgendwo hin.«

Kopfschüttelnd suchte Jonas nach einem Platz für das Säckchen.

»Kommt da mal jemand zum Abräumen? Oder fressen Sie später auch die Teller?«

»Seit wann sind Sie pedantisch?«

»Ich bin nicht pedantisch, ich nehme bloß mit Befremden die Anwesenheit von Fruchtfliegen zur Kenntnis.«

»Sage ich ja, Sie sind pedantisch. Man weiß doch nicht, ob man etwas noch isst oder nicht, und wenn ich das Obst abservieren lasse, liegt ein Fall späterer Reue durchaus innerhalb des Möglichkeitsspektrums. Was gibt es bei Ihnen denn Neues?«

Jonas schickte eine SMS an Marc Boyron, denn auch wenn Marie

keine fremde Hilfe wollte, mit Marc zu reden würde nicht schaden. Er stand auf und wanderte mit den Händen in den Taschen seiner Sporthose umher.

»Sie könnten sich mal was Anständiges zum Anziehen kaufen. Sie laufen herum wie ein Fußballtrainer. Ach was, Sie tun es ja doch nicht. Ich lasse Ihnen etwas schicken. Sie wissen, dass Sie Milliardär sind?«

Der Anwalt notierte sich etwas auf seinem Hemd.

Jonas starrte auf Tanakas bekritzelte Ärmel und schüttelte nur den Kopf.

Schon den ganzen Tag beschäftigte ihn die Frage, warum er so anders wurde, wenn er mit Tanaka sprach. Warum alles ein wenig leichter wurde mit dem Anwalt. Warum er bei Tanaka immer Übersicht, Zuversicht und Kraft hatte, sarkastische Witze machen konnte und ohne Hadern und ohne schicksalsschwere Fragen auf sein Leben schaute.

Es gibt Menschen, die einen stärker machen. Es gibt Menschen, die einem die eigenen Stärken bewusst machen. Man trifft sie selten. Es sind bedingungslos ehrliche Leute.

Das bin ich eigentlich auch. Mache ich jemanden stärker?

Er trat zum Tisch und trank seinen Kaffee. Sein Blick fiel auf das Säckchen. Viel zu viel für einen einzigen Klienten.

Er stellte sich ans Fenster. Grau. Regen.

Ich muss bald wieder weg.

Wenn er allein in der Welt unterwegs war, hatte er das Gefühl, ein Korken im Wasser zu sein, der einem Abfluss entgegentrieb. Er mochte dieses Gefühl. Er mochte dieses seltsame Gleiten und Träumen durch Welt und Zeit, wo irgendetwas auf ihn wartete. Oder auch nicht.

»Jonas?«

»Ach, ich habe gerade an den Hubschrauber gedacht.«

»Von welchem Hubschrauber reden Sie?«

»Der, den ich bestellt habe. Wenn ich mich hier so umsehe, war es eine nötige Anschaffung.«

»Wieso laufen Sie herum und bestellen Hubschrauber?«

»Weil mein Anwalt ab und zu ausgeflogen werden muss.«

»Hm«, machte Tanaka.

»Was, hm?«

»Haben Sie einen Piloten dafür?«

»Ich selbst bin der Pilot. Ich habe in Russland fliegen gelernt.«

»Dass ich nicht lache! Diese Lizenz habe ich Ihnen besorgt.«

»Ach ja, stimmt. Aber fliegen habe ich trotzdem in Russland gelernt. Sie werden mit mir fliegen, Tanaka.«

»Gütiger Heiland!«

»Auf dem Dach dieses Hauses befindet sich ein Landeplatz. Und über Boden-Luft-Raketen werden Ihre Freunde schon nicht verfügen.«

»Wenn ich in Erwägung ziehen sollte, und ich betone: Wenn! Wenn ich in Erwägung ziehen sollte, Ihnen auf diese Weise mein Leben anzuvertrauen, könnte sich das mittelfristig ändern.«

»Tanaka, niemand schießt uns mit einer Stinger-Rakete aus dem Himmel über Tokio.«

»Und wenn doch?«

»Der Flug selbst ist viel gefährlicher. Ich bin kein besonders guter Pilot.«

Jonas konnte den Anblick des Tisches nicht mehr ertragen. Er begann die schmutzigen Teller zu stapeln, misstrauisch beobachtet vom Anwalt. Zu dessen sichtlicher Zufriedenheit ließ er die metamorphosierenden Tortenreste, wo sie waren.

»Sie haben doch einen Dachschaden, Tanaka«, sagte Jonas.

»Wir müssen zusehen, dass Sie uns da unten nicht verlorengehen«, tönte es vom Diwan. »Ich werde einen Freund bitten, in der Nähe zu sein.«

»Tanaka, das will Marie nicht.«

»Jonas, das wollen Sie nicht.«

»Was meinen Sie?«

»Dass Sie immer alles allein machen wollen. Dass Sie Angst haben, Verantwortung abzugeben bei Dingen, die für Sie wirklich es-

sentiell sind. Und dahinter liegt eine noch tiefere Angst. Werde ich einmal darüber etwas erfahren?«

»Soll ich mich da drüben auf die Couch legen?«

»Kurioser Ort übrigens, der Südpol. Ich habe ein wenig recherchiert. Ein Forscher hat dort den Weltrekord im Bumerang-Werfen aufgestellt. Er hat ihn durch alle Zeitzonen geschleudert und somit eine Flugzeit von 24 Stunden und 11 Sekunden erreicht.«

»Ich werde einen Papierflieger mitnehmen. Ein paar Stunden schaffe ich bestimmt.«

»Ich werde einen Notar abstellen.«

»Ich muss wieder los«, sagte Jonas, »aber eine Frage noch.«

»Ja?«

»Glauben Sie, das hier ist echt?«

»Inwiefern echt?«

»Meinen Sie, das, was Sie hier sehen, ist wirklich?«

»Ich habe keinen Grund zur entgegengesetzten Annahme.«

»Aber es ist auch nicht ausgeschlossen, dass all dies nur ein Phantasiegebilde sein könnte. Oder?«

»Geht es Ihnen gut, Jonas?«

»Das habe ich Sie das letzte Mal gefragt, erinnern Sie sich?«

»Ich versuche Ihre Besuche umgehend zu verdrängen«, erwiderte Tanaka.

»Alles, was Sie hier sehen, könnte nicht real sein. Es könnte Einbildung sein. Ihre. Meine. Die eines Dritten. Dies könnte gar nicht passieren. Macht Ihnen das keine Sorgen?«

»Mir macht gerade etwas anderes Sorgen.«

»Schon gut. Mit Anwälten kann man einfach nicht vernünftig reden.«

»Ich möchte mir lieber keine Bemerkung darüber erlauben, wer von uns beiden sich gerade nicht vernünftig anhört.«

»Na ja. Verstehe ich sogar.«

»Wenn Sie mich richtig verstanden haben, habe ich mich falsch ausgedrückt«, sagte Tanaka.

# TOKIO

Sein Handy läutete. Er lief weiter, mit dem Telefon am Ohr war es allerdings schwieriger, sich einen Weg durch die Menschenmenge auf der Straße zu bahnen.

»Wo bist du?«, fragte Zach.

Zach. Der Riese. Der Einzige, der Jonas aus seiner Kindheit geblieben war. Blutsverwandt waren sie nicht, trotzdem sah ihn Jonas als seinen engsten Verwandten an. Als eine Art Onkel.

Onkel Zach, über diese Anrede hätte sich Werner kaputtgelacht. Jonas kicherte in den Hörer.

»Na? Wo?«

»Am anderen Ende der Welt«, antwortete Jonas.

»Das würde bedeuten, wo ich bin, ist das Ende der Welt, und wo du bist, ist das Ende der Welt. Aber sie ist rund.«

»Ist es das, was du mir sagen wolltest?«

»Nein. Ich wollte nachfragen, ob du zum Jahrestag …«

»Klar.«

»Freut mich. Obwohl ich nichts dagegen hätte, dich einmal zu einem erfreulicheren Anlass zu sehen. Komm ein paar Tage früher. Damit wir ein bisschen Zeit haben.«

»Ich bemühe mich. Versprochen.«

»Das sagst du immer.«

»Aber diesmal wirklich!«

»Das sagst du auch immer.«

»Glock bless you«, sagte Zach.

Sein Zuhause. Seine Mutter, die ihr Leben und ihre Gefühle und ihre Kinder ihren Weinflaschen geopfert hatte. Sein Zwillingsbruder Mike, der behindert zur Welt kam und bei einer Operation starb, nachdem der Postbote mit Kleinkalibermunition auf ihn geschossen hatte. Und natürlich Werner. Und Picco. Und Zach.

Werner: der beste Freund, den Jonas je gehabt hatte. Sie kannten sich von klein auf, sie steckten fast jeden Tag zusammen, sie machten gemeinsam das Dorf unsicher. Nachdem Jonas vom Freund seiner Mutter ins Krankenhaus geprügelt worden war, bat Werner Picco, seinen Großvater, Jonas und Mike bei ihnen aufzunehmen, und Picco tat das. Er nahm die beiden auf, und den Freund der Mutter sah man nie wieder. Picco hatte seine eigenen Vorstellungen von Recht und Gerechtigkeit, und wer einen der Seinen verletzte, lernte diese Vorstellungen kennen.

Über solche Themen, über das Verschwinden von Menschen oder andere interessante Vorgänge, konnten sich Jonas und Werner damals schon miteinander unterhalten, ohne den Mund aufzumachen. Irgendwann waren die Worte dagewesen. In ihren Köpfen. Wenn sie sich darauf konzentrierten. Der eine dachte etwas und schickte die Nachricht ab, der andere empfing sie und antwortete auf die gleiche Art. Zumindest auf kurze Entfernungen funktionierte es. Den abergläubischen Gärtner ängstigten sie damit zu Tode. Dass es Telepathie tatsächlich gab, überraschte sie nicht. In Piccos Welt lernte man, dass nahezu alles möglich war.

Und dann fuhr Werner mit einem Rollstuhl jene steile Straße hinunter, auf der sie ihre Mutproben veranstalteten, und es gab nur noch Picco und Zach. Zwei fehlten bereits. Keiner war älter als 17 geworden.

Picco. Geheimnisvoll. Unermesslich reich. Liebevoll und der gefährlichste Mensch der Welt. Bei ihm waren sie zu Hause. Er brachte ihnen Zach, als Freund, Lehrer und Beschützer. Er ließ Privatlehrer kommen, denn Schulen mochte niemand im Haus, und Schulen mochten niemanden aus diesem Haus. Er lehrte sie, Angst zu überwinden und das Leben zu suchen. Nein, eigentlich hatte er Werner

und Jonas auf das Leben losgelassen wie zwei Kampfhunde auf die Beute.

Picco bekam Krebs, starb, hinterließ Jonas sein dunkles Vermögen, und es gab nur noch Zach.

Jetzt gibt es nur noch dich, Zach, dachte Jonas. Auf der anderen Seite der Welt. Vielleicht komme ich irgendwann zurück. Aber wenn, dann nicht allein. Zu zweit. Oder vielleicht zu dritt. Aber das ist ein Thema, über das ich mit Marie lieber nicht noch einmal rede, sonst geht sie mir wieder auf und davon.

Er lief weiter. Es war eine Reise um die Welt in einer Sekunde. Gerade noch zu Hause bei Zach, jetzt wieder in Tokio, mit den Autos, den fremden hohen Stimmen, dem Gewirr von Menschen. Nein, nicht von Menschen, von Kleidung. Die Japaner schienen in ihren Anzügen, ihren Shirts, ihren Mänteln zu verschwinden.

Nachdem ihn Marie verlassen hatte und irgendwo in der Welt verschwunden war, hatte er sich jeden Morgen überwinden müssen, die Sneakers anzuziehen und bei jedem Wetter loszulaufen. Es war viel schwieriger, die Gesichter fremder Menschen zu ertragen, wenn man überall nur ein bestimmtes sehen wollte und zugleich wusste, man würde es nicht sehen, vielleicht nie wieder. Auch seine Gedanken konnte er in jener Zeit nicht kontrollieren, und wenn er lief, wurde er oft wie aus dem Nichts von Erinnerungen heimgesucht, die ihn niederdrückten. Wo auch immer er war: Vergangenheit. Bilder. Gewesenes. Stiche.

Aber nun war sie wieder da, und sie hatte vor zu bleiben.

Sie arbeitete im Holy-Spirit-Krankenhaus, und er lief jeden Tag. Er lief über Roppongi Hills, mal nach Süden, mal nach Westen, und nach genau einer Dreiviertelstunde machte er kehrt und dachte über den Südpol nach, wo entweder Marie oder er selbst sterben könnte.

Nach dem Laufen ging er in den Supermarkt. Er kaufte ein, was sie für die nächsten Tage brauchen würden. Zu Hause stellte er die Tü-

ten in der Küche ab. Er räumte nur die verderblichen Lebensmittel in den Kühlschrank, den Rest ließ er einstweilen stehen.

Er rief seine Mails ab. Eine Nachricht von Marc. Dieser hatte im Winter schon etwas vor, doch er war gern bereit, jemanden mit Südpolerfahrung zu kontaktieren. Jonas schrieb ihm zurück.

Als er den Kopf hob, stand Marie in der Tür. Verschlafen rieb sie sich die Augen. Um diese Zeit hatte er nach ihrer Vierundzwanzigstundenschicht noch gar nicht mit ihr gerechnet. Er klickte schnell die Email an Marc weg.

Sie trug nichts als eines seiner alten Hemden, das ihr nicht ganz bis zur Mitte der Oberschenkel reichte. Der Anblick genügte, um ihn zu erregen, obwohl sie irgendwann in der Nacht miteinander geschlafen hatten, halb bewusst, halb im Traum, wie so oft.

Sie setzte sich auf seinen Schoß, küsste ihn und legte den Kopf an seinen Hals, als wollte sie weiterschlafen.

»Südpol«, raunte sie ihm ins Ohr.

»Was?«

»Südpol. Was gibt es Neues?«

»Marie, ich …«

Ihre Hand wanderte zwischen ihnen abwärts.

»Okay, okay«, sagte er. »Du recherchierst hier, ich mache Kaffee und recherchiere in der Küche.«

»Was willst du recherchieren? Kaffeebohnen?«

»Sehr witzig. Ich nehme mein Notebook mit.«

»Absolut genehmigt!«, sagte sie.

Er überließ Marie den Stuhl. Sie hielt ihn spielerisch am Gürtel zurück. Erst nachdem er sich umgedreht und sie geküsst hatte, ließ sie ihn los.

In der Küche musste Jonas feststellen, dass der Geschirrspüler kaputt war. Während er mit der Elektrofirma telefonierte und einen Reparaturtermin vereinbarte, las er auf der Website einer Agentur, die Reisen in die Antarktis organisierte, die wichtigsten Informationen über Expeditionen zum Südpol.

Es klang nicht unmöglich. Man flog nach Punta Arenas in Süd-

chile, von dort nach Patriot Hill. Von da ging es mit einem kleineren Flugzeug weiter bis zum 89. Breitengrad, wo man das erste Mal im Zelt übernachtete. Es folgten vierzehn Tage auf Skiern, wobei man die ganze Zeit über sein eigenes Gepäck im Pulka hinter sich herzog.

Alles andere hielt er für bewältigbar, doch ob Marie einen achtzig Kilogramm schweren Schlitten zwei Wochen lang mehrere Stunden täglich schleppen konnte? Zumal für sie ja die geführte Expedition nicht in Frage kam und sie auf eigene Faust marschieren würden. Wenn Probleme auftauchten, wenn Maries Kräfte nachließen, befanden sie sich in keiner besseren Situation als er damals auf dem Everest. Sie war zäh, sie konnte zehn Stunden lang ohne Unterbrechung Gehirne operieren, aber ob sie sich in dieser weißen toten Welt behaupten konnte? Landesmeisterin hin, Biathlon her, dort ging es um etwas anderes. Etwas, das ihn am Everest gerettet hatte. Ob man es hatte, wusste man erst dann, wenn es darauf ankam. Es hatte nichts mit Heldenmut zu tun, wie so viele glaubten, es war etwas anderes. Es war eine Art Lebensglut, die beim einen früher, beim anderen später erlosch. Der Wille. Das Bejahen des Seins. Und Marie stand in den Tiefen ihres Herzens dieser Welt skeptisch gegenüber.

Seine Ahnungen erfüllten sich leider nur zu oft. Er verabscheute sie, ihm wurde körperlich übel davon. Zehn Minuten, bevor sein Bruder gestorben war, hatte er es gewusst. Eine Stunde, bevor Werner gestorben war, hatte er es geahnt.

Ich will nicht zum Südpol. Aber ich werde wohl müssen. Mitten hinein in die Angst, durch sie hindurch und dahinter jung und neu. Wie auch sonst immer. Ich werde jedes Mal größer. Das ist ein Naturgesetz.

Trotzdem geht es diesmal womöglich schief, dachte er.

# ?

Ich erwache in einem dreckigen Hotelzimmer.

Ich habe keine Ahnung, wo sich dieses Hotel befindet, und ich habe keine Ahnung, wie ich hierhergekommen bin. Ferner würde mich interessieren, wieso ich nicht in meinem eigenen Bett liege.

Meine Uhr zeigt neben der Zeit auch das Datum an. Angeblich haben wir den 18. Wenn das stimmt, fehlen mir vier oder fünf Tage.

Ich schleppe mich zum Fenster. Keine Ahnung, welche Stadt das ist. Wien ist es mal garantiert nicht. Sieht irgendwie nach Balkan aus. Serbien vielleicht. Montenegro. Oder Bosnien.

Bosnien kenne ich aus der Zeit, als es noch Teil von Jugoslawien war.

Ich denke an damals. Sofort rieche ich diese Zeit, sie riecht nach Dicksaft, Gegrilltem und feuchter Wäsche.

# PODGORICA

–
–
–
A
A
A

# PODGORICA

Ich finde nicht aus dieser Stadt raus.

Ich habe nach wie vor keine Ahnung, wie ich hergekommen bin und wieso sich in meiner Tasche ein Exemplar von Norman Mailers *The Armies of the Night* befunden hat.

Ich lese. Ziemlich lustig. Ab und zu brauche ich meine Übersetzungs-App. Wirklich lustig. Jetzt erinnere ich mich, dass mir Daniel das Buch empfohlen hat. Ich ziehe das Handy vom Strom ab, das Kabel haben sie mir zum Glück an der Rezeption leihen können, ich wage dort aber nicht zu fragen, wie ich hergekommen bin. Ich schicke Daniel eine SMS.

*»Slurping liquor from a coffee mug, Mailer faced an audience of 600, most of them students. Mumbling and spewing obscenities as he staggered about the stage. Excretion, in fact, was his preoccupation of the night.«*

*Was?*, kommt zurück.

*Armies of the Night.*

*Oh. Ja. Sehr witzig, nicht wahr?*

*Sehr.*

*In deinem Buch könnte ich dir das geliehen haben, und beim Lesen siehst du, dass da eine Widmung an mich drin ist.*

*Gut, sehr gut.*

*Ich habe das wirklich mit Widmung. Die einzige Unwahrheit wäre, dass ich dir das nicht leihen würde.*

*Danke. Danke. Schreibe ich auch auf.*

# WIEN

–
–
–
–
–
–

# WESTSTEIERMARK

Ich tue so, als würde ich mich für die Schule fertigmachen. Ich nehme mir ein Milchbrot und trinke Kakao, danach putze ich mir die Zähne. Ich setze mich zu Uriella an den Küchentisch und schaue zu, wie sie sich die Locken dreht und ihre Zigarette in dem schweren gläsernen Aschenbecher ausdrückt, der längst wieder einmal gespült werden sollte.

Ich frage, wann sie heute nach Hause kommt. Ohne den Blick von ihrem Spiegelbild in dem von Katzenkrallen zerfetzten Frisierkorb abzuwenden, sagt sie, wie immer. Womit sie meint, am Nachmittag.

Nachdem sie gegangen ist, lese ich in Ruhe Zeitung. Sport und Politik. Das Fernsehprogramm kann ich mir sparen. Es gibt nur zwei Sender, FS 1 und FS 2, und da läuft bis zum Abend nichts, was mich interessieren könnte.

Ich durchblättere die Zeitung, studiere Fußballtabellen bis hinunter in die untersten Ligen. Ich vergleiche Torverhältnisse und wette mit mir selbst, wer absteigen und wer aufsteigen wird. In jeder Liga habe ich einen Favoriten. Ich wähle sie nach Namen aus. Meist sind es einfach die Namen der Ortschaften, weil sich kleine Vereine selten den Luxus eines richtigen Namens leisten.

Ich mag Thörl. Ich bin ein großer Fan von Thörl. Keine Ahnung, wo Thörl liegt, keine Ahnung, wer dort spielt, aber ich drücke jede Woche Thörl die Daumen. Auch Tobelbad mag ich, ebenfalls ein schöner Name. Deutschlandsberg, Rottenmann, Rot-Weiss Knittelfeld. Seiersberg. DSV Alpine. Voitsberg. International: Barcelona. HSV. Inter Mailand. Ajax Amsterdam.

Die englischen Clubs klingen am besten. Liverpool. Ipswich. Manchester U. Ich weiß zwar nicht, wofür das U steht, aber das macht nichts. Manchester U. und Manchester C., Arsenal, Tottenham, Leeds. Leeds klingt nach Zitroneneis. Wenn ich das Wort Leeds höre, schmecke ich sofort Zitroneneis.

Mein Zimmer ist klein, etwa dreieinhalb Meter lang und zwei Meter breit. Ein bisschen wie eine Zelle. Zumindest stelle ich mir so ein Gefängnis vor. Ich mag das Zimmer, denn man kann es zusperren. Das bedeutet eigentlich, ich mag meinen Schlüssel. Aber das stimmt so auch wieder nicht. Ich mag es, weil es mir gehört. Ein eigenes Zimmer habe ich erst, seit ich bei Uriella bin.

Ich lege mich wieder hin. Die Schule spare ich mir heute. Uriellas Unterschrift ist ziemlich leicht zu fälschen. Außerdem unterschreibt sie sowieso alles, was ich ihr hinhalte, vor allem in der Nacht. Allerdings sieht ihre Unterschrift da aus, als hätte ich sie schlecht gefälscht. Und dienstags ist der Stundenplan reiner Horror, Mathematik, Physik, Englisch, Chemie, Musik und Latein. Dienstag ist der Höllentag. Ich mag nicht einmal den Namen. Dienstag. So ein hartes, dummes, farbloses Wort.

Um zehn wache ich auf und starre an die Decke. Ich frage mich, seit wann es sie gibt. Wann dieses Haus gebaut wurde und von wem. Ich denke oft an Sachen, die früher passiert sind und von denen ich nichts wissen kann. Ich habe keine Ahnung, warum mich das fasziniert, es gibt mir das Gefühl, einem Geheimnis auf der Spur zu sein.

Ich setze mich ans Schachbrett. Ich studiere Endspiele, bis ich gegen Mittag merke, dass ich mir schon die ganze Zeit die klammen Hände reibe.

Ich fasse an den Heizkörper. Kalt. Der Ofen im Keller, der das ganze Haus beheizt, muss ausgegangen sein, ich hätte Kohle nachlegen sollen.

Als ich die Haustür öffne, schneit es mir ins Gesicht. Ich freue mich über den weißen Teppich auf dem Weg zur Kellertür. Ich mag

Schnee, er erinnert mich an etwas, an früher, an Unbeschwertheit vielleicht.

Im Keller ist es nicht nur eiskalt, sondern auch unheimlich. Ein großer, dunkler Raum, in der Mitte ein mächtiger Heizkessel. Bevor ich mich an die Arbeit mache, blockiere ich die offene Tür mit einem Ziegelstein, um sicherzugehen, dass sie nicht zufällt. Ich hasse den Keller. Ich hasse den Ofen. Manchmal bricht es aus mir heraus, und ich hasse alles hier. Aber meistens habe ich die Kontrolle über dieses Gehasse.

Im Ofen tiefste Finsternis. Ich kehre die Asche heraus und schütte sie in einen Eimer. Eine Wolke kleiner Staubpartikel steigt auf, ich muss husten. Ich werfe zusammengeknülltes Papier in den Ofen, danach kommt Kleinholz, dann Kohle. Ich zünde das Papier an und warte. Nach einer Weile geht das Feuer aus.

Ich stopfe weiteres Papier unter das Kleinholz. Zünde es an, das Feuer überlebt keine zehn Sekunden. Ich entnehme die Kohle und das Kleinholz, fange von neuem an. Wieder erfolglos. Uriella hat mir erklärt, das bedeutet Tiefdruck. Was mir diese Erklärung nützt, weiß ich nicht. Ich versuche es ein drittes, viertes, fünftes, sechstes Mal. Ich bete zu Gott, dass er mir hilft und das Feuer nicht ausgehen lässt.

Nach dem zehnten Versuch merke ich, wie in mir die Tränen hochsteigen. Ich trete gegen den Ofen. Mir ist trotz des Anoraks kalt. Ich kann meinen Atem sehen. Ich weiß, dass dieser Nebelhauch überschüssiges, kondensiertes und gasförmiges Wasser ist, es sind winzig kleine Wassertropfen, die entstehen, wenn meine feuchtwarme Atemluft auf die kalte Kellerluft trifft. Dieses Wissen nützt mir aber ebenso wenig wie das um den Tiefdruck oder das über Fiat Lux.

Ich frage mich, was ich hier mache. Warum ich hier sein muss. Warum ich nicht bleiben konnte, wo ich noch vor ein paar Monaten war.

In meiner Verzweiflung überlege ich, das billige Gasfeuerzeug in den Ofen zu werfen, das Papier mit Zündhölzern anzuzünden und

abzuwarten, ob das Feuer dann auch noch ausgeht. Etwas hält mich zurück.

Es klappt beim zwölften oder dreizehnten Versuch. Ich danke Gott, allerdings halbherzig, weil er sich so lange Zeit gelassen hat.

Ich habe Hunger. Ich finde Milchbrot und eine Tafel Schokolade. Ich verschlinge das Milchbrot im Stehen, die Schokolade esse ich beim Lesen im Bett. Das Buch handelt von einem Schach spielenden Jungen, der schließlich den amerikanischen Meister besiegt. Es ist toll. Der Junge ist 15, er ist bloß zwei Jahre älter als ich.

Am Nachmittag lege ich im Keller Kohle nach. Ich mache mit Schach weiter.

Ich merke gar nicht, wie die Zeit vergeht, und als ich einmal aus dem Fenster schaue, wird es schon dunkel. Ab und zu höre ich gedämpft ein Auto auf der Hauptstraße, ein paar hundert Meter entfernt. Dann ist alles still.

Ich bin hungrig. Ich bin müde. Ich döse. Warte auf das Geräusch des Schlüssels in der Haustür. Ich höre ab und zu ein Auto, weit entfernt. Ich gehe in die Küche und schneide mir ein Milchbrot ab. Ich lese kurz, döse weiter. Durch meinen Kopf wandern Gedanken, die ich nicht festhalten kann. Ich bin zugleich überall auf der Welt und nirgends. Ich springe in meiner Erinnerung hin und her. Ich träume von einer Schachkarriere. Ich male mir aus, eine Freundin zu haben. M. natürlich. Irgendwann schlafe ich ein.

Uriella kommt selbst für ihre Verhältnisse spät. Ich höre, dass sie nicht allein ist. Ich bleibe in meinem Zimmer, obwohl der Hunger in meinem Magen grummelt, denn Begegnungen mit den Gestalten, die Uriella mit nach Hause bringt, verlaufen selten erfreulich.

Der von heute ist nicht lange da. Ich höre die Haustür zufallen. Ich warte noch zehn Minuten, dann gehe ich raus.

Uriella sitzt im Wohnzimmer. Der Fernseher läuft. Vor ihr stehen zwei leere Weingläser und der Aschenbecher. Auf der Couch liegt

ein weißes Männerunterhemd. Uriella knackt Haselnüsse mit einer Zange und schaut beim Grüßen nicht auf. Ich erkenne auf den ersten Blick, dass sie noch betrunkener ist als sonst. Was mich nicht kümmert, solange sie mir etwas zu essen macht.

»Kann ich Spaghetti haben?«

»Um die Zeit?«

»Ich habe ziemlich Hunger.«

Sie sagt nichts, schaut nicht auf, knackt ihre Nüsse.

»Komm einmal her. Stell dich hin. So.«

Ich weiß, was jetzt passieren wird, ich kenne das bereits. Innerhalb von einer Sekunde steigt mein Puls auf das Doppelte. Mir wird heiß, meine Ohren glühen, ich schlucke.

»Pack aus«, sagt Uriella. »Ich muss nachschauen, ob du Filzläuse hast.«

Wie ferngesteuert öffne ich den Reißverschluss meiner Jeans und lasse die Hosen runter. Ich sehe, wie Uriella meinen Penis hin und her legt, die Vorhaut zurückschiebt, in meinen Schamhaaren wühlt. Ich sehe, dass ihre Augen halb zugekniffen sind, so betrunken ist sie.

Ich bekomme eine Erektion. Es ist mir ungeheuer peinlich, aber ich kann mich nicht bewegen. Als sie wieder die Vorhaut zurückschiebt, sehe ich einen Lusttropfen auf meiner Eichel. Ich möchte im Boden versinken, zugleich werde ich immer erregter.

»Kannst einpacken«, sagt sie. »Alles in Ordnung.«

Ich weiß nicht einmal, was Filzläuse sind. Ich habe noch nie gefragt. Ich gehe in mein Zimmer. Ich höre noch, dass Uriella den Sender wechselt.

Nachdem ich mir einen runtergeholt habe, fühle ich die schlimmste Scham, die man fühlen kann, habe ich das schlechteste Gewissen, das man haben kann, fühle ich mich so schuldig, wie man sich nur schuldig fühlen kann. Ich drehe den Schlüssel meiner Zimmertür zweimal um. Als ich aufs Klo muss, klettere ich aus dem Fenster und pinkle in den Schnee.

# ZUHAUSE

Jonas lag in dem Bett, in dem er seine halbe Kindheit geschlafen hatte, in dem Zimmer, das seines gewesen war, nachdem er mit zehn oder elf zu Picco gezogen war, und schaute hoch zur Decke.

Das ist eine Decke.
Es gibt sie schon lange.
Es gibt sie viel länger als mich.
Wer weiß, wer vor mir hier gelegen hat.
Wer weiß, was hier geschehen ist, ehe ich hier lag.
Die Decke hat vieles gesehen.
Viele haben die Decke gesehen.
Viele, die die Decke sah, sind tot.
Der Decke waren sie egal.
Ihnen war die Decke egal.
Weil sie nur eine Decke ist.
Mir war sie nie egal.
Weil sie nur eine Decke ist.
Ich sehe zur Decke hinauf und grüße sie, und sie sagt danke
und zeigt mir alles, was ich einst dagelassen habe.
Die Gedanken. Die Menschen. Die Zeit.
Ich liege hier und sehe euch alle.
Es ist, als wäret ihr wieder da.
Dafür danke ich der Decke.
Mir ist sie nicht egal.
Ich bin nur der Zeit egal.

Jonas setzte sich auf den Balkon. Im Garten war Zach dabei, den über Nacht gefallenen Schnee von den Wegen zu schaufeln. Er hasste es zu schwitzen, deswegen trug er nur Hose und Schuhe, sein massiger Oberkörper war nackt. Er trug das Halskettchen mit dem Kreuz, das er bei Picco immer hatte abnehmen müssen.

Nicht schlecht, dachte Jonas, er ist bald sechzig und sieht noch immer aus wie ein Fremdenlegionär.

»Wie groß bist du, Zach?«, hatten sie ihn gefragt, und er: »Zweisiebzehn am Morgen, zweivierzehn am Abend.«

Jonas erinnerte sich, mit welcher Ehrfurcht er Zach als Kind betrachtet hatte. Zum einen wegen dessen Größe, denn einen Mann von der Statur eines Goliaths hatten weder Werner noch er je zuvor gesehen. Und zum anderen natürlich wegen der Tattoos. Zachs ganzer Oberkörper war voll damit. Einige bildeten hübsche Wirbel, andere waren düster, manche geheimnisvoll, vier oder fünf so unheimlich, dass Jonas sie nie wieder ansehen wollte, und den meisten Platz beanspruchten zwei alles überstrahlende Sonnen auf seiner Brust, die eine rechts, die andere links.

»Osten und Westen«, erklärte er. »Rechts: Sonnenaufgang. Links: Sonnenuntergang. Wir lesen aber von links nach rechts, Jungs.«

»Bilder liest man nicht«, sagte Jonas.

»Kommt drauf an, wie man es sieht.«

»Ah, der große Mann meint eine Metapher«, sagte Werner.

»Der Hüne arbeitet mit Metaphern?«

»Es sieht ganz so aus.«

»Kluger Hüne«, hatte Jonas gesagt, und dann waren sie gerannt.

Zach steckte die Schaufel in einen Schneehaufen.

»Schon am Grab gewesen?«, rief er zu Jonas hoch.

»Dachte, ich warte auf dich.«

Zach stützte den Unterarm auf den Stiel der Schaufel und schaute in Richtung Wald. Eine Eislawine löste sich vom Dach und stürzte auf den Schneehügel, den er neben die Haustür geschoben hatte. Zach regte sich nicht.

»Kommst du mit?«, fragte Jonas.

Unter Jonas steckte Ianto den Kopf aus dem Fenster.

»Zacharias, ich will mitkommen!«, sagte er in seinem Singsang. »Darf ich diesmal mitkommen?«

»Nein. Diesmal nicht, das nächste Mal nicht.«

»Aber wieso denn nicht?«

»Noch zu früh.«

»Wann ist es denn nicht mehr zu früh? Übermorgen sind wir acht Monate zusammen!«

»Wenn du nicht sofort reingehst und dich um deinen Blog kümmerst, werden es keine acht Monate werden!«

Ianto drehte den Kopf zu Jonas nach oben.

»Sehen Sie? So ist er meistens. Er glaubt, man interpretiert seine Grobheiten als die raue Schale um den weichen Kern. Der Kern hilft allerdings keinem, wenn er bloß weich ist und versteckt bleibt! Dann ist es einfach nur Rohheit. Erklären Sie ihm das mal!«

Ianto schlug das Fenster zu.

»Hübscher Junge«, sagte Jonas. »Wo hast du ihn kennengelernt?«

»Das ist sehr seltsam. Er war plötzlich da. Keine Ahnung, wie das passiert ist.«

»Bist du verliebt, oder ist es nur …«

»Wollen wir dann?«, fragte Zach.

»Was ist aus deiner Freundin geworden? Dieses Model mit dem unaussprechlichen Namen?«

»Im Tschad habe ich einmal einem Kerl, der dauernd blödsinnige Fragen gestellt hat, die Augenlider abgeschnitten.«

»Das solltest du Ianto aber nicht vor dem Schlafengehen erzählen.«

»Nicht nur das.«

»Dass der schöne junge Mann keine Angst vor dir hat. So ein Klavierspieler mit so einem Vieh wie dir …«

Jonas duckte sich blitzschnell. Gerade noch rechtzeitig, denn Zachs Schaufel kam auf den Balkon geflogen und krachte hinter Jonas gegen die Tür.

»In fünf Minuten beim Auto.«

»In Ordnung«, sagte Jonas.

Das Grab war gepflegt. Der Schnee war von der Grabplatte gekehrt, frische Blumen lagen darauf. Auf dem Grabstein stand ein schlichtes Holzkreuz, daneben brannte ein ewiges Licht.

»Oha«, sagte Jonas. »Dieses Kreuz. Wenn wir das Grab jetzt aufmachen würden, fänden wir Picco mit dem Gesicht nach unten.«

»Soll er rauskommen und es abhängen.«

Es war Zachs letzter Satz auf dem Friedhof. Seine Lippen bewegten sich stumm. Dass Zach, der mindestens zehn Menschen getötet hatte, ein gläubiger Christ war, hatte Jonas erst nach Piccos Tod gemerkt.

Da liegt ihr, dachte Jonas.

Sie könnten auch hier neben mir stehen. Alle drei. Nein, nicht hier stehen, sie könnten mit mir im Haus sitzen und die Welt auf den Kopf stellen, so wie früher. Sie könnten alle noch leben. Picco. Mike. Werner.

Der Erste war ein geniales Monster, bekam aber leider Krebs. Der Zweite war behindert und traf auf einen Postboten, der dann allerdings den Postbotenmörder neben mir traf. Der Dritte war auch genial, aber ein Idiot.

Ich bin kein Idiot, hörte er eine vertraute Stimme in seinem Kopf sagen.

Wieso redest du eigentlich nur hier mit mir?

Erstens habe ich auch auf deinem dummen Berg mit dir geredet. Und zweitens sollst du dich ein wenig bemühen, wenn du meine Gesellschaft willst. Ich will ein bisschen hofiert werden. Ich liege hier nur blöd rum.

Das war früher auch schon so.

Zur Faulheit hatte ich einen Hang, das gebe ich zu.

Wie geht es dir?

Wie soll es mir gehen? Ich bin tot.

Aber du redest mit mir. Tote können nicht reden.

Das ist schwer zu erklären. Das mit den Dimensionen. Halte dich nicht lange mit Dingen auf, die zu hoch für dich sind.

Sagt einer, der gestorben ist, weil er in einem Rollstuhl einen Berg runterfahren wollte.

Hast du ja auch gemacht.

Aber ich war nicht so blöd, dabei zu sterben.

Dafür willst du jetzt am Südpol sterben, habe ich gehört.

Von Sterben kann keine Rede sein. Und von Wollen auch nicht.

Aber du denkst daran.

Ich bin eben nicht so leichtsinnig wie du. Du Rollstuhlraser.

Können wir uns mal ernsthaft unterhalten?

Ja.

An deiner Stelle würde ich das mit dem Südpol lassen.

Sagt einer, der gestorben ist, weil er …

Jaja, schon gut. Man wird ruhiger im Alter.

Du bist siebzehn.

Das sehe ich anders. Außerdem, auch Tote werden klüger.

Bei dir bin ich mir da nicht so sicher. Wie geht es Mike? Und wie dem Boss?

Der Kleine ist hier nicht behindert. Er lässt ausrichten, er hat nicht vergessen, dass du ihn im Schlaf wie eine alte Hure geschminkt hast.

Hahahaha!

Und der Alte schickt dir eine Umarmung.

Kannst du mir noch eines sagen?

Schieß los.

Wieso bist du manchmal da und manchmal nicht?

Ich sagte doch schon, es ist kompliziert.

Aber du bist es, oder? Das bin nicht ich? Das bilde ich mir nicht ein? Ich höre keine Stimmen, weil ich geisteskrank bin?

Ich kann dich beruhigen, was die Stimme anbelangt. Das bin schon ich. Was deinen Geisteszustand betrifft, lasse ich mich nicht festlegen.

Kannst du beweisen, dass du es bist?

Klar.

Und wie?

Erinnerst du dich noch an unsere Zeitkapsel, die wir hinter dem Gartenhaus vergraben haben?

Na sicher.

Auch daran, was drin war?

Ganz genau. An jede Einzelheit.

Na, grab sie aus.

Wieso?

Weil mein Tagebuch in der Kassette ist.

Wirklich? Wann hast du es da reingesteckt? Und wieso?

Ein paar Wochen, bevor ich dieses Pech hier hatte. Wieso, weiß ich eigentlich nicht mehr. Es schien mir dort am sichersten.

Und das soll ich ausgraben?

Willst du nicht mal die alten Sachen ansehen? Wäre doch an der Zeit. Vielleicht komme ich vorbei. Wenn du das Tagebuch findest, weißt du wenigstens, wer hier spricht. Du konntest nämlich nichts davon wissen.

Woher willst du wissen, dass ich es nicht selbst reingetan habe?

Das wird mir ein bisschen zu sophisticated jetzt.

Was?

Ich weiß, was du tust oder getan hast. Ich passe ja ein wenig auf dich auf.

Du? O Gott.

Alles kann dein Tanaka auch nicht machen.

Soll ich nun zum Südpol oder nicht?

Das musst du selber wissen.

Ich weiß es nicht.

Ich werde jedenfalls da sein.

Du könntest ruhig öfter kommen.

Würde ich gern. Geht leider nicht so einfach.

Wieso kommen die anderen nicht?

Es ist eben nicht so leicht. Die haben nicht die richtige Nummer,

so scheint es. Nimmt mich richtig mit, zu wissen, dass nur ich die Frequenz für das Chaos in deinem Kopf finde. Was sagt das über mich aus?

Dass du immer mein bester Freund sein wirst?

Bitte keine rührseligen Geschichten. Davon hört man als Toter sowieso genügend.

Ich mach mich dann mal vom Gottesacker.

Die ranzigen Witze wirst du dir nie abgewöhnen, wie?

Niemals, solange du lebst.

Sophisticated.

Ciao.

Am frühen Abend holte Jonas die Schaufel aus seinem Zimmer und stach sie hinter dem Gartenhäuschen in den Schnee, ziemlich genau da, wo sie die Kassette vergraben hatten, in der Mitte zwischen den zwei Birken, auf denen sie das Baumhaus zu bauen begonnen hatten, das dann nach dem Drama um Mike nie fertig geworden war.

Er starrte auf den dicken weißen Teppich vor sich. Er betrachtete die Fußabdrücke, die er im Schnee hinterlassen hatte. Irgendwo bellte ein Hund. Er fragte sich, wem der gehörte, denn hier wohnte weit und breit niemand außer ihnen.

Er kratzte sich das juckende Kinn am Stiel der Schaufel. In dieser Position, den Kopf auf den Stiel gestützt, mit hängenden Armen, blieb er minutenlang stehen.

Will ich das eigentlich wissen?, dachte er.

Regina, die alte Köchin, hatte es sich nicht nehmen lassen, aus dem Ort heraufzufahren und sich für Jonas an den Herd zu stellen. Sie kochte noch immer fürchterlich. Jonas genoss jeden Bissen.

»Das ist das beste schlechte Essen der Welt«, sagte er beim Nachtisch, nachdem Regina in der Küche verschwunden war.

»Fehlt es dir?«, fragte Zach.

»Mir fehlt viel von hier.«

»Wieso wohnt ihr dann nicht hier?«

»Das geht nicht. Noch nicht.«

»Wieso nicht?«

»Weil es eben noch nicht geht.«

»Ich hoffe, ich erlebe das noch.«

»Ernähr dich gesund. Lass dir nicht zu oft von ihr etwas vorkochen.«

Zach schien etwas einzufallen. Er ging ins Nebenzimmer. Jonas hörte ihn rumoren. Zach kehrte mit einem dicken Fotoalbum zurück, das er auf den Tisch warf.

»Bitte schön«, sagte er, »eure gesammelten Werke.«

»Was ist das?«

»Von außen wirst du es nicht erfahren.«

Jonas schlug das Album auf. Auf der ersten Seite ein Foto von ihm und Werner als Kinder.

Auf der zweiten Seite ein Zeitungsausschnitt.

**Schweinestall gesprengt – war es die RAF?**

Der Bericht schilderte, was Werner und Jonas damals beim Versuch, die unter schlechten Bedingungen lebenden Tiere zu befreien, mit einem zu starken Sprengsatz angerichtet hatten.

»Sogar in die großen deutschen Zeitungen habt ihr es damit geschafft. Alle Achtung.«

Der nächste:

**2 Teenager verprügeln Jugendbande**

Der nächste:

**2 Teenager verprügeln 6 Polizisten**

Nächste Seite:

**2 Teenager parken Volvo in Schwimmbecken – Fahndung läuft**

»Daran kann ich mich gar nicht mehr erinnern«, sagte Jonas. »Es war nicht leicht mit uns, wie?«

»Im Gegenteil, für uns war es sehr leicht. Besser als Fernsehen. Für die anderen Leute war es schwer.«

**Waldbrand – Die 2 »Horror-Teenager« auf der Flucht**

»Das waren nicht wir! Wir hätten nie einen Wald angezündet!«

»Glaube ich, glaube ich. Aber ihr habt das Haus von Na-du-weißt-schon eingeäschert. Und dabei zu viel Benzin verwendet.«

»Stimmt, es war heiß und ziemlich trocken in diesem Sommer.«

»Im Polizeibericht stand, dass der Brand im Wald begann und dann auf das Haus übergriff.«

»Der gute Angerer. Lebt er noch?«

»73 ist doch kein Alter.«

»Für manche schon.«

Jonas blätterte weiter. Dutzende Zeitungsberichte. Einige kleiner, einige größer, dann und wann auf der Titelseite eines Regionalblattes.

»Du hast ja wirklich alles gesammelt«, staunte Jonas.

»Keineswegs, das sind nur die herausragenden Leistungen. Die Klassiker!«

Jonas blätterte um. Eine kleine Notiz nur, aber sie hatte eine eigene Seite.

**Postbote verschwunden**

Tja, dachte Jonas.

»Das war aber dein Werk«, sagte er.

»Auf deine Anordnung.«

»Sag das nicht so. Anordnung.«

»Es war eine Anordnung«, sagte Zach bestimmt.

»Na ja.«

»Was denn sonst?«

»Das klingt so brutal.«

»Es ist, was es ist. Ich hätte niemals auf eigene Faust handeln dürfen. Der Alte hätte mich im Fluss versenkt. Eigeninitiative hat er in diesen Dingen nicht besonders geschätzt. Ich war sein Soldat. So wie ich deiner war. Und bin.«

»Was soll denn das bitte heißen?«

»Ich habe einen lebenslangen Vertrag mit euch.«

»Das ist wahrscheinlich nicht einmal so dahergeredet«, sagte Jonas. »Mein Gott, Picco war wirklich verrückt. Und du bist es auch.«

»Ich habe bloß einen anderen Treuebegriff als die meisten Menschen heute.«

»Von mir wirst du jedenfalls keine Befehle erhalten.«

»Brauchst mir keine zu geben. Bei dir darf ich ja etwas mehr Eigeninitiative zeigen als bei deinem Vorgänger.«

»Sag das nicht so. Vorgänger. Wir sind doch keine Dynastie.«

»Schaff dir endlich ein paar Kinder an, dann wird es eine.«

# WIEN

A
AK
–
–
A
–
AK
K
A
AK
–
–
AK
–

# WIEN

In den vergangenen sieben Tagen habe ich nach meiner Zählung mit vier oder fünf Frauen geschlafen, was ungefähr fünfzehn Gramm Koks und vier Cialis bedeutet. Wer diese Frauen waren, weiß ich nicht genau, jedenfalls weiß ich es nicht bei allen. Eine habe ich im *Europa* aufgelesen, das weiß ich noch, eine via Facebook, eine via Tinder, aber der Rest verliert sich irgendwo. Ich weiß nur, dass Megan Fox leider wieder nicht dabei war und dass ich sofort aus der Wohnung muss, weil überall vergessene Lippenstifte und BHs herumliegen, deren Anblick mir das drängende Gefühl vermittelt, mein Leben nicht unter Kontrolle zu haben. In dieser Gefühlslage bin ich gewöhnlich noch tageslichtscheuer als sonst, doch jetzt drängt alles in mir raus, nur raus.

Im bedenklich ruckelnden Lift fällt mir ein, dass ich heute Abend mit einer Freundin, die gewisse Vorlieben hat, verabredet bin. Am liebsten würde ich absagen. Aber das gehört sich nicht. Man sagt keine Sextreffen ab. Also schicke ich ihr eine SMS.

*Willst du mir den Schwanz rasieren, oder soll ich vorher selbst?*

Damit hat sie es irgendwie, aber das spielt vorläufig keine Rolle, weil diese Freundin denselben Vornamen hat wie meine Agentin, und sich Karin Graf nun sicher fragt, ob ich endgültig verrückt geworden bin.

*KARIN! FALSCHE NUMMER! TUT MIR LEID!*

Während der Wartezeit auf die Reaktion schicke ich die Nachricht an die richtige Karin. Die schreibt zurück:

*Kann heute leider nicht, sorry,*

was mich erleichtert.

Meine Agentin schreibt: *Ich habe von dir schon Schlimmeres gekriegt. Was macht die Arbeit?*,

was mich irgendwie erleichtert und irgendwie nicht.

Schnee fällt auf meine Mütze. Meine Schuhe hinterlassen Abdrücke, und die Autos rollen still auf einem Schneeteppich dahin. Ich schleiche ohne Ziel durch die Straßen.

Im *Café Rudi* mache ich Pause. Danach in zwei anderen Lokalen.

Vor einem Friseur, dessen grelle Auslage meine Neugier weckt, bleibe ich stehen. Der Laden heißt *Biofriseur*. Auf Schildern lese ich die Angebote des Hauses.

1 der bobo-cut. noch aktuell!
2 die naschmarkt-woge. eine welle von dauer!
3 deutsche welle: die naschmarkt-woge made by *pedro from the alster*
4 glücks-strähnen
5 farbe ins leben: biofarben aus kolumbien, fair-trade
6 das 20-minuten-normalo-menü: waschenschneidenfönenundweg (plus steirischen o-saft aus dem knobelbecher)
7 für mutige: die bio-mütze. eine helmfrisur, die mensch gerade noch tragen kann. spezialität des frisurküchenchefs!
8 hipsterbarttrimmung
9 diverse rasuren
10 auf anfrage: brasilianbiowaxing ~~im schaufenster~~ in nora's gästezimmer

EXTRAwünsche:

11 fahrradservice by susanne
12 farbberatung
13 yoga-einführung (mara ist wieder da!)
diverse flyer-infos zu diversen topics – tattoos, second hand, queer, femen

CUT OF THE DAY: pony

für zwischendurch:
vegane cookies, selbstgemacht
kaffee (industriemilch, sojamilch)
burritos (veggie, vegan)

euer team herzt willkommen und ist: andrea, susanne,
pedro, ivana, mara, moses und nora

Eine hübsche junge Frau mit Nasenpiercing winkt mir, ich solle reinkommen. Ich nehme meine Mütze ab und deute auf meine Glatze, auf die sogleich Schneeflocken fallen. Sie zuckt mit den Schultern und winkt wieder. Ich tue so, als würde ich einen Anruf kriegen, und trotte, in mein nicht existentes Gespräch versunken, davon.

# WESTSTEIERMARK

Lesen und schreiben habe ich von Suux gelernt. Angeblich war ich da gerade mal drei, aber na ja, vier werde ich schon gewesen sein. Ich kann mich daran erinnern, wie ich neben ihr sitze und sie mir die Buchstaben erklärt. Davon, wie ich das erste Mal allein ein Buch gelesen habe, gibt es kein Bild in mir, nur davon, wie ich mich an Suux drücke und sie mir die As und Os und Rs zeigt.

Ich lese überall und immer. Ich bin vom Religionsunterricht befreit, das heißt, wenn der Religionslehrer bei uns seinen Katechismus auspackt, setze ich mich in die Parallelklasse und lese. Ab und zu geben mir dort die Lehrer eine Aufgabe, aber die mache ich nicht. Ich weiß ja, dass es nicht meine Lehrer sind und sie mir nichts tun können. Am Ende der Stunde ist es ihnen sowieso egal, wenn sie einen leeren Zettel zurückkriegen.

Ich lese im Bett, ich lese im Bus, ich lese auf dem Klo, ich lese auf dem Friedhof, ich lese tagsüber und nachts. Ich lese auch während des Unterrichts, mir ist völlig egal, was die da vorne reden. Ich lese ein Buch nach dem anderen, und manchmal gehen sie mir aus. Wenn ich dann jammere, sagt Uriella, ich soll doch ihre lesen. Sie hat sterbenslangweilige Schinken über alte Grafen zu Hause stehen, die »Nesthäkchen«-Reihe und kitschige Romane über Gott und die Welt. Einen habe ich mal gelesen, Claudio Pauls und das hässliche Entlein hieß er, und genau so las er sich auch. Es ging um eine hässliche Frau, die sich in einen tollen Mann verliebt, der irgendwie unerreichbar ist und so weiter. Ich weiß nicht mehr genau, was passiert ist. Ich weiß nur, dass meiner bescheidenen Meinung nach jede handelnde Person in diesem Buch an der Debilitätsgrenze lebt. Am

Schluss eröffnet er ihr jedenfalls, dass er sie liebt, und überzeugt sie, dass sie kein hässliches Entlein ist, sondern eine wunderschöne Frau. Seither weigere ich mich, Uriellas Bücher anzurühren, da lese ich lieber in der Zeitung den Sport.

In der Stadtbücherei kennen sie mich schon, obwohl ich erst seit kurzem hier bin. Am Anfang hat mir die Bibliothekarin geraten, weniger auf einmal auszuleihen, doch mittlerweile hat sie gemerkt, dass ich in der Woche ein paar Bücher weglese. Hemingway, Tolstoi, Torberg, Joseph Roth, Karl May, aber auch richtig schweres Zeug. Obwohl, ich würde lügen, wenn ich behaupte, ich verstehe alles, was ich lese. Von Douglas Hofstadters *Gödel Escher Bach* zum Beispiel habe ich so gut wie gar nichts kapiert, war mir auch zu langweilig. Von *Metamagicum* mag ich den Artikel über die selbstbezüglichen Sätze. Einer von ihnen spukt oft in meinem Kopf herum: *Dieser Satz kein Verb.* Den mag ich besonders, den kapiere ich.

Manchmal kommt mir auch etwas ganz anderes unter. Bücher über die k.u.k. Monarchie, zum Beispiel die von Rudolf von Eichthal, die Spielvogel-Tetralogie. Altösterreichische Soldatenromane. Die lese ich heimlich.

Ich mag ihre Stimmung. Es geht um Ritterlichkeit, Ehre, schöne Frauen und Abenteuer, es geht um Kameradschaft. Mir gefällt, wie Freunde darin füreinander einstehen. Kurz war ich deswegen sogar Monarchist und habe zu Sendeschluss bei der Bundeshymne salutiert, aber dabei würde ich mir mittlerweile blöd vorkommen. Einmal hat mich Suux so vor dem Fernseher erwischt, und ich weiß nicht, warum sie mehr zornig war, weil ich noch mal aufgestanden bin oder weil ich in den Bildschirm salutiert habe.

Sie hat fast ein wenig erschrocken gewirkt.

Wenn ich nicht Schach spiele, lese ich, und wenn ich nicht lese, spiele ich Schach.

# TOKIO

»Glauben Sie an Gott, Tanaka?«

»Wollen Sie mir den Appetit verderben?«

»Glauben Sie an ein Leben nach dem Tod?«

»Ja«, sagte der Anwalt unumwunden.

»Das eine nein, das andere ja?«

»So ist es.«

»Sie glauben daran, dass Menschen nach ihrem Tod in gewisser Weise bleiben, was sie gewesen sind?«

»So würde ich es nicht sagen. Ehrlich gesagt, habe ich mir darüber schon zu viele Gedanken gemacht. Da ich keinen Einfluss darauf habe, was geschehen wird, spekuliere ich nicht mehr darüber.«

Jonas faltete die Hände vor der Nase und nickte langsam.

»Haben Sie vor, zu sterben und mir als Geist zu erscheinen?«, fragte Tanaka. »Bei Ihnen muss man davon ausgehen, dass mit dem Tod noch lange kein Ende des Ärgers abzusehen ist.«

»Hm«, machte Jonas.

Tanaka steckte sich eine Zigarre an. Er wedelte mit der freien Hand, um den Rauch zu vertreiben.

Jonas stand auf und stellte sich ans Fenster. Die Aussicht war noch eindrucksvoller als die bei ihm zu Hause. Diesmal ließ sie ihn kalt.

»Etwas ist passiert«, sagte Tanaka. »Ich habe es schon gemerkt, als Sie reinkamen. Lassen Sie mich Ihnen ein Beispiel meines Scharfsinns geben. Sie waren zu Hause …«

Jonas fuhr herum.

»Sie werden mir jetzt kein Beispiel Ihres Scharfsinns geben«, sagte er energisch, »ich habe jetzt keine Lust auf Scharfsinn!«

Tanaka sagte nichts.

Er ist schlau, dachte Jonas. Aber er hat sogar Takt, wenn es darauf ankommt.

Der Anwalt sortierte Unterlagen. Jonas überlegte, ob er bleiben sollte. Ursprünglich hatte er über die Stiftungen für Waisenkinder reden wollen, die Tanaka für ihn verwaltete, er wollte noch mehr investieren. Doch kaum hatte er das Hotelzimmer betreten, war das Erlebnis auf dem Friedhof wichtiger als alles andere gewesen.

»Die Zeit vergeht«, sagte Tanaka. »Wie kommen wir mit den Planungen unserer Expedition voran?«

»Es ist nicht Ihre Expedition, und Sie, Tanaka, kommen gar nicht voran. Sosehr ich mir das wünschte, weil ich weiß, dass dieses Projekt dann anders aussehen würde. Aber es ist Maries Projekt. Und nur ich darf planen.«

»Sie wird nie erfahren, dass ich meine Finger im Spiel gehabt habe. Was wollen Sie essen?«

»Wir haben gerade gefrühstückt, Tanaka.«

»Was hat denn das eine mit dem anderen zu tun?«

Jonas streckte sich auf dem Sofa aus Kunststoff, das Tanaka für ihn besorgt hatte, weil er sich weigerte, auf einem Tier zu sitzen. Man muss den Menschen ab und zu zeigen, was sie tun, dachte er. Wie sie sich breitmachen und durch die Welt stampfen.

»Tanaka, ich lüge nicht. Es gibt soziale Situationen und Berufe, in denen Lügen notwendig sein können, aber ich mag sie nicht. Und Marie würde ich nie anlügen.«

»Sehr ehrenvoll, wie immer. Doch hier handelt es sich um keine Lüge. Nicht alles zu sagen ist keine Lüge, sondern Politik.«

Jonas winkte ab.

»Gute Politik«, wiederholte Tanaka. »Nichts Verwerfliches. Im konkreten Fall würden Sie sich und Marie dadurch nur schützen. Wenn man sich da nicht auf einen berechtigten Notstand berufen kann, wann dann?«

»Wie wäre es, wenn Sie endlich die Einrichtung austauschen würden?«

»Sie meinen, das ganze Leder raus?«, rief Tanaka. »Da verliere ich sofort alle Klienten. Die würden mich für einen Steuerberater oder einen Ohrenarzt halten. Oder, noch schlimmer, für arm. Auch in Japan gilt die anwaltliche Schweigepflicht, aber so viel kann ich Ihnen verraten: Meine Mandanten zeichnen viele positive Eigenschaften aus, doch Ihre Herzensgüte gehört in der Regel nicht dazu. Sonst würde ich Ihrem Wunsch auf der Stelle nachkommen. Nicht weil ich Sie verstehe, für mich ist ein Tier durchaus zur Speise und zum Sitzmöbel qualifiziert, doch Ihnen zuliebe würde ich hier sogar auf Luftmatratzen arbeiten.«

»Zu freundlich.«

»Nicht wahr?«

»Mir kommen die Tränen.«

»Das habe ich mir gedacht.«

Jonas rümpfte die Nase. »Wenigstens ein Raumspray könnten Sie benützen.«

»Das wird den Ledergeruch auch nicht vertreiben.«

»Wer redet denn vom Leder? Ich hadere mit dem Brie, den Sie zum Frühstück hatten.«

»Danke, dass Sie mich erinnern«, sagte Tanaka und zeigte unbestimmt zur Speisekarte, die neben allerhand Unterlagen auf seinem Arbeitstisch lag. Beim Aufstehen ächzte er. Jonas schoss ein Gedanke durch den Kopf.

»Tanaka, wollen Sie mitkommen?«

Umständlich drehte sich Tanaka auf dem Weg um.

»Zum Südpol?« Er blieb stehen und lachte so laut, dass in dem Regal hinter Jonas die Kristallgläser klirrten. »Ich könnte mich höchstens als Bombe abwerfen lassen.«

»Ich behalte das im Hinterkopf«, sagte Jonas. »Nein, ich meine, wie lange kennen wir uns schon? Zehn Jahre? Fünfzehn? Wir kennen uns so lange, und wir waren niemals gemeinsam auf Reisen. Wir haben uns nicht einmal außerhalb Tokios getroffen.«

»Wird auch nicht passieren«, sagte Tanaka.

»Existieren Sie nur noch in dieser Suite?«

»Im Wesentlichen ist das korrekt.«

»Finden Sie es hier beschaulich?«

»Nein, das hat andere Gründe.«

Jonas nickte Richtung Tür. »Es hat also nur mit den Männern da draußen zu tun?«

»Sie haben es erfasst. Wann, wenn ich fragen darf, gedenken Sie wieder abzureisen?«

»Weiß nicht. Demnächst. Wieso?«

»Nur so. Man wird ja wohl fragen dürfen, wann man wieder von Ihrer Penetranz beurlaubt wird.«

»Was ist los, Tanaka? Wem sind Sie schon wieder auf die Zehen getreten?«

Der Anwalt wich seinem Blick aus. Das kam äußerst selten vor.

»Ich würde es vorziehen, nicht darüber zu sprechen. Je weniger Sie wissen, desto besser.«

»Muss ich mir Sorgen um Sie machen?«

»Nicht mehr als üblich.«

»Das reicht ja auch«, sagte Jonas. »Sie sehen aus wie ein Mastschwein.«

»Die alten Griechen sahen in Korpulenz etwas weit weniger Verdammenswertes als Sie.«

»Da haben Sie aber nicht in Sparta nachgefragt. Außerdem habe ich nichts gegen dicke Leute, im Gegenteil. Aber ich will, dass Sie gesund sind. Sie müssen hundert Jahre alt werden. Ich brauche Sie, Tanaka. Ich mag Sie sogar.«

»So brauchen Sie mir auch nicht zu kommen«, sagte der Anwalt.

Tanaka drückte den Knopf am Tischtelefon. Einzig der Türsummer war zu hören, der Leibwächter erschien wie ein Geist.

»Ist Ihnen Tofu mit Nudeln recht?«, fragte Tanaka quer durch das Zimmer. »Oder darf es Reis mit nichts sein?«

»Lassen Sie mich gefälligst in Ruhe, Tanaka.«

Der Anwalt bestellte. Als sie wieder allein waren, fragte Jonas:

»Das bedeutet, auch ich sollte besser nach links und rechts schauen, wenn ich das Haus verlasse, oder?«

Tanaka schüttelte den Kopf. »Wir sind nicht verwandt.«

»Aber befreundet.«

Tanaka schüttelte wieder den Kopf, diesmal noch entschiedener. »Sie brauchen sich absolut keine Sorgen zu machen. Nichts von dem, was vor sich geht, betrifft Sie. Sie können mir vertrauen.«

»Schaue ich wirklich so blöd aus?«

Um Tanakas Mundwinkel zuckte es. Nicht schlecht, dachte Jonas, so weit kriege ich ihn nicht oft.

»Im Gegenteil, Sie sehen hochintelligent aus«, sagte Tanaka.

»Was man von Ihnen nicht behaupten kann.«

»Das ist so beabsichtigt. Man soll sich immer unterschätzen lassen.«

»Ich muss los«, sagte Jonas. »Sehen wir uns nächste Woche?«

»Schon? Wie schade! Ich dachte, wir essen gleich zusammen?«

»Nächste Woche.«

»Wie Sie möchten. Aber lassen Sie sich gesagt sein, regelmäßiges Essen ist gesund und wichtig.«

»Jede Stunde?«

»Kann ich noch etwas für Sie tun? Abgesehen davon, meine Möbel auszutauschen, womit vermutlich auch die Hoteldirektion nicht einverstanden wäre?«

»Oh, ich bin sicher, die könnten Sie überreden«, sagte Jonas.

»Vermutlich könnte ich das, ja.«

»Nein«, sagte Jonas, »es gibt nichts für Sie zu tun.«

Tanaka brachte ihn zur Tür. Dort legte er Jonas die Hand auf die Schulter und schaute ihm über seine randlose, eckige Brille in die Augen.

»Also, was ist es?«, fragte er.

»Was ist was?«

»Sie wollen etwas sagen. Sie wollen etwas von mir.«

»Wie kommen Sie darauf?«

»Ich bin Anwalt. Das ist mein Beruf.«

»Aha.«

»Was ist es?«, fragte Tanaka drängend. »Warum hüllen Sie sich

so gern in Geheimnisse? Wieso ist immer alles ein wenig umständlicher mit Ihnen?«

»Tanaka, verstecken Sie mein Auto.«

Tanaka wirkte nicht im mindesten irritiert. »Innerhalb welcher Grenzen?«

»Irgendwo in Tokio. Sie verstecken es, ich suche es, und zwar zu Fuß.«

»Irgendwo in Tokio? Wissen Sie, wie groß Tokio ist?«

»Natürlich weiß ich, wie groß Tokio ist.«

»Sie wissen nicht, wie groß Tokio ist. Selbst um Ihr Monster von Auto zu finden, würden Sie Ihr ganzes Leben brauchen. Entscheiden Sie sich für einen Bezirk.«

Jonas steckte die Hände in die Hosentaschen und überlegte.

»Shibuya?«

»Gute Wahl«, sagte Tanaka und hielt Jonas die Tür auf. »Aber halten Sie das für die richtige Vorbereitung für den Südpol?«

»Ich halte das für gar nichts.«

»Aber was …«

»Auf Wiedersehen, Tanaka.«

# TOKIO

Sie trieben es am Fenster von Maries Arbeitszimmer, das nach hinten hinausging. Jonas war hinter ihr, sie stand aufrecht und ließ ihre Brüste für mögliche Zuseher schaukeln.

»Siehst du die Frau da oben?«, flüsterte sie nach hinten.

»Ich sehe sie.«

»Ich glaube, sie macht es sich selbst.«

»Nein. Sie filmt uns.«

»Auch recht.«

»Mir nicht.«

Sie zögerte.

»Okay«, sagte sie.

Als sie sich umdrehte, glitt er unsanft aus ihr. Sie war verärgert. Er warf sie auf die Couch. Sie kämpften miteinander. Er ließ sie gewinnen. Er gewann. Sie wurden zugleich fertig, der Ärger war weg.

»Du hast mir noch nichts von Zach erzählt«, sagte sie unter der Dusche. »Wie geht es ihm? Liegt noch immer diese Schönheit im Haus herum?«

»Die ist er losgeworden, oder umgekehrt. Jetzt hat er einen blauäugigen Jüngling. Ein seltsamer Anblick, aber irgendwie herzerwärmend.«

»Der liebe Zach!«

»Okay«, sagte er. »Wir machen es.«

Sein Blick genügte, sie verstand. Vor Begeisterung riss sie an seinen Brusthaaren, die sie gerade eingeseift hatte. Er schrie in gespieltem Schmerz auf.

»Ich wusste sowieso, dass du ja sagst!«, rief sie. »Du wirst es nicht bereuen, das schwöre ich dir!«

»Oje«, sagte er.

»Was ist?«

»Auf der Liste der Sätze, die mir Angst machen, steht der sehr weit vorne!«

»Was soll denn das heißen?«

»Dass solche Versprechen einem nur Leute geben, die sich sicher nicht an das halten werden, was vereinbart war!«

»Das stimmt allerdings«, sagte sie. »Absolut zutreffende Diagnose.«

»Außerdem machen mich ›Das funktioniert jetzt aber ganz sicher!‹ und ›Ein Stückchen geht noch!‹ ziemlich nervös. ›Mach dir keine Sorgen!‹ ist unangefochtener Spitzenreiter.«

»Wenn du so weitermachst«, sagte sie, »verpasse ich dir im Schlaf eine Mandelkernamputation! Obwohl die bei dir nichts ändern würde. Also: Was, wann, wie, ich will alles wissen, los! Du wirst es nicht bereuen!«

»Dürfte ich mich mal abduschen?«

Im Wohnzimmer machte er Musik an, um sie ein wenig zu ärgern. Sie schaltete jedoch ohne ein Zeichen von Ungeduld ab und setzte sich aufs Sofa. Sie sagte nichts, aber ihr Blick war genau der Blick, und ihr Lächeln war genau das Lächeln. Sie wusste, mehr war nicht nötig.

»Wir werden Hilfe brauchen«, sagte er. »Wir können diese Tour nicht allein bewältigen.«

»Na sicher werden wir Hilfe brauchen, wir können ja nicht selbst bis zu diesem Patriot Dings fliegen.«

»Das meine ich nicht. Du kannst keine zwei Wochen lang einen Schlitten ziehen, der achtzig Kilogramm schwer ist, über 400 Kilometer hinweg, bei tiefsten Temperaturen, vielleicht oder sogar sicher immer wieder über Sastrugis hinweg …«

»Was sind denn Sastrugis?«

»Das – na ja, stell dir eine Düne in der Wüste vor und ersetze Sand durch Schnee. Große Schneehaufen sind das. Ich weiß nicht mal, ob ich das schaffe. Wir finden sicher jemanden, der uns begleiten und unterstützen …«

»Nein, Jonas. Nur wir zwei. Niemand sonst. Ab morgen trainiere ich. Bei mir dauert es nicht lange, bis ich meine alte Form wiederhabe. Du planst, ich trainiere! Ich werde laufen, ich werde Muskeln aufbauen, ich werde mich schinden. So kann ich wenigstens die Wirkung von Wachstumshormonen testen.«

»Ich hoffe, das meinst du nicht ernst.«

»Doch. Die paar Male bringen mich nicht um.«

»Ist dir dieses ganze Unternehmen wirklich so wichtig?«

»Ungeheuer wichtig. Ich will diese Grenze mit eigenen Augen sehen. Ich will sie erlebt haben. Ich will wissen, wie es ist, völlig auf sich selbst zurückzufallen und nichts mehr zu haben als sich selbst.«

»Du vergisst wohl, dass ich dabei bin. Du hast nicht nur dich.«

»Ach, Jonas. Du bist ja schon ich.«

Er setzte sich neben sie, drückte seine Lippen in ihr Haar und sagte nichts.

Er konnte sich nicht auf die Weltnachrichten konzentrieren, sie interessierten ihn nicht. Sie waren dunkel, hektisch, viele, groß. Er war einer und klein. Er war es gern, jedenfalls in diesem Moment.

Er dachte an sein Museum in Oslo. Die Wohnung, in der er seit vielen Jahren Andenken aufbewahrte. Die außer ihm nur Marie kannte. Tanaka wusste davon, doch nur sie war auch dort gewesen.

Er stellte sich vor, wie es jetzt, in diesem Moment, dort eine Wirklichkeit gab, auch ohne einen Betrachter. Wie dort sein Bleistift aus Rom lag, der Mantel aus Casablanca, die ersten Fahrräder seiner Kindheit, alle drei, auch die von Werner und Mike. Der Rollstuhl, in dem Werner verunglückt war, ein Schlüssel, den er einem englischen Polizisten gestohlen hatte, indische Tageszeitungen, serbische Schuhe, hundert Jahre alte Kleiderständer, Zuckerstreuer aus Südafrika, Liebesbriefe, Haarspangen, Regenschirme und noch Dut-

zende andere Gegenstände, die für ihn von unersetzlichem Wert waren, weil sie sein Leben erzählten, es in eine Zeitkapsel fassten, ihn daran erinnerten, woher er kam und was die Tage und Wochen und Monate und Jahre, die es gegeben hatte mit ihm in der Welt, aus ihm gemacht hatten.

Jetzt. In diesem Moment. Die serbischen Schuhe stehen auf einem Schuhabstreifer. Die indischen Tageszeitungen hängen an der Wand. Der römische Bleistift liegt auf dem Tisch aus Prag. Umgeben von Stille. Niemand sieht diese Dinge. Niemand ist bei ihnen. Nur ich denke an sie, Tausende Kilometer weit entfernt. Niemand sieht sie. Doch sie existieren. Sie sind dort. Für sich. Für mich. Für nichts.

# WIEN

Ich mag es, wenn ich arbeite und das Kind noch schläft. Ab und zu schaue ich zu ihm hinüber. Ich bin so leise wie möglich. Ich verkneife mir sogar den Gang zur Toilette. Ich liebe seinen Gesichtsausdruck, wenn es schließlich aufwacht, sich verwirrt umschaut, mich am Tisch sieht und entspannt auf das Kissen zurücksinkt. Da ist mir die Arbeit sofort egal, ich lege mich lieber dazu.

Die Musik läuft leise weiter. Ohne Musik konnte ich noch nie arbeiten.

»O Gott, was ist das für ein Gejaule?«

»Hm.«

»Hörst du das freiwillig?«

»Ja.«

»Wer ist denn das?«

»DJ Koze featuring Hildegard Knef.«

»Also, mit Fiva und Bernadette la Hengst ist das nicht vergleichbar.«

»Hm.«

»Jetzt mal ganz im Ernst, hörst du das wirklich freiwillig?«

»Ja.«

»O Gott. Mein Vater wird verrückt.«

»Hm.«

»Ich kriege nicht so breite Schultern wie du, oder?«

»Wahrscheinlich noch breitere.«

»Das will ich nicht.«

»Wieso?«

»Das sieht grindig aus.«

»Hm?«

»Kann man das operieren?«

»Nein.«

»Wäh.«

»Hm.«

»Wie heißt die Sängerin noch mal?«

»Hildegard Knef.«

»Sogar der Name ist unter aller Kritik.«

»Wo hast du denn diesen Ausdruck her?«

»Ich habe gar nichts Ordinäres gesagt.«

»Warte. Jetzt kommt etwas anderes.«

»O Gott. Was ist das denn erst?«

»PJ Harvey und Björk. Sie singen *Sympathy for the Devil*. Von den Rolling Stones.«

»Das ist noch schlimmer.«

# WIEN

Am Nachmittag läutet die Tierärztin. Weil ich weiß, dass ich noch stärker zu Dummheiten neige, wenn meine Grundbedürfnisse nicht befriedigt werden, habe ich mit ihr kurzfristig einen Geschlechtsverkehrtermin vereinbart. Sie scheint es ebenfalls nötig zu haben, denn sie ist zehn Minuten zu früh.

Sie wirft ihre Handtasche neben das Bett. »Ich komme direkt von der Arbeit«, ächzt sie, »ich muss kurz ins Bad.«

Während sie duscht, ziehe ich mich aus. Cialis habe ich keines genommen. Wenn ich nach einer gefühlten halben Ewigkeit ohne Sex, ohne Alkohol und ohne Drogen keinen hochkriege, kann ich ihn mir gleich abschneiden lassen.

Ich muss zugeben, dass erektile Dysfunktion ein guter Grund wäre, das Koksen ganz zu lassen. Es kann ja nicht angehen, dass ich etwa mit Olga fünfmal im Bett war und nie in Hochform, einmal sogar Totalausfall, verdammtes Gift, und das auch noch bei einer Schriftstellerin. So alt bin ich nun auch wieder nicht. In zehn Jahren, okay, wenn ich da lieber esse und kokse, als mich im Bett an die Grenze zum Herzinfarkt zu rammeln, soll es so sein. Mit Mitte fünfzig … obwohl, wer weiß, wie ich das dann sehe. Vielleicht verschiebe ich dann auf Mitte sechzig.

Als die Tierärztin nackt aus dem Bad tappt, hinterlässt sie auf dem Parkettboden glänzende Fußabdrücke. Sie zieht ein Kondom aus der Handtasche und legt sich zu mir. Betört bin ich nicht, also versuche ich die Zeit, bis meine Erregungskurve aufwärts zeigt, durch Smalltalk zu überbrücken.

»Toll siehst du aus«, stelle ich phantasievoll fest.

»Puh«, sagt sie und nimmt meinen Schwanz in die Hand, »ich dachte schon, ich komme zu spät.«

»Hast es noch gut hingekriegt«, sage ich.

»Aber das war ein Theater. Eine tanzt immer wieder mit ihrer Katze an. Die Katze heißt Pipsi und hat jede Krankheit, die so ein Vieh haben kann. Was die Frau nicht wahrhaben will. Heute hat sie mir eine Stunde lang vom Durchfall der Katze vorgejammert.«

Ich versuche, Pipsi auszublenden.

»Und eine war da, deren Hund heißt Hund.«

»Was?«

»Wir müssen die Leute für die Kartei fragen, wie die Tiere heißen. Also frage ich die zwei, es sind Mutter und Tochter, nach dem Namen ihres Hundes. Sie schauen sich ratlos an. Die eine zuckt die Schultern, die andere sagt: Hund. Die haben keinen Namen für das Tier, stell dir das mal vor, der heißt einfach Hund.«

Ihre Finger sind kalt. »Hund, na so was«, murmele ich.

Ihr Kopf bewegt sich nach unten. Es wird still. Nach einer Weile kann sie das Kondom aus der Verpackung nesteln.

»Und zum Schluss kommt noch eine mit einem Frettchen rein«, erzählt sie, während sie mir den Gummi überstreift. »Weißt du, wie ein Frettchen stinkt? Ich untersuche das stinkende Frettchen, es ist krank, ja, aber man kann schon was … Ich überlege. Die Frau hat wenig Geld, und da muss sie jede Woche … na ja, und die Behandlung würde jetzt eine Stunde dauern, dann komme ich zu spät zu dir … Also habe ich es eingeschläfert.«

Sie setzt sich auf mich, aber so schnell, wie sie mich drin hat, bin ich auch wieder draußen.

»Du hast das Frettchen *eingeschläfert*?«

»Ja.«

»Obwohl noch etwas zu machen gewesen wäre?«

Sie nickt ein wenig verlegen.

»Damit du rechtzeitig hier bist?«

»Du hast gemeint, du hast nur eine halbe Stunde Zeit.«

Ich weiß nicht recht, was ich sagen soll.

»Dann hat es fast nicht in die Tiefkühltruhe reingepasst, weil die schon so voll ist, die TKV ist diese Woche nicht gekommen. Ich habe den Deckel mit aller Kraft zudrücken müssen.«

»Zum Teufel, was ist überhaupt ein Frettchen?«

»Domestizierte Iltisse. Werden einen halben Meter lang und mehr.«

Ich ziehe mir das Kondom ab, greife nach meiner Unterhose und frage, ob sie auch einen Kaffee will.

Eine halbe Stunde später ist sie weg. Wiederum eine halbe Stunde später verlasse ich ebenfalls die Wohnung, das erste Mal seit Tagen.

Die Suchtberatung ist am Ende der Welt. Irgendwo im 22. Bezirk. Was ich nicht ganz nachvollziehen kann. Bekanntlich fällt es Abhängige bereits von Natur aus schwer, sich zu einer Beratung aufzuraffen. Da ist anzunehmen, dass nicht viele zu einer halbstündigen Taxifahrt oder gar zu einer einstündigen Anreise mit den öffentlichen Verkehrsmitteln bereit sind, nach der noch ein Spaziergang von zehn Minuten durch einen kühlen Märzabend wartet. Ich schon, ich bin bereit, ich will den Mist loswerden. Ich will nie wieder koksen müssen.

Fast eine Woche habe ich auf diesen Tag gewartet. Koksberatung kriegt man nämlich nur dienstags zwischen 18 und 19 Uhr. Taxi kann ich mir gerade keines leisten, also steige ich dreimal um und nehme die Wanderung durch Schlammpfützen auf mich.

Wie zu erwarten war, bin ich der einzige Patient. Oder wie man das nennt.

Es gibt eine Art Rezeption. Die Sprechstundenhilfe nimmt meine Daten auf. Sie will wissen, wie ich heiße. Ich deute fragend auf das Schild, auf dem ANONYME BERATUNG steht.

»Sie können gern einen anderen Namen sagen.«

Sie spricht in jenem heilsam sanften Ton, den man gegenüber Todkranken und Wahnsinnigen anschlägt. So etwas geht mir furchtbar auf die Nerven. Verdrossen schreibe ich in die Spalte, in die der Name einzutragen ist, »Graf Zeppelin«.

Eine Ärztin erscheint. »Sie kommen wegen der Substitution«, sagt sie zu mir. »Ich stelle Sie für heute Nacht ein. Sie kriegen von mir Methadon und etwas zum Beruhigen …«

Ich deute gegenüber der müden Frau im weißen Kittel an, dass ich nicht heroinsüchtig bin, sondern wissen will, wie ich meinen Hang zum Kokain loswerde.

»Aha«, sagt sie, »bitte nehmen Sie Platz, Herr –« Sie wirft einen Blick auf den Zettel. »– Herr Zeppelin. Adel haben wir in Österreich nämlich 1918 abgeschafft, Herr Zeppelin.«

Sie sieht mich böse an.

Ich frage mich, wo das Wartezimmer ist, bis ich begreife, dass ich schon drin bin. Die Eingangshalle ist zugleich das Wartezimmer. Ein Raum von unerbittlicher Kargheit, mit Neonlichtern an der Decke.

Ärzte. Ich hatte zwei kurze Beziehungen mit Ärztinnen, und ganz schlau bin ich aus den beiden Frauen nicht geworden, so großartig sie auch sind. Ärzte haben entweder einen Machtkomplex oder einen Helferkomplex. Bei Steffi neige ich zum Helferkomplex. Verona hat wahrscheinlich sogar beides, mit einem knappen Übergewicht auf der Seite der Macht.

Als ich mich zu fragen beginne, was diese Leute hier treiben, dass sie mich so lange warten lassen, tönt es hinter mir: »Graf Zeppelin!«

Ein kleines Besprechungszimmer. Hinter dem Schreibtisch sitzt ein junger Psychologe mit eckiger Brille und einem Bartexperiment am Kinn.

»Sie sind …«

»Graf Zeppelin.«

»Das meine ich jetzt nicht, ich meine, Sie sind wegen Kokain hier?«

»Haben Sie was da?«

Der junge Psychologe wird rot. »Nein, ich meine, ob Sie …«

»Ja, bin ich. Ich will wissen, wie ich es loswerde.«

Der junge Psychologe gerät etwas außer Tritt. Um seine Verlegenheit zu überspielen, zieht er einen Fragebogen aus der Schublade.

»Wie alt sind Sie?«

»42.«

»Familienstand?«

»Geschieden.«

»Kinder?«

»Mir ist nicht ganz klar, was das mit meinem Problem zu tun hat.«

»Na ja, es steht da so.«

»Lassen Sie das Feld frei.«

»Größe? Gewicht?«

»1,87. 90.«

»Raucher?«

»Nein.«

»Trinken Sie regelmäßig Alkohol?«

»Welcher Mensch geht denn herum und kokst und trinkt *nicht* Alkohol?«

»Nehmen Sie auch andere Drogen?«

»Nur Tabletten.«

Er sieht mich schon die ganze Zeit komisch an. Aber jetzt sieht er mich noch komischer an.

»*Nur?*«

»Benzos eben.«

»Und Cannabisprodukte?«

»Versuche ich zu vermeiden.«

»Aha, wieso?«

»Weil ich dann zu psychotischen Zuständen neige.«

»Zum Beispiel?«

»Ich sehe Gespenster.«

»Im Ernst?«

»Leider ja.«

Er notiert sich einige Sätze.

»Haben Sie Schlafstörungen?«

»Ja.«

»Sind Sie im Augenblick alkoholisiert?«

»Leider nein.«

»Stehen Sie im Augenblick unter dem Einfluss der von Ihnen regelmäßig konsumierten Droge?«

»Nein.«

Der junge Psychologe kritzelt noch eine Zeile auf seinen Fragebogen. Dann wirft er lässig den Kugelschreiber hin und lehnt sich lässig zurück.

»Sie haben ein Suchtproblem«, sagt er.

Ich mustere den jungen Psychologen.

»Herr …« Kein Namensschild. Weder an seiner Jacke noch auf dem Tisch zwischen uns. »Hören Sie, ich *weiß*, was mein Problem ist. Von Ihnen will ich wissen, wie ich es *löse*.«

Der junge Psychologe zwirbelt sich sein Geißbärtchen.

»Wie oft koksen Sie denn?«

»Zu oft.«

»Wie oft?«

»Acht- bis zehnmal im Monat.«

»Versuchen Sie, nur noch ein- bis zweimal im Monat zu koksen.«

»Was?«

»Es einschränken.«

»Wie bitte?«

»Wenn Sie nur ein- oder zweimal im Monat koksen, ist das Problem bestimmt kleiner als jetzt.«

»Da haben Sie vollkommen recht, wenn ich weniger kokse, ist das Problem bestimmt kleiner. Dass ich da noch nicht drauf gekommen bin.«

»Versuchen Sie es!«

Ich reibe mir mit beiden Händen das Gesicht und sage nichts.

»Wollen Sie es mit Akupunktur probieren? Die Frau Doktor hat damit erstaunliche Erfolge bei Kokainkonsumenten.«

Ich ziehe mein Handy heraus, um festzustellen, wie spät es ist.

»Einen Versuch ist es doch wert«, sagt er sanft, fast entschuldigend.

Da hat er im Grunde recht, einen Versuch ist es wert. In meiner Lage ist alles einen Versuch wert.

Wieder sitze ich im zermürbenden Ambiente des Wartezimmers. Genau nach einer Viertelstunde kommt die Akupunkturärztin. Es ist die Adelsfeindliche. Sie ist jetzt sehr freundlich und nimmt mich mit in ein Behandlungszimmer, das sich gegen die Lobby wie ein kleiner Garten Eden ausnimmt, mit Blumen und Bildern und bequemen Sitzmöbeln.

Sie erklärt mir irgendetwas. Ich höre nicht zu. Plötzlich bin ich ungeheuer müde. Ich denke daran, dass ich danach wieder zum Bus zurückgehen und dreimal umsteigen muss. Das alles, um mir von einem jungen Psychologen erklären zu lassen, dass ich weniger koksen soll. Und nun die Nadeln. Fehlt nur noch ein Aderlass.

Die Ärztin sticht einige Nadeln in mein Ohr. Das tut weh und soll gegen das Craving helfen, also gegen die Gier nach der Droge. Da bin ich gespannt.

»Die bleiben eine Viertelstunde drin«, erklärt sie. »Ich komme dann wieder. Soll ich das Licht dämpfen? Musik einschalten?«

»Licht gern dämpfen. Musik bitte keine.«

Ich kann mir schon vorstellen, was für Musik man da zu hören kriegt. Massagegedudel mit Meeresrauschen. Lieber sitze ich im Halbdunkel, entspanne mich, so gut das mit Schmerzen geht, und lasse meine Gedanken treiben.

Trage ich Mitschuld am Tod eines Frettchens?

Wie sieht so etwas überhaupt aus? Wie ein Iltis? Ich weiß nicht mal, wie ein Iltis aussieht.

Am iPhone google ich Frettchen. O Gott. Ist das niedlich! Und so etwas muss sterben, weil meine Beruhigungsmittellieferantin Sex will?

Ich fühle mich schlecht. Ich weiß, ich kann eigentlich nichts dafür, aber ich fühle mich trotzdem schuldig. Das Frettchen wird im Frettchenhimmel meine Triebe verfluchen. Hätte ich am Vormittag nicht diese SMS geschickt, würde es noch leben.

Die Nadeln in meinem Ohr tun weh.

Ich muss an Friedrich mit dem Fuß denken.

Helen fällt mir ein, mit ihren langen schwarzen Haaren. Ich wäre jetzt gern mit ihr im Bett und würde Zombies gucken. Und danach Sex haben. Eine Stunde Sex, dann etwas ziehen, weiterschauen, langsam betrunken werden, vor ihr einschlafen. Das wäre schön.

Ich schreibe ihr. Sie antwortet, sie ist nicht in Wien.

Fünf Minuten. Zehn Minuten.

Die Nadeln pieksen.

So gierig auf was zu koksen war ich ewig nicht mehr. Von wegen gegen das Craving helfen. Ich bestelle mir sofort ein Taxi zum Stephansplatz und bete, dass Friedrich mit dem Fuß noch umherhinkt. Oder?

Nein. Zu teuer. Oder?

Doch. Hast du dir verdient.

Oder? Nein. Lass es.

Doch! Nur zu.

Nein. Abgrund.

Doch! Absolut! Das eine Mal ist auch schon egal.

Hinten links oben: Nein!

Überall sonst: Doch!

Das war eine Spitzenidee, nach fünf Tagen Abstinenz und Arbeit heute zur Kokainberatung zu gehen.

Scheiß Akupunktur, denke ich dann noch. Fetze mir die Nadeln raus und haue ab.

»Herr Zeppelin!«, ruft mir die Ärztin beim Hinausgehen nach.

Aber Herr Zeppelin ist schon draußen. Und da sind sie nun beide machtlos. Die Frau Doktor und der Graf.

Eine halbe Stunde später hat Graf Zeppelin
keine Probleme mehr
nur eine Glücksorgie im Kopf
und er fragt sich
warum er sich
diesem Zustand
nicht von früh bis spät ergibt

jeden Tag
jeden Tag
So angenehm ist das im Kopf, so
angenehm
So gut ist alles und so lösbar
nicht wahr

# WIEN

In den Hecken gegenüber dem *Café Anzengruber* will man nicht wirklich erwachen

# WIEN

Ebenso wenig zu Hause, mit dem eigenen Handy in der Hand, wenn man feststellen muss, seiner erzkatholischen fünfundsechzigjährigen polnischen Putzfrau geschrieben zu haben, man wolle sie dringend ficken.

Da sollte man sich spätestens zusammenreißen. Zumal man alt genug sein sollte, um sich zusammenreißen zu können.

# WESTSTEIERMARK

Heute habe ich in der Schule vier Tore geschossen. Ich glaube, ich war der Beste im ganzen Turnsaal. Ich habe früher in einem Verein gespielt. Fußball und Schach, das kann ich echt gut. Für mein Alter jedenfalls.

Vormittags hat es so stark geschneit, dass ich nach der Schule das Fahrrad stehen lassen und den Bus nehmen musste. Zum Glück war er fast leer. Ich hatte eine Stunde früher aus, weil ich von Religion abgemeldet bin. Doch das bedeutet, ich kann heute nicht in die Stadtbücherei gehen, wie ich vorhatte, und muss morgen mit dem Bus zur Schule.

Obwohl es nur zehn Minuten sind, wird mir oft übel. Ich vertrage Busfahren nicht. Schon von dem abgestandenen Geruch wird mir schwindlig. Ich muss immer vorne sitzen. Oder stehen. Ab Reihe fünf oder sechs hebt es meinen Magen in jeder Kurve. Wenn ich ein Buch dabeihabe, das gerade spannend ist, lese ich, und davon wird mir noch schlechter. Ich weiß schon vorher, dass mir bald zum Kotzen zumute sein wird, aber die Lust auf das Buch ist doch stärker. Und dann hänge ich natürlich wieder im Bus wie der Kreuzfahrtpassagier bei Windstärke zwölf.

Im Haus ist es kalt. Ich lasse meine Jacke an und gehe gleich in den Keller. Ich bin früh genug dran. Das Feuer ist noch nicht aus und lodert schnell wieder auf, nachdem ich es mit ein wenig Holz und viel Kohle gefüttert habe.

Mein Magen knurrt. Uriella hat mir etwas Geld gegeben, damit ich im Gasthaus esse, aber in der Freude über die Tore und dem Ärger über den Schnee dürfte ich das vergessen haben, denn ich erin-

nere mich erst wieder an den Geldschein in meiner Tasche, als ich in den leeren Kühlschrank schaue.

Uriella sagt oft, ich soll mir selbst etwas kochen. Ich antworte, ich weiß nicht, wie das geht. Vermutlich hat sie recht, wenn sie sagt, es ist nicht schwer, sich etwas aufzuwärmen. Aber um ehrlich zu sein, dafür bin ich nach der Schule zu faul. Außerdem ist eigentlich nie etwas da, was ich mir machen könnte.

In der Naschlade finde ich Zigeunerräder. Sie schmecken intensiv nach Paprika, aber sonst ist bloß Milchbrot da, und davon hatte ich heute schon genug.

Eine Stunde studiere ich Schachstrategie, aber irgendwie kann ich mich nicht konzentrieren. Vielleicht ist es der Hunger, vielleicht etwas anderes. Um mich zu beruhigen, hole ich mir einen runter. Das hilft nur kurz.

Ich setze mich ans Telefon. Mit jemandem zu telefonieren lässt mich manchmal vergessen, dass der nächste Mensch aus meinem alten Leben hundert Kilometer weit weg ist.

Ich mag das Geräusch der Wählscheibe. Grrrr. Grrrrrrr. Grr. Grrrrrrr. Grrrr. Grrrrrr. Grrr. Grr. Grrrrr. Es klingt so satt und gut.

Mein Vater lebt in Deutschland. Wir reden selten miteinander. Er hebt ab. Er sagt nicht wie üblich »Hallo?«, sondern seinen Nachnamen. In geschäftsmäßigem Ton, er hat wohl gerade einen Kunden. Er verspricht, später zurückzurufen.

Uriella hebt auch nicht ab, mein Freund Mike ebenso wenig, und bei meiner Großtante meldet sich die Nachbarin, die mir mitteilt, die Großtante sei bei einer Freundin zum Kartenspielen. Ich wundere mich, wieso dann die Nachbarin abhebt, aber über manche Dinge wundere ich mich nie lange.

Ich erreiche Erich, einen meiner ehemaligen Schulkameraden. Wir spielen eine Weile Schach, indem jeder dem anderen den eigenen Zug ansagt. Dass ich gewinne, ist keine große Überraschung, zumindest nicht für mich. Für Erich offenbar schon, denn er spielt die Partie gar nicht fertig, sondern lässt sich von seinen Eltern zum Nachmittagskaffee rufen.

Als ob ich nicht wüsste, dass es bei denen keinen Nachmittagskaffee gibt. Ich war ja oft genug bei ihm zu Hause.

Mir ist langweilig. Ich lege eine Platte auf und verziehe mich mit einer Tafel Schokolade ins Bett.

Ich denke über morgen nach, über mein Halbjahreszeugnis. Besonders schön wird es nicht aussehen. In Chemie und Physik bin ich eine Null, in Biologie nicht viel besser. In Englisch setzt es einen Fleck. Komisch, für die Noten von 1 bis 3 gibt es keine Scherzbezeichnungen, nur für 4 und 5. 4 ist ein Sessel, wegen der Form der Ziffer. Aber wieso der Fleck Fleck heißt, hat mir noch niemand erklären können. Doch es passt, die 5 hat zwar ein kantiges Lächeln, aber sie versaut einem das Zeugnis.

Höchstwahrscheinlich kriege ich nur in Deutsch, Leibesübungen und Geschichte eine gute Note. Etwas anderes interessiert mich auch nicht. Ich will nichts über Glühbirnen, Schwerkraft, Knallgas und meinen Stoffwechsel wissen. Hauptsache, alles funktioniert, wie es funktionieren soll. Das ist zwar eine ignorante Haltung, aber ich kann mir keine andere leisten. In mir ist nur Platz für viel Schach, für viele Bücher, für viel Musik. Für sonst nichts.

Zum Glück ist Uriella mein Zeugnis so egal wie mir selbst. Ich glaube, sogar ich kümmere mich mehr darum als sie. Das ist eine angenehme Einstellung von ihr. So schlecht kann es gar nicht sein, dass sie mir das Schachturnier nächste Woche verbietet. Ich denke, sie ist ganz froh, wenn ich eine Woche mit den Leuten vom Verein weg bin und sie am Abend ihre Ruhe hat. Sie hat sich noch immer nicht so recht an mich in ihrem Haus gewöhnt.

Deep Purple ist meine absolute Lieblingsband. Schon eine etwas ältere Gruppe. Ich finde, die beste aller Zeiten. Meine Tante hat mich dafür immer ausgelacht, weil der Sänger bei *Child In Time* so kreischt, und sie hat mit affigen Bewegungen das Stampfen des Schlagzeugs und des Basses nachgemacht, was mich ziemlich geärgert hat. Sie versteht eben nichts von Musik.

Zu den Songs, die derzeit an der Spitze der Hitparade stehen, finde ich keinen Zugang. Duran Duran oder Talk Talk sind Bands,

die in mir nichts auslösen. Auf meinem Plattenspieler läuft Deep Purple. Jethro Tull, Velvet Underground, die Doors und STS. Dass ich STS mag, weiß allerdings niemand. Die Lieder sind ziemlich schmalzig, und ich will mich nicht auslachen lassen.

Ich döse ein. Schrecke hoch, weil ich ein Geräusch gehört habe. Es wird bereits dunkel, und ich habe Angst vor Gespenstern. Ich bleibe wach und lege die Platte noch einmal auf.

*Space Truckin'* macht mir Mut. Die Live-Version, 22 Minuten Wildheit und Kraft, die ich mir jetzt borge.

An manchen Stellen bekomme ich Gänsehaut, so intensiv ist die Nummer. Das liebe ich an Musik. Sie dringt in mich ein, sie nimmt mir meine Schwäche, sie lässt meine Gedanken fliegen.

Ich male mir aus, wie ich mit M. zusammen bin, einem Mädchen aus meiner Klasse, in das ich mich vor einem halben Jahr auf den ersten Blick verliebt habe. Ich bin zwar erst 13, aber ich kann mich schon verlieben. Was ich mir gerade vorstelle, stelle ich mir oft vor. Deep Purple beschallt auf irgendeine rätselhafte Weise die ganze Welt, und ich verteidige M. gegen ein paar Rowdys. Sie dankt mir und schmiegt sich an mich. Danach sitze ich auf einem Motorrad, sie zeigt hinter mir allen anderen eine lange Nase, und wir brausen dem Sonnenuntergang entgegen. Als sich diese Phantasie abnutzt, stelle ich mir vor, wie mir M. beim Fußball zusieht. Ich schieße Tor um Tor, sie steht mit allen anderen aus der Klasse dabei und ist stolz, dass ich ihr Freund bin. Schließlich werde ich der jüngste Schachgroßmeister Westeuropas. M. ist bei der Verleihung dabei. Ich fühle ihren Blick. Wir gehören zusammen, für ewig.

Der Tonarm hebt sich, schwenkt über die Platte nach außen und rastet mit einem Knacken ein. Es ist still.

Plötzlich fühle ich ein Ziehen im Magen, eine Leere, die mich niederdrückt. Ich friere.

Ach Mist, ich habe vergessen, Kohle nachzulegen! In rasender Eile schlüpfe ich in meine Jacke, vielleicht ist ja noch etwas zu machen.

Auf der frischen Schneedecke vor der Haustür rutsche ich aus

und falle beinahe auf den Hintern. Irgendwo bellt ein Hund. Die Nachbarskatze flieht vor mir und hinterlässt kleine Pfotenabdrücke im Schnee. Am Zaun der Nachbarn liegt ein umgefallener Sack Vogelfutter, von dem ich mich frage, wie er da hingekommen ist. Die Vögel flattern kurz auf, als ich vorbeigehe, und lassen sich hinter mir wieder bei den Körnern nieder.

Im Ofen ist es stockfinster. Unschlüssig stehe ich im Keller. Wenn jetzt die Tür zufällt, sterbe ich vor Angst.

Soll ich warten, bis Uriella kommt und das Einheizen übernimmt? Aber einheizen und dann auch noch kochen müssen macht sie sauer. Außerdem ist nicht absehbar, wann sie nach Hause kommt und in welchem Zustand und mit wem. Besser wäre, es erwartet sie ein warmes Haus.

Aus dem Keller zurück, gehe ich aufs Klo, und in diesem Moment schießen mir Zahnschmerzen ein. Es ist wie ein Blitz, der mich trifft. Ich renne ins Bad. Der Zahn sieht gesund aus. Was soll das? Warum passiert das jetzt?

Es ist kein Blitz mehr, es ist die Hölle, die Hölle kommt über mich. Es tut so weh, dass ich mich aufs Bett werfe, meine Backe halte und mit zusammengepressten Augen und zappelnden Beinen zu Gott bete, er möge diese Schmerzen von mir nehmen.

Ich beginne zu schwitzen, ich schwitze ärger als nach dem Fußball. Ich laufe in die Küche und suche fahrig nach Schmerztabletten. Ich finde Aspro. Ich nehme zwei. Ich lege mich wieder hin und bete weiter. Gott soll die Schmerzen wegmachen, bitte bitte bitte bitte bitte bitte bitte.

Ich bete manchmal. In meiner Familie glaubt niemand an Gott. Ich eigentlich auch nicht so ganz, aber man kann nie wissen. Normalerweise bete ich darum, dass ich nicht mehr unglücklich sein muss und irgendetwas passiert, das alles gut macht. Und darum, dass M. meine Freundin wird. Bislang sieht es nicht aus, als würde er Zeit haben zuzuhören.

Nach einer Stunde lassen die Schmerzen ein wenig nach. Weg sind sie bei weitem nicht, aber einigermaßen erträglich. Dafür ma-

che ich aber weniger Gott als die Tabletten verantwortlich, sonst wären die Schmerzen ganz weggegangen.

Ich versuche Uriella zu erreichen. Im Büro ist sie nicht mehr. Ich versuche es in den Lokalen, in denen sie gerne sitzt. Überall höre ich, sie ist nicht da. Bei einem der Wirte bilde ich mir ein, im Hintergrund ihr Lachen zu hören, ein ziemlich schrilles Lachen.

Als sie um neun noch nicht da ist, lege ich mich wieder aufs Bett und hole meine Geheimmappe unter der Matratze hervor. Darin benote ich von Zeit zu Zeit alle, mit denen ich eng zu tun habe. Eigentlich verwende ich keine Noten, sondern ein Punktesystem. Ich verteile Gutpunkte und Schlechtpunkte, anhand derer ich meine aktuelle Liebhabrangliste erstelle.

Uriella kriegt fünf Minuspunkte. Das reiht sie zurück von Platz sechs auf Platz acht. Mein Vater, der nicht zurückgerufen hat, kriegt einen Minuspunkt, verliert dabei aber keinen Platz. Erich schreibe ich zwei Punkte gut, immerhin hat er mit mir gespielt. Er rückt auf sieben vor.

Das Zahnweh wird wieder ärger. Gott bekommt zehn Minuspunkte. Ich sage ihm, wenn die Schmerzen jetzt aufhören, bekommt er sofort hundert Pluspunkte. Nein, tausend. Und dass ich mein Zimmer aufräumen und in der Schule das Mädchen mit dem Affengesicht nie mehr hänseln werde, obwohl sie eine gemeine Kuh ist und es verdient hat. Aber statt schwächer zu werden, werden die Schmerzen immer stärker.

Ich verpasse Gott noch einmal hundert Minuspunkte. Die Schmerzen werden ärger und ärger. Ich bin so wütend auf ihn, dass er noch einmal hundert kassiert. Nun ist er Letzter.

# TOKIO

Den kleinen Mann, der dort drüben über die Straße geht, werde ich nie wiedersehen. Da, das fremde lockige Haar, weg, für immer. Spielt es eine Rolle? Natürlich nicht. Es ist bloß ein Phänomen. Und trotzdem erfüllt es mich mit Wehmut. Alles Gute, fremder Mann.

Wahrscheinlich hat der Weltgeist Humor und schickt mir den Mann gleich wieder vorbei, dachte Jonas.

Seit einer Woche trotzte er jeden Tag dem Eiswind Tokios und suchte das Auto. Es war ein riesiger Ford, ein F 650, nicht viel kleiner als manch eine japanische Wohnung. Im Kleinwagenverkehr der Stadt sollte ein solches Fahrzeug auffallen. Am Vortag war ihm tatsächlich einer untergekommen, das gleiche Modell, dieselbe Farbe, aber eben nicht seiner. Vielleicht ein Streich von Tanaka.

Je länger er darüber nachdachte, desto wahrscheinlicher kam ihm das vor.

Das hätte dir aber auch sofort klar sein können, sagte er zu sich.

Mittlerweile kamen ihm die Regentropfen waagerecht entgegen. Er stellte den Kragen auf, drehte den iPod lauter und blendete Regen und Kälte aus. Es war nicht kalt, es regnete nicht. Wieso auch?

Er lief Straße um Straße ab und hielt die Augen offen. Bald hörte er die Musik nicht mehr, sie rückte in den Hintergrund und verwandelte sich in etwas, das er als eine Art Hülle für seinen Geist erlebte.

Was mache ich hier? Es ist sinnlos, es ist so sinnlos. Es ist herrlich. Herrlich sinnlos.

Etwas Sinnloses zu tun trägt viel Sinn in sich. Unternimm etwas, das du nicht verstehst und das keinem anderen weh tut. Gewöhne dich an die Absichtslosigkeit, sie macht dich frei. Freiheit

erfordert Mut. Mut und Wunschungebundenheit. Man kann nicht völlig wunschungebunden leben, es sei denn, man ist ein Heiliger oder zumindest ein buddhistischer Mönch. Beides will ich nicht sein.

Heilige gibt es in Wahrheit gar nicht. Buddhistische Mönche sind selbstsüchtige Lebensverschwender. Doch man kann ein Leben ohne Wünsche anstreben. Wünsche machen unfrei. Sie sind zutiefst menschlich. Insofern ist Wunschlosigkeit unmenschlich, und Liebe macht unfrei. Die falsche Liebe jedenfalls. Aber sie ist menschlich. Die richtige Liebe und die falsche Liebe, die innerlich freie Liebe und die unfreie Liebe, beide sind menschlich.

Habe ich jemals frei geliebt? Ja, habe ich. Mike, Werner, einen Vater, eine Mutter. Aber will ich mich daran erinnern? Nein. Weil ich mich an meine Kindheit nicht erinnern will. Weil es da dunkel ist. Bei Picco war es nicht dunkel, aber davor und daran will ich nicht mehr denken.

Irgendwann wirst du zu viel denken, hatte ihm jemand oft gesagt, und er fragte sich, ob es bald so weit war. Tanaka danach zu fragen hätte keinen Sinn, der behauptete seit langem, die Grenze sei weit überschritten.

# WIEN

AK
AK
AK
AK
AK
AK
–

# WIEN

Langsam muss etwas passieren.

Ich telefoniere. Mit Ärzten. Mit Psychologen. Mit Freunden. Ich höre dauernd nur Kalksburg, Kalksburg, stationär. Den Leuten ist nicht klarzumachen, dass ich durchaus auch mal eine Weile gar nichts trinke. Was soll ich in einer Entzugsklinik? Mein Problem ist, dass ich heute nichts trinke und morgen nichts trinke und übermorgen nichts trinke und am Tag darauf zum Essen ein Glas Wein nehme und eine Woche später wieder zu Bewusstsein komme und feststelle, dass ich gerade ein Flugzeug entführe oder den Bürgermeister schände. So etwas heilen die nicht in Kalksburg.

# WIEN

AK
AK
AK
AK
AK
–
–

# CARLISLE

Der Gedanke an den Tod ist eine flinke Tänzerin, sagt Kierkegaard. Ich weiß nicht, was der Schwachsinn heißen soll, aber wenn ich verschlafen in einem Flugzeug sitze und das Xanor versehentlich in den Koffer gepackt habe statt ins Handgepäck, wird demnach viel getanzt.

Meine Fluchtreflexe waren schon besser, aber noch funktionieren sie. Nachdem ich gestern noch einen interessanten Abend mit meinem Sifu Matthias, dem Wiener EWTO-Chef Oliver König und dem legendären Großmeister Kernspecht verbracht habe, der auf Wien-Besuch ist, bin ich nun unterwegs nach Carlisle, Pennsylvania, wo ich ein paar Monate als *Writer in residence* am Dickinson College verbringen werde.

*Writer in residence* bedeutet, man hält eine Lesung, bekommt dafür Geld und eine Wohnung und darf an seinem Roman schreiben oder spazieren gehen oder sonst etwas machen. Das ist ein mehr als faires Angebot, deswegen habe ich es angenommen. Allerdings ohne zu bedenken, dass man da auch irgendwie hinkommen muss in dieses Carlisle.

In London habe ich drei Stunden Aufenthalt und somit Zeit, mich wieder aufzurichten. Es geht sogar ohne Alkohol: Ich versinke einfach in mir. Ich denke und denke und bin irgendwann nicht mehr da. Allein unterwegs gelingt mir das recht leicht, und ich finde diesen Zustand angenehm. Als ich mich in die 767 setze, habe ich mich innerlich so weit von der Wirklichkeit entfernt, dass mich die Aussicht auf einen Langstreckenflug nicht beunruhigt.

Wenn ich ehrlich bin, finde ich das, was sich in mir abspielt, sowieso oft interessanter als die Wirklichkeit.

Acht Stunden später holt mich in Philadelphia ein steinalter Fahrer ab und bringt mich nach Carlisle. Die Fahrt dauert zwei Stunden. Ich schlafe ein und wache erst auf, als er mich vor der Tür absetzt. Nach Ostküstenzeit ist es fast Mitternacht, zu Hause in Wien halb sechs Uhr früh.

Im Halbschlaf inspiziere ich meine Wohnung. Gefällt mir gut. Die Leute vom College haben netterweise für mich eingekauft. Große Lust zu kochen verspüre ich nicht.

Ich mache mir Kaffee und setze mich vor den Fernseher. Es gibt weniger Sender als erwartet. Irgendwann überfällt mich der Schlaf und bringt bizarre Träume.

Tags darauf stelle ich fest, dass die Berichte über den strengen, langen Winter hier den Tatsachen entsprechen. Für März finde ich minus 18 Grad bei Sonnenschein bemerkenswert.

Ich gehe mit den drei Dozenten des German Department mittagessen. Was die abgearbeitete Kellnerin im Diner zu mir sagt, verstehe ich erst nach ein paar Sekunden. Ich befürchte, der Akzent der Leute hier wird mir noch Kopfzerbrechen bereiten. Immerhin, so eigenwillig wie der meiner Freunde in Edinburgh ist er nicht. Jedenfalls glaube ich, ich drücke mich halbwegs verständlich aus, trotzdem redet die Frau mit mir wie mit einem Behinderten. Sie nickt mir sogar mit dem gleichen eingefrorenen Lächeln zu, mit dem ich meine arme Nachbarin zurück in ihre Wohnung scheuche.

Am Nachmittag bleibt mir etwas Zeit, die Stadt zu erkunden. Carlisle liegt nicht weit von Gettysburg entfernt, wo die blutigste Schlacht des Bürgerkriegs stattfand, und im Dickinson College, das damals als Lazarett für Verwundete genutzt wurde, sind nicht wenige der 100 000 Gliedmaßen amputiert worden, die diese Schlacht gekostet hat.

Konföderierte und unionistische Arme und Beine wohlgemerkt, denn Pennsylvania war in der Sklavenfrage geteilt, und dem Vernehmen nach sollen Männer auf ihre Freunde geschossen und sie dann unter Tränen ins eigene Krankenzelt getragen haben.

Groß ist der Ort nicht. Es existiert nur ein einziges Café, das diese Bezeichnung verdient, und essen sollte man besser nur in zwei Restaurants. Es gibt ein Fitnesscenter, das so groß ist wie das Ernst-Happel-Stadion, aber da werde ich nicht hinmüssen, denn der Supermarkt ist drei Kilometer von meiner Wohnung entfernt und von so ungeheuren Dimensionen, dass man zwischen Milch und Klopapier mehrere Zeitzonen durchquert.

Ich finde es aufregend, durch die fremden Straßen zu gehen. Überall neue Eindrücke, neue Geräusche, Häuser, Autos, Stimmen. Mich stören bloß die ständigen Déjà-vus und die Momente, in denen ich das Gefühl habe, das alles wäre nicht wirklich. Dann zucke ich zusammen und stoße einen kurzen Schrei aus. Zum Glück ist nie jemand in der Nähe.

Ich schicke Fotos an meine Freunde. Daniel schreibt sofort zurück, er schreibt immer sofort zurück, entweder hat er sich das Telefon an die Hand genäht, oder er sitzt unentwegt am Computer und schreibt sie von da aus.

*Wo bist du?,* will er wissen.

*Pennsylvania.*

*Was machstn da?*

*Noch nicht viel.*

*Wie ist die Unterkunft?*

*Ganz okay. Ich bin nicht sicher, aber es könnte spuken.*

*Ich habe ja die Theorie, dass Gespenster aus unserer Furcht vor der unbekannten Vergangenheit unserer Räume entstehen.*

*Ich glaube ja eher, dass diese Vergangenheit noch immer da ist.*

*Wer das glaubt, sieht naturgemäß Gespenster.*

Später schreibe ich noch Eduard, den ich ganz ernsthaft bitte, in seiner Dachkapelle bei dem da oben ein gutes Wort für mich einzulegen. Er verspricht, er macht es sofort. Ich finde das tröstlich.

*Ach ja, hast du eigentlich* INTERSTELLAR *gesehen? Der hat in der Mitte eine ganz beeindruckende Welle.*

*Drei Mal!*, schreibe ich zurück. *Nur wegen der Welle!*

Am Abend findet mir zu Ehren ein Dinner statt. Ich sitze am Tisch der College-Präsidentin und darf erneut meine Englischkenntnisse demonstrieren. Das Rätsel mit den mitleidigen Blicken wiederholt sich, wenngleich eine Spur dezenter.

Ich höre allerhand Wissenswertes. Etwa dass James Buchanan dieses College besucht hat, der 5. Präsident der USA und angeblich der schlechteste, derjenige nämlich, der den Bürgerkrieg mit zu verantworten hat. Ich persönlich würde zwar in dieser Rangliste die Leistungen des 43. Präsidenten nicht völlig unberücksichtigt lassen, aber für solche Bemerkungen ist meine Position am ersten Abend vielleicht noch nicht gefestigt genug.

Ferner erfahre ich kurz vor dem Dessert, dass Sexualdelikte am Campus hierzulande gewöhnlich innerhalb des Colleges gelöst werden. Ich hätte in Vergewaltigung doch eher eine Handlung von strafrechtlicher Relevanz gesehen, aber womöglich bin ich da zu progressiv für Amerika.

Nach zwei Stunden ist das Dinner zu Ende, und ich kann mit mir zufrieden sein: Ich habe den Wein stehen lassen und nur Wasser getrunken.

Diese Abstinenz hat jedoch keinen Einfluss auf meine Träume, oder wenn, dann einen schlechten.

Ein Traum macht mir seit Jahren zu schaffen. Zwei Freunde und ich schikanieren halb scherzhaft, halb im Ernst einen Nachbarsjungen, der etwas jünger ist als wir, also ungefähr zehn. Ich halte ihm eine Pistole an den Kopf. Wir lachen. Alle sind aufgekratzt.

Eine gespenstische Stimmung, auch wach kann ich sie jederzeit

abrufen. Ein Grauen um uns ist greifbar. Von Moment zu Moment wird irgendetwas mehr. Eine Konzentration von Irrealem, eine Invasion von Schlechtigkeit und zugleich nichts anderes als die Entfesselung eines Teils von mir. Etwas, das sonst sofort zum Schweigen gebracht wird, kommt frei und beginnt zu toben. Am Ende dieses Paroxysmus krümme ich den Zeigefinger. Ich erlebe ganz bewusst den Moment, in dem die Kugel durch den Kopf des Jungen fährt. Ich sehe das Entsetzen in den Gesichtern. Mir ist klar: Das ist für immer. Das bleibt. Ich habe ein Leben beendet.

Ich wälze mich stundenlang im Halbschlaf hin und her, ohne zu wissen, ob es ein Traum war oder ob ich tatsächlich ein Mörder bin.

Ich schwitze. Ich frage mich, in welchem Bett ich hier liege. Ich habe das Gefühl, es ist jemand in der Nähe.

# OSLO

»Guten Morgen!«

So eine Tür könnte auch mal zurückgrüßen. Ein Akt der Höflichkeit der unbeseelten Existenz. Obwohl, vielleicht grüßt sie ja zurück, und ich verstehe es bloß nicht? Wer weiß, wer und was mit uns zu kommunizieren versucht? Bäche? Bäume? Ziegelsteine? Plakatwände? Flaschen? Vielleicht erforschen sie das noch.

Aber wenn Jonas es sich recht überlegte, wollte er eigentlich gar nicht so viel mit Türen und Plakatwänden zu tun haben.

Die Tür zum Museum klemmte. Sie hatte von Anfang an geklemmt, und das gekränkte Knirschen, wenn man sie aufdrückte, war ihm vertraut. Dennoch irritierte ihn etwas. Vielleicht waren es auch nur Nachwirkungen des Fluges, er hatte keine Sekunde geschlafen und war überreizt, hungrig und fühlte sich benommen.

Im Vorraum ließ er seine Tasche fallen und blieb stehen, wo er war.

Wenn man es richtig anstellte, bestand das ganze Leben aus Momenten. Aus kleinen und großen, und dieser war ein bedeutender. Er versuchte, ihn sich einzuprägen. Alles aufzunehmen, was ihn ausmachte, um ihn nie mehr zu vergessen und sich an ihn zu erinnern, wenn er mit kahlem Kopf und grauem Bart zu Hause saß, da, wo er aufgewachsen war, und auf die Apfelbäume schaute, die er mit Mike und Werner gepflanzt hatte und denen sie kuriose Namen gegeben hatten.

Er war wieder da. Das erste Mal seit dem Everest. Er hatte überlebt.

Beim letzten Mal an dieser Stelle wusste er nicht, ob er wiederkommen würde. Ob er vielleicht schon auf dem Treck ins Basislager an der Höhenkrankheit starb, ob er abstürzte, ob er von einer Lawine mitgerissen oder von einem Stein erschlagen würde. Er hatte nicht gewusst, ob er diesen Ort wiedersehen würde, der ihm auf der Welt zwar nicht am allerwichtigsten war, der jedoch mehr in ihm auslöste als die meisten anderen.

Eigentlich war es eine Wohnung nahe dem Königlichen Schloss. Sein Museum nannte er sie, weil er eines daraus gemacht hatte. Hierher brachte er seit zwanzig Jahren alles, was er an Bewahrenswertem in der Welt gefunden hatte. Und das war viel.

Erinnerungsstücke aus seiner Kindheit lagerten neben Totenmasken aus Zentralafrika. Die Oboe, die er einem betrunkenen Schweizer mit Liebeskummer im Speisewagen des Zuges nach Genua abgekauft hatte, lehnte neben dem verrosteten Golfschläger aus einem Second-Hand-Shop in Miami an der Wand. In der Ecke des Vorraums stand eine Ritterrüstung, um die er mit dem Besitzer einer Burg in der Weststeiermark gefeilscht hatte und deren monströse Maße ihn rätseln ließen, ob sie wirklich jemals benutzt worden war.

Das Regal aus einem kubanischen Lebensmittelladen, die Konservendosen darin sortiert wie in Havanna. Die Hausschuhe Ernest Hemingways. Eine russische Speisekarte. Ein Busfahrschein aus Johannesburg. Das Ticket eines Arcade-Fire-Konzerts, bei dem er nicht gewesen war. Eine Jacke seines Vaters. Die Armbanduhr seines Vaters. Ein Album mit Fotos seines Vaters. Eine Kaffeetasse seiner Mutter. Eine Seite aus einem alten Telefonbuch von Aarhus. Ein Picasso. Eine Statuette von Giacometti. Eine alte österreichische Zeitung. Der Rollstuhl, in dem Werner verunglückt war. Mikes Kleider. Eine Urkunde aus dem 13. Jahrhundert. Ein Plastikentchen.

»Guten Morgen!«, rief Jonas in die Wohnküche.

Sein Handy vibrierte. Eine SMS von Marie:

*() !!!*

In ihrer Sprache hieß das: Ich vermisse dich, ich liebe dich. Er schrieb zurück:

→ !!!

Außer ihm kannte nur Marie diese Sammlung von Kuriositäten und Erinnerungsstücken, dieses mystische Durcheinander, das sich über fünf Zimmer ausbreitete. Den Gartenzwerg aus der Pfalz, auf den sie mit Edding ihren Namen geschrieben hatte. Den Bleistift aus Rom, den dreihundert Jahre alten Sarg aus England, in dem zweihundertneunzig Jahre lang jemand gelegen hatte. Den Sitz aus dem Waggon, den er zwischen Neuseeland und Europa hin und her transportiert hatte. Das verbrannte Lenkrad des Wagens, in dem er beinahe gestorben war, das karierte Hemd von Vera, seiner ersten Freundin, die zerkratzte Gürtelschnalle des Tierquälers und Tiermörders, auf den er eine Panzerfaust abgefeuert hatte und dessen Ausdruck in seiner letzten Sekunde ihn manchmal im Traum heimsuchte. Eine zwanzig Jahre alte Postkarte von Vera, das Halsband der Katze, die ihn als Kind im Bett gewärmt hatte, den Fußball, mit dem Werner und er gespielt hatten.

Aus der Zeit davor: nicht viel. Seine Kindheit hatte geendet, als Mike und er zu Hause ausgezogen und zu Picco und Werner gezogen waren. Danach war es schöner geworden. Was davor passiert war, nein, das war nicht so schön. Aber warum musste man alles, was versunken war, wieder und wieder ausgraben? Wem nützte das? Nein. Er würde nicht graben.

Wäre aber ganz gut, wenn diese Erinnerungen langsam weniger würden statt jeden Tag mehr.

Er wusste nicht, warum seit einiger Zeit seine Kindheit in ihm an die Oberfläche drängte. Sie kam zurück. Ist das so, passiert das in einem bestimmten Alter? Ich verzichte lieber, ich verzichte, ich danke höflich, vielen Dank.

Und hier stand auch der Schreibtisch seines Ziehgroßvaters. Darauf lagen Piccos Brille, der Kugelschreiber, die lederne Schreibunterlage und das Tagebuch, in dem zu lesen er bis zum heutigen Tag nicht ge-

wagt hatte, aus Respekt vielleicht oder doch aus Angst, etwas darin könnte ihn verletzen, könnte das Bild des Mannes beschädigen, der ihm das Leben erst gerettet und dann sein jetziges ermöglicht hatte.

Auf der Schreibunterlage stand das Glas. Er hatte es abgedeckt, damit das Wasser nicht verdunsten konnte. Daraus hatte Picco damals getrunken, mit dem Wasser aus diesem Glas hatte er die Tabletten hinuntergespült, mit denen er seinem Krebs entkommen war.

Ihm war mit Piccos Tod ein Vermögen zugefallen, mit dem er nicht gerechnet hatte, das ihm nicht viel bedeutete, dessen Ausmaße er noch immer nicht überblickte und das er mit Freuden eintauschen würde gegen eine einzige Stunde mit Picco oder einem der anderen, die gegangen waren.

Kind sein. Einmal kurz wieder Kind sein. Die Welt mit anderen Augen betrachten. Mit hoffnungsvollen Augen, mit neugierigen Augen, manchmal.

Im Tiefkühlfach fand er eine Suppe. Während er sie aufwärmte, erinnerte er sich daran, wie er hier gestanden und Gemüse kleingeschnitten hatte. Da war Marie noch nicht zurück gewesen. Er hatte nicht einmal gewusst, ob er sie je wiedersehen würde.

Hallo, sagte er zur Suppe. Alles ist gut geworden.

Die Suppe antwortete nicht. Er war darüber nicht unglücklich.

Während er aß, merkte er plötzlich, was ihn irritierte.

Jemand war hier gewesen.

Er wusste es mit Sicherheit. Nichts war verrückt worden, nichts fehlte, und doch nahm er die Präsenz einer anderen Person wahr, die vor einiger Zeit hier gewesen sein musste.

Als er gezielt danach suchte, fand er Spuren jener fremden Anwesenheit. Die geschlossene Duschkabine. Ein Taschentuch im Mülleimer.

Es gab zwei Möglichkeiten, damit zu verfahren. Auf die Suche nach dem Eindringling zu gehen oder zu versuchen, daraus Nutzen zu ziehen. Er entschied sich für die zweite. Er sah den Mülleimer mit dem Taschentuch als neues Exponat an. Es war eines, das er selbst

niemals hätte herbringen können, denn er war nur er, und dieses Taschentuch stammte aus der unerreichbaren Welt eines anderen.

Für einen Moment fühlte er sich wie beschenkt. Kurz danach überwog jedoch wieder die Besorgnis darüber, dass sich ein Unbefugter Zugang zu etwas verschafft hatte, das ihm gehörte, ihm allein, und nur für seinen Blick bestimmt war.

Vielleicht war er selbst hier gewesen? Als Baby, ohne sich zu erinnern? Mit seinem Vater und seiner Mutter?

So ein Zufall wäre herrlich. An einen Ort zurückzukehren, den man einst sah, ohne überhaupt zu verstehen, was das war, so ein Kühlschrank, so ein Wecker, so ein Bettvorleger, so ein Radio.

## CARLISLE

Tagelang schleiche ich wie eine Katze um den scheiß Gasherd. Er ist nicht anzukriegen.

# CARLISLE

Allein fällt es mir leicht, nicht zu trinken. Von meiner Kokainversorgung bin ich sowieso abgeschnitten. Ich ertappe mich zwar bisweilen bei Überlegungen, nach Philadelphia oder gleich nach New York zu fahren, das nur drei Stunden entfernt ist, um mich dort auf die Suche nach einer Quelle zu machen, aber der Reiz ist nicht groß. Zumindest ist das, was ich hier mache, wichtiger.

In der Nacht geht es ums Überleben. Die Träume sind grauenhaft. Ich bin jedes Mal glücklich, wenn es draußen hell wird. Ab und zu dämmere ich noch einmal weg und schlafe dann besser, aber nicht oft.

Von morgens bis abends mache ich, was ich am liebsten mache, dann schaue ich mir eine UFO-Doku an oder informiere mich über das Weltgeschehen. Worüber man hier nicht viel erfährt, denn abgesehen von der Berichterstattung über den »Islamischen Staat« und ein wenig Ukraine kommt der Rest der Welt in den Nachrichten kaum vor, nicht einmal auf CNN. Den ganzen Tag lang wird diskutiert, von wem in Ferguson auf die zwei Polizisten geschossen worden ist und mit welcher Waffe und aus welcher Entfernung. In New York sind sechs oder sieben Kinder verbrannt, aber das war in der Wohnung einer alleinerziehenden schwarzen Mutter und somit nur eine Kurzmeldung.

Auf SPON, n-tv.de und orf.at erfahre ich mehr über Europa. Griechenland fährt auf einen wirtschaftlichen Abgrund zu, steht da, aber das weiß ich schon, das wissen wir alle seit Jahren. Außerdem sind wieder Flüchtlinge im Mittelmeer ertrunken. Das passiert ständig und beschäftigt uns Europäer weniger, als wenn diese Leute die

Überfahrt tatsächlich schaffen würden. Wenn die alle durchkämen, würde es bei uns bald aussehen wie auf Lampedusa. Und was dann in Europa passiert, will ich mir nicht ausmalen.

Dass mein Stammcafé *Helena's* heißt, finde ich natürlich lustig. Ich habe Helen gleich am zweiten Tag ein Foto vom Schild über der Tür, von der Speisekarte und überhaupt von den Räumlichkeiten geschickt. Bin gespannt, ob sie mich besuchen kommt. Einen Besuch haben mir nicht nur sie, sondern mehrere Freunde vage angekündigt. Was bedeutet, dass kein Einziger hier auftauchen wird, denn auf vage Besuchsankündigungen von mir folgt auch immer nur Daheimbleiben.

Ich gehe viel spazieren. Die Sonne scheint, da stören mich auch die minus 16 Grad nicht und auch nicht der Schnee, der nirgends vom Bürgersteig geräumt wird, denn ich bin von *Dachstein* mit meinem *Sergej* und meinem *Nikolaj Brown* für diese Verhältnisse ideal ausgestattet worden.

Probleme bereiten mir die Déjà-vus, die immer häufiger auftauchen. An jeder dritten Straßenecke glaube ich, diesen Moment schon einmal erlebt zu haben. Das verunsichert mich. Nicht, dass ich sonst nicht auch Déjà-vus hätte, aber bei weitem nicht in dieser Zahl und Intensität. Gewöhnlich ist es eines in der Woche, hier sind es zwanzig am Tag.

Ein paar SMS.

Else: *Wie geht's dir? Das Kind vermisst dich.*

Ich: *<3*

Helen: *Komm endlich zurück!*

Ich: *Komm du her!*

Daniel: *Sitze gleich in einer Radiosendung mit Kaindlbauer. Erwähne es nur, weil du gerade in den USA bist. Normalerweise ist es ja eher umgekehrt.*

Mir fällt nicht gleich ein, wer oder was ein Kaindlbauer ist. Dann erinnere ich mich. Ein Wiener Literaturkritiker, der angeblich auch Romane schreibt.

*Mir ist das sehr recht so*, antworte ich.

*Mir nicht so.*

Mein Vater: *Du tanzt gerade nackt Kolo auf dem Naschmarkt, stoko! Brdski konj!*

Ich: *Zu kalt. Du tanzt am Bahnhof Zoo, du Vieh!*

Mein Vater und ich haben eine ungewöhnliche Art gefunden, einander unsere Zuneigung zu bekunden. Es hat viel mit möglichst absonderlichen Schimpftiraden und gegenseitigen Schuldzuweisungen zu tun, der andere würde sich gerade in der Öffentlichkeit benehmen wie ein Verrückter. Im Grunde geht es nur darum, den anderen zum Lachen zu bringen. Der balkanische Kolo-Tanz spielt in unserer Kommunikation derzeit eine wichtige Rolle. Für Außenstehende ergäbe sie bestenfalls keinen Sinn, noch wahrscheinlicher würde jemand, der das alles liest, uns für totale Idioten halten. Wir lachen uns darüber halb kaputt.

*Du schmierst smokva auf deinen kurac und gehst so auf die Straße. Hornissen, Bienen und Wespen wollen naschen. Einige stechen, weil du dich wehrst.*

*Mrs*, antworte ich, was so viel heißt wie: Vielen Dank für die Information, aber wir haben gerade anderes zu tun.

*Jede Nacht um Mitternacht verwandelst du dich in ein Pferd*, schreibt er. *Du läufst in den Hof und wieherst und suchst eine Stute. Alle Nachbarn laufen davon, weil du so schiach bist.*

An unserer völlig wahnsinnigen Dauerkonversation finde ich einiges bemerkenswert. Zum Beispiel die Sprache meines Vaters. Ständig vermischt er Deutsch, Kroatisch und Österreichisch, weil ihm Worte wie schiach so gut gefallen. Bemerkenswert ist auch, dass wir beide die Szenen, die wir einander schreiben, filmisch vor uns sehen. Was er mir da schreibt, hat er sich davor genau so ausgemalt. Er sieht ständig etwas, und zwar nicht absichtlich. Okay, ich ja auch. Aber ich werde wenigstens dafür bezahlt.

In einem Café bestelle ich am Tresen Kaffee. Die Kellnerin fragt mich nach meinem Namen.

»Hausmeister Franz«, sage ich.

Sie fragt nach. Ich buchstabiere. Sie schreibt den Namen auf einen Plastikbecher. Sie wirkt erschrocken. Sie ruft ihrer Kollegin an der Espressomaschine die Bestellung zu und schiebt ihr den Becher rüber.

Eine alte Frau schleppt sich an ihrer Gehhilfe herein.

Nach mir ist ein Mann an der Reihe, der sagt, er sei für seinen Sohn da, der leider nicht kommen kann, weil er im Knast sitzt, und ihm will der Mann den guten Kuchen von hier bringen.

Das Anliegen der nächsten Frau verstehe ich nicht, weil ich kein Wort von ihr verstehe.

Bei der danach dasselbe.

»Osmister Frans!«, höre ich.

Ich nehme meinen Cappuccino entgegen und setze mich in eine Ecke.

Man hustet, man schnupft, man redet über Ehemänner. Die Frauen sind ausnahmslos ungesund dick und haben billige Frisuren, wenn sie überhaupt welche haben. Die Haare sind fast durchweg fettig, die Kleidung wirkt abgetragen. Die meisten Männer haben lange keine Rasur gesehen, manche wohl auch eine Weile keine Dusche. Fast alle haben schlechte Haut und eine ungesunde Gesichtsfarbe.

Die Männer wirken noch gedrückter als die Frauen, die sich an ihren Gesprächen festhalten. Doch alle scheinen auf ähnliche Weise im Elend gefangen zu sein.

Die Déjà-vus werden immer schlimmer.

Alle reden. Nur ab und zu ist es für zehn Sekunden still, als würden alle einem Lied lauschen, das ich nicht höre.

Mich überfällt das starke Gefühl, dass ich diese Situation schon erlebt habe. Diese hier ist nur die Wiederholung und somit nicht real.

Ist das hier wirklich?

Ich zucke heftig mit den Schultern, ich glaube, mir entfährt auch ein Schreckenslaut. Ich spüre den Blick der Frauen am Nebentisch. Und den des Paars gegenüber. Und den eines Kindes. Die Mutter dreht es schnell von mir weg.

# WESTSTEIERMARK

Fast wäre noch etwas dazwischengekommen. Die Pension, in der ich übernachte, verlangt die Anwesenheit einer Person über 18, sonst kriege ich kein Zimmer, schon gar kein Einzelzimmer, weil ich erst 13 bin und der Hotelchef irgendwie eine pedantische Bestie ist. Zum Glück nehmen auch einige Erwachsene aus meinem Verein an der Weststeirischen Meisterschaft teil, und einer davon, Josef, der gerade 19 geworden ist und dessen Vater eine große Tischlerei gehört, ist bereit zu unterschreiben, dass er die Aufsichtspflicht übernimmt. Wir kennen uns vom Schachverein, haben ein lockeres Verhältnis und blödeln miteinander beim Blitzschach.

Mein Verein ist ein bunter Haufen. Ein Mitglied ist offensichtlich ein sympathischer Nichtstuer, aber unser stärkster Spieler. Einer ist Waschmaschinenvertreter oder so, einer Geiger, einer Mathematiklehrer, einer Buchhändler. Wir haben zwei Pensionisten, zwei Studenten, einen Manager, einen Ingenieur, einen Universitätsprofessor, einen Autohändler, einen Säufer, von dem man nie weiß, was er als Nächstes anstellen wird, einen Taxifahrer aus Afghanistan, einen Jäger, und die Wurstsemmeln für die Partien bringt Margot, die Frau des Obmanns.

Mit den Leuten vom Verein verstehe ich mich zehnmal besser als mit meinen Klassenkameraden, obwohl die Schachspieler allesamt schon erwachsen sind. Oder vielleicht gerade deswegen. Ich bin mit allen per Du und ziemlich stolz darauf. Sie scheinen mich ernst zu nehmen. Am Brett nehmen sie mich mit Sicherheit ernst. Ich kann fast jedem von ihnen gefährlich werden.

Es ist noch dunkel, als mich Klaus, der Obmann des Vereins, mit

dem Auto abholt. Unterwegs sammeln wir noch den Autohändler und den Säufer ein. Josef und die anderen fahren selbst.

Auf der Fahrt wird mir ein wenig übel. Klaus ist Nichtraucher, aber die zwei anderen paffen, was das Zeug hält. Ich frage, ob ich das Fenster ein Stück hinunterkurbeln darf. Ich darf. Der Säufer knackt eine Bierdose und wünscht uns schon jetzt ein gutes Turnier.

Die frische Luft ist angenehm. Ich schaue hinaus auf die junge Landschaft, die in der Morgendämmerung daliegt und mir irgendetwas verspricht.

Vielleicht sind an meiner Übelkeit nicht nur die Kurven und der Qualm schuld. Das flaue Gefühl im Magen war schon vorher da. Es ist erst mein drittes Einzelturnier bei den Erwachsenen. An den Sieg brauche ich gar nicht zu denken, da treten echte Spitzenspieler aus der ganzen Weststeiermark an. Aber ich will auf alle Fälle Elo-Punkte hinzugewinnen und in der internen Vereinsrangliste nach vorne rutschen.

Vor einem Jahr hätte ich nicht mitspielen können, da habe ich noch nicht einmal gewusst, dass es Schachclubs gibt, und mich damit begnügt, Mitschüler und Nachbarn zu besiegen.

Die letzten Semesterferien habe ich mit Suux in ihrem Lieblingshotel am Wörthersee verbracht. Suux – keine Ahnung, wie sie zu diesem Namen gekommen ist. Meine Oma von der anderen Seite der Familie. Oma habe ich nie zu ihr gesagt, ich habe Suux zu ihr gesagt wie alle anderen. Bei ihr bin ich aufgewachsen. Eine kleine alte Frau, die vor ein paar Jahren zwei Herzinfarkte hatte und danach zu rauchen aufgehört und zu essen angefangen hat. Meine frühesten Erinnerungen haben mit ihr zu tun, und wenn ich krank war, gab es keinen bequemeren Ort als ihr Bett.

Den Wörthersee mag ich auch gern. Zwar sitze ich in einem verrauchten Auto, das durch den weststeirischen Frühnebel einem wichtigen Wettkampf entgegenfährt, aber in Gedanken bin ich plötzlich mit Suux in dem kleinen sonnigen Hotel am Wörthersee, wo die Tage voneinander kaum zu unterscheiden waren.

Suux und ich: Am Morgen in der stillen, fast menschenleeren

Gaststube frühstücken. Sie tunkt eine trockene Semmel in ihren Milchkaffee und liest Zeitung. Ich esse eine Marmeladensemmel und lese Micky-Maus-Hefte. Ab und zu schaue ich zu ihr rüber. Ich kann schlecht die Wärme beschreiben, die ich fühle, wenn ich sie so dasitzen sehe in ihrem unscheinbaren Alte-Frauen-Kleid, mit ihrem Kaffee, mit ihrer dicken Brille, über ihrer Zeitung, die sie mit ihren faltigen Fingern umblättert, nachdem sie diese mit der Zungenspitze angefeuchtet hat.

Am Vormittag schauen wir uns Skiübertragungen im Fernsehen an. Wenn es keine gibt, lese ich, und sie löst Kreuzworträtsel oder liest Liebesromane vom Kiosk, die mag sie gern, ich muss ihr immer am Erscheinungstag die neueste Ausgabe von *Baccara* und *Julia* und den anderen Heften bringen. Dann gehen wir mittagessen. Das schmeckt in diesem Hotel gut, wenn auch nicht so gut wie das, was Suux selbst zu Hause kocht.

Während ihres Verdauungsschlafs spaziere ich in den nächsten Ort, um mir mit dem Geld, das sie mir gegeben hat, ein neues Micky-Maus-Heft zu kaufen. Damit lege ich mich hin und lese, bis Suux im Bett gegenüber aufwacht und wir hinuntergehen, um Kaffee zu trinken und mit den Hotelbesitzern zu reden, die auch zu mir sehr nett sind.

Bis zum Abendessen lese ich, manchmal spiele ich auch mit einem Nachbarsjungen Fußball, aber der hat nicht jeden Tag Zeit. Nach dem Abendessen kriege ich ein Eis. Eigentlich darf ich nur zwei Kugeln nehmen, aber wenn ich Suux lange genug bittend in ihre tränenden alten Augen schaue, gibt sie den Widerstand auf und genehmigt stumm eine dritte. Ich umarme sie und küsse sie auf die Wange, sie streicht mir sanft über den Kopf und sieht mich dabei mit diesem Blick an. Ich kenne den Blick, da denkt sie meistens an ihren Sohn, der im Krieg gefallen ist. Mit gefallen ist gestorben gemeint und mit Krieg der Zweite Weltkrieg.

Am Abend duschen wir, erst sie, dann ich. Ich kenne alte Menschen, die ihre Körperpflege vernachlässigen, aber Suux niemals. Ihr ist das wichtig. Für mich riecht sie wie ein weiches Kissen.

Bloß die Nacht ist nicht so angenehm. In der Nacht kann ich nicht einschlafen, weil ich auf ihr Schnarchen achte. Sie schnarcht sehr laut, chrrrrrr, chhhrrrrrrr, chr, chrrrr, laut und langgezogen. Dazwischen gibt sie zuweilen ein Geräusch von sich, das klingt, als würde sie mit der Zunge am Gaumen schnalzen, so: Ck. Ck. Ck. Ck. Danach wird wieder geschnarcht. Das Schnarchen stört mich nicht, im Gegenteil. Wenn es eine Weile aussetzt, bekomme ich furchtbare Angst, dass sie gestorben ist.

Manchmal stehe ich auf und gehe zu ihrem Bett, ob zu Hause oder im Hotel, und kontrolliere, ob sie noch atmet. Wenn sie dann plötzlich aus dem Nichts aufgrunzt und sich auf die andere Seite dreht, erschrecke ich, aber es ist ein glücklicher Schrecken. Beruhigt lege ich mich wieder hin und warte darauf, dass die Müdigkeit stärker wird als der Drang, die Atemzüge im anderen Bett zu überwachen.

Diese ewigen Sekunden der Stille sind das Allerschlimmste. Sie ist 88. Ich will nicht, dass sie stirbt. Es wäre die größte Katastrophe der Welt. 88, in diesem Alter sterben viele Menschen, und sie hatte schon zwei Herzinfarkte. Deshalb denke ich: Bitte, schnarch weiter, Suux, schnarch bitte weiter, für immer schnarch weiter mit deinen wasserblauen müden Augen und deinem schütteren weißen Haar.

Aber in diesem Jahr bin ich Schachspieler.

Als wir ankommen, beziehen wir eilig das Hotel. Während wir an der Rezeption warten, sehe ich mich am Zeitungstisch um. Neben den gängigen Tageszeitungen liegt auch die *Deutsche Nationalzeitung*. Sie wirkt sogar zerlesen. Meine Güte. Hier ist den Leuten Recht und Ordnung wichtig, das habe ich ja schon gemerkt. Mir ist Recht und Ordnung noch nie besonders wichtig gewesen. Aber vielleicht ändert sich das noch.

Schwere Schritte, ein bellendes Husten, der Hotelchef erscheint, so breit wie hoch. Sehr hoch ist er nicht.

»Was? Wer? Name? Aha. Da, ausfüllen!«

Der fette Hotelchef ist ungefähr so freundlich wie ein knorriger

Großbauer, wenn ihm der Herrgott trotz allwöchentlicher Fürbitten die Hackfruchternte verhagelt hat. Außerdem hat er einen Mundgeruch, der wohl noch das Zimmermädchen im zweiten Stock in Ohnmacht fallen lässt. Während ich meine Daten auf den Meldewisch schreibe, grabe ich die Nase in meinen Schal. Ich bin drauf und dran, den mürrischen Mann zu fragen, ob er die Vorhänge hinter ihm oft anschnauft, weil sie so vergilbt sind, aber ich lasse es, weil er mich sonst womöglich doch noch zum Teufel jagt. So unterschreibt Josef für mich, und der nationalsozialistische Mundgeruchprinzipal ist zufrieden.

Eine halbe Stunde darauf findet die Auslosung der ersten Runde statt. Zwei Stunden später habe ich einen mühelosen Sieg eingefahren und gehe mit Klaus, der gegen einen Vereinskollegen gelost wurde und sich mit ihm nach wenigen Zügen auf ein Unentschieden geeinigt hat, im Gasthaus gegenüber Mittagessen. Uriella hat mir genügend Geld für die fünf Tage mitgegeben.

Es finden zwei Runden am Tag statt, neun sind es insgesamt. Am Nachmittag spiele ich Remis gegen einen nach Elo etwas stärkeren Spieler. Mit dem Sieg am Vormittag habe ich schon 15 Punkte geholt.

Aufgeräumt gehe ich mit den anderen essen. Die meisten von ihnen haben ebenfalls gute Laune, weil sie mit Erfolgen ins Turnier gestartet sind, nur der Säufer und der Ingenieur haben verloren. Wir machen Witze. Sie hören sich auch meine an und lachen über sie. Es ist ein toller Verein mit tollen Mitgliedern. Ich mag sie alle, ohne Ausnahme.

Wir reden auch über ernste Dinge. Als vor ein paar Monaten einer vom Verein Selbstmord begangen hat, wurde das in meiner Gegenwart besprochen. Von Erwins Eheproblemen weiß ich ebenso wie von Norberts Sorgen wegen seinem verrückten Sohn, der in einer Klinik sitzt. Und die Schachweltmeisterschaft, die gerade in Moskau ausgetragen wird, ist bei uns sowieso Dauerthema. Zuerst hatte es den Anschein, als würde Karpow gewinnen, doch nun holt Kasparow auf. Ich bin für Kasparow. Alle sind für Kasparow.

Nach dem Essen fahren die meisten nach Hause. Sie nehmen lieber morgen früh wieder eine Stunde Fahrt in Kauf, als hier zu übernachten. Die meisten haben Familie.

Josef und ich kehren ins Hotel zurück, um uns umzuziehen. An der Rezeption, wo der Direktor steht, würde ich am liebsten ostentativ mit einer ABC-Maske vorbeitrampeln, aber so was kriegt man hier bestimmt nirgends. Und kapieren würde er es auch nicht. Die Menschen merken es nie selbst, wenn sie stinken. Die Menschen merken sowieso selten, was sie sind, glaube ich. Aber vielleicht ist das sogar besser, als es dauernd zu merken.

Josef will in ein Lokal gehen. Ich gehe mit, obwohl ich müde bin. Ich möchte nicht allein im Zimmer sein, wenn er nicht nebenan ist.

Das Lokal ist dunkel und fast leer. Eintritt unter 18 verboten, steht an der Tür. Ich habe Angst, dass sie mich sofort rauswerfen. Josef winkt ab. Tatsächlich sagt die Kellnerin nichts. Wahrscheinlich ist sie froh, etwas Umsatz zu machen. Und ich sehe älter aus, als ich bin. Einige im Verein sagen, ich kriege bald einen Bart.

Josef trinkt Bier, raucht und spielt an einem Automaten. Ich sitze ein paar Meter entfernt, trinke Cola und denke über meine Partien von heute nach. Ab und zu klirren irgendwo Gläser. Dreimal begrüßt die Kellnerin einen neuen Gast. Ein Hund, der offenbar den Besitzern gehört, streicht umher. In der Jukebox dudelt wieder und wieder ein Lied, das einem der Gäste besonders zu gefallen scheint.

»Wenn der diesen Scheiß noch einmal spielt, erwürge ich ihn«, sagt Josef. Er hat schon ziemlich viel Geld verloren.

# ZUHAUSE

Jonas grub, Zach sah zu.

»Du bist sicher, dass es hier war?«, fragte Zach.

»Ganz sicher. Genau hier. In der Mitte zwischen den beiden Bäumen. Den linken nannten wir übrigens Zach, den rechten Gruber. Du siehst ja, Gruber macht nicht viel her, verwachsen ist er und dünn, während ich Zach als eine Birke aus dem Bilderbuch bezeichnen würde.«

»Lass mich das machen«, sagte Zach und streckte die Hand nach der Schaufel aus. »Bei deinem Tempo stehen wir morgen noch da.«

Jonas wehrte ab. »Da darf kein anderer ran. Ich habe sie eingegraben, ich muss sie ausgraben.«

»Und wieso gerade jetzt? Nach so langer Zeit?«

»Irgendwann muss es ja sein.«

Nach einer Viertelstunde stieß die Schaufel gegen etwas Metallisches.

»Heureka«, sagte Jonas.

»Los, los, hol sie raus!«

Jonas lockerte die Erde um die Kassette. Die Schaufel stieß gegen eine mächtige Wurzel, doch diese war das letzte Hindernis.

»Du drehst dich um«, sagte Jonas, als er mit den Händen den Schmutz von der Kassette wischte. »Oder du wartest im Haus.«

»Wieso darf ich nicht zusehen?«

»Weil du beim Vergraben auch nicht dabei warst.«

»Meine Güte. Ich bin so froh, dass ich nicht du bin.«

Zach drehte sich um.

Jonas blies die Backen auf und überlegte.

»Mir wäre es doch lieber, du würdest drinnen warten.«

»Mir eigentlich auch. Wahrscheinlich ist es eine Bombe.«

Zach marschierte lachend Richtung Haus. Jonas sah ihm nach. Dieses Lachen hatte er lange nicht gehört. Zach lachte ein klein wenig anders als die meisten Leute. Wenn Zach lachte, begannen scharfe Hunde zu winseln wie bei einer Sonnenfinsternis.

Nun wollen wir mal sehen, dachte er.

Ja, rück ein Stück zur Seite.

Huch!

Was, huch?

Ich dachte, du wohnst auf dem Friedhof?

Quatsch. Wer sagt denn so was.

Na du!

Papperlapapp. Dir kann man ja alles einreden. Das hier lasse ich mir sicher nicht entgehen. Ich will dein Gesicht sehen. Aber noch mehr, was in der Kassette ist.

Ich dachte, du weißt es?

Das war gelogen.

Von mir auch.

Kein Schimmer, was da drin ist, außer meinem Tagebuch.

An der Kassette hing kein Schloss. Jonas klappte den Deckel auf. Das Tagebuch lag obenauf.

Lies es nicht jetzt. Nicht heute.

Wieso?

Ich will nicht dabei sein.

Ist dir peinlich, was drinsteht?

Nein. Aber ich will nicht daran denken, was damals war. Dass ich nur mehr so wenig Zeit hatte und nichts davon wusste. So lustig ist es auch wieder nicht, früh zu sterben.

Okay.

Danke.

»Was ist das denn?«, entfuhr es Jonas, als er mit spitzen Fingern eine schmierige Kette aus der Kassette zog.

Das ist deine alte Fahrradkette, möchte ich meinen.

Jonas ließ sie mit einer Verwünschung fallen. Die schmutzigen Hände wischte er im Schnee ab. Zwecklos, sie wurden nicht sauber.

Wieso haben wir denn die da reingepackt?

Na ja. Nicht wir. Das war ich. Für dich. Kleiner Scherz, gut gelungen, finde ich.

»Rauchen wir eine?«, fragte Zach nach dem Essen und nickte mit dem Kopf Richtung Tür.

»Ich habe es mir noch immer nicht angewöhnt.«

»Und ich mir noch nicht abgewöhnt. Aber Zigarren magst du, oder?«

»Wenn du etwas Anständiges hast, sage ich nicht nein.«

Zach ging zum Humidor, der auf einem eigenen Tisch in der Ecke stand, und entnahm ihm eine *Romeo y Julieta*.

»Die sollte gehen.«

Er griff nach dem Zigarrenbeschneider, doch Jonas hatte schon das Mundstück abgebissen.

»Zähne hast du noch immer wie ein Raubtier«, lobte Zach. »Ich kann mich noch erinnern, wie ihr gewettet habt, wer von euch beiden eine Holzlatte schneller durchbeißen könnte. Wenn ich die Geschichte erzähle, glaubt sie mir keiner.«

»War eine wohlschmeckende Holzlatte«, sagte Jonas. »Ich habe auch mal ein Stromkabel durchgebissen.«

»Und hoffentlich ordentlich eins gewischt bekommen.«

»War nicht angesteckt.«

Zach hielt Jonas die Tür auf. Jonas winkte Regina, die den Tisch abräumte, ehe er zumachte.

»Wollen wir ihr nicht helfen?«, fragte er.

»Bist du verrückt? Abwaschen kann sie besser als kochen.«

»Das stimmt«, sagte Jonas. »Selbst wenn vom Geschirr nichts übrig bleibt, war es noch immer besser abgewaschen als gekocht.«

Zachs Feuerzeug flammte auf. Jonas fühlte die Hitze im Gesicht, während er die Zigarre im Feuer rollte.

Wunderschön, dachte er. Ich mag Feuer nicht, aber es ist eine helle Freude.

Zach zündete seine Zigarette an und räusperte sich, als wollte er etwas sagen. Offenbar überlegte er es sich aber anders. Er schaute still zum Himmel, in dem kein einziger Stern zu sehen war und nur der Vollmond hinter dem Steingrau der Wolken auf seine Chance zu warten schien.

»Ich muss dich etwas fragen«, sagte Jonas.

Fest an seiner Zigarette ziehend, die in der Dunkelheit rot aufleuchtete, schaute Zach auf Jonas hinunter.

»Lass hören.«

»Vielleicht bist du sauer.«

»Das klingt ja mal nach einer echten Frage.«

»Wie geht das zusammen? Christ sein und Leute umbringen?«

»Ich bevorzuge das Wort neutralisieren.«

»Siehst du, du bist sauer.«

»Ich korrigiere lediglich deine Wortwahl. Umbringen ist wertend. Neutralisieren ist neutral.«

»Willst du mich zum Lachen bringen?«

»Wenn das der größte Widerspruch in einem Menschen ist, der dir einfällt, dann hast du's gut«, sagte Zach. »Ich habe Menschen aus dem Spiel der Welt genommen, die das verdient hatten, die diese Welt verdunkelt hatten, die von unreinen Geistern besessen waren, die böse waren, die harmlose Menschen verletzt und sogar umgebracht hatten. Okay, nicht nur harmlose. Aber auch die. Was? Glaubst du, Gott ist Demokrat? Glaubst du, Gott ist gegen die Todesstrafe? Der hat sie selbst erfunden! Ich habe jedenfalls nie mit mir oder der Welt gehadert. Ich bin geworden, was Er wollte. Ich bin genau das, was ich sein will.«

Da hat er mir etwas voraus, dachte Jonas.

Er zog den Reißverschluss der Jacke zu, die ihm Zach geborgt hatte.

»Wie war das?«, fragte Zach.

»Was meinst du?«

»Auf dem Everest. Was war das für ein Gefühl?«

»Ich kann mich nicht an viel erinnern.«

»Bist du wieder fit?«

»Ja.«

»Dann können wir ja wieder spielen.«

»Nein! Alles, nur das nicht!«

»Wieso nicht?«

»Nein! So weit bin ich noch nicht! Erbarmen!«

Zach nickte und tat so, als würde er Jonas segnen.

Er würde gut aussehen vor einem Altar, dachte Jonas. Oblaten verteilend und Weihwasser verspritzend. Der größte Priester der Welt.

»Ich komme mit«, sagte Zach.

»Nach Tokio? Ich weiß nicht, ob ich direkt nach Tokio fliege. Aber besuchen musst du uns unbedingt, und zwar bald.«

»In die Antarktis natürlich.«

»Was willst du denn da?«

»Schöne Gegend.«

»Hä?«

»Ich komme mit«, wiederholte Zach. »Die Antarktis hat mich immer schon interessiert.«

»Das wird sich nicht machen lassen. Marie nimmt sogar dich nicht mit. Nur sie und ich, und ehrlich gesagt, ist mir das mittlerweile auch lieber.«

»Ich komme mit.«

»Tust du nicht.«

»Ich komme mit.«

»Tust du nicht.«

»Ich komme mit. Ihr geht sonst drauf.«

»Du kommst nicht mit. Und wir gehen nicht drauf.«

»Ich komme mit.«

»Nichts da«, sagte Jonas. »Du kannst dich aber gern mit Marie über dieses Thema unterhalten.«

»Immer alles allein machen, wie?«

»Marie ist doch dabei!«

»Du weißt genau, was ich meine.«

»Keine Ahnung, was du meinst.«

»Wohin geht es jetzt? Wenn du nicht nach Tokio fliegst?«

»Ich mache, was ich immer mache. Ich tippe mit einem Kugelschreiber auf die Landkarte, und wo er landet, da fahre ich hin.«

»Was sagt Marie dazu?«

»Die arbeitet die ganze Zeit. Und sie kennt mich. Sie weiß, wie ich bin.«

»Sie schon, du nicht. Du bist einer, der allein durch die Welt ziehen muss. Weil er es einfach nicht erträgt, irgendwo zu bleiben und zu merken, dass ihn der Mensch an seiner Seite mit der Zeit erkennt. Dabei bist du ganz in Ordnung da drin.«

Zach klopfte Jonas gegen die Brust, schnippte die Zigarette in den Schnee und ging ins Haus.

# LISSABON

Obwohl Jonas von der Zugfahrt schwer erschöpft war, lag er die ganze Nacht wach auf einer Matte in der Turnhalle, in die er spontan eingebrochen war, weil sie hübsch aussah, und sprach mit der Dunkelheit, die wie üblich zuhörte.

Mein Leben. Ein Strom von Zufällen, Ereignissen, Gefühlen und Entscheidungen. So wie jedes Leben. Doch niemals wird ein anderer meines nachfühlen. Niemand wird je wissen, wie es war zu werden, was ich gewesen bin, und zu sein, was ich geworden bin. Es ist in mir und nur in mir und kann von niemandem bewahrt und von niemandem beschützt und von niemandem geraubt werden.

Reichtum. Freiheit. Reisen. Kampf gegen die Angst.

Italien, Spanien, Marokko, Indonesien, Paraguay, Kanada, Malta, Südafrika, Ghana, Liberia, Finnland, China, Thailand, Schweden, Österreich, Rumänien, Kasachstan, Australien, Neuseeland, Deutschland, Polen, Japan, Korea, Ecuador, Norwegen, Island, Portugal, Argentinien, Brasilien, Frankreich, Mexiko, die USA und überall.

Bus, Auto, Motorrad, Flugzeug, Schiff, Helikopter, Pferd, Fahrrad und zu Fuß.

Reisen, Rastlosigkeit, Kommen und Gehen. Kampf gegen die Angst. Besiegen der Angst.

Aber was auch sonst, dachte er.

Schon wieder diese Melodramatik, hörte er in seinem Kopf.

Du? Wieso bist du nicht zu Hause?

Keine Lust, ständig da rumzugeistern. Wir Gespenster haben auch unsere Ansprüche.

Sagtest du nicht, das wäre alles kompliziert?

Ist es ja auch. Ich will dir bloß lauschen bei deinem wöchentlichen Lebensresümee.

Was soll das denn heißen?

Dass du jede Woche eine neue Abrechnung machst. Man sollte etwas Zeit verstreichen lassen, bis man sich wieder den Kopf über die eigene Biographie zerbricht. Das ist ja, als würdest du eine ganze Nacht saufen und nach jedem Glas sofort bezahlen.

Du hast aber auch schon Brillanteres gesagt. Bist du da drüben unterfordert? Gibt's nichts zu lesen bei euch?

Ich glaube, ich bin nicht privatversichert oder so, in meiner Bibliothek steht nur Hesse. Sonntags beschallen sie uns mit Hörbüchern. Man munkelt, nächste Woche hält Simone de Beauvoir eine Lesung. Anwesenheitspflicht. Das alles deutet auf Fegefeuer hin.

Eher auf eine Etage tiefer.

Nein, dort müssen sie gerüchteweise pausenlos Bee Gees hören, eine Urgroßmutter von Regina kocht, und zu lesen gibt's experimentelle Lyrik aus Osteuropa.

Wie ist das denn, wie darf ich mir das vorstellen? Wandern bei dir Promis herum? Hast du Hesse schon gesehen? Gibt so einer Autogramme?

Lenk nicht ab. Los, erzähl. Wo steht Jonas gerade? Woher kommt er? Wohin geht er?

Nerv hier nicht rum!

Mir ist aber langweilig. Dich ärgern ist besser als *Siddharta*.

Ach, komm. Wie soll ich denn über mich und mein Leben nachdenken, wenn ich nicht in erster Linie versuche, irgendwie zu kapieren, was aus mir gemacht hat, was ich bin? Wieso ich der seltsame Vogel bin, den ich aus mir gemacht habe? Wenn ich nicht begreife, was ich war, verstehe ich nicht, was ich bin, denn wir bleiben, was wir sind, beziehungsweise werden wir nur noch mehr das, was wir sind, fürchte ich.

Also jetzt hole ich mir doch lieber *Siddharta*.

Grmpf.

Du denkst zu viel ins Leben hinein.

Das kann auch nur einer sagen, der tot ist.

Das ist ein Untergriff.

Na, stimmt's nicht?

So nicht. So stimmt's nicht. Außerdem kann man auch Dinge beurteilen, deren Teil man nicht ist.

Ich will schlafen. Wie geht's Mike und dem Alten?

Mike hat zu saufen begonnen.

Zu saufen? Tote saufen?

Eigentlich hat er nicht zu saufen begonnen, eigentlich ist er sowieso ein übler Säufer. Er merkt es bloß meist nur dazwischen. Also zwischen den verschiedenen lästigen Existenzen wie zum Beispiel als Behinderter. Ziemlich verwirrend, das alles. Ach ja, soll ich dir ein Geheimnis über uns zwei verraten? Du und ich, wir sind eigentlich Brüder.

Ja, die Verwandtschaft kann man sich nicht aussuchen.

Wie wahr.

Hast du noch mehr auf Lager? Wieso sind wir Brüder? Was meinst du mit Bruder? Gemeinsame Eltern?

Ich weiß. So etwas gibt es eigentlich nicht, so ein Modell. Also nichts mit gemeinsamen Eltern. Aber Brüder sind wir. Und Mike auch. Und Picco gehört auch dazu.

Das will ich hier drüben vielleicht gar nicht so genau wissen. Was fange ich mit Informationen über das Leben nach dem Tod an? Entweder es ist schön dort, dann will ich die Reise bald antreten. Oder es ist schlimm dort, dann habe ich noch mehr Angst vor dem Tod.

Seit wann hast du Angst vor dem Tod?

Ich weiß nicht.

Du hast keine Angst vor dem Tod.

Ich glaube schon.

Der Tod ist so etwas wie ein Nadelöhr.

Lassen wir das. Ich muss jetzt schlafen. Bist du morgen noch da?

Vermutlich nicht.

Komm bald wieder.

Versprochen.
Schön.
Ja.
Ihr fehlt mir alle.
Du uns auch. Aber beeil dich trotzdem nicht.
Du?
Ja?
Das mit Hesse stimmt aber nicht wirklich, oder?

Am Morgen wurde er verhaftet und auf eine Polizeistation gebracht. Nachdem er seinen gefälschten norwegischen Diplomatenpass gezeigt hatte, entschuldigten sie sich und setzten ihn vor einem Café ab, in dem es WLAN gab. Er wählte sich in Skype ein.

»Wollte nur sehen, ob es dir gutgeht«, sagte Jonas.

»Wieso sollte es mir nicht gutgehen?«, fragte Zach.

»Ich weiß nicht. Nur so.«

»Alles in Ordnung mit dir?«

»Ja. Nein. Keine Ahnung. Ich musste nur daran denken, wie wenige Menschen es gibt, die wirklich zu einem gehören.«

»Das stimmt. Und auf die muss man aufpassen.«

»Wie passt man auf andere auf?«

»Indem man auf sich selbst aufpasst.«

# CARLISLE

Die Déjà-vus werden schlimmer und schlimmer. Mittlerweile setzen sie in mir eine Spirale der Angst in Gang. Ist das hier real oder nicht? Träume ich? Ich glaube nicht. Es fühlt sich anders an als ein Traum. Aber was stimmt denn nicht?

Zum ersten Mal frage ich mich, ob ich womöglich tot bin. Es funktioniert ja nicht einmal der Gasherd. Das könnte ein Zeichen sein.

Ich klammere mich an meinem Tagesablauf fest. Aufstehen. Duschen. Ab zu *Helena's Café*. Arbeiten, bis dem Notebook der Strom ausgeht. Danach essen, entweder in der Pizzeria oder bei *Issei*, dem Vietnamesen. Kein Alkohol. Kurze Rast zu Hause, dann Fitnesscenter, dann wieder Arbeit, in der College-Bibliothek. Ich arbeite so lange, bis ich einfach nicht mehr kann. Es macht mir Freude. Das wiederkehrende Gefühl von Unwirklichkeit kann es nicht fernhalten. Ich zucke, dreißig, vierzig, fünfzig, hundert Mal am Tag zucke ich, als hätte mir jemand auf den Kopf geschlagen. Manchmal schreie ich dabei auf.

# ROM

Ewige Stadt ist ja ein Witz. Keine 2800 Jahre hat sie auf dem Buckel. Das ist eine lange Zeitspanne, doch von der Ewigkeit weit entfernt. Ich kenne ältere. Aber ich kenne keine schönere.

Weil ich hier die Zeit tatsächlich sehe, dachte er. Weil ich die Menschen kenne, die hier, genau hier, umhergegangen sind. Caesar. Nero. Augustus. Alle waren sie hier und haben gesehen, was ich nun sehe.

Ob die an mich gedacht haben?

Zunächst ließ er sich in die Via Tacito bringen, wo er sich für eine Woche in seiner Wohnung einquartierte, jener kleinen Wohnung, in der er vor langer Zeit freiwillig zwei Jahre verbracht hatte, ohne ein einziges Mal auf die Straße zu gehen. So wie damals ließ er sich das Essen liefern und redete mit den Zustellern nur das Nötigste. Er unterdrückte den Wunsch, Marie anzurufen, und sie meldete sich ebenfalls nicht.

Er saß da und lag da und aß Pizza und machte sich hin und wieder bewusst, was er gerade erlebte. Tage und Nächte im freiwilligen Nichts. Stunden, in denen er daran dachte, was hier gewesen war und wer er gewesen war, damals, mit achtzehn, alles vor sich, umgeben von Zeitlosigkeit. Nach sieben Tagen in dieser alten Leere fühlte er sich wie gereinigt.

Er besuchte Salvo, der ein Delikatessengeschäft am Campo dei Fiori führte, und feierte mit ihm zwei Tage durch. Er erfuhr, dass die ukrainische Opernsängerin, die in der Nacht des Öfteren die Gäste mit ihrem Gesang unterhalten hatte, vor ein paar Wochen an ei-

nem Herzinfarkt gestorben war, keine hundert Meter von Salvos Laden entfernt. Sie war auf der Straße zusammengebrochen. »Und niemand hat ihr geholfen«, sagte Salvo immer wieder, »kein Schwein hat sich um sie gekümmert. Als sie gegangen ist, war noch alles in Ordnung. Warum hat sie nicht hier ihren verdammten Herzinfarkt kriegen können?«

Von Rom fuhr Jonas nach Paris, übernachtete in einer schmutzigen Pension in einem noch schmutzigeren Vorort, klebte an die Rückseite des Schranks eine Nachricht an sich selbst. Fuhr weiter nach Ipswich, wo er sich in einer heruntergekommenen Pension im selben Zimmer einmietete, das er Jahre zuvor ein paar Tage bewohnt hatte. Er holte die Nachricht, die er damals hinterlassen hatte, hinter dem Schrank hervor. »Kapitalismus, Spiritualität«, las er. Er steckte sie zurück an ihren Platz. Schrieb eine neue. Klebte sie neben die erste.

# WESTSTEIERMARK

Keine Spur von Uriella, als ich Sonntagmittag meinen Pokal auf den Küchentisch stelle und ihn noch eine Weile anschaue und zurechtrücke. Ich wollte ihr natürlich auf der Stelle vom Turnier erzählen, aber sie hat nicht einmal eine Nachricht hinterlassen, und ich kann nur ahnen, wo sie steckt.

Nachdem ich im Keller nachgeheizt habe, ist es mir ganz recht so. Ich habe nichts dagegen, mich aufs Bett zu legen und noch eine Weile für mich zu sein. Darüber nachzudenken, was passiert ist.

Was für eine Woche.

Vier Partien habe ich gewonnen, vier gingen unentschieden aus, und aufgeben musste ich nur ein einziges Mal. Gegen den früheren Landesmeister, das kann ich wegstecken, obwohl mir Niederlagen gewöhnlich tagelang zusetzen. Bei der Analyse nach der Partie sagte er zu mir, ich hätte enormes Talent und das Potential, eines Tages Großmeister zu werden.

Das ist auch mein erklärtes Ziel. Großmeister.

Und dann vielleicht mehr.

Am Ende wurde ich Elfter. Elfter von 56 Teilnehmern, Zweitbester meines Vereins, bester Jugendlicher. Jugendlich ist man bis 18, ich war also besser als alle anderen, die bis zu fünf Jahre älter sind als ich.

Als ich bei der Siegerehrung nach vorne ging, gab es den stärksten Applaus, außer dem für den Sieger. Ich habe natürlich so getan, als ließe mich das kalt. Man zeigt den Menschen besser nicht, was man fühlt, sie nutzen es eines Tages aus.

Am meisten freut mich der Elo-Zuwachs in der nächsten Liste.

Und das viele Lob von allen Seiten. Schade, dass Suux und Uriella das nicht sehen konnten. Und M.

Ich rufe meinen Opa an und erzähle ihm vom Turnier. Er ist begeistert. Ausführlich schildere ich ihm eine Partie, bis ich merke, er wird vom Zuhören müde. Ich sage ihm, er soll auf sich aufpassen. Er sagt, ich soll ihn bald wieder besuchen.

Ich lege Musik auf. Ich stelle mir vor, wie ich ein Turnier gewinne und M. dabei ist. Mir wird von allen Seiten gratuliert, und sie steht strahlend neben mir und zeigt deutlich, dass sie zu mir gehört. In der Schule weiß jeder, dass wir ein Paar sind, wir gehen offen damit um. Es ist eine tiefe Beziehung, in der wir viel miteinander reden, ganze Nachmittage lang. Wir philosophieren über das Leben. Wir empfehlen uns gegenseitig Bücher und nehmen füreinander Musikkassetten auf. M. lernt viel Neues durch mich kennen, und ein bisschen Deep Purple bin ich für sie auch, als sie Deep Purple für sich entdeckt. Wir gehen Hand in Hand durch den Ort. Bei Partys sind wir der Mittelpunkt, obwohl wir das gar nicht wollen und bescheiden in einer Ecke sitzen. Wir

Ich kann es nicht leiden, wenn eine LP zu Ende ist. Die Euphorie hallt nur kurz nach. Dann kommt die Stille. Die Stille nach den großen Momenten tut weh.

Am Nachttisch liegt das *Metamagicum* von Douglas Hofstadter. Noch immer bin ich nicht über die selbstbezüglichen Sätze hinausgekommen. Die haben es mir angetan.

*Ich bin der Gedanke, den du soeben denkst.*

*Dieter Satz ist nicht selbstbezüglich, weil »diet« kein Wort ist.*

*Solange du mich nicht liest, bezieht sich das zweite Wort dieses Satzes auf nichts.*

Da fängt man wirklich an zu denken. Aber beim Denken ist Hunger störend. Ich hole mir ein paar Scheiben Milchbrot, esse und schaue in die Luft.

Ich versuche mich selbst an einem selbstbezüglichen Satz.

Mir fällt ein, dass ich gar nicht nachgesehen habe, ob das neue Rundschreiben des Schachvereins gekommen ist. Auf dem Tisch liegt es nicht, aber das heißt nicht viel, denn Uriella vergisst gern, den Briefkasten zu leeren. Oder sie schaut gar nicht rein. Sie bekommt ohnehin nur Rechnungen, da würde ich auch nicht hineinschauen wollen.

Der Weg zum Gartentor, an dem der Briefkasten hängt, ist glatt, und zweimal fliege ich beinahe auf die Nase, weil ich verrückterweise in meinen Hauspantoffeln raus bin. Zudem ist keine Post da. Ich will mich schon ärgern, da sehe ich ein Mädchen aus meiner Schule vorbeikommen.

Ich habe keine Ahnung, wie sie heißt. Sie geht in eine höhere Klasse, ich kenne sie nur vom Sehen. Sie mich nicht, denn meinen Gruß erwidert sie bloß mit einem genervten Stirnrunzeln.

Was ist das bloß? Wieso macht der Anblick schöner Mädchen etwas mit mir? Ich meine, ich bin nicht blöd, ich weiß schon, was mit hetero und Bienen und Blumen und dings gemeint ist. Ich meine, wieso reicht es, wenn ich ein Mädchen sehe, das da geht, um in mir eine unglaubliche Sehnsucht und zugleich Traurigkeit auszulösen? Was machen die mit mir?

Von oben nach unten:

Langes Haar. Ein bisschen gewunden, ich weiß nicht, was die damit anstellen, aber es sieht sensationell aus.

Eine Jacke. Irgendeine Jacke, schätze ich. Aber sie macht aus schön einfach mehr schön.

Eine Hose. Eng anliegend. Beine. Was weiß ich, Beine eben! Was soll ich sagen, die Schuhe, als hätten sie alle die wunderhübschesten Füße, so sehen Mädchenschuhe aus!

Ah ja, und dann diese gemeinen Details. Die hier trägt ein Tuch um den Hals, nicht so ein kleines wie die Bäuerinnen in der Gegend, das aussieht wie eine Krawatte oder der misslungene Versuch, sich am Scheunentor aufzuhängen. Dieses Tuch –

Ach Mist, ich kann es nicht beschreiben. Weder das Tuch noch die Mädchen noch ihre Wirkung, ihren Zauber, das ist mir einfach

zu hoch. Das kapiere ich nicht. Sie kommen des Weges, diese Mädchen, sind schön und geheimnisvoll und flüstern einem zu: Das hier, das ist es, hier liegen alle Antworten verborgen.

Ich lasse das *Metamagicum*, damit ich bei diesen Gedankenschleifen nicht durchdrehe, und hebe die Biographie der Kaiserin Elisabeth, genannt Sisi, vom Boden auf. Spätestens übermorgen muss ich sie in die Stadtbücherei zurückbringen. Ich schaffe die ersten hundert Seiten, bis ich einen Schlüssel klirren höre.

Uriella wirft Zigaretten und Feuerzeug auf den Küchentisch. Den Pokal bemerkt sie nicht. Sie will ins Schlafzimmer, um sich umzuziehen, doch ich halte sie zurück.

»Schau noch einmal zum Tisch.«

»Ah! Wievielter bist du denn geworden?«

»Elfter. Und bester Jugendlicher!«

»Die ersten zehn versäumt?«

»Ja, aber macht nichts. Fast fünfzig Elo-Punkte dazugewonnen!«

»Na dann gratuliere!«

Sie telefoniert mit einem Freund. Danach stellt sie sich sofort an den Herd und wärmt Spaghettisauce auf. Sie kocht Nudeln und fragt, gegen wen ich gespielt habe und was dieses Ergebnis nun bedeutet. Als sie hört, dass sich nur die ersten drei für die Landesmeisterschaften der Erwachsenen qualifiziert haben, verzieht sie das Gesicht. Nächstes Jahr könnte es sogar damit schon klappen, prognostiziere ich. Sie nickt.

Am Abend kann ich nicht einschlafen.

Es ist so viel in meinem Kopf.

Nebenan läuft der Fernseher. Ab und zu höre ich Uriella husten. In meinem Zimmer ist es dunkel, doch die Tür steht einen Spalt offen, und im Vorraum brennt Licht. Wäre es ganz dunkel, könnte ich sowieso nicht schlafen. Diese undurchdringliche Schwärze macht das Zimmer viel größer. Die Ecken sind weiter entfernt und bieten mehr Platz für alles, was mir auflauern könnte.

Ich knipse Licht an. Dabei drücke ich den Knopf sanft und langsam, damit kein Klicken zu hören ist.

Unter dem Bett hole ich die Geheimmappe hervor. Uriella bekommt drei Punkte dazu, Gott bekommt plus 1000, damit er nicht mehr Letzter ist. Letzter ist jetzt ein Großonkel, der einmal gelacht hat, als mir Uriella eine Ohrfeige gab.

# CARLISLE

Die Nüchternheit reißt mich mit. Man sollte annehmen, dass man nüchtern fest dasteht und dann vom Rausch mitgerissen wird, doch bei mir ist es umgekehrt. Im Rausch war ich an einem bekannten Ort. Jetzt, in der Klarheit, dringen von überallher Gedanken und Erinnerungen auf mich ein.

Schlaf war mir nie geheuer. Daliegen und weg sein und nicht wissen, was mit einem passiert, macht mir Angst. Und Träume mag ich überhaupt nicht. Ich habe mich schon als Kind gefragt, ob ich im Schlaf vielleicht in einer Parallelwelt bin. Ob all der Wahnsinn, der mich im Traum heimsucht, in Wahrheit wirklich passiert. Das frage ich mich eigentlich noch heute. Und was heißt, es passiert nicht? In dem Moment, in dem es im Traum passiert, passiert es. Seit wann ist etwas, das irgendwo passiert, nicht real? Alles, was ich erlebe, ist real. Sobald etwas in die Welt kommt, ist es real. Ob erfunden, eingebildet oder der herkömmlichen Wirklichkeit zugehörig: Es ist.

Am schlimmsten empfinde ich die Nächte, in denen ich an der Grenze zwischen Wachen und Schlafen versickere. Da warten die quälendsten Filme. Ich kann sie nicht abstellen. Weder wache ich auf, noch schlafe ich ein. Ich leide unter diesen stundenlangen Zwangsfilmen.

Seit ich hier bin, denke ich vierundzwanzig Stunden am Tag. Es scheint da einen Nachholbedarf zu geben. Zu wirklichem Schlaf komme ich nie. Immer bleibe ich an der Oberfläche des nachttiefen Meeres, in das ich mich ohnehin ungern gleiten lasse. Und ich habe keine Kontrolle über das, was ich denke.

Ich sehe Bilder, die ich fünfzehn, zwanzig, dreißig Jahre nicht gesehen habe. Ich erinnere mich an Situationen, an die ich mich auch schon vor ein paar Wochen erinnert habe, doch nun sind alle Details gegenwärtig. Gefühle, die verschwunden waren. Vergessene Bilder, kristallklar. Verlorene und wiedergefundene Gespräche. Alles ist noch da. In uns ist alles noch da. Das wusste ich nicht. Nicht in diesem Ausmaß.

Jede Nacht gehe ich über die vollen zwölf Runden. Wenn der Morgen anbricht, bin ich todmüde und heilfroh, dass wenigstens die Dunkelheit nicht mehr auf mir liegt.

Das Erste in der Früh ist der Griff zum Handy. Meistens sind schon einige SMS da. Der Zeitunterschied zu Mitteleuropa beträgt sechs Stunden. Was bedeutet, dass selbst an Tagen, an denen mich irgendein gnädiges Geräusch besonders früh aus meinem Wachkoma reißt, meine Freunde zu Hause bereits zu Mittag gegessen haben. Diese SMS halten mich ein wenig in der Welt. Aber meist lässt das erste Déjà-vu nicht lange auf sich warten.

Ich brauche Bücher, ich habe zu wenig zu lesen mitgenommen. Ich setze mich an den Computer und suche mir bei Amazon eine hübsche Liste von Romanen und Sachbüchern zusammen, die ich jedoch nicht dort bestelle, sondern an Else schicke, damit die sie mir in einer anständigen Buchhandlung besorgt und bei ihrem Besuch mitbringt. Dass schon fast jede normale Buchhandlung ebenfalls Bücher nach Hause versendet und nicht nur dieser Großkonzern, hat sich leider noch nicht weit genug herumgesprochen. Den kleinen Buchhändler, den werden wir ewig brauchen.

Beim Frühstück läuft auf CNN das Amateurvideo, das den Polizisten zeigt, der einem flüchtenden, unbewaffneten Schwarzen sieben Kugeln hinterherschickt. Der Mann stolpert und fällt. Vier Kugeln haben ihn in den Rücken getroffen. Bevor er stirbt, bekommt er noch Handschellen angelegt.

Der Officer, höre ich, wurde mittlerweile entlassen und des Mor-

des angeklagt. Ich trinke meinen Kaffee und hoffe, dass der Mann, der mit seinem Handy das Video gedreht hat, irgendein Verdienstkreuz bekommt. Dem Täter könnten sie dafür ein paar Tage im Schwarzentrakt genehmigen.

80 tote Flüchtlinge im Mittelmeer. Mittlerweile fliehen sie auch aus Libyen. Schlimm, dass ein Muammar al-Gaddafi recht behalten musste. Wenn er gestürzt würde, kämen die Massen über das Mittelmeer zu uns, hat er gewarnt. Analysiert man die Sache kühl, muss man daraus schließen, dass unser System in Europa nur funktioniert, solange andere für uns massenhaft Leute umbringen.

Die Déjà-vus auf der Straße sind die intensivsten. Ich renne so schnell zum Café, als lauerten mir unterwegs Zombies auf. Wenn ich an einer Ampel stehen bleiben muss, dehnt sich die Realität fast unweigerlich, um sich kurz darauf wieder zusammenzuziehen. Ich zucke wild mit dem Kopf. Das kenne ich doch schon. Das kenne ich doch. Das war doch alles schon.

Im Café baue ich auf, was ich für meine Arbeit brauche, dann hole ich mir Wasser und Kaffee. Die Leute in dieser Gegend haben einen gewöhnungsbedürftigen Akzent, und ich bin immer froh, wenn die Frau an der Kasse, wo man erst seinen Kaffee bezahlt und dann in Empfang nimmt, mich in kein Gespräch zu verwickeln versucht. Unterhaltungen mit ihr sind kurz und enden mit Gestotter, weil ich nicht die geringste Ahnung habe, was sie von mir will.

Ich bestelle.

»Oh, aj«, sagt sie. Das heißt allright, aber das weiß ich auch erst seit ein paar Tagen.

Sie schreibt das, was ich diesmal als meinen Namen angebe, auf einen leeren Becher. Eine Minute darauf hat ihn eine andere Kellnerin befüllt.

»Simmering Karl!«, ruft sie.

Während meiner Arbeit kommen sagenhaft dicke Menschen herein und verschlingen Torte und Kuchen. Neben mir sitzen zwei Frauen, von denen eine nichts isst. Soweit ich verstehe, ist sie auf Diät und nimmt nur Flüssigkeit zu sich. Die andere bedauert sie und schnappt sich das nächste Stück einer mir unbekannten Zuckerspeise. Die Diätfrau sieht ihr traurig zu und nuckelt an ihrer vierten Flasche Dr. Pepper.

Am Nachmittag muss ich zum Supermarkt, weil ich kein Wasser mehr habe, kein Obst und keinen Kaffee.

Es ist noch kälter als sonst. Ich habe Visionen. Sehe Menschen vor Autos springen. Ziegel von Dächern fallen. Ich zucke oft.

Vielleicht verirre ich mich, weil es schneit, vielleicht nur wegen meines Zustands. Nach einer Stunde fällt mir ein, dass ich ja NAVIGON für Nordamerika auf meinem Handy habe. Mit klammen Fingern hole ich das Gerät aus der Hosentasche und starte die App.

Bitte kalibrieren, steht da. Ich muss das Handy hin und her und rauf und runter drehen. Dann ist es kalibriert. Wenn das bei mir auch so einfach ginge, ich wäre ein glücklicher Mensch. Mich kalibriert man nicht so schnell.

Früher hätte ich mich endgültig verirrt. Und wäre im Schneesturm gestorben. So wie es sich gehört. Die Bevölkerungsexplosion haben wir all diesen lebensrettenden Apps zu verdanken.

Binnen fünf Minuten stehe ich vor dem Supermarkt. Nach zehn Minuten bin ich wieder draußen. Meine Tüten wiegen geschätzt zehn Kilogramm. Ich kämpfe mich nach Hause.

Mein Verbindungsprofessor heißt Kamaal, sein Vater stammt aus Pakistan. Bei *Helena's* erzählt er mir von dem Stiftungsprogramm, das mich hierhergebracht hat. Er fragt mich, ob ich wissen wolle, wer vor mir schon hier war. Ich verneine entsetzt. Es gibt ein paar Autoren, bei denen will ich wirklich nicht wissen, dass ich auf einer von ihnen benutzten Matratze schlafe.

Gerade will ich ihm von meinen schauderhaften Nächten vorjammern, da sagt er:

»Ein Gast ist leider verstorben.«

Das hat er jetzt nicht gesagt, denke ich.

»Eine Frau aus Deutschland. Keine Schriftstellerin, eine Literaturwissenschaftlerin. Sie hat nur kurz bleiben wollen, eine Woche oder so. Und plötzlich haben wir sie nicht mehr gesehen. Keine Nachricht, nichts. Wir dachten schon, sie wäre vielleicht abgereist. Als wir in der Wohnung nach ihr schauten, fanden wir sie tot im Bett.«

»Woran ist sie denn gestorben?«

»Ich glaube, an einem Hirnschlag. Ich bin mir aber nicht sicher.«

Auf dem Nachhauseweg wird das Gezucke noch stärker. Mein Handy piept. Die Arztfreundin, der ich wegen der Déjà-vus geschrieben habe, hat geantwortet. Aus ihrer Sicht durchlebe ich eine psychotische Episode infolge des Alkohol- und Kokainentzugs, und obwohl sie sonst Benzodiazepinen vorsichtig gegenüberstehe, rate sie zum dosierten Einsatz von Xanor.

Dosiert? Natürlich dosiert. Volle Dosis, das mache ich ja schon längst. Und heute Nacht noch ein Extraxanor obendrauf, sonst schlafe ich nie ein.

Beim Duschen bemerke ich erste Konsequenzen meiner sexuellen Untätigkeit. Das könnte in den nächsten Wochen noch ärger werden. Ich hätte allmählich nichts gegen eine sexuelle Kalibrierung, muss ich feststellen.

Zumal Sex gegen Angst allgemein ganz gut ist. Sicher auch gegen Gespensterangst.

Tinder! Eine Freundin hat mir doch von ihren Casual-sex-Erlebnissen in San Francisco erzählt, die allesamt Resultat ihrer Tinder-Präsenz waren. Vielleicht findet sich auf dieser Plattform eine Frau, der mein Gesicht halbwegs erträglich erscheint. Zumindest so sehr, dass sie sich mit mir treffen möchte.

Installiert ist das ja schnell wieder, dieses Tinder. Ich suche ein paar attraktive Fotos von mir aus, und es geht los. Wenn man jemanden interessant findet, wischt man sein Bild nach rechts, andernfalls nach links. Bei jeder halbwegs ansehnlichen Frau wische ich nach rechts. Nun muss sie nurmehr bei meinem Foto auch nach rechts wischen, und wir haben ein Match. Ein Match bedeutet, beide gefallen einander und können nun beginnen, miteinander zu kommunizieren.

Bald beginne ich meine Taktik zu überdenken. Die durchschnittliche Tindernutzerin dieser Gegend ist eine adipöse Fundamentalchristin, die etwas gegen *hook-ups* hat und auf ihren Fotos bevorzugt mit fünf Freundinnen oder ihrem Hund posiert.

Erstaunlich, wozu das menschliche Erbgut imstande ist, denke ich, und im nächsten Moment wird mir klar, dass genau in dieser Sekunde höchstwahrscheinlich einige Frauen dasselbe über mich denken und nach links wischen.

Nachdem ich ein gutes Dutzend Déjà-vus hinter mich gebracht habe, schaue ich mir auf CNN eine Sendung über Atheisten an. In Aufbau und Ton erinnert sie an eine Dokumentation über ein neuentdecktes Buschvolk im Amazonasdelta. Danach folgt die Berichterstattung zum neuesten Polizeiübergriff gegen Schwarze. Das scheint hier bei den Sheriffs Standard zu sein. Aber mich deprimieren diese Berichte zunehmend, und ich schalte ab.

Auf Tinder ringe ich mich dazu durch, auch schon die Bilder von Frauen nach rechts zu wischen, die aussehen, als hätten sie vor kurzem ihre Männer im Keller gekocht. Bislang habe ich noch keine Matches.

Ich bin froh, dass es Netflix gibt. Ich schaue mir eine Folge *Fringe* an. Ich liebe *Fringe*. Danach versuche ich es der Abwechslung wegen mal mit *4400*. Urteil nach der ersten Folge: besser als gedacht.

Bei Tinder: kein Match. Die wollen mich alle nicht. Nicht einmal die Männerköchinnen wollen mich. Wie sehe ich eigentlich aus?

Ich probiere es mit einem neuen Foto von mir.

Ins Bett traue ich mich nicht.

Ich schlafe auf dem Sofa. Es ist viel zu klein dafür, aber was soll's. Ich lasse die Beine raushängen.

# TOKIO

Ein Leibwächter klopfte an die Tür und ließ ihn ein, ohne eine Antwort von drinnen abzuwarten. Tanaka stampfte Jonas mit ausgebreiteten Armen entgegen. Von Essen war ausnahmsweise nichts zu sehen, selbst der Schreibtisch war aufgeräumt. Auf der Ablage daneben entdeckte Jonas gar beschriebene Zettel.

»Sie sind wieder da!«, trompetete der Anwalt. »Ich bin entsetzt und angewidert!«

»Was ist mit Ihnen los, Tanaka? Zivilisieren Sie sich? Hier sieht es ja fast aus wie bei einem normalen Menschen.«

»Ich schreibe nicht immer auf Servietten, falls Sie das meinen. Das geschieht nur in Momenten äußerster Not, wenn ein Gedanke da eintrifft, wo kein Papier zur Hand ist. Wo haben Sie sich herumgetrieben?«

»Als wüssten Sie das nicht. Sie wissen doch immer, wo ich bin.«

»Das stimmt allerdings. Man muss über die Wege seiner Schutzbefohlenen auf dem Laufenden bleiben. Wie war es in Oslo?«

»Tanaka, ich muss ein bisschen zur Eile drängen, ich habe Termine. Was gibt es denn so Wichtiges?«

Der Anwalt wies mit ausladender Geste zum Tisch.

»Wollen Sie nicht erst …«

»Nein! Nein, ich will nichts essen!«

»Ich habe gemeint, wollen Sie nicht erst Platz nehmen.«

»Ach so.«

»Trotzdem, Sie sind ein kulinarischer Ignorant.«

»Nein, ich habe bloß keine Zeit!«

»Ausnahmsweise sehe ich über diese Unhöflichkeit hinweg,

schließlich will ich ja etwas von Ihnen. Kommen Sie, schauen Sie. Sehen Sie dieses Paket da?«

»Ja. Sie nicht?«

»Dieses Paket sollen Sie für mich nach London befördern.«

»Ich? Haben Sie denn keinen Kurierdienst?«

»Dafür nicht.«

»Verstehe. Der Inhalt ist heikel.«

»So ist es, und deshalb bitte ich Sie, es persönlich nach Europa zu bringen und einem Geschäftsfreund auszuhändigen. So, wie es hier liegt.«

»Ich bin doch nicht verrückt.«

»Das deckt sich nicht mit meinen Beobachtungen, aber …«

»Tanaka, glauben Sie, ich bin so leichtsinnig, ein Paket aus Ihrer Hand, von dessen Inhalt ich mich nicht überzeugt habe, durch verschiedene Sicherheitskontrollen zu schaffen? Machen Sie's auf.«

»Ich habe Ihren Argwohn vorausgesehen und deshalb ein Video vom Vorgang des Verpackens angefertigt. Hier, sehen Sie.«

Tanaka hielt ihm sein Mobiltelefon unter die Nase und drückte auf Abspielen.

»Sehr gerissen«, sagte Jonas. »Die Dame verpackt dieses Schmuckstück, der Film endet. Sie machen das Paket wieder auf, verstauen ein paar neuartige Designerdrogen darin, die aus dem unbedachten Konsumenten einen Zombie machen, und die Dame verschnürt das Paket auf die gleiche Art wie zuvor.«

»Diese Art von Geschäften finde ich abscheulich, wie Sie wissen. Was Sie hier in den zarten, aber sicheren Händen einer verpackungsgewandten Freundin sehen, ist der *Bunte Reiter*, eine sehr bekannte Kostbarkeit.«

»Habe davon gehört.«

»Dann wissen Sie vielleicht auch, dass dieses Wunderwerk der Juwelierkunst aus extrem dünnem Glas besteht, das mit Edelsteinen besetzt ist. Wenn dieses Glas bricht, ist der Reiter nurmehr die Edelsteine wert, die man an ihm verarbeitet hat, und verlöre somit zwei Drittel seines Wertes. Sie verstehen also, dass man mit der Verpa-

ckung keine feinmotorisch untalentierten Grobiane wie uns beide betrauen darf, weswegen ich diese Dame angeheuert habe, die mir dringend geraten hat, das Paket erst vom Empfänger wieder öffnen zu lassen.«

»Tanaka, daran ist doch etwas faul.«

»Natürlich ist daran etwas faul. Es ist hochgradig illegal, dieses Kunstwerk außer Landes zu schaffen.«

»Weil es eine Antiquität ist?«

»Weil es gestohlen ist.«

»Sehr lustig.«

»Das ist kein Witz. Es wurde vor ein paar Jahren gestohlen und ist nicht mehr aufgetaucht.«

»Tanaka, sind Sie übergeschnappt? Wollen Sie mich zum Komplizen einer Straftat machen? Seit wann sind Sie eigentlich Hehler? Für etwas Illegales bin ich nicht zu haben, tut mir leid.«

»Jonas, Sie haben jemanden mit einer Panzerfaust in Fetzen geschossen. Das ist auch nicht legal.«

»Das war doch etwas ganz anderes.«

»Schon richtig, aber den Einwand der Ungesetzlichkeit gilt es zurückzuweisen. Ob etwas legal ist oder nicht, ist Ihnen doch völlig gleichgültig.«

»So würde ich es nicht ausdrücken, aber …«

»Ich weiß, dass Sie nicht denken, Sie würden über dem Gesetz stehen, aber zu behaupten, Sie hätten nicht Ihre eigenen Vorstellungen von Recht und Ordnung, wäre unwahr. Überdies darf ich Ihnen versichern, dass gerade der moralische Aspekt dieser Transaktion auf Ihr Wohlwollen stoßen wird. Dieser Reiter ist Raubkunst. Er wurde in den dreißiger Jahren des vergangenen Jahrhunderts einer jüdischen Familie gestohlen, die man letztendlich ins Gas geschickt hat.«

»Das ist sehr traurig, aber wieso prozessieren die Erben nicht darum?«

»Erstens kann man nicht um etwas prozessieren, das gerade wieder gestohlen wurde und somit nicht auf dem Markt ist. Zweitens

geht es der Dame, in deren Besitz das Stück von Rechts wegen sein sollte, gesundheitlich nicht gut, weswegen Eile geboten ist. Und drittens: Soll das ein Scherz sein? Ich bin zweifellos kein ganz unbegabter Anwalt, aber geraubte Kunstwerke den rechtmäßigen Besitzern in einem Prozess zurückzugewinnen liegt auch weit außerhalb meiner Kompetenz. Das mag polemisch klingen, aber in Europa hat niemand ein Interesse daran, Juden etwas zurückzugeben. Die Erben der Diebe versuchen die Sache auszusitzen. So ein Rechtsstreit dauert Jahre. Deshalb habe ich ja meine Angebotspalette auch um diese alternative Form anwaltlicher Tätigkeit erweitert. Die alte Frau, deren Vater der Reiter gehörte und der von den Nazis umgebracht worden ist, soll ihn zurückhaben, ehe sie stirbt.«

»Das klingt ausgesprochen ehrenwert. Kann also nicht wahr sein. Wieso bitten Sie nicht einen Ihrer sonstigen Kuriere?«

»Mir wäre es sehr lieb, wenn dies jemand erledigt, zu dem ich besonderes Vertrauen habe.«

»Sie haben Vertrauen zu mir?«

»In Ihre Redlichkeit, ja. Außerdem haben Sie so viel Geld, dass Ihnen der Wert dieses Pakets egal ist. Sonst kenne ich nicht viele Menschen, auf die das zutrifft. Entweder sind die Leute reich oder redlich. Auf die Kombination dieser Eigenschaften stößt man selten.«

Jonas betrachtete das Paket. Es war eingewickelt wie eine Weinflasche. Das Geschenkpapier war von unauffälligem Hellblau. Um den Flaschenhals kringelte sich ein goldenes Schmuckband.

»Sehr raffiniert«, sagte Jonas.

»Kein Beamter vermutet in einer Weinflasche ein gestohlenes Kunstwerk.«

»Wie, dieser Reiter befindet sich in einer Flasche?«

»Stellen Sie sich nicht dümmer, als Sie sind! Da ist doch keine Weinflasche drin! Meine Freundin hat es dank ihrer Verpackungskunst geschafft, den *Bunten Reiter* in eine Weinflasche zu verwandeln, das haben Sie doch gesehen!«

»Was passiert, wenn ich erwischt werde?«

»Es könnten ein paar Jahre Gefängnis herausschauen. Deshalb

reisen Sie mit einem Diplomatenpass. Ich habe einen neuen für Sie. Hier, bitte! Diesmal ist es ein deutscher.«

Jonas starrte auf das Paket.

»In Ordnung, ich mache es«, sagte er.

»Das weiß ich«, sagte Tanaka. »Die Frage ist nur, wie schnell können Sie diese Flasche nach Europa bringen?«

»Ich hatte eigentlich vor …«

»Schaffen Sie es in drei Tagen?«

»Ich hatte eigentlich vor …«

»Wunderbar! Ich wusste, ich kann mich auf Sie verlassen!«

Tanaka hob den Hörer des Tischtelefons ab.

»Hallo? Ja? Bringen Sie uns …«

»Nichts da, Tanaka, ich muss los!«

»Wie?«, fragte Tanaka in den Hörer. »Nein. Nein, es bleibt bei zwei Portionen. Danke.«

Er legte auf. Jonas stand schon an der Tür.

»Was haben Sie denn so Wichtiges vor?«, fragte der Anwalt.

»Meine Flugstunde. Der Lehrer hat nur zwei Stunden Zeit, und ich will ihn nicht warten lassen.«

»Flugstunde? Sie meinen das also wirklich ernst?«

»Jetzt stellen Sie sich dumm, Tanaka. Sie kennen bestimmt schon Typ und Kennzeichen des Hubschraubers. Vermutlich wissen Sie sogar genau, wo er sich gerade befindet.«

»Stimmt. Setzen Sie sich trotzdem noch einmal. Ich habe ein Geschenk für Sie.«

»Ich weiß nicht, soll ich stehen bleiben, um schnell davonlaufen zu können, oder soll ich mich hinsetzen, weil mich dieses Geschenk sowieso umwerfen wird?«

»Wenn Sie meinen Rat hören wollen, nehmen Sie Platz.«

Jonas gehorchte.

»Also«, sagte Tanaka. »Zunächst müssen Sie wissen, dass ich Krebs habe. Ein unangenehmer Tumor, weil er …«

»Tanaka, hören Sie sofort damit auf! Ich habe keinerlei Todesbedarf mehr in meinem Leben!«

»Darüber wollte ich gar nicht reden. Ich werde nicht sterben, denn ich bin in guten Händen. Was Sie betrifft, so müssen Sie wissen, dass der Tumor an einer Stelle liegt, die eine Wachoperation erforderlich macht. Die sägen mir den Schädel auf und nehmen den Deckel ab, das müssen Sie sich vorstellen wie eine Konservendose …«

»Seien Sie auf der Stelle still!«

Tanaka schenkte ihm ein Glas Wasser ein und redete weiter. Er erklärte ihm alles.

»Tanaka, ich will dazu gar nichts mehr sagen.«

»Müssen Sie auch nicht.«

»Sie überleben mir die Sache, und damit hat es sich.«

»Von meiner Seite aus kann ich jede Bereitschaft dazu garantieren.«

»Na dann. Soll ich danke sagen?«

»Das liegt ganz bei Ihnen, mein junger Freund.«

# CARLISLE

Werner hat es mir vor ein paar Tagen erzählt, nun lese ich es auf allen österreichischen Nachrichtenportalen: Er verteidigt einen sechzehnjährigen IS-Aussteiger.

Werner nimmt seinen Beruf ernst. Einen richtigen Islamisten würde er aber wohl nicht verteidigen. Und mit Sicherheit weiß ich, dass er nicht die Anwaltschaft eines Kinderschänders übernehmen würde, er hat sich dazu einmal dahingehend geäußert, dass da die Polizei seinen Mandanten vor ihm selbst beschützen müsste. Aber ein IS-Aussteiger, das geht.

Wie es aussieht, hat der junge Mann in Syrien für den »Islamischen Staat« Verletzte transportiert, bis ihn eine Granate erwischte. Ihm fehlen eine Niere, ein Lungenflügel und die Milz. Laut Werner hatte er praktisch seine Eingeweide in der Hand. Was für mich die Frage aufwirft, ob der IS ein mobiles Spital mit hochqualifizierten Chirurgen umherfahren lässt. Das klingt nämlich nicht nach staubigem Feldlazarett.

Jedenfalls ist Werner gerade noch gefragter als sonst, nicht nur vonseiten der Medien.

»Jubiläum!«, schreit er mir aus meinem Bildschirm entgegen.

»Das zwanzigste Interview?«

»Nein, die fünfundzwanzigste Morddrohung, seit ich die Causa übernommen habe!«

»Gratuliere! Wo und wie?«

»Telefon, Email, in der Kanzlei, zu Hause, am Handy …«

»Du suchst dir aber auch immer den allerschlimmsten Irrsinn aus. Wieso finden eigentlich die ärgsten Verbrecher unweigerlich zu dir?«

»Das haben mich schon die Journalisten gefragt.«

»Und was hast du geantwortet?«

»Muss Karma sein.«

»Ach, so heißt das jetzt.«

Déjà-vu. Ich lasse mir nichts anmerken.

»Was ist los?«, fragt er. »Wieso zuckst du so?«

»Ich zucke nicht.«

»Die WEGA fragt, ob ich Personenschutz will.«

»Und?«

»Das wäre ja peinlich!«

Nach dem Gespräch mache ich mich auf den Weg zu *Helena's*. Es wird gezuckt.

Mittlerweile plagt mich ernsthaft die Sorge, gestorben zu sein. Sorge ist untertrieben, mich packt das nackte Grauen, wenn dieses Gefühl auftaucht. Schon jenseits der Wand zu sein und es nicht zu wissen.

Vielleicht ist es wahr. Wie soll ich das feststellen? Vielleicht bin ich sogar schon mehrmals gestorben, vielleicht passiert uns das allen immer wieder, nur dass es die meisten Menschen nicht bemerken? Vielleicht ist der Mann dort drüben erst gestern gestorben, weiß davon aber selbst nichts? Dies hier könnte die nächste Welt sein. Nur geringfügig und unscheinbar anders als die davor. Mit der Zeit lebt man sich ein.

An der Ampel das nächste Déjà-vu. Ich schreie auf und schlage mit der Faust gegen die Ampel. Eine Frau sagt etwas, von dem ich bloß das Wort »freak« zu verstehen glaube.

Ich wüsste gern, ob ich der Einzige mit diesem verunsichernden Hintergrundrauschen bin. Aber das kann man ja niemandem erzählen. Werner würde sich kranklachen. Mit psychischen Problemen sollte man lieber nicht zu ihm kommen, er wird da bloß rabiat. Sein Umgang mit seinen eigenen mentalen Schwierigkeiten ist eher rustikal, seine Selbsttherapie hat viel mit Wein und Schnaps zu tun. Was von meiner ja nicht weit entfernt ist. Ich stelle allerdings

fest, dass ich noch verstörendere Zustände habe, wenn ich *nicht* trinke und *nicht* kokse. So gesehen, müsste mir meine Krankenversicherung die Exzesse finanzieren.

Als ich an der Bosler Library vorbeikomme, wo sich mein Handy automatisch im WLAN anmeldet, piepst es in meiner Jacke.

*O Gott, eine German-Wings-Maschine ist abgestürzt*, schreibt Nina.

*Ist das dein Ernst?*, schreibe ich zurück.

*Wer macht denn über so etwas Witze?*, textet sie.

*Welcher Flug?*

*Barcelona-Düsseldorf.*

*Hast du die Flugnummer?*

…

*Hab sie*, schreibe ich. *4U9525.*

Jetzt aber schnell. Ohne mich darf kein Flugzeug abstürzen. Ich meine, mit mir darin schon gar nicht, doch ich muss von außen sofort Zeuge sein. Ich weiß nicht wieso, aber zwischen mir und dieser Art von Katastrophe gibt es eine unheimliche Verbindung. Ich muss ganz nahe dran sein. Immer. In diesem Fall überdies könnten Bekannte in der Maschine gewesen sein.

Flug 4U 9525. 4U steht für GermanWings.

9525. Ist das eine Absturzzahl? Mein erster Eindruck sagt ja. Natürlich könnte ich durch den bereits passierten Absturz beeinflusst sein, aber ich glaube das nicht. Ich habe immer schon Zahlen gesehen, für mich hat jede Zahl ein Gesicht oder wenigstens so etwas wie eine wiedererkennbare Form. Es gibt gute und bessere Zahlen, es gibt schlechte und gemeine Zahlen, und es gibt Zahlen, die sich vor mir verschließen. 9525 ist grau und schweigsam. Etwas Introvertiertes, etwas Abgewandtes, etwas, das zu niemandem gehören will. Keine böse Zahl. Eine Rätselzahl.

9526 wäre besser gewesen. Völlig unmotivierte Zahl. Faul.

Die Gabe, in Zahlen lesen zu können, macht einem den Aufenthalt an Gates übrigens nicht einfacher.

Auch von Daniel eine SMS: *Schalt CNN ein!*

*Hab's schon gehört! Weißt du Details?*

*Noch gar nichts. Scheint gerade erst passiert zu sein. Das ist wirklich entsetzlich.*

Bei *Helena's* stelle ich die Arbeit zurück. Ich könnte nicht arbeiten im Wissen, dass sich gerade die Dinge überschlagen.

Ich lese auf sechs Nachrichtenportalen gleichzeitig alle bekannten Details über den Absturz. Dann besuche ich flightradar24 und mehrere ähnliche Seiten. Anhand der Flighttracker kann ich den äußeren Rahmen dessen, was mit Flug 4U9525 passiert ist, genau nachvollziehen.

Start in Barcelona, normaler Aufstieg bis zu Flugebene 300. Die Maschine fliegt eine Weile in dieser Höhe, bis sie offenbar die Erlaubnis bekommt, höher zu steigen. Sie geht auf 38000 Fuß. Dort bleibt sie etwa drei Minuten, dann beginnt sie gleichmäßig zu sinken, wie im Landeanflug, nur dass sie nicht auf Düsseldorf zusteuert, sondern auf die Alpen. Acht Minuten nach Einleitung des Sinkfluges verschwindet sie vom Radar.

Da stimmt etwas nicht.

Irgendetwas passt hier nicht ins Bild. So einen Unfallverlauf habe ich noch nie gesehen. Das ist ein kontrollierter Sinkflug.

In den Berichten steht, die Flugleitung habe versucht, Kontakt mit der Maschine aufzunehmen, jedoch ab Beginn des von den Lotsen nicht genehmigten Sinkflugs keine Antwort mehr erhalten.

Was kann da oben passiert sein?

Ein Feuer? Dann wären sie anders runtergegangen. Vermutlich schneller, vermutlich hätten sie einen Notruf abgesetzt, aber vor allem wären sie nicht schnurgerade weiter auf die Berge zugeflogen, sondern hätten einen Flughafen angesteuert, es gibt einige in der Nähe.

Könnten sie bewusstlos geworden sein? Ja, aber der Sinkflug in den Berg und nicht Richtung Flughafen erklärt sich dadurch für mich noch nicht.

Oder es hat einen plötzlichen Druckabfall gegeben. Wenn das passiert, fallen die Sauerstoffmasken herunter, die man allerschnellstens aufsetzen muss, weil man sonst aufgrund der geringen Sauerstoffdichte rasch bewusstlos wird. Da der künstliche Sauerstoff nur etwa für eine Viertelstunde reicht, müssen die Piloten sich beeilen, auf eine Flughöhe zu sinken, in der atmen ohne Maske wieder möglich ist, also etwa auf 4000 Meter. Danach gilt es, schnell zu landen.

Das könnte es gewesen sein. Der Sinkflug macht da Sinn. Obwohl er mir dafür zu langsam aussieht. Und wieso haben sie nicht mehr auf die Funksprüche der Lotsen reagiert?

Die Kellnerin sieht mich komisch an. Wahrscheinlich, weil ich zucke und dem Déjà-vu die Faust entgegenrecke.

Der Unfall der Helios-Maschine 2005 fällt mir ein. Helios Flug 522, eigentlich eine brave Zahl, folgsam, ordnet sich anspruchslos ein, nur in den Augen der 5 blitzt etwas, aber nicht auffällig. Es war zu einem Druckabfall gekommen, den die Piloten entweder nicht bemerkt oder auf den sie unzulänglich reagiert hatten. Genau erinnere ich mich nicht, es könnte sein, dass es der Flug war, bei dem die Sauerstoffflaschen im Cockpit nicht funktioniert hatten, aber egal, jedenfalls schliefen alle Insassen inklusive der Piloten ihrem Tod entgegen. Die 737 flog noch stundenlang vom Autopiloten gesteuert weiter, bis ihr der Treibstoff ausging. Zuvor war sogar noch ein Steward ins Cockpit eingedrungen, hatte den Absturz jedoch nicht verhindern können.

Ich habe mich oft gefragt, was in diesem Flugbegleiter vorgegangen sein muss. Wie er erwacht und alles um ihn schläft. Wie er sich nach vorne zum Cockpit schleppt und die Piloten bewusstlos vorfindet. Wie er versucht, den Piloten wach zu bekommen. Wie er sich fragt, ob er mit seiner Erfahrung als Pilot von Kleinflugzeugen diese Situation lösen kann. Wie es schließlich in seinem Kopf düsterer und düsterer wird, wie sein Bewusstsein schwindet, wie er wieder wegdämmert. Oft habe ich mich gefragt, was er in diesem Geisterflugzeug gefühlt hat, dieser wahrhaft starke Mann, der als Einziger noch einmal zurückgekommen ist in die Welt, für wenige Minuten.

Jedenfalls könnte im GermanWings-Airbus vor wenigen Stunden etwas Ähnliches passiert sein.

Ich hole mir den nächsten Kaffee.

»Aooohhh … gägä houdey käm pol?«, fragt die Kellnerin.

»Excuse me?«, sage ich.

»Aoooohhh! Gägä houdey käm pol, truare foook, kos gräreyt. Juter.«

»Yes!«, Ich nicke begeistert.

»Your name?«

»Master Rudolf.«

Sie zuckt mit den Schultern und schlurft nach hinten zur Espressomaschine.

Zwei Stunden lang surfe ich von Nachrichtenseite zu Nachrichtenseite. Sogar italienische und französische lese ich, obwohl ich mit meinen Sprachkenntnissen nicht weit über die Headlines hinauskomme. Ich spiele mögliche Szenarien durch. Ich schreibe meinen Freunden in Barcelona und Düsseldorf SMS. Es gibt mehr in Barcelona als in Düsseldorf. Alle sind wohlauf.

Ich aktualisiere den Live-Ticker von SPON.

*Schulklasse an Bord.*

Ich klappe das Notebook zu.

# WESTSTEIERMARK

»Zwischen mir und Fernando ist es aus«, sagt Uriella.

Sie hat mich in ihr Schlafzimmer gerufen, wo es immer ein wenig muffig riecht, und nun sitze ich neben ihrem Bett auf einem Stuhl, während sie sich im Bett das Gesicht reibt.

»Ich habe Kopfweh«, sagt sie.

»Oje.«

»Fernando hat mich verlassen. Er hat eine andere.«

Diesen Fernando habe ich zweimal gesehen. Er arbeitet als Telefonist an der Rezeption des einzigen größeren Hotels der Gegend, ein Spanier oder Italiener mit dem Gesichtsausdruck eines Esels. Er dürfte nett sein, aber dass die beiden so etwas wie zusammen waren, ist mir entgangen. Zumal Uriella dreimal die Woche mit einem anderen Kerl im Schlafzimmer verschwindet.

»Männer sind alle gleich«, sagt sie.

»Tut mir leid«, sage ich, weil ich nicht weiß, was ich sonst sagen soll.

»Fernando war ein Weltmeister im Bett. Vorgestern habe ich noch mit ihm Feuerwehr gespielt. Weißt du, was das ist, Feuerwehr?«

»Nein.«

»Er hat in die Büsche geschifft. Ich habe mich hinter ihn gestellt und meinen Zeigefinger auf seinen Schwanz gedrückt, so dass die Pisse in alle Richtungen gespritzt ist. Er hat sich fast auf die Hose geschifft vor Lachen.«

Ich tue so, als würde ich das komisch finden.

»Ich habe solche Kopfschmerzen«, stöhnt sie. »Kannst du mir ein Aspro holen? Und ein Glas Wasser?«

Ich lasse mir Zeit. Ich will nicht darüber nachdenken, was sie da redet, aber es wird meine Gedanken den ganzen Tag beschäftigen, das weiß ich.

Als ich mit der Tablette und dem Wasserglas ins Schlafzimmer komme, sitzt sie aufrecht da. Ihr Nachthemd ist hochgerutscht, und zwischen ihren Beinen schimmert etwas Schwarzes.

Sie trinkt, ich schaue. Ich kann den Blick einfach nicht von dem da unten abwenden.

»Hast du schon eine Freundin?«, fragt sie.

Ich schüttele den Kopf.

»Nimm dir eine Achtzehnjährige. Eine, die ein paar Jahre älter ist als du. Die dir ordentlich bumsen beibringt.«

»Hm-hm«, mache ich. Es soll nach Zustimmung klingen.

»Lass schauen«, sagt sie. »Vielleicht hast du Filzläuse gekriegt.«

Mir wird heiß. Ich will das nicht. Gegen meinen Willen bekomme ich sofort einen Ständer.

»Los, pack aus«, sagt sie. »Ich schau dir schon nichts weg.«

Ich will nicht, und doch bin ich geil. Wie ferngesteuert nehme ich vor Uriella Aufstellung und ziehe die Hosen runter. Ihre Finger mit den knallrot lackierten Nägeln graben sich in den Knisterwald, der sich zunehmend in meinem Intimbereich ausbreitet. Danach fasst sie meinen Schwanz an. Es ist wie eine Explosion in meinem Kopf. Sie legt ihn zur Seite, tastet ihn ab, legt ihn auf die andere Seite, wuselt in den Haaren herum, sanft. Sie rollt die Vorhaut vor und zurück, vor und zurück. Ich halte den Atem an. Ich schlucke.

»Du hast einen großen Schwanz«, sagt sie. »Den Weibern wird das gefallen. Die Form ist auch schön. Nicht so gebogen wie manche. Und er wird noch größer. Er wächst, bis du achtzehn bist.«

Ich kann nichts sagen, und ich kann sie nicht ansehen. Ich schaue Richtung Schrank, aus dessen Türen eingeklemmte Blusen hervorlugen.

Sie schiebt so lange an meinem Schwanz herum, bis ich vorne ganz feucht bin. Dann sagt sie, es ist alles in Ordnung, ich kann mich anziehen.

In meinem Zimmer ziehe ich mich wieder aus. Ich hole mir einen runter. Das Gefühl danach ist furchtbar. Ich schäme mich. Kurz darauf bekomme ich auch wieder diese Bauchschmerzen. Es ist ein heftiges Schneiden in der Nabelgegend, so schmerzhaft, dass ich mich danach stundenlang nicht aufrichten kann, weil mich der Schmerz umbringen würde. Der Arzt sagt, er hat keine Ahnung, was das sein soll.

Im Augenblick ist es egal, dass ich nur zusammengekrümmt daliegen kann. Um nichts in der Welt würde ich jetzt hinausgehen. Ich höre Uriella in der Küche ihre Lieblingsmelodie pfeifen.

# CARLISLE

Ich gehe ohne festes Ziel durch den Ort. Es sind minus elf Grad, doch kalt ist mir nicht. Irgendwie verschlägt es mich in die Nähe des Supermarkts. Ich kaufe ein paar Sachen ein. Die Déjà-vus zähle ich nicht mehr. Ich bin vermutlich tot. Es gibt keine andere Erklärung. Es sind Restbilder meiner verwehten Existenz. Oder ich war nie am Leben und bin eine Romanfigur. Irgendetwas, das erzählt wird.

»Kommst du aus Deutschland?«, höre ich an der Kasse.

Ich schaue auf. Die Kassiererin hat gefragt. Eine dicke Schwarze, größer als ich, sie lächelt.

»Fast«, antworte ich, »woran hast du das gemerkt?«

»Na, weil ich dir zugehört habe!«

»Ich habe kein Wort gesagt.«

»Doch, hast du. Du hast geschimpft und die ganze Zeit etwas gemurmelt.«

»Und wieso kannst du Deutsch?«, frage ich.

»Ich bin aus Ansbach«, erklärt sie.

Wir wechseln kein weiteres Wort. Zumindest merke ich nichts davon. Ich bin jetzt ziemlich sicher, dass ich tot bin. Dass mich in einer amerikanischen Kleinstadt eine Schwarze aus Ansbach anspricht, kann nur bedeuten, dass ich tot bin. In einer neuen Welt gelandet.

Ich stehe kurz vor einer richtigen Panikattacke. Ich schwitze, mir ist plötzlich eiskalt, ich fühle meine Hände und meine Füße nicht, und ich kann den Kopf nicht heben.

Das *ist* eine Panikattacke. So ging es mir zuletzt bei einer Lesung in Stuttgart, vor der ich ein noch nicht zugelassenes Mittel gegen

den Drang, Alkohol zu trinken, eingeworfen hatte. Zum Glück waren zwei Ärzte im Publikum.

Aber jetzt ist keiner da.

Bei *Giant*, dem Supermarkt, der seinen Namen zu Recht trägt, gibt es ein kleines Café. Ich bestelle, ohne die Kellnerin anzusehen, weil ich den Kopf ja nicht heben kann. Es fühlt sich an, als hätte ich ein ungeheures Gewicht im Nacken. Ich setze mich mit dem Kaffee an die Theke und starre auf das Holz vor mir. Meine zitternden Finger spielen ohne mein Zutun mit dem Zuckerpäckchen. Ich hyperventiliere. Wenigstens das bekomme ich mit aller Willenskraft, die mir verblieben ist, in den Griff.

Was ist mit mir los?

Bin ich tot? Oder werde ich bloß geschrieben?

Ich nehme drei Xanor auf einmal. Ich sitze da und warte. Eine Stunde, zwei Stunden, drei, vier. Bis ich merke, dass ich jeden Moment vor Hunger vom Hocker falle.

Das ist ein gutes Zeichen. Ich stelle fest, ich kann den Kopf heben.

Natürlich esse ich wieder im *Bruge*. Die haben das beste Steak. Gewöhnlich esse ich erst nach dem Fitnesscenter, hole mir Proteine, aber heute ist alles durcheinandergeraten.

Eine Schulklasse, eine Schulklasse.

Das mit dem lieben Gott. Also lieb ist er schon mal nicht. Da braucht mir keiner was erzählen.

Die hübsche Kellnerin mit den dunklen Haaren scheint mich gern zu bedienen, und eigentlich bräuchte ich mal dringend wieder Sex. Wirklich dringend. Aber heute eher nicht. Obwohl die Xanor endlich ihre Wirkung tun. Ich gleite geschmeidig durch die Wirklichkeit oder durch das, was Wirklichkeit zu sein mir vorgaukelt.

Eine MMS von Daniel. Ich freue mich, die sind meistens aufbauend. Er steht neben einem Schreibtisch, an dem ein alter Kerl sitzt. Kommentar gibt es dazu keinen.

*Wer ist das?*, texte ich.

*Tom Stoppard!*

*Der Neonaziführer?*

Es ergießt sich eine Flut von Beschimpfungen über mich. Danach geht es mir besser.

Werner meldet sich über Facetime. Nach dem üblichen Austausch über den Alltag fällt mir auf, dass sein Unterarm eingegipst ist und in einer Schlinge liegt.

»Was hast du denn da angestellt?«

»Na ja.«

»Also was?«

Er war in einem Club mit zu steilen Stufen für betrunkene Anwälte.

»Spar dir das Grinsen«, sagt er.

Ich spare es mir nicht.

Am Abend berichten sie auf CNN, es sei der Copilot gewesen, er habe die Maschine absichtlich zum Absturz gebracht. Was bedeutet, wir haben es nicht mit Helios 2005, sondern mit Egypt Air 1999 zu tun. Damals ging der Copilot über dem Meer senkrecht nach unten, als er allein im Cockpit war. Der Kapitän schaffte es noch nach vorne, und bei dem folgenden Auf und Ab soll es in der Maschine sogar zeitweise Schwerelosigkeit gegeben haben wie bei einem Parabelflug der NASA. Man möchte sich nicht vorstellen, was sich die Passagiere da gedacht haben.

Auf Dauer sind solche Berichte nicht auszuhalten. Ich muss noch etwas essen. Konserven habe ich ja eingekauft. Wenn bloß der verdammte Gasherd funktionieren würde.

Ich versuche es wieder, auch Sisyphos hat nicht aufgegeben. Ich drücke den Knopf und zünde mit dem Feuerzeug an der Dings-Eisenplatte herum. Nichts. Ich lasse den Gasregler eine Weile auf Maximum und versuche dann wieder zu zündeln, den linken Arm wegen der erwarteten Stichflamme vor dem Gesicht. Nichts.

Dass ich das Gas nicht mal zischeln höre, kapiere ich einfach nicht. Vielleicht ist da etwas verstopft.

Als ich das Eisenplattendings anheben will, verbrenne ich mir die Finger.

# TOKIO

Jonas verzichtete aufs Frühstück. Er schaute aus dem Fenster. Es regnete. Der Himmel war schmutzig.

Ist das ein guter Tag oder ein schlechter Tag? Was haben wir für ein Datum? 23. Mai? Ein 23.5., das ist eine gute Zahl.

Im Krankenhaus musste er drei Stunden in der Teeküche warten, weil eine Gehirnblutung dazwischengekommen war. Endlich holte ihn Marie ab.

»Bist du noch immer sicher, dass du das tun willst?«, fragte sie ihn auf dem Weg zum OP.

»Auf alle Fälle.«

»Aber beschwere dich hinterher nicht.«

»Mache ich nicht.«

Vor dem Operationssaal bog sie plötzlich ab und zog ihn in ein Zimmer. Es war dunkel darin.

Er spürte ihre Hand an seiner Hose.

»Du bist verrückt«, sagte er.

»Nein«, sagte sie.

»Na dann ist's okay«, sagte er.

Als er nach ihr griff, spürte er, dass sie schon nackt war. Er hatte keine Ahnung, wie sie das in dieser Zeit geschafft hatte. Sie war noch feuchter als sonst, und sie atmete schnell. Er schob zwei Finger in sie. Es dauerte nur wenige Sekunden. Ihr Mund lag an seiner Schulter. Er merkte, dass sie die Zähne zusammenbiss.

Sie standen eine Minute still. Maries Atem kam zur Ruhe. Sie entwand sich ihm. Er spürte ihre Lippen an seinem Hals, seiner Brust,

an seinem Bauch. Sie glitt weiter nach unten. Er konnte nichts gegen diese Energie tun, die beinahe auf der Stelle in ihm emporstieg und aus ihm drängte.

Sie räusperte sich. Er hörte sie leise lachen. Sie fasste seinen Kopf und drückte ihn nach unten.

Sie hatte es ihm genau erklärt, dennoch hatte er nur die Hälfte davon behalten. Der Tumor saß an einer Stelle, an der es für den operierenden Arzt wichtig war, die Auswirkungen seiner Arbeit auf den Patienten kontrollieren zu können. Solange der Patient sprach, solange er kein wirres Zeug redete, lief alles nach Plan. Zumindest hatte er es so verstanden.

Jonas bemühte sich, den Desinfektionsgeruch im Operationssaal, der ihn an so viele schlimme Stunden erinnerte, zu ignorieren. Er stand mit geschlossenen Augen da und träumte sich weit weg. Nach hinten in der Zeit, nach Hause. Denn zu Hause, das ist die Kindheit. Und das bleibt sie.

Marie drehte sich zu ihm um. »Jetzt«, sagte sie.

Seit das Geräusch der Knochensäge nicht mehr zu hören war, ging es Jonas besser. Einmal hatte er befürchtet, es nicht auszuhalten und hinauslaufen zu müssen, doch der Würgereiz war wieder gewichen.

Die OP-Schwestern machten ihm Platz. Mit erhobenen Armen trat er an den Tisch heran, peinlich bemüht, nicht seine Maske verrutschen zu lassen.

»Alles okay?«, fragte Marie.

»Alles okay«, beteuerte er.

»Bei Ihnen auch?«

»Ja«, sagte Tanaka.

Die Stimme des Anwalts klang schwach. Er sprach schleppend.

»Da sind Sie ja. Immer herein in die gute Stube.«

»Tanaka, Sie sind pervers.«

»Ruhe«, befahl Marie. »Schnell. Schau. Hier hinein.«

Jonas bemühte sich, das Blut und die anderen unappetitlichen Details, die sich vor seinem Auge ausbreiteten, auszublenden. Nur das Wesentliche. Nichts anderes sehen.

Das also ist ein Gehirn. Ein lebendes, denkendes, funktionierendes Gehirn.

Dieses Organ gehört einem Menschen, den du kennst. Du kennst ihn gut, du kennst ihn lange. Du weißt, wie er spricht, wie er lächelt, wie er den Mund verzieht, wenn ihm etwas nicht gefällt. Und jetzt schaust du in seinen Kopf.

Dieses graue Etwas da. Darin sind die Träume und die Gedanken und die Welt.

Was du da siehst, ist sein Allerheiligstes. Nichts ist empfindlicher als das. Wenn man daran operiert wird, geht es um Mikrometer. Wer hier liegt, kann sich nicht sicher sein, diese Operation zu überleben. Und die, die hier operiert, ist deine Freundin. Das ist ihre Arbeit. Das tut sie für die Welt.

Und was tust du für die Welt?

»Wie gefällt Ihnen mein Gehirn, Jonas?«

Jonas suchte nach passenden Worten.

»Jonas, werden gerade Sie operiert oder ich? Sagen Sie etwas! Wie finden Sie mein Gehirn? Ist es hübsch?«

»Das kann er Ihnen auch hinterher erzählen. Los, jetzt raus mit dir! Fahr nach Hause, das hier könnte noch dauern.«

»Setzen Sie den Deckel aber nicht verkehrt rum auf«, hörte er Tanaka noch sagen.

# LONDON

Mit dem deutschen Diplomatenpass kam er problemlos durch alle Sicherheitskontrollen. Er übergab das Paket an einen schweigsamen alten Anwalt in dessen Kanzlei. Insgeheim hatte Jonas gehofft, der rechtmäßigen Besitzerin zu begegnen, doch Mr Stuyvesant, der Anwalt, ließ es bei einem höflichen, aber zurückhaltenden Mittagessen zu zweit bewenden.

»Wie geht es Herrn Tanaka?«, war seine persönlichste Frage.

»Er wird wohl wieder gesund.«

»Alles andere hätte mich überrascht.«

Mr Stuyvesant sah dabei nicht aus, als wäre er besonders glücklich darüber.

»Was passiert nun mit dem Kunstwerk?«, fragte Jonas. »Oder darf ich das nicht wissen?«

»Es wird nach Wien gebracht. Dort lebt die Erbin. Leider ist sie nicht mehr ganz bei sich. Ich weiß nicht, ob sie noch verstehen wird, was sie ausgehändigt bekommt und warum, doch es war der ausdrückliche Wunsch eines Klienten, es ihr vor ihrem Tod zurückzuerstatten.«

Auch in London war es kalt. Jonas hatte die Kälte so satt. Thailand lockte. Er flog nach Chanty-Mansijsk, Sibirien.

# CHANTY-MANSIJSK

In Chanty-Mansijsk hatte es bis zu minus 20 Grad. Dennoch ging er jeden Tag spazieren. An den Tagen, an denen er am allerwenigsten hinauswollte, zwang er sich eine zusätzliche halbe Stunde auf.

Hinter dem Hotel erstreckte sich ein tiefer, verschneiter Wald Richtung Berge. Er stapfte jedes Mal ein Stück weiter hinein. Manchmal dämmerte es bereits, wenn er das Hotel wieder vor sich sah, vor Kälte zitternd und kurz davor, einen Teil seines Bewusstseins an etwas Unbekanntes zu verlieren.

Ab und zu skypte er mit Marie. Sie hatte im Krankenhaus mehr zu tun als sonst. Wenn er sie in der Arbeit erwischte, winkten ihre Kolleginnen hinter ihr in die Kamera, ein paar warfen ihm Kusshände zu. Er hatte der ganzen Abteilung ein paar Kisten Wein geschickt.

Seit Tanakas Gehirnoperation bedauerte er, nicht selbst Medizin studiert zu haben. Sich auf Menschen einlassen, ihnen Zeit schenken, ihnen helfen – früher war das für ihn weit weg gewesen. Je älter er wurde, desto näher kamen ihm die Menschen.

»Hast du demnächst ein paar Tage frei?«, fragte er.

»Ich muss vorarbeiten«, sagte sie. »Sie geben mir für den Südpol Urlaub, aber bis dahin wird sich nicht viel ausgehen.«

»Das ist unverantwortlich. Ich möchte nicht von völlig übermüdeten Ärzten behandelt werden.«

»Wirst du aber ständig«, sagte sie. »Zumindest im Krankenhaus.«

Hinter ihr nickte ihre Kollegin Isabel heftig.

»Wie beruhigend.«

»Darf ich fragen, wie weit du mit der Planung bist?«, fragte Marie.

»Alles fertig«, sagte er.

»Was? Alles fertig? Alles vorbereitet? Und das sagst du mir nicht gleich? Wann geht es los? Ich muss doch hier Bescheid geben, ich brauche die Termine!«

»Im November fliegen wir nach Chile.«

»Das ist perfekt. Das ist großartig! Wann kommst du wieder?«

»In ein oder zwei Wochen.«

»Und wie lange bleibst du?«

»Solange du willst.«

»Ich werde kaum Zeit haben, aber für dich schinde ich so viele Stunden raus wie möglich! In meinen Dienstpausen lese ich alles über die Amundsen-Scott-Expeditionen. Weißt du etwas darüber?«

»Genug, um nichts davon nachmachen zu wollen.«

»Aber ich will es nachmachen, ich will genau das nachmachen!«

»Amundsen oder Scott?«

»Scott war ein richtiger Gentleman.«

»Ist aber draufgegangen.«

»Amundsen war unfair.«

»Hat aber überlebt.«

»Na ja, richtig nachmachen, mit Schlittenhunden, die wir unterwegs essen, darauf habe ich keine Lust. Aber die zwei Wochen für das letzte Stück, die nehmen wir uns. Das schaffen wir.«

Südpolpsychose, dachte er. Kann man wohl nicht ändern.

»Ein Alarm, ich muss nachsehen, ob sie mich brauchen. Bleib dran!«

Marie legte die Kopfhörer auf die Tastatur und verschwand aus dem Bild.

Gratuliere.

Ah. Hallo. Wozu?

Na zu der Frau.

Ist das jetzt ironisch gemeint?

Eigentlich nicht. Sie ist traumhaft schön, klug, hat Charisma, hat Titten, der Mund …

Würdest du dich bitte zusammenreißen?

Hab dich nicht so.

Du bist ja doch noch siebzehn.

Nein, genau genommen bin ich hier so etwas wie alterslos. Meine Triebe sind meine Triebe, ob siebzehn, siebzig oder tot.

O Gott, ist das ein Satz. In meinem Kopf sitzt mein toter bester Freund und redet solche Sachen.

In deinem Kopf sitze ich nicht. Wer würde sich da reinwagen? Hast du nicht die Sauerei in Tanakas Schädel gesehen? So ein Gehirn ist ein ekelhaftes Gewebe, ein stinkender Biocomputer. Ich bin nicht in deinem Kopf, ich schwebe um dich rum wie ein Geist aus einer Wunderlampe. Und Marie ist wirklich eine tolle Frau. Bloß diese Eigensinnigkeit würde ich mit ihr besprechen. Zum Südpol, ich meine, ein Haus in der Toskana und ein kleiner Kletterurlaub müssen auch reichen. Danach will sie womöglich zum Mars fliegen.

Das könnte allerdings passieren.

Und du würdest natürlich mitfliegen.

Da würde ich auch allein hinfliegen.

Maries Gesicht tauchte wieder am Bildschirm auf.

»Alles okay. Brauchen mich nicht. Muss trotzdem gleich weg.«

»Ist dir klar, wie gefährlich das ist, wenn wir nur zu zweit gehen?«, fragte er.

»Du bist doch dabei.«

»Ich bin aber kein Rettungshubschrauber.«

»Dafür bin ich Ärztin. Wir kommen klar.«

Sie hält sich für eine Figur aus einem Buch.

Verzieh dich aus meinen Gesprächen!

Sie wird erst dort merken, wie real eine Gletscherspalte ist.

Raus! Kann man nicht mal im eigenen Kopf Privatsphäre haben?

Leg sie lieber eine Woche lang flach, dann kommt sie gar nicht mehr auf solche Gedanken.

Pubertärer Rotzlöffel!

Auf dem Bildschirm winkte ihm Marie. Sie schnippte mit den Fingern, und die Verbindung war weg.

Im letzten Moment hatte sie ihm noch zugezwinkert. Auf diese

eine Art. Für so ein Zwinkern konnte man schon mal Reiche erobern oder ein bisschen morden. Oder zu einem Südpol laufen. Das war es wert.

Und das ist es ja wirklich.

Jetzt ist sie weg. Wegen dir komme ich nicht mal dazu, mit ihr ein anständiges Gespräch zu führen.

Verliebter Trottel.

Ja, und?

Schon gut. Ich gönne es dir. In jeder Hinsicht. Aber das mit dem Flachlegen …

Wenn du noch einmal dieses Wort gebrauchst, kann ich nie wieder Sex haben, ohne mir vorzustellen, dass du mir zusiehst.

Also das wäre sogar mir zu abartig.

# CHANTY-MANSIJSK – TOKIO

Statt nach Thailand, wo es schön gewesen wäre und warm und angenehm, flog er einmal um die Welt. Von Chanty-Mansijsk nach Jekaterinburg, von Jekaterinburg nach Moskau. Von Moskau nach Madrid. Von Madrid nach New York, von New York nach Chicago, von Chicago nach Los Angeles. Von Los Angeles nach Seoul, von Seoul nach Wladiwostok. Von Wladiwostok nach Ulan-Bator, von Ulan-Bator nach Nowosibirsk. Von Nowosibirsk nach Chanty-Mansijsk. An keinem Flughafen verließ er die Transitzone. Er benötigte sechs Tage, er schlief auf den Sitzen an den Gates. Wenn er nicht zu müde war, las er aktuelle Berichte über Expeditionen zum Südpol.

Von Chanty-Mansijsk machte er sich auf nach Tokio. Er wollte zu Marie. Er musste zu Marie. Und Tanakas Frechheiten gingen ihm auch bereits ab.

Egal, wie spät Marie nach Hause kam, sofort ging es los. Sie redeten über nichts anderes als den Südpol.

Ich bin zu schwach, um ihrer Energie etwas entgegenzusetzen, dachte er.

Und dann: Ich lüge.

Ich will selbst hin.

Warum, weiß ich nicht.

Aber ich

will.

Es

will.

Es wird gewollt in mir. In mir wird gewollt.

# CARLISLE

Nachdem sich der Elektroherd enttarnt hat, könnte ich kochen, aber mir ist nicht danach. Ich gehe zu *Issei*. Dort lachen sie auch schon, wenn sie mich sehen. Sie müssen nicht mehr fragen, ich esse Nummer 23 mit extra Garlic und a bowl of rice.

Der Copilot also. Ganze zwölf Stunden nach dieser Erkenntnis durchsuchen Ermittler seine Wohnung. Zwölf Stunden! Ich bin kein Kriminalist, aber wenn der Mann kein Alleintäter war, wonach es allerdings nicht aussieht, werden sich seine eventuellen Helfershelfer artig für die Zeit zum Spurenbeseitigen bedankt haben. Was ist eigentlich mit der deutschen Polizei los? Sind die auch hinter irgendeinem Anwalt her? Ein Glück, dass der Copilot kein klassischer Terrorist war, sondern einer, der in der Zeitung stehen wollte. Das hat er auch gut hingekriegt.

Jetzt bin ich gespannt, wann ich die ersten Erklärungsversuche seiner Tat zu lesen kriege. Auf die folgen dann unweigerlich die Relativierungsversuche. Ich vertrete den Standpunkt, dass nur jemand, der in einer hundertprozentigen Psychose mit Stimmenwirrwarr im Schädel steckt, nicht Gut und Böse unterscheiden kann und alle anderen sehr wohl verantwortlich sind für das, was sie tun, aber ich bin möglicherweise altmodisch.

Meine Déjà-vus lassen ein wenig nach. Das liegt vielleicht daran, dass ich etwas zu tun habe und mich nicht ständig darum kümmere, was in Wien und bei meinen Freunden passiert. Mir geht auch nichts davon ab, das Kind ausgenommen. Das jedoch sehr. Jeden Tag und den ganzen Tag.

Ständig dieselben Lokale zu besuchen ist wirklich nicht klug, erkenne ich und mache mich auf zu einem Streifzug.

Es wird wärmer, stelle ich fest.

Unterwegs checke ich meine Emails. Das österreichische Kulturinstitut lädt mich zu einer Lesung nach Tsontsontsintsin ein. Ein Student hätte gern ein Interview für seine Magisterarbeit. Eine Zeitschrift will mich zu einem Formel-1-Wochenende schicken. Da muss ich nicht lange nachdenken, wozu ich ja sage. Schnelle Autos finde ich grundsätzlich gut. Noch besser fände ich die Antarktis. Da wollte ich schon immer hin.

Ich stoße auf das *Courthouse Cafe*. Sieht etwas heruntergekommen aus, aber das stört mich nicht. Ich organisiere mir unter dem Namen Graf Zeppelin einen Becher Kaffee und setze mich vorne ans Fenster, wo ich Aussicht auf die Straße und das Rathaus habe.

Ich versuche mich zu konzentrieren, aber das ist schwierig, weil eine sichtlich kommunikationsunterversorgte alte Frau um mich herumstreicht. Gewöhnlich habe ich mit solchen Menschen Geduld. Ich finde es nicht gut, dass sich keiner um sie kümmert. Ein paar Worte da und dort werden wohl nicht zu viel verlangt sein. Aber erstens brauche ich Ruhe, zweitens fürchte ich mich derzeit, wenn mich jemand anspricht. Wie diese Frau aussieht, ist sie vermutlich tot, und da ich nicht der Einzige bin, der sie bemerkt, sind wir vermutlich alle tot.

Je häufiger mich der stechende Blick der alten Frau trifft, desto größer wird wieder meine Angst, tot zu sein. Ich versuche, die Mutter Teresa unter den Exfrauen zu erreichen, damit sie mich davon überzeugt, dass ich nicht tot bin, aber die führt gerade Schweizer Kulturjournalisten durch das Schloss Schönbrunn. Wenigstens erwische ich Werner. Sein Gesicht füllt den ganzen Bildschirm aus.

»Kannst du mir mit Sicherheit sagen, dass ich nicht tot bin?«, frage ich.

»Du bist ganz sicher tot, so wie du ausschaust.«

Ich hätte mir denken können, dass ich von dem nichts Vernünftiges zu erwarten habe. Wir besprechen seinen bevorstehenden Be-

such in New York, wo wir uns in zwei Wochen treffen wollen. Ich bin mir zwar nicht sicher, ob es eine schlaue Idee ist, uns beide auf diese Stadt loszulassen beziehungsweise umgekehrt, aber wir werden es schon überleben.

Wobei, vielleicht ist gerade das gar nicht mehr das Problem.

Die alte Frau spricht mich an. Ich erlebe ein gewaltiges Déjà-vu. Möglicherweise hat sie mich schon zuvor angesprochen, und ich kann mich bloß nicht erinnern? Ja? Nein. Oder? Vielleicht. Oder nein.

Was sich in meinem Kopf abspielt, übersteigt die Grenzen all dessen, was ich gewohnt bin. Wieso nur? Ich bin doch immer nüchtern.

Die alte Frau hat keine Zähne, und sie spricht mit dem bizarren Akzent der Leute hier. Deswegen verstehe ich erst nach einigen Wiederholungen, dass sie von meinem Notebook begeistert ist und auch gern eines hätte. Ich will ihr schon sagen, dass sie meines aber nicht kriegt, da erklärt sie, es sei ihr zu teuer gewesen, eines zu kaufen, es hätte 800 Dollar gekostet. Jetzt habe sie jedoch ein Schnäppchen gemacht, sie werde ein Jahr lang 26 Dollar wöchentlich zahlen, dann gehöre es ihr.

Vorsichtig erkundige ich mich, ob sie diesen Vertrag bereits abgeschlossen hat. Sie schüttelt den Kopf. Ich rechne ihr vor, dass sie auf diese Weise über 1300 Dollar ausgibt.

Sie denkt lange nach. Ich nutze die Gelegenheit, um zu verschwinden.

Eine SMS von Werner:

*Dein Pornopärchen hat mich überfallen!*

*Was? Wo?*

*In meiner Kanzlei. Sind einfach raufgekommen.*

*Was wollten sie?*

*Sie hat angedeutet, sie will mir gleich am Schreibtisch einen blasen.*

*Und wie sind die so?*

*Ein bisschen schmuddelig, ehrlich gesagt.*

*Wäh. Was hast du gemacht?*

*Na, ihnen gesagt, dass eine Stunde mit mir 500 Euro kostet, und den nächsten Klienten reingelassen.*

Eine SMS von meinem Vater:

*Du bist gerade ein Pferd. Du hast nicht genug Heu zu fressen gekriegt und wieherst zornig, weil dich ein Bauer erwischt hat und du einen schweren Karren mit viel Mist ziehen musst, der fürchterlich stinkt. Noch bevor du dich um 6 Uhr zurückverwandelst, wirst du ihm in den Kurac beißen, schwörst du dir.*

Ich wandere durch die West South Street und frage mich, wieso sich dieses Volk auf solche Straßennamen einlässt. West South St, East South St, 21st, 22nd. Das mag ja praktisch sein, aber mir ist das viel zu unpoetisch.

Außerdem ist die Benennung nach Himmelsrichtungen nur für Leute praktisch, die wissen, wo Norden und wo Süden ist. Ich zähle nicht zu ihnen. Mir könnte man auch eine North South Street einreden. Ich schaffe es sogar, mich im Badezimmer zu verirren.

Carlisle. Ein schöner Name. Es gibt schöne und weniger schöne Wörter, es gibt schöne und weniger schöne Ortsnamen. Carlisle klingt schön. Wien geht so. Hamburg ist schön. Rom und London auch. München eher unteres Mittelfeld. New York sehr schön. Amsterdam wunderschön, Rotterdam schön. Zürich eher nicht. Prag, na ja. Frankfurt, also bitte. Stockholm, sehr schön. Helsinki, ich weiß nicht. Paris klingt nicht so schön wie Nantes, Moskau nicht so schön wie Kiew, Seoul nicht so schön wie Pjöngjang. Und der schönste Name für einen Kontinent ist Asien. Asien schlägt Amerika, Amerika schlägt Europa, Europa schlägt Australien, Australien schlägt Afrika. Das Wort Afrika ist gelb und lang und hängt hässlich herab.

Oft frage ich mich, wie sich Ortsnamen entwickelt haben. Wir tun immer so, als wäre die Gegenwart etwas Absolutes. Wir haben keinen Begriff von Geschichte. Wenn man sich die Evolution vorstellt, wird einem schwindlig, aber so weit muss man gar nicht zurückgehen, es genügen ein paar Jahrhunderte. Alles war einmal anders. Was wir sehen, ist ein Wimpernschlag.

Ich bin in Carlisle. Ich bin schon eine ganze Weile in Carlisle. 40° 12' N, 77° 12' W. Da bin ich. Diese Zahlen geben meinen Aufenthaltsort an. Ein paarmal am Zahlenrad gedreht, und ich bin an einem völlig anderen Ort. Aber ich bin hier, und dort leben andere Menschen. Die sind nicht hier, und ich bin nicht dort.

Denke ich das womöglich, weil ich tot bin? Weil ich die Tatsache meines Todes vor mir verbergen will?

Wer denkt in mir?

Bin das ich?

# WESTSTEIERMARK

Es ist noch dunkel. Der Bus, der mich zum Flughafen bringt, schaukelt fürchterlich. Ich starre geradeaus, was normalerweise hilft, aber wenn es finster ist und der Fahrer irgendwie spinnt, hilft das auch nichts, und mir ist ziemlich mulmig. Was aber vielleicht gar nicht so sehr an den Kurven und dem Geisteskranken da vorne liegt. Dabei sollte ich mich freuen. Na ja, tue ich ja. Irgendwie.

Wenn ich daran denke, was in den vergangenen Tagen alles passiert ist, dreht sich mir der Kopf. Erst kam ein Anruf, ob ich eventuell bei der Jugend-Europameisterschaft im Schach mitspielen will und ob mich die Schule dafür freistellen würde. Ich wäre Ersatzmann. Und dann kam noch ein Anruf. Wenn ich will, bin ich dabei.

Plötzlich ist alles ganz schnell gegangen. Uriella hat keine Einwände gehabt. Beim Direktor scheint sie ein Glanzstück hingelegt zu haben, dem hat sie die zwei Wochen als geringen Preis für die Ehre verkauft, die der Schule durch meine Teilnahme zuteilwerden würde, und der war gleich ganz Feuer und Flamme. Er will Bezirksschulinspektor werden, deswegen ist er dafür sehr empfänglich. Er kann mich nicht ausstehen, dennoch bleckt er jedes Mal, wenn ich ihn sehen muss, etwa wenn ich für die Schule irgendein Turnier gewonnen habe, verlogen die Zähne. Er schleimt jeden so an. Dass er eine arschkriechende Ratte ist und ein abgefeimter Bösewicht, steht ihm ins Gesicht geschrieben. Aber so etwas sehe offenbar immer nur ich.

Meine Europameisterschaft stellt für mich sogar die Vorgänge um die Weltmeisterschaft in Moskau in den Schatten. Die ist nämlich vom Weltschachpräsidenten Campomanes beim Stand von 5:3 für

Karpow regelwidrig abgebrochen worden, vorgeblich deswegen, weil sie schon 48 Partien lang gedauert hat, aber das glaubt kein Mensch. Campomanes ist ein Freund von Karpow. Der hat schon 5:0 geführt, er hätte nur noch einen Sieg gebraucht, denn Weltmeister wird, wer als Erster sechs Partien gewinnt. Aber er hat keine mehr gewonnen. Kasparow ist immer stärker geworden, er hat auf 3:5 verkürzt, und nun springt Campomanes seinem Kumpel bei und legt eine Neuaustragung fest. Dieser Campomanes ist ein bisschen wie mein Direktor, nur dass der Kerl bei uns im Konferenzzimmer ein Bauer ist und der Schachboss ein Profi.

Als ich aussteige und der Fahrer meinen rissigen alten Koffer vor mir abstellt, ist alles still. Die Luft schmeckt nach Abenteuer. In einiger Entfernung glänzen auf dem Rollfeld die Flugzeuge im Morgenrot. Meine Beine sind weich.

Ein paar Minuten stehe ich da und warte. Holt mich niemand ab?

Der Minibus, der mich hergebracht hat, fährt davon. Ich wäre gern wieder drin.

Jugend-Europameisterschaft. Wieso habe ich zugesagt? Was will ich denn dort? Die Hälfte der Teilnehmer hat 200 Elo-Punkte mehr als ich. Und Ungarn, ich war noch nie in Ungarn. Ich kenne in Eger niemanden, ich weiß nicht einmal, wo das ist. Angeblich werde ich vom Betreuer der Deutschen mitbetreut. Deswegen muss ich jetzt auch allein nach Frankfurt fliegen, denn dort stoße ich zu den Deutschen.

Ich denke an Suux. Ich sehe ihr liebes Gesicht vor mir. Ich fühle mich gerade ziemlich verlassen, hier in der Kälte.

Für einen kurzen Moment stelle ich mir vor, Europameister zu werden. Und wie M. mich in der Schule ansehen würde. Dann übermannt mich wieder die Angst. Angst vor dem Flug, Angst vor dem Turnier, Angst vor dem Alleinsein, Angst vor den Deutschen, Angst vor allem. Mir ist schlecht vor Angst. Ich bin kurz davor zu heulen. Ich bin wütend auf mich, weil ich ja gesagt habe. Was ist mir da eingefallen? Was soll dieses Unternehmen bringen?

Eine Stewardess tritt auf mich zu, blickt auf die Papiere in ihrer Hand und fragt, ob ich ich bin. Sie ist stark geschminkt und wirkt traurig. Sie fragt, ob sie meinen Koffer nehmen soll, ich sage nein danke. Sie sagt etwas wie, ich sei ja ein kräftiger Bursche.

Ich mache einen Moment die Augen zu und atme durch. Erwachsene haben eine Gabe, Kindern mit Floskeln den Nerv zu ziehen. Kaum etwas auf der Welt lässt einen die Einsamkeit stärker spüren als das Nichts, das sich hinter solchen Sätzen verbirgt. Erwachsene vergessen so schnell, dass Kinder keine Kinder sind.

Trotzdem, ich bin froh, endlich ist jemand da. Auch wenn die Stewardess nicht mehr viel mit mir redet, sondern mich eilig zur Gepäckkontrolle, zur Passkontrolle, zur Ticketkontrolle und dann in einen Warteraum schiebt, in dem Männer in Anzügen und mit Aktenkoffern sitzen. Dort verabschiedet sie sich, ohne mich noch einmal anzusehen.

Ich suche mir einen Platz in einer Ecke und verstecke mich hinter einem Buch.

Fremde Gerüche, fremde Geräusche, fremde Blicke, fremde Gespenster in der Luft.

Manchmal kommt mir der Gedanke, ich bin aus irgendeinem Grund dazu verurteilt worden, mehr wahrzunehmen als andere. Und weil in der Welt mehr Schlechtes schwingt als Gutes, ist der einzige Platz, den ich je mein Heim nennen werde, mein Zimmer. Eines, das ich so selten verlasse und so gut kenne, dass ich mich schon mit den uralten Tassen und den geduldigen Regalen und dem netten Sessel und mit der melancholischen Spinne unterhalten kann.

Ein paar Minuten später kommt eine Durchsage. Alle stehen auf und gehen zu einer Tür. Und ich? Muss ich auch? Zaghaft setze ich mich in Bewegung, meinen Rucksack über der Schulter, in den ich ein Buch über Endspiele, eine Dose Cola und ein Milchbrot gepackt habe. An der Tür sagt eine andere Stewardess zu mir, dass ich ich sein muss, und ich nicke nur. Erstens, weil ich vor Beklemmung kein Wort herausbringe, und zweitens, weil mir die wahre Bedeu-

tung dessen, was sie gerade gesagt hat, bewusst wird und mir die Sprache verschlägt.

Ich muss ich sein. Und daran wird sich nie wieder etwas ändern. Ich bin ich, und das war's, damit hat sich's. So wie sie sie sein muss und die Frau mit der eckigen Brille neben mir die Frau mit der eckigen Brille sein muss und der Mann mit dem eleganten Mantel vor mir der Mann mit dem eleganten Mantel sein muss.

Der, der ich sein muss, steigt in ein Flugzeug, das in ein heftiges Gewitter gerät, und muss kotzen. Dem, der ich sein muss, wird von einer angewiderten Stewardess die Hose abgewischt. Der, der ich sein muss, hört Schreie anderer Passagiere, als es mit der kleinen Maschine auf und ab geht und hin und her, und der, der ich sein muss, ist sich sicher, dass er jetzt sterben muss, er ist eine Stunde lang sicher, dass er jetzt sterben muss, und er hätte gern jemanden neben sich, mit dem er darüber reden könnte, dass er jetzt sterben muss. Aber er muss jetzt noch nicht sterben, vielleicht weil er dem, der vielleicht über ihm ist, zehn Millionen Gutpunkte versprochen hat, und am Frankfurter Flughafen wird der, der ich sein muss, von einer anderen Stewardess in ein dunkles Zimmer gebracht, wo er allein zwei Stunden lang unter einer Decke, die trügerisch sauber riecht, in einem Bett liegen muss und warten, bis der deutsche Betreuer kommt, um ihn abzuholen. Und der, der ich sein muss, denkt in die Dunkelheit hinein, wie seltsam es ist und zugleich unbedeutend, dass er der sein muss, der er ist und der er immer bleiben wird, bis er eines Tages nicht mehr sein wird.

# CARLISLE

Ich bin in etwas geraten, das viel stärker ist als Alkohol.

# TOKIO

Tanaka fraß. Jonas sah ihm zu. Ab und zu schüttelte er den Kopf.

»Haben Sie noch irgendeine andere Krankheit, Tanaka?«

»Woran denken Sie?«

»Keine Ahnung.«

»In welche Richtung gehen Ihre Vermutungen?«

»Das sage ich lieber nicht.«

»Dann wäre es etwas Interessantes. Alles, was Sie nicht sagen, ist interessant, und umgekehrt.«

»Sie werden wirklich wieder gesund, wie?«

»Natürlich. Was kann ich für Sie tun?«

»Das mit dem Auto lassen wir«, sagte Jonas. »Ab jetzt verstecken Sie mich.«

»Wie darf ich das genau verstehen? Ich glaube zu wissen, was Ihnen vorschwebt, aber vielleicht möchten Sie konkreter werden.«

»Verstecken Sie mich in der Welt.«

»Wie stellen Sie sich das vor? Denken Sie an die Verwendung einer Augenbinde?«

»Narkose. Sie haben doch ein paar Ärzte an der Hand. Sie betäuben mich, bringen mich an einen von Ihnen gewählten Ort im Irgendwo oder im Nirgendwo, und wenn ich aufwache, sind Sie oder Ihre Schergen nicht mehr da, und ich muss mich alleine zurechtfinden.«

Tanaka leckte sich Ketchup aus dem Mundwinkel und nickte befriedigt.

»Jetzt sind Sie unwiderruflich verrückt geworden.«

»Kann sein.«

»Aber ich begrüße das. Endlich gibt es die Gelegenheit, die Welt von Ihnen zu befreien. Ich kenne eine Schotterhalde, die schreit seit langem nach Ihrem Kadaver.«

»Ja, die kenne ich auch«, sagte Jonas.

»Sie überraschen mich immer wieder«, sagte Tanaka. »Es gibt immer noch eine Steigerung Ihrer existentiellen Abwegigkeiten. Ponu hätte Sie geliebt.«

»Wer ist Ponu?«

»Ein japanischer Philosoph des 11. Jahrhunderts nach Christus, den ich erfunden habe und mit dem ich in Gesprächen auftrumpfe. Ponu hätte über Sie geschrieben. Er hätte Sie mit übermenschlichen Kräften ausgestattet. Reichen Sie mir bitte die Butter.«

»So etwas nennt er Butter«, sagte Jonas mit einem angewiderten Blick auf den Teller. »Holen Sie sich das Zeug selbst.«

»Wieso, wollen Sie in der Welt versteckt werden? Sie sind der freieste Mensch der Welt. Sie sind reich, Sie sind fast noch jung, Sie könnten auch etwas Vernünftiges mit Ihrer Zeit anstellen.«

»Das ist es eben. Wenn man alles kann und alles darf, hört die Freiheit auf, und man ist Gefangener seiner Möglichkeiten.«

»Das kann ich nicht ganz nachvollziehen. Aber ich bin auch nicht in Ihrer Lage.«

»Eines Tages erkläre ich es Ihnen.«

»Aber nun einmal im Ernst: Soll das ein Training sein? Für den Südpol?«

»Mit dem Südpol hat das nichts zu tun.«

»Womit dann?«

»Mit mir. Irgendwie. Ich weiß es nicht.«

Sie wurden von den Kellnern unterbrochen, die den nächsten Gang brachten. Nachdem Tanaka noch eine Flasche Rotwein bestellt hatte, sagte er:

»Was Ihren Wunsch anbelangt: Gibt es Einschränkungen?«

»Keine Schweinezuchtfarmen oder so«, sagte Jonas. »Ihnen traue ich alles zu. Und keine Räuberhöhlen. Keine Bürgerkriegsländer. Überleben würde ich schon gern.«

»Sie können mir vertrauen.«

»Ich sagte Ihnen schon, so blöd bin ich auch wieder nicht.«

»Was möchten Sie bei sich finden?«

»Genug Wasser, passende Kleidung. Meine Kreditkarte, kein Bargeld, einen iPod mit meiner Playlist und vollem Akku.«

»Noch etwas?«

»Nichts.«

»Kompass? Handy?«

»Nichts.«

# WESTSTEIERMARK

Ich stehe in der Küche und schenke mir Milch ein, da passiert es.

Wahrscheinlich sind es nur Zehntelsekunden, aber für mich dehnt sich die Zeit. Es dauert schmerzhaft lange, bis das Glas auf der Anrichte steht und ich mich bewegen kann, rennen kann. Zur Küchentür. Zur Haustür. Auf dem Weg singe ich und schreie ich und rudere mit den Armen, ohne zu wissen, ob das hilft. Dann bin ich draußen. Hinter mir steht die Tür offen, vor mir liegt die Straße, ein Auto fährt vorbei, danke dir, rotes Auto, danke dafür, dass es dich gibt.

Ich starre auf meine lächerlichen, zu klein gewordenen Filzpantoffeln und schwanke zwischen Wut und Verzweiflung.

Ich hasse es, wenn ich diese fremden Präsenzen fühle. Die Gespenster, die Geister, oder was auch immer mich da hin und wieder besucht. Ich bin sicher, dass es Verstorbene sind, und ich finde ihre Anwesenheit grauenerregend.

Ich erinnere mich an keine Zeit, in der ich sie nicht gespürt hätte, in der sie nicht zumindest ab und zu aufgetaucht wären. Das war schon so, als ich noch bei Suux gewohnt habe. Beim ersten Mal war ich drei oder vier, sehr viel älter kann ich nicht gewesen sein. Ich bin allein im Zimmer, und plötzlich ist da *etwas* oder *jemand*.

Ich bin früh draufgekommen, dass man das niemandem zu erzählen braucht. Es nimmt einen keiner ernst. Man steht da, hat eine Höllenangst und wird auch noch ausgelacht. Hilfreich ist das nicht. Zumal ich weiß, dass ich recht habe, es ist *wirklich* etwas da, ich bilde mir das nicht ein, da können sie sagen, was sie wollen. Von wegen, es gibt keine Gespenster. Nur weil ihr etwas nicht seht, heißt das noch lange nicht, dass es nicht existiert.

Wird man so als Erwachsener? Und wenn ja, liegt es daran, dass man im Kopf keinen Platz mehr für das Unsichtbare hat, weil einen die sichtbaren Dinge überfordern?

Suux' Wohnung ist eine einzige Gespensterhöhle, dagegen ist Uriellas Haus noch harmlos. Suux hat mir von den Klopfgeistern erzählt, die sie vor Jahrzehnten heimgesucht haben. Eingefangen hat sie sich die beim Tischrücken und anderen spiritistischen Sitzungen. Auch davon ist irgendetwas in dieser Wohnung geblieben. Ich merke so etwas. Als würden die Geister noch in den Möbeln stecken. Wenn eine Schranktür beim Öffnen quietscht, höre ich einen Toten ächzen, gestorben in den 1920ern.

So eine Neugier auf die andere Seite kann ich nicht verstehen. Ich denke oft an das, was nachher kommt, aber hier will ich damit nichts zu tun haben. Mit Geistern reden! Na danke. Sie stellen sich oft genug uneingeladen ein, da muss ich sie nicht auch noch bei Séancen herbeimurmeln.

Diese grausigen Präsenzen. Es ist, als würde sich manchmal ein Fenster nach drüben öffnen. Aber warum muss ich immer in der Nähe stehen?

Ich gehe zurück ins Haus und sehe nach, ob sich die Lage beruhigt hat. Die Tür lasse ich offen.

Ich fahre alle Antennen aus. Ich warte. Ich schaue mich um. Lausche. Warte.

Ich glaube, er oder sie ist weg.

Vielleicht bin ich auch wegen der anderen Sache nervös.

Alle Klassen des Jahrgangs waren auf Skiwoche. Bei mir war es keine ganze Woche, weil ich Markus ins Bett gepisst habe. Ich weiß nicht wieso, ich fand's gerade lustig. Markus hätte das nicht viel ausgemacht, er hätte mir dann eben auch ins Bett gepisst, aber wir hatten einen Denunzianten im Zimmer, den fetten Püttl, und wegen dem Speckschwein mit seiner ewigen Triefnase bin ich vorzeitig nach Hause geschickt worden. Nun schwebt die Gefahr des Schulausschlusses über mir, was ein großer Mist ist, weil ich schon aus

dem letzten dieser Verblödungsinstitute rausgeflogen bin, weil ich auf der Toilette ein paar Kabinentüren ausgehängt und aus dem dritten Stock geschmissen habe.

Ich mache mir Sorgen, was Uriella dazu sagen wird. Heute Abend erfährt sie es, denn ich muss ihr die Vorladung zum Direktor geben.

Ich spiele die berühmte Fischer-Partie nach, die er mit 13 gegen Robert Byrne gespielt hat. Ich kann sie auswendig. Sie macht mich jedes Mal fröhlich. Ich würde nicht sagen, dass sie besonders lehrreich wäre, dazu hat Byrne in der Eröffnung zu unvorsichtig agiert, wahrscheinlich weil er den Jungen unterschätzte und nicht wusste, dass ihm ein Monster gegenübersitzt. Sie ist trotzdem wunderschön. Keine Sinfonie, so wie die fünfte Partie 1972 gegen Spasski, eher eine schrille Serenade. Oder moderner ausgedrückt: Byrne-Fischer ist *Smoke on the water* von Deep Purple. Fischer-Spasski ist *Hey Jude*.

Ich liebe diese Partie. Ich liebe sogar das zerfledderte Buch, aus dem ich sie habe, und ich liebe seinen alten Geruch. Ich mag *Smoke on the water* vielleicht gerade wegen seiner Ungenauigkeiten. Ich habe großen Respekt vor Präzision, ich glaube allerdings, sie geht manchmal auf Kosten der Kraft. Aber nur Kraft und Wildheit können die Welt retten. Ich verehre Fischers Perfektion, keine Frage. Doch er war der Größte, weil er eben Kraft hatte und *auch* wild war.

Bei der Europameisterschaft ist es für mich nicht so gut gelaufen. Eigentlich war das abzusehen. Tendenziell verliere ich gegen Gleichaltrige, die höchstens gleich gut, mitunter sogar klar schwächer sind als ich. Meine Elo-Punkte hole ich mir gegen die Erwachsenen, die zu besiegen fällt mir viel leichter. Aber seither hänge ich jeden Tag noch länger über meinen Büchern. Ich lerne Eröffnungsvarianten auswendig, versuche hinter die Geheimnisse von Schwerfigurenendspielen zu kommen und lese zwischendurch etwas über Schachgeschichte.

Der größte Spieler aller Zeiten war Bobby Fischer, völlig klar. Er hat ganz allein die Russen besiegt. Ein Junge, der in seiner Wohnung in New York sitzt und nichts anderes tut, als Schach zu studieren und älter zu werden und sich mit der ganzen Welt anzulegen, bis er schließlich Weltmeister wird, allein, nur er, gegen alle. Aber mein Vorbild ist Emanuel Lasker. Weil, wie Milan Vidmar schreibt, man von ihm nichts lernen kann. Denn Ideen kann man nicht lernen. Ihn konnte man nicht ausrechnen, er war ein Chamäleon, das heute so spielte und morgen so, einmal offensiv, einmal defensiv, einmal schwerblütig-strategisch, ein anderes Mal mit taktischen Feuerwerken, immer dem jeweiligen Gegner angepasst.

So möchte ich auch werden: Einer, der überall zu Hause ist und nirgends. Von dem man nicht weiß, was und wie er spielen wird, weil er zu allem in der Lage ist. Bei dem es um Ideen geht, um das, was ihm einfällt in der Sekunde, in der es darauf ankommt. Mich fasziniert dieser Tanz am Abgrund, dieses blinde Finden, dieses Schöpfen aus Tiefen, die man selbst nicht mehr ermessen kann. Ich glaube nämlich nicht, dass Lasker wusste, woher seine Einfälle kamen. Da, wo er war, will ich auch hin.

Ich weiß nur nicht, ob ich mich traue.

An den Hunger werde ich mich nie gewöhnen. Weit und breit gibt es keinen Supermarkt, wo ich mir etwas besorgen könnte, kein Restaurant, kein Gasthaus, nichts. Es gibt nur eine Tankstelle, und die ist weit weg. Heute kracht mein Magen nach dem Schach aber so laut, dass ich mich überwinde und mit dem Rad den Berg hinunterfahre, um mir eine Wurstsemmel zu kaufen. Danach schiebe ich es die steile Straße hoch und ärgere mich schwarz, weil ich gefahren bin und nun in der Kälte schwitzen muss. Zudem bin ich oben nach der Wurstsemmel gleich wieder hungrig. Ich nehme mir ein Milchbrot, obwohl mir Milchbrot bis hierhin steht.

Uriella kommt am frühen Abend. Sie ist nicht besonders gut gelaunt. Aber irgendwann muss ich es ihr ja sagen. Verdruckst beichte ich ihr meine Skikurs-Einlage.

»Wieso hast du denn *das* gemacht?«

»Ich habe keine Ahnung, wirklich nicht. Einfach so.«

Sie bekommt einen Lachkrampf.

# CARLISLE

Mir geht es gut. Die Weltlage ist schlecht. Syrien und der Irak sind zu Schlachthäusern geworden. Im Mittelmeer sind erneut Hunderte Flüchtlinge ertrunken. Meine Facebook-Freunde schreien empört auf. Wir sind alle schuld, sagen sie, wir sind alle böse. Manchmal gibt es eine Art Selbstbezichtigungswettbewerb, wer uns am bösesten findet. Wer uns am bösesten findet, kann selbst eigentlich nur gut sein.

Auf CNN sieht man wieder Amateurvideos von Schwarzen, die von Polizisten umgebracht werden. Diesmal wählen die Ordnungshüter den ordinären Wirbelsäulenbruch.

In Deutschland wird der GermanWings-Absturz analysiert.

In Österreich wird nichts analysiert.

Hillary Clinton will Präsidentin werden. Ich schaue *House of Cards*. Mir wäre lieber, Frank Underwood würde Präsident werden. Mir wäre sogar lieber, Kevin Spacey würde Präsident werden.

Mir geht es gut.

Nur das Kind fehlt mir.

# CARLISLE

# ZUHAUSE

Dieses Mal übernachtete Jonas in Mikes Bett. Das hatte er nach dem Tod seines Zwillingsbruders wochenlang gemacht, ohne dadurch irgendeiner Lösung oder Erlösung näher gekommen zu sein. Der Schmerz von damals hatte sich in Wehmut verwandelt, die immerhin schon von heiteren Erinnerungen aufgerissen wurde.

Als sich Jonas beim Anziehen daran erinnerte, wie sich Mike einmal von Kopf bis Fuß mit Toilettenpapier eingewickelt hatte, weil er Roboter spielen wollte, und sich fürchterlich geärgert hatte, weil sie ihm eine Seriennummer auf das Papier gemalt hatten, musste er laut lachen. Es war vermutlich das erste Mal in diesem Zimmer seit vielen Jahren.

Zach stand in seinem prächtigen Kimono auf der Terrasse, Jonas den Rücken zugekehrt, den Wald vor sich.

Der führt etwas im Schilde, dachte Jonas. Wenn er so dasteht, führt er etwas im Schilde.

Der führt ganz sicher etwas im Schilde.

Bist du schon länger hier?

Ja und nein.

Wieder diese rätselhaften Bemerkungen. Erzähl mir etwas über den Tod.

Ich lebe lieber im Hier und Jetzt.

Ich nicht.

Kannst du dich noch erinnern, wie er am Anfang bei uns Eindruck schinden wollte?

Das war aber nicht nötig.

Allerdings. Er sieht noch immer zum Fürchten aus.

Na, dir kann er ja nichts mehr tun

Der könnte niemals einem von uns etwas tun. Ob tot oder lebendig. Ich glaube, mehr als uns beide hat er nie jemanden gemocht.

Jonas dachte an den Beginn ihrer Freundschaft mit Zach. Sagte man Freundschaft über die Beziehung zu jemandem, der alles in einem war, Onkel, großer Bruder, Lehrer, Freund? Er war sofort einer von ihnen gewesen, er hatte sofort dazugehört. Jonas beeindruckte, dass Zach sämtliche Stücke von Shakespeare im Original auswendig konnte, während Werner mehr von seinem einarmigen Handstand auf einem Tisch fasziniert war. Wäre nicht beim ersten Mal der Tisch unter ihm zusammengebrochen, wäre es eine humorlose Demonstration geblieben, doch so hatte selbst Picco Beifall geklatscht. Und die Beule hatten sie Zach über Nacht in Regenbogenfarben bemalt.

Zach drehte sich zu Jonas um.

»Bist du wieder fit?«, fragte er.

»Was meinst du?«

»Ob du wieder fit bist.«

»Nein! Alles, nur das nicht!«

»Bist du wieder fit?«

»Himmel!«

»Na dann los.«

»Welche Ausrüstung?«, fragte Jonas.

»Handschuhe.«

Es war ein altes Spiel. Früher war auch Werner dabei gewesen. Man ging so lange ziellos durch Wälder und über Berge, auf und ab, Tag und Nacht, bis einer aufgab oder umfiel. Damals war der Erste nach Hause getragen worden, die beiden anderen setzten den Marsch ohne ihn fort. Nun, zu zweit, war es stets Zach, der Jonas nach Hause tragen musste. Umgekehrt wäre es auch schwierig gewesen.

Der Rekord, aufgestellt von Zach, der eines Tages alleine weitergegangen war, lag bei über achtzig Stunden ununterbrochener Wan-

derschaft. Dabei bestand die Herausforderung dieses Spiels nicht so sehr in der körperlichen Anstrengung als vielmehr in seiner Sinnlosigkeit, in dem Wissen, dass sie ohne Ziel unterwegs waren und es auch keinen Preis geben würde, keinerlei Belohnung außer einem Händedruck. Und einem Kopfschütteln aller anderen, die das Spektakel verfolgten.

Nach sechsundzwanzig Stunden ließ sich Jonas in die Wiese fallen. Im selben Moment schlossen sich seine Augen, und er wusste, er würde sie so schnell nicht mehr öffnen. Er hörte noch ein anerkennendes Brummen Zachs, dann spürte er, wie er aufgehoben wurde, und fühlte sich plötzlich ganz leicht.

# CARLISLE

»Übrigens habe ich eine neue Putzfrau für dich gefunden. Ich glaube, sie arbeitet sich gerade durch das Chaos in deinem Bad.«

Diese harmlose, eigentlich erfreuliche Nachricht lässt bei mir Alarmsirenen aufheulen.

Offenbar sieht man mir den Schock auch über viele tausend Kilometer an, denn die Mutter Teresa unter den Exfrauen fragt:

»Hast du nicht gesagt, ich soll …«

»Ruf sie sofort an! Oder renn hin! Sie darf nicht unters Bett schauen!«

»Wieso denn nicht unters Bett … Oh.«

Sie fasst sich an die Nase. Ich schüttele den Kopf.

Wie ist das, wenn die mich abhören, hören sie auch Skype ab? Sehen sie uns? Wie mache ich Else codiert klar, dass unter dem Bett meine geladene .38er liegt, die auf neue Putzfrauen einen schlechten Eindruck machen könnte? Wir haben viele gemeinsame Codes, aber wenn man mal wirklich einen braucht, fällt mir keiner ein.

»Kronprinz Rudolf«, sage ich.

»Oh. OOOOOOOH.«

Else ist schlau.

»Ich bin sofort drüben«, sagt sie.

Eine Sekunde darauf dreht sich auf dem Bildschirm der leere Sessel. Ich trenne die Verbindung erst gar nicht, ich sitze da und warte. Hin und zurück zehn Minuten, wenn sie sich beeilt, acht, hoffentlich beeilt sie sich. Ich liebe meine Smith & Wesson, ich habe sie seit Jahren, bloß ist sie nicht angemeldet, die Seriennummer ist herausgefeilt, und ich habe keine Waffenbesitzkarte. Der Herr, der sie mir

verkauft hat, arbeitet derzeit in der Gefängnisküche von Stein an der Donau. Nachdem ihm die Eliteeinheit *Cobra* die Tür eingetreten hatte, beging er den Fehler, sich keinen Werner zu nehmen. Aber seine Kundschaft hat er nicht verraten, und deshalb kann mir nur ein Missgeschick wie eine Putzfrau zum Verhängnis werden.

Ich höre im Computer, wie die Wohnungstür zufällt.

»Alles ok«, keucht Else.

»Ja?«

»Ja, du Trottel«, sagt die beste Exfrau der Welt und ist klug genug, mir nicht übers Internet zu verraten, wo sie die Wumme in Sicherheit gebracht hat.

»Danke. Du hast was gut!«

»Ha! Ich hab schon viel gut!«

»Du kriegst ein Paar Dachstein-Schuhe!«

»Nur eines?«

»Okay, zwei! Such dir auf ihrer Website welche aus.«

»Was ist mit Manolo Blahnik?«

»Die haben sie nicht.«

Sie wedelt mit der Hand, womit sie meint, das war knapp, und ich nicke zerknirscht. Sie zeigt mir den Vogel.

?

Jonas erwachte auf einem freien Feld. Über ihm tanzte ein Mückenschwarm. Unter sich fühlte er die Feuchtigkeit der nackten Erde. Er setzte sich auf.

Es schien früher Nachmittag zu sein. Kühl. In einiger Entfernung zogen Wolken auf. Eine Straße war nirgends zu sehen, nicht einmal ein Weg.

Kein Mensch in der Nähe. Keinerlei Hinweise darauf, wo er sich befand. Nicht einmal beim Kontinent war er sich sicher. Wiese, Wald, ein Maisfeld, einige Flugzeuge am blauen Himmel.

Afrika ist es nicht, dachte er. Sonst könnte es fast alles sein. Gut gemacht, Tanaka.

Er hatte Kopfschmerzen und fühlte sich ausgetrocknet. Neben ihm stand ein Kanister Wasser. Daneben lag ein Zettel, mit einem Stein beschwert. Als er den Stein anhob, um zu lesen, was auf dem Zettel stand, fand er eine Tablette.

*Sie sagten zwar, nur Wasser, aber diese Schmerztablette werden Sie nehmen wollen. Ich bin anlässlich einer interessanten Begegnung mit einem Partner, von der ich Ihnen gern bei Gelegenheit erzählen werde, auch einmal mit diesem Mittel betäubt worden und weiß um die Nebenwirkungen. Bis demnächst. Tanaka.*

*PS: Wenn Sie einen winzigen Hinweis akzeptieren, drehen Sie den Zettel um. Keine Sorge, er verrät nichts Entscheidendes.*

Jonas schluckte die Tablette und trank den halben Kanister leer.

Welcher Tag war heute? Nicht, dass es eine besondere Rolle gespielt hätte. Die Dauer seiner Ohnmacht konnte aber immerhin einen Anhaltspunkt liefern, wo Tanaka ihn abgesetzt hatte.

Er drehte den Zettel um.

*Ich bin weit weg. Sehr weit. Tanaka.*

Er stand auf. Er war etwas wackelig auf den Beinen.

Mindestens 24 Stunden, dachte er.

In welche Richtung gehe ich?

Endlich ist es egal.

# WESTSTEIERMARK

Wie üblich liege ich im Morgengrauen eine Stunde wach. Denke, träume vor mich hin, höre Radio.

In der Sowjetunion gibt es einen neuen KPdSU-Vorsitzenden. Er heißt Gorbatschow und ist angeblich um einiges jünger als die letzten Parteichefs, die rasch weggestorben sind.

Ich mag die Kommunisten nicht. Ich mag Ronald Reagan. Margaret Thatcher hingegen ist mir unheimlich, sie erinnert mich an meine Physiklehrerin. Helmut Kohl mag ich auch nicht. Franz Vranitzky mag ich. Uriella ist links. Ich auch.

*Erinnert dich dieser Satz an Agatha Christie?*

Vor der Deutschstunde gehe ich noch einmal meine Notizen durch. Meine Mitschüler wissen nicht genau, was ein Referat ist und wie es aussehen soll, dementsprechend holprig sind die bisherigen Vorträge gewesen. Ich kenne das schon aus der alten Schule und bin da im Vorteil. Außerdem habe ich ein Thema gewählt, das mich interessiert. Nervös bin ich dennoch.

Ich mag es nicht, vor der Klasse zu sprechen. Kaum stehe ich an der Tafel, verliere ich den Faden. Ich stammele und habe das Gefühl, bloß Unsinn zu reden, was vermutlich auch stimmt.

Es läutet zur Stunde. Die Lehrerin hat Verspätung. Ich werde immer aufgeregter. Sie kommt, fragt, wer fehlt, erledigt die Eintragungen ins Klassenbuch und ruft mich nach vorne.

Mit Herzklopfen folge ich ihrer Aufforderung. Sie wirkt aufgekratzt, als hätte sie Ärger gehabt, was keine guten Voraussetzun-

gen sind. Auch wenn mir in Deutsch nichts passieren kann, will ich mich nicht wieder mit ihr herumstreiten. Ich habe sie schon zweimal bei Rechtschreibfehlern erwischt, daher mag sie mich in etwa so gern wie der Direktor.

»Es gibt verschiedene Arten, Selbstmord zu begehen«, erkläre ich meinen Klassenkameraden. »Alle haben ihre Vor- und Nachteile.«

Die Lehrerin blickt von ihren Zetteln auf. Man muss vorweg nicht angeben, worüber man referieren wird, und sie hat offenbar mit einem anderen Thema gerechnet.

»1. Sich aufhängen
Erhängen kann schnell gehen, kann lange dauern. Wenn der Strick zu kurz ist, baumelt man eine Viertelstunde unter furchtbaren Qualen, und ist er zu lang, reißt es einem den Kopf ab. Was zwar dem gewünschten Effekt entspricht, aber eine Sauerei hinterlässt und vielleicht auch schmerzhaft ist. Wichtig ist demnach die richtige Länge des Stricks. Bei idealer Fallhöhe bricht man sich das Genick und ist sofort tot. Es ist die mit Abstand häufigste Selbstmordart.
Bewertung: 7/10 Punkten.

2. Sich ertränken
Zu ertrinken ist ein grausamer Tod. Wer sich einen schweren Stein um den Hals hängt und in einen See springt, hält eine Minute die Luft an, auch wenn er sich gerade noch umbringen wollte. Grund dafür ist unser Überlebensinstinkt, denn der Körper ist nie so dumm wie der Kopf. Danach holt der Selbstmörder Luft und muss husten. Spätestens jetzt kommt die Panik. Er schluckt so lange Wasser, bis der Sauerstoffvorrat aufgebraucht ist, und wird schließlich bewusstlos.
Bewertung: 3/10.

3. Pulsadern aufschneiden
Sich die Pulsadern aufzuschneiden erfordert große Überwindung …«

Die Lehrerin klopft mit ihrem Kugelschreiber auf ihr Lehrerpult.

»Geht das jetzt so weiter?«

»Das geht so weiter.«

Sie scheint nicht recht zu wissen, was sie sagen soll.

»Sich die Pulsadern aufzuschneiden erfordert Überwindung. Man muss längs und darf nicht quer schneiden, sonst trennt man nur die Sehnen durch. Weh tut beides. Je nach Qualität des Schnittes kann es bis zum Tod ziemlich lang dauern, ein paar Stunden sogar, in denen man schwächer und schwächer wird. Gegen Ende soll man angenehm müde und ruhig werden, aber erstens, wer weiß, ob das stimmt, und zweitens muss man erst mal an dieses Ende kommen. Sich den Schmerz eines tiefen Schnitts zuzufügen und dann zuzusehen, wie man ausblutet, setzt wohl einen starken Todeswunsch voraus.
Bewertung: 5/10.

4. Erfrieren
Beim Erfrierungstod ist es ähnlich:«

»Jetzt reicht's dann«, sagt die Lehrerin.

»Nein«, ruft eine aus der ersten Reihe, von der ich geglaubt habe, sie mag mich nicht. »Ich will mehr hören!«

»Ich auch!«, ruft eine andere.

»Wirklich?«, fragt die Lehrerin. »Das ist doch grausig!«

»Nein!«, rufen mehrere. »Weiter!«

Die Lehrerin macht eine unschlüssige Handbewegung.

»Beim Erfrieren geht es ebenfalls darum, dass man es schnell hinter sich bringt. Das Ziel muss sein, die Körpertemperatur unter 32 Grad zu senken, dann können die Organe nicht mehr arbeiten, und

man dämmert weg. Wenn es so weit ist, soll es wie beim Verbluten gar nicht so schlimm sein, aber wenn man stundenlang friert, ist das bestimmt nicht angenehm. Alkohol scheint den Erfrierungsvorgang zu beschleunigen. Die Wahl, ob man sich in einer Winternacht in den Schnee legt oder im Sommer in eine Tiefkühltruhe, finde ich persönlich nicht leicht. Wobei die Tiefkühltruhe zusätzlich die Gefahr des vorzeitigen Erstickens mit sich bringt.
Bewertung: 4/10.

5. Erschießen
Der Klassiker. Sich erschießen gilt im Gegensatz zum Erhängen seit jeher als ehrenvoller Tod. Richtig durchgeführt bestimmt eine gute Option, allerdings kursieren Spekulationen und auch Märchen über die beste Technik.
Sehr populär ist der Ratschlag, den Mund mit Wasser zu füllen und dann die Pistole zwischen die Lippen zu schieben und abzudrücken. Warum das keine gute Idee ist? Weil es einem dabei einfach nur den Unterkiefer abfetzen kann. Dann steht man mit offenem Mund da.
Auch der Schuss in die Schläfe ist nicht sicher. Schon einige verhinderte Selbstmörder haben sich durch die Schläfenlappen geschossen und den Rest des Lebens mit schweren Hirnschäden im Bett oder im Rollstuhl verbracht. Ein entsprechendes Kaliber des Projektils vorausgesetzt, ist es am besten, sich von oben in die Mitte des Schädeldachs zu schießen oder ins Genick, wie es der deutsche Terrorist Baader gemacht hat. Letzteres erfordert eine gewisse Gelenkigkeit. Ich würde mir ins Herz schießen, aber das sollte man nur tun, wenn man genau weiß, wo das Herz sitzt.
Bewertung: 8/10.

6. Sturz aus großer Höhe
Je höher, desto besser, lautet die Devise. Damit man einigermaßen sicher sein kann, nicht zu überleben, ist ein Sprung aus einem Flugzeug natürlich ideal, aber wenn kein Flugzeug zur Hand ist, tut es

ein Hochhaus auch. Im Fallen werden Geschwindigkeiten von bis zu 200 km/h erreicht, zumindest bei Wolkenkratzern, die es bei uns leider nicht gibt. Je geringer die Fallhöhe, desto wahrscheinlicher ist es, gelähmt aufzuwachen oder überhaupt für immer im Koma zu liegen. Außerdem soll die Zeit, in der man fällt, sehr unerfreulich sein. Die meisten überlegen es sich auf dem Weg nach unten wieder, berichten die, die es überlebt haben. Wenn man zum Beispiel vom Dach des World Trade Center in New York springt, dem höchsten Gebäude der Welt, hat man viel Zeit, seine Entscheidung zu bereuen, denn es ist 400 Meter hoch.
Bewertung: 4/10.

7. Stromschlag
Eine unterschätzte Methode. Sich in eine Badewanne zu legen und einen Föhn oder ein Radio ins Wasser zu werfen, kann einen schnellen Tod zur Folge haben, man muss jedoch darauf achten, dass sich das Herz unter der Wasserlinie befindet. Dann kann nicht viel schiefgehen. Es ist zwar bei solchen Selbstmordversuchen schon zu Missgeschicken gekommen, und der Selbstmordkandidat war nicht gleich tot, sondern erlitt eine Atemlähmung, was ganz bestimmt kein gemütlicher Tod ist, aber mit einiger Wahrscheinlichkeit hat man nicht zu leiden.
Bewertung: 8/10.

8. Zug
Sehr verbreitet, aber erstens hässlich und zweitens unfair dem Lokführer gegenüber, der damit leben muss, einen Menschen getötet zu haben. Anna Karenina hat sich vor den Zug geworfen. *Anna Karenina* ist ein Buch von Tolstoi. Tolstoi schreibt nicht, was ihr passiert ist, aber ich kann es euch sagen: Der Zug hat sie zerstückelt, jedenfalls, wenn sie sich vor den fahrenden Zug gestellt hat. Manche legen den Kopf auf die Schienen, um ihn sich abtrennen zu lassen. Bei beiden Varianten muss man die Wartezeit einberechnen. Viele springen im letzten Moment vom Gleis, andere stehen mit ausgebreiteten Ar-

men da und lassen sich überfahren. Angeblich fliegen die Gliedmaßen nur so in der Gegend rum.
Bewertung: 2/10.«

»Mir ist schlecht«, sagt die Lehrerin.

Die ganze Klasse lacht. Es wird aber schnell wieder still.

»9. Tabletten
Tabletten sind mit Gift gleichzusetzen, und der Tod durch Gift kommt seit Jahrtausenden als Mord und Selbstmord vor. Der bekannteste Fall ist wohl Sokrates, der dazu verurteilt wurde, den Schierlingsbecher zu trinken. Beim Tod durch Gift gibt es eine ganze Palette von Möglichkeiten, aus dem Leben zu scheiden, was bedeutet, es gibt auch eine große Zahl an Möglichkeiten, Fehler zu machen.
Gifte wie Zyankali, die verlässlich, aber schmerzhaft wirken, sind schwer zu bekommen, also konzentrieren wir uns auf Tabletten. Hier ist die wichtigste Frage die nach Stärke und Menge. Was nicht bedeutet, dass jemand, der 80 Schlaftabletten schluckt, sicher sein kann, tot aufzuwachen. Oftmals wehrt sich der Körper durch einen Würgereiz, wodurch die Tabletten wieder oral ausgeschieden werden …«

Die Lehrerin freut sich über die entdeckte Methode, ausnahmsweise die Klasse zu unterhalten, und gibt einen Würgelaut von sich. Alle lachen, alle verstummen gleich wieder.

»Davon abgesehen besteht bei Tabletten immer die Möglichkeit, nach unsachgemäßer Anwendung geistige Dauerschäden davonzutragen. Suizid durch Tabletten ist ansonsten empfehlenswert. Man schläft schmerzlos ein. Die Beschaffung ist schwierig, die Apotheke gibt nicht so einfach in großen Mengen Schlafmittel heraus.
Bewertung: 9/10.

10. Autos
Über den Selbstmord durch Auspuffgase habe ich in der Bibliothek nicht viel gefunden. Jemand, der Auspuffgase durch einen Schlauch in das Fahrzeuginnere leitet, stirbt an einer Kohlenmonoxidvergiftung, und ob zu der zu raten ist oder nicht, weiß ich nicht. Wir könnten den Schularzt fragen. Worüber ich mich informieren konnte, ist der Selbstmord durch Autounfall. Es kommt immer wieder vor, dass Menschen mit dem Wagen gegen Tunnelportale oder entgegenkommende Autos rasen. Ich glaube, ich brauche euch nicht zu sagen, wie unsicher das ist. Autounfälle kann man immer überleben, es sind schon die schlimmsten Katastrophen überlebt worden. Außerdem zieht man bei einer Kollision mit einem anderen Fahrzeug Unschuldige mit hinein.
Bewertung: 1/10.«

»Habe ich irgendetwas vergessen?«, frage ich.

»Ganz bestimmt nicht!«, tönt es vom Lehrerpult.

»Was ist mit sich selbst erstechen?«, fragt die, die mich nicht mag.

»Wegen Praxisferne nicht berücksichtigt worden. Man kann sich selbst nur schwer erstechen. Der Schmerz ist zu stark, die Hand zuckt zurück. Allerdings rennen manche Menschen mit angesetztem Messer gegen eine Wand.«

»Aber es gibt Harakiri!«

»Stimmt. Aber das ist eine rituelle Selbsttötungsart. Dabei schlägt einem der beste Freund zudem sofort mit einem Schwert gnadenhalber den Kopf ab. Kommt bei uns nicht oft vor.«

»Und verbrennen?«, fragt eine andere.

»Das habe ich vergessen«, gestehe ich. »Aber wer verbrennt sich denn selbst? 1/10!«

»Danke, ich glaube, wir haben genug gehört«, sagt die Lehrerin. »Oder kommt noch was?«

»Allerdings«, beharre ich. »Es geht in meinem Referat um Selbstmord, und es wäre unvollständig ohne den vorgetäuschten Selbstmordversuch.«

»Was soll das sein?«

»Manche Menschen, die einen Selbstmordversuch unternehmen, wollen in Wahrheit gar nicht sterben. Es handelt sich um einen Hilferuf …«

»Setz dich hin. Du kriegst einen Einser, aber mach bitte, dass du nach hinten kommst …«

Die Klasse lacht und applaudiert. Ein seltsames Gefühl. Ich glaube, heute haben sie mich das erste Mal akzeptiert. Also nicht, dass ich das brauchen würde. Klar, es ist einfacher, wenn einen die Menschen mögen. Aber in Wahrheit kann man das sich nicht aussuchen. Und wenn mir jetzt einer sagt, anpassen und schmeicheln könnte helfen, dann sage ich: Freund, dann respektieren sie dich nicht einmal mehr.

Ich setze mich. Ich bin glücklich. Manche in der Klasse zeigen mir den nach oben gestreckten Daumen. Dabei bin ich gar nicht fertig geworden, die zwei interessantesten Punkte haben noch gefehlt:

Tut sterben weh?

und

Was kommt danach?

# CARLISLE

Nina hat mir einen neuen Entwurf geschickt. Meinen Schmetterlingsgorilla, den ich mir tätowieren lassen will, weil das Spaghettimonster auf meinem Oberarm einsam ist. Schmetterlingsgorilla nennt sie mich manchmal, weil sie findet, ich sei eine Mischung aus Gorilla und Schmetterling.

Die Zeichnung ist gut. Könnte als Vorlage taugen. Nur der Ausdruck im Gesicht des Gorillas ist mir zu unfreundlich. Ich schaue zwar oft unfreundlich, aber ich bin nicht unfreundlich.

*Kannst du das noch ändern?*, frage ich.

*Ich mache lieber eine neue. Er sieht dir nicht ähnlich, er ist zu dünn.*

*Frechheit.*

*Ich meine: zu wenig stattlich!*

Mein Computer dudelt. Ich weiß nie, ob es Facetime oder Skype ist. Skype. Bei Ela nehme ich den Anruf an.

Ela ist ohnedies hübsch, aber entweder steht ihr ein Computerbildschirm gut, oder sie ist noch hübscher geworden. Es könnte auch ihr Lachen sein. Sie tut nämlich wieder einmal minutenlang nichts anderes, als zu lachen.

»Ela, bitte … Ich würde so gern mitlachen.«

Jedes Mal, wenn sie versucht, die Geschichte zu erzählen, schafft sie nur eineinhalb Sätze. Ich höre also in Raten, was mir diesmal zur Last gelegt wird. Es geht um meine Lesung in einem Literaturhotel in der Steiermark, die vor ein paar Monaten stattgefunden hat. Ich habe ohnehin im Hinterkopf, dass da irgendetwas war, aber ich erinnere mich an nichts.

»Also die Lesung war angeblich noch ganz okay, aber danach gab es keine Autogramme und Widmungen, weil du gesagt hast, du musst kacken.«

»So ein Schwachsinn. Daran erinnere ich mich noch. So etwas habe ich nicht gesagt, und so etwas würde ich auch nie sagen. Ich habe gesagt, ich muss kurz zur Toilette, und ich musste auch nicht dings, sondern war, na ja, tralala.«

»Gut, das hätte ich mir denken können. Jedenfalls hat die Chefin dich zwei Stunden später im Panoramalift nach unten getroffen, da hattest du Hose und Unterhose bis zu den Knöcheln runtergelassen. Sie hat noch nett gemeint, wollen Sie sich nicht doch lieber etwas anziehen, damit Sie sich nicht verkühlen? Worauf du gesagt hast, hahahahahaha …«

»Na komm schon, was habe ich gesagt?«

»Du hast gesagt … hahahaha … Du hast gesagt, nein, das passt schon, du fährst runter ins Wellness, ahahahahahahahahaha …«

»Das kann doch nicht sein.«

»Der Wirt sagte übrigens, er verliert kein Wort über deinen Besuch, denn er mag dich.«

»Das klingt nicht gut.«

»Aber das Personal hat geredet. Die haben mir erzählt, dass dich die Frühschicht in der Lobby gefunden hat, eine Flasche Wein umarmend.«

»Oh.«

»Und auf der Rechnung waren … hahahaha … auf deiner Rechnung waren neun Flaschen Wein! Und das Beste ist ja … hahahahaha …«

Jetzt kann sie nicht mehr. Sie weint. Ich hole mir bei der Kellnerin Kaffee. Als ich mir wieder die Hörer in die Ohren stöpsle, hat sich Ela gefangen.

»Das Beste ist ja, hahaha, ich habe dich am Tag nach der Lesung angerufen, daran erinnere ich mich gut, und gefragt, wie es war, und du hast nur gesagt, ja eh. Ja eh! Sonst nichts! Hahahahaha, das ist also völlig normal bei dir, hahahahahaha …«

»Ja, was soll ich denn sagen?«

Ihr Freund Fipsi kommt. Er heißt eigentlich Hochmair und ist Schauspieler, dementsprechend viel Aufmerksamkeit braucht er, und Ela muss das Gespräch beenden. Sie sieht aus, als würde sie vor Lachen ersticken.

Ich finde es schön, Ursache guter Laune zu sein. Aber wenn der Heiterkeit solche Exzesse zugrunde liegen, gibt mir das zu denken. Und dass ich mich an so wenig erinnere. Mein halbes Leben ist irgendwo verschwunden. Zumindest die Hälfte der vergangenen Jahre. Das passt mir nicht. Es waren bestimmt auch ein paar gute Dinge dabei.

?

Jonas erwachte zwischen zwei Autos. Obwohl sich in seinem Kopf alles drehte, nahm er wahr, dass er in einer Gasse lag, in einer Sackgasse, und zwar in einer größeren Stadt. Viel Autolärm, viele Tauben, viele Gerüche, alte Bausubstanz, viel gestaute Hitze. Ein Muezzin rief gerade zum Gebet.

Zu leicht. Beim letzten Mal, Peru, zwanzig Kilometer vom nächsten Haus entfernt, ja, das war ein Meisterstück. Aber das hier?

Das kannst du besser, Tanaka, dachte er noch, als er aufstand, einen Sekundenbruchteil, ehe er bemerkte, dass er als Freiheitsstatue verkleidet war und unter dem Kostüm nicht das Geringste trug.

Neben ihm: kein Handy, kein Wasser, kein Geld, nur eine graue Fackel aus Plastik.

Vielleicht bleibe ich doch noch ein wenig sitzen, dachte er.

Ja, das wird gut sein.

Bist du gekommen, um mich zu ärgern, oder ist es ein Freundschaftsbesuch?

Mir brauchst du nichts vorzumachen. Du liebst es, wenn ich dich ärgere.

Stimmt.

Also beschwer dich nicht. Was soll der Blödsinn, kannst du mir das erklären?

Das ist kompliziert.

Hast du dich mal angesehen? Wie du ausschaust? Hahahahaha!

Du bist unmöglich. Sag mir lieber, ob hinter dieser Mauer jemand ist.

Nein. Ist niemand da.

Danke.

Jonas kletterte über die Mauer. Sekunden später hetzte eine Meute Polizisten hinter ihm her.

Blöder Hund!

Hahahaha!

Sausack!

Hahahaha!

# WESTSTEIERMARK

Die Deutschlehrerin ist fünf Minuten nach dem Läuten immer noch nicht da. Wir hoffen bereits, dass die Stunde ganz ausfällt, die Doppelstunde gar, weil sie und der Geographielehrer aus irgendeinem Grund heute getauscht haben.

Gerüchte gehen um. Sie ist krank. Sie ist betrunken. Sie ist schwanger. Dann kommt sie doch, etwas atemlos, und verteilt Papierbögen.

»Erst umdrehen, wenn ich das Kommando gebe!«

»Tests und Schularbeiten müssen angekündigt werden, und zwar eine Woche im Voraus!«

Einige drehen sich um und glotzen mich an. Ich habe vor ein paar Monaten das Schulunterrichtsgesetz gelesen und bin mir meiner Sache sicher.

»Woher willst du wissen, dass es etwas davon ist?«, fragt sie.

»Was ist es dann?«, fragt die in der ersten Reihe, die sich als Liebling der Lehrer solche Fragen erlauben kann. Seit dem Referat sehe ich sie allerdings in einem anderen Licht.

»Kein Test und keine Schularbeit. Beantwortet die Fragen, so gut ihr könnt. Ihr dürft die Bögen jetzt ansehen. Die Zeit läuft.«

Überall ist Geraschel zu hören. Ich brauche nur einen Blick auf die Fragen zu werfen, um zu wissen, was das ist: ein IQ-Test. So einen habe ich schon in der letzten Schule gemacht.

Meine Ohren werden heiß wie vor einer Schachpartie. Das flaue Gefühl im Magen kommt aber nicht von freudiger Anspannung. Ich weiß, dass ich schlauer bin als alle anderen hier. Aber was, wenn ich es nicht bin?

»Was ist das denn bitte?«, fragt die Banknachbarin der Streberin. »So etwas habe ich noch nie gesehen!«

Da und dort wird gelacht. Die Mehrheit stöhnt.

»Diese Bögen werden nicht eingesammelt, sie bleiben bei euch«, beschwichtigt die Lehrerin. »Die Zeit läuft.«

»Was soll das dann bringen?«

»Die Zeit läuft!«

»Na und, läuft eben die Zeit«, murmelt die vor mir.

Es wird still.

Ich schiebe den Test zur Seite und hole ein Buch raus. Die Lehrerin merkt es nicht. Wäre mir aber auch egal. Ich bin nicht verpflichtet, diesen Test auszufüllen.

Ich kann mich nicht recht auf das Buch konzentrieren. Um mich kritzeln sie eifrig. Ich höre, wie jemand etwas durchstreicht. Der neben mir flucht. Der vor ihm lacht. Die vor dem sagt: »Pst!«

Fünf Minuten. Zehn.

Scheißt der Hund drauf, denke ich und ziehe den Bogen zu mir.

Es sind 50 Fragen. Die ersten 10 behandeln sprachliche Logik, 10 bis 20 sind mathematische Textaufgaben, ab da wird es kompliziert, ab 30 verwirrend. Weil ich zu spät angefangen habe, schaffe ich es nur bis 43, dann ruft die Lehrerin:

»Stopp! Die Bögen umdrehen!«

Es wird gemurrt und gelacht. Die vor mir rätseln noch immer, was das Ganze soll.

»Hast du das in der Mitte verstanden?«, fragt mich der neben mir.

»Ich bin nicht sicher«, sage ich, obwohl ich sicher bin.

Aufgabe für Aufgabe erfahren wir die Lösungen, ab und zu gibt es Erläuterungen dazu. Die Lehrerin erklärt das gut. Entweder hat sie das schon öfter gemacht, oder sie ist nicht so blöd, wie sie aussieht.

»So«, sagt sie am Schluss. »Habt ihr eure Punkte zusammengezählt?«

»Ja!«

»Ihr habt euch gefragt, was das soll. Ihr habt einen IQ-Test vor euch, einen Test, der euren Intelligenzquotienten misst …«

»Das haben wir mittlerweile schon kapiert. Dafür sind wir intelligent genug.«

Die Streberin in der ersten Reihe steigt zunehmend in meiner Achtung.

Während wir den Test ausgefüllt haben, hat die Lehrerin den Projektor aufgebaut. Sie legt eine Folie auf die Glasplatte, und an der Wand erstrahlen die Umrechnungswerte von korrekten Antworten in IQ-Punkte.

47–50 Punkte: 170+
43–46: ≈ 160
40–42: ≈ 150
37–39: ≈ 140
34–36: ≈ 130
31–33: ≈ 120
28–30: ≈ 110
23–27: ≈ 100

Darunter hört die Skala auf, wohl ein Akt der Gnade. Finde ich auch richtig so. Ich mag solche Tests nicht. Für die, die gut sind, ist das Ergebnis eine Ermutigung und für die, die aus welchen Gründen auch immer schlecht abschneiden, das Gegenteil. Wem das etwas nützt, frage ich mich, seit ich zum ersten Mal von diesen Tests gehört habe.

»Seid euch bewusst, dass das nur eine sehr grobe Einschätzung ist. Wer ein niedriges Ergebnis hat, braucht nicht verzweifelt zu sein. Das sagt noch nichts darüber aus, was man tatsächlich im Kopf hat.«

»Na Gott sei Dank!«, ruft einer, und alle lachen. Fast alle.

»Wofür machen wir ihn dann?«, faucht die in der ersten Reihe.

»Wie viele Punkte hast du, Ruth?«, fragt die Lehrerin.

»36! Aber das sagt ja nichts aus!«

»Das sagt schon etwas aus, das ist gewaltig …«

»Aha, wenn man gut ist, sagt es etwas aus, wenn man schlecht ist, sagt es nichts aus!«, sagt Ruth giftig.

»So stimmt das nicht …«

»Doch, das haben Sie gerade gesagt. Das ist immer so.«

Sie ist aufgebracht, geradezu wütend. Plötzlich beginnt sie zu weinen.

Die Lehrerin weiß nicht, was sie tun soll.

Sie fragt andere Schüler nach ihrer Punktezahl. Einige rücken nicht damit heraus und lachen nur. Sie lachen nie allein. Offenbar hatten viele so ihre Schwierigkeiten mit dem Test.

»Und du?«, wendet sich die Lehrerin an mich.

Ich habe 41 Punkte. Ich decke das Ergebnis ab, damit mein Banknachbar es nicht sieht.

»31«, sage ich.

»Auch nicht schlecht.«

Im Lautsprecher kracht es. Der wird gewöhnlich nur bei Feuerübungen und Todesfällen genutzt. Ich höre meinen Namen. Ich soll zum Direktor.

»Na dann«, sagt die Lehrerin.

Die Blicke, die mich zur Tür begleiten, kann ich nicht recht deuten. Es liegt darin eine Mischung aus Scheu und Mitleid. Aber da ist noch etwas.

Im Moment kümmert mich das nicht. Nun schlägt die Stunde der Wahrheit.

Als ich an die Tür zur Direktion klopfe, füllt mein hämmerndes Herz meinen ganzen Brustkasten aus. Ich schlucke. Als ich ein schneidendes »Herein!« höre, räuspere ich mich. Ich verspreche Gott 10 000 Gutpunkte, wenn er das gut ausgehen lässt.

In der Direktion ist niemand außer dieser Steißgeburt von Direktor und dem Lehrer, der den Antrag auf Ausschluss gestellt hat. Vor Gericht hätte ich wenigstens einen Anwalt.

Ich grüße. Keiner von beiden grüßt zurück.

»Du weißt, warum du hier bist?«

Sogar in dieser Situation bleckt der Direktor die Zähne. Ich frage mich, ob er jetzt schon völlig verblödet ist, ja, ich weiß, dass ich keinen Pokal für die Schulschachmeisterschaft kriegen werde.

»Es tut mir leid.«

»Es tut dir leid?«

»Es tut mir sehr leid. Ich weiß nicht, was ich mir da gedacht habe.«

»Das weiß ich auch nicht!«

»Es tut ihm leid!«, äfft der Lehrer mich nach. »Das hättest du dir früher überlegen können!«

»Walter, bitte«, sagt der Direktor.

Wenn ich dir, du alter Esel, nur ein paar Ohrfeigen geben könnte, denke ich.

»Ich kann es nicht rückgängig machen«, sage ich in kummervollem Ton, »aber ich verspreche, dass so etwas nie mehr vorkommen wird.«

»Du pinkelst nicht mehr in fremde Betten?«

Ich kann mich täuschen, aber der Direktor scheint ein Lachen zu unterdrücken.

»Nur mehr in mein eigenes!«

Das war zu viel. Das Lächeln in seinen Augen erlischt, und ich sehe wieder die Gemeinheit. Ich lasse eine Standpauke über mich ergehen, zuweilen unterbrochen vom Lehrer, der noch eins draufsetzen will.

»Walter, du kannst nachher«, sagt der Direktor einmal.

Lustigerweise habe ich erst nicht »du kannst nachher« verstanden, sondern »du kannst mich mal«. Das hat er nicht gesagt, aber ich habe es gehört. Irgendetwas sagt mir, dass die beiden sich nicht riechen können. Das lässt mich hoffen.

»Ich habe deswegen beschlossen …«, sagt der Direktor und macht eine Kunstpause.

Jetzt kommt's, denke ich.

»Alois, darf ich …«

»Du kannst nachher!« Und zu mir: »Ich habe entschieden, dir

einen strengen Verweis zu erteilen. Deine Betragensnote wird ein nicht zufriedenstellend sein …«

Den Rest des Sermons höre ich nicht mehr. Strenger Verweis, Betragensnote, damit können sie sich den Mund abwischen, das ist gar nichts. Das sieht auch der Lehrer so.

»Verweis! Betragen!«, schnaubt er. »Der lacht uns doch aus! Willst du den wirklich an der Schule behalten?«

»Wir diskutieren das sicher nicht vor ihm.«

»Was denn noch? Soll er dir auf deinen Schreibtisch schiffen?«

»Walter, bitte.«

Er fletscht freundlich die Zähne. Ich sage danke und mache einen nur leicht übertriebenen Diener.

Als ich zurück in die Klasse komme, fragen mich einige, was gewesen ist. Ich gehe stumm zu meinem Platz. Wahrscheinlich sieht man mir die Erleichterung sowieso an. Ich fühle mich, als könnte ich die Arme ausbreiten und eine Runde durch die Klasse fliegen, zum Fenster hinaus, einmal über die Bäume gegenüber und wieder zurück. Das Fenster steht ohnehin offen. Es ist warm, ich rieche schon den Frühling.

Die Lehrerin schaut mich komisch an. Ich merke, dass mein Fragebogen, den ich verdeckt abgelegt habe, anders daliegt als vorher.

# CARLISLE

Ein berühmter Schriftsteller ist gestorben.

Auf Facebook stapeln sich die RIP-Meldungen. Der Schwarm bekundet seine Trauer. Als hätte irgendeiner von denen in den letzten zehn Jahren ein Buch von ihm gelesen. Was ich gut verstehen kann, denn ich mag diese Strickjäckchenschriftsteller auch nicht, geschweige denn, was sie schreiben. Aber warum tun alle so, als ob ihr eigener Großvater gestorben wäre?

Die Hälfte meiner Facebook-Kontakte sind absolute Idioten. Lauter Betroffenheitsprofis, Empörungsmaschinen und Auschwitzbesitzer. Jedem sein Stückchen Nobelpreisträger. Jedem sein ertrunkener Flüchtling. Jedem sein Quadratzentimeter Gaskammer.

# WESTSTEIERMARK

Der Wecker reißt mich wie gewohnt um fünf Uhr morgens aus dem Schlaf. Nachdem ich ihn abgestellt habe, höre ich eine fremde Stimme.

»Na, das sind Geräusche in diesem Haus.«

Ich wälze mich auf die andere Seite. Im Sessel, zwei Meter vor meinem Bett, sitzt ein Koloss von einem Mann, mir zugewandt, als hätte er mich im Schlaf beobachtet. Ich habe ihn noch nie gesehen.

»Guten Morgen«, sagt er.

»Guten Morgen«, sage ich.

Er hat eine sanfte Stimme, sein Ton ist freundlich, aber ich frage mich dennoch, wer das ist. Das scheint er zu merken.

»Ich bin nur ein Zufallsgast«, sagt er. Mit einer Kopfbewegung deutet er Richtung Nebenzimmer, aus dem unregelmäßiges Schnarchen dringt. »Ich wollte gestern nicht allein sein. Da hat sie mich mitgenommen.«

»Und wieso sind Sie dann nicht dort drüben?«

»Bitte sag du zu mir. Ich bin Baby.«

»Baby?«

»Ja, alle nennen mich Baby.«

»Baby. Okay.«

»Sie ist gleich eingeschlafen. Es ging ihr nicht so gut. Wir sind bloß Freunde.«

»Aha.«

»Wir beide könnten auch Freunde werden«, sagt er.

Im Dämmerlicht kann ich Baby nicht gut sehen. Er ist un-

geheuer dick und trägt eine Brille, das erkenne ich, ebenso wie eines meiner alten Stofftiere in seinen Händen. Was mir auffällt: Er spricht ein viel gepflegteres Deutsch als die anderen Leute in der Gegend.

»Musst du jetzt schon in die Schule?«

»Nein, ich habe Zeit.«

»Hätte mich gewundert, wenn die jetzt noch früher anfangen würden. Ich habe mich einst ja auch in dieser Anstalt geplagt. Gibt es den Scharrer noch? Der war jung damals.«

»Ja, den gibt's.«

»Ein richtiger Arsch.«

Ich muss lachen.

»Und die Knoll? Geistert die auch noch durchs Haus?«

»Oh ja, und wie.«

»Eine Wanze. Hat mich eine Klasse wiederholen lassen. Und der Kraus?«

»Den kenne ich nicht.«

»War wahrscheinlich lange vor deiner Zeit. Aber, erklär mir eins: Wenn du noch nicht aufstehen musst, wieso läutet dein Wecker?«

»Ich höre in der Früh gern Radio.«

»Oh. Verstehe. Ich will dich nicht stören. Schalt ein. Hören wir gemeinsam Radio.«

Wir hören gemeinsam Radio. Eine Viertelstunde. Länger. Fast schlafe ich wieder ein. Als der Sprecher an das Internationale Jahr der Jugend erinnert, das wir begehen, räuspert sich Baby.

»Darf ich etwas sagen?«, fragt er.

»Ja, klar.«

»Das mit dem Jahr der Jugend ist ein schlechter Witz. Um die Jungen schert sich kein Mensch. Um die Jungen und um die Alten schert sich kein Mensch.«

»Kann sein.«

»Das ist so. Ich weiß es, ich bin ja ein Betroffener. Ich bin nämlich alt und jung.« Er lacht. »Was schätzt du, wie alt ich bin?«

»Keine Ahnung. 25?«

»In meinem Pass steht, ich bin 43. Aber das stimmt nicht. Ich bin ungefähr 13.«

»So wie ich.«

»Du bist viel älter«, sagt Baby. »Nach dem, was ich über dich gehört habe, bist du mindestens 30.«

»Was hast du denn gehört?«

»Wir zwei, wir könnten Freunde werden. Wann musst du in die Schule?«

»Um sieben. Ich bin gern früher da.«

»Was hältst du davon, wenn ich dich hinbringe und wir vorher irgendwo frühstücken gehen? Im *Konstantin* vielleicht?«

»Hast du überhaupt geschlafen?«

»Ich schlafe nie.« Er kichert. »Also, willst du? Ich habe meinen BMW draußen stehen.«

Von nebenan dröhnt Uriellas Schnarchen.

»Geht es ihr gut?«, frage ich.

»Sicher besser als beim Einschlafen. Ins Bad solltest du lieber nicht.«

»Aber muss ich doch. Duschen und Zähneputzen.«

»In Ordnung, dann warte. Ich mache sauber.«

Auf dem Weg zum *Café Konstantin* demonstriert er mir die Beschleunigung des BMW. Sie presst mich in den Sitz.

»Sag, dass das eine Wucht ist! Sag, dass das zauberhaft ist!«

»Super. Aber mir wird schlecht.«

»Willst du mal fahren?«

»Ich bin 13.«

»Na und? Ich auch.«

Er kichert wieder sein lustiges Kichern. Es klingt wie das einer netten, etwas wunderlichen alten Frau. Hell, geheimnisvoll, irgendwie nicht ganz von dieser Welt.

»Heute nicht«, sage ich. »Aber danke.«

»Wir fahren nächste Woche Richtung Grenze, da kenne ich ein paar Plätze, wo das geht. Bist du schon einmal selbst gefahren?«

»Noch nie.«

»Dann wird es Zeit. Das machen wir. Bald.«

Baby drückt noch fester aufs Gas. Ich halte mich mit beiden Händen fest.

»Du brauchst keine Angst zu haben. Ich bin ein guter Autofahrer. Und du ein guter Schachspieler, habe ich gehört. Du wärst fast Europameister geworden, stimmt das?«

Ich kann erst antworten, als er in den engen Gassen des Ortskerns vom Gas muss.

»Nein, nicht einmal annähernd.«

»Du bist ein Genie«, sagt er und steigt so hart auf die Bremse, dass mich nur der Gurt davor bewahrt, mit dem Gesicht auf das Handschuhfach zu knallen. »Ich weiß, dass du eines bist. Ich bin nämlich auch eines. Genies erkennen einander. Wir sind da. Hier gibt es den besten Kaffee und die besten Semmeln weit und breit. Und, magst du mich?«

»Ich glaube schon. Aber bitte nicht mehr so schnell fahren.«

»Bitte entschuldige. Kommt nie mehr vor. Ich schwöre!«

Im *Café Konstantin* scheint man ihn zu kennen. Kellner und Gäste grüßen ihn oder winken ihm zu. Dem Kellner stellt er mich als seinen jungen Freund vor. Er sagt, ich soll bestellen, was immer ich will. Ich bestelle, dann verschwinde ich auf die Toilette, um zu kotzen. Zurück am Tisch tue ich so, als wäre nichts.

Während wir auf das Frühstück warten, mustere ich Baby unauffällig. So jemanden habe ich noch nie getroffen.

Er sieht wirklich ungeheuer jung aus. Ich kann kaum glauben, dass er 43 ist. Beim Schätzen bin ich nicht gut, zumindest das Alter von Erwachsenen errate ich selten, aber er sieht nicht älter aus als 25.

Er hat eine rosige Haut und trotz der Nacht in meinem Sessel sieht man nicht einmal einen Schatten von Bart. Er ist sehr gepflegt, seine Hände sind manikürt, er trägt ein Sakko, bloß das weiße Hemd ist am Kragen nicht ganz sauber. Die Brille dürfte mehr kosten, als

Uriella im Monat verdient. Ein netter junger Mann. Nur mit seinem Blick scheint etwas nicht zu stimmen

»Sie sollte weniger trinken«, sagt Baby.

»Ich habe sie schon so oft darum gebeten.«

»Ehrlich gesagt, bin ich gestern nicht wegen mir selbst mitgekommen, sondern wegen ihr.«

»Es sind auch die Tabletten.«

»Welche nimmt sie?«

»Weiß ich nicht genau. Beruhigungsmittel.«

»Die muss ich auch nehmen. Die sind nur schädlich, wenn man sie mit Alkohol mischt. Alkohol trinke ich nie. Schmeckt mir gar nicht. Ich bin ja erst 13!«

Er kichert.

»Wieso nimmst du Beruhigungsmittel?«, frage ich.

»Zur Beruhigung.«

»Na so was.«

»Ich muss nicht nur Beruhigungsmittel nehmen, sondern noch ein paar andere. Meine Nieren funktionieren nicht, wie sie sollten, und mit dem Herz ist es ähnlich. Außerdem bin ich schizophren.«

»Was?«

»Schizophren. Das heißt, persönlichkeitsgespalten.«

»Ich weiß, was das heißt. Ich habe nur noch nie … Ich meine … Ich weiß nicht. Und du bist 13?«

»Keine Angst, ich halte mich nicht wirklich für 13. Falls du das denkst.«

»Immerhin«, sage ich.

Er kichert. »Du bist gut«, sagt er.

»Danke.«

Das Frühstück kommt. Er streicht sich in Weltrekordzeit eine Honigsemmel und hat sie binnen zehn Sekunden verschlungen.

»Du brauchst dir keine Sorgen um mich zu machen«, sagt er und trinkt einen Schluck Orangensaft, nach dem das Glas leer ist. »Wenn ich meine Tabletten brav nehme, ist alles in Ordnung. Und ich bin ein braves Baby. Stimmt's, Kiko?«

Der Kellner stellt einen Aschenbecher auf den Tisch.

»Stimmt absolut, Baby.«

Baby hält ihm einen Hunderter hin. Der Kellner steckt ihn mit einer knappen Verbeugung ein. Ich mag ihn auf Anhieb nicht. Insgeheim schaut er auf Baby herab. So etwas sehe ich sofort.

»Wann musst du in der Schule sein?«

Baby blickt auf die teure Uhr an seinem Handgelenk. Er zündet sich eine Zigarette an.

»Eine Viertelstunde habe ich noch«, sage ich.

»Das ist schön. Wollen wir nächste Woche den Ausflug machen? Mit dem Auto?«

»Ich muss Uriella fragen.«

»Wie nennst du sie? Uriella?« Diesmal kichert er nicht, er lacht laut. »Das ist großartig! Das ist perfekt! Weiß sie das?«

»Nein. Wenn du es ihr nicht sagst …«

»Ganz bestimmt nicht. Ich frage sie wegen des Ausflugs. Sie hat bestimmt nichts dagegen.«

»Baby, wer bist du?«

Er schaut mich über seine Brille hinweg an und runzelt die Stirn.

»Du meinst, ob ich mich gerade für jemand anderen halte?«

»Nein! Ich will einfach wissen, wer du bist! Ich kenne dich ja überhaupt nicht.«

»Das stimmt allerdings. Also: In Wahrheit heiße ich Georg. Aber zu mir haben alle immer schon Baby gesagt. Meine Eltern waren dreißig Jahre lang die einzigen Ärzte hier. Gut, es gab schon noch ein paar andere, aber meine Eltern waren die besten.«

»Haha!«, lacht ein Mann am Nebentisch.

»Du bist still!«, brüllt Baby so laut, dass ich vor Schreck beinahe mit dem Stuhl nach hinten kippe. Im letzten Moment kann ich mich am Tisch festhalten.

»Siehst du«, sagt Baby ruhig, »deswegen ist mit dem Stuhl schaukeln gefährlich. Es kann jederzeit jemand schreien.«

»Du vor allem«, sagt der am Nebentisch, ohne Baby anzusehen, und stellt sich mit seinem Bier an die Theke.

»Meine Eltern waren wirklich gute Ärzte.«

»Sie sind tot?«

»Nein, in Pension. Ich bin ihre große Enttäuschung. Aus mir ist nichts geworden.«

»Was bist du denn?«

»Ein großes Baby.« Er kichert.

»Hast du studiert?«

»Studiert? Und wie! Fünf Jahre Jurisprudenz. Fünf Jahre Kunst. Sieben Jahre auf Medikus. Das habe ich sogar abgeschlossen. Kiko! Noch einen Schwarzen! – Du auch?«

»Nein, danke. Du bist Arzt?«

»Wo denkst du hin? Ich habe das Studium fertiggemacht. Dann war ich aber die meiste Zeit im Krankenhaus.«

»Als Assistenzarzt?«

»Als Patient. Im Sonderkrankenhaus.«

Der Kellner bringt den Kaffee. Ich bemerke die Geringschätzung, mit der er das Tablett abstellt.

»Im Sonderkrankenhaus?«, wiederhole ich, als Kiko weg ist. »Du meinst …«

»Ja, ja, genau, im Narrenhaus«, sagt er freimütig.

»Und wovon lebst du?«

»Geld habe ich mehr als genug. Ich wohne bei meinen Eltern. Sie geben mir alles, was ich brauche. Ich bin ja ihr Baby!«

Mir fällt nichts ein, was ich noch fragen könnte. Fürs Erste ist das recht viel Information.

Die Uhr über der Tür zeigt halb acht. Ich bedanke mich für das Frühstück.

»Soll ich dich nicht zur Schule bringen?«

»Danke. Ist ja gleich da vorne.«

»Soll ich dich zu Mittag abholen? Ich habe ohnehin nichts zu tun.«

Mir fällt ein, dass mein Fahrrad zu Hause steht. Ich müsste den Bus nehmen.

»Das wäre nett. Aber nur, wenn wir langsam fahren.«

Baby hebt die linke Hand zum Schwur und legt die rechte auf das Herz.

»Heiliges Ehrenwort. Um eins stehe ich vor der Schule. Wir gehen Mittagessen.«

# NEW YORK CITY

Als ich in dem Buick LaCrosse, den ich in Harrisburg gemietet habe, kurz nach Sonnenuntergang die Lichter von Manhattan vor mir auftauchen sehe, ist es, als käme eine Epiphanie auf mich nieder.

Dieser Anblick. Diese Stimmung, diese Größe, diese Weite. Die ungeheuren Häuser und ihre elegante Wucht. Und ich hier, in diesem Auto, neben mir die Mutter Teresa unter den Exfrauen, hinter mir das Kind. Schön. Ich bin dankbar. Mein Leben hat schon so seine Momente.

Else und das Kind habe ich am Flughafen von Philadelphia abgeholt. Nach einem kurzen Abstecher nach Washington, um dem Kind das Weiße Haus zu zeigen, sind wir nun hier. Auf dem Rückspiegel steht: *Objects in mirror are closer than they appear.* Das gilt leider auch für meinen Badezimmerspiegel.

Dank NAVIGON finde ich unser Hotel ohne Probleme, es ist in Chinatown. Wir checken ein, ich stelle den Wagen an einem bewachten Parkplatz ab, und wir gehen essen. Wir reden nicht darüber, aber wir sind alle aufgeregt.

Das Kind besteht auf Pizza. Ein Freund hat ihm von einer Pizzeria in der Nähe des Empire State Buildings vorgeschwärmt, was nicht gerade um die Ecke ist. Aber was soll's. Wenn das Kind glücklich ist, bin ich es auch. Ich bin es aber sowieso fast immer, wenn das Kind bei mir ist.

Wir setzen uns in ein Taxi und fahren zu diesem ominösen Laden, der sich durch nichts von jeder anderen durchschnittlichen Pizzeria unterscheidet. Egal. Manhattan ist Manhattan.

Das Kind ist cool. Es redet mit dem Kellner Englisch. Es isst und ist rundum zufrieden. Ich versuche mich an einer Pizza, es gelingt mir jedoch nicht, sie zu schneiden. Nach einer Weile begreife ich, dass es doch nicht an mir liegt, sondern das Messer stumpf ist.

Ich bitte um ein anderes Messer. Der Kellner schüttelt bedauernd den Kopf. Scharfes Messer geht nicht. Wieso nicht, frage ich. Weil sich mal ein Gast mit einem Pizzamesser verletzt und sie verklagt habe.

Ich frage, ob er mich auf den Arm nehmen will. Er schwört, es ist die Wahrheit. Ich plage mich weiter mit dem stumpfen Messer. Nach der Hälfte reicht es mir sowieso, ich bin Massimo-Pizza gewöhnt und nicht diese dicken Frisbeescheiben aus Teig.

Ich werde langsam müde, die Fahrt war doch lang. Ich hätte gern einen Whisky zur Stärkung, aber vor dem Kind versuche ich, wenig Alkohol zu trinken, deshalb bestelle ich mir Mineralwasser.

Gegen zehn erscheint Daniel. Else und das Kind sind fertig mit dem Abend und übernehmen gleich sein Taxi. Daniel sieht mir zu, wie ich die Flasche Wasser allein austrinke, dann stellen wir uns an den Straßenrand und winken den gelben Autos mit den leuchtenden Dachschildern.

Daniel hat versprochen, mir etwas von der Stadt zu zeigen. Zunächst gehen wir allerdings zu *Nobu* essen, weil ich noch Hunger habe und neugierig auf die Küche da bin. Als ich vor sieben Jahren allein in New York war, haben sie mich nicht reingelassen. Mit Daniel klappt es.

Ich bin geblendet von den vielen schönen Frauen. Ich würde mir am liebsten die Kleider vom Leib reißen und über das halbe Lokal herfallen. Aber vermutlich käme das auch nicht besser an als mein Regelverstoß in Barcelona, wo ich vor ein paar Jahren in einem vollbesetzten Nobelschuppen aus Protest gegen das sündhaftteure und sauschlechte Essen auf Geheiß meiner Freundin meinen Schwanz auf den Tisch gelegt habe und die Besitzer die Polizei riefen. Hierzulande wird man von der Polizei ja gern zum Krüppel geschlagen oder erschossen, also keine Mätzchen.

Statt mit einer der schönen Frauen zu schlafen, bestelle ich endlich Whisky. Mein erster Alkohol auf amerikanischem Boden. Also zumindest während dieses Aufenthalts.

»Weißt du, wo ich Koks auftreiben kann?«, frage ich Daniel.

Sein Blick genügt. Das Gespräch verlagert sich sehr schnell auf andere Themen.

Daniel sieht immer wieder auf meine Schuhe. Wenn sich die Gelegenheit ergibt, nennt er mich Schuhbotschafter. Was ich mit Spekulationen darüber quittiere, wie Schuhe oder generell Kleidungsstücke beschaffen sein müssten, für die eine Firma gern ihn als Werbeträger hätte.

Die Rechnung beträgt 140 Dollar. Daniel will bezahlen, aber ich lasse ihn nicht. Ich bin so gern hier, in New York, der Stadt der Städte, ich bin gerade so gern im Leben, im Abenteuer, nahe an allem Möglichen, ich will nicht an so lachhafte Daseinsdetails wie Kontostände denken.

Nach dem Essen unternehmen wir einen Spaziergang. Daniel zeigt mir die gigantischen neuen Hochhäuser rund um den Freedom Tower, weil sie in der Nacht noch schöner und imposanter wirken. Ich bin mehr als beeindruckt.

Danach ist bei ihm leider Zapfenstreich, er muss früh raus. Ich fahre mit dem Taxi zurück ins Hotel. Vor der Tür bleibe ich noch eine Weile stehen. Die Häuser um mich scheinen zu mir herunterzuschauen. Ich sage hallo. Sie grüßen zurück.

Ich bin in Manhattan. Das erste Mal seit sieben Jahren.

Am Tag darauf feiern wir mit Daniel, seiner Freundin Anne und seinem Sohn Ossi, der im Gegensatz zu seinem Samtschuhvater durchaus einmal als Schuhbotschafter in Frage kommen könnte, bei *A Voce* am Columbus Circle den Geburtstag des Kindes. Das Kind hat viel Spaß mit Ossi. Nachdem ich die beiden eine Weile beobachtet habe, wird mir klar, was für ein Gedanke seit geraumer Zeit in mir umherwandert: Die beiden sind die besseren Ausgaben ihrer Väter.

Ich blitze möglichst unauffällig zwei oder drei Flaschen Wein

weg. Die Rechnung macht 560 Dollar aus, und ich bestehe darauf, sie zu übernehmen. Es ist der Geburtstag des Kindes, der wichtigste Tag in meinem Leben, und ich bin mit ihm in Manhattan. Ich liebe Manhattan. Ich bin Manhattan.

Nun steht der Geburtstagsbesuch bei FAO Schwarz auf dem Programm, dem gigantischen Spielwarengeschäft. Ein Fehler, so einen Ort mit einem Kind zu betreten. Insgesamt sind wir vier Kinder, von denen eines auch noch betrunken ist.

Das Kind und ich lassen unsere Gesichter scannen. In ein paar Wochen bekommen wir Actionfiguren mit unseren Gesichtern. 280 Dollar.

Die Verkäuferin ist so schön, dass ich ihr fünf davon abkaufen würde, wenn sie dafür mit mir ausginge, aber ich bin noch nicht betrunken genug, um zu fragen. So jemand arbeitet hier als Verkäuferin. Wie sehen da erst die Models aus? Ich will Sex. Ich brauche Sex. Ich will mich verlieben. Jetzt. Hier. Sofort. Ich will mich endlich wieder verlieben. Hier wäre es interessant. Sich verlieben.

Nachdem wir einen Haufen Geld ausgegeben haben, schlägt Daniel vor, ein Taxi zu einem Flugzeugträger zu nehmen, der am Hudson liegt. Ossi und das Kind jubeln, es gibt nämlich unter anderem eine ausrangierte Concorde und die Raumfähre *Enterprise* zu besichtigen.

Beim Eingang stellen wir uns für das erste Foto bereit. Ossi ist sehr beweglich und nimmt so viel vom Bild ein, dass sich das Kind beschwert, weil es bestimmt verdeckt wurde, und daher ein neues gemacht werden muss. Drinnen machen wir noch eines. Ich weiß, dass ich die beim Ausgang werde kaufen müssen, aber das ist schon in Ordnung, ich will sie ja selbst haben.

Mich interessiert das Space Shuttle. Lange betrachte ich die Kacheln an der Unterseite. Die Beschädigungen an diesem Hitzeschild waren schuld, dass die Columbia 2003 beim Landeanflug verglüht ist.

»Sieh mal«, sage ich zum Kind, »das war im Weltraum. Das war wirklich im Weltraum.«

Es schaut und sagt nichts.

Mir gefällt seine Ehrfurcht. Ich fühle das Gleiche. Ich sehe etwas, das im All war. Ich stehe da und schaue und bin ein kleines Nichts.

Nach einiger Zeit wird mir die Sache zu einschnürend. Ich muss ein paar Minuten allein sein.

Das ist immer so. Selbst wenn ich unter jenen Menschen bin, die ich am allermeisten liebe, muss ich mir meine Minuten nehmen. Ich muss dasitzen und vor mich hinschauen und das Zwiegespräch mit einer weit entfernten Welt suchen. Es ist, als müsste ich stündlich zu Hause Bescheid sagen, dass alles in Ordnung ist.

Tief im Bauch des Schiffs trinke ich Kaffee, während die anderen weiter Dinge anschauen, die ich kurz gesehen und als wenig interessant beurteilt habe. Ich stand schon in Amundsens Koje auf der *Fram*, da ist so ein Flugzeugträgerbett keine Sensation mehr.

In der Cafeteria, die so einladend ist wie ein Lepralazarett, höre ich am Handy mit Kopfhörern *Cortez the Killer*, natürlich die Live-Version, und trinke Kaffee, der so grauenhaft schmeckt, dass ich mich frage, wie man so ein Debakel überhaupt hinbekommt. Ich überlege, meinen Freunden via SMS markige Bemerkungen über die Kulturlosigkeit der Amerikaner zu schreiben, aber ich lasse es dann. Ich war in ungefähr sechzig Ländern, und die primitivsten Gegenden lagen in Russland, Ägypten und den USA. Die Russen reden nur russisch, surfen nur auf russischen Webseiten durchs Internet und sind tatsächlich dauerbesoffen, das ist kein Klischee und mit meiner Trinkerei nicht vergleichbar. Die finden das normal, ich nicht. Bei den Ägyptern bekam Else an der Poolbar erst dann ihr Getränk, wenn hinter ihr kein Mann mehr wartete. Das sind Situationen, in denen bei mir die Sicherungen durchbrennen.

Am Ausgang spendiert Daniel sowohl dem Kind als auch Ossi eines der Fotoalben mit den Bildern von uns. Er verabschiedet sich, er muss den größten Starautor der westlichen Welt treffen. Wenn es nach dem Kind und mir ginge, könnte er Ossi ruhig dalassen, der ist nämlich wach und flirrend und von jener unheimlichen Energie, die manche Kinder haben, von denen man früh merkt, dass aus ihnen

etwas Besonderes werden kann, aber Daniel hat vermutlich Angst, dass ich mir mit seinem sechsjährigen Sohn eine Line ziehe.

Die Mutter Teresa unter den Exfrauen unternimmt eine Shoppingtour, während ich mit dem Kind zum *The Strand* gehe, wo wir mit Angie und ihrer Tochter Stella verabredet sind. Die beiden bleiben eine Woche in New York, weil Stella ebenfalls Geburtstag hat und obendrein ihre endlich bestandene Matura gefeiert werden muss.

Den Ort habe ich gewählt, weil die Bar auf dem Dach, das *Top of The Strand*, eine tolle Aussicht haben soll. Von der bekomme ich jedoch nichts zu sehen, denn unter 21 darf man nicht hinauf. Also warte ich mit dem Kind in der Bar vor der Rezeption auf die anderen.

Das Kind trinkt Dr. Pepper's, ich trinke Cocktails. Das Kind wird müde und will ins Hotel. Ich rufe Else an. Sie hat ohnehin schon ihr ganzes Geld ausgegeben und holt das Kind ab.

Ich warte auf Angie und Stella, wobei ich bemerke, dass ich nun wirklich betrunken bin. Auf meine Frage, wo ich Kokain herbekomme, ernte ich beim Barkeeper nur ein nachsichtiges Lächeln und kriege einen kleinen Football, den man in der Hand kneten kann, um die Muskeln zu trainieren, und der die Aufschrift *The Strand* trägt.

Schließlich treffen die beiden Frauen ein. Die sind auch keine Kinder von Traurigkeit, also schweben die nächsten Cocktails herbei.

Angie muss zur Toilette. Stella schickt mir zwei Nacktfotos, einmal sind es große Brüste, einmal ist es der Unterleib, beide Damen sind nicht Stella.

»Sehr nett«, sage ich, »vielen Dank.«

»Ja.«

»Und wie komme ich zu der Ehre? Wer ist das?«

»Na meine Freundinnen! Die du hättest treffen sollen! Als du nicht da warst!«

Aha, denke ich, als ich nicht da war, treffen sollen, Nacktfotos, also hm.

»Stelli, ich kapier's nicht.«

»Gibt nicht viel zu kapieren. Sie mögen deinen Schwanz und sie finden die Mitteilungen lustig, die du mir schreibst. Was du von ihnen kriegst, weiß ich nicht. Ich schick dir die Nummern.«

»Was heißt, sie mögen … Du hast …«

»Ja sicher hab ich ihnen die Bilder gezeigt. Sonst wissen sie ja nicht, worauf sie sich einlassen.«

Ich weiß nicht, was ich sagen soll und das kommt bei mir selten vor. Ich erfahre, die Damen sind 23 und »stehen auf geisteskranke alte Knacker«. Das macht die ganze Sache nicht eben besser.

Zwei Stunden später wird am Tisch undeutlich gesprochen, also bitte ich um die Rechnung. 400 Dollar.

Angie und Stella sagen etwas von Jetlag und dass sie deswegen noch einmal ins Hotel wollen. Ich bin mit Daniel in einer Bar in SoHo verabredet, aber bis dahin habe ich noch zweieinhalb Stunden Zeit. Ich nehme mir trotzdem gleich ein Taxi in die Nähe und mache mich auf die Suche nach Kokain. Ich habe gelesen, schon für den Besitz eines halben Gramms kann man hier für ein Jahr ins Gefängnis wandern, aber im Augenblick habe ich vor dieser Bedrohung wenig Respekt.

Die Nachtlokale der Gegend sind ein bisschen unterbesetzt. Wahrscheinlich ist es noch zu früh. Wenigstens wüsste ich schon ein paar Ausweichquartiere, wenn die Bar, die Daniel ausgesucht hat, tatsächlich wegen Überfüllung vorübergehend geschlossen ist, was angeblich häufig vorkommt.

In halbleeren Bars und Clubs bekommt man kein Kokain, das weiß ich. Bei der sechsten Adresse gebe ich auf. Ich trinke in Frieden meinen Cocktail und denke mir, aber immerhin bist du in New York. Du brauchst das Zeug nicht. Du hast schon eine ganze Weile darauf verzichtet.

Plötzlich steht ein junger Afroamerikaner mit Anzug und Krawatte neben mir. Ein bisschen zu nahe, würde ich sagen. Ich rücke von ihm ab. Unsere Blicke treffen sich. Aha, der will was, denke ich. Ein Schwuler. Ich bin nicht interessiert.

Doch dann merke ich, dass er mich fragend ansieht und das international gebräuchliche Zeichen für Koks macht. Ich nicke kurz. Er geht zur Toilette, ich warte zwei Minuten und folge ihm.

Die Verständigung ist schwierig, das metrische System ist dem Herrn unbekannt. Irgendwann wird mir die lange Verhandlung zu gefährlich, und ich sage: »Give me something for 500 bucks.«

Ich kratze all mein Bargeld zusammen und gebe ihm die Scheine, die er, ohne zu zählen, in die Hosentasche schiebt. Er verschwindet in der WC-Kabine, kommt nach zehn Sekunden zurück und drückt mir zwei Säckchen in die Hand. Dann sieht er mich wieder fragend an, aber jetzt meint er tatsächlich etwas anderes. Ich schüttele den Kopf und übernehme den Platz in der Kabine.

Wie viel? Ist das hier stärker als das, was ich gewohnt bin? Schwächer? Ich werde es herausfinden.

Ich lege mir eine mittlere Line auf. Noch ein bisschen was dazu. Ja, noch ein bisschen. Nun stimmt's.

Ich ziehe das Ganze auf einmal hoch. Zwei Sekunden darauf habe ich das Gefühl, mir sprengt es die Schädeldecke weg.

Oh.

Wow.

Ach. Wie habe ich das vermisst.

Ich schwebe durch Manhattan. Schaufenster, coole Läden, knallige Schilder. Neonlichter, Hupen, Polizeisirenen. Fremde Stimmen. Schöne Menschen. Alles unbekannt. Alles vertraut. Ich bin Manhattan. Ich bin das. Ich bin zu Hause.

In meinem Leben läuft vieles falsch. Manches läuft gut. Das hier ist gut. Ja, in meinem Kopf tobt eine Droge, aber diese Droge ist nicht das Böse. Das Böse ist der Drang, sie wieder und wieder zu nehmen. Aber so, wie ich jetzt, nach sechs Wochen das erste Mal, das ist in Ordnung. Drogen sind nicht böse. Wenn schon, dann sind wir böse.

Daniel wartet in der Bar, in der man angeblich kaum Platz findet. Außer seinem sind drei von dreißig Tischen besetzt.

»Trendiger Laden«, stelle ich fest.

»Ja«, sagt er, »das ist seltsam. Normalerweise kommt man hier schwer rein.«

»Das Problem könnte sein, dass du hier am Fenster sitzt.«

»Ich kann heute aber nicht lange ...«

»Jaja. Schon klar.«

Heute wäre ich immerhin nicht allein, wenn er nach Hause fährt, ich habe ja meinen weißen Kumpel in der Tasche. Dieses Geheimnis teile ich mit Daniel jedoch nicht. Wenn der erfährt, was für eine Menge Drogen sich an diesem Tisch befindet, geht er gleich. Er lässt mich ja auch nicht in seiner Wohnung übernachten, weil seine Freundin angeblich ihre Anwaltslizenz verlieren würde, wenn in der Wohnung Drogen gefunden werden. Ich weiß zwar nicht, wie er sich das vorstellt, so oft wird die DEA nicht die Wohnungen in Manhattan nach Koks durchkämmen, aber ich will ihn nicht beunruhigen. Überdies vermute ich, dass das nur ein vorgeschobener Grund ist und er in Wahrheit Angst hat, in seiner Wohnung könnte etwas passieren.

Könnte ich ihn eigentlich fragen.

»Hast du wirklich Angst davor, dass ich in deiner Wohnung mit Drogen erwischt werde, oder hast du eher Bedenken, was die Wohnung an sich anbelangt?«

»Lass es mich so sagen: Bei dir sind beide Möglichkeiten nicht auszuschließen. Eher kämen noch ein paar andere hinzu.«

»Als da wären?«

»Ich könnte heimkommen und nur noch Trümmer vorfinden. Oder eine Busladung voll Tierleichen.«

»Ich tue Tieren nichts.«

»Das stimmt wahrscheinlich. Aber hast du mir nicht erzählt, dass du in Berlin dein ganzes Hotelzimmer aus dem Fenster geschmissen hast?«

»Man kann kein Zimmer aus dem Fenster werfen.«

»Du schon.«

Angie und Stella erscheinen. Sie sind so weit erholt, um noch ein paar Gläser mit uns zu trinken.

Als Stella meine Schuhe sieht, beginnt auch sie meine Rolle als Schuhbotschafter zu beleuchten. Sie nennt *Dachstein* eine »verzweifelte brand«. Das gefällt Daniel. Angie schlägt sich auf meine Seite, denn sie findet *Dachstein*-Schuhe cool. Oder sie verarscht mich ebenfalls. Stella ist 21, Angie ist ihre Mutter. Ich werde das den *Dachstein*-Leuten nicht berichten.

Angie und Daniel sprechen über das Leben von Arthur Schnitzler, der hat es ihr derzeit angetan. Ich bin auf Schnitzler gerade nicht so neugierig und kümmere mich lieber um Stella. Daniel bestellt einen Cocktail und dann Mineralwasser. Wir bleiben bei den Cocktails, ich bestelle vielleicht ein paar mehr als die anderen. Kann sein, dass ich ein wenig lauter zu sprechen beginne. Daniel hat gewöhnlich kein Problem damit, sich kaum merklich in den Mittelpunkt einer Unterhaltung zu reden, aber wenn ich lauter werde und Angie betrunken wird, gerät seine Dominanz ins Wanken.

Angie und Daniel wirken matt. Sie unterhalten sich, doch ein Feuerwerk der sozialen Begegnung sieht anders aus. Daniel gähnt. Er sitzt da, als wollte er jederzeit aufspringen. Das kenne ich schon, er meint nämlich, nach 22 Uhr kann man meine Gegenwart nicht mehr ertragen, und für seine Verhältnisse hat er es heute lange ausgehalten, es ist ja schon nach Mitternacht.

»Dir kann man nie interessante Leute vorstellen«, hat er mir einmal vorgeworfen. Als ob ich interessante Leute kennenlernen wollte.

»Kinder, wir werden euch jetzt verlassen«, sagt Angie.

»Du bleibst schön da«, sage ich zu Daniel, denn diesen sehnsüchtigen Blick habe ich sofort richtig interpretiert.

Daniel klammert sich an Angie. »Ich will auch nach Hause!«, ruft er.

Angie bezahlt ein paar Runden und flieht mit Stella. Ich halte Daniel fest. Wenn ich schon hier bin, muss er mich ein paar Stunden aushalten. Ich zementiere die Rechtmäßigkeit dieser Forderung mit

dem Hinweis, dass »manahactanienk«, also Manhattan, in der Munsee-Sprache »Ort der allgemeinen Trunkenheit« bedeutet.

Ich gehe noch einmal aufs Klo, um die Wirkung des Alkohols ein wenig zu neutralisieren. Nach einer anständigen Line fühle ich mich wieder klar im Kopf. Vielleicht nicht vollkommen klar, doch es sind einige Lichter mehr angegangen.

Daniel und ich ziehen weiter. Ganz in der Nähe befindet sich ein Club, in dem aber wirklich der Bär steppt, verspricht er, wir werden uns eine Weile anstellen müssen. Ich stelle mich ganz bestimmt für nichts und niemanden und nirgends eine Stunde an, aber ansehen kann man sich den Schuppen.

Vor der Tür keine Schlange, sehr gut. Eine schöne Frau, wieso sind die alle so schön, müssen die alle so schön sein, knöpft uns 13 Dollar ab, dann dürfen wir rein.

Wir sind die einzigen Gäste.

»Das ist jetzt wirklich sehr seltsam«, sagt Daniel.

Eine halbe Stunde später sitzen wir in der *Deutschen Bierstube*. Holzbänke, rustikales Ambiente, deutsches Bier.

»Wirklich sonderbar«, sagt Daniel. »Das ist ein ganz angesagter Club. Ich verstehe das nicht.«

Ich winke ab und verziehe mich aufs Klo. Koksen kann man überall, und mit Koks wird aus der *Deutschen Bierstube* im Handumdrehen die *Buddha Bar*. Abgesehen davon, dass die *Deutsche Bierstube* nur eine WC-Kabine hat und man warten muss, bis der Mensch darin fertig ist.

Endlich bin ich an der Reihe. Mit geübtem Blick stelle ich fest, dass es sich um keine sehr kundenfreundliche Toilette handelt, es gibt keinerlei Ablagen. Von einem Klodeckel zu koksen ist sogar mir zu unwürdig, und meine Mengen kann ich nicht aus der Mulde zwischen Daumen und Zeigefinger ziehen, die haben da keinen Platz.

Es klopft.

»Hey, man! Hurry up!«

Dem geht's wohl nicht ganz gut. Ich bin gerade erst rein, und der

will mich schon wieder raushaben. Aber diese Art von Not kann sehr drängend sein, also bin ich nachsichtig.

Bleibt das iPhone. Die glatte Fläche ist ideal, doch mit meiner Feinmotorik habe ich gewöhnlich Schwierigkeiten, das Telefon so zu balancieren, dass das Koks nicht auf allen Seiten hinunterrieselt.

»Hey man, hurry up!«

»Relax, man!«, rufe ich.

»What the fuck ...«

Was ist denn mit dem los, denke ich. Er tut mir ja irgendwie leid. Wenn ich nicht schon mit Säckchen, Telefon, Kreditkarte und zusammengerolltem Geldschein jonglieren würde beim Versuch, das Koks feinzustampfen, würde ich ihn sogar vorlassen.

Er trommelt an die Tür. Er hämmert dagegen.

»Hey!«, schreie ich, nun doch etwas genervt.

Die Übung gelingt, aber nicht ohne ein bisschen von der königlichen Substanz auf dem Boden zu verstreuen. Gerade als ich ziehe, drischt der Wahnsinnige gegen die Tür, als wollte er sie eintreten. Vor Schreck verrutscht mir der Geldschein, und die Hälfte der Line schneit auf den versifften Boden.

»Get out immediately!«, schreit er.

»ARE YOU ON A FUCKING SUICIDE MISSION YOU STUPID FUCKING PRICK I WILL CRACK YOUR HEAD YOU FUCKING SUCKER BITCH!«, brülle ich.

Es wird weiter an die Tür gehämmert.

So, dem werde ich jetzt die Frucht der Furcht einpflanzen.

Ich schlecke mein Handy ab, schiebe es mit der einen Hand in die Tasche und reiße mit der anderen die Tür auf. Vor mir steht ein jockeykleiner Glatzkopf. Er starrt mich an, dreht sich um und rennt raus. Ich ihm hinterher, aber er ist schneller.

Daniel sieht nur das Ende der Szene, den Jockey, der aus dem Lokal stürmt. Auf eine Verfolgungsjagd habe ich keine Lust. Kopfschüttelnd setze ich mich. Mein Herz rumpelt sogar von der kleinen Dosis, die ich erwischt habe.

»Was war das denn?«, fragt Daniel.

»Vergiss es.«

»Wieso jagst du den Chef aus seinem Lokal?«

»Das ist der Chef?«

»Ja, haben wir doch vorhin gesehen. Als er die Leute dort begrüßt hat!«

»Trink aus.«

# BOSTON

Neben mir im Doppelbett liegt das Kind. Else hat das Zimmer gegenüber.

Ich bin froh, dass ich vor ihm wach bin. Wie üblich um diese Zeit ist es leicht, es an mich zu ziehen und zu umarmen, ohne dass es aufwacht. Endlich spüre ich diesen Körper wieder einmal in Ruhe. In Amerika zappelt es noch mehr als zu Hause, es rennt herum, es will dieses und jenes und sieht tausend Dinge auf einmal, nie sitzt es still, man kann sich nicht so einfach eine Zärtlichkeit klauen wie jetzt.

Ab und zu höre ich Geräusche von der Straße, einmal die Stimme einer Putzfrau und einen Staubsauger. Sonst ist alles still.

Das Kind atmet gleichmäßig. Schon an diesen leisen Atemgeräuschen würde ich es unter allen anderen wiedererkennen.

Ich drücke meine Nase in sein Haar. Vielleicht zu fest, das Kind wälzt sich herum, streckt sich – wie groß es schon ist! – und gähnt. Kurz macht es die Augen auf, sieht mich an. Die Augen grüßen mich für den Bruchteil einer Sekunde mit einem Leuchten, dann fallen sie wieder zu. Es schlingt den Arm um mich. Kurz darauf wieder das Chhhhh. Chhhhhh. Chhhhhh.

Ein Hotel in Boston. Kein besonders mondänes. Aber ein Hotel in Boston.

Mit ihm neben mir.

Ich drücke das Kind noch fester an mich. Ich würde es ihm am liebsten auf den Arm tätowieren: Halte die Zeit fest! Klammere dich an jeden Tag! Nimm von jeder Stunde die vollen sechzig Minuten mit!

Man kann im Leben leicht den Fehler begehen, einen Nachtflug hinzulegen. Dabei braucht man die vollen 24 Stunden Tageslicht. Ja gut, das gibt es nur in der Antarktis, aber trotzdem.

Die Antarktis. Der Südpol. Kostet eine Unsumme. Ich hoffe, ich treibe die einmal auf.

# WARREN, VT

Von New York nach Warren, Vermont ist es etwas weniger als sechs Autostunden. Meine Freunde Sarah und Giles, die ich vor Jahren in Rom kennengelernt habe, als sie dort studierten, betreiben dort ein Hostel. In der Nähe liegt ein Skigebiet, außerdem gibt es in diesem von Elchen und Bären bevölkerten Grenzgebiet zu Kanada nicht viel andere Unterhaltung, weswegen das *Hostel Tevere* gut besucht ist.

Nach der Begrüßung beginnt das Kind, das Haus unsicher zu machen. Was ihm dabei alles einfällt, will ich gar nicht wissen. Mir wird zugetragen, es habe mit Rasierschaum, Dartpfeilen und leeren Flaschen zu tun. So zieht es den Groll der Hostelbewohner auf sich, die jedoch rasch seiner charmant-gewinnenden Frechheit erliegen. Als es die Bargäste mit Plastikkugeln zu beschießen beginnt, verdrehe ich die Augen, aber insgeheim bin ich natürlich stolz auf das Kind, gerade weil es so unzähmbar ist.

Else hat sich in der Zwischenzeit mit Sarah in ein Hinterzimmer zurückgezogen. Giles und ich betrinken uns mit Whisky, und wenn er jemanden bedienen muss, beantworte ich SMS und Emails, wobei meine Antworten zusehends unsinniger werden. Zudem erwische ich hier und da einen Joint, und das bedeutet bei mir für den Abend eine schlechte Verlaufsprognose. Ich vertrage keine psychedelischen Drogen. Ich neige unter ihrem Einfluss zu psychotischen Zuständen. Und da ich mich sogar schon nüchtern für tot gehalten habe, sollte ich um Cannabis einen großen Bogen machen.

Aber was hilft's. Ich sollte ja um vieles einen Bogen machen. Ich sollte einen Bogen um Alkohol, Drogen, Gastronomie und Menschenansammlungen machen. Ich sollte einen Bogen um Frauen machen.

Ich sollte einen großen Bogen um mich selbst machen. Ich sollte einen großen Bogen um das ganze Leben machen.

Na ja, Letzteres mache ich eigentlich ohnehin.

Weil Giles im Laufe des Abends mehr und mehr zu tun hat, stellt er mir einfach die Whiskyflasche hin, und ich trinke allein weiter. Das Kind weiß ich in der Obhut Elses, die mit ihm schlafen gegangen ist, und so kann ich mich ohne schlechtes Gewissen der Abschaffung meiner Luzidität widmen.

SMS von meinem Vater: *Du gehst mit deiner lieben Sau am Naschmarkt spazieren. Ab und zu schmust du mit der Sau. Ihr seid glücklich.*

SMS von Daniel: *Wie geht's dir?*

SMS von Werner: *Am 26., 14.15, JFK.*

*Bitte nicht*, schreibe ich zurück.

Weg ist die Klarheit. Wochen ohne Rausch, ohne schlechtes Gewissen, ohne Paranoia, sie haben ein Ende. Ich stehe in diesem Hostel an der Bar, denke, sehe, schaue in mich hinein, habe Angst vor dem, was sich vor mir enthüllt. Ein Sauhaufen, mein Innen. Es ist, als käme ich als Erster an den Ort eines Unfalls und müsste überall zugleich Hilfe leisten, hier und da, rechts und links, bei diesem und bei jener. Bloß fehlt mir die Übersicht.

Mit der sogenannten Triage werden bei Katastrophen mit vielen Opfern Schwere und Behandlungspriorität der individuellen Verletzungen durch grüne, gelbe, rote und schwarze Anhänger gekennzeichnet. So etwas könnte ich in mir auch brauchen. Einen gelben Anhänger auf die Frauen. Einen schwarzen Anhänger auf den Alkohol. Einen roten auf die Drogen. Oder andersrum? Die Diagnose ist ja oft schwieriger als die Therapie.

Ich schreibe SMS. Euphorisch, depressiv, sexualkonnotiert, launig, das ändert sich alle zehn Minuten. An Matthias, an Großmeister Kernspecht, an Nina, die mich hänselt, dass sie schon lange keine Schwanzfotos mehr bekommen hat, und natürlich sofort eines kriegt, an Stefan, an David, an Ela, an Angie, an meinen Vater etwas

über seine Beziehung zu Pferden und Eseln, an Daniel natürlich etwas Ordinäres, an Werner fünf oder sechs.

Allmählich wird es dunkler. Mir werden irgendwelche Rednecks vorgestellt. Wenn Giles sie mag, sind sie bestimmt nett, aber mir fehlt es in solchen Momenten an Empathie, sonst würde ich nicht alle zum Armdrücken herausfordern. Interessanterweise wird mir noch während all dieser Handlungen bewusst, dass ich mich an sie am nächsten Morgen nicht mehr erinnern werde, und ich glaube, ich denke eine Weile über dieses Thema nach. Dass das, was jetzt ist, morgen nicht mehr sein wird. Das vieles, was mir jetzt wichtig ist, morgen wie weggeblasen sein wird. Ungefähr so sehen, glaube ich, meine letzten Überlegungen aus an diesem ersten Abend an der Bar des *Hostel Tevere* in Warren, Vermont, USA.

# WESTSTEIERMARK

Im Briefkasten liegt das monatliche Rundschreiben des Vereins, auf das ich seit Tagen warte. Ich lasse die Schultasche im Vorzimmer stehen, reiße mir schnell ein Stück Milchbrot ab, verschlinge es im Stehen, trinke einen Schluck Cola und lege mich mit dem Umschlag aufs Bett. Ich öffne ihn nicht gleich. Ich genieße die Spannung.

Was wird drinstehen? Im letzten Monat habe ich für den Verein fast alles gewonnen, was es zu gewinnen gibt. Vielleicht schreiben sie darüber. Ab und zu werden einzelne Spieler mit ein, zwei Sätzen hervorgehoben. Ich freue mich immer, wenn ich meinen Namen lese. Zumindest wenn ich gewonnen habe.

Ich halte es nicht mehr aus. Beinahe zerfetze ich den Umschlag. Dabei gelingt es mir, mich mit dem Papier zwischen Zeige- und Mittelfinger zu schneiden. Das brennt höllisch, so ein feiner Schnitt. Ich blute fluchend, aber ich habe keine Zeit für den Schmerz.

Im ersten Artikel geht es um die erste Mannschaft, die in der Zweiten Bundesliga spielt. Den überspringe ich und lese stattdessen den über die zweite Mannschaft.

»Die Sensation der bisherigen Saison.« »Ein Jahrzehntetalent.« »Ein Jugendspieler, wie wir noch keinen hatten.« »Seinen Gegner Krumpaner überfuhr er mit filigraner Taktik, während er den erfahrenen Setitz im Endspiel zusammenschob.« »Mit ihm werden wir noch viel Freude haben.« »Aus ihm kann ein Großer werden. Ein ganz Großer.«

Ich lese diese Sätze wieder und wieder. Wieder und wieder und wieder. Wieder und wieder und wieder und wieder und wieder und wieder und wieder. Bis ich einschlafe, obwohl es erst Nachmittag ist.

Als ich aufwache, ist Uriella schon da. Auf dem Herd köchelt etwas, es könnten Nudeln sein. Sie raucht und legt Patiencen. Ich zeige ihr das Rundschreiben. Sie lobt mich. Ich bin erfüllt von Freude und Zuversicht. Im Moment ist alles leicht, im Moment sieht es so aus, als könnte die Welt für mich doch noch ein gastlicher Platz werden.

»Massier mir den Rücken«, fordert mich Uriella auf.

»Wie? Wo?«

»Na, du wirst ja wohl wissen, was Massieren ist.«

»Ja klar, aber …«

»Stell dich hinter mich. Gut. Und jetzt massier mir den Rücken.«

Ich gehorche. Ich scheine es richtig zu machen, denn sie fängt nach einer Weile an, wie eine Katze zu schnurren.

»Du machst das echt gut«, sagt sie. Und ein bisschen später: »Du hast Talent.«

Mir tun die Hände weh, aber sie drängt mich weiterzumachen.

»Merk dir«, sagt sie, »so kannst du jede Frau ins Bett kriegen.«

Kurz höre ich auf zu massieren.

»Mach weiter!«, befiehlt sie.

»Ja, genau so. Jede kannst du so haben. Jede.«

# WARREN, VERMONT

Beim Aufwachen Erinnerungen. Nicht an den Vorabend, der ist weg oder nahezu weg. Erinnerungen an früher. An Bilder, Sätze, Klänge, an Gerüche aus einer Zeit, die so fern ist und doch untrennbar mit allem verbunden, was ich bin, was mich ausmacht, was ich war und was ich werde. Sie sind da, diese Bilder und diese Erinnerungen und diese Gefühle, und ich kann nichts gegen sie oder mit ihnen tun.

Giles hat eine Shooting Range reserviert und einen Freund aufgetrieben, der Waffen jeder erdenklichen Art sammelt und Zeit hat. Um sich mit diesem Freund zu treffen und alles vorzubereiten, ist er vorausgefahren.

Gegen Mittag setze ich mich in den Buick und studiere den Anfahrtsplan, den mir Giles gezeichnet hat. Mein Kopf fühlt sich dumpf an. Mir ist übel. Ich habe ein schlechtes Gewissen. Nicht weil ich weiß, dass ich bei dieser Shooting Range unter Garantie nicht nüchtern ankommen werde. In den USA gibt es zwei Staaten, die sogar Blinden die Teilnahme an der Jagd erlauben, und verglichen mit denen stelle ich selbst im allerschlimmsten Zustand noch eine berechenbare Gefahr dar. Ich habe ein schlechtes Gewissen, weil ich schon wieder in diesem schwarzen Strom stecke, aus dem ich so schwer rausfinde. Ich sehe mir zu, wie ich dahintreibe, und kann nichts dagegen tun.

Hinter dem Steuer ziehe ich von einer CD-Hülle eine mächtige Line. Zum Glück ist mir von New York noch einiges übrig geblieben.

Nach ein paar Sekunden kommt die Welle. Sie vertreibt alle negativen Gedanken. Es gibt kein schlechtes Gewissen mehr, weil es kein

Gewissen mehr gibt. Es gibt keine Sorgen mehr, weil es niemanden mehr gibt, um den ich mir Sorgen mache, jedenfalls sitzt so jemand nicht gerade in diesem Auto. Hier sitze nur ich. Wie es sich gehört. Gerade.

Jetzt ein Cop, das wär's. Ich lache und ziehe noch was nach. Die CD-Hülle lecke ich ab.

Nachdem ich mir zehn Minuten Konzentration auf das weltumspannende Tosen in meinem Kopf gegönnt habe, fahre ich los.

Vermont ist groß und leer. Weite. Kleine Häuser. Klare Luft. Wenn man stehen bleibt und den Motor abstellt, hört man nichts. Es ist nichts da außer der Kälte, dem knackenden Licht, dem stumpfen, abweisenden Schnee, den Bäumen, den Bergen. Und ein paar Rätseln. Manche größer, manche kleiner. Ich fühle sie mal da drüben links, mal da rechts. Hier ist noch nicht viel passiert, aber zu ein paar düsteren Geheimnissen hat es diese eigene Welt schon gebracht.

Die Sonne steht niedrig. Ich setze die Sonnenbrille auf, die ich mir in New York gekauft habe. Ab und zu gehe ich vom Gas, um die Anfahrtsskizze zu kontrollieren oder eines der Schilder zu fotografieren, die auf die Gefahr kreuzender Bären und Elche hinweisen.

Ich mag es hier. Die Droge sitzt gut im Kopf. Drängt die Fassade der Realität zurück. Es ist egal, wie wirklich die Dinge sind, die ich gerade wahrnehme. Wieso auch? Mir scheint, ich bin in Vermont, also bin ich in Vermont. Einer Gegend, die anders ist als alles, was ich bisher gesehen habe. Egal, ob ich tot bin oder nicht, ich bin gerade dankbar für diese Momente, Stunden, Tage, Chancen. Ich weiß, in mir wird etwas bleiben von diesen Wochen, und es spielt keine Rolle, wie viel davon mir jemals bewusst wird. Es ist da und bleibt da.

Als ich um eine Kurve biege, steht mitten auf der Fahrbahn ein riesiger Elch.

Ich steige auf die Bremse und bleibe zwei Meter vor ihm stehen. Er zuckt nicht einmal. Er steht aufrecht vor mir und schaut mich an.

Unsere Blicke treffen sich. Mensch schaut Elch an. Elch schaut Mensch an. Für eine Sekunde habe ich das Gefühl, zwischen uns passiert etwas. Eine Art Austausch. Dann trottet er nach rechts in den

Wald und lässt mich zurück, und ich bin traurig, ohne erklären zu können, wieso.

Mach's gut.

Auf der Shooting Range stellt mich Giles einem Durchschnittstypen vor, der Tim heißt und nicht aussieht wie ein Waffennarr oder ein Mitglied der Aryan Brotherhood. Dennoch hat er auf zwei Tischen eine so absurd große Menge von Waffen ausgebreitet, von einer belgischen Armeepistole aus dem Ersten Weltkrieg bis zu Maschinengewehren, dass ich nicht einmal wage, ein Foto davon zu machen.

Mit dem Arsenal, das vor mir liegt, kann man eine Kleinstadt einnehmen. Nun gut, deshalb bin ich ja hier. Nicht zum Kleinstadteinnehmen. Nur zum Hineinhorchen in diese Möglichkeit.

Ich mag Waffen. Ich sehe in ihnen nichts Verehrungswürdiges. Ich mag Waffen, so wie ich ein Schachbrett und die dazugehörigen Figuren mag. Schießen ist ein Sport. Aber natürlich ist es auch etwas anderes. Ich will da gar nicht zu genau in mich hineinschauen. Ich werde niemals jemanden verletzen, der mich nicht dazu zwingt. Aber schießen können schadet nicht. Die Guten müssen es auch können. Oder nicht. Ich bin ein Guter. Oder nicht. Nicht?

Wir sind zu dritt. Kein Mensch außer uns weit und breit. Drei Männer, drei Autos, zehn Revolver, zehn Pistolen, zwölf Gewehre, zwei Maschinengewehre.

Ich gehe hinter einen Bretterverschlag und ziehe mir noch eine fingerlange und fingerdicke Line rein, ein wahres Monster, nach dem ich am Realitätsgehalt meiner Wahrnehmung endgültig zweifle. Genauso gut könnte ich auf dem Mars sein oder ein Hologramm.

Vermont. Kälte. Schnee. Stille. Dunkles Metall, in der Sonne glänzend. Mein Atem als Wölkchen.

Ist das alles noch wirklich?

Bin ich wirklich?

Tim erklärt uns, wie die Sache läuft. Keiner geht allein zu den Zielen, keiner bleibt allein bei den Waffen. Gemeinsam stapfen wir den

verschneiten Hang hinunter und bereiten aus alten Tennisbällen, Plastikflaschen, Eimern, Fußbällen und anderen für diesen Zweck herumliegenden Gegenständen Ziele vor. Zurück am Stand, setzen wir die Gehörschützer auf und laden die Waffen. Das Laden ist weniger schwierig als das Abdrücken, zumindest bei manchen Gewehren, weil ich die Modelle nicht kenne und keine Ahnung habe, wie man sie entsichert. Tim und Giles helfen mir abwechselnd.

Die beiden schießen sehr gut, um einiges besser als ich, aber das stört mich nicht. Ich bin nicht mehr der kompetitive Charakter von früher. Ich bin schlicht fasziniert von der Kalaschnikow, die ich auf Einzelfeuer gestellt habe, und von der stillen, eisigen, kristallklaren Schneelandschaft um mich herum. Das wäre auch ohne K eindrucksvoll. In diesem wilden, geheimnisvollen Rausch ist es geradezu irreal schön.

Am Abend lassen wir uns Pizza kommen, denn zu kochen hat niemand Lust. Wir spielen Chenga oder Dart oder Bar-dice oder andere mysteriöse Spiele, deren Sinn ich nicht durchschaue. Nachdem alle Kinder im Bett sind, tritt der eine oder andere Erwachsene in den Zustand der Haltlosigkeit über. Ich ziehe hin und wieder an einem Joint. Prompt taucht ein Gespenst auf.

Das geschieht nicht zum ersten Mal. Wenn ich gekifft habe, tritt gelegentlich eine unsichtbare Person in meiner Wahrnehmung ein. Nicht immer, zuletzt bei Nina und Christoph, aber wenn sie da ist, wirft mich das aus dem Gleichgewicht. Sie ist tatsächlich mit im Raum. Die anderen sehen sie nicht und spüren sie nicht. Ich sehe sie auch nicht, aber ich spüre sie deutlich.

Nun ist sie da. Sie ist die ganze Zeit über da. Ich beginne zu lachen und frage sie, ob sie mich wirklich für so dämlich hält, dass ich sie nicht bemerke.

»Natürlich weiß ich, dass du da bist!«, rufe ich lachend in Richtung der Ecke, von wo sie uns, vor allem mich, beobachtet.

Sie sagt nichts. Sie ist nur da. Aber ich weiß, sie schaut.

Ich lache noch mehr.

»Bist du blöd?«, rufe ich. »Ich weiß es und werde es immer wissen! Dieses Spiel ist albern.«

»Everything alright?«, fragt Giles.

Vor Lachen kann ich nicht antworten. Ich winke ab, ignoriere den Geist und beteilige mich wieder an einem Würfelspiel.

Es wird dunkler. Den Whisky trinke ich irgendwann aus der Flasche, das Koks ziehe ich vom Tresen. Mir wird klar, dass die Mitglieder von *Arcade Fire* in Wahrheit Vampire sind. Wie es dazu kommt, dass mich eine der Frauen an der Bar zuerst in die Brust, dann ins Gesicht beißt, weiß ich nicht. Ist sie von *Arcade Fire*? Nachdem ich mir das Blut abgewischt und noch ein paarmal am Joint der Frau gezogen habe, wird der Geist wieder aufdringlich.

Diesmal ist es nicht besonders lustig. Ich werde das bedrohliche Gefühl nicht los, dass er in mich eindringen und sich in mir einnisten möchte. Mein Gehirn sehe ich gerade als Roulettekessel, in dem Sünden und Gebete durcheinanderwirbeln. Auch ich bin darin, und ich habe Angst, nie mehr rauszukommen.

Ich werde panisch.

Giles merkt es als Erster.

»Can I do something for you, *schatzi*?«, fragt er.

Ich schüttle den Kopf.

Ich bemerke Ströme von Schweiß auf meinem Körper. In einer Hosentasche finde ich einen Streifen Xanor. Ich nehme gleich drei.

Ich muss von diesem Trip runter. Ich muss aus meinem Gehirn raus, sofort. Ich will hier nicht sein, sonst bleibe ich womöglich ewig darin gefangen.

Von fern Lachen. Jemand beißt mich. Jemand greift mir zwischen die Beine. Durch den Mund atmend, wanke ich ins Freie.

Das Wetter hat umgeschlagen. Es donnert. Es blitzt. Gott fotografiert seine Heiden.

Ich schwitze und keuche und sehe keinen Trost. Ich hasse mich. Ich hasse meinen Sturz.

# CARLISLE

»Hallo?«
»Hm?«
»Hallo? Hörst du mich?«
»Was?«
»Willst du nicht mal die Kopfhörer runternehmen und das Handy weglegen?«
»Was?«
»DIE KOPFHÖRER SOLLST DU ABSETZEN! SPEZIELL …«
»JA, JA!«
»Speziell, wenn du mit mir redest.«
»Ich rede ja nicht mit dir.«
»Was?«
»Ich rede ja nicht mit dir. Du redest mit mir!«
»Äh. Also gut. Lass sie mal bitte unten. Was schaust du dir da den ganzen Tag an?«
»YouTuber.«
»YouTube?«
»Ja. YouTuber halt.«
»YouTube oder YouTuber?«
»YOUTUBER.«
»Was soll denn das sein?«
»Na YouTuber.«
»Was sind YouTuber? Menschen?«
»Ja, was denn bitte sonst? Hunde?«
»Also Menschen? Tun die irgendwas?«

»Die haben eigene Kanäle und eigene Sendungen! Da gibt es total lustige! Und man lernt auch was.«
»Das kann ich mir vorstellen.«
»Darf ich mir was Süßes nehmen?«
»NEIN! Erst wird etwas Anständiges gegessen!«
»Aber du darfst?«
»Was?«
»Hinter dir liegt eine offene Packung Schoko.«
»Na gut, hol dir was. HE! NICHT VIEL, HÖRST DU? NUR EIN STÜCK SCHOKO!«
»JA, JA!«

»WO BLEIBST DU SO LANGE?«
»Bin eh schon hier.«
»Und? Was hast du dir genommen?«
»Das.«
»Zwei Stück? Ich habe gesagt, nur eines.«
»Das da ist für dich!«
»Nein, ich will nicht, ich werde fett.«
»Du bist schon fett.«
»Das stimmt.«
»Nein, du bist nicht fett! Das war doch nur Spaß!«

»Hey, das ist angenehm. Könntest mich gern öfters so anschmusen.«
»Jaja. Iss jetzt deine Schokolade! Sie schmilzt sonst!«
»Na gut, gib her.«

»Und? Schmeckt's?«
»Was?«
»Schmeckt's gut?«
»Die Schoko? Ja. Wieso?«
»Nur so.«
»Wieso schaust du so?«
»Ich schaue ja gar nicht.«

»Was ist denn das für ein Blick?«

»Was für ein Blick?«

»Wieso grinst du so? Du … WAS HAST DU MIT DIESER SCHOKOLADE GEMACHT? HE! BLEIB DA! KOMM SOFORT ZURÜCK!«

# CARLISLE

–
–
–
–
–
–
–
–
–
–
–
–

# WESTSTEIERMARK

Der Jugoslawe, der das erste Mal bei der Stadtmeisterschaft mitspielt und 300 Elo mehr hat als ich und zudem einen internationalen Titel, starrt aufs Brett und beißt auf seine Fingerknöchel. Seine Ohren sind knallrot. Die Lampe über unserem Tisch lässt den Schweiß auf seiner Halbglatze glänzen. Er rutscht auf seinem Stuhl hin und her. Ab und zu wirft er mir einen lauernden Blick zu. Er hebt die Hand, um einen Zug zu machen, und lässt sie wieder sinken. Er schaut auf die tickende Uhr. Ihm läuft die Zeit davon.

Ich sehe in die Gesichter der Zuschauer. Der Ingenieur und der Autohändler kommen dazu. Sie versenken sich in die Stellung. Der Ingenieur runzelt die Stirn. Dann geht ein Leuchten über sein Gesicht, und er nickt mir zu. Der Autohändler braucht länger, aber dann sehe ich, wie er die Augen weit aufreißt und mich anstrahlt.

Mein Herz klopft mir in den Hals rauf. Ich wage nur flach zu atmen. Ich kann kaum glauben, was gerade passiert.

In diesem heiklen Moment kracht die Tür zum Spielsaal auf, als wollte sich ein Elefant Einlass verschaffen.

»Hallooooooo!«, schreit mir Baby quer durch den Raum entgegen. »Endlich sehe ich einmal ein Schachturnier!«

Er stampft auf mich zu, wobei er unterwegs mit seinen Fettwülsten an einem Tisch eine Schachuhr streift, die auf dem Boden zerschellt. Sämtliche Spieler reagieren, als hätte man ihnen Knallerbsen aufs Brett gefeuert.

»Volltrottel!« – »Was will der da?« – »Schiedsrichter!« – »Raus mit dem!« – »Wer ist der Depp?« – »Arsch!« – »Spinnt der?« – »Turnierruhe!«

»Muss man hier leise sein?«, fragt Baby. »Ich bitte um Entschuldigung!«

»Pssssst!«, zischt mein Gegner. Er sieht mich wütend an, dabei kann ich ja nichts dafür.

Baby winkt mir, ich soll mit ihm hinausgehen. Ich weiß nicht, wie er sich das vorstellt. Ich bin zwar nicht in Zeitnot, aber ich kann den Jugoslawen jetzt nicht vom Haken lassen. Wenn ich rausgehe und er seinen Zug macht, denkt er dann auf meine Zeit nach.

Obwohl, ich glaube, das spielt keine Rolle mehr. Er ist kaputt.

In der Kantine steckt sich Baby eine Zigarette an.

»Und«, sagt er, »gewinnst du?«

»Sieht so aus.«

»Du bist eben ein Genie!«

»Deswegen bin ich kein Genie. Aber er hat 300 Elo mehr als ich, gegen so jemanden habe ich noch nie gewonnen!«

»Was hat er?«

»Elo. Das sind Punkte.«

»Du bist nervös, oder?«

»Na, und wie!«

»Kannst du jetzt schon weggehen?«

»Die Partie ist ja noch nicht aus! Ich setze mich wieder ans Brett. Ich glaube, es wird nicht mehr lange dauern. Aber analysieren werde ich danach müssen.«

»Was heißt das wieder?«

»Nach einer Partie analysieren beide Spieler gewöhnlich miteinander die Partie. Sie verstehen so, was dem anderen durch den Kopf gegangen ist, und lernen dazu.«

»Dauert das lange?«

»Hast du es eilig?«

»Nein, ich mache mir nur Sorgen um dich! In einer Stunde ist es Mitternacht!«

»Schon okay, das bin ich gewöhnt.«

»Aber ich wollte mit dir danach noch Eis essen gehen!«

»Das können wir ja machen.«

»Hast du morgen keine Schule?«

»Doch, aber ich könnte sowieso nicht schlafen. Selbst wenn es nur ein Unentschieden wird, ist es ein Wahnsinnserfolg.«

»Du bist ein Genie.«

»Weißt du, was alle Genies gemeinsam haben?«

»Nein. Sag! Ich habe es bestimmt auch!«

»10 000 Arbeitsstunden. Und mehr.«

»Was für Arbeitsstunden?«

»Na, in irgendwas müssen sie ja genial sein. Dafür haben sie gearbeitet. Bobby Fischer hat noch weitaus mehr als das gearbeitet.«

»Wer ist Bobby Fischer?«

»Der beste Schachspieler aller Zeiten.«

»Unsinn, man kann auch einfach so genial sein!«

»Ich muss dann wieder …«

»Gehst du gern in die Schule?«

»Baby, bitte nicht wieder solchen Lärm machen. Die bringen mich um!«

»Wieso? Es ist doch mein Lärm und nicht deiner!«

»Wenn du wegen mir hier bist, ist es mein Lärm.«

»Verstehe ich nicht. Bleib noch!«

»Nein. Baby, ich muss wieder hinein.«

»Warte! Ich mag nicht allein sein.«

»Die Wirtin ist hier, der Kellner …«

»Die kenne ich nicht. Was ist dein Lieblingsgegenstand?«

»Vermutlich ein Schachbrett. Baby, ich …«

»Nein, ich meine in der Schule!«

»Weiß nicht. Geschichte, glaube ich.«

»Und was ist dein Lieblingseis?«

»Baby …«

»Ich mag Vanille am liebsten. Aber ich bin schon so dick. Macht nichts. Heute gehen wir Eis essen. Wir feiern …«

Als ich mit der Flasche Cola, die mir Baby spendiert hat, in den Spielsaal zurückkehre, entsteht rund um mein Brett Bewegung. Alle schauen mich an. Mein Herz, das sich draußen etwas beruhigt hat, springt wieder in meinem Brustkasten herum. Habe ich etwas übersehen? Bin in Wahrheit ich der, der kaputt ist?

Bitte, lieber Gott, lass es nicht so sein. Bitte. Ich will zumindest dieses Unentschieden. Ich will es so sehr. Dieses Unentschieden ist ein weicher Trost für alles andere. Ich brauche dieses Unentschieden, lieber Gott. Du kriegst 100 Gutpunkte, wenn ich das Unentschieden kriege.

Die Zuschauer treten zurück, damit ich ans Brett kann. Die Uhr ist abgestellt. Der Jugoslawe unterzeichnet kopfschüttelnd das Partieformular. Als er mich sieht, ringt er sich zu einem anerkennenden Lächeln durch. Er streckt mir die Hand hin.

Er hat aufgegeben.

Meine Vereinskollegen dreschen mir auf die Schulter, schütteln mir die Hand, reden durcheinander, fallen über das Brett her und analysieren die Schlussstellung. Ich kann nicht viel dazu beitragen. Mehr als dazusitzen und mir bewusst zu machen, dass ich gerade einen FIDE-Meister geschlagen habe, bringe ich nicht fertig.

Soeben bin ich bei der Stadtmeisterschaft in Führung gegangen.

Lieber Gott: 10 000 Gutpunkte.

Im Café, vor den Eisbechern, die wir gerade noch gekriegt haben, obwohl wir die einzigen Gäste sind und die Kellnerin schon zumachen wollte, komme ich gar nicht zu Wort. Ich weiß nicht, was mit Baby los ist, er redet unaufhörlich. So habe ich ihn noch nicht erlebt. Wäre ich nicht so glücklich, würde mich diese Energiewelle, die da von der anderen Seite des Tisches über mich schwappt, erdrücken oder zumindest erschöpfen. So aber sitze ich da und nicke selbst zu den aberwitzigsten Geschichten freundlich, als würde ich Babys Erzählungen mit enormem Interesse folgen.

Gewonnen.

Gewonnen.

Gewonnen.

Gewonnen.

Gewonnen.

Ich bin auf einem guten Weg. Auf einem sehr guten. Ganz allgemein, nicht nur in der Stadtmeisterschaft. Bei der sind noch drei Runden zu spielen. Theoretisch könnte ich sie sogar gewinnen. Aber das ist unrealistisch. Ich habe zwar gerade die Nummer 1 der Setzliste geschlagen, aber ich darf nicht damit rechnen, dass das so weitergeht. Wenn ich das Turnier ausremisieren kann, komme ich unter die Top 5, was auch schon ein ungeheurer Erfolg wäre.

Trotzdem stelle ich mir vor, was wäre wenn. Kurz und heimlich. Sogar vor mir selbst halb versteckt. Im Schrank in der obersten Schublade, da ist der Gedanke. Ich weiß, dass er da ist, ich tue aber so, als wäre er es nicht. Ein blinder Passagier.

Fast alles in mir sagt: Das schaffst du nicht.

Eine schwache Stimme sagt: Du kannst alles, was du wirklich willst.

Aber wie weiß man, ob man etwas wirklich will? Oder ob man sich den Erfolg in Wahrheit nicht zutraut? Ihn sich ersparen will?

Ab und zu würde ich gern wissen, was tief in mir vorgeht. Und wer da noch in mir steckt.

Nach dem Eisbecher ist es mit der Geduld der Kellnerin vorbei. Baby bringt mich nach Hause. Es brennt kein Licht. Ich könnte ihn bitten, mit hineinzukommen, aber ich traue mich nicht. Ich will nicht zugeben, dass ich alleine Angst habe. Er verspricht, mich morgen früh abzuholen und zur Schule zu bringen. Ich bin nicht sicher, ob das klappt. Er wirkt heute sehr seltsam.

Schon beim Aufschließen singe ich laut. Ich schreie mein Phantasielied geradezu, während ich im Dunklen nach dem Lichtschalter suche. In allen Zimmern schalte ich das Licht an und lasse in der Zeit die Haustür offen.

Ich habe keine Angst vor etwas, das von draußen reinkommen könnte, ich habe Angst vor etwas, das hier sein könnte. Ich will

nicht allein mit den Gespenstern sein. Sogar ein Räuber wäre mir lieber als ein Gespenst. Ein Räuber wäre mir *viel* lieber als ein Gespenst.

Nachdem ich den Fernseher eingeschaltet und lauter gedreht habe, schließe ich die Haustür. Ich lasse mich aufs Bett fallen.

Gewonnen.

Gewonnen.

Moment. Ja, es stimmt: Fast auf den Tag genau vor einem Jahr habe ich meine erste Turnierpartie gewonnen.

Ich erinnere mich gut daran, wie ich zu Suux mit dem Partieformular heimkam und ihr die ganze Partie vorspielte. Sie hatte natürlich keine Ahnung, was ich ihr da eigentlich zeigte, aber wir taten beide so, als verstünde sie alle Feinheiten der Stellung. Und ich erinnere mich an den sonderbaren Gedanken, den ich dann hatte: Suux sollte versuchen, Weltmeisterin zu werden.

Es ist völlig unmöglich, dass eine Achtundachtzigjährige, die zudem noch nie eine Schachpartie gespielt hat, Schachweltmeisterin wird. Aber ich musste mir das vorstellen, tagelang. Wie sie sich Schachbücher kauft und Eröffnungen lernt und mit ihren lieben armen grauen Haaren und ihrem lieben schwachen alten Kopf über dem Brett sitzt und Endspiele analysiert. Und wie sie an ihrem Ebenholzstock zu den Turnieren humpelt und Weltmeisterin werden will.

Ich weiß nicht, wieso ich mir solche Dinge vorstellen muss. Sie ergeben nicht viel Sinn.

Unter dem Bett krame ich mein Geheimbuch hervor und gebe Gott die versprochenen Gutpunkte. Eigentlich würde er damit jetzt die Tabelle anführen, vor Suux. Das geht aber nicht. Daher gebe ich ihr auch 1000 Punkte. Die beiden haben sich deutlich vom Feld abgesetzt.

Als ich mir etwas zu essen suchen will, fällt mein Blick auf die Schultasche. Siedend heiß fällt mir die Mathe-Schularbeit ein. Morgen. Erste Stunde.

Und ich habe nicht das Geringste dafür getan.

Wenn ich nicht langsam aufpasse, muss ich die Klasse wiederholen. Das wäre das zweite Mal hintereinander. Ich bin aus der letzten Schule ja nicht nur rausgeflogen, sondern auch sitzengeblieben, gleich in drei Fächern, in Latein, Mathematik und Englisch. Ein drittes Mal denselben Blödsinn zu hören halte ich garantiert nicht aus.

Ich beginne zu verstehen, warum die jungen Helden in den Büchern früher von zu Hause weggelaufen sind, um zur See zu gehen. Was ich jedoch bestimmt nicht machen werde. Auf See hänge ich die ganze Zeit über der Reling.

Außerdem traue ich mich nicht wegzulaufen.

Gewonnen.

Gewonnen.

Gewonnen.

Schultasche.

Schultasche? Gewonnen!

Schach, Lesen, Gespenster, Milchbrot und Mathematikschularbeiten. Statt M. habe ich Baby.

Bleibt das alles so?

Lieber Gott, es wären noch ein paar Gutpunkte für dich drin.

?

Als Jonas die Augen aufschlug, war es Nacht. Er konnte nicht viel erkennen, doch es roch nach Wald.

Der Boden unter ihm war kalt und feucht. Jonas setzte sich auf und tastete nach der Ausrüstung, die ihm Tanaka diesmal zugestanden hatte. Er fand seine Brieftasche, eine Wasserflasche, ein Türglöckchen und ein Gewehr.

Das wird immer bizarrer, dachte er.

Beim Aufstehen durchsuchte er seine Taschen. Er fand einen wasserfesten Stift. Ratlos drehte er ihn in der Hand.

Dieser Stift bedeutet nichts. Eine falsche Fährte.

Nichts hier bedeutet etwas, dachte Jonas. Lauter falsche Fährten. Ich muss mich nur befreien. Das ist es, worum es geht.

Wenigstens hatte ihn sein Anwalt diesmal nicht im Jemen ausgesetzt.

Je länger er da stand und nichts anderes hörte als den Wind, desto nachdenklicher wurde er.

Pfadfinder bin ich ja nun keiner, dachte er. Wer weiß, wie groß dieser Wald ist und wie entlegen? Mit Zach wäre die Sache kein Problem. Allein vielleicht doch.

Sehr gut.

Das schaffst du allein.

Als Freiheitsstatue im Jemen hatte er, nachdem er die Polizisten losgeworden war, keine Sekunde an eine echte Gefahr gedacht. Grund dazu hätte es gegeben, doch er war sich sicher gewesen, dass er diese Situation meistern konnte. Einen Mann gleicher Sta-

tur überwältigen, dessen Kleidung anziehen, sich irgendwie durchschlagen, das konnte er. Es ist nicht schwer, einen Menschen zu überrumpeln.

Danach hatte sich herausgestellt, dass er ohnehin praktisch im Garten der amerikanischen Botschaft gehockt hatte.

Das hier ist gefährlicher, Tanaka, das weißt du. Hast du jemanden in der Nähe, der mir hilft, wenn ich nicht aus dem Wald rausfinde? Einen, der auf mich aufpasst? Oder bin ich auf mich gestellt?

Vielleicht war man nach so einer Gehirnoperation mordlüstern?

Vielleicht steht auch ganz in der Nähe eine Hütte?

Mit dem Gewehr auf dem Rücken, das leise bimmelnde Glöckchen in der Hand, ging er umher, konzentrische Kreise ziehend, soweit er das in der Dunkelheit konnte. Die Kreise wurden größer und größer. Irgendwann verlor er den Mittelpunkt und damit auch die Wasserflasche, die er stehen gelassen hatte.

Über ihm schimmerte ein Stück Mond. Sterne waren nicht zu sehen.

»Hallo?«, rief er.

Nichts.

Er schrie. »Hallo!«

Nichts. Nicht einmal ein Echo.

Werner?

Stille.

Was soll dieses verdammte Glöckchen, dachte er und hängte es an einen Baum.

Sechsundzwanzig Stunden schaffe ich ohne Schlaf, dachte er. Hier könnte ich sogar schlafen. Also was soll's.

Er stolperte über Wurzeln, riss sich die Hose im Gebüsch auf, holte sich an unsichtbaren Ästen blaue Flecken, bis endlich die Dämmerung anbrach.

Es war, als käme ihn seine Mutter wecken. Selten zuvor hatte er einen Tagesanbruch so herbeigesehnt. Ab dem Morgen mussten

Spuren zu entdecken sein, Hinweise darauf, wo er sich befand. Vielleicht gar ein Weg, wenigstens eine Markierung an einem Baum.

Die Sonne stieg zäh, als wollte sie ihn ärgern.

Heute schien sie nur für ihn. Es war niemand sonst hier, der sie sah. Es war niemand da, kein Emissär der Rettung, kein Tanaka, kein Freund, nur er, Jonas, der Wald und die Sonne.

Am Vormittag gelangte er zu einer kleinen Lichtung. Erschöpft sank er in hohes Gras. Hier summten Hummeln, hier tanzten Mücken im starken weißen Licht der Sonne. Hier streckte das Draußen eine Hand nach ihm aus.

Nachdem er eine Weile mit geschlossenen Augen dagelegen und sich zu Marie geträumt hatte, um die Einsamkeit zu ertragen, die mehr und mehr von ihm Besitz ergriff, hörte er etwas. Erst dachte er, es wäre Einbildung, danach, es wäre der Wind. Doch es war nicht der Wind. Wind klang wie Luft, Wind konnte nur wie Luft klingen. Dieses Geräusch klang nach greifbarer Bewegung.

Rasch fand er den schmalen Bach, der sich zwischen Ahornbäumen dahinschlängelte. Er trank gierig. Jetzt erst merkte er, wie durstig er gewesen war.

Verschwitzt, matt, leer drehte er sich auf den Rücken und schaute hoch in den undurchdringlichen Blätterhimmel.

Er versuchte, die Einsamkeit anzunehmen. Sie war in ihm. Sie war schon vorher dagewesen. Er versuchte, sie anzusehen, doch er vermochte es nicht. Er besuchte Marie, er winkte Mike und Werner zu und zog weiter.

Wenn ich Angst haben könnte, wäre alles einfacher, dachte er. Angst ist zu ertragen. Angst geht vorüber. Wenn die Einsamkeit stärker ist als die Angst, ist alles nur noch Suche.

Irgendwann stand er auf und ging den Bach entlang, der zögerlichen Strömung folgend. Auf diese Weise musste er irgendwann auf etwas stoßen, das ihm weiterhalf. Wo Wasser ist, leben Menschen.

Am Nachmittag wurde sein Hunger so groß, dass er nach Pilzen Ausschau hielt, obwohl ihn ihr Geschmack an den Tod erinnerte. Seltsamerweise wuchsen in diesem Wald weder Pilze noch Beeren. Auf Hasen oder Rehe hoffte er nicht, denn er wusste, dass er sie ohnehin nicht töten könnte. Er würde niemals ein Tier töten können, eher würde er verhungern.

Das wusste Tanaka. Wozu diente also das Gewehr? War es überhaupt geladen?

Er kontrollierte das Magazin. Es enthielt nur eine Patrone.

Der war gut, Tanaka.

Als die Sonne unterging, suchte sich Jonas einen möglichst geschützten Schlafplatz, denn er hörte Donnergrollen. Zudem durfte er die Nähe von wilden Tieren nicht ausschließen. Es konnte hier Bären geben, Schlangen, es konnte hier alles geben.

Der Regen brach über Jonas herein, noch ehe er eingeschlafen war. Binnen Sekunden war trotz des dichten Blätterdachs über ihm seine Kleidung durchnässt.

Die Kälte kam. Er hasste die Kälte. Er hatte sie immer gehasst, und in diesem Moment hatte Tanaka es geschafft, dass Jonas sogar ihn hasste.

Der Regen rauschte auf ihn herab.

# WESTSTEIERMARK

Wenn mir etwas auf die Nerven geht, ist es Turnen. Eigentlich heißt dieses Fach ja Leibesübungen, aber das klingt für mich nach Leibarzt und Leibschüssel und Leibstuhl. Wieso sie das, was wir zweimal die Woche machen müssen oder dürfen, je nachdem, nicht korrekterweise Sport nennen, ist mir ein Rätsel. Aber mir ist vieles ein Rätsel.

Zum Beispiel, wie man Spaß an Geräteturnen haben kann. Damit quält uns nämlich der Fisch nach meinem Geschmack viel zu oft.

Nicht nur ich nenne den dicken Turnlehrer Fisch, so nennt ihn jeder. Wahrscheinlich sogar seine Frau. Er sieht aus wie ein Karpfen. Unser Fisch hat jedenfalls eine Vorliebe dafür, uns zu den Recks und über die Böcke zu jagen, obwohl er weiß, dass alle, wirklich alle, selbst die, die als Letzte in eine Mannschaft gewählt werden, lieber Fußball spielen würden. Ich weiß nicht recht, was ich von ihm halten soll. Aber ein dicker Turnlehrer, das ist wie ein dürrer Koch oder ein blinder Fotograf. Und wenn ich das bedenke, muss ich ihn mögen, den Fisch.

Heute, an einem der ersten warmen Tage des Jahres, können wir raus. Hinter der Schule gibt es einen Trainingsplatz, länger und breiter als ein Fußballfeld. Das ist der Vorteil der Kleinstädte. In meiner alten Schule hatten wir bloß einen winzigen Hinterhof.

Das heißt Fußball, denken wohl alle, als wir Aufstellung nehmen, der Größe nach geordnet wie die Orgelpfeifen, ich ganz links. Obwohl alle Klassen des Jahrgangs immer gemeinsam turnen, bin ich der Größte. Kurioserweise nur unter den Jungen. In der C-Klasse gibt es ein Mädchen, das ist noch um fünf Zentimeter größer als ich,

das wird jetzt aber auch behandelt, sonst wird es mal zwei Meter zwanzig.

»Heute könnt ihr wählen, was wir machen«, sagt der Fisch.

»Kicken!«, schreit der Rothaarige aus der B-Klasse, den eigentlich keiner mag, der jedoch mit diesem verzweifelten Aufschrei die meisten zum Lachen bringt.

Der Fisch hat kein Herz. »Alles außer Kicken. Ihr müsst endlich kapieren, dass die Welt nicht nur aus Fußball besteht und dass eure Körper auch andere Muskeln brauchen als die paar, die ihr beim Fußballspielen benutzt! Aus euch werden lauter Krüppel! Wenn keine anderen Vorschläge kommen, gehen wir in den Wald …«

»Ich habe einen!«

Alle schauen mich mit der üblichen Mischung aus Furcht und Skepsis an. Was bringt er jetzt wieder, denken sie sich.

»Hundertmeterlauf«, sage ich. »Mit Stoppuhr.«

»Hey, super!«, ruft Markus, dem ich ins Bett gepisst habe.

»Können Sie echt unsere Zeit messen?«, fragt der Rothaarige.

»Ich muss nur meine Stoppuhr holen«, sagt der Fisch.

»Okay! Ich bin sicher der Schnellste!«

»Du?«, ruft einer. »Wetten wir um zwei Deutschhausaufgaben, dass ich das bin?«

»Was höre ich da für Wetteinsätze?«, ruft der Fisch.

Die notorischen Schleimer lachen. Der Fisch walzt in Richtung Kabine, um die Stoppuhr zu holen.

Besonders Eifrige beginnen mit Aufwärmübungen. Sie dehnen und strecken ihre Glieder und machen professionelle Gesichter. Das kann ich nicht mit ansehen. Ich schlendere auf dem Rasen des Fußballplatzes herum, lasse mit geschlossenen Augen mein Gesicht von der Sonne wärmen und denke an die Stadtmeisterschaft.

Ich könnte gewinnen.

Na ja, ich könnte.

Ich könnte Großmeister werden.

Na ja, ich könnte.

Schwer, Großmeister zu werden. In Österreich gibt es nur zwei.

Aber toll wäre es schon. M. würde es bestimmt beeindrucken. Und nicht nur die. Aber bei ihr fände ich es am schönsten.

So eine Frau wird es nur einmal geben, das weiß ich. Ja, ich weiß auch, ich werde sie nie kriegen, jeder Versuch wäre lächerlich, aber ich weiß, dass sie die Einzige für mich ist, die Richtige, und dass sie es bleiben wird. Und ja, ich weiß, dass diese Dinge vergehen und dass ich in der Pubertät bin und alles, aber das wird sich nicht mehr ändern. Manche Sachen weiß man.

Weltmeister.

Die Weltmeister des Schachs: Steinitz, Lasker, Capablanca, Aljechin, Euwe, Botwinnik, Smyslow, Tal, Petrosjan, Spasski, Fischer, Karpow.

Neben Wilhelm Steinitz gab es nur einen anderen Österreicher von Weltklasse, Carl Schlechter. Er hat sogar gegen Lasker um den Titel gespielt. Aber so richtig wollte er gar nicht Weltmeister sein. Deswegen hat Lasker gewonnen. Und Carl Schlechter ist ein paar Jahre darauf verhungert, weil es im Weltkrieg kein Geld für Schach mehr gab und er niemandem zur Last fallen wollte und überdies zu stolz war, etwas von anderen anzunehmen.

Den verstehe ich gut.

Ich könnte der dritte lebende österreichische Großmeister werden. Josef Klinger ist gerade Großmeister geworden, er ist 19. Aber ich sehe, welche gigantische Lücke noch zwischen uns klafft. Taktisch bin ich sehr stark. Strategisch gut. In der Eröffnung fehlt mir noch einiges, weil ich dieses stupide Auswendiglernen von Varianten immer auf den nächsten Tag verschiebe. Und Endspiele, wäh. Endspiele sind mir zu technisch, zu langweilig, zu schwierig. Turmendspiele hasse ich geradezu, doch es gibt berühmte Schachlehrer, die behaupten, Schach lerne man nur durch Turmendspiele.

Der Fisch pfeift uns zu sich. Es sollen immer zwei gegeneinander laufen. Ich kriege den fetten Püttl zugelost. Markus lacht schadenfroh. Er mag den Pinkelverräter noch weniger als ich, obwohl nur ich wegen ihm Schwierigkeiten hatte.

Die ersten laufen Zeiten zwischen 16 und 22 Sekunden. Ich bin

mir ziemlich sicher, dass ich das unterbieten kann. Gut, ich bin ein Jahr älter als die meisten hier, das macht eine Menge aus. Aber trotzdem. Gewinnen ist gewinnen. Niemand fragt später nach dem Wie und Warum.

Die Triefnase und ich sind das vierte Paar. Auf das Kommando gehen wir in Startposition. Der Fisch bläst kurz in seine Trillerpfeife, und ich stürme los.

Im Fußballverein war ich einer der schwächeren Sprinter, doch das war ein Vergleich mit Gleichaltrigen, die ständig rennen. Hier sieht das anders aus. Wenn Püttl zwei Schritte macht, mache ich drei oder vier. Als ich nach einem Drittel der Strecke über die Schulter nach hinten schaue, muss ich beinahe lachen. Mein einziger Gegner ist jetzt die Uhr.

Ich will so knapp wie möglich an die 14 Sekunden ran. Ich merke, ich habe noch Reserven. Ich werfe die Beine noch weiter nach vor, ich mache fast Spagat um Spagat in der Luft, meine ganze Kraft, all meine Energie geht in diese Schritte. Ich habe das herrliche Gefühl, etwas explodiert in mir.

Aber dann explodiert tatsächlich etwas in mir, und es ist nicht herrlich.

In meiner Hüfte rumpelt es.

Etwas geht vor sich.

Ich will stehen bleiben, doch alles passiert so schnell. Noch ein Schritt und noch einer. Ich höre und spüre das Krachen zugleich. Etwas in mir reißt, bricht, schickt einen bodenlosen Schmerz hinauf in mein Gehirn, das ihn wieder hinunterschickt in die Hüfte, und dieser Schmerz scheint irgendeiner mitleidigen Instanz in mir zu viel zu sein, denn über mich kommt noch im Stolpern jene Dunkelheit, in der es keinen Schmerz gibt.

?

Jonas blieb sitzen. Die Arme ruhten auf den Schenkeln. Er atmete ruhig und gleichmäßig und tat so, als wären Regen und Kälte nicht da. So hatte er es bei Zach gelernt. So hatte er es in jener Nacht auf dem Everest perfektioniert. Damals war jemand bei ihm gewesen, den er nun vermisste. Aber vielleicht bedeutete seine Abwesenheit, dass Jonas nicht in Gefahr war.

Es regnete die ganze Nacht hindurch. Am Morgen kämpfte das Licht mit den Wolken und besiegte sie irgendwann.

Jetzt reicht's, dachte Jonas.

Er trank aus dem Bach, bis er nicht mehr konnte. Er nahm das Gewehr und ging in die Richtung, aus der das Licht kam. Er dachte nicht nach, er ging. Er ging einfach. Er ging. Er ging. Geradeaus. Wahrscheinlich wurde es wärmer, wahrscheinlich wurde er trocken. Dann endete der Wald plötzlich. Da war ein Weg. Jonas ging den Weg entlang, der Weg führte in einen Wald. Er hörte ein Geräusch, das er nicht verstand. Er ging weiter. Es wurde dunkel, er ging, er tappte, er fiel und stand auf und ging.

Als er das Glöckchen leise läuten hörte, obwohl es nicht da sein konnte, war er froh. Und als er das Glöckchen an einem Baum fand, an den er es bestimmt nicht gehängt hatte, war er auch froh.

Er blieb unter dem Glöckchenbaum sitzen. Er hatte verstanden. Nicht Tanaka war hier, keiner seiner Gesandten, Mitarbeiter, Untergebenen, keiner seiner unsichtbaren Hintermänner und Helfershelfer, sondern der andere. Zachs schlimmster Feind. Den Jonas ge-

spürt hatte, als Werner verunglückt war, den er unter der riesigen Welle vor der Küste von Nazaré getroffen hatte, den er in Jerusalem im Bus gesehen hatte. Und wenn er den sah, wurde er trotzig. Von dem ließ er sich nichts gefallen. Gar nichts. In alle Ewigkeit.

Den Teufel zu besiegen ist nämlich keine Frage des Glaubens, sondern des Willens.

Am nächsten Morgen steckte er das Glöckchen ein. Er ging und ging, doppelt so schnell wie am Tag davor, und er wusste, jetzt würde ihn nichts mehr aufhalten.

# WESTSTEIERMARK

Es ist ein seltsames Gefühl, auf einer Tragbahre aufzuwachen. Seltsam beschreibt es vielleicht nicht richtig, es ist eher beklemmend. Aus einer Ohnmacht zu erwachen ist überdies nicht vergleichbar mit dem, was man am Morgen erlebt. Am Morgen ist zwar auch alles trüb, aber es ist eine ganz andere Trübnis. Die Morgentrübheit ist überall gleichfarbig. Diese jetzt ist an den Seiten von einem vollen Rot, wie ich es noch nie gesehen habe, oben und unten ist sie wasserblau, während sie in der Mitte normal ist.

Die Tragbahre steht auf der Laufbahn. Ich liege auf der Seite. Die Seite mit der pochenden Hüfte ist oben. In einiger Entfernung sehe ich Mitschüler. Sie stehen zusammen, reden miteinander, schauen zu mir. Betroffen, glaube ich. Nur der fette Püttl albert herum.

Es wird wieder dunkel. Meinem Gefühl nach nicht für lange. Als ich die Augen wieder aufmache, ist mein Blick klarer. Mit dem klaren Blick kommt der Schmerz.

Ich übergebe mich. Ein paar aus meiner Klasse stürzen zu mir. Ich spüre eine Hand auf der Schulter. Nachdem mein Magen restlos entleert ist, sehe ich, dass es die von Markus ist.

»Der Rettungswagen ist schon unterwegs«, sagt er.

Die anderen ringsum sagen nichts. Das lässt in mir Panik aufsteigen. Wenn sie wenigstens reden würden, von mir aus miteinander. Auch wenn ich zu der Unterhaltung nichts beizutragen hätte.

»Was ist eigentlich passiert?«, fragt Wiwo, der eigentlich Walter heißt und stellvertretender Klassensprecher ist.

»Lass ihn«, sagt Markus, der sieht, wie ich die Zähne zusammenbeiße, um nicht zu schreien.

Schweiß tropft von meiner Stirn auf die Trage. Ich schwitze, wie ich noch nie geschwitzt habe. Auch in mir schwitzt alles, irgendjemand scheint in mir ein hässliches Feuer entfacht zu haben.

Ich beiße weiter die Zähne zusammen. Ich will nicht schreien. Ich will nicht, dass irgendjemand bemerkt, in welchen Abgrund ich gerade stürze. Schon gar nicht der feixende Püttl. Ich will sowieso nie, dass jemand in mich hineinschauen kann, aber jetzt noch weniger.

Als sich in dem Kreis um mich eine Lücke auftut, weil Markus und ein anderer zum Fisch gehen, wohl um ihm von meinem Zustand zu berichten, nehme ich die Gesichter an den Fenstern der Schule wahr. Jedes Fenster scheint von Schülern belagert zu sein. Sie drängen sich um die beste Aussicht. Ich frage mich, ob M. auch da oben steht. Bei dem Gedanken wird mir wieder übel, aber ich habe nichts mehr, das ich kotzen könnte.

In der Hüfte pocht es immer heftiger. Etwas scheint darin anzuschwellen. Der eigentliche Schmerz fühlt sich spitz an, und bei dem Gedanken, was das sein könnte, wird mir noch übler.

Wieso hast du das gemacht, Gott.

Ich verfluche ihn. Ich schwöre ihm eine Milliarde Minuspunkte in seinen strahlend blauen Himmel hinauf. Er soll da oben in seinem scheiß Himmel hocken und mich in Ruhe lassen.

Aber dann denke ich daran, dass ich ihn noch brauchen könnte.

Lieber Gott, bitte mach, dass es nicht zu schlimm ist. Bitte nimm den Schmerz weg. Verstehst du mich eigentlich nie?

Aus der Schule dringt das Schrillen der Pausenglocke. Wie auf Kommando werden die Neugierigen an den Fenster noch mehr. Der Fisch klatscht in die Hände.

»Alles umziehen! Rein mit euch!«

Seine Stimme klingt bedrückt.

Sie gehen gesund zurück zu ihren Heften und ihren Schultaschen und ihren Radiergummis. Und ich bleibe hier.

Das darf alles nicht wahr sein, denke ich, und dann denke ich an Suux und muss weinen. Weil ich die vielen Blicke auf mir spüre,

wische ich mir schnell die Tränen ab. Diese geringe Bewegung reicht, um einen Schrei aus mir zu pressen.

Markus geht als Letzter in die Umkleidekabine. Er wartet noch, bis die Sanitäter mit einer eigenen Tragbahre kommen.

Einer bückt sich zu mir hinunter.

»Wo tut es dir weh?«

Ich kann nicht antworten. In mir scheint sich die gesamte Hitze von sieben Sommertagen zu stauen.

Der Fisch redet mit ihnen. Er redet leise.

Wenn ich wegdämmere, dämmere ich gewöhnlich in mich hinein. Heute dämmere ich fort. Ich verschwinde in eine Ferne, wo eine Suux winkt und eine M. lächelt und wo man von oben einen Pokal und einen Großmeistertitel sehen kann.

# TOKIO

»Natürlich steht ganz in der Nähe eine Berghütte«, sagte Tanaka. »Sie haben es geschafft, die einzige Richtung einzuschlagen, die tatsächlich ins Nichts führt. Oder beinahe ins Nichts. Sonst wären Sie ja nicht hier. Ich muss mich vielleicht sogar bei Ihnen entschuldigen.«

»Nein, müssen Sie nicht, im Gegenteil. Ich hätte es fast vergessen, doch Sie haben mich wieder daran erinnert.«

»Daran erinnert?«

»Worum es geht.«

»Das freut mich«, sagte Tanaka und notierte sich etwas, ausnahmsweise auf einem Stück Papier. »Darf ich daraus schließen, dass Sie Ihrer Exzentrik Herr geworden sind und nicht mehr in der Welt versteckt zu werden wünschen?«

»Nein, dürfen Sie nicht.«

»Sie wollen also weitermachen wie bisher?«

»Wie bisher? Es ist doch jedes Mal neu.«

»Das stimmt wahrscheinlich.«

Tanaka setzte sich im Bett auf und machte Anstalten, ein Bein unter der Decke hervorzustrecken.

»Würden Sie sich vielleicht umdrehen?«

»Sind Sie nackt, Tanaka?«

»Drehen Sie sich um, verdammt!«

Jonas gehorchte. Hinter sich hörte er das Ächzen des Anwalts.

»Was sagen die Ärzte?«

»Kommt alles wieder in Ordnung, sagen sie. Ich glaube Ärzten zwar nicht viel, aber da Ihre Freundin involviert ist, sehe ich den

kommenden Monaten mit Optimismus entgegen. So, Sie können sich wieder umdrehen.«

Tanaka drückte auf einen Knopf am Tischtelefon. Kurz darauf betrat ein livrierter Kellner die Suite und verbeugte sich. Tanaka gab ihm ein Zeichen, und der Kellner verschwand.

»Während wir auf unser Digestif warten, darf ich Sie fragen, ob ich noch etwas anderes für Sie tun kann? Kann ich nicht doch etwas zur Planung Ihrer Expedition beitragen? Wie ich es verstanden habe, ist alles bereits geregelt, doch mir wäre es lieber, meinen Teil zum Gelingen beizutragen.«

Jonas riss eine Seite aus der Zeitung, die auf dem Regal neben dem Tisch lag, zerknüllte das Papier und warf es quer durch den Raum in Richtung von Tanakas Schreibtisch. Er verfehlte den Papierkorb knapp. Auch der zweite Versuch ging daneben. Beim dritten sprang der Zeitungsball vom Rand des Korbs ab. Der vierte traf.

»Darf ich Ihrem Schweigen entnehmen …«

»Tanaka, Sie dürfen meinem Schweigen entnehmen, was Sie wollen. Ich weiß selbst nicht, was ich ihm entnehmen soll.«

Als er sich ins Bett legte, entdeckte er den Bücherstapel auf Maries Nachttisch. Lauter Berichte über Expeditionen zum Südpol. Manche über aktuelle, die Mehrzahl über die der Pioniere. Amundsen, Scott, Shackleton. Vor allem über Shackleton. Das sprach für sie.

Scott war ein Romantiker gewesen und war den Heldentod gestorben. Amundsen war eine ehrgeizige Denkmaschine gewesen und hatte es geschafft. Shackleton? Der hatte sein Schiff aufgeben müssen, hatte mit seiner Mannschaft eineinhalb Jahre auf See und auf Eisschollen verbracht, hatte durch sechs Monate ununterbrochene Dunkelheit geführt. Shackleton hatte seine Männer auf eine abgelegene Insel gerettet, Shackleton war in einem Beiboot 1500 Kilometer über das offene Meer gesegelt, um seiner Mannschaft Hilfe zu bringen, er war vier Monate darauf zurückgekommen und hatte sie abgeholt. Alle 22 Mann. Shackleton war Menschlichkeit wichtiger gewesen als Ruhm.

Er blieb wach, bis Marie heimkam.

Sie warf die Schlüssel auf die Ablage, trat sich die Schuhe von den Füßen, lief ins Schlafzimmer und landete mit einem Hechtsprung auf ihm. Er schnappte nach Luft. Sie umarmte ihn. Er stellte sich tot. Sie rüttelte ihn. Er reagierte nicht.

Er hörte das leise, breite Ausatmen, mit dem sie die Mundwinkel auseinanderzog.

Er fühlte ihre Hand an seinem Hals, als sie nach seinem Puls tastete. Sie hielt ihm die Nase zu, legte ihre Lippen auf seine und tat so, als würde sie ihn beatmen. Sie strich ihm über die Brust, da, wo das Herz war. Er reagierte nicht. Sie seufzte.

Ihre Hand glitt weiter nach unten. Er reagierte.

Als sie bei Tagesanbruch mit zwei sauren Gin Tonic, die Marie gemixt hatte, am Fenster saßen, einander zugewandt, die Stadt unter sich, müde, glücklich, fragte Jonas nach den Büchern.

»Leider komme ich nur zwischen den Operationen zum Lesen, mal da eine halbe Stunde, mal da eine ganze«, sagte sie. »Das macht mich manchmal verrückt, weil ich wissen will, wie es weitergeht, obwohl ich das Ende ja kenne. Aber da sind Bücher über dich dabei.«

Jonas nickte und schwieg.

»Was ist?«, fragte sie.

»Das gehört zum Seltsamsten, was du je zu mir gesagt hast.«

»Doch, Shackleton. Er erinnert mich an dich.«

»Ich bin nicht halb so gut wie Shackleton. Aus Shackleton kannst du zehn von mir machen.«

»Zehn von dir wären sogar mir zu viel.«

»Und mir erst.«

»Scott tut mir leid«, sagte sie. »Erfrieren ist kein schöner Tod. Schon gar nicht, wenn man seine Freunde auf dem Gewissen hat. Und Amundsen kann ich nicht ausstehen. Er war ein Despot. Den armen Johansen hat er auf dem Gewissen. Der hat sich wegen ihm umgebracht.«

»Johansen hat sich wegen sich selbst umgebracht. Johansen war ein schwerer Trinker.«

»Das ist noch kein Grund, sich umzubringen.«

»Kommt darauf an, was man trinkt«, sagte Jonas und schaute in sein Glas.

»Er hat ihn gebrochen«, beharrte sie.

»Sitzen wir jetzt wirklich hier und reden darüber, warum sich Hjalmar Johansen umgebracht hat?«

»Unnötigerweise. Ich weiß, warum er sich umgebracht hat. So einen Menschen wie Amundsen kann man nicht ertragen.«

»Ich mag Amundsen«, sagte er. »Er war ein Denker. Er war professionell. Er war modern. Er war seiner Zeit voraus.«

»Wann fährst du wieder?«, fragte sie.

»Deswegen musst du mich nicht gleich wegschicken.«

Sie streckte ein Bein aus und bohrte ihm die Zehen in die Seite. »So war das nicht gemeint. Ich will wissen, wie viel Zeit wir haben.«

»So viel du willst. Ich bleibe so lange, bis du wieder arbeiten musst.«

»Dann wirst du nicht lange bleiben«, sagte sie. »Ab übermorgen wohne ich praktisch drei Wochen lang im Krankenhaus. Und wenn ich freihabe, wohne ich im Fitnessstudio. Ich begreife nicht, wie du hier in der Stadt laufen kannst, noch dazu ohne Schutzmaske! Deine Bronchien müssen aussehen wie dieses Ding im Auto.«

»Rußfilter?«

»Etwas in der Art. Übrigens, Zach hat mich einige Male angerufen.«

»Was wollte er?«

»Mitkommen. Zum Südpol.«

»Und was hast du gesagt? Ich fände das keine schlechte Idee.«

»Jonas, du begreifst nicht, warum mir es so wichtig ist, mit dir allein hinzugehen.«

»Dann erkläre es mir.«

»Kann ich nicht. Vielleicht merkst du es dort.«

»Das ist unfair, was du da machst.«

Während Marie ihren Kalender holte, schüttete Jonas seinen Gin Tonic schwungvoll in den Ausguss hinter sich und schenkte sich blitzschnell Tonic ein. Sie kam zurück und setzte sich auf seine Schenkel.

»Pass auf«, sagte sie, im Kalender blätternd. »Wir machen das so: Bis übermorgen bunkern wir uns hier ein. Dann arbeite ich eine Woche, und dann bitte ich Siobhan, mich ein paar Tage zu vertreten. Die ist mir noch ungefähr acht Gefallen schuldig.«

»Geht das denn?«

»Das muss gehen. Außerdem ist es eine Privatklinik. Denen ist es nicht egal, ob sie gute oder schlechte Ärzte haben. Die brauchen mich.«

»Ich brauche dich auch«, sagte er.

»Nein, du hast mich.«

# WESTSTEIERMARK

Ich weiß nicht, wie es die Sanitäter geschafft haben, mich von der einen Bahre auf die andere zu hieven und mich in den Rettungswagen zu verfrachten, ohne dass ich wieder ohnmächtig geworden bin. Der Schmerz ist furchtbar, aber irgendwas scheint in mir zu passieren, das ihn mich ertragen lässt.

Während der Fahrt ins Krankenhaus fragt einer der Sanitäter mit sanfter Stimme meine Daten ab. Wo ich geboren worden bin und wann, wo ich wohne, wer verständigt werden soll und so. Er staunt, dass ich sogar meine Versicherungsnummer weiß.

»Es ist kein Kunststück, sich die zu merken, wenn man dauernd operiert wird«, sage ich.

Ich erkenne meine Stimme kaum. Sie klingt gequetscht und trotzig.

»Bist du schon einmal?«

»Ein paarmal.«

»Wann und warum?«

»Mit ein paar Wochen an den Hüften, aber daran erinnere ich mich natürlich nicht. Mit sechs Kryptorchismus rechts, mit zehn ein Talggeschwür unter der Zunge, voriges Jahr Varikozele links.«

»Und jetzt bist du?« Er sieht auf seinem Zettel nach und runzelt die Stirn.

Ich komme ihm zuvor, damit er nicht 72 von 85 abziehen muss. »13 bin ich.«

»Wieso kennst du die Fachausdrücke?«

»Na, weil ich das alles gehabt habe.«

Die Fahrt ins nächste Krankenhaus dauert eine halbe Stunde. Der Sanitäter am Steuer fährt so gleichmäßig, dass ich keine zusätzlichen Schmerzen habe und mir auch nicht schlecht wird. Ich höre die Funksprüche, die nichts mit mir zu tun haben. Sie beruhigen mich. Die Menschen kümmern sich umeinander. Man wird nicht alleingelassen. Wenn ich gesund bin, will ich auch anderen helfen. Bei der Freiwilligen Feuerwehr vielleicht.

Ich sinke in einen heißen Halbschlaf, aus dem ich in dem Moment erwache, als die Schiebetür des Ambulanzwagens mit einem unheilvollen Rumpeln geöffnet wird. Ich kriege Angst.

»Was hat er?«

»Etwas an der Hüfte, sagt er, beim Laufen.«

»Was wird das schon groß sein. Hat er gesagt, dass es ihm so weh tut?«

»Ja, es tut ihm weh.«

Eine Weile hört man nur den Motor, den der Fahrer nicht abgestellt hat. Ich beiße mir auf die Lippen und denke an Gott.

»Bringt ihn zum Röntgen«, sagt er. »Ich schaue mir das nachher an.«

Die netten Sanitäter verabschieden sich, und neue übernehmen. Die sind weniger sanft. Als mich einer davon, ein echter Riese mit Armen wie ein Ringer, hochhebt und auf den Röntgentisch legt, brülle ich so laut, dass man es sicher im ganzen Spital hört.

»Nanana«, sagt der Sanitäter. »Übertreib nicht so.«

»Ich übertreibe nicht«, presse ich zwischen den Lippen hervor.

»Man hört's«, sagt er. »Hüfte rechts, sagst du? Ich drehe dich jetzt auf die Seite.«

»Bitte nicht!«, rufe ich.

»Wie sollen wir herausfinden, was dir fehlt, wenn wir dich nicht röntgen?«

»Geht das nicht anders?«

»Nein, das geht nicht anders. Ich muss dich auf die Seite drehen.«

»Bitte nicht! Bitte!«

Er packt mich und zieht.

Der Schmerz ist so furchtbar, dass ich die Hölle offen stehen sehe. Mir ist klar, dass ich diesen Moment niemals vergessen werde. Kurz zuckt mir das Bild vom Frühstück durch den Kopf, ich sehe mich am Tisch sitzen mit meinem Milchbrot, ich sehe meinen Teller und meine Tasse und denke, da wusste ich es noch nicht, da hatte ich noch keine Ahnung, und jetzt schau dich an, schau dich jetzt an, so schnell geht es, so schnell ist alles anders.

»Ein Indianer kennt keinen Schmerz!«, überschreit der Sanitäter mein Gebrüll.

Ich weiß nicht, wie ich diese Prozedur überlebe. Mir ist schlecht und zum Heulen, aber den Gefallen tue ich diesem Rohling nicht, der sieht mich nicht weinen. Ich schmecke Blut auf den Lippen. Ich beiße, aber ich weine nicht.

»Du bist schon ein richtiger Schauspieler«, sagt er, als wir fertig sind.

Ich liege eine Stunde auf dem Gang herum und habe Schmerzen, dass mir Hören und Sehen vergeht. Danach kommt ein Arzt, der zwar abwesend wirkt, aber wenigstens nicht unfreundlich ist, und erklärt mir, ich hätte einen knöchernen Muskelausriss. Mir ist nicht klar, was das heißen soll. Nach einer Weile verstehe ich, dass der Muskel, der da an der Hüfte ist oder durch die Hüfte durchgeht oder so, dass der beim Laufen zu sehr angespannt wurde und dadurch ein Stück Knochen aus der Hüfte gerissen hat. Was mir so weh tut, das ist das kantige Stück Knochen, das mir im Fleisch steckt.

»Und was passiert jetzt?«

»Du wirst operiert.«

»Bitte nicht!«, rufe ich verzweifelt.

»Das geht nicht anders. Sei froh, dass du operiert werden kannst. Früher wärst du nicht operiert worden und ein Krüppel geblieben oder sogar gestorben.«

»Gestorben?«

Der Arzt lässt mich allein.

Später kommt ein Pfleger, der aussieht, als hätte er eine leichte

geistige Behinderung, und schiebt mich in ein Krankenzimmer, in dem fünf andere Männer liegen. Mir geht die Bemerkung des Arztes nicht aus dem Kopf. Was meint er mit gestorben? Früher wäre ich vielleicht gestorben? Und jetzt nicht? Sicher nicht?

Die Schmerzen sind so entsetzlich, dass ich mich, wenn ich könnte, aus dem Fenster stürzen würde. Ich frage eine Krankenschwester, als sie hereinkommt, warum sie mir nichts dagegen geben.

»Der Herr Doktor kommt bald«, sagt sie.

Als wäre das eine Antwort.

Eine halbe Stunde später taucht statt dem Arzt dieselbe Schwester wieder auf, um mir zu sagen, dass Uriella angerufen hat, sie könne heute nicht kommen, sie habe im Büro zu viel zu tun, komme aber morgen.

»Und wann kommt der Herr Doktor?«

»Der ist nicht mehr im Haus.«

# WESTSTEIERMARK

Wie lang eine Nacht sein kann, lerne ich jetzt. Ich habe in Romanen gelesen, wie kurz sie sein kann, wenn zwei Liebende miteinander im Bett liegen und reden und, na ja, vögeln oder bumsen oder wie man da sagt, aber ich habe nichts über Schmerzen gelesen, die eine einzige Minute zu einem Kraftakt machen, die eine lächerliche Minute bis ins Unwirkliche hinein dehnen wie etwas, das greifbar ist, plastisch, bestimmend und gnadenlos. Was sich Minute nennt, ist eine Struktur aus einer anderen Welt, eine Instanz, vor der etwas durchschnittlich Verständiges wie ein Mensch nur zittern und beben kann. Und plötzlich den Hass kennenlernt.

Ich habe Schmerzen, und ich habe Angst. Ich will weder betäubt noch aufgeschnitten werden. Ich habe gelesen, bei manchen Patienten würde die Anästhesie nur zur totalen Muskellähmung führen, wodurch diese Unglücklichen zwar die Operation bei vollem Bewusstsein, jedoch ohne Möglichkeit zur Kommunikation miterleben würden. Wenn ich mir das vorstelle, möchte ich gleich wieder aus dem Fenster springen.

Eine Schwester habe ich seit Stunden nicht mehr gesehen. Nur den Pfleger, der wirkt, als wäre er behindert. Ich kenne diesen Ausdruck. Im Ort gibt es eine Behindertenkonditorei, in der Kuchen und Torten von Behinderten gemacht werden, unter Aufsicht freilich. Manche dieser vorwiegend jungen Menschen dürfen auch servieren.

Mir sind sie unheimlich. Behinderte integrieren schön und gut, aber manche der Konditoreibehinderten sind riesengroß, und wenn einer von denen plötzlich beleidigt ist, weiß man ja nicht, was dann

in Gang kommt. Und der Pfleger da sieht ein wenig aus wie die. Groß ist er nicht, aber er hat den gleichen moral- oder regelfernen Blick. Irgendwas stimmt definitiv nicht mit ihm. Und nicht nur, weil er mich bloß anstarrt und nickt, wenn ich ihn bitte, eine Schwester zu rufen.

Zwei in meinem Zimmer schnarchen. Ein anderer stößt ab und zu Schreie aus, als würde er mit jemandem kämpfen. Einer stöhnt oft. Einer redet im Schlaf. Und einer weint ab und zu.

Sechs sind wir, sechs sinnlose Zwerge, sechs Kranke, Verletzte, zu Reparierende, Unvollkommene.

Um sechs Uhr werden wir geweckt, was bei mir nicht nötig ist. Einige Zimmergenossen reagieren erleichtert, andere schimpfen. Einer verlangt eine Zigarette, die Schwester lacht ihn aus.

»Kann ich bitte ein Schmerzmittel haben?«, presse ich hervor. »Bitte? Ich halte es nicht mehr aus.«

»Der Herr Doktor kommt dann eh zur Visite«, sagt sie.

Die anderen frühstücken, ich schaue zu, denn ich muss wegen der Operation nüchtern bleiben. Das Wort nüchtern finde ich kurios. Nüchtern bin ich immer und ist Uriella nie. Nichts essen und nichts trinken außer Tee und Wasser, das heißt bei denen hier nüchtern.

Ich starre die Wanduhr an, die alle paar Minuten um eine Minute weitertickt.

Angst und Schmerz halten sich die Waage. Irgendwann siegt der Schmerz.

Macht es weg. Bitte. Helft mir. Gott. Hilf mir. Bitte. So viele Gutpunkte gibt es gar nicht, wie ich gerade zu verteilen hätte.

Ich döse halb ein. Schlingere hin und her zwischen erleichternder Reise und pochendem Hier. Als ich die Augen öffne, untersucht ein Arzt mit grauem Vollbart den alten Mann im Bett gegenüber, der die ganze Nacht gewimmert hat. Kurz fühle ich, wie leid er mir tut, dann ist das Außen wieder weg. Der behinderte Pfleger lächelt mir zu, ich verstehe sein Lächeln nicht, es stammt aus einer Welt, von der ich nichts weiß.

»Wann komme ich denn endlich dran?«, frage ich.

Keinesfalls in schroffem, nur jammerndem Ton, aber dem Arzt gefällt das trotzdem nicht.

»Sei nicht so vorlaut! Du wirst schon drankommen.«

Irgendwann bringe ich diesen Mann um, schwöre ich mir. Eines Tages werde ich erwachsen sein, und ich werde ihn besuchen, und ich werde ihn umbringen, und ich werde über ihn kommen im Namen aller, die dieser Menschheitsverräter im Stich gelassen hat.

Zwei Stunden darauf steht wie aus dem Nichts eine dicke fröhliche Schwester an meinem Bett, die mir eine Injektion in den Hintern verabreicht und mir mit einem herzlichen Lächeln alles Gute wünscht. Ich mag sie sofort.

»Ist das schon die Narkose?«

»Nein, das ist nur etwas, mit dem du dich besser entspannen kannst. Wir holen dich bald. Es wird alles gutgehen.«

Ich merke, wie die Welt ein wenig zurückweicht. Mit ihr die Angst und sogar der Schmerz. Dieses Entspannungsmittel hätten sie mir schon früher geben können. Es ist herrlich –

# WESTSTEIERMARK

Nach einer Narkose in die Wirklichkeit zurückzukehren: schwieriger, als man denkt.

Weil man die richtige Richtung nicht kennt, irrt man durch trostlose, einschüchternde Gänge, die irgendjemand anderem gehören. Irgendetwas tut weh, aber man versteht es nicht. Irgendetwas tönt, ein unbekannter, hässlicher, vibrierender Klang. Ab und zu taucht man wie zufällig auf, und wenn man untergeht und dann wieder auftaucht, fühlt man für einen Sekundenbruchteil die Enttäuschung jener, die tot waren und zurückkommen mussten.

Selbst so ein Tag vergeht.

Wieso ich nicht mehr bei den anderen liege, weiß ich nicht. Seit Stunden spüre ich, dass niemand außer mir im Zimmer ist. Und je klarer ich werde, je deutlicher ich lebe, desto sinnloser kommt mir alles vor.

Draußen wird es dunkel. Die Tür geht auf, und ich habe ein Déjà-vu.

Uriella
tritt
ein.
Direkt hinter ihr
Suux
Nicht Suux.
Baby.

Es ist die gleiche Szene. Vor eineinhalb Jahren hat man mich auch operiert, und nach der Operation kamen die beiden rein: Uriella und Suux. Nein, stimmt ja gar nicht. Suux und Uriella. Suux voraus. Ihren Gehstock schwingend, eine Drohung dem Bösen gegenüber, die sie selbst gar nicht wahrnahm, aber ich, ich habe sie gesehen, ich habe sie verstanden, diese Drohung, in der all die Liebe lag, die ein Mensch für einen Nachgeborenen fühlen kann. Sie hat überhaupt nicht gewusst, wem sie da den Stock entgegenreckt. Aber es war ihr auch egal, schätze ich, so eine Suux kennt ja keine Furcht, da unterscheidet sich die Generation dieser Alten sehr von denen, die seither gefolgt sind, so eine schlägt noch den Teufel zum Krüppel. Suux also stockbewehrt voraus, und hinter ihr Uriella, besorgt, mit den Gedanken irgendwo in sich unterwegs.

Diesmal Uriella, dann Baby, ein Eis am Stiel leckend.

»WAS MACHST DU DENN FÜR SACHEN! WIE GEHT'S DIR? WANN WERDEN WIR SCHACHWELTMEISTER? WANN WERDE ICH BUNDESPRÄSIDENT? TUT DIR WAS WEH?«

Leise reden kann er nicht. Die anderen Patienten erstarren, einer versteckt sich gleich unter seiner Decke.

Es ist schön, dass die zwei da sind. Dass Uriella mir einen Kuss auf die Stirn gibt und Sachen auf den Nachttisch packt, die ich mag. Schachbücher. Meinen Wecker. Vier Bücher, darunter das, das ich derzeit lese. Sogar Kassetten. So allein bin ich gar nicht. Ich rede mir manchmal echt was ein. Gutpunkte! Baby auf die Liste schreiben.

Baby nimmt meine Hand und schaut mich an. Ich schaue ihn an und sehe seine Einsamkeit. Andere würden sagen: seine Krankheit. Schizophrenie oder weiß der Geier. Ich sehe bloß diese Einsamkeit, in die ihn der Herr entlassen hat. Ich möchte ihn umarmen und beschützen, diesen Riesen. Dieses Baby.

Nachdem sie gegangen sind, schlafe ich wieder ein. Wenn ich kurz aufwache, merke ich, wie kraftlos ich bin, so kraftlos, dass mir sogar der zunehmende Schmerz der Operationswunde nicht viel ausmacht.

Einmal, als ich die Augen öffne, sehe ich den Pfleger an meinem Bett stehen. Er starrt mich mit seinem glasigen Blick an. Dann greift er unter meine Bettdecke und berührt kurz meinen Oberschenkel. Als ich ihn ansehe, zieht er die Hand zurück. Das ist gut so. Etwas Stärkeres als meinen Blick habe ich gerade nicht.

# WESTSTEIERMARK

Am nächsten Morgen erscheint bei der Visite ein Arzt, den ich noch nie gesehen habe und der mir auf Anhieb sympathisch ist. Er stellt sich sogar vor. Er heißt Dr. Mathias Strobl, mit einem t und einem h, sagt er. Er setzt keine überlegene Miene auf, er schaut nicht über mich hinweg in die Wand hinein wie die anderen Ärzte, und er beantwortet alle meine Fragen freundlich und geduldig. Es tut ziemlich gut, endlich mal einen Menschen zu erwischen, der mich nicht wie ein Auto behandelt, an dem ein Reifen geplatzt ist.

»Was ist eigentlich das?«, frage ich und zeige auf einen durchsichtigen Schlauch, der aus meiner Hüfte ragt und in dem gestocktes Blut klebt und der ganz allgemein gesprochen nicht gerade apart anzusehen ist, speziell wenn er aus einem rauskommt.

»Das«, erklärt der Doktor, »war dazu da, die postoperativen Blutungen abzuleiten. Nach einer Operation blutet man ja manchmal weiter. Und damit das Blut nicht irgendwo in deiner Hüfte herumschwappt, haben wir dir diesen Schlauch hineingesteckt. Aber den brauchen wir jetzt nicht mehr.«

Er zieht daran. Ich höre ein leises *Plopp*. Vielleicht bilde ich es mir auch nur ein. Den kurzen, brennenden Schmerz bilde ich mir nicht ein.

»Ganz ruhig, schon vorbei!«

»Hätten Sie mir das nicht vorher sagen können?«

»Wenn ich es dir vorher gesagt hätte, wäre deine Angstmaschine angesprungen. Die springt bei den meisten in so einer Situation schnell an. Deswegen …«

»… haben Sie sie gar nicht eingeschaltet. Aber trotzdem … Aua!«

»Hat doch funktioniert, oder? Schau nicht so, jetzt brauchst du sie nicht mehr einschalten, ist schon alles vorbei!«

»Und dieses Loch?«

»Welches Loch?«

»Na das, in dem der Schlauch drin war. Müssen Sie das nicht zunähen? Ich mag nicht zugenäht werden. Ich mag nicht noch eine Narkose …«

»Das ist in einer Stunde zu. Geht ganz von selbst.«

»Das Loch geht von allein zu?«

»War ja kein großes. Dein Körper macht das ganz von allein. Du würdest dich wundern, was dein Körper alles kann.«

»Ja«, sage ich grimmig, »mich dauernd ins Krankenhaus bringen, das kann er.«

Dr. Strobl setzt sich auf den Bettrand und blickt mich ernst an.

»Ich habe deine Krankengeschichte gelesen. Ich verstehe, was du meinst. Aber das sind kleine Betriebsunfälle, die manchmal vorkommen. Die musst du ganz schnell vergessen. Denk lieber daran, was dein Körper alles ohne dein Zutun schafft. In deinem Kopf sitzt ein ziemlich schlaues Gehirn, in dem sich jede Sekunde Tausende Dinge ereignen, die faszinierend sind und unendlich komplex. Die Blutbahnen in dir, die nicht etwa löchrig sind, sondern stetig und verlässlich jede Sekunde Sauerstoff durch deinen Körper transportieren. Deine Nerven, die dir signalisieren, wenn etwas nicht stimmt, die dir aber auch helfen, deine Umwelt zu erkennen. Diese Tasse hier zu berühren, dieses Bild da zu sehen, mein Gerede zu hören, die Schmerzen in deiner Wunde zu spüren …«

»Ja, schönen Dank dafür.«

Er lacht. Er deutet auf meinen Bauch.

»Deine Organe. Ein perfektes Zusammenspiel. Lunge, Herz, Gehirn, Leber, Niere, Magen und Darm, das alles ist ein Wunder. Ein perfektes Wunder. Du solltest öfter daran denken, wie unglaublich es ist, dass wir leben, wie wir leben, als das, was wir sind. Dann verliert so ein Bruch ein wenig an Bedeutung.«

»Das sagen Sie, weil Sie nicht hier liegen.«

Er lacht wieder.

»Das stimmt wahrscheinlich auch«, sagt er und steht auf. »Ich komme morgen wieder und schaue, wie es dir geht.«

»Wann darf ich denn nach Hause?«

»Ts, das kann ich noch nicht abschätzen. Dein Körper beeilt sich aber, glaub mir.«

»Ungefähr! Tage? Wochen? Monate?«

»Jahre eher nicht. Ich tippe mal auf zwei Wochen.«

»So lang?«

»Zwei Wochen sind zwei Wochen. Vierzehn Tage. Nicht Monate. Vierzehn Mal schlafen. So lang ist das nicht.«

»Als ob hier jemand schlafen könnte.«

»Danach wirst du eine Weile humpeln. Wir werden dir Krücken besorgen, mit denen läufst du ein paar Wochen rum.«

»Krücken?«

»Es gibt Schlimmeres. Du wirst wieder gehen können, das ist doch das Wichtigste. Und Krücken kommen bei den Mädels gut an. Ein Versehrter wirkt wie ein Kämpfer.«

Er zwinkert mir zu.

»Ja, aber wie einer, der verloren hat«, grummle ich, wahrscheinlich, weil ich endlich grummeln darf.

»Gewonnen oder verloren, das spielt keine Rolle. Betrachte dich als temporären Kriegsinvaliden.«

An der Tür wendet er sich noch einmal zu mir um. »Nagel mich nicht auf die zwei Wochen fest! Die sind eine Schätzung. Ohne Gewähr!«

Mir geht es irgendwie besser. Diese Niedergeschlagenheit, die ich seit dem Unfall fühle, ist weg oder zumindest fast weg. Die Unterhaltung mit dem jungen Arzt war das Erleichterndste seit Tagen, obwohl er mir auch keine glänzenden Nachrichten überbracht hat. Angstmaschine, Betriebsunfall, zwei Wochen, Krücken, da habe ich schon Lustigeres gehört. Aber ich fühle mich sicherer, seit ich weiß, dass hier jemand mit einem Namen und einem Gesicht in der Nähe ist.

Gute Laune – in einem Krankenhaus hält sie nicht lange an. Erst kommt das Essen. Es schmeckt nach nichts. Bestenfalls. Manches davon schmeckt nach etwas, und da ist einem das nach nichts Schmeckende schnell wieder lieber. Zu trinken gibt es Tee. Nichts als Wasser und Tee, wobei Tee ja auch nichts anderes ist als Wasser mit Blumen oder Laub.

Damit einem nicht gleich langweilig wird, muss man aufs Klo. Mit einer frisch operierten Hüfte ist das eine akrobatische Einlage. Man klingelt, eine Schwester kommt, schiebt einem die Bettpfanne unter den Hintern und steckt einem den Pimmel in eine Art Vase. Sie bleibt daneben stehen, halb abgewandt, und jetzt soll man scheißen. Langweilig ist das nicht, zugegeben.

Die Langeweile kommt jedoch, sie kommt garantiert. Man liest gegen sie an. Man denkt gegen sie an. Man begegnet ihr mit Musik. Sie ist stärker.

Mein Pech ist, dass ich so schnell lese. Ein Buch am Tag ist bei mir gar nichts. Wenn ich so viel Zeit habe, wenn es gar nichts zu tun gibt, lese ich eines am Vormittag, eines am Nachmittag, und das dritte fange ich spätestens um sechs Uhr abends an. Dazwischen studiere ich Schachbücher. Weil es keinen Platz gibt, um ein Brett aufzustellen, spiele ich die Stellungen im Kopf durch.

Besuch:

Uriella und Baby. Wenn man so viel allein ist, merkt man erst, was für dunkle Wolken manche Menschen statt einem Heiligenschein über ihrem Kopf tragen.

Markus. Er hat seine Mitschriften für mich kopiert und bringt mich mit Schilderungen des Schulalltags zum Lachen. Beim Lachen tut mir die Hüfte weh. Natürlich bringt er mich gleich noch mehr zum Lachen.

Der Schachverein. Sie wechseln sich ab. Einmal der Ingenieur, einmal der Autohändler, einmal der Obmann, einmal der Waschmaschinenvertreter, einmal sogar der Säufer, der einen penetranten Geruch nach Bier und Zigaretten im Zimmer hinterlässt. Es gibt

keinen Tag, an dem nicht einer von ihnen vorbeikommt. Manchmal kommen zwei gemeinsam.

Mich rührt das. Sie könnten auch drauf pfeifen und mich in ein paar Wochen wieder beim Clubabend oder bei der nächsten Meisterschaftspartie begrüßen, aber nein, sie kommen. Vor allem, wenn sie zu zweit sind, ist es lustig. Bei den Einzelnen merkt man mitunter, dass sie aus Pflichtgefühl auf diesem schäbigen Holzstuhl am Fußende des Bettes sitzen, aber wenn wir zu dritt sind, brennt meine Wunde vom Lachen. Zum hundertsten Mal wundere ich mich, wieso der Altersunterschied zwischen uns außer Kraft gesetzt scheint, wieso mich diese Menschen behandeln wie einen der ihren, nicht als wäre ich ein Kind.

Vielleicht liegt es nicht daran, dass sie mich als Erwachsenen sehen, denke ich eines Tages. Vielleicht liegt es daran, dass etwas in ihnen ein Kind geblieben ist.

Einmal noch taucht nachts der behinderte Pfleger auf. Er merkt, dass ich nun wieder bei mir bin. Er schaut nur. Ich frage mich, was mit denen passiert, die schwächer sind als ich.

# WESTSTEIERMARK

Nach zwei Wochen im Bett muss man erst wieder gehen lernen. Zu Anfang sind zwei Meter schon eine Leistung. Mich erschreckt das. Von wegen wunderbarer Körper und was der alles zuwege bringt.

Dr. Strobl findet mein Gemecker lustig. Er sagt, in ein paar Jahren werde ich verstehen, was er meint. Ich hingegen weiß genau, ich werde nie verstehen, was er meint. Beziehungsweise: Ich werde verstehen, was er meint, weil ich es jetzt schon verstehe, aber ich werde ihm nicht zustimmen, denn so wunderbar unser Körper auch sein mag, unterm Strich macht er ja doch mehr Probleme als nötig.

Was spricht denn für einen Körper? Gutes Essen und der Orgasmus und Fußball. Was in meinem Fall bedeutet: Milchbrot, Wichsen und wie ein Krüppel herumliegen. Argumente gegen den Körper fallen mir doppelt und dreimal so viele ein, massenhaft fallen mir die ein. Eine rein geistige Existenz würde Hüftschmerzen, Siechtum, Alter und Verfall eliminieren. Diäten und verzweifelte Versuche, ein gesundes Körpergewicht zu erreichen, würden der Vergangenheit angehören. Die dann überflüssige Sache mit dem Schminken könnte einige Missverständnisse zwischen Männern und Frauen vermeiden. Zahnarzt, Hüftoperationen, Seitenstechen, eingeschlagene Nasen, Stürze von Leitern, Durchfall, Autounfälle, gebrochene Beine, Hunger und Durst, Sucht, Brillen, all diese Zumutungen hätten wir hinter uns. Dagegen nehmen sich die Fummelei mit Mädchen und das super Gasthaus und das Toreschießen auf der anderen Seite dürftig aus.

Die letzten zwei Runden der Stadtmeisterschaft habe ich versäumt, aber sogar ohne diese zwei Partien bin ich bester Jugendlicher geworden, habe viele Elo-Punkte dazugewonnen und einen Pokal mehr zu Hause stehen. Bei der nächsten Runde der Mannschaftsmeisterschaft werde ich spielen. Nichts wird mich daran hindern.

In der Schule bin ich eine Art wandelndes Ausstellungsobjekt. Man möchte meinen, diese Leute haben noch nie einen Menschen mit Krücken gesehen. Aber ich bin es gewöhnt, angestarrt zu werden.

Ich frage mich gar nicht mehr, was in solchen Starrergehirnen vorgeht. Sollen sie starren. Was werden sie anstarren, wenn ich weg bin? Auch nach der Schule, wenn sie studieren oder arbeiten, werden sie diese Welt nie verlassen, sie werden immer die bleiben, die sie hier sind: Menschen ohne Mut und ohne die Phantasie, sich vorzustellen, dass ein Leben auch große Ziele haben kann und dass es sogar ihr eigenes sein könnte, und wenn schon nicht ihr eigenes, dann eines, das sie gerade beobachten können. Die meisten Menschen haben Probleme zu begreifen und erst recht zu akzeptieren, dass ihre Gegenwart künftig unweigerlich Gewicht und Bedeutung der Historie erlangen wird. Der Satz ist nicht von mir, aber egal. Selbst wenn sie keinen Krieg erlebt und keinen König getroffen haben, wird ihr 1985 eines Tages das Jahr 1985 gewesen sein, voller Grau, voller Vermutungen, voller Leerstellen, eine verschwindende Existenz von Fotografien in Zeitschriften und Aufsätzen in Büchern und Rückblicken im Fernsehen, reine Interpretation. Aber wenn ich ihnen das sage, werden sie mich auslachen.

Eines Abends wird Uriella von einem Rettungswagen nach Hause gebracht. Durchs Fenster sehe ich das nervöse Zucken des Blaulichts und humple alarmiert zur Tür. Ich erkenne Uriellas Stimme.

»Ich bin nicht betrunken!«, schreit sie.

»Nein, gnädige Frau, sind Sie nicht«, sagt eine Männerstimme, obwohl man das Lallen Uriellas kaum versteht.

»Bin ich überhaupt nicht!«, brüllt sie

»Wissen wir, gnädige Frau, und jetzt sind wir schon zu Hause.«

»Wieso halten Sie mich dauernd fest? Ich kann allein gehen!«

»Gnädige Frau, es ist nur zur Sicherheit. Wir sind ja Kavaliere!«

»Klaviere!« Sie lacht hysterisch. »Ihr seid Klaviere!«

»Ja, gnädige Frau, kann auch sein, aber wir sind verstimmt.«

Eine andere Männerstimme, leiser: »Die Alte ist ein Alptraum.«

Ich lehne eine Krücke gegen die Wand und öffne die Tür. Vor mir stehen zwei grinsende Sanitäter, einer hält Uriella links, der andere rechts. Sie stiert mich an, die Hände auf zwei Krücken gestützt. Ihr rechtes Bein ist eingegipst.

»Das ist ein Liegegips«, sagt der eine Sanitäter zu mir in entschuldigendem Ton, »aber sie verweigert die Bahre. Zwingen können wir sie nicht.«

Um nicht umzufallen, schnappe ich mir wieder meine zweite Krücke, und so stehen Uriella und ich beide mit Krücken voreinander. Die Sanitäter lachen laut.

»Krückenfechtkampf?«, fragt einer. »Das will ich sehen!«

Ich erkenne in ihm den Netten, der mich von der Schule ins Krankenhaus gebracht hat.

»Entschuldige«, sagt er. »Dich haben sie also wieder repariert.«

»Sieht so aus, ja.«

»Dieses Haus macht viel Arbeit.«

»Wie ist denn das passiert?«

Ich schwinge eine Krücke Richtung Uriellas Gips.

»Das fragst du sie lieber selbst.«

»Ich bin nicht betrunken!«

»Natürlich nicht, gnädige Frau«, sagt der zweite Sanitäter und verdreht die Augen.

Der Nette sieht mich mitleidig an.

»Ist noch jemand außer dir da?«, fragt er.

»Nein, ich bin allein.«

»Schau, dass sie ins Bett kommt. Sie sollte absolut keinen Schritt gehen.«

»Sie davon zu überzeugen wird nicht einfach sein«

»Ich bin ganz brav!«, lallt Uriella. »Ich gehe ins Bett und lege mich hin! Ganz brav!«

»Dann Wiedersehen, gnädige Frau!«

»Auf Wiedersehen, die Herren!«

Uriella schüttelt energisch die Hände der Sanitäter ab und wankt an mir vorbei Richtung Schlafzimmer.

»Tut mir leid«, sagt der Nette zu mir, »wir konnten sie nicht auf der Liege festschnallen, sie war renitent. Aber sie darf auf keinen Fall herumspazieren. Kriegst du das hin?«

»Ich versuchs«, sage ich. »Was ist denn passiert?«

»Soweit wir das wissen, ist sie eine Wendeltreppe hinuntergerumst. Von oben bis ganz unten, zwei Stockwerke.«

»Wo gibt es denn bei ihr im Büro eine Wendeltreppe?«

»Ich weiß nicht, wo sie arbeitet, aber da, wo sie war, gibt es eine.«

»Und wo war sie?«

»Im Rathaus.«

»Und was hat sie dort gemacht?«

»Keine Ahnung.«

»Wie hat sie denn das mit der Wendeltreppe angestellt?«

»Weiß ich auch nicht. Aber ich kann's mir vorstellen.«

Ich danke ihnen und schließe die Tür zu.

Im Schlafzimmer brüllt Uriella: »ICH HABE DEM BÜRGERMEISTER EINEN GEBLASEN! DEM BÜRGERMEISTER! ER HAT EINE MININUDEL, HAHAHAHAHA, ABER ER SPRITZT FLEISSIG!«

Ich esse im Stehen ein Milchbrot, lege mich ins Bett und drehe laut Musik auf. Lesen kann ich immer und überall, wahrscheinlich könnte ich es auch neben einem Presslufthammer. Mit einem Buch bin ich sofort weit weg, egal was rund um mich geschieht.

*Diese Prophezeiung wird wahr werden.*

*ERZEUGT EINE FALSCHE AUSSAGE, WENN ALS SUBJEKT SEINER KLEINGESCHRIEBENEN VERSION VERWENDET WIRD.*

*Obwohl dieser Satz mit dem Wort »weil« beginnt, ist er falsch.*

# WESTSTEIERMARK

Uriella im Gips, das ist auch ein Déjà-vu. Letztes Jahr, zwei Tage nach dem Zeugnis und dem Ferienbeginn, war ich mit Suux bei Uriella zu Besuch, als die ebenfalls ziemlich spät von der Rettung nach Hause gebracht wurde. Bloß steckte da das andere Bein in Gips.

Bis heute habe ich nicht herausgefunden, was damals passiert ist. Ich weiß nur, dass Suux entsetzt war. Von allem. Von Uriellas Besoffensein, von der Tatsache, dass sie mit einem gebrochenen Bein nach Hause gebracht wurde, vor allem jedoch, dass sie überhaupt so spät nach Hause kam, Gips hin oder her. Gleich am Tag darauf reiste Suux mit mir in ihr geliebtes Hotel am Wörthersee.

»Was für eine Person«, fauchte sie während der Fahrt, und nicht nur einmal.

»Sie kann doch nichts dafür, wenn sie sich weh tut«, sagte ich.

»Darum geht es nicht«, sagte Suux.

»Worum geht es denn?«

Suux verriet mir nicht, worum es ging. Aber das war mir auch recht. Damals dachte ich nicht im Traum daran, dass ich bald bei Uriella landen würde, in dieser Wohnung, in der es ständig nach Katzen riecht, nach Katzenklo, Katzenfutter, Katzenstreu. Ich mag Katzen, ich liebe Tiere, aber manchmal erdrücken sie eine Wohnung mit ihren Gerüchen.

Und mir war es ganz recht wegzufahren. In dieses Hotel am See, an einen Ort, an dem die Zeit stillsteht. Wenn ich will, bin ich jetzt in Gedanken sofort da. Ich bin dort zu Hause, es scheint schon ewig zu existieren, es ist wie die Pyramiden, vertrauenswürdig und bestärkend, weil darin die Zeit abgeschafft ist.

Das Hotel, mit Suux:

Wir gehen frühstücken. Vor mir die Frau mit dem Gehstock und den lieben weichen weißen Haaren, die auf dem Weg hinunter den Lift verschmäht. Wir setzen uns an unseren Tisch. Sie trinkt Kaffee und liest Zeitung, ich trinke Kakao und lese ein Micky-Maus-Heft, ein Clever & Smart-Album oder ein Schachbuch. Der Vormittag, ereignislos und dadurch heimelig. Ihre Liebesromane, *Baccara* und *Julia*. Suux' Geruch im Fernsehzimmer, wo sie sich mit Begeisterung Sportübertragungen ansieht. Im Fernsehen läuft nicht viel anderes als Sport und Cary-Grant-Filme. Beim Lesen höre ich mit einem halben Ohr den Fernsehnachrichten oder den Gesprächen der Erwachsenen zu. Nachts liege ich wieder da und lausche Suux' Atemgeräuschen. Nac-nac-nac. Nichts. Nac-nac-nac. Länger nichts. Nac-nac-nac-nac. Dann entsetzliche Stille. Es scheint nichts mehr zu kommen. Mein Gott. Ist sie tot?

Zwei Wochen nach Uriellas erstem Gipsabenteuer flog ich mit meiner Tante Ceca nach Brüssel, wo sie mich meinem Vater übergab. Er, seine neue Frau, deren Bruder und dessen Frau fuhren mit mir im Wohnmobil quer durch Nordamerika.

Ich erinnere mich noch an alles, besonders deutlich an die Gerüche. Ein Wald in Kanada riecht anders als ein Wald in Österreich, und der Ontariosee riecht anders als der Wörthersee. Besser riecht er, größer, geheimnisvoller. Und mich lockt das Fremde. Doch abends, wenn die Marshmallows über dem Lagerfeuer schmelzen und irgendjemand eine Gitarre in die Hand nimmt, sind all diese Eindrücke so stark, dass ich mir nichts mehr wünsche, als bei Suux zu sein. Und ich denke daran, wie weit sie weg ist in diesem Moment. 6000 Kilometer oder mehr. Und was das bedeutet.

Gäbe es morgen kein Flugzeug und kein Schiff mehr, würde ich sie nie wiedersehen. Und sie nicht wiederzusehen, die Frau mit den wasserblauen, blind werdenden Augen, die Frau, die den Kaiser Karl bei einer großen Veranstaltung 1917 betrunken unter dem Tisch fand und dabei schon 20 war, diese Frau mit ihren zwei Weltkrie-

gen und ihren Toten, die sie herumträgt ein halbes und ein ganzes Leben, Sohn verloren, Mann verloren, alt geworden, in sich diese selbstmitleidfreie Wehmut, diese kleine alte starke Frau nicht wiederzusehen wäre die größte denkbare Katastrophe in meinem Leben.

Solche Gedanken gingen mir durch den Kopf, da drüben. Auf dem anderen Kontinent. Vor einem Jahr war das.

Was ist ein Jahr? Alles. Ein Jahr kann alles sein. Eine Ewigkeit und länger. Ein Wimpernschlag und kürzer. Über uns die Sintflut der Zeit.

# WESTSTEIERMARK

Endlich ist es heiß. Auch wenn ich in meinem Zustand nicht schwimmen gehen kann, bin ich doch gleich ein anderer Mensch, wenn ich täglich ein paar Stunden Sonne kriege. Und sie scheint, sie scheint wie verrückt, jeden Tag scheint sie von morgens bis abends, und sie zwingt nicht nur uns, sondern auch die meisten Lehrer in die Knie. Vor allem die älteren sind apathisch, haben keine Lust auf Prüfungen und lassen alles durchkommen, was sprechen kann. In meiner Klasse sind einige, die von Mathematik und Chemie noch weniger kapieren als ich, aber sogar die lassen sie durch, dabei sollten sie eigentlich schon mich auslachen für das, was ich ihnen abliefere.

Seit drei Wochen schleppe ich diese Krücken herum, und jetzt merke ich, ich brauche sie nicht mehr lange. Meistens verzichte ich schon auf eine. Angestarrt werde ich kaum noch. Nach der Schule wartet meistens Baby in seinem BMW auf dem Parkplatz. Manchmal kommt er nicht, ohne Erklärung. Ich warte ein paar Minuten, dann bewege ich mich schwitzend Richtung Bushaltestelle. Markus begleitet mich dann, obwohl er dafür sein Rad stehen lassen muss. Er besteht darauf, meine Schultasche zu tragen.

Wenn Baby kommt, fahren wir in sein Lieblingslokal. Er lädt mich zum Essen ein. Er selbst isst nichts außer seinem geliebten Eisbecher mit Heidelbeersauce. Wenn ich mit meinem Schnitzel fertig bin, bestellt er für mich ein großes gemischtes Eis und für sich noch einen Eisbecher mit Heidelbeersauce.

»Wie gewünscht, Baby«, sagt die Kellnerin immer.

»Wann kriegt Uriella eigentlich ihren Gips ab?«, fragt Baby.

»Keine Ahnung.«

»Uriella!«, lacht er. »Perfekt! Ich kann sie selbst nicht mehr anders nennen. Uriella! Hahahaha!«

»Baby, musst du so schreien?«, tönt es von der Theke.

»Ich schreie gar nicht!«

»Doch, du schreist!«

»Dann schreie ich eben leiser!«

»Brav, Baby.«

Er verzieht das Gesicht und steckt sich eine Zigarette an.

»Mir geht das so auf die Nerven«, sagt er.

»Was geht dir auf die Nerven?«

»Was sie von mir denken. Und dass sie glauben, ich merke es nicht.«

Ich überlege eine Weile.

»Was denken sie denn von dir?«

»Sie halten mich für einen Trottel.«

»Das stimmt nicht!«

»Doch, es stimmt. Sie glauben, ich verstehe ihre Blicke nicht, ihr Augenzwinkern untereinander, wenn es um mich geht. Als wäre ich nicht seltsam, sondern blöd. Dabei bin ich nicht blöd. Ich habe nur ein paar Schwierigkeiten, die die nicht kennen. Ihre eigenen Schwierigkeiten sehen sie nicht. Ich bin praktisch für sie.«

»In der Schule glauben sie auch, ich verstehe ihre Blicke nicht. Dabei kann ich Menschen lesen. Das konnte ich schon immer. Die Leute machen einen großen Fehler, wenn sie ein Kind einfach für ein Kind halten. Ein Kind ist viel mehr als das, was Erwachsene für ein Kind halten.«

»Absolut richtig«, ruft Baby. »Aber warum vergessen sie das? Früher haben sie es ja gewusst!«

»Baby, leiser«, mahnt die Stimme an der Theke.

»Entschuldigung.«

»Vielleicht haben sie es nicht gewusst«, sage ich. »Vielleicht waren sie anders. Vielleicht ist es nicht normal, wie wir sind.«

Baby lacht so herzhaft, dass sein massiger Körper bebt und von den Erschütterungen der lange Löffel, mit dem er seinen Eisbecher

bearbeitet, klirrend zu Boden fällt. Er hebt ihn auf, wischt ihn ab und isst weiter.

»Baby!«, ruft die Kellnerin.

»Soll ich dir das nächste Mal Ohropax mitbringen?«

»Das wäre keine schlechte Idee«, schreit die Kellnerin.

»Was fandest du so lustig?«, frage ich, um den Streit zu unterbrechen.

»Weil du gesagt hast, vielleicht ist das nicht normal, was wir sind. Wir sind aber so etwas von unnormal für die Leute hier ...«

»Du sagst es, als wärst du stolz darauf und als wäre dieses Anderssein ein Verdienst.«

»Ist es doch auch. Oder nicht?«

»Nein, ist es nicht. Darauf stolz zu sein ist so absurd, wie auf Österreich stolz zu sein.«

»Auf Österreich kann man aber auch stolz sein. Solange Waldheim nicht gewählt wird. Kennst du diesen Waldheim? Ein Schwarzer. War Generalsekretär der UNO. Der ist böse. Jetzt will der alte Nazi Bundespräsident werden. Aber man kann trotzdem auf Österreich stolz sein.«

»Das meine ich ja! Ich kann nur auf eine eigene Leistung stolz sein und nicht auf etwas, das mir in den Schoß gefallen ist!«

»Das sehe ich nicht so eng«, sagt Baby und bestellt sich seinen dritten Eisbecher. Ich höre die Kellnerin stöhnen.

»Dieses Anderssein macht mir Angst«, sagt er. »Angst ist vielleicht nicht das richtige Wort. Es macht mich so angreifbar, ich fühle mich so schutzlos. Verstehst du, was ich meine?«

»In meiner früheren Schule«, sage ich, »hatte ich einen Freund namens Erich.«

»Und der war auch anders?«, schreit Baby.

»Baby, bitte!«, schreit die Kellnerin.

»Entschuldigung!«, röhrt Baby.

»Er war anders, ja«, fahre ich fort. »Eines Tages will er mich etwas fragen. Er druckst herum. Ich sage, los, raus mit der Sprache.«

»Und? Was hat er gesagt?«

»Gesagt hat er es nicht. Er konnte es nicht sagen. Er hat es auf einen Zettel geschrieben.«

»Und was stand da?«

»Darauf stand: ›Würdest du mich auch zum Freund haben wollen, wenn ich schwul wäre?‹«

»Oha. Und was hast du geantwortet?«

»Ich habe ihm zurückgeschrieben: ›Erich, was immer du bist oder fühlst, solange du niemand anderem weh tust, ist es in Ordnung. Du bist mein Freund und wirst es immer sein, und so etwas hat niemals Auswirkungen auf meine Freundschaft. Es ist völlig egal.‹«

»Glaubst du das wirklich?«, fragt Baby.

»Na klar. Du nicht?«

»Ich weiß es nicht. Ich habe mich noch nie damit beschäftigt.«

»Mir ist das völlig egal. Im Gegenteil. Ich habe mich mies gefühlt.«

»Also stört es dich ja doch!«

»Nein! So war das nicht gemeint! Ich habe mich mies gefühlt, weil er überhaupt auf so eine Idee kommen kann, dass ich nicht mehr sein Freund sein wollen könnte, wenn er mir verrät, schwul zu sein. Und weil ich gemerkt habe, wie viel Angst wir alle davor haben, von einer Norm abzuweichen. Deswegen bemühen wir uns, ein Leben zu leben, das den anderen möglichst ähnelt. Auch um Gefahren zu vermeiden. Wenn wir sind wie der Nachbar, werden wir ohne große Zwischenfälle alt.«

»Und, seid ihr noch Freunde?«

»Nein. Aus den Augen verloren.«

Baby lacht laut auf.

»Du bist ein Genie«, sagt er zu mir. Und zur Kellnerin, die ihm den Eisbecher bringt: »Und du bist keines.«

»Genie«, sagt sie. »Hahaha.«

# WESTSTEIERMARK

Zu Beginn der Ferien kommt Uriella einmal erst am Vormittag nach Hause. Sie ist so betrunken, dass sie mich nicht erkennt. Sie starrt mich aus zusammengekniffenen Augen an und ist sichtlich bemüht, einen Zusammenhang zwischen sich und diesem Jungen in ihrer Wohnung herzustellen. Der Mann hinter ihr singt ein Lied, das wohl noch nicht viele vor ihm gesungen haben. Ich erkenne ihn, er ist Gemeinderat und von der FPÖ. Die FPÖ sind die Rechten. Uriella hasst die Rechten. Sie und der Mann verziehen sich ins Schlafzimmer.

Ich packe meine Badesachen, ich will an den See fahren. Mit dem Rad geht es noch nicht, wegen der Hüfte, aber Markus hat seine Eltern überredet, dass sie uns mit dem Auto hinbringen.

Wegen der Geräusche aus dem Schlafzimmer hoffe ich, nicht lang warten zu müssen. Das Bett ist alt, die Federn quietschen, das Holz des Rahmens kracht, als würden darauf zwei Nilpferde raufen.

»ICH BIN EIN JUDENSCHWEIN UND DU BIST EINE NAZISAU!«

»JA, DU KLEINE DRECKSAU, GIB, GIB, GIB!«

»AH! O GOTT! O IST DAS EIN SCHWANZ! O IST DAS EIN SCHWANZ!«

»HOPP HOPP HOPP, GIB KONTRA, GIB KONTRA!«

»AH! O GOTT! DU FICKST WIE EIN …«

Ich erfahre nicht mehr, wie er das tut, weil ich laut zu singen anfange, meine Tasche nehme und vor dem Haus auf Markus warte. Da gibt es zwar keinen Schatten, und mir knallt die Sonne auf die Birne, aber die Konversation im Haus zu versäumen ist einen Kreislaufkollaps wert.

Am See. Unter uns eine Decke, auf der Decke ein Kassettenrecorder, der Jethro Tull spielt. Sonnencreme, Cola, was zu lesen, neben der Decke ein Eimer kaltes Wasser, in den wir ab und zu ein Handtuch tauchen und es uns in den Nacken legen.

Mädchen sind da. Auch ein paar aus unserer Klasse. Ab und zu schauen Markus und ich uns erstaunt an. Manche scheinen binnen weniger Wochen Brüste bekommen zu haben. Neue Hügel, schön und verwirrend anzusehen. Wann ist das passiert?

In mir brennt die Liebe zu M., vor mir tun sich jedoch neue Perspektiven auf. Da ist etwas, das mich wie an einem Nasenring zu diesen Mädchen ziehen will. Aber ich bin sowieso zu schüchtern. Und ich würde sowieso keine von ihnen je haben können.

»Glaubst du, eine von denen wird meine erste Freundin?«

»Das kann niemand wissen«, antworte ich.

»Ich habe ja auch nicht gefragt, ob du es weißt.«

»Ich glaube es nicht, nein.«

»Und wieso nicht?«

»Weil sie in unserem Alter sind.«

»Na und?«

»Mädchen nehmen sich ältere Jungs. Die da sind zwölf oder dreizehn, die werden sich Sechzehnjährige nehmen. Von uns wollen die nichts.«

»Und was heißt das?«

»Das heißt, dass eher eine von denen da drüben deine erste Freundin wird.«

Ich zeige auf eine Gruppe kleiner Mädchen, nur in Badehosen, ohne Oberteil, kaum acht oder neun Jahre alt. Markus schnaubt. Im nächsten Moment bekomme ich den gesamten Inhalt des Eimers über den Kopf. Ich ringe nach Luft, so kalt ist das Wasser.

Ich jage ihn über die Wiese, so schnell ich es mit meiner Hüfte eben schaffe, und wie zufällig landen wir beide in der Gruppe der Mädchen, die so tun, als sähen sie uns nicht. Wir tun auch so, als sähen wir sie nicht. Aber wir schreien lauter als vorher.

Zu Mittag entdecke ich auf der Wiese unsere Englischlehrerin.

Sie liegt im Bikini auf dem Rücken, trägt eine Sonnenbrille und liest ein Buch, die Arme Richtung Himmel gereckt.

Ich habe sie noch nie so gesehen. Es ist, als hätte ich einen völlig anderen Menschen vor mir. Ich kann nicht aufhören, ihr Bikinioberteil und ihre Hose anzustarren und mir vorzustellen, was darunter ist. Als ich ein paar Haare sehe, die sich seitlich aus ihrer Bikinihose hervorkräuseln, falle ich beinahe in Ohnmacht.

»Hallo«, sagt die Lehrerin.

Sie hat ihr Buch zur Seite gelegt und die Sonnenbrille hochgeschoben, und ich bin es, den sie grüßt.

»Guten Tag«, sage ich und werde rot.

»Schon okay«, sagt sie und geht zum Ufer.

Am Nachmittag fühle ich mich schlecht. Ich weiß nicht, was los ist. Markus sagt, ich sehe zum Kotzen aus. Ich bedanke mich freundlich. Er schleppt mich in den Schatten.

»Wann hast du das letzte Mal etwas getrunken?«, fragt er.

»Ah ja. Daran könnte es liegen.«

»Wann?«

»Zu Mittag, glaube ich.«

»Du bist echt ein Depp. Eine Kappe hast du auch nicht aufgehabt, oder? Warte hier. Bleib schön so sitzen.«

»Ja, Mama.«

Nach zwei Minuten ist er mit einer Literflasche Mineralwasser zurück. Er zwingt mich, sie auszutrinken. Danach zieht er mich zu einer Dusche. Ich bekomme zwar fast einen Kälteschock, aber das kalte Wasser wirkt erleichternd, wenigstens kurz.

Als wir wieder im Schatten sitzen und Markus mich drängt, einen Apfel zu essen, geht die Englischlehrerin vorbei. Mir ist das peinlich. Ich will nicht, dass sie mich so sieht. Ich wirke ja wie ein Kind.

Ich starre vor mich hin und bemühe mich, die Kopfschmerzen zu ertragen und die Übelkeit so weit zu kontrollieren, dass ich mich nicht auf der Stelle übergebe.

»Was ist mit dir?«, fragt sie.

»Zu viel Sonne«, antwortet Markus für mich.

»Brauchst du etwas? Kann ich helfen?«

Ich danke und schüttle den Kopf.

»Soll ich euch nach Hause bringen?«

»Nicht nötig«, sagt Markus, »ich rufe meine Eltern an.«

»Aber wenn es ihm jetzt schlechtgeht. Ist für mich kein Aufwand.«

»Okay, danke«, sagt Markus. »Los, komm!«

Er zieht mich hoch, und ich wanke willenlos hinter der Lehrerin her. Vor mir wackelt ihr Hintern. Auf der linken Schulter hat sie eine Narbe. Ihre Beine sind ganz ohne Haare. Mir ist schlecht. Der Hintern wackelt.

Die Lehrerin zieht sich nichts über, sie fährt mich nur im Bikini und sogar barfuß nach Hause. Ich sitze vorn, Markus sitzt hinten. Er beschreibt ihr den Weg. Ich schiele trotz der Übelkeit ab und zu nach links. Die Lehrerin hat wunderschöne Beine. Und erst ihr Bauch und ihre Seite, und ihr Busen. Ich finde nicht die richtigen Worte dafür, ich habe so etwas noch nie gesehen. Ich weiß nicht, wie ich damit umgehen soll. Die Lehrerin mag mich nicht, zumindest dachte ich das bislang. Ich mochte sie auch nicht, bislang. Jetzt ist alles anders.

Es ist verrückt, aber ich kriege neben ihr eine Erektion. Und weil ich nur eine kurze Badehose anhabe, sieht man das natürlich deutlich. Zumindest ich sehe es. Ich hoffe nur, dass die Lehrerin es nicht sieht. Aber beim Abbiegen muss sie hin und wieder nach rechts schauen, und da könnte es schon passieren.

»Da sind wir?«, fragt sie mich vor meinem Haus.

Sie sieht mich an, und ich erkenne an ihrem Blick, der ganz kurz nach unten geht, dass sie es gemerkt hat. Ich murmele einen Dank. Markus fragt, ob ich allein zurechtkomme. Ich nicke. Er übernimmt meinen Platz auf dem Beifahrersitz.

Ich schleppe mich ins Badezimmer und kann endlich in Ruhe kotzen. Ich habe nicht viel gegessen, das macht die Sache nicht angenehmer. Immer wieder muss ich innehalten. Man könnte sagen, mir wird vom Kotzen schlecht.

Uriella klopft.

»Was ist mit dir los?«, ruft sie. »Geht es dir nicht gut?«

»Nicht besonders.«

»Mach auf!«

»Kann nicht. Komme bald raus.«

»Mach mir keine Sorgen, du!«

Fünf oder zehn Minuten später bin ich etwas wackelig auf den Beinen, aber ich schaffe es, stehen zu bleiben. Ich putze mir gründlich die Zähne. Im Spiegel sehe ich mein Gesicht, es scheint zu glühen. Die Kopfschmerzen werden immer stechender.

»Um Gottes willen«, sagt Uriella, als sie mich sieht.

»Ich war zu lange in der Sonne.«

»Du siehst schrecklich aus! Leg dich hin! Ich bringe dir was zu trinken!«

»Und etwas gegen die Kopfschmerzen, bitte.«

Als ich mich aufs Bett fallen lasse, erinnere ich mich an die Nazisau. Ob die noch da ist? Eher nicht. Uriella riecht kaum nach Alkohol. Vermutlich hat sie bis jetzt geschlafen.

Sie bringt mir ein großes Glas Wasser und eine Tablette. Ich schlucke sie und trinke das Glas halb leer. Ich spüre, dass ich Fieber kriege.

Gedämpft höre ich Uriella in der Küche telefonieren. Ihre Stimme klingt besorgt. Das mag ich nie. Wenn sie sich um mich Sorgen macht. Oder irgendjemand anderer. Dann beginne ich mir nämlich selbst Sorgen zu machen.

Kann man an so etwas sterben?

»Ich habe mit Doktor Lisander geredet«, sagt Uriella.

»Ah ja«, sage ich.

Doktor Lisander ist Orthopäde und hat schon einmal das Bett im Schlafzimmer zum Krachen gebracht.

»Er sagt, das ist ganz klar ein Sonnenstich. Du brauchst jetzt Dunkelheit, viel Flüssigkeit, Elektrolyte und Ruhe. Ich koche dir eine Hühnersuppe.«

Sie streicht mir über den Kopf.

»Du Armer, du. Aber ein Dummkopf bist du auch.«

»Ich weiß.«

Sie drückt mir die Lippen auf die Stirn.

»Fieber hast du«, sagt sie leise.

Ich schließe die Augen. Mein ganzer Körper fühlt sich an wie gegrillt. Das Schlimmste ist jedoch die Übelkeit. Gleich danach kommen die Kopfschmerzen. Ich hatte noch nie im Leben solche Kopfschmerzen. Ich habe Angst, es könnte eine Gehirnblutung sein. Suux' Nachbar ist mit 18 an einer gestorben. Ich hoffe, ich habe keine.

Lieber Gott, bitte mach, dass ich keine Gehirnblutung habe. 1000 Gutpunkte, wenn es mir schnell bessergeht. Bitte mach das weg. Bitte. Bitte.

# WESTSTEIERMARK

Sommerferien.

Es gibt nichts Schöneres. Im Bett liegen, lesen und denken. Durch das geöffnete Fenster weht der Sommer ins Zimmer. Im Radio spielen sie Musik und berichten aus Freibädern. Die ganze Welt scheint in Gedanken am Strand zu liegen. Die Menschen auf der Straße schwitzen, aber sie lächeln. Es ist leiser. Es ist heller. Es ist bunter. Es ist friedlicher. Es ist langweiliger.

Bis zum Nachmittag macht es mir nichts aus, dass ich eigentlich keine Freunde habe. Erich wohnt zu weit weg, wir haben uns aus den Augen verloren. Markus ist ein halber, Baby ist ein halber. Besser als nichts, aber eine Clique hätte ich gern.

Clique ist so ein neues Wort. Ich habe es aus *Christiane F. – Wir Kinder vom Bahnhof Zoo*. Clique nennt man eine Gruppe von Freunden. So etwas hätte ich gern, spätestens am Nachmittag, wenn mir trotz Lesen und Schach stinklangweilig ist.

Ich rufe bei Markus an. Seine Mutter hebt ab. Er ist nicht zu Hause. Ich lasse ihm ausrichten, er soll mich anrufen. Dann versuche ich es bei Baby. Da hebt auch die Mutter ab, und auch Baby ist nicht zu Hause, und auch dem lasse ich ausrichten, er soll mich anrufen.

*Wir Kinder vom Bahnhof Zoo* ist ein faszinierendes Buch. Es handelt von der jungen Christiane, die so alt ist wie ich, die aus einem »schwierigen Elternhaus« kommt, wie man offenbar eine beschissene Kindheit in offizieller Sprache nennt, und die in die Berliner Heroinszene abrutscht. Sie landet sogar auf dem Strich, dem »Babystrich«, wie der Ort heißt, an dem sich irgendwelche Perverslinge

für dreißig Mark von blutjungen Junkies im Auto einen runterholen lassen.

Ich habe mich in Babsi verliebt, eine Freundin von Christiane. Im Buch ist ein Foto von ihr. Sie sieht romantisch aus, geheimnisvoll und traurig wie ein Engel. Sie war die jüngste Herointote von Berlin, Überdosis mit 14. Ich wäre gern ihr Freund gewesen. Also nicht ein normaler Freund, sondern ihr Freund.

Die Freundschaften, die Christiane beschreibt, hätte ich auch gern. Alle scheinen sich zu mögen. Viele junge Leute, die sich benehmen, als wären sie Geschwister. Sie passen aufeinander auf. Ich wäre gern Teil so einer Clique.

Die Drogen, von denen sie erzählt, gehen mir nicht aus dem Kopf. Ich habe das Buch dreimal gelesen und weiß, dass Drogen gefährlich sind und dass Heroin die gefährlichste ist. Aber irgendwie zieht mich diese Welt an. Valium, Koks, Acid, so könnten auch ferne Planeten heißen, auf denen die Dinge besser laufen als hier. LSD, Barbiturate, Heroin, das klingt alles so verführerisch spannend, nach einem prickelnden Leben ohne Hüftoperationen und Milchbrot.

Ephedrin. Diese Droge taucht immer wieder auf. Ich glaube, es ist eine Tablette. Sie soll super sein. Ich würde gern wissen, wie es ist, Ephedrin zu nehmen.

Am späten Nachmittag fahre ich mit dem Rad hinunter in die Stadt. Die Apotheke hat noch offen. Ich schleiche ein paar Minuten lang davor umher. Ich drücke meine Nase an der Scheibe platt. Ich sehe zwei Apotheker und zwei Apothekerinnen. Ich will erst hinein, wenn nur wenige oder am besten gar keine Kunden drin sind.

Nach einer halben Stunde kommt die erste Gelegenheit. Ich wäre der einzige Kunde. Etwas hält mich zurück.

Es wird halb sechs, es wird drei viertel sechs. Um sechs machen sie zu. Ich muss mich entscheiden.

Um fünf vor sechs betrete ich die Apotheke.

»Was willst du? Ephedrin?«

Er mustert mich. Ich senke den Blick. Nachdem Christiane F. gern Ephedrin genommen hat, kriegt man es wohl nicht ohne Rezept,

doch ich dachte, vielleicht machen sie eine Ausnahme. Der Apotheker schaut aber drein, als hätte ich ihm einen Zettel hingehalten, auf dem *Überfall, Geld her!* steht.

Er winkt seinen Kollegen in den weißen Kitteln. Sie sprechen halblaut miteinander.

Eine Apothekerin fragt mich: »Für wen soll denn das sein?«

»Für mich«, antworte ich. Im nächsten Moment ärgere ich mich. Ich hätte sagen sollen, für Uriella. Die kennen sie hier bestimmt, und die wirft so viele Beruhigungstabletten ein, dass eine Frage nach Ephedrin von ihr wohl keinen Verdacht hervorruft. Zum Teufel, vielleicht *nimmt* sie sogar Ephedrin. Ich hätte zuerst im Badezimmer nachsehen sollen.

Sie reden wieder miteinander. Ich überlege, ob ich einfach hinauslaufen soll.

Der erste Apotheker wendet sich wieder an mich.

»Ephedrin kannst du so nicht kaufen. Ephedrin ist Bestandteil eines Medikaments. Wofür brauchst du das denn?«

Noch bevor sie weiterfragen können, bin ich schon zur Tür hinaus. Ich renne zu meinem Fahrrad. Eigentlich hatte ich mir noch ein Eis im *Café Konstantin* kaufen und bei der Gelegenheit schauen wollen, ob Baby da ist, aber nun fahre ich lieber direkt nach Hause. Ich habe Angst, dass ich ins Heim muss. Diese Sorge hat mich eine Weile nicht geplagt, jetzt ist sie zurück.

Seitdem ich mit acht zusammen mit einem Schulkameraden in eine Kirche eingebrochen bin, wo wir einen Fotoapparat und ein bisschen Geld aus einer Kasse erbeutet haben, habe ich immer wieder Angst, ins Heim zu kommen. Schlucki, der Freund, mit dem ich einbrechen war, hat mich damit eingeschüchtert. Er hat gedroht, alles zu verraten, und dann käme ich ins Heim.

Ich weiß zwar noch immer nicht genau, wie das funktioniert mit dem Heim, aber Heim bedeutet Erziehungsheim, und mit einem Erziehungsheim verbinde ich Schläge und Einsamkeit. Von beiden habe ich jedoch bereits genug abgekriegt, deswegen macht mir diese Vorstellung Angst. Und vielleicht ist der Versuch, Ephedrin zu

bekommen, auch etwas, das einen Jungen wie mich ins Heim bringt. Ich will mich nicht erwischen lassen, also radle ich wie ein *Tour de France*-Sieger den Berg hoch.

Uriella ist zu Hause. Baby hat angerufen. Er lässt mir ausrichten, wir könnten uns um sieben im Eishotel treffen. Uriella hat nichts dagegen, also fahre ich gleich los. Wenn es länger dauert, kann er mein Rad in den Kofferraum packen und mich nach Hause bringen, das hat er schon öfter gemacht.

»Hat Markus angerufen?«, frage ich.

»Wer ist das?«

»Der, dem ich ins Bett gepinkelt habe.«

»Nein, außer Baby niemand.«

Als ich die Cafeteria des Hotels betrete, sehe ich schon Baby an seinem Stammtisch sitzen. Er wirkt bedrückt, auch auf zwanzig Meter Entfernung.

»Ich muss mir die Mandeln rausnehmen lassen«, sagt er. »Ich will aber nicht.«

»Kann ich gut verstehen«, sage ich. »Ich will nie mehr ein Krankenhaus sehen.«

»Mich kommst du besuchen, oder? Versprich mir, dass du mich besuchen kommst!«

»Ja, Baby, ich werde dich besuchen.«

»Ich mag nicht operiert werden.«

»Das verstehe ich. Aber es wird bestimmt nicht schlimm.«

»Ich habe trotzdem Angst.«

»Vor einer Operation brauchst du keine Angst zu haben.«

»Ich mag trotzdem nicht.«

»Ich habe gelesen, nach einer Mandeloperation darf man viel Eis essen.«

Seine Augen leuchten auf. »Das ist natürlich etwas anderes!«

»Baby, bitte«, stöhnt die Kellnerin hinter der Bar.

»Ich muss operiert werden!«, schreit er ihr zu.

»Am Hirn?«

»Da gehörst du operiert!«

»Oder eine Fettabsaugung? Die zahlt sich bei dir nicht aus! Du bist nach einer Woche wieder so fett wie vorher, bei den Mengen Eis, die du frisst!«

»Du bist schlichtweg zu faul, einen Eisbecher zu machen! Damit du nicht aus der Übung kommst, darfst du mir gleich den nächsten bringen! Alte Metze.«

»Da musst du warten, Baby. Erst ist der Eiskaffee der Chefin dran.«

»Ich bin beeindruckt. Eine Herkulesaufgabe! Schlimmer als den Stall des Augias auszumisten! Verlier bloß nicht die Übersicht bei so enormer Verantwortung!«

Die Kellnerin murmelt etwas und zeigt ihm den Vogel.

»Und wann wirst du operiert?«, frage ich.

»Ich mag nicht operiert werden.«

»So schlimm ist das nicht. Mach dir keine Sorgen, Baby.«

»Eben, ich bin ein Baby! Ich habe Angst!«

»Wann ist es so weit?«

»Keine Ahnung. Die Mama vereinbart den Termin.«

Wenn jemand »Die Mama« sagt statt »Meine Mama«, halte ich ihn gewöhnlich für schlicht. Baby ist das nicht. Baby ist Baby.

»Magst du auch noch ein Eis?«, fragt Baby.

»Ich möchte die Kellnerin nicht überfordern.«

»Hahahahaha!«, lacht er. »Hahahahahaha! Du bist ein Genie!«

»Baby, ich bin kein Genie.«

»Doch, bist du.«

»Es gibt überhaupt keine Genies. Selbst ich bin keines!«

»Hahahahaha! Der war gut!«

»Das war ein Zitat.«

»Von wem?«

»Ich weiß noch nicht.«

# WESTSTEIERMARK – MOSTAR

Mein Vater holt mich ab. Er lebt in Berlin, und ich habe ihn seit einem Jahr nicht gesehen.

Es ist schön, wenn er da ist. Ich mag, wie er riecht. Ich weiß, wie die Menschen riechen, die mir wichtig sind. Ich ziehe oft alte T-Shirts meines Vaters an, weil ich mir einbilde, auch nach dem hundertsten Waschgang haftet noch etwas von seinem Geruch daran.

Nach Mostar ist es weit. 800 Kilometer mit einem gebrauchten Mercedes, den er dort irgendwem verkaufen will. Wegen der schlechten Straßen dauert die Fahrt einen ganzen Tag. Dreimal muss ich kotzen. Ich bin ziemlich erledigt, als wir in der Geburtsstadt meines Vaters ankommen. Es ist mörderisch heiß.

Die Begrüßungen sind nicht viel weniger anstrengend als die zwölf Stunden über Holperstraßen. Alle sind da, Brüder meines Vaters, Schwestern meines Vaters, Cousinen, Cousins, Nachbarn. Tausend Gesichter. Dauernd streichelt mir irgendeine Hand über den Kopf oder kneift mir in die Wange. Ich werde gefragt, ob ich endlich beschnitten bin, und alle lachen. Ich werde gedrückt und geküsst und mit fettigen Kartoffeln verwöhnt, die ich nicht besonders mag, aber dennoch esse, um niemanden zu kränken. Danach fahren sie Süßspeisen auf, von denen mir schon beim Hinsehen ganz anders wird.

Erneut flammt die Beschneidungsdebatte auf. Zwar wird dabei gelacht, aber mir ist das trotzdem lästig. Die sollen meine Vorhaut in Ruhe lassen. Und dass an diesem Gespräch auch Frauen und Wildfremde beteiligt sind, die stundenlang über meinen Pimmel reden, finde ich auch nicht angenehm. Jedes Jahr das Gleiche, echt.

Irgendwann verdrücke ich mich aufs Klo und bleibe dort eine Stunde, bis sie gegen die Tür klopfen. Ich brauche das. Ich brauche Alleinsein. Ich ertrage keine Menschenlawinen.

Mitunter habe ich den Verdacht, ich vertrage Menschen generell nicht.

Nachts finde ich keinen Schlaf. Erstens übernachte ich mit meinem Vater in einem Zimmer, sogar im selben Bett, und er schnarcht. Zweitens steht im Zimmer eine Hitze, wie ich sie noch nirgends erlebt habe. Sie legt sich auf Brust und Gesicht und scheint mir jede Sekunde signalisieren zu wollen, dass sie mich umbringen kann. Drittens sind da die Moskitos.

Nichts hasse ich so sehr wie Moskitos. Moskitos sind der Abschaum der Evolution. Wenn ich zu Hause nachts Fledermäusen zusehe, die sich im Schein der Straßenlaterne an den darunter tanzenden Moskitos satt essen, applaudiere ich und johle Anfeuerungen in die Dunkelheit. Ich betrachte moskitospeisende Fledermäuse als Verbündete. »Labt euch!«, rufe ich. »Labt euch!« Weswegen mir einmal die Nachbarin attestiert hat, gestört zu sein.

Ich liege wach neben meinem schnarchenden Vater und muss trotz des Sirrens um mich herum lachen, weil ich mir vorstelle, wie ich die Fledermäuse hier auf Serbokroatisch anfeuere. Ich muss noch mehr lachen, als ich mir vorstelle, wie ich meinen Vater frage, was »Labt euch!« auf Serbokroatisch heißt.

Offenbar hat mein Lachen das Bett in Schwingungen versetzt, denn mein Vater wacht auf und schreit mich an, ich soll sofort still sein, sonst passiert etwas, ich soll auf der Stelle einschlafen, sonst kracht es, er ist den ganzen Tag gefahren und will schlafen, sonst kracht es.

Er schläft in derselben Sekunde wieder ein. Aber ich? In dieser Hitze? Inmitten dieses elenden Sirrens? Wie? Wie?

Ich denke an Suux. Sie würde überhaupt nicht hierherpassen. Sie wäre viel zu weich, zu leise, zu langsam, zu lieb. Hier ist alles rau. Kiesstraßen, Schlaglöcher, Teller mit Sprüngen, abgetragene Schuhe. Die Leute haben tiefe Stimmen und reden laut und rauchen

wie die Wahnsinnigen. Sogar die Moskitos sind lauter als daheim. Vielleicht rauchen die auch.

Ich schaue in die Dunkelheit und stelle mir vor, Schachgroßmeister zu werden.

Die Tage in Jugoslawien gleichen einander. Wir sind alle faul, mein Vater, mein Onkel, mein Cousin, ich. Die Arbeit im Haus erledigen die Frauen. Mein Vater, mein Onkel und ich sitzen auf der schattigen Terrasse und spielen Schach. Zwei spielen, der Dritte liegt daneben auf einer Sommercouch voller Kissen mit Blumenstickereien, sieht bei der Partie zu oder schaut in den Himmel, träumt vor sich hin oder pickt Knoblauch von einem riesigen Zopf, der wie ein Hornissennest von der Decke hängt.

Wir essen den Knoblauch roh. Am Anfang ist das gewöhnungsbedürftig, aber nach einer Weile esse ich in meinen Spielpausen Knoblauchzehen wie zu Hause Äpfel und lese dabei Clever&Smart-Comics.

Die meisten Partien gewinne ich. Wenn Bekannte oder Verwandte erscheinen, werde ich als Wunderkind vorgeführt. Erst glauben die Besucher nicht, dass so ein Junge sie besiegen könnte, wo sie doch schon seit Jahrzehnten spielen, aber im Verlauf der ersten Partie werden ihre Mienen immer weniger siegessicher, und im Hintergrund fangen mein Onkel und mein Vater zu kichern an. Was sie mächtig ärgert, wenn sie es selbst zu spüren kriegen, verwandelt sich in eine Peitsche, mit der sie ihre Cousins und Nachbarn terrorisieren. Ich glaube, sie setzen sogar Geld auf mich, heimlich, damit ich es nicht mitkriege. Sie werden nicht enttäuscht. Ich spiele alles in Grund und Boden. Es ist einfach. Ich bin hier so etwas wie Gulliver bei den Zwergen.

Leise geht es auf der Terrasse nicht gerade zu. Bei so einer Lärmkulisse würde in Österreich die Polizei auftauchen, aber hier ist das völlig normal. Die einen brüllen, die anderen lachen, alle fluchen. Fluchen bedeutet hier alles und nichts. Hin und wieder fliegen Schachbrett und Figuren in hohem Bogen von der Terrasse. Jugosla-

wen haben Temperament. Es hat auch jeder ein Messer eingesteckt. Zwei Mal stehen zwei Männer mit gezückten Messern voreinander, werden jedoch von den anderen beruhigt.

Wenn wieder einer der örtlichen Schachmeister mit verdrossener Miene von dannen gezogen ist, glänzt das Gesicht meines Vaters vor Stolz. Er lobt mich zwar nicht direkt, aber ich freue mich trotzdem. Ich mag diesen Gesichtsausdruck.

Irgendwann stellt sich dennoch Langeweile ein. Selbst wenn man etwas unternehmen wollte, was könnte es sein? Zum einen gibt es weit und breit keinerlei Sehenswürdigkeit, es sei denn, man bezeichnet einen Gemüsemarkt als solchen, zum anderen hat es fast durchgehend 40 Grad.

Ich höre Beatles-Kassetten, spiele Schach, lese Clever&Smart-Comics und Bücher, zweimal, dreimal, viermal, weil ich viel zu wenige dabeihabe.

Zumindest einmal am Tag muss ich etwas essen, sie zwingen mich dazu. Ich mag die hiesige Küche nicht besonders. Alles ist entsetzlich fettig. Das Fleisch schmeckt seltsam und zäh. Nur die Maiskolben mag ich, davon kann ich drei oder vier hintereinander essen. Und die Hagebuttenmarmelade auf dem Brot, nach der bin ich süchtig. Dazu gibt es Dicksaft. Der Dicksaft schmeckt, als wäre er im Katzenklo gereift.

Da ich der Einzige bin, der am Essen verzweifelt, frage ich mich, was eigentlich mit mir falsch läuft. Wieso bin ich so anders? Wieso schmeckt mir nicht nur das nicht, was man hier vorgesetzt bekommt, wieso schmeckt mir generell so wenig? Außer mir laben sich hier alle an den Fleischspießen und den Gemüseschoten wie die Fledermäuse an den Moskitos, aber mir wird bloß schlecht davon, und jedes Mal bin ich nach dem Essen erleichtert und zugleich erschöpft, als hätte ich zwei Stunden Tennis hinter mir.

Und es ist ja nicht nur das Essen. Es ist alles. Ich mag fast nichts von den Dingen, die andere mögen. Ich mag nicht, was sie trinken, ich mag ihre Fernsehsendungen nicht, egal ob in Jugoslawien oder

in Österreich, ich mag ihre Musik nicht, weder hier noch dort, mich widern zähes Fleisch und matschiges Risotto an, und wenn ich ermahnt werde, Spaziergänge, Natur, Weihnachtslieder oder adrette neue Kleidung zu genießen, bekomme ich vor Wut überall rote Flecken und frage mich, wie um alles in der Welt diese Menschen so geworden sind. Bis ich wieder und wieder zu derselben Erkenntnis gelange: Die alle haben ein Geheimnis nicht entdeckt. Es liegt offen vor ihnen, aber sie sehen es nicht. Es ist ein rettendes Geheimnis, aber weil sie es nicht sehen, sind sie zu sich und ihrer Enge verurteilt. Ich weiß bloß nicht, ob es für alle dasselbe oder für jeden ein anderes Geheimnis ist. Ich weiß nur, ich habe meines gefunden. Eigentlich musste ich es nicht finden. Es war immer schon da. Es dauerte nur eine Weile, bis ich begriff, dass ich damit recht allein dastehe.

Die Moskitos bringen Konflikte in die Nacht. Weil ich irgendwann vor Wut weine, so unerbittlich fliegen die Blutsauger ihre Attacken gegen mich und summen mir die Ohren voll, wacht mein Vater auf und schimpft. Daraufhin bemühe ich mich, ruhig zu sein, die Hitze und das Jucken und das Schnarchen neben mir zu ignorieren, aber es ist eine Tortur.

Irgendwann springe ich blindwütig aus dem Bett, drehe das Licht an und beginne mit dem Hausschuh auf die Biester an der Wand einzudreschen. Drei erwische ich, dann steht mein Vater neben mir, reißt mich am Ellbogen und prügelt mich ins Bett. Er droht mir, wenn ich noch einmal das Licht einschalte und ihn nicht schlafen lasse, passiert noch etwas viel Schlimmeres.

Wenigstens kann ich dann bald schlafen, ich schluchze mich stumm in die Träume. Irgendwann werde ich Großmeister. Und irgendwann wird neben mir nicht mein Vater liegen, sondern M. Wenn irgendein kosmisches Wunder passiert, wird sie neben mir, dem Schachgroßmeister liegen. Und Gott, er kann Wunder möglich machen.

Lieber Gott, bitte hol mich hier raus.

Einmal bringt mein Onkel ein Lamm. Den ganzen Vormittag über streichle ich es. Ich habe außer im Streichelzoo nie ein solches Tier gesehen und staune, wie zutraulich es ist. Ich schaue ihm in die Augen. Sie sind dumm, aber ich glaube etwas Vertrautes darin zu sehen. Als ob mich irgendetwas hinter diesem Blick erkennen würde. Ich habe ja auch das Gefühl, etwas zu erkennen. Hallo, du.

Am Nachmittag kommen sie. Mein Onkel zeigt mir ein fürchterliches Messer und sagt, damit werde ich jetzt beschnitten. Ich erschrecke, aber alle lachen, mein Vater und die Frauen, die mitgekommen sind.

Meine Tante zieht mich zu sich. Sie drückt mich von hinten an sich, so dass ich zusehen kann oder zusehen muss, ich weiß es nicht. Ich sehe, wie mein Vater das Lamm festhält und mein Onkel das Messer ansetzt. Das Lamm schreit. Als ihm die Kehle durchgeschnitten wird, schreit es nicht lauter, aber anders. Es ist ein Schrei, wie ich ihn noch nie gehört habe.

Ich mache die Augen zu und denke mich weit weg. Mit Suux am Wörthersee. Schach. Ich besiege einen Großmeister. Mit M. auf einer Wiese. Mit einer Sonne und einer Zukunft und wie aus dem Nichts frei von einer unbenennbaren Last, die mir irgendeine Fee weggezaubert hat.

Wie das Lamm ausgeweidet wird, muss ich auch noch mit ansehen. Sie schneiden den Bauch auf, es macht Platsch.

»Das war die Blase«, erklärt mein Vater.

Später wird das Lamm gegessen. Ich esse nichts. Sie hänseln mich. Mein Vater hält mir ein elastisches Stück Fleisch hin.

»Weißt du, was das ist?«, fragt er grinsend.

Ich will es nicht wissen.

»Das musst du doch merken. Es ist die Zunge!«

Ich sage nichts.

»Und das da?«

Eine Kugel, mit einer rätselhaften Materie überzogen.

»Ist mir egal«, sage ich.

»Das Auge!«, lacht mein Vater und steckt es sich in den Mund. »Mmmhh! Du musst kosten! Viele gibt es nicht!«

»Und morgen ist deine Vorhaut dran!«, ruft mein Onkel mit vollem Mund quer über den Tisch.

Alle lachen, besonders die Frauen.

»Picka ti materina«, sage ich.

Eines Tages gegen Ende des Sommers wird mir plötzlich furchtbar schlecht. Schlecht ist gar kein Ausdruck. Mir kommt alles hoch, was ich gegessen habe, und sogar das, was ich nicht gegessen habe. Hinten flitzt mir der Teufel raus, und ich kriege binnen Minuten hohes Fieber.

Mein Vater verspricht, es wird bald besser werden. Meine Tante bringt mir Tee. Tee mit Honig. Von Tee mit Honig wird mir auch gesund schlecht. Ich verweigere alles. Tee, Zwieback, Wasser.

Am Abend lese ich in seinem Blick, dass sich mein Vater Sorgen macht. Ich kriege fast ein wenig Angst. Aber nur fast. Weil ich so schwach bin, dass mir alles egal ist, auch das Fieber und dieses deliriöse Denken.

In der Nacht packt er mich und bringt mich ins Krankenhaus.

Obwohl überall Kranke warten, kommen wir sofort dran, mein Vater braucht nur mit meinem österreichischen Pass zu wedeln.

»Wieso?«, frage ich.

»Als Ausländer bist du hier willkommen!«, sagt er.

»Und wieso?«

»Ich glaube, sie bekommen von der österreichischen Versicherung mehr Geld für dich.«

Das mit der Versicherung ist mir egal. Aber mir tun die Leute leid, die wegen mir noch länger warten müssen, ich finde das ungerecht.

Die Ärztin ist sehr nett. Komisch, manche Ärzte sind extrem nett, andere das Gegenteil. Woran liegt das?

Ich bin dehydriert, sagt sie. Das Virus oder die Bakterien bereiten ihr weniger Sorgen, damit wird mein Körper schon fertig. Sie hängt

mich an einen Tropf. Ich sehe Luftblasen in dem Schlauch, der in meine Armbeuge führt.

»Da ist Luft drin!«, rufe ich panisch, weil ich weiß, dass man mit Sauerstoff in der Vene sterben kann.

»Nema Luft!«, winkt sie ab, was ungefähr heißt, dass ich diese Blase da drin vergessen soll.

Wir sind allein, mein Vater und ich. Langsam tropft die Elektrolytlösung in meinen Arm. Ich bin matt und niedergeschlagen.

Mein Vater beginnt mir absurde Geschichten zu erzählen. Ich weiß nicht, ob sie wahr sind oder erfunden, doch sie sind gut, und nur darauf kommt es an. Lustig sind sie überdies, und trotz meines Elends muss ich dauernd lachen, besonders bei der Geschichte, in der es um einen geisteskranken Mann geht, der immer, wenn er den Namen »Mujo!« in seine Richtung geschrien bekommt, den Nächstbesten mit einem Schirm, an dem längst kein Stoff mehr hängt, vermöbelt. Die Kinder im Ort schreien oft »Mujo!« und sehen zu, wie er irgendwen verdrischt.

Ich will nicht, dass mein Vater aufhört damit. Es sind völlig verrückte Geschichten, wie ich sie mag, und ich hätte gern, dass wir öfter so dasitzen und er mir solchen Blödsinn erzählt.

Weil mein Vater den Mercedes, mit dem wir gekommen sind, endlich verkauft hat, fahren wir ein paar Tage darauf mit dem Bus nach Zagreb, wo seine Schwester lebt.

Zur Bushaltestelle müssen wir gehen. Mir ist zum Heulen, weil ich noch immer Fieber habe und weil es in meinem Darm rumort wie selten und ich mich am liebsten in irgendein Maisfeld neben der Schotterstraße verdrücken würde, um den Giftdreck in mir rauszulassen. Aber wir haben es eilig, wir müssen weiter.

Ich hasse es, dass der Weg so weit ist. Mit zusammengekniffenen Arschbacken marschiere ich ein paar Kilometer zum Bus, meinen Koffer in der Hand, den mir mein Vater mit seinen Koffern nicht abnehmen kann. Mir ist schwindlig. Mein Herz rumpelt irgendwie komisch.

Bitte, lieber Gott, hilf mir. So viele Gutpunkte, wie du schon hast, kriegst du, wenn du mich jetzt gesund machst und machst, dass alles bald gut ist. Ich kann nicht mehr. Ich schaffe das nicht mehr.

Ein paar hundert Kilometer mit dem Bus wären für mich auch unter normalen Umständen kein Honiglecken, aber in meinem derzeitigen Zustand drückt es mir nicht nur einmal Tränen aus den Augen. Der Busfahrer legt in den sieben Stunden nämlich nur eine Pause ein. Davor und danach muss ich stundenlang kacken und kotzen, kann aber nicht. Das Fieber wird wieder höher.

Aber alles geht vorbei. Alles. Die Zeit ist unbestechlich. Tick. Tick. Tick. Die Sekunden hält keiner auf. Nach etwa 46 000 dieser hübschen kleinen Striche, die ich sehen kann, so wie ich Zahlen sehe, sind wir in Zagreb bei meiner Tante. Die verfrachtet mich ins Bett. Da bleibe ich einen Tag, dann bringt mich mein Vater am Abend zum Bahnhof.

»Du kommst nicht mit?«, frage ich, als er sich im Abteil, in dem er mein Gepäck verstaut hat, verabschiedet.

»Ich kann nicht«, sagt er, »ich muss hier noch viel erledigen. Und du musst gesund werden!«

»Ich hätte ja noch warten und mit dir fahren können«, sage ich.

»Ich habe noch so viel zu tun. Zu Hause können sie sich besser um dich kümmern.«

Er gibt mir noch etwas Geld und steigt aus.

Zum Glück habe ich mir davor etwas zu trinken und eine Banane gekauft. Ich trinke mein Sunkist, dann sperre ich mich im Zugklo ein. Der Zug fährt längst, als ich wieder ins Abteil zurückkomme. Es ist in der Zwischenzeit zum Glück niemand zugestiegen.

Ich bin nicht wütend. Ich bin nur schwach. Aber ich habe trotzdem genug Mut, um mir vorzunehmen, Gott ein paar tausend Schlechtpunkte zu verpassen, sobald ich zu Hause bin.

Um halb drei Uhr nachts steige ich am Grazer Hauptbahnhof aus. Es riecht nach Nacht und Sommer. Ich schleppe meinen Koffer zur nächsten Telefonzelle.

Uriella hebt nicht ab. Ich sehe nach, wie viel Geld ich noch habe.

Es sollte reichen. Ich nehme mir ein Taxi und lasse mich zu meinem Opa bringen. Der Taxifahrer sieht mich komisch an.

Das Brummen des Motors. Die Dunkelheit, schwer, flüssig, beherrscht. Die Lichter der Stadt. Der Fahrer, der nach Rasierwasser riecht. Ich, das Fieber, der Bauch. Wenige Autos, aber echte. Ampeln. Echte.

Ich klingle an der Wohnungstür. Fünf Minuten. Zehn Minuten. Fünfzehn Minuten. Eine halbe Stunde.

Um vier Uhr habe ich es geschafft und meinen Opa aufgeweckt. Er ist ziemlich überrascht, mich zu sehen. Ich kann nicht viel erklären. Ich falle auf die Couch und mache die Augen zu. Beim Einschlafen höre ich ihn auf dem knarrenden alten Holzboden umhergehen. Im Vorzimmer telefonieren. Ich bin ganz ruhig. Ich kenne die Wohnung. Ich kenne sie gut. Ich kenne alle ihre Gespenster.

# CARLISLE

Dschingis Khan zieht in Erwägung, in New York das örtliche Hells-Angels-Charter zu treffen, das Helmut, der Präsident der Wiener Engel, von Werners Ankunft vorab in Kenntnis setzen wird. Da das weltumspannende Motto der Höllenengel »Any support you need« lautet, frohlockt mein Anwalt bei der Aussicht, mit mir und den New Yorkern ein paar Tage in der Welthauptstadt zu verbringen.

Mein Anwalt will Unfug stiften, ich merke das schon. Ich halte es für keine besonders gute Idee, mit ihm und ein paar amerikanischen Engeln durch New York zu ziehen.

»Und sonst?«, fragt er.

»Na ja, ich habe Post gekriegt, um die du dich kümmern solltest.«

»Was heißt das?«

»Ich schicke dir nachher ein Foto.«

Nach dem Telefonat komme ich aber nicht dazu, ihm das Foto weiterzuleiten, weil CNN gerade Bilder überfüllter Flüchtlingsboote zeigt. Ich drehe lauter und erfahre, dass gestern im Mittelmeer 400 Menschen beim Versuch, nach Europa zu gelangen, ertrunken sind. Vor ein paar Tagen waren es auch schon einmal 250.

Irgendwie ist mir schlecht. Ich sitze hier auf meiner Writer-in-residence-Couch und sehe mir im Fernsehen Bilder von Menschen an, die so verzweifelt sein müssen, wie man verzweifelt nur sein kann.

Nachdem ich die neuesten Berichte über getötete Jesiden im Irak gehört habe, erinnere ich mich an das Foto. Else hat es mir geschickt, die Kopie einer polizeilichen Vorladung. Ich bin Beschuldig-

ter in einem Drogenstrafverfahren und soll einvernommen werden. Was ich mir natürlich nicht erklären kann.

Ich leite das Foto an Werner weiter. Er mag zwar Temperament, Gewohnheiten und Charakter eines Kampfstiers haben, aber als Anwalt will man genau den neben sich wissen, wenn man in ernsthafte Schwierigkeiten mit dem Gesetz gerät.

Daniel: *Ich habe gestern mit dem Anwalt von Julian Assange zu Abend gegessen. Der sitzt da in der Botschaft und hat niemanden. Der ist ganz allein! Wahrscheinlich lerne ich Julian nächstes Jahr in London kennen.*

Gut nachvollziehbar. Ich sitze allein in meiner amerikanischen Botschaft, und selbst mein Anwalt ist weit weg.

Zwischen dem Kind und mir liegen 6000 Kilometer. Ich darf darüber nicht zu lange nachdenken.

Ich gehe Steak essen.

Ich gehe ins Fitnesscenter.

Ich schaue mir eine UFO-Doku an.

Ich schaue ein paar Folgen *Fringe*.

Ich versuche einen Roman zu lesen. Lege ihn weg. Versuche es mit dem nächsten. Lege ihn weg. Versuche es mit einem dritten. Lege ihn enttäuscht zur Seite.

Bekannte Autoren. Lauter Teflonprosa. Gefällige Geschichten kluger kühler Menschen, die nie ein Risiko eingehen würden. Sie passen perfekt in eine Zeit, in der jeder Fußballer einen eigenen PR-Coach hat.

Ich gehe ins Bett. Ich bleibe an der Grenze zwischen Wachsein und Schlaf kleben, beinahe zwei Stunden. Unheimliche Bilder, die ich nicht wegschieben kann.

Ich stehe wieder auf und nehme ein Xanor.

Auf dem Notebook neben mir lasse ich UFO-Dokus laufen. Zu Hause beruhigen sie mich, und ich kann damit gut einschlafen.

Um 5 Uhr früh nehme ich noch ein Xanor. Um 6 sehe ich das letzte Mal auf die Uhr.

SMS von meinem Vater:

*Du gehst mit deiner lieben Sau vom Naschmarkt nach Hause. Zu fressen kriegt sie deinen Müll, alles ist verwüstet. Du badest sie zärtlich in der Badewanne, dann ziehst du ihr ein rosa Kleidchen an, sie kriegt Parfüm und ihr seht gemeinsam fern. Sie grunzt, wenn etwas mit Tieren kommt, das schaut sie gern an. Ihr kuschelt. Dann tust du mit ihr du weißt schon was, du Schwein.*

Das ist immerhin lustiger als die Romane vorher.

Um zehn klingelt der Wecker. In Europa ist es jetzt 16 Uhr. Die Mutter Teresa unter den Exfrauen holt das Kind wohl gerade von der Schule ab.

Ich nehme meinen Laptop und gehe zu *Helena's*.

So sieht's aus. Jeden Tag. Die diesjährige Weltgeschichte blubbert im Fernseher an mir vorbei, und ich ziehe mit meinem Laptop und meinem Xanor durch eine Kleinstadt in Pennsylvania, bis ich schlafen gehe und nicht schlafen kann.

?

Das gleichmäßige Rattern der Räder und das Geschaukel, aber vor allem der abgestandene Geruch alter Polstermöbel verriet Jonas, noch ehe er die Augen geöffnet hatte, dass er sich in einem Zug befand.

Er ließ sich Zeit, seine Annahme zu überprüfen. Sein Magen rebellierte gegen irgendeine Zumutung, dazu kamen die üblichen Kopfschmerzen. Offenbar hatte Tanaka ein neues Betäubungsmittel benutzt. Das davor war definitiv verträglicher gewesen.

Er nickte wieder ein, doch nicht für lange. In einer Kurve schlug er sich kräftig den Kopf an. Mit einer Verwünschung setzte er sich gerade hin und versuchte sich zu orientieren.

Im Abteil war es dunkel. Er schaltete das Licht trotzdem nicht an, das würde die Kopfschmerzen nur schlimmer machen.

Er wollte einen Blick aus dem Fenster werfen. Erst dachte er, es wäre Nacht, doch dann begriff er, dass sein Fenster verdunkelt war. Er konnte nicht hinausschauen.

Seinen Augen genügte das fahle Ganglicht, das durch die gläserne Schiebetür ins Abteil fiel, um festzustellen, was ihm Tanaka diesmal überlassen hatte: nämlich praktisch nichts. Zwei Flaschen Wasser, ein paar Schokoriegel. Natürlich kein Handy. Dafür seinen Diplomatenpass, seine Geldbörse mit der Kreditkarte und ein paar Rubel.

Russland? Das ist nicht viel besser als der Jemen. Die Währung kann allerdings auch ein Täuschungsmanöver sein. Wahrscheinlich ist es eines. Ebenso gut könnte ich gerade im Kongo herumfahren.

Er trank einen Schluck Wasser und überdachte seine Situation.

Ach was. Vorläufig tue ich gar nichts. Wenn ein Zugbegleiter auftaucht, sehen wir weiter.

Einen Schokoriegel essend, starrte er auf das verdunkelte Fenster. Die Landschaft oder Gebäude hätten ihm vielleicht sogar in der Nacht verraten, in welcher Weltgegend er unterwegs war, das hatte Tanaka wohl bedacht. Trotzdem fand Jonas die Situation unbefriedigend. Irgendwann würde der Zug halten, und dann wäre er angekommen, wo auch immer. Das hatte er nicht im Sinn gehabt. Er wollte verlorengehen und sich selbst zurückfinden. Hier war er zu wenig weg.

Der Zug wurde langsamer. Beschleunigte wieder.

Zugbegleiter ließ sich über eine halbe Stunde lang keiner blicken, also machte sich Jonas selbst auf die Suche.

Das Ganglicht war matt und dennoch zu grell. Jonas verharrte vor dem Abteil und rieb sich die stechenden Augen, bis der Schmerz einigermaßen nachgelassen hatte. Aufs Geratewohl taumelte er nach vorne. Der Zug schlingerte, und Jonas prallte ständig gegen die Wand oder gegen eine Abteiltür.

Der Waggon kam ihm bekannt vor.

Unter Jonas donnerten die Räder auf den Schienen, als er den Übergang zwischen einem und dem nächsten Waggon durchquerte. Er begegnete niemandem.

Er durchsuchte den ganzen Zug. Nirgends traf er Menschen.

Der Zug sah aus, als wären schon lange keine Passagiere mehr damit befördert worden. Es lagen keine Zeitungen herum, die Mülleimer waren leer, der Boden wirkte sauber. Weder Türen noch Fenster hatten Aufschriften, und sowohl Türen als auch Fenster waren verdunkelt. Der ganze Zug war neutral, steril, gesichtslos.

»Hallo?«, rief er. »Ist da jemand?«

Nichts.

»Hallo?«

Nichts.

Als er an das Ende des Waggons gelangte, hinter dem nur noch

die Lokomotive kam, drehte er um. Er marschierte durch den Zug nach hinten, durchsuchte achtzehn Waggons, fand jedoch keine Menschenseele.

Er rief, keine Antwort.

Er stand da und horchte. Nichts als das schwere, eilige Stampfen der Räder war zu hören.

Er ging in sein Abteil zurück. Er ließ sich auf seinen Sitz fallen und machte sich über den nächsten Schokoriegel her, weil er nicht wusste, was er sonst tun sollte. Der Zug nahm weiter Fahrt auf.

Nicht schlecht, Tanaka.

Er hätte gern gewusst, wie spät es war, doch wie üblich hatte ihm Tanaka keine Uhr dagelassen. Er kannte nicht einmal das Datum, ebenso wenig wie seinen Aufenthaltsort oder das Ziel dieser Fahrt. Er wusste nur eines: In mehr oder minder absehbarer Zeit würde dieser Zug irgendwo ankommen.

Stundenlang änderte sich nichts.

Der Zug hielt nicht. Jonas blieb allein. Keine Stimmen. Nichts. Es war, als wäre er in einer fahrenden Höhle unterwegs. Nur dass diese Höhle verschlossen war.

Das ist doch unmöglich. Wo gibt es eine Strecke, in der ein Zug nie zum Stillstand kommt?

Genau in diesem Moment bremste der Zug scharf ab. Aha, ein Bahnhof, dachte Jonas, doch dann fühlte er unter sich das Rumpeln, mit dem die Räder über eine Weiche fuhren. Kurz darauf wurde der Zug wieder schneller.

Jetzt reicht's langsam, dachte er.

Irgendwann verlor er jedes Zeitgefühl. Vielleicht war er seit zehn Stunden unterwegs, vielleicht seit fünfundzwanzig. Langsam wurde das Wasser knapp. Schokoriegel gab es längst keinen mehr. Dass ihm langweilig wurde, verhinderte die ungeklärte Lage, doch wünschte er sich allmählich eine neue Entwicklung. Er konnte ja nicht in alle

Ewigkeit in diesem Zug umherfahren. Tanaka musste sich etwas dabei gedacht haben. Im Augenblick fühlte sich Jonas nicht in der Welt versteckt, sondern in eine Konservendose gesperrt.

Stunden vergingen.
Stunden vergingen.
Der Zug fuhr.
Stunden vergingen.
Der Zug fuhr.

Und dann blieb er stehen.

Jonas war eingedöst. Nach einer Weile merkte er, dass sich etwas verändert hatte, und wiederum ein paar Minuten dauerte es, bis er dahinterkam, was es war.

Jetzt aber, dachte Jonas und rappelte sich auf.

»Hallo!«, rief er.

Er trat auf den Gang.

»Hallo? Jemand da?«

Er hatte auch nicht wirklich eine Antwort erwartet.

Er rüttelte vergeblich an der Tür nach draußen, bis er kapierte, dass es dafür einen Knopf gab. Zischend öffnete sie sich und ratterte zur Seite. Jonas blinzelte.

Es wurde Abend. Vor ihm lag nichts als Steppe. Vereinzelt ein vertrockneter Baum, am Horizont etwas, das aussah wie ein paar Hügel. Keine Häuser, keine Straßen, keine Menschen.

Er kletterte wieder in den Zug und versuchte sein Glück auf der anderen Seite. Die Tür ließ sich ebenso problemlos öffnen, und der Ausblick, den sie preisgab, unterschied sich in nichts von dem hinter der anderen. Der Zug hatte im Nirgendwo gehalten. Das war an sich nicht übel.

Neben dem Bahndamm lief er nach vorne zur Lokomotive. Es war ein altes Modell, besonders verglichen mit dem Rest des Zuges. Er musste erst die Tür zur Fahrerkabine finden. Sie war verschlos-

sen. Jonas klopfte. Keine Reaktion. Mit dem Ellbogen schlug er das Fenster ein, streckte die Hand hindurch und öffnete die Tür.

Keine Spur von einem Zugführer.

»Was zum Teufel …«

Er sprang auf den Bahndamm und hielt nach allen Seiten Ausschau. Nirgends jemand zu sehen. Verstecken konnte man sich in dieser endlosen Ebene nicht. Er schwang sich wieder auf die Lokomotive.

Ratlos betrachtete er den Führerstand. Ihm fiel auf, wie sehr sich das Innere der Lokomotive vom Äußeren unterschied. In dieser Fahrzentrale steckte modernes Equipment für sehr viel Geld. Jonas zählte acht verschiedene kleine Bildschirme und mehr Armaturen als in einem Airbus-Cockpit. Gut möglich, dass so ein technisches Wunderwerk keinen menschlichen Steuermann brauchte. Der Lokführer war ein Computer.

Wieso unterschätze ich den Kerl immer wieder?

Ja, warum tust du das?

Du! Wo warst du im Wald? Da hätte ich dich brauchen können!

Keine Zeit. Habe da eine Frau kennengelernt. Hat nur ein Bein.

Werner, bitte.

Na glaubst du, hier kann man sich nicht amüsieren?

Und du bist ganz sicher, dass du mir nicht mehr erzählen wirst darüber, wie es bei euch aussieht?

Da bin ich ganz sicher. Das darf ich gar nicht. Du wirst es ja bald sehen.

Bald?

Na ja. So bald auch wieder nicht. Hoffe ich.

Hast du zu dem hier eine Idee?

Nein. Keine. Wieder einmal eine völlig idiotische Lage, in der du steckst. Du Existentialist, du.

Ach, rutsch mir den Buckel runter.

Ja, ich habe dich auch lieb.

Du fehlst mir.

Du mir auch.

In weniger als einer Stunde würde es dunkel werden. Da Jonas keinerlei Anhaltspunkt hatte, wo er war und in welche Richtung er nach Menschen suchen sollte, schien es ihm vernünftig, bis zum nächsten Morgen im Zug auszuharren. Vielleicht setzte sich der auch noch einmal in Bewegung. Andernfalls wollte er bei Sonnenaufgang losgehen.

Nach links oder nach rechts. Egal.

# TOKIO

»Mongolei?«

»Ja.«

»Tanaka spinnt«, sagte Marie.

»Ich habe ihn ja um so etwas gebeten«, widersprach Jonas.

»Du spinnst.«

»Das glaube ich eigentlich nicht.«

»Ich könnte mal nachschauen«, sagte sie. »Ich könnte dir den Kopf aufbohren und reinschauen, was da so abgeht.«

»Lieber nicht«, sagte er. »Ich will das gar nicht wissen.«

»Ich wahrscheinlich auch nicht.«

# CARLISLE

–
–
–
–

?

Eine Elefantenkoralle, fliegend. Eine Gasmaske mit langer Nase holte sie ab. Ein Geräusch, das »Singen« sagte, immer wieder, »Singen!« »Singen!«.

Der Kopf seiner Mutter, der sich in den eines Wolfs verwandelte, danach in den eines Adlers. Mutterkopf wird zu Wolfskopf, Wolfskopf wird zu Adlerkopf, Adlerkopf wird zu Wurmkopf, Wurmkopf wird zu Totenkopf. Totenkopf sitzt auf Mutterkörper, Mutterkörper trägt Morgenmantel. Morgenmantel wird Schaffell und griechische Sage. Schaffell und griechische Sage werden Leinenanzug. Totenkopf wird Affenkopf. Affenkopf lacht und raucht. Zähne im Affenmund sind Zigarettenstummel. Zigaretten, in den Kiefer gestopft. Wasser, immer wieder Wasser.

Eine Wüste. Ein Canyon. Der Canyon füllt sich mit Blut. Die biblische Sintflut ergießt sich rot in den Grand Canyon. Alles ist klar. Alles ist einfach.

Blut lernt fliegen, steigt als Adlerstorch empor, gigantisch, größer als alles, das je von Menschenhand gemacht wurde.

Bombensplitter, irgendwo. Musik. Ein großer Kopf fliegt umher, groß wie ein Haus. Ihn treibt Farbe an, und nichts auf der Welt kann besser riechen. Da will ich hin. Da will ich hin.

Es war vollkommen dunkel. Nichts war da. Nichts.

Jonas hörte ein Plätschern. Seine Hand fand einen Knopf. Er drückte ihn. Eine kleine Lampe ging an.

Lämpchen, Lämpchen, läuft davon. Hahahahaha!

Wieder schwieriger.

Wenn man lange in die Sonne schaut, erkennt man ihr Gesicht. Es ist welk und verwittert, doch nicht ungütig. Die Sonne hat noch nicht alle Geduld mit uns verloren. Die Sonne geht nach Hause und zerfließt dort zu Butter. Aber mich nimmt sie mit.

Jonas kam zurück. Die Lampe zeigte ihm den Weg. Er lag im Wasser. Das Wasser lag in einem Haus. Nein, kein Haus. Es ist ein Zelt. Nein, kein Zelt. Ein Tank. Ein Tank? Sieht so aus.

Die Bilder wurden klarer. Minuten vergingen. Besser gesagt, sie schienen zu vergehen. In Wahrheit stand die Zeit still. In der ewigen Nacht existiert keine Zeit.

Die Nacht endete mit einem Knarren, als eine eiserne Tür aufgeklappt wurde und ein Lichtstrahl einfiel, der Jonas blendete wie ein Atomblitz. Zwei vermummte Sanitäter zogen ihn aus dem Wasser. Sie rubbelten ihn mit einem Handtuch ab und führten ihn in einen Umkleideraum, wo er seine Kleidung fand.

Einer der Sanitäter wies stumm auf eine Tür. Ein Schild hing daran:

NO EXIT.

Die Sanitäter verschwanden.

Benommen zog sich Jonas an. Ab und zu blitzten Farben und Töne durch seinen Kopf, hin und wieder schien sich der Boden zu verzerren, einmal sah er, wie sich ein Papiereimer in einen Kobold verwandelte, doch er beschloss, diese Phänomene zu ignorieren.

Erst als er sich fertig angezogen hatte, bemerkte er, dass der gesamte Raum weiß war. Die Decke, der Boden, die Wände. Sogar seine Kleidung war weiß. Er wusste, es war seine, aber irgendwie gehörte sie ihm doch nicht.

In der Jackentasche steckte seine Geldbörse. Als er die Scheine zählen wollte, biss ihn einer davon in den Finger.

Das wird nicht einfach, dachte er.

Er fand seinen Ausweis, seine Kreditkarte und ein Handy, das er nicht kannte, das er jedoch auch nicht benutzen konnte, weil es

brannte. Zum Glück wurde es bald zu einer Sache, von der er zwar auch nicht hätte genau sagen können, worum es sich handelte, doch diese Sache wirkte weniger gefährlich, und er konnte sie zurück in seine Tasche stecken.

Er drückte gegen die Tür, auf der NO EXIT stand. Sie ging auf. Er stand auf der Straße. Er erkannte die Stadt sofort. Er war in Hiroshima.

# TOKIO

»Du siehst seltsam aus«, sagte Marie.

»Und du erst«, sagte Jonas, »mit den Schlangen in den Haaren.«

Sie nahm ihm Blut ab.

»Die Analyse wird eine Weile dauern, aber ich tippe auf LSD.«

»Da ist ihm aber nicht viel eingefallen.«

»Vielleicht«, sagte sie, »aber vermutlich dir dafür umso mehr.«

»Frag nicht«, stöhnte er.

»Ich bin gespannt, wann du damit fertig bist«, sagte sie.

»Du bist doch die Ärztin, sag du's mir.«

»Ich rede nicht von einem LSD-Trip.«

# ?

Er erwachte in einem fremden Bett. Es war wohl die Spieluhr, die ihn geweckt hatte. Sie stand in einem winzigen Regal und klimperte Mozarts *Kleine Nachtmusik*.

Außer dem Regal mit der Uhr und dem Bett befand sich nichts im Raum. Nicht einmal ein Parkettboden war verlegt, und die Wände sahen aus wie frisch verputzt, als stünde das Haus erst seit wenigen Tagen. Zugleich hatte Jonas das Gefühl, dass es sehr alt war.

Ein scharfer, bitterer Geruch lag in der Luft.

Jonas hatte Kopfschmerzen. Er ließ sich zurück aufs Bett fallen.

Eine Sekunde verging, noch eine, noch eine, und er lag da.

Er hatte diesen Gedanken öfter, doch so nah und groß war er noch nie gewesen: Jede Sekunde war ein Lebewesen. Jede Sekunde lebte für sich in ihrer eigenen Ewigkeit.

Jede Sekunde ließ Herzen brechen, Menschen aus Menschen schlüpfen, Bomben explodieren, Schokoriegel schmelzen, Sätze enden, ein Haar zu Boden fallen, und all das gehörte dieser Sekunde für immer. Gott könnte jeder Sekunde einen Namen geben.

Der Sekunde, in der Elvis starb und Millionen andere Dinge geschahen. Der Sekunde, in der Einstein die Relativität verstand und in der Millionen andere Dinge geschahen. Der Sekunde, in der nichts Bedeutendes geschah auf der ganzen Welt außer dem Diskutieren und Lernen und Lieben und Sterben Einzelner. Der Sekunde, in der ich geboren wurde und zehn andere Kinder auch. Der Sekunde, in der Jesus verraten wurde und nichts anderes geschah auf der Welt, die einzige Sekunde mit unendlich viel Raum.

Und, so dachte Jonas auf diesem fremden Bett, jede Sekunde

kann meine letzte sein. Die jetzt. Die nächste. Die nach fünf ihrer Artgenossen. Die nach zehn ihrer Zeitgenossen. Die in einer Minute. Jeden Moment kann alles aus sein. Möchtest du ein bisschen Zugunglück? Kennst du diesen Herzinfarkt da? Diese komische Patrone dieses komischen Kerls nicht gehört, nicht gesehen, zufällig Köpfchen dazwischengesteckt. Ich darf vorstellen: die banale Treppe. Und gut konntest du schwimmen, hervorragend, aber weißt du, was ein Kreislaufkollaps ist? Ein schlaues Gehirn, aber zack, ein Schlag, das war's.

In jeder Sekunde kann es plötzlich dunkel werden, und du hättest vielleicht nicht einmal Zeit gehabt, dich von dir selbst zu verabschieden, geschweige denn von anderen, und schon gar nicht von der Welt.

Vorsichtig bewegte er sich Richtung Tür. Überall konnte eine Falle lauern, überall ein Stolperdraht gespannt sein, der Gott weiß was auslöste. Er traute Tanaka alles zu.

Aber Jonas fand nichts. Das Haus war ohne Fallen. Es war aber auch ohne Fenster. Welches Zimmer Jonas auch betrat, es gab kein Fenster. Die einzigen Möbel waren das Bett und das Regal mit der Spieluhr.

Im Flur hingen verschiedene Bilder. Jedes zeigte rätselhafte Motive, und darunter standen ihre Titel. Eines hieß *Bodenfleisch*.

Entweder hatte er ein Déjà-vu. Oder er kannte dieses Haus.

Er trat ins Freie. Es war Tag. Wind blies. Er fror. Eine abgeschiedene Gegend, doch immerhin führte eine Straße zum Haus, die Zivilisation konnte nicht weit sein. Die Zivilisation welches Landes auch immer.

Jonas umrundete das Haus. Es hatte keine Fenster. Es gab nur diese eine Tür.

# TOKIO

»Es gibt kein Haus ohne Fenster«, sagte Marie.
»Dann hat er es bauen lassen.«
»Vermutlich.«
»Aber mir kam es bekannt vor«, sagte Jonas.
»Das könnte an den Nebenwirkungen des Anästhetikums liegen.«
»Frag ihn doch mal, welches er benutzt«, bat Jonas.
Sie warf ihm einen Blick zu.
»Nein«, sagte er. »Im Ernst?«

# CARLISLE

–
–
–
–
–
–
–

?

Er war am Meer. Um das zu wissen, musste er gar nicht die Augen aufmachen. Das gleichmäßige Rauschen der ausrollenden Wellen, der salzige Wind, die feuchtzarte Luft, die Sonne, die sich anders anfühlte als in der Stadt, die auf seiner Haut anders roch. Vertraute Geräusche. Nur Möwen waren keine zu hören.

Er war nackt, und er lag auf Sand. Etwas Spitzes stach in seinen Rücken, ein Stein vermutlich oder eine Muschel. Und ein Insekt krabbelte über sein Bein.

Nachdem er diese Tatsachen bestimmt hatte, öffnete er die Augen.

Er hatte vermutet, Tanaka hätte ihn auf Moi abgelegt, der Insel, die Jonas vor Jahren gekauft hatte, doch den menschenleeren Strand, der sich vor ihm erstreckte, kannte er nicht.

Er schnippte die Spinne, die sein Bein emporwanderte, so sanft wie möglich von sich. Er überzeugte sich, dass ihr nichts passiert war, und während er ihren verwirrten Tanz durch den Sand beobachtete, fiel ihm auf, dass er so ein Tier noch nie gesehen hatte.

Er stand auf und sah sich nach einem Hinweis um, in welcher entlegenen Weltgegend Tanaka ihn diesmal versteckt hatte.

Er war auf einer Insel, daran jedenfalls bestand kein Zweifel, denn er sah an allen Seiten den Ozean anbranden. Weit und breit nichts außer karge Vegetation, ein paar Steine, keinerlei Spuren menschlicher Anwesenheit. Keine Straßen oder wenigstens Wege, keine Hütten und auch kein Boot, zumindest war von hier aus keines zu sehen. Ein paar Kilometer entfernt lag eine Insel, in entgegengesetzter Richtung gab es noch eine andere, sonst war er umgeben von Meer. Dem Pazifik, wie er annahm.

Na toll, dachte er, jetzt bin ich ein nackter Robinson Crusoe.

Um das fehlende Boot machte er sich keine Sorgen, das würde früher oder später in irgendeiner Bucht auftauchen. Aber bis er es gefunden hatte, konnte einiges an Zeit vergehen, und da ihm Tanaka keine Kleidung gestattet, sondern ihm nur zwei Kanister mit Trinkwasser, eine Harpune und eine Schachtel Streichhölzer hinterlassen hatte, fürchtete sich Jonas am meisten vor der Sonne, die knapp über dem Horizont stand, am nächsten Tag jedoch auf ihn herunterbrennen würde.

Keine Kleider, das ist doch wirklich nicht notwendig, ärgerte er sich.

In kurzer Zeit würde es dunkel sein. Wo sollte er schlafen? Womit seine Blöße bedecken? Was tat er, wenn ein Sturm aufkam?

Das alles gefiel ihm. Er spürte, wie alles in ihm auflebte, was ihm teuer war, wie sich sein Denken spannte, wie seine Instinkte erwachten und wie lebendig er sich dabei fühlte. Doch seine Nacktheit belastete ihn, nicht nur wegen der Sonne. Er wollte nicht nackt sein. Er hasste es, nackt zu sein.

Am Südufer machte er ein paar Bäume aus, deren Blätter ein wenig Schutz vor der Nacht zu bieten versprachen. Er packte seine spärliche Ausrüstung und stapfte den sanft abfallenden Hang hinunter.

Im Licht der untergehenden Sonne, begleitet vom endlosen, beruhigenden Spiel der Wellen, bastelte er sich aus ein paar Palmenblättern, die er mit dem Saft einer Sokrapflanze verklebte, einen Hut. Ideal war das Ergebnis nicht, ein kräftiger Windstoß würde diese armselige Kopfbedeckung davonblasen. Aber lieber hatte er ständig eine Hand am Palmenhut, als einen Sonnenstich zu bekommen.

Er schaffte es noch, sich ein bescheidenes Lager aus Blättern zu bauen, dann wurde es dunkel.

Er legte sich auf den Rücken, schaute hoch zu den Sternen und dachte an Marie.

Es war wie damals, als sie ihn verlassen hatte. Er wusste nicht,

wie weit sie voneinander getrennt waren, in welche Richtung er blicken musste, um ungeahnt ihren Blick zu kreuzen. Doch diesmal wusste er genau, wo sie war. Er hatte bloß keine Ahnung, wo er selbst war.

Die Nacht über ihm. Jeder Blick als Stab ins Unendliche gedacht: eine weitere Galaxie. Jeder Millimeter Himmel: ein fremdes Universum.

Er schloss die Augen und dachte an früher. An das, woher er gekommen war. Er wollte nicht. Aber manchmal drängten Bilder herauf.

?

Während der Nacht hatte er gefroren, am Vormittag weckte ihn die Hitze. Die Sonne brannte genauso schlimm, wie er befürchtet hatte. Auf der Seite, die ihr seit dem Morgen zugewandt gewesen war, leuchtete seine Haut bereits in tiefem Rot.

Er sollte dieses Boot finden, und zwar schnell. Und dann schleunigst hinüber zu der anderen Insel, wo vermutlich einer von Tanakas Gehilfen wartete.

Bis zum frühen Nachmittag hatte er die Nordseite abgesucht, wo es mehr Steine gab, die Schatten spendeten. Er suchte nicht nur am Strand, sondern auch landeinwärts, und unter seinen Füßen glühte der Sand. Für jeden größeren Stein, hinter dem er den Schmerz lindern konnte, war er dankbar. Er hüpfte nackt über die Insel und kam sich dabei vor wie ein riesiges Insekt, verlorengegangen oder ausgesetzt, ein isoliertes Experiment.

Bis zum Abend hatte er auch die Ost- und die Südseite der Insel durchkämmt, doch da ahnte er längst: Er würde kein Boot finden.

Als er zu seinem Lager zurückkehrte, trank er den ersten Kanister leer. Einer blieb ihm noch, bis die Lage schwierig würde. Sein Magen fühlte sich flau an vor Hunger.

Die Harpune? Fische fangen? Holz sammeln, mit den Streichhölzern Feuer machen?

Zum ersten Mal kam ihm der Gedanke, dass er diesmal wirklich festsaß. Er hatte sein Leben in Tanakas Hand gelegt, und aus irgendeinem Grund hatte dieser es genommen.

Nein. Das konnte nicht sein. Nicht in dieser Welt. Ein Tanaka würde ihn nie verraten. Nicht einmal ein gehirnoperierter Tanaka, dessen Kopf womöglich noch in Unordnung war.

Bravo.

Was, bravo.

Jetzt sitzt du wirklich in der Tinte.

Wieso?

Siehst du irgendwo Land? Ein Schiff?

Irgendwo steckt die Lösung.

Da wäre ich mir nicht so sicher, mein Freund.

Weißt du etwas, das ich nicht weiß?

Einiges. Aber nichts, was mit dieser Lage zu tun hätte.

Am Abend saß er im Sand und fühlte sich frei.

Das erste Mal seit langem. Frei. Unbeschwert.

Er sah zum Abendhimmel hoch, wo die ersten Sterne aufgingen, und nickte. Alles würde gutgehen. Jedenfalls hier.

Am Südpol – das war eine andere Geschichte.

Der verdammte Südpol. Er wollte nicht ständig daran denken müssen. Sich fragen, was Marie tatsächlich bezweckte. Und wie die Sache ausgehen würde.

Der Gedanke an das, was Marie und ihm bald bevorstand, vertrieb ihm kurz die Beschwingtheit, doch als er auf die weißen Wellenkämme vor sich blickte und zugleich die Finger in den Sand grub und spürte, wie die einzelnen Körner unter seine Nägel drangen, da war sie wieder da, die Befreiung, die er suchte und die er nicht verstand und die gleich wieder verweht sein würde. Und so präsent sie gerade war, so fern würde sie dann sein. Bis sie das nächste Mal aufleuchten, vergehen und ihn erneut zurücklassen würde wie einen kranken Alten, der sich nur noch in wenigen hellen Momenten an sein Leben erinnerte.

Der nächste Morgen brachte schlechtes Wetter.

An Schwimmen brauchst du bei den Wellen nicht zu denken.

Ich weiß.

Und du weißt, dass du wirst schwimmen müssen?

Bleibt mir ja nichts anderes übrig.

Dein Anwalt hat echt Humor. Ich mag ihn.

Ich kann nur hoffen, dass das Wetter besser wird, ehe mir das Trinkwasser ausgeht.

Oder die Kraft. Du hast seit Tagen nichts gegessen.

Manchmal wünsche ich mir doch, du wärst als Optimist geboren. Oder wenigstens gestorben.

Ich bin nun mal Realist.

Ja, genau. Du Rollstuhlfahrer.

Du reitest immer wieder auf dieser einen alten Geschichte rum.

Ich bin auch noch immer sauer auf dich deswegen.

Ist ja nicht so, dass ich stolz darauf wäre.

Stundenlang saß Jonas im Regen am Strand und schätzte die Entfernung zur nächstgelegenen Insel. Fünf Kilometer? Nein. Mehr. Acht? Schon eher.

Tanaka traute ihm einiges zu.

Jonas war ein erfahrener Schwimmer, aber an so eine Strecke hatte er sich noch nie gewagt. Er machte sich keine Sorgen um seine Kondition, und auch die Kraft sollte ihm nicht ausgehen. Am meisten fürchtete er, ihm könnte auf dem Weg langweilig werden. Es könnte ihm so langweilig werden, dass er das ganze Leben vergaß und damit natürlich auch etwas so Banales wie gleichmäßiges Schwimmen. Vielleicht hatte Tanaka jedoch dafür auch vorgesorgt und eine Gegend gewählt, in der es vor Haien wimmelte, damit die Sache aufregend blieb.

Als wir Kinder waren, ist dir das tatsächlich passiert, erinnerst du dich?

Ja, ich bin vor Langeweile untergegangen. Ich kann mich nicht einmal erinnern, nach Luft geschnappt zu haben. Zum Glück hast du mich rechtzeitig aus dem See gezogen.

Genau. Ich weiß noch, ich habe dich gefragt: Bist du ohnmächtig

geworden? Und du: Irgendwie schon. Ich: Was heißt irgendwie? Du: Ich weiß nicht. Ich war nicht mehr da. Ich hätte damals schon merken können, dass etwas mit dir nicht stimmt.

Ich erspare mir ab jetzt jeden Kommentar zu solchen Bemerkungen.

Damals hatte er geglaubt, etwas in ihm hatte ihn vernichten wollen. Erst später hatte er verstanden, dass es vermutlich nicht Lebensmüdigkeit, sondern Langeweile gewesen war, die ihn hinuntergezogen hatte. Die Sinnlosigkeit seines Tuns. Die Monotonie seiner Bewegungen, die seinen Geist in eine Leere stieß, in der er keinen Halt mehr fand.

Zweimal an diesem Tag umrundete Jonas zu Fuß die Insel. Er fand kein verborgenes Boot, keine versteckten Zeichen, nichts. Es war so, wie er es sich gewünscht hatte: Er war verlorengegangen in der Welt. Es lag an ihm zurückzukehren. Zu Marie, die ihn liebte. Liebte sie ihn? Wirklich?

Ja, sonst wärt ihr nicht wieder zusammengekommen.

Aber wieso werde ich diesen Wunsch nicht los, von ihr herangezogen zu werden, zurückgerufen, aufbewahrt, mehr als ich es selbst kann?

Weil du dir ihrer nicht sicher bist. Weil sie einmal gegangen ist. Wer einmal geht, kann wieder gehen, das bohrt in deinem Hinterkopf, stimmt's? Aber so darfst du nicht denken. Sie ist wieder da, und du musst davon ausgehen, dass sie bleibt. Dein Hauptproblem ist, dass du von nichts und niemandem abhängig sein willst.

Ich würde jeden Solipsistenkongress gewinnen.

Nein, ich.

Dich gibt es gar nicht.

Das glaubst auch nur du.

Am späten Abend trank er den zweiten Kanister leer. Er hatte versucht, mit der Harpune einen Fisch zu erlegen, aber umgehend

seine totale Talentlosigkeit zur Selbstversorgung erkannt. Der Hunger trieb ihn in ein Gefühl vager Gelassenheit. Er begann zu verstehen, warum Menschen Fastenkuren als geistige Reinigung betrachteten. Aber bei ihm selbst würde das nicht funktionieren, da müsste er schon ein paar Monate lang auf Nahrung verzichten. Zu viel Schlick auf der Seele. Zu viel Störfeuer im Kopf.

?

In der Nacht hörte es auf zu regnen. Am Morgen war der Himmel bewölkt, doch das Meer hatte sich so weit beruhigt, dass Jonas es wagen wollte. Es blieb ihm auch nichts anderes übrig.

Er dachte nicht nach. Er watete ins Wasser. Es fühlte sich an, als würde er vom Meer eingesaugt und verschluckt

Etwa eine halbe Stunde kraulte er, dann legte er sich auf den Rücken. Wegen der Sonne schwamm er mit geschlossenen Augen. Er merkte bald, dass ihn dies einschläferte, und begann, den Rhythmus zu variieren. So hielt er eine Weile durch, bis er sich wieder umdrehte und das nächste Stück brustschwamm.

Je länger er unterwegs war, desto mehr genoss er es. Er glitt durch die Wellen, als wäre es so seit immer und für immer, ohne ein Vorher und ein Nachher. In ebenjener Monotonie, die er gefürchtet hatte, fühlte er sich nun wie zu Hause. Sie wurde nur selten unterbrochen, zweimal von einer Haifischflosse, die er in einiger Entfernung gesichtet zu haben meinte, einmal von einem Korallenriff, zu dem er hinabtauchte.

Ab und zu spielte er Toter Mann, um auszuruhen. Wasser gluckerte um seine Ohren, und er lag auf dem Rücken im Ozean, ohne an die Grenze zum Schlaf zu geraten, weil er in der Vorstellung schwelgte, weit und breit das einzige menschliche Wesen zu sein.

Dieser Gedanke fühlte sich an wie ein Rausch. Über ihm: bis zum Himmel nichts als Luft, ein weites, leichtes Nichts. Rund um ihn: nichts als Wasser. Ein Luftmeer über der Erde, ein Wassermeer über der Erde darunter, die eine eigene Landschaft bildete, die noch nie

ein Mensch gesehen hatte. Auf dem Wassermeer tanzte er wie ein Korken, und alles, was in ihm an Kummer war, galt in dieser Sekunde nicht. Er war allein. Und allein sein bedeutet, alles, was ist, in sich zu vereinigen, so dass Gut und Böse einander neutralisieren.

Als er weiterschwamm, hoffte er allerdings doch, dass das so nicht stimmte, denn wenn auf der Insel, zu der er unterwegs war, niemand auf ihn wartete, hatte er etwas ziemlich falsch gemacht. Mit einschneidenden Konsequenzen.

Ich taufe euch, ihr Inseln, dachte er. Du da hinten, du heißt Eins. Du da vorne, du heißt Zwei. Eins-Zwei. Eins-Zwei. Eins und Zwei. A und B.

Ich bin unterwegs von Eins zu Zwei, und eines Tages werde ich zurückkommen. Ich werde mit Marie in einem Boot oder auf einer Yacht herkommen und mit ihr über diese Tage reden. Worüber ich nachgedacht habe.

Worüber denke ich eigentlich ständig nach?, fragte er sich, während Zwei näher rückte.

Keine Ahnung. Ich denke ja gar nicht. In mir wird gedacht. Ich bin das nicht. Oder ja, genau das bin ich, aber das Ich darunter verstellt mir den Blick auf mein wahres Ich. Das ist bei jedem Menschen so. Bloß wissen das die anderen nicht. Deswegen quält sie diese Sehnsucht nicht. Sich selbst endlich einmal ins Gesicht schauen zu können. Nicht diffus, nicht ahnend, sondern klar und im Wissen, dass dies nun endgültig wahr ist.

Auf Zwei wartete niemand auf ihn.

Kein Mensch außer ihm war da. Immerhin brauchte er nicht zu verzweifeln, denn auf der Insel, die etwa gleich groß war wie Eins, fand er etwas, womit er nicht gerechnet hatte: eine Freiluftwohnung.

Eine Matratze. Eine Couch. Ein massiver Schrank voller Hemden und Hosen und Anzügen und Krawatten und mehreren Paar Schuhen. Ein Gartenstuhl, ein Tisch mit einer Vase darauf, in der eine Blume steckte. Ein Teppich auf dem Sand.

Ein Stromgenerator betrieb einen Kühlschrank, in dem Jonas neben einem großen Wasservorrat und einigen Nahrungsmitteln auch ein paar Flaschen seines Lieblingsbiers fand. Sogar einen kleinen Herd gab es, eine Digitalkamera, einen Fernseher mit Satellitenempfang, eine Stereoanlage. Eine Gartendusche, Shampoo und Seife, einen Rasierer. Das alles durch Planen vor Regen und Wind geschützt.

Nur ein Boot gab es nicht. Dafür eine dritte Insel, nicht weniger weit entfernt als die vorige.

Jonas trank eine Flasche Wasser, aß eine Ananas, duschte, nahm sich ein Bier, schaltete Musik an, legte sich auf die Matratze, streckte sich aus und blickte zur nächsten Insel hinüber.

Hallo, Drei, dachte er.

# ZWEI

Fünf Tage kochte, aß, trank und schlief er in seiner offenen Inselwohnung. Morgens und abends trug er Abendgarderobe, obwohl es schrecklich heiß war.

Mit dem Selbstauslöser der Kamera nahm er einige Bilder von sich auf, am Tisch, beim Gemüseschneiden, beim Fernsehen. Auch Fotos von der Insel machte er, von seiner gespenstischen Wohnung, in der er sich bereits an der Grenze seines Verstandes wähnte und in manchen Minuten sogar noch etwas weiter. Er wusste nicht immer, ob dieses Jetzt, in dem so Groteskes passierte, real war. Ob er sich das alles, was er sah, nicht bloß ausdachte. Oder er selbst eine Erfindung war. Gleichzeitig wurde ihm klar, dass alles möglich war: Auch dass er den, der ihn erdacht hätte, zuvor selbst erdacht hatte. Das ist ebenfalls möglich. Nicht wahr?

Ein Satellitentelefon wäre nicht schlecht, aber das hatte Tanaka ihm nicht gegönnt. Jonas hätte gern mit Marie gesprochen, denn sie fehlte ihm von Tag zu Tag mehr. Zumindest hätte er ihr gern gesagt, wo er steckte, auch wenn er das so genau selbst nicht wusste. Sie sollte sich keine Sorgen machen. Doch vermutlich hatte Tanaka sie über alles informiert. Wahrscheinlich stand sie gerade wieder über einem Gehirn und dachte sowieso nur an das, was gerade vor ihr war. Und an den Südpol.

Immer kurz vor Sonnenuntergang machte er in Abendgarderobe einen Spaziergang. Seine Schuhe wurden dabei schmutzig. Er putzte sie danach gewissenhaft und stellte sie zurück in den Schrank.

Einmal ertappte er sich bei dem Gedanken hierzubleiben. Nicht gleich, aber wiederzukommen und dann zu bleiben. Wie jetzt für immer zu leben. Er wusste, es war eine unrealistische Idee, zudem hatte er schon Moi, und auch dort war er nicht geblieben. Aber die Vorstellung übte eine enorme Faszination auf ihn aus. Es wäre so sinnlos. So herrlich sinnlos. Noch sinnloser als diese Sinnlosigkeit gerade. Ein ewiger Rausch des Absurden.

Am zweiten Tag sah er sich *Eins, zwei, drei* von Billy Wilder an.

Am dritten Tag ließ er den Fernseher ausgeschaltet. Er putzte die Wohnung. Trotz der Planen legte sich immer wieder eine Sandschicht auf die Einrichtung. Vor allem wegen der Stereoanlage und des Fernsehers hatte er Bedenken. Am Abend ritzte er das Motiv des Tattoos, das Marie und er auf dem Arm trugen, in eine Palme.

Am vierten Tag regnete es. Jonas saß in seinem Strandkorb, löste Sudoku und schaute auf das Meer hinaus, in das warmer Regen rauschte. Den ganzen Tag war die Sonne nicht zu sehen. Der Ozean war eine graue, dampfende Suppe.

Das hier hat noch nie jemand gesehen, dachte er. Diesen Moment hat niemand erlebt, wird niemand mehr erleben, es ist meiner, und er ist schön. Ich stecke ihn ein und sage Danke. Den nehme ich mit.

Am fünften Tag schaute er sich beim Kochen ein Fußballspiel an. Fußball interessierte ihn nicht besonders, und er wusste nicht einmal genau, wer da gegen wen anrannte, doch diesmal fand er es wunderbar gemütlich, die aufgeregten Stimmen der Kommentatoren zu hören. Während er eine Gurke in Scheiben schnitt, schoss die eine Mannschaft zwei Tore und die andere eines. Eines war ein eleganter Freistoß. Jonas applaudierte.

Zum Essen zog er sich um. Er fotografierte sich mit Anzug und Krawatte, ernst blickend, die Pfanne in der Hand, im Hintergrund der Kleiderschrank, aus dem Palmen zu wachsen schienen.

Ein Tsunami wäre jetzt interessant, dachte er. Das wäre ein Bild. Hinter mir die Welle. Auf dem ersten Bild hoch. Auf dem zweiten höher. Auf dem dritten ein Wolkenkratzer.

Am sechsten Tag putzte er noch einmal die Wohnung. Er hinterließ sie besenrein. Er zog eine Badehose aus dem Kleiderschrank und schloss diesen ein letztes Mal.

Er hielt nach der Finne eines Hais Ausschau, und als er zwischen sich und der nächsten Insel nichts Gefährliches ausmachte, sprang er ins Wasser. Nach ein paar Kraulzügen drehte er sich noch einmal um.

»Danke!«, rief er und winkte der Wohnung. »Danke für alles! Auf Wiedersehen!«

?

Hinter Drei kam Vier. Hinter Vier kam Fünf. Hinter Fünf kam Sechs. Hinter Sechs kam Sieben.

Jedes Mal, wenn er wieder kein Boot fand, wurde er für eine Sekunde wütend und im nächsten Moment ruhig. Er fügte sich.

Er verstand, dass eine der größten Sehnsüchte des Menschen die Selbstaufgabe war. Das Akzeptieren des Lebensstromes. Der Verzicht auf jeden Anspruch. Er hatte das bereits am Everest erlebt. Ab einem gewissen Punkt ging er nur noch nach oben, weil seine Füße aufwärts zeigten, und hinunter ging er, weil es kein Höher mehr gab. Ein verantwortungsfreier Zustand, der leicht machte. Aus diesem Wunsch in den Menschen beziehen Religionen ihre Macht. Wir gehen in die Kirche, so wie wir von Insel zu Insel schwimmen oder auf den Everest stapfen: um das in uns, wovor wir uns fürchten, einmal abzugeben.

Auf jeder Insel hatte er eine anders gestaltete Behausung. Einmal eine Bauernstube, einmal eine futuristische Suite, einmal eine traditionelle japanische Wohnung mit Fusuma und Tatamis, einmal ein Beduinenzelt.

Wird das ewig so weitergehen?, fragte er sich am Abend, ehe er zu Acht aufbrach. Bin ich ein Gefangener? Und wenn ja, bin ich das womöglich gern?

Nach Acht kam Neun, nach Neun kam Zehn, nach Zehn kam Elf, nach Elf kam Zwölf. Jonas schwamm und lebte, ohne sich zu beschweren.

Nach Zwölf kam Dreizehn, nach Vierzehn kam Fünfzehn, nach Sechzehn kam Siebzehn, nach Achtzehn kam Eins.

In dem Moment, als Jonas begriff, dass er in den vergangenen Wochen einen großen Kreis geschwommen war, sah er die Yacht, die da ankerte, wo er ins Wasser gegangen war, um zu Zwei zu schwimmen. An Bord stand ein Asiate in Uniform, auf der die Kapitänslitzen in der Sonne blinkten. Als er Jonas erblickte, salutierte er.

Jonas war traurig.

# TOKIO

»Wenn du mich so vermisst«, fragte Jonas, »wieso sagst du dann nicht, ich soll bleiben?«

»Weil das falsch wäre«, sagte sie.

»Wieso wäre das falsch? Du fehlst mir doch auch.«

Sie schwieg.

»Na?«, machte er.

»Du verstehst mich noch nicht ganz.«

»Dann erkläre es mir.«

»Du musst es selbst herausfinden«, sagte sie. »Was da in dir ist, wird eines Tages weg sein, und dann erkläre ich dir, was ich gemeint habe. Wenn du es dann noch nicht selbst verstehst.«

»Was soll ich machen? Soll ich irgendetwas Bestimmtes tun?«

»Nein. Du sollst tun, was du tun musst.«

»Ich verstehe einfach nicht, worauf du hinauswillst.«

»Kommt vielleicht noch«, sagte sie. »Ich bin übrigens schon ziemlich weit.«

»Womit?«

»Ich habe die ganze Strecke zum Pol im Kopf. Es ist, als wäre ich schon dort gewesen. Ich habe alles gelesen, was sie über den Südpol in der Buchhandlung bestellen konnten. Ich laufe jeden Tag vor und nach der Arbeit eine Stunde, manchmal länger. Ich schaffe fünfzehn Liegestütze hintereinander. Ich …«

»Lass gut sein«, sagte er. »Ich mache mir keine Sorgen, dass dein Körper zu schwach sein könnte, obwohl Kondition natürlich wichtig ist. Es ist der Kopf, um den es geht. Solche Abenteuer besteht man mit dem Kopf.«

»Du hörst dich an wie ein Sportler, der gern ein Intellektueller wäre. Jedes Abenteuer besteht man mit dem Kopf. Alles besteht man mit dem Kopf. Dafür ist er ja da, der Kopf. Ich muss es wissen, ich schaue oft hinein.«

»Du warst noch nie so allein, wie du dort sein wirst. Das meine ich.«

»Quatsch! Du bist ja dabei! Da bin ich nie allein. Umgekehrt sieht die Sache vielleicht anders aus.«

»Das klingt nach einem Thema, über das wir schnell reden sollten.«

»Jonas, es geht bald los, darüber sollten wir reden!«

»So bald dann auch noch nicht.«

»In recht absehbarer Zeit. Bist du bereit?«

»Wer, ich?«, fragte er. »Die Frage ist doch wohl …«

»Nein, ich glaube, die Frage lautet, ob du bereit bist. Ich bin's allemal.«

Als er nichts sagte, setzte sie sich auf seinen Schoß und nahm seinen Kopf zwischen die Hände. Sie küsste ihn. Schaute ihm in die Augen. Küsste ihn wieder.

»Bist du bereit?«, fragte sie. »Freust du dich?«

»Also da muss ich zu beiden Fragen ja und nein sagen.«

»Pass nur auf«, sagte sie. »Sonst schraube ich ein wenig in deinem Hirn rum. Tanaka soll dich mal bei mir in der Klinik verstecken.«

# CARLISLE

?

Jetzt übertreibt er's langsam, dachte Jonas, als er die Augen öffnete.

Zugegeben, die Aussicht war überwältigend. Der Himmel schimmerte in hellem Blau, das Licht war kristallklar, und die Bergkette um ihn öffnete sich elegant hin zu einer kargen, dennoch einladenden Ebene, von der er sicher war, dass sie in Patagonien lag. Diese überwältigende Aussicht wurde ihm jedoch nur geboten, weil er in einem Biwaksack steckte, den man in eine Felswand genagelt hatte.

Auch seine Ausrüstung baumelte an Seilen, die in der Wand steckten. Rucksack, Pickel und Biwaksack hingen frei in einer Felswand, und unter seinem windigen Lager ging es gut zweitausend Meter geradewegs nach unten.

So einen Abgrund hatte Jonas lange nicht mehr gesehen.

Wie weit es hinaufging, konnte er indes nur vermuten. Über ihm versperrte ein wuchtiger Überhang die Sicht.

Jonas erkannte sofort, dass der Weg nach oben unpassierbar war und ihm bloß der Abstieg bleiben würde. Aber den konnte kein Mensch überleben. Außer vielleicht erfahrene Bergsteiger.

Erst einmal das Ganze sich setzen lassen, dachte er.

Die Kopfschmerzen machten ihm diesmal nicht viel aus, wohl weil er schlicht andere Probleme hatte. Es war kalt. Es wehte ein rauer, so ganz anderer Wind als auf den Inseln, zwischen denen er drei Wochen umhergeschwommen war. Hinter drei Bergspitzen, die wie Finger in den Himmel ragten, rückten schwarze Wolken näher, und angesichts des Abgrunds unter ihm wären neun von zehn Menschen ohnmächtig geworden.

Am meisten beunruhigte ihn das Gewitter, obwohl auch die Kletterpartie, die ihm bevorstand, fast unüberwindbare Schwierigkeiten verhieß. Wenn ihn das Gewitter in der Wand erwischte, brauchte er sich wegen der Höhe und des langwierigen Abstiegs keine Sorgen mehr zu machen, denn einer der Blitze würde sich recht schnell über seinen Pickel und über die Haken hermachen, die um ihn herum klimperten. Hier gab es keinen Blitzableiter. Der einzige Blitzableiter weit und breit war er selbst.

Das geht sich nicht aus, dachte Jonas, als er sah, wie schnell die Wolken heranzogen. Das Gewitter hatte Tanaka nicht auf der Rechnung gehabt. Oder die, die mich hier eingehängt haben.

Denk nach. Denk gut nach, und denk schnell nach.

Ja, das ist eine hervorragende Idee, sagte die Stimme.

Du?

Na, wer sonst? Kennedy?

Was machst du hier?

Dich in deinen letzten Minuten auf dieser Seite begleiten. Und zusehen! Das wird ein eleganter Abgang. Wir sind zu acht hier. Wir haben Popcorn und Chips.

Das ist nicht sehr hilfreich.

Dir ist aber auch nicht zu helfen. Sich in der Welt verstecken lassen. So etwas Verrücktes habe ich noch nicht gehört. Und ich höre viel. Gestern war ich mit Philip K. Dick was trinken.

Siehst du diese Wolken da drüben? Wäre besser, du lässt dir etwas einfallen.

Willst du das überhaupt?

Wieso denn nicht?

Weil deine Aktionen auf einen latenten Selbstmordwunsch hindeuten. Mehr oder weniger latent. Eher weniger.

Von Psychologie hast du noch nie etwas verstanden. Eben weil ich gern lebe, passieren mir solche Dinge. Und eben weil ich leben will, habe ich meine Fahrt mit dem Rollstuhl überlebt. Du hingegen …

Ja ja, gib Frieden, ich bin schon am Nachdenken. Ich kann dich hier jetzt noch nicht gebrauchen. Es gibt da eine Kleine, bei der wür-

dest du mir nur in die Quere kommen. Genau dein Typ. Motorradunfall und dann noch ein Jahr Wachkoma. Ich …

Werner, wir haben es eilig.

Okay. Ich glaube, ich habe den richtigen Gedanken für dich.

Springen?

Niemand trägt einen Bewusstlosen diese Wand hoch. Das ist ungefähr so unmöglich, wie eine Leiche an der Fassade des Empire State Building hinaufzuschleppen, nur mit dem Unterschied, dass diese Wand hier fünfmal so hoch ist wie das Empire State. Aber das solltest du selbst besser wissen als ich, du bist ja der Bergsteiger von uns beiden. Ich habe die Berge immer gehasst. Widerlich. Nur hoch, hoch, hoch, und dann geht's runter, runter, runter, so etwas Dämliches, darin liegt doch kein Sinn …

Hörst du das Donnern?

Ja. Klingt romantisch.

Kommst du mal auf den Punkt?

Eigentlich kannst du nur von oben heruntergelassen worden sein.

Jonas dachte nach. Vielleicht hatte Werner recht. Vielleicht gab es doch einen Weg nach oben.

Das Donnergrollen klang stark, groß, herausfordernd. Es klang schön.

Er würde bald herausfinden, ob die Felsnase wirklich unüberwindbar war, so oder so. Sich nach unten abzuseilen konnte er sich sparen, da war es verlockender, gleich zu springen und die letzte Minute im freien Fall zu genießen, anstatt sich von einem Blitz erschlagen oder bei einem unkontrollierten Absturz sich das Fleisch von den Knochen fetzen zu lassen. Das hatte ihm sein erster Kletterlehrer geschildert. Es kommt unten nicht mehr viel von dir an, Jonas, hatte er gesagt. Je höher, desto weniger.

Also nach oben. Gut. Wie stellen wir's an?

Das weiß ich doch nicht.

Ich habe nicht mit dir geredet. Ich führe Selbstgespräche.

Gut. Ich rauche mal eine.

Du rauchst?

Hab ich mir hier angewöhnt. Der Tod hat Vorteile. Vor Lungenkrebs fürchten sich hier nur die, die noch nicht kapiert haben, wo sie sind.

Jonas kontrollierte zunächst, was er an Ausrüstung zur Verfügung hatte. Immerhin fanden sich in seinem Rucksack genug Haken und Nägel, um sich durch die halben Dolomiten zu nageln. Eigentlich sprach die Ausrüstung dafür, dass die Planer dieser Situation einen Abstieg vorgesehen hatten, doch der war nicht mehr drin. Er musste hinauf.

Es blitzte. Er zählte die Sekunden. Drei. Sechs. Neun. Bei zehn donnerte es.

Wäre nicht schlecht, wenn du dich beeilst.

Wenn ich mich überhaste, sehen wir uns gleich. Aber dann erlebst du was.

Er kontrollierte seine Sicherung. Sie war in Ordnung, doch nun musste er sich aus- und in das andere Seil einklinken, und dabei würde er einige Sekunden ungesichert in dem schaukelnden Biwaksack sitzen.

So wird das nicht klappen, dachte er. Ich bin zu lange nicht geklettert.

Blödsinn. Du schaffst das.

Scheiße, schau mal da runter.

Du wirst doch nicht etwa Angst haben?

Ich bin aufgeregt. Die Wand zu dir ist so dünn. Ich spüre dich schon. Ich bin fast drüben. Ich bin fast tot.

Aber nur fast.

Jonas betrachtete den Hammer und die Nägel in seinen Händen. Für einige Sekunden erschien es ihm logischer, einfach hier sitzen zu bleiben, als irgendetwas anderes zu versuchen.

Vielleicht passiert es jetzt.

Vielleicht passiert es jetzt.

Vielleicht passiert es jetzt, hier, heute, an diesem Tag.

Vielleicht gleich.

Oder auch nicht.

Aber vielleicht.

Vielleicht ist es dieser Tag, an den ich so oft gedacht habe, schon als Kind, immer wieder. Wie würde er sein? Wäre er schön und hoffnungsvoll? Wäre er dunkel? Würde ich gar schlafen und nichts merken? Das da, ist es das jetzt? Ist es dieser Tag mit diesem Geruch? Das letzte Geräusch, das man hört, bevor man stirbt, heißt Hatta. Angeblich hören alle Menschen dasselbe Geräusch. Alle, die zurückgekommen sind, schildern es als etwas unbeschreiblich Neues und Gültiges.

Also ich habe nichts dergleichen gehört.

Wahrscheinlich war das Krachen des Rollstuhls lauter.

Das war unter der Gürtellinie!

Halte dich mal kurz aus meinen Gedanken raus. Ich muss mich konzentrieren.

Reiß dich zusammen. Schau nach unten, dann geht es. Genieß die Aussicht. Ich weiß, dass du es schaffst.

Du weißt es? Könnt ihr in die Zukunft sehen?

Das ist doch nur so eine Redensart. Los jetzt!

Jonas schaute nach unten.

Es war wunderschön. Ein Anblick, wie ihn die meisten niemals erleben.

Zwei Kilometer Luft. Darüber ich, in einem kleinen Sack. Kleiner Mensch in großer Wand.

Viel unten. Noch mehr oben. Langsam atmen. Ruhig werden. Immer ein Danke im Hinterkopf. Es könnte mein letztes sein, immer und überall. Ein Danke und ein Gedanke an die Liebe, was immer Liebe ist. Das Gegenteil des Bösen jedenfalls. Also immer danke denken und Liebe denken. Besonders jetzt.

Los jetzt, du Gebirgsphilosoph!

Schön ist das da. Schön. Ich nehme es mit und gehe. Wofür wir leben? Für Liebe, Schönheit und Wunder. Ich kenne alles davon. Also schaffe ich es.

Das ist die richtige Einstellung! Bravo! Los!

Als er in die Wand stieg und den ersten Nagel in den Fels schlug, dachte er nicht mehr nach. Trance, ein Traum, ein Flug über das Bewusstsein. Nagel in die Wand, Seil einklinken, Sicherung. Nagel in die Wand, Seil einklinken, Sicherung. Weiter. Schön.

Über der Felsnase erwartete ihn keine Wand mehr, sondern eine rettende Hochebene.

Jonas sah die Überreste eines zerfetzten Drachengleiters. Bierflaschen, Zigarettenschachteln und anderer Müll lagen herum. Ein schmaler Weg führte in einen Wald. Menschen waren nicht zu sehen, doch auf die würde er bald stoßen. Offenbar wurde dieser Ort ab und zu von Wanderern und Abenteuersportlern aufgesucht.

Hab ich's dir nicht gesagt?

Ja, hast du. Gut hast du das gemacht. Und jetzt?

Hallo?

Stille.

Werner war nicht mehr da.

Erst jetzt merkte Jonas, wie durchnässt er war, wie der Regen prasselte, wie laut der Donner gegen die Berge anrollte. Die Blitze waren überall zugleich. Jonas schleuderte alles Metall von sich, rannte in Richtung des Weges am Waldrand und legte sich flach auf den Boden.

Hallo, ihr Würmer, Ameisen, Mikroben, Käfer da unter mir, dachte er, während er die Finger in die Erde krallte. Gott zum Gruße! Empfehlung vom Makrokosmos. Wir haben auch gerade zu tun.

Dass er den Aufstieg geschafft hatte, war ein kleines Wunder. Das andere war noch größer. Dass sie sich ereignet hatten, wunderte ihn nicht. Er hatte die kleinen und größeren Wunder, die ihm widerfuhren oder deren Zeuge er geworden war, immer als ein Geschenk empfunden, das er erhielt, weil er sein Leben in dieses ziellose Alles

geführt hatte, nicht in ein Alles oder Nichts, sondern ein Alles und Nichts. Da war Platz für Wunder.

Wunder sind etwas Schönes, dachte er. Es gibt so viele schreckliche Dinge um uns, für die uns jedes Verständnis fehlt. Wunder sind die herrlichen Dinge, für die uns jedes Verständnis fehlt. Wunder sind der Gegenschlag. Wunder sind der Konter. Wunder sind das Aufbegehren gegen die Hoffnungslosigkeit, und vielleicht sind sie sogar ihre Bezwinger.

Nachdem sich das Gewitter verzogen hatte, machte sich Jonas frierend auf die Suche nach einem Weg ins Tal. Er durchquerte ein Wäldchen und gelangte zu einer Lichtung, an deren Ende er eine qualmende Hütte ausmachte.

Ein Blitz, dachte er, verdammt, hoffentlich waren da keine Menschen drin.

Als er näher kam, sah er einen Mann vor dem Haus sitzen. Jonas rief ihm in verschiedenen Sprachen zu, dass er sich besser gleich als später bewegen sollte, aber der Mann gab keine Antwort. Den Grund dafür erkannte Jonas erst, als er bei ihm angekommen war.

Ein bärtiger alter Mann. Er saß friedlich vor dem Haus, blickte aus seltsam feuchten Augen in die Ferne, und aus seinem Kopf schlugen kleine Flammen.

Im ersten Moment fragte sich Jonas, ob Tanaka ihn wieder auf LSD in den Wassertank gesteckt hatte. Doch das hier war real, er kannte den Unterschied oder glaubte ihn zu kennen, und im Grunde war es egal.

Jonas suchte nach irgendetwas, mit dem er dieses bizarre Schädelfeuer löschen konnte, doch dann blieb er tatenlos vor dem Mann stehen. Der war schon tot, der hatte es hinter sich, ein Blitz hatte ihn da getroffen, wo er gerade noch über die Welt oder über sein Haus oder über seine Tochter nachgedacht hatte, und das Unwetter hatte diese Gedanken verschmort.

# TOKIO

»Mein Gesicht ist in Fetzen, Tanaka.«

»Steht Ihnen nicht schlecht.«

»Achtzehn Inseln, Tanaka? Achtzehn?«

»Beschweren Sie sich nicht. Ich bin Ihr Anwalt. Woher kommt dieser Begriff? Ich walte für Sie. Ich tue nichts, worum Sie mich nicht gebeten hätten.«

»Zehn hätten auch gereicht.«

»Dann wären Sie noch früher wieder hier aufgetaucht.«

Jonas lehnte sich zurück, verschränkte die Hände hinter dem Kopf und legte die Beine auf den Schreibtisch. Tanaka verzog das Gesicht, sagte aber nichts.

»Und die senkrechte Wand in Patagonien? Das wäre beinahe schlecht ausgegangen.«

»Beschweren Sie sich?«

»Das frage ich mich selber«, sagte Jonas.

»Von mir aus können wir sofort mit diesem Unsinn aufhören. Eigentlich brauchen Sie keinen Anwalt, sondern einen Sachwalter. Glauben Sie, meine Leute hätten nichts Besseres zu tun, als ihre Zeit für Ihren Eskapismus zu verschwenden?«

»Eskapismus?«

»Na, was denn sonst? Für eine Sinnsuche? Dafür sind Sie eigentlich zu alt.«

»Ich glaube nicht, dass ich nach Sinn suche.«

»Das wäre mir aber fast lieber«, sagte Tanaka und schob einige Papiere in den Schredder. »Eine Sinnsuche ist zwar grundsätzlich lächerlich, aber nicht so verwerflich wie wiederholte fanatische Ver-

suche, sich selbst die eigene Unabhängigkeit und Stärke zu beweisen.«

»Wieso ist eine …«

»Ein Anwalt muss ja hin und wieder seinem Mandanten die Wahrheit sagen. Sinn zu suchen ist so absurd wie Liebe zu suchen. Auf beides trifft man oder auch nicht. Schicksal. Glück. Pech. Egal. Nichts, was sich beeinflussen ließe.«

»Wovon reden Sie?«

»Sie sind der intelligenteste Mensch, den ich kenne, aber manchmal kenne ich Sie nicht.«

»Was spricht gegen die Suche nach Sinn? Sind Menschen, die nach Sinn suchen, nicht die angenehmeren Zeitgenossen?«

»Die sind die reine Pest. Mehr kann man den anderen gar nicht auf die Nerven gehen als mit Sinn.«

»Was ist denn mit Ihnen heute los?«

»Ein Anflug von Realismus«, sagte der Anwalt. »Wenn wir den Makrokosmos betrachten, so wissen wir, dass zwischen der kleinsten Bazille und uns Menschen bei weitem nicht solche Größenunterschiede bestehen wie zwischen uns Menschen und einer der hundert Milliarden Galaxien, die wir kennen. Was, kalt gesagt, bedeutet: Wir sind so etwas wie Fliegendreck. Und jetzt schwirrt der Fliegendreck herum und sucht nach Sinn. Ein Verzweiflungsakt. Na gut, vielleicht gibt es Sinn. Für manche. Irgendwie muss man sich ja beruhigen. Dafür habe ich volles Verständnis. Mir gelingt das durch Nahrungsaufnahme und durch den eitlen kreativen Gebrauch meiner intellektuellen Kapazitäten, der im Gegensatz zu meiner Freude am Essen so manchem verborgen bleibt. Aber Sie? Sie haben das Drei-Götter-Rätsel in zwei Minuten gelöst und währenddessen Blindschach gespielt. Jemand wie Sie sollte verstehen lernen, dass man Sinn nicht findet. Der ist da.«

»Als ich das letzte Mal so grauenhafte Metaphern von Ihnen gehört habe, war davor die Sache mit der Treppe.«

»Ganz egal, was Sie in sich finden würden«, sagte Tanaka, »viel Freude hätten Sie damit nicht. Sich selbst wirklich auf den Grund zu

gehen, das erträgt kein Mensch. Die, die es geschafft haben und mit glänzenden Augen herumlaufen, tun das nicht, weil sie das Ergebnis so glücklich gemacht hätte, sondern weil Wahnsinn oft die einzige verbliebene Überlebensstrategie der Psyche und der Seele ist. Tief drinnen sind wir Teufel. Alle. Ohne Ausnahme. Was uns davon abhält, den Teufel freizulassen, das haben wir uns freundlicherweise anerzogen. Also suchen Sie lieber nicht nach sich selbst, gerade bei Ihnen könnte ich mir die allerschrecklichsten Resultate ausmalen.«

»Würden Sie bitte endlich mit diesem Blödsinn aufhören, Tanaka? Ich suche gar nichts. Ich will bloß meine Ruhe haben. Verstanden?«

»Marie?«, sagte Tanaka. »Alles beim Alten?«

»Sie nimmt gerade an einem einwöchigen Kurs zum Thema Kälteverbrennungen teil.«

»Im Hinblick auf Ihr Vorhaben eine hervorragende Idee.«

»Da sind wir mal einer Meinung.«

»Wann geht es los?«

»Als ob Sie das nicht wüssten.«

»Na ja, ein wenig Zeit bleibt uns ja noch.«

»Sechs Wochen. Viel ist das nicht.«

Tanaka winkte ab.

»Ach ja, Tanaka«, sagte Jonas an der Tür. »Sie wissen nicht zufällig, wieso an meinem Hubschrauber ständig etwas kaputt ist und ich nicht mit ihm fliegen kann?«

»Wird bestimmt irgendeinen Sinn haben.«

# CARLISLE

Die Sache mit der polizeilichen Vorladung ist unangenehmer, als ich dachte. Es scheint da in Wien einen Gastronomen zu geben, der für manche Stammgäste zusätzliche Dienstleistungen im Menü hatte und nun in Untersuchungshaft sitzt. Zugegeben, man könnte mich auch dann und wann in diesem Etablissement gesehen haben. Aber dass der Kellner, diese spitzgesichtige Ratte, bei seiner Einvernahme meinen Namen auf eine Liste der Personen geschrieben hat, die »angeblich« und »im Nebenzimmer« Kokain »verkauft bekommen haben sollen«, finde ich doch verwunderlich. Beziehungsweise finde ich verwunderlich, dass man auf eine so vage Aussage hin schon zum Beschuldigten wird. Lustig hingegen finde ich, dass auch Werner Beschuldigter in dem Verfahren ist, weil er einmal in seiner Funktion als Rechtsanwalt bei dem Kokswirt war.

»Da können die ja generell jeden Anwalt als Beschuldigten führen«, wundere ich mich in unserer Skype-Konferenz.

»Meine Rede. Die mögen mich nicht besonders.«

»Das ist mir aufgefallen.«

»Übrigens, was ist mit dir los? Du siehst so frisch und gesund aus! Unsympathisch.«

»Da wir uns nächste Woche sehen, wird sich das bald ändern.«

»Dass wir uns nächste Woche sehen, kann sein, aber nicht in New York.«

»Wieso nicht in New York?«

»Weil ich in den USA Einreiseverbot habe.«

Bei meinem Anwalt wundert mich im Grunde gar nichts, aber das ist doch eine Nachricht einer neuen Kategorie.

»Wie hast du denn das fertiggebracht?«

»Die Kombination Hells-Angels-Anwalt und IS-Aussteiger-Anwalt scheint da drüben nicht gut anzukommen.«

Das leuchtet mir ein.

»Aber wie sollten wir uns dann nächste Woche sehen?«

»Erstens, weil ich Sehnsucht nach dir habe, ich ertrage all die sprechenden Tiere um mich immer weniger. Als dein Anwalt rate ich dir zweitens, zu deiner Einvernahme zu erscheinen.«

»Kannst du die nicht verschieben?«

»Das könnte ich vielleicht, aber ich will endlich wieder einmal mit einem normalen Menschen reden.«

»Und da denkst du an mich?«

»Na ja, sag's aber niemandem weiter.«

Ich arbeite, dann mache ich mir was zu essen und setze mich mit dem Teller vor den Fernseher.

Wie es scheint, geht es den Griechen an den Kragen.

Diese Euro-Diskussion deprimiert mich seit Wochen. Erstens glaube ich das Märchen von den faulen Griechen nicht, ich kenne dazu nämlich einige Statistiken, die das Gegenteil belegen. Zweitens sind mir die meisten der handelnden Personen so fremd. Ich weiß nicht, was ich mit Technokraten und Geldmenschen gemein habe. Wir brauchen vermutlich die Technokraten und Geldmenschen, aber wir lassen sie zu sehr allein. Ich denke, jedem Menschen mit Macht muss ein ähnlich Starker auf die Finger schauen.

Ich bin allerdings froh, dass ich das nicht sein muss.

Ich mag nicht verhandeln und ich mag nicht kontrollieren, ich mag niemandem schaden, niemandem etwas wegnehmen, keine armen Leute in existentielle Abgründe stürzen, damit irgendwelche Zahlen wieder stimmen, ich mag das alles nicht. Zugleich ist mir bewusst, wie naiv diese Position ist. Irgendjemand muss sich um Volkswirtschaft kümmern. Aber wenn er es schon macht, dann soll er es mit einem Gewissen machen.

Auf CNN wird irgendein Mörder live schuldig gesprochen. Er

kriegt lebenslang und auf der Stelle seine Handschellen. Ihn scheint das wenig zu berühren, aber hinter ihm heulen die Leute. Die einen sind seine Angehörigen, die drei Meter daneben die Angehörigen des Opfers. Die Richterin wendet sich an die Jury. Es geht vor allem um die Frage, wann, wo und wie die Geschworenen mit den Medien sprechen können und dürfen. Es wird unten ein Raum mit Schnittchen vorbereitet, in dem sie den Pressevertretern Interviews geben können, einige von ihnen werden vielleicht noch zögern und blablabla.

Ich schaue zwei Folgen *Fringe*. Keine Ahnung wieso, aber momentan fühle ich mich nur in dieser Serie zu Hause. Nichts um mich herum ist mein Zuhause, meine Arbeit natürlich ausgenommen, aber die zählt eigentlich nicht, weil die ja schon ich ist. Mir bleiben nur die Mystery-Fälle von Olivia Dunham, den genialen Bishops und ihren Problemen mit dem Paralleluniversum. Die sind meine Familie.

Mitten in der dritten Folge fällt mir ein, was ich heute Nacht geträumt und welche Schlüsse ich daraus gezogen habe.

Es ging um meine tote Urgroßmutter, die aber noch nicht tot war. Einige Details im Traum waren anders als in meinem realen Leben, was ich an und für sich noch nicht ungewöhnlich fand, bis ich feststellte, dass ich seit Monaten, vielleicht seit Jahren inhaltlich stringente Träume habe.

Es leben dieselben Menschen, es sind dieselben Menschen tot. Ich erinnere mich während des Traums an Träume, die ich vor Jahren geträumt habe und an die ich mich wach niemals erinnern könnte. Es gibt Ereignisse, die seit Jahren durch meine Nacht ziehen, in logischer Folge, nur viel unheimlicher. Und im Traum kam mir der Gedanke, dass dies mein zweites Leben ist. Dass es ebenso real ist wie mein Wachleben. Und dass ich deswegen nicht gern schlafe, weil mein zweites Leben eine einzige schwarze Suppe ist, voller Chaos, Toter, Gefahren und Flucht.

Am Nachmittag ziehe ich den dunklen *Johann* an und gehe ein Bier trinken. Ich finde, ich habe es verdient. Ich arbeite den ganzen Tag, wache weder neben unbekannten Frauen noch in Blumenkis-

ten auf, habe ein inneres Gleichgewicht erlangt, das ich vergessen hatte, ich glaube nicht einmal mehr, dass ich tot bin. Da darf man schon mal ein Bier trinken.

Ich sitze in der Sonne und lese Helens neues Buch. Um mich herum das Gequake junger Amerikanerinnen. Es hört sich an, als würden sie Unmengen von Kaugummi in ihrem Mund herumwälzen. Ich verstehe kein Wort, es interessiert mich aber auch nicht, was sie sagen. Von denen, die ich verstehe, habe ich, seit ich hier bin, noch niemals auch nur einen einzigen Satz von Belang gehört. Eigentlich wird hier über gar nichts geredet, nicht einmal über Britney Spears oder wie Britney Spears heutzutage heißt. Wozu da eigentlich Englisch lernen?

Die Sonne wärmt beim Lesen meine Arme und meine Stirn. Ich trage eine kurze Hose. Endlich wird es heiß. Endlich Sommer. Fast.

Mitunter frage ich mich, was Helen wohl gerade jetzt macht, sechs Stunden in der Tageszukunft. Dass sie seit ein paar Wochen einen Freund hat, gefiel mir nicht gleich, weil wir ja nur Zombies schauen, wenn wir beide Single sind, aber ihr Freund dürfte ein angenehmer Mensch sein, jedenfalls hat es auf Skype den Anschein. Ich gönne ihr also ihr Glück und lese ihr Buch.

Die Sonne zieht weiter, bis ich im Schatten sitze. Da wird es doch rasch kühl, und ich will an den Nebentisch wechseln. Ich stehe auf, nehme mein Bierglas und werde vom Kellner mit panischen Gesten gebeten, das sein zu lassen.

Ich habe schon bezahlt, erkläre ich ihm, überdies will ich mich nur an den Nebentisch setzen.

Er nickt, ja, und genau darum geht es. Das darf ich nicht.

Aha, er ist also reserviert?

Nein, aber mit Alkohol auf der Straße unterwegs zu sein ist verboten.

Aber ich bin nicht mit Alkohol auf der Straße unterwegs, ich setze mich mit einem Glas Bier an den Nebentisch.

Das ist mit Alkohol auf der Straße Gehen und daher verboten, sagt er.

Früher war ich recht fix im Kopf. Das mag sich mit meiner fortschreitenden Primitivisierung geändert haben, doch so blöd bin ich noch nicht, um nicht zu wissen, dass hier der Fehler keinesfalls auf meiner, sondern nur auf der Seite meines Gegenübers liegen kann.

Ich frage ihn, ob er mich auf den Arm nehmen will.

Er antwortet entschuldigend, das sei keineswegs seine Absicht, er erfülle bloß die hiesigen Gesetze, und ließe er mich gewähren, würde er sich strafbar machen. Ich darf nicht mit meinem Bier zum anderen Tisch. Ob eine Meile oder ein Yard, es bleibt derselbe Verstoß gegen das Gesetz.

Und wie lösen wir das jetzt?, frage ich ihn. Wie komme ich mit meinem Bier von A nach B?

So wie man das hier immer macht, erklärt er strahlend. Ich setze mich einfach an den anderen Tisch, und er stellt mir das Bier hin. So bleiben wir auf dem Boden der Legalität.

Mir fällt darauf nicht viel ein. Ich setze mich einen Meter nach links, der Kellner stellt das Bier einen Meter nach links, und ich versuche weiterzulesen.

Kann ich aber nicht mehr.

Ich gehe nach Hause und buche einen Flug nach Wien.

# WIEN

AK
AK
AK
AK
AK
AK
AK
AK

# WIEN

Das Suchtgiftdezernat in der Berggasse betrete ich ohne Anwalt. Werner als Rechtsbeistand mitzunehmen wurde mir untersagt, da er selbst als Verdächtiger geführt wird. Das Einzige, was ich an Stütze dabei habe, ist Koks, das mir nicht viel hilft, weil meine beiden Nasenlöcher wie zubetoniert sind. Da geht nichts mehr rein. Ich muss durch den Mund atmen. In solchen Fällen weichen manche User auf andere Schleimhäute aus, speziell die Geschlechtsteile stehen hoch im Kurs. Habe ich natürlich ausprobiert. Bringt überhaupt nichts.

Ein Zimmer, drei Polizisten. Der, mit dem ich es zu tun habe, ist der Gute. Hinter mir, wo ich sie nicht sehen kann, sitzen die Bösen, die ab und zu Fragen abschießen, die mich verunsichern sollen.

»Sie wissen eh, wieso Sie da sind …«

»Ich weiß, dass ich kein Wort sage, ehe nicht im Protokoll steht, dass ich dagegen protestiere, meinen Anwalt Werner Tomanek nicht hinzuziehen zu dürfen.«

»Machen wir, machen wir alles …«

»Den dürfen Sie eben nicht dabeihaben«, schnarrt der Rechtshinten.

»Sie können sich ja einen anderen Anwalt nehmen«, sagt der Linkshinten.

»Wie komme ich denn dazu? Ein Kellner behauptet etwas, und schon wird ein Verteidiger nicht zugelassen? Beim Nächsten könnte dem Kellner einfallen, dass er den auch irgendwo gesehen hat, dann brauche ich schon den dritten Anwalt.«

So ist es nämlich. Ich habe die Niederschriften gelesen. Der Wirt,

die Kellnerin, alle bestätigen, mir niemals Kokain verkauft zu haben. Ein Kellner sagt a) dass in einem Nebenraum Koks verkauft wurde und b) ich öfters als Gast dort war. Das Gleiche sagt er über Werner. Der überhaupt nur einmal in seinem Leben dort war und da als Anwalt des Wirts. Doch das genügt in Österreich, damit man als Beschuldigter einvernommen wird.

Bei Werner ist das wirklich infam, denn der nimmt keine Drogen. Bei mir, na gut, ich mochte *Der Richter und sein Henker* immer schon gern, aber an mir wird so etwas bestimmt nicht statuiert. Überdies ist es lächerlich und absurd, Menschen wegen Suchtgiftgebrauchs zu verfolgen.

Mit der Polizei redet man nur im absoluten Notfall, und deswegen bekommt der Gute von mir nach Nennung meines Namens, des Geburtsdatums, der Adresse und der Namen meiner Eltern keine Antwort mehr, denn mehr muss ich nicht sagen.

»Und zur Sache …«

»Und zur Sache sage ich, dass ich unschuldig bin und nicht mehr zu sagen habe, außer meinen Protest gegen diese Polizeiwillkür in der Verteidigersache zu bekräftigen. Steht das drin?«

»Ja, ja, steht drin.«

»Gut. Sind wir fertig?«

»Sie könnten es sich einfach machen und sich freiwillig einem Drogentest unterziehen.«

»Noch einmal: Wie komme ich dazu? Ein Kellner erzählt, dass er einen Menschen in einem Lokal gesehen hat, und schon muss dieser zum Amtsarzt gehen und vor ihm pinkeln? Wo sind wir eigentlich?«

»Sie werden Probleme kriegen«, sagt der Rechtshinten.

»Ich werde keine Probleme kriegen.«

»Sie werden ordentlich Probleme kriegen. Wenn der Wirt aussagt, dass er Ihnen was verkauft hat. Dann kriegen Sie ordentlich Probleme.«

»Wird er nicht, weil er mir nichts verkauft hat.«

»Sie wollen also nichts mehr sagen?«, fragt der Gute.

»Ich habe alles gesagt.«

»Dann unterschreiben Sie das Protokoll. Schauen Sie, da steht alles.«

Ich lese. Ja, da steht alles. Da wird sich Werner freuen. Das gibt eine Anzeige wegen Amtsmissbrauchs. Einen Rechtsbeistand ausschließen darf nämlich nur ein Richter. Aber die Rauschgiftpolizisten in ihrer Selbstherrlichkeit wissen das nicht einmal. Oder sie wissen es, doch bei all den eingeschüchterten Menschen, die sie den ganzen Tag vor sich sitzen haben, funktioniert das. Jeder Staatsbürger sollte einmal *Die Zwei-Klassen-Justiz* gelesen haben, dann kann die Polizei so etwas mit einem nicht mehr so leicht machen.

# WIEN

*Hallo Ihr Lieben,*
*Der Sommer-Endspurt ist da und wir wollen ihn gemeinsam noch einmal richtig heiß ausklingen lassen!*

*Die Sklavin Cynthia wird am 3. September einer Männergruppe mit ihrem Körper und ihrem Können zu Diensten sein, um all eure Wünsche zu befriedigen.*

*Ihr könnt während der Party 3 Stunden von den bekannten Vorzügen der Lustdienerin profitieren und den Rausch der Geilheit exzessiv genießen.*

*Sie wird ohne Anlaufzeit Euren Anweisungen, Bedürfnissen und Gelüsten dienen. Ihre drei Löcher sind selbstverständlich bareback, also ohne Gummi begehbar.*

*Gerne auch für »Jungmänner« im Hinblick auf solche Partys – meldet euch vorher per Mail und Cynthia wird euch entsprechend auf diesem Gebiet entjungfern.*

**Wann? Donnerstag, 3. September 2015**

*Beginn: 14:00 Uhr*
*Ende: 17:00 Uhr*

*Wo? Wien.*

*Ihr müsst euch bei Meister Rudolf für dieses Event anmelden.*

*Er gibt euch danach die Adresse der Location persönlich nach Voranmeldung bekannt.*

**Kontaktdaten**

*Meister Rudolf*
*Tel.: +43 1606-81-555-81*

*Nach einer Anmeldung bei ihm erhaltet ihr sämtliche weiteren Details, sowie die genaue Adresse.*

*Erlaubt ist, was Spass macht, wie*

*– Dominante Behandlung*
*– Sandwich*
*– Doppelvaginal*
*– Analsex (gerne auch XL-Träger)*
*– Dreilochbesamung / Besamungsspiele / Spermaspiele*
*– Deep Throating*
*– Schlammschieben*
*– Lactating-Spiele (Cynthia gibt reichlich Milch)*
*– Bondage*
*– Fisting (unter Aufsicht)*
*– Spanking*
*– Ohrfeigen*
*– Fußerotik*
*etc.*

*Jeder darf natürlich so oft er kann und möchte mit Cynthia spielen und auf und in ihr abspritzen, mit oder ohne Schutz.*

*Solltet ihr bestimmte Fetische und Wünsche haben, so könnt ihr diese Vorab per Mail an Meister Rudolf senden und Cynthia wird dann entsprechend angewiesen, gerne auch diskret.*

*Cynthia soll dort wirklich ge- und benutzt werden. Natürlich könnt ihr neben Anweisungen für die Sklavin, auch wie gewohnt mit ihr sprechen, um eine anständige Nutzung zu gewährleisten, können Fragen gerne vorab per Mail mit Meister Rudolf oder persönlich vor Ort besprochen werden.*

*Cynthia freut sich schon darauf von euch hemmungslos benutzt zu werden,*

*Geile Grüße,*
*Meister Rudolf und Cynthia*

*Achtung: Dieses Mail ist kein Spam. Du erhältst diese Nachricht, weil Du Dich auf unserer Seite registriert hast. Solltest Du künftig keine Nachrichten mehr erhalten wollen, so kannst Du Deinen Account bei uns löschen, indem Du auf diese Mail mit dem Wort »DELETE« antwortest.*

# WIEN

Ich war seit drei Tagen nicht zu Hause und trage noch immer dieselben Sachen. Irgendwo im 16. Bezirk, in den mich weiß Gott was für eine Gesellschaft verschlagen hat, winke ich einem Taxi und lasse mich heimfahren. Im Radio höre ich die neuesten Nachrichten von der Welt da draußen.

Die Griechen bleiben nun also wohl doch im Euro. Das dürfte für alle gut sein außer für die Griechen. Ich habe das Gefühl, da ist das letzte Wort noch nicht gesprochen.

Ich nicke ein. Halb bekomme ich mit, was sie über Syrien sagen. Hunderttausende Menschen auf der Flucht. Ich warte, dass sie endlich das Wort Bodentruppen sagen. Es fällt nicht. Dabei gibt es dazu keine Alternative. Das werden die Leute erst begreifen, wenn die Flüchtlinge zu Hunderttausenden alle zugleich durchs Mittelmeer geschwommen kommen.

Die Wohnung sieht aus, als wäre die Polizei für eine Hausdurchsuchung da gewesen, dabei waren das nur Werner und ich.

Ich dusche, ziehe mich um, kratze an meinen diversen Karten und Geldscheinen die letzten Reste Koks ab, womit ich sogar noch eine akzeptable Line zusammenbekomme, und bin wieder draußen.

Unterwegs rufe ich Werner an. Er weigert sich, mit mir zu Mittag zu essen. Er weigert sich, den 4. Bezirk überhaupt zu betreten.

Seit wir uns vor zwei Tagen einen lebhaften Abend geleistet haben, sucht er sein Auto. Das heißt, er lässt das Auto von zwei Mitarbeitern suchen, um nicht in die Nähe der Schleifmühlgasse kommen zu müssen. Natürlich gibt er mir die Schuld an dem Schlamassel.

Komisch, bei mir ist es genau umgekehrt. Ich denke mir immer, ich sollte mich ein paar Tage von ihm fernhalten, er hat einen fatalen Einfluss auf mich. Erwachsen gedacht, muss ich sagen, ich habe selbst einen fatalen Einfluss auf mich. Meine Hände zittern, ich schwitze zu jeder Tages- und Nachtzeit, und wenn ich meine Magnesiumtablette vergesse, habe ich in der Nacht darauf Krämpfe in den Beinen.

Am lästigsten ist das Zittern. Jeder bemerkt es. Werde ich darauf angesprochen, sehe ich für einen Moment ein offenes Grab.

Im *Otto e mezzo* begrüßt mich Massimo mit einem Lachen, in dem mindestens drei Lachen stecken. Zunächst einmal sind wir gute Freunde, und er freut sich, mich zu sehen. Zweitens lacht er, weil er annimmt, dass ich gestern wieder irgendeinen Blödsinn gemacht habe und er davon erfahren wird. Drittens, weil er davon ausgeht, dass ich heute wieder irgendeinen Blödsinn machen und damit zur Unterhaltung im Lokal beitragen werde. So wie gestern, als ich beim Straßenfest die patrouillierenden Polizisten mit Wasser aus der Spritzpistole des Kindes beschossen habe, was die nur mit Verwunderung darüber quittierten, dass es ausgerechnet über Massimos Lokal immer ein wenig zu regnen beginnt.

Michelle, die Fotografin, in die ich mich ein wenig verschaut habe, studiert bereits die Speisekarte.

Ich wundere mich. »Bin ich zu spät?«

»Nein, nein«, sagt sie, »ich bin ausnahmsweise zu früh.«

»Schon was geordert?«

»Ja, Mineralwasser.«

Pffff.

Ich bestelle wie üblich Spaghetti *Aglio olio*, denn zu Mittag, sagen die Leute, kann man Kohlenhydrate essen, ohne zuzunehmen. Außerdem nehme ich einen kleinen Salat, ich muss gesünder leben.

Während der Wartezeit bekomme ich von Massimo unaufgefordert einen doppelten Grappa hingestellt. Den nächsten kriege ich gewöhnlich mit den Nudeln, den dritten nach den Nudeln, und von da an bringen sie mir das nächste Glas, wenn das davor leer ist.

So geht das jeden Tag, seit ich aus den USA zurück bin. Etwa um 14 Uhr ist der Punkt erreicht, an dem ich es nicht mehr aushalte und mich auf den Weg zum Stephansplatz mache. Ich halte keinen einzigen Tag ohne Koks aus, dafür halte ich mehrere Tage hintereinander ohne Schlaf aus.

Heute weiß ich nicht, was ich machen soll. Ich muss dringend zu Friedrich mit dem Fuß, andererseits kann ich Michelle nicht einfach allein lassen. Ich werde unruhig. Meine Hände zittern sowieso schon heftig, mein Körper beansprucht meine volle Aufmerksamkeit. Michelle sitzt vor mir, und anstatt so etwas wie eine angenehme Atmosphäre zu schaffen, schaue ich nur dauernd auf die Uhr.

Massimo bringt mir im Zehnminutentakt doppelte Grappa, was Michelle zu der Frage veranlasst, ob ich vorhabe, in einen Krieg zu ziehen.

»Krieg finde ich blöd«, sage ich.

»Wer nicht?«, fragt sie.

»Na, da gibt es genügend Leute. Aber mir ist der zu nivellierend. In großen Auseinandersetzungen werden aus Professoren und aus Bauern Soldaten. Die liegen dann nebeneinander im Dreck. Irgendetwas stimmt da doch nicht.«

Michelle zieht eine Braue hoch und seufzt. Ich merke, dass ich Blödsinn zusammenrede.

Ein Blick auf die Uhr sagt mir, dass Friedrich mit dem Fuß schon hundert Meter weiter am Naschmarkt Posten bezogen haben müsste. Ich bitte Michelle um einen Moment Geduld.

Bei meiner Rückkehr nach zehn Minuten starrt sie grimmig auf ihre gemischte Gemüsevorspeisensache. Auf meiner Seite steht der Salat. Ich entschuldige mich fast so untertänig wie ein Japaner, der öffentlich bereuen muss. Ich bin um drei Gramm schwerer, um einiges an Unkonzentriertheit leichter und nach einem Abstecher auf die Toilette um ein enormes Maß gesprächiger.

Als Michelle, noch immer sauer, über politische Zusammenhänge zu philosophieren beginnt, wittere ich die Gelegenheit, die Scharte von vorhin auszuwetzen.

»Es liegt an der Demokratie, die sich nicht weiterentwickelt hat«, erkläre ich ihr und ziehe so dezent wie möglich die Nase hoch. »Sie ist nie weitergedacht worden. Es gibt nur kleinere mathematische Spielereien mit Grundmandaten und Restmandaten, aber das bringt die Demokratie nicht weiter.«

»Ich zweifle sowieso an der Demokratie.«

»Und jetzt kommt sicher: Aber es gibt nichts Besseres.«

»Gibt es ja wirklich nicht«, sagt Michelle.

»Wie man es nimmt.« Der Rausch kickt gerade so richtig ein. »Demokratie muss neu gedacht werden. So kann sie nicht bleiben, also muss man ein Modell für die Zukunft suchen.«

»Das klingt, als hättest du eines gefunden.«

»Habe ich auch.«

Auf ein verschwörerisches Zeichen bringt Massimo zwei große Grappa, weil ich Michelle gern beschwingter sehen möchte, obwohl ich weiß, dass ich heute ohnehin keinen hochkriegen werde, wenn ich mit dem Koks so weitermache, und ich mache garantiert so weiter, denn mein Gefühl im Kopf ist gerade um einiges angenehmer als das dynamische Geschwitze beim Sex vor den schönen fünf oder zehn Sekunden, um die sich sowieso viel zu viel dreht.

»Nein, ich kann das nicht trinken!«

»Du musst«, sage ich, »Massimo ist Italiener. Nicht zu trinken wäre eine Kränkung. Und Italiener, du weißt ja.«

»O Gott, und das um die Zeit.«

»Nachher stellt er uns sicher noch einen hin. Zum Wohl!«

»Also was ist nun mit der Demokratie?«

»Was?«

»Na die Demokratie. Die Zukunft. Dein Modell!«

»Gut, pass auf«, sage ich. »Alle Menschen sind gleich viel wert, ja? Also dürfen alle wählen gehen. Schön. Aber nicht alle Menschen sind gleich schlau, gleich gebildet, gleich intelligent. Es gibt solche, die sich für Politik interessieren, und solche, die es nicht tun. Doch ist es fair, wenn die Stimmen derer, die sich nicht für Politik interessieren, demzufolge mit einiger Wahrscheinlichkeit weniger Sach-

kenntnis, weniger Wissen haben, weniger aktive Bereitschaft, sich mit politischen Prozessen auseinanderzusetzen, gleich viel wert sind wie die von denen, die halbwegs wach durch ihre Welt gehen, ihre Zeit analysieren und dann über Probleme nachdenken? Die Zeitung lesen, diskutieren, sich informieren und bilden?«

»Ja, das heißt Demokratie.«

Ich spüre, ich stoße nicht sofort auf Verständnis für meine Wahlrechtsreform. Verschieben wir die Diskussion.

Der Hauptgang wird serviert. Dabei bemühe ich mich, nicht zu viel zu reden, was offenbar gut ankommt. Michelles bessere Laune könnte allerdings auch an Massimos Pasta liegen, denn das *Otto e mezzo* ist der beste Italiener der Stadt. Glaube ich zumindest. Ich kenne nur drei, aber er ist bestimmt der Beste der Stadt.

Nach dem Hauptgang tobt in meinem Kopf jede Menge Schnaps gegen jede Menge Koks an.

»Wollen wir miteinander schlafen?«, frage ich.

»Muss das sein?«, fragt Michelle.

Ich lege auf der Toilette noch eine fette Line nach. Ich überlege, Michelle zu fragen, ob sie auch etwas will, aber wenn sie eine radikale Kokaingegnerin ist, kann ich mir Sex mit ihr nicht nur heute abschminken.

»Die Londoner Broker haben den Kokainisten den Ruf versaut«, eröffne ich ihr zurück am Tisch. »Die haben in ihrem verkoksten Allmachtswahn unser Geld verzockt. Nun glauben alle Leute, dass es zwischen Kokainkonsumenten keinen Unterschied gibt. Natürlich gibt es den. Die Leute glauben, wer kokst, ist ein Arschloch. Dabei stimmt das nicht. Wer kein Arschloch ist und kokst, wird deswegen noch kein Arschloch. Wer ein Arschloch ist und kokst, wird ein noch größeres Arschloch. So ist das.«

Michelle starrt mich fasziniert an, wie eine Forscherin, der ein Exemplar einer neuartigen Krötengattung untergekommen ist.

»Und die Demokratie. So geht das ja nicht. Wir brauchen für alles eine Prüfung, fürs Autofahren ebenso wie für die Universität. Für die Kindererziehung nicht und für das Wählen nicht. Das ist blöd.«

Ich bekomme Schluckauf und klopfe mir auf die Brust.

»Und deswegen. Machen wir alle einen Test. Dessen Resultat legt fest, wie viel unsere Stimme wert ist. Wenn man keine Ahnung hat, wie der Bundeskanzler heißt oder man die EU für einen Fußballverein hält, kriegt man nur 0,1 Punkte. Somit ist die Stimme dieses Menschen 0,1 Stimmen wert. Derjenige, der sich da schon besser auskennt, kommt auf 0,4 oder 0,5. Und der politische Kopf kriegt 1,0. Das ist Demokratie. Alle beteiligen sich.«

»Und was, wenn einer auf den Test pfeift? Der ist raus, oder was?«

»Nein, der hat 0,1.«

»Wieso?«

»Na, wenn sich einer dem demokratischen Prozess verweigert, kann er nicht mit denselben demokratischen Vergünstigungen rechnen wie einer, der daran teilnimmt.«

»Das ist ein demokratischer Prozess?«

»Na ja, die meisten gehen sowieso nicht mehr wählen.«

»Brauchst du ein Taschentuch?«, fragt Michelle.

»Blöde Pollen! Bis vor zwei Jahren – nichts! Und jetzt, ah, es ist unerträglich.«

Ich gehe wieder zur Toilette, lege nach, komme zurück und rede mich von A über B nach L und von N zu S, bei Sex verweile ich natürlich länger, denn einmal im Kokainstrudel gefangen, erhebt sich in mir schreckliche Brunft. Als keiner meiner subtilen Überredungsversuche verfangen will, werde ich noch einmal direkt:

»Ich würde gern mit dir schlafen. Jetzt.«

»Du hast eine Mission, wie?«, sagt Michelle.

Ernüchtert starre ich in meinen Kaffee. So umnachtet bin ich auch wieder nicht, dass mir nicht eine gewisse Unwahrscheinlichkeit von Sex oder Liebe oder beides mit Michelle nun klar wäre. Doch was hilft die Erkenntnis, wenn man sie nur zu 99 Prozent wahrhaben will? Mein Verhalten gewinnt in der Folge nicht an Stil.

Das Telefon läutet. Dschingis Khan sagt, er ist in drei Minuten da. So ein Meinungsumschwung ist das Letzte, was mich bei ihm wundert.

Kurz darauf wird die staunende Gästeschar des *Otto e mezzo* Zeugin des Erscheinens einer Naturgewalt. Werner marschiert in seinem rollenden Gang herbei, nickt nach rechts und links, und an allen Tischen wird geraunt und gemurmelt. Als bester Kenner der Tomanekschen Gewohnheiten sehe ich auf einen Blick, dass er, sollte er das Auto gefunden haben, es gleich wieder stehen lassen wird. Wir sind zwar beide in vielerlei Zusammenhängen Idioten, aber wir lassen uns niemals betrunken auf die anderen Verkehrsteilnehmer los. Also betrunken vielleicht, aber niemals betrunken betrunken.

»Ich habe heute in der Zeitung von den Hells Angels gelesen«, sagt Michelle. »Du vertrittst die doch, oder?«

»Ja«, sage ich, »hab's auch gelesen. Ein Kerl hat den Lebensgefährten seiner Ex mit sieben Mann besucht, um ihn zu verprügeln. Zwei davon waren Hells Angels.«

»War eine Ente«, sagt Werner.

»Das stimmt nicht?«

»Kein Wort.«

»Das ist gar nicht passiert?«

»Doch, ist es. Nur waren keine Angels dabei.«

»Und die schreiben das trotzdem?«

»So geht das ständig. Wenn irgendwo einer mit Motorradkutte kriminell auffällt, sagen die Leute, das waren die Hells Angels. Die waren es aber nie. Das sind ganz normale Leute.«

»Also ganz normal …«, beginnt Michelle.

»Na ja, du weißt, was ich meine. Gesetzestreue Bürger mit dem Lebensschwerpunkt Respekt und Freiheit.«

Eine Weile hält es Michelle an unserem Tisch noch aus. Sie erlebt mit, wie sich Werner an meinen Beinen zu schaffen macht. Man muss bei ihm aufpassen, er ist in einem gewissen Zustand auch für mich nur noch über Umwege erreichbar. Dass er mir alle paar Minuten sein Springmesser ins Knie bohrt, und zwar durchaus über meine Schmerzgrenze hinaus, finde ich nicht angenehm. Weniger wegen mir als wegen ihm. Wenn er mit seinem Messer Menschen

anbohrt, geht es ihm meistens nicht besonders gut. In solchen Phasen ist er nicht sehr glücklich, doch, wie er selbst einmal sagte: »Empathie, Zärtlichkeit und Toleranz sind bei mir kein Erziehungsziel gewesen.« Er hat sich das alles trotzdem erarbeitet, er will nur nicht, dass es jemand außer mir weiß.

Irgendwann ist Michelle weg. Ich tue mir ein bisschen leid, weil das mit der Liebe bei mir nichts mehr werden wird. Ich gehe auf die Toilette und schieße mir eine so ehrfurchtgebietende Autobahn in die Nase, dass mein Herz fast auf der Stelle so heftig rumpelt wie selten zuvor in meinem Leben und ich ein paar Sekunden brauche, bis ich die Augen wieder aufkriege.

Der Weltschmerz verschwindet. Auch der Alkoholrausch flüchtet vor dem, was sich jetzt in meinem Kopf tut. Hellebarden vs. thermonuklearer Krieg.

Im Spiegel kontrolliere ich, ob um meine Nase keine weißen Krümel kleben. Moralisch wieder gefestigt, kehre ich in den Gastgarten zurück.

Ein Gast will sich mit einer Zeitung an den Tisch hinter Werner setzen. Der erkennt nur schemenhaft Mensch und Gazette, assoziiert Obdachlosenzeitungsverkäufer und brüllt über die Schulter nach hinten:

»SCHLEICH DICH!« Als er den Gast sieht, murmelt er: »Ach so.«

Man muss ihm zugutehalten: Bettler, Zeitungsverkäufer und Blumenverkäufer wechseln sich im Gastgarten von Massimo im Minutentakt ab. Selbst der altruistischste Kommunist verliert hier irgendwann die Nerven, und Werner ist nicht der altruistischste Kommunist.

Mittlerweile stammen die meisten Bettler in Wien aus Rumänien. Viele sind aufdringlich, besonders zu Frauen mitunter ausnehmend unangenehm, und mir platzt der Kragen, wenn ich einen Zehnjährigen sehe, der von seiner Sippe zum Betteln gezwungen wird. Die Blumenverkäufer sind ebenfalls lästig, von denen kommt alle fünf Minuten einer vorbei. In unseren modernen Zeiten wollen

sie manchmal sogar zwei Männern Blumen verkaufen. Bei Werner und mir haben sie es noch nicht versucht.

Heute wäre das bestimmt ein Schauspiel, das danach auf YouTube kursieren würde. In unserer Zeit der allgemeinen Transparenz findet sich immer ein Gönner, der mit der Handykamera bereitsteht. *Besoffener Anwalt tickt aus!* 12 000 Klicks.

Wobei Blumenverkäufer, die verkaufen ja nicht nur Blumen. Zumindest einige davon.

Werner fuchtelt unter dem Tisch mit dem Springmesser herum, bis ich ihn energisch bitte, es endlich einzustecken, weil ich sonst mit meinem Kopf voll Koks eine Panikattacke kriege. Das sieht er ein.

»Wer grüßt uns da drüben so deppert?«, fragt mein Anwalt.

»Das ist ein Bekannter von mir. Ein Schauspieler.«

»Was ist der, Schauspieler? Was spielt der? Tote Hunde in Roadmovies? Paraderolle als Brennender Dornbusch?«

Werner hat wieder einen kritischen Tag.

Seine Tirade gegen Schauspieler im Allgemeinen wird unterbrochen durch das Erscheinen eines Hünen, der Werner herzlich begrüßt und uns zwei große Schnäpse spendiert, ehe er in seiner absurden Aufmachung, er trägt nämlich überall Goldringe, einen teuren Anzug und dazu zerrissene, schmutzige Flipflops, im nächsten Gastgarten verschwindet.

»Die Gipsys«, lacht Werner.

»Wer war das?«

»Ein Mörder. Hab ihn auf drei Jahre mit eineinhalb bedingt runtergebracht.«

»Apropos, du weißt, dass wir nächste Woche Einvernahme haben?«, frage ich.

»Du hast nächste Woche Einvernahme. Ich gehe mit. Und da drinnen hältst du den Mund. Du sagst gar nichts. Du sagst nicht, du glaubst an UFOs, du sagst nichts davon, dass du eigentlich tot bist, du fühlst dich nicht vom Katzi des Nachbarn bedroht, das Katzi schaut dich nicht dauernd so komisch an …«

»Was hast du immer mit deinem Katzi?«

An einem der Tische im Garten entsteht ein Tumult. Eine Frau schreit. Ein Mann liegt am Boden und japst nach Luft. Werner und ich sind sofort bei ihnen.

»Was ist da los?«, fragt mein Anwalt streng, obwohl ich bezweifle, dass er die Situation in seinem Zustand selbst mit allen nötigen Informationen umfassend verstehen könnte.

»Ein allergischer Schock! Etwas hat ihn gestochen!«

»Rettung rufen.« Werner zückt das Handy und wählt. Also so weit ist er noch bei Sinnen.

»Er hat eine Spritze, die müsste ihm einer geben, ich weiß aber nicht wie, ich weiß nicht, wo sie ist, ob er sie dabeihat, Mariaundjosef, bitte, ist ein Arzt da?«

Sie läuft gestikulierend und schreiend zum nächsten Gasthaus.

Werner durchsucht den röchelnden Mann und fördert tatsächlich zwei Adrenalin-Pens zutage. Der Mann am Boden keucht und nickt.

»Gib her«, sage ich.

»Kennst du dich mit so etwas aus?«, fragt Werner.

»Klar kenne ich mich mit so etwas aus. Mein Bruder hat das auch immer dabei.«

Außerdem kenne ich mich mit allem aus, weil ich gerade auf der Toilette war.

»Du hast doch gar keinen Bruder«, höre ich noch, aber da habe ich ihm schon einen Adrenalin-Pen aus der Hand genommen.

Der Mann atmet krampfartig und zeigt auf seinen Oberschenkel. Ich ziehe die Sicherheitskappe ab und ramme ihm den Adrenalin-Pen in den Muskel. Besser gesagt, ich ramme ihn mir in den Daumen, aber in meinem Zustand merke ich nicht gleich, dass ich den Pen verkehrt herum gehalten habe. Der Mann auf dem Boden zuckt entsetzt, als er sieht, was ich angerichtet habe. Ich auch, wegen des seltsamen Schmerzes im Finger. Fluchend wedele ich mit der Hand.

»Du bist doch wirklich ein Weltwunder«, sagt Werner hinter mir.

Ich nehme ihm den zweiten Pen weg. Zu meiner Überraschung

lässt er mich gewähren. Diesmal mache ich es richtig. Der Patient bekommt seine Injektion, und ich lege mich schweißgebadet neben ihn, weil mir plötzlich ziemlich schwindlig ist.

Mein Finger wird taub. Ich höre, wie Werner ins Handy lallt:

»Es sind jetzt zwei Patienten.«

# WIEN

Ich träume beinahe jede Nacht von Wellen. Meistens kann ich mich nicht an meine Träume erinnern, doch wenn, dann geht es um Riesenwellen.

Ich schwimme im Meer, und weit draußen bildet sich eine Wasserwand. Sie ist zwanzig Meter hoch, manchmal dreißig. Um mich herum schwimmen viele Menschen. Alle sind aufgeregt.

Manchmal schwimme ich vor der Welle davon. Manchmal schwimme ich darauf zu und genieße es, mich von ihr heben und mittragen zu lassen. Es passiert mir nichts.

Ab und zu ist es anders. Die Welle ist größer und dunkler und vernichtend. Ich verstecke mich hinter einem Haus, aber das nützt nichts. Der Megatsunami, der über mich hereinbricht, trifft mich wie eine Explosion. Ich wache auf. Ich bin froh, wach zu sein.

# ZUHAUSE

Im Garten mähte Zach den Rasen. Das gleichmäßige Geräusch des Rasenmähers lullte Jonas ein wie früher. Was für Werner vorbeifahrende Formel-1-Autos im Fernseher am Sonntag gewesen waren, das war für Jonas Zachs Rasenmäher. Draußen war der Riese und bewachte das Haus. Irgendwo im Haus saß Picco und bewachte die ganze Sippe, vielleicht den ganzen Ort, vielleicht noch viel mehr. Nebenan spielte Mike in der Badewanne Pirat, und Jonas lag im Halbschlaf auf seinem Bett und träumte von der Welt. Durch das offene Fenster drang der Geruch von frisch geschnittenem Gras. Wenn man das Dunkle ausblendete, war alles hell. Hier ging das.

»Fahren wir etwas essen?«, rief Zach. »Regina will kommen und Katzen kochen. Besser, wir wären da bereits weg.«

»Das sind keine Katzen«, rief Jonas zurück. »Es sind Kaninchen!«

»Schmeckt aber gleich.«

»Wirst du endlich Vegetarier?«

»Ich will keine Kaninchen von ihr essen! Also, fahren wir?«

»So schlimm kocht sie dann auch wieder nicht«, rief Jonas wider besseres Wissen, um Zach zu reizen.

»Hasen mit Waldbeeren, Karpfen mit Nudeln und Sauerrahm, Omelett mit Pfau, Reis mit Polenta und Parmesan, Schwarzwurzel auf Kohl mit Milch, Rinderfilet mit Haferflocken?«

»Ich brauche noch eine Stunde!«

»Na gut. Auf deine Verantwortung!«

Während Jonas in Werners Tagebuch las, wurde ihm klar, wieso er es so lange hinausgeschoben hatte. Nicht wegen dem, was da stand, Werner und er waren einander so nah gewesen, dass ihn nichts davon überraschte. Aber mit der eckigen, vertrauten Handschrift seines Freundes tauchten Stimmungen, Bilder, Gefühle und Erinnerungen auf, die er schon verloren geglaubt hatte.

Mikes geliebte Matchboxautos, die dieser im ganzen Haus verstreut hatte und über die Regina ständig gestolpert war. Zach und seine Uhrensammlung. Zachs Toga und Piccos Sakkos. Der Aberglaube des Gärtners, über den sich Werner in seitenlangen, beißenden Abhandlungen erging, die Jonas so zum Lachen brachten, dass Zach wie in alten Zeiten aus dem Garten heraufrief, ob Jonas vor dem Spiegel stehe, weil nach seiner Ansicht nur das solche Heiterkeitsausbrüche zur Folge haben konnte.

Diese Stimmung. Diese vermeintliche Sicherheit. Wann war sie verschwunden? Und ging es überhaupt darum, sie wiederzufinden?

Es geht nicht darum, sie wiederzufinden, es geht darum, eine neue aufzubauen.

Wieso bist überhaupt du gestorben und nicht ich? Du hättest immer genau gewusst, was zu tun ist.

Wir haben uns ganz gut ergänzt. Du grübelst und handelst. Ich handle und grüble hinterher. Nach manchen Handlungen hat man viel Zeit zu grübeln.

Eine neue Stimmung aufbauen – für wen?

Für dich selbst. Und damit für andere.

Für Marie?

Wenn du so willst. Aber die, für die du diese Stimmung aufbauen sollst, gibt es vielleicht noch gar nicht. Eine Welt aus sich heraus schaffen und damit die Menschen heranziehen.

Du hast wirklich viel Zeit, wie?

Momentan nicht. Picco heckt irgendetwas aus. Ich glaube, er hat jemanden herausgefordert. Nicht jemanden. Etwas. Ich weiß es nicht. Ich halte die Augen offen.

Der muss sich auch überall mit jemandem anlegen.

Und in der Regel gewinnt er. Sogar hier. Ich kann es schwer beschreiben, aber sogar hier verändert er die Dinge.

Zum Guten? Zum Schlechten?

Ich weiß es nicht. Er sieht mehr als ich.

Ich habe noch immer keine Ahnung, ob ich dir auch nur ein Wort von all dem glauben soll.

Wollte ich lügen, hätte ich dir noch ganz andere Geschichten erzählt.

Das stimmt vermutlich.

Gestern war ich übrigens mit Lady Di aus.

Wenn Zach essen fahren sagte, meinte er die *Scheune*, das einzige Gasthaus der Gegend, das die Familie je besucht hatte. Picco sagte, er sei es leid, angestarrt zu werden, und wenn er mit einem Riesen und drei verhaltensauffälligen Kindern im Dorf auftauche, würde sich das nicht legen. In der *Scheune* kannte ihn der Wirt, gab ihnen das Extrazimmer und ließ sie in Ruhe. Das Essen war besser als das von Regina, und von der Terrasse konnte man zum Obersalzberg sehen.

Werner und Jonas hatten oft hier gestanden. Sie sagten nicht viel, sie schauten nur. Ab und zu wechselten sie Blicke. Jeder wusste, was der andere dachte. Wie hätten wir es gemacht, wie hätten wir ihn erledigt? Und: Egal wie, wir hätten es geschafft.

Es hatte nichts gegeben, was sie sich nicht zugetraut hätten.

»Seltener Gast«, sagte Josef, der Besitzer der *Scheune*, und brachte unaufgefordert zwei Portionen vom Tagesgericht. Etwas anderes gab es nicht. Seit Jahren kamen kaum noch Gäste.

»Wird dir hier nicht langweilig?«, fragte Jonas.

»Nein«, sagte Josef. »Es gibt noch immer so viel zu lernen.«

»Momentan versucht er es mit Finnisch«, sagte Zach. »Und zum Ausgleich Billard.«

»Wie alt bist du, Josef?«

»Zweiundachtzig waren es im Sommer. Fehlen noch achtzehn.«

»Ich mag deine Einstellung«, sagte Jonas.

»Komm mit«, sagte Zach nach dem Essen, als sie auf dem Parkplatz standen und Jonas ihm beim Rauchen zusah. »Ich muss dir etwas zeigen.«

Jonas folgte dem Riesen wortlos Richtung Wald.

Sie gingen den Waldrand entlang nach Westen, wo ein schmaler Weg in einem Gebüsch endete. Zach pflügte durch das Gestrüpp, das dahinter wuchs, und Jonas blieb dicht hinter ihm. Er ahnte, dass er sich nicht auf einem gewöhnlichen Spaziergang befand. Was immer ihm Zach zeigen wollte, sein bevorzugtes Pilzrevier würde es nicht sein.

Sie gelangten zu der schönsten Waldlichtung, die Jonas je gesehen hatte.

Es war, als hätte jemand diesen grünen Flecken von oben aus dem Wald herausgeschnitten. Die Sonne glitzerte in einem Bach, der langsam und mit leisem Rauschen talwärts floss. Auf der Lichtung lagen Steine, manche so groß wie ein Medizinball, manche so groß wie die Heuballen, die die Bauern auf den Feldern trocknen ließen. Fast hätte dieser Ort naturbelassen ausgesehen, hätte da nicht eine Sitzbank gestanden und eine rostige Sense an einer Eiche gelehnt.

»Weißt du, was hier ist?«, fragte Zach.

Jonas setzte sich auf die Bank. Er schaute. Er machte die Augen zu. Er hörte dem Bach zu. Er spürte die Wärme der Sonne auf seinen Unterarmen.

»Ein Friedhof«, sagte er mit geschlossenen Augen. »Das ist ein Friedhof.«

»Korrekt«, antwortete Zach.

Jonas wanderte umher. Ab und zu zeigte er auf einen Stein, und Zach sagte ihm, wer darunter lag. Nicht alle Namen hatte er schon

gehört, doch Zach erzählte ihm, wer diese Leute gewesen waren und was sie im Leben angerichtet hatten.

»Ist das eine Beichte, Zach?«, fragte Jonas.

»Die Beichte ist eine Erfindung von Betrügern für Schwächlinge«, sagte Zach. »Was wir tun und lassen, müssen wir allein mit Gott ausmachen. Dazu braucht es diesen Zinnober nicht. Jemand, der einem Menschen die Beichte abnimmt, spielt sich als ein Briefträger auf, den keiner braucht.«

»Apropos Briefträger«, sagte Jonas.

Zach nickte in die Richtung eines der größten Steine, fast schon ein Felsbrocken.

»Wie hast du eigentlich diese riesigen Dinger hierhergekriegt?«

Zach zuckte mit den Schultern. »Ich habe ja viel Zeit.«

Jonas betrachtete den Stein, unter dem die Überreste des Postboten vermoderten, der schuld war an Mikes Tod. Er bemühte sich, seinen Zorn zu kontrollieren, aber ganz gelang es ihm nicht.

»Eigentlich ein viel zu schöner Ort für den.«

»Nach dem Tod soll alle Feindschaft ruhen, Jonas.«

»Geh mir bitte nicht mit diesem salbungsvollen Quatsch auf die Nerven!«

Zach schwieg.

Er hat nicht ganz unrecht.

Ist dir dieses Schwein da drüben schon begegnet?

Hier gibt es kein Begegnen in dem Sinne, wie du es verstehst.

Aber mit Liz Taylor ausgehen, das ist möglich?

Lady Di!

Sag mir einfach, ob du ihn noch einmal umbringen kannst.

Nicht einmal Mike selbst würde das tun.

Ich bin aber nicht Mike.

Glaubst du, diese Wut tut dir gut? Du bist wütender als damals nach seinem Tod.

Fang nicht du auch noch an. Ich kann diesen Unsinn nicht mehr hören. Die Kraft liegt im Verzeihen, umarme deinen Feind, ver-

wandle deinen Hass in Liebe, solche Leute gehören von eisernen Hornissen durch die Straßen gejagt.

Nicht doch gleich die Höchststrafe.

He. Ich lebe hier mit Löchern. Mir wurde schon so vieles aus meinem Innersten gerissen. Und dann kommt einer mit Umarmen und Verzeihen. Diese Leute preisen ein Ergebnis, für das sie keinen Weg bieten. Picco hatte ganz recht. Ich kann nicht jeden Bösewicht umarmen. Manche muss ich auch erschlagen.

Ja gut, aber nach dem Erschlagen reicht es dann aber.

Was?

Na, du hast ihn ja schon umgebracht. Nach wie oft Umbringen wäret ihr denn quitt?

»Sieh mal«, sagte Zach. »Da drüben.«

»Ja?«

»Der Stein da, das ist das Grab von – wie hast du ihn genannt? Den Kerl, der dich ins Krankenhaus geprügelt hat?«

»Das Affe.«

»Genau«, sagte Zach heiter. »Ich erinnere mich noch gut, wie du gesagt hast, der verdient keinen korrekten Artikel.«

»Der liegt auch hier?«

»Picco war in seinen Grundsätzen recht strikt.«

»Das sind viele Steine, Zach.«

»Man könnte auch sagen, rigoros.«

»Der Zahnarzt?«

»Liegt dort drüben. Seine Zähne nicht. Die sind irgendwo verlorengegangen.«

»Und all das hier bereitet dir keine schlaflosen Nächte?«

Zach verscheuchte eine Wespe, die um seinen Kopf schwirrte. Er ging zu dem sanft rieselnden Bach und winkte Jonas zu sich.

»Sieh her«, sagte der Riese. »Das da. Wasser. Wie schön. Wie wunderbar.«

»Ja. Schön. Und wunderbar.«

»Das sind wir. Du, ich, Postboten, Zahnärzte. Es ist alles egal.«

# WIEN

Ich schaue *Fringe*, den ganzen Tag, nur unterbrochen vom WingTsun-Training bei Matthias. Ich trinke Kaffee und Wasser. Das Handy ist aus.

Ich schaffe es. Ich bleibe nüchtern. Bis fünf Uhr früh. Aber meine Beine zucken so stark. Und in mir ist diese entsetzliche Unruhe. Alles vibriert. Wenn ich meine Hand auf den anderen Arm lege, fühlt es sich an, als würden unter meiner Haut kleine Fische schwimmen. Das halte ich nicht aus. Und ich kann nicht noch ein Xanor nehmen.

Ich ziehe eine kleine Straße. Gleich ist das Zittern weg. Schlafen kann ich jetzt erst recht nicht. Aber egal. Ich surfe im Internet. Denke nach. Höre Musik. Ziehe noch etwas.

Um neun gehe ich frühstücken.

Um elf bin ich am Stephansplatz.

Um zwölf habe ich wieder Training. Mir sprengt es fast das Herz raus. Danach esse ich bei einem Thailänder auf der Gumpendorfer Straße. Mein rechtes Bein zuckt in irrwitziger Geschwindigkeit auf und ab, wie früher bei den Leuten an einer Nähmaschine, nur zehnmal so schnell.

Am Nachmittag bitte ich Eduard, sich für mich in die Kapelle zu setzen. Er macht es auf der Stelle, schreibt er.

# WIEN

Bevor ich ins Bett gehe, nehme ich drei Xanor. Anders schlafe ich nicht ein. Durch die Nase bekomme ich keine Luft, beide Nasenlöcher sind wie plombiert, und ich sprühe in jedes fünf Stöße Nasenspray.

Mit einem Kopf bis zum Bersten voll mit Koks wälze ich mich herum. Meine Beine zucken wie bei einem Epileptiker, ich grabe die Finger in die Matratze, ich schwitze, schwitze und schwitze. Ich sehe meinen Tod kommen. Ich verwünsche mich, ich verfluche mich, ich hasse mich für meine Blödheit. Ich habe ein Kind, ich habe Verantwortung, und trotzdem habe ich schon wieder den Tag vernebelt und verstaubt und in die ewige Nacht geschossen. Wieder ein Tag, von dem mir nichts bleiben wird, und ich schwitze giftig riechenden Schweiß in dieses dreckige Bettlaken.

Drogensüchtig sein: das Leben verkürzen. Nicht zwingend so, wie alle denken. Von deinen Tagen rieseln allenfalls ein paar Bilder in deine Erinnerung, und selbst die sind in kurzer Zeit Geschichte.

Aus dem Fernseher erfahre ich, dass in Griechenland die Banken zu sind. Ich werde es nicht lange wissen.

Wenn der Schlaf kommt, ist er niemals gut, nie tief, nie befreiend. Etwas in mir bleibt immer wach, beobachtet, lauert, alarmiert, weckt, schüttelt mich, ohne dass ich reagieren könnte.

Am Morgen bringt das Tageslicht ein wenig Vertrauen in mich und meine Zukunft zurück. Ich weiß, dass ich eigentlich stark bin wie ein Büffel. Ich habe schon große Probleme gelöst. Und ich weiß: Jetzt ist es genug mit der Sucht, genug mit dem Sichgehenlassen.

Heute werde ich garantiert nicht koksen, heute werde ich nicht einmal Alkohol trinken. Heute bleibe ich ich. Heute werde ich einen Strich machen dürfen. Ein stolzes

–

An so einem Vormittag kann ich sogar ganz gut arbeiten.

Am Nachmittag rieche ich bereits den Abend.

Ich sitze bei Massimo, und ich weiß, ich werde niemals mehr glücklich sein, wenn ich mir nicht sofort zumindest einen Grappa bestelle, einen großen. Hinten links im Kopf mahnt etwas. Ich fühle den Blick, aber ich schaue nicht hin. Noch zwei Grappa, und dann könnte Schluss sein. Dann ist mir warm. Das Netz ist engmaschig genug.

# WIEN

Ich wache früh auf, entweder weil es in der Wohnung so heiß ist oder weil ich nüchtern bin.

Neben mir liegt das Kind. Ich sehe ihm beim Schlafen zu.

Ich denke daran, wie ich es mit einem Finger sanft gestreichelt habe, eine Minute nach seiner Geburt, als es auf Elses Bauch lag und ein winziges Bündel war, das ein seltsames Fiepen von sich gab. Wie ich es eine Viertelstunde später im Arm gehalten habe. Nervös, aufgewühlt, glücklich, besorgt. Wie ich sein Gesicht betrachtet habe, wie sehr ich dieses Gesicht und dieses Wesen sofort geliebt habe.

Liebe, das ist ein Wort, das oft falsch verwendet wird. Ich liebe Fußball. Ich liebe dieses Fahrrad. Ich liebe Suppen. Ich liebe dich. Was Liebe ist, das weiß ich seit jener Stunde.

Ich betrachte das Kind. Wie sehr es sich in diesen Jahren verändert hat. Seine Gesichtszüge sind noch immer sanft und entspannt. Aber ich merke, dass seine Augen jetzt schon nicht mehr ganz so glücklich sind wie früher, wie ganz früher. Aber sie sind noch glücklich. Noch beinahe unbeschwert.

Bei jedem Menschen werden die Augen von Jahr zu Jahr trauriger. Wenn man genau hinsieht, sieht man den Kummer und die Enttäuschungen. Man sieht bloß nicht gern hin. Man sieht bei sich selbst ja auch nicht hin. Dabei muss man sich nur vor den Spiegel stellen und sich fünf Minuten lang in die Augen schauen. Genau schauen. Es ist alles da.

# WIEN

*Ich stehe gerade neben dem letzten schwedischen Premierminister.*

*Ich stehe gerade neben Hitler*, schreibe ich zurück.

*Bist du betrunken?*

*Na das ist eine Frage*, antworte ich.

Ich habe keine Zeit für eine Erklärung, weil ich lieber den Kampf im Ring verfolge und zuweilen einzelne Personen im Publikum verstohlen betrachte. Bei den *Vienna Harley Days* im Prater treffen verschiedene Rockerclubs aufeinander, in der Luft liegt eine gewisse Spannung, und die illustren Gäste wohnen gerade einem Thai-Boxkampf bei, den zwei Mitglieder eines neuen Clubs austragen.

Rechts von mir steht Werner und feuert einen der Kämpfer an, links von mir steht Hitler und ist still.

Hitler ist ein zwei Meter großer Wiener Hells Angel, und uns umgibt eine unsichtbare Sphäre scheuen Respekts. Einen riesigen Hells Angel, der tatsächlich Hitler heißt, wenn auch mit langem i, also Hietler, so jemanden kennt man auf der ganzen Welt. Als er vor fünfzehn Jahren nach einem schweren Motorradunfall im Krankenhaus aufwachte, saß Sonny Barger an seinem Bett. Für Hietler the Legend unterbricht sogar der Gründer der Hells Angels seine Europatour und kommt nach Wien.

*Bist du in einem Museum oder wie?*, schreibt Daniel.

Ich frage mich, ob ich lieber in einem Museum, neben dem letzten schwedischen Premierminister oder neben Hietler stehen würde. Die Entscheidung fällt zugunsten Hietlers. Ob neben dem Engel oder dem echten Hitler wäre eigentlich egal, den echten könnte man immerhin gleich anzünden oder auf eine andere Art zu Tode foltern, wo-

hingegen der Engel ein sehr angenehmer und umgänglicher Mensch zu sein scheint. Wenigstens solange man ihn nicht reizt. Aber das trifft auf viele angenehme und umgängliche Menschen zu.

Das Kind könnte langsam Hunger haben. Ich reiße mich von dem Spektakel auf der Bühne los, besorge ein Paar Frankfurter und gleite durch eine Schar von Kuttenträgern zu dem Tisch, an dem das Kind mit dem Präsidenten sitzt. Das heißt, sie sitzen nicht mehr da, denn Helmut, der Präsident der Wiener Hells Angels, bringt gerade mit großer Geduld dem Kind das Hochradfahren bei. Das Kind kreischt, der Präsident lacht. Dann kracht das Kind beinahe in ein paar blankgewienerte Harleys am Straßenrand, der Präsident rettet es im letzten Augenblick, und ich hole lieber noch ein Paar Würstel. Danach stelle ich mich für den Präsidenten, der während seiner Aufsicht über die Kunststücke des Kindes von allen Seiten ehrerbietig gegrüßt wird, an der Bierbar an.

Daniel: *Ich meine, magst du mir jetzt obige Nachricht erklären, oder soll ich annehmen, daß du was Seltsames gegessen hast?*

Ich weiß gar nicht, was ich da antworten soll. Ich esse dauernd Seltsames. Auswirkungen merke ich keine. Ich war immer schon so. Ich war immer der, der ich bin, nur hat sich das Möglichkeitsspektrum meiner Unternehmungen vergrößert.

Nebenan lässt einer sein Motorrad aufröhren. Am Stand der Angels kaufen junge Männer Supporter-Utensilien. Die 81 steht für den achten und den ersten Buchstaben im Alphabet, H. A., Hells Angels, und die 81 prangt auf den Sweatern und den T-Shirts. Das Kind kommt, es will auch ein T-Shirt. Ich gebe ihm das Geld und warte weiter auf das Bier. Dabei frage ich mich, wie das Hells-Angels-Supporter-Shirt in seiner Alternativschule ankommen wird.

# WIEN

Es ist monströs heiß. 37 Grad und mehr, seit Tagen. In der Nacht sind es in meiner Wohnung 35 Grad. Ich kann in diesem Loch sowieso kaum schlafen, aber jetzt geht es nicht einmal mehr mit Xanor. Ich bin immerzu knapp vor einem Kreislaufkollaps. Mein Herz rattert schon, bevor ich mir zu Mittag mit einer kleinen Straße den kaputten Morgen saniere.

Drei SMS von meinem Vater:

*Oft fährst du in den Wald. Dort suchst du Wildschweine, um mit ihnen zu tanzen.*

*Du allerletzte Wildsau!*

*Du bist im Wald und hast eine Lesung. Viele Schweine sind da. Deine Tanzpartnerin, die rosa Sau, hat das organisiert. Nachher gehst du zu Massimo essen. Du bringst eine Sau für Massimo mit, er will auch mit einer tanzen.*

Dann kommt auch noch ein Foto, das er von mir gemacht hat, als ich das letzte Mal bei ihm auf der Couch geschlafen habe. Ich sehe fürchterlich aus. Er fotografiert mich leidenschaftlich gern, wenn ich mit offenem Mund und verquollenem Gesicht irgendwo schnarche. Ich ihn natürlich auch. Leider sieht er nie so schlimm aus wie ich. Besser werden die Ergebnisse, wenn er auf FaceTime Gesichter schneidet und ich heimlich Screenshots mache, die ich ihm dann schicke.

Am Nachmittag esse ich mit Ela bei Massimo. Wegen der SMS meines Vaters muss ich mir vorstellen, wie Massimo mit einer bekleide-

ten Sau tanzt. Immer wieder kichere ich, ein paarmal lache ich wie aus dem Nichts laut heraus, weil ich das ungleiche Paar im Lokal Walzer tanzen sehe. Ela und Massimo fragen, was los ist, aber das kann man ja niemandem erzählen.

Ela hat schon wieder Geschichten über mich auf Lager. Diesmal erzählt sie mir von einem Abend mit einer Theaterdirektorin und deren Mann, von dem mir nur Momentaufnahmen geblieben sind, über den Ela jedoch von einer befreundeten Verlegerin alles erfahren hat. Sie erzählt stockend, weil sie lachen muss.

»Ela, bitte.«

»…«

»Bitte.«

»…«

»Bitte mach's kurz.«

Jedes Mal, wenn jemand in den Gastgarten kommt, schwankt der Bretterboden unter uns, und mir wird schlecht. Ich will dagegen Wasser trinken. Als ich zum Glas greife, zittert meine linke Hand. Meine linke Hand zittert mittlerweile immer, ob ich gekokst habe oder nicht. In der Früh habe ich mir in der Apotheke Neurobion besorgt, das ist angeblich gut für die Nerven. Ich habe gleich zwei genommen. Bislang keine Wirkung.

Massimo kommt mit Grappa und bringt mich damit auf meinem Stuhl so zum Hüpfen, dass ich gleich neben den Tisch kotzen könnte. Er macht einen Witz. Ich lächle gequält.

»Ihm ist schlecht«, lacht Ela.

»Er ist schlecht«, sagt Massimo.

Ich bestelle noch einen Schnaps, weil alles egal ist.

»Willst du es hören oder nicht?«, fragt Ela.

»Ich weiß nicht«, antworte ich.

»Du hast dich schon bei Tisch danebenbenommen, aber man kennt dich ja, das haben sie nicht so schlimm gefunden.«

»Was heißt denn danebenbenommen? Und was heißt nicht so schlimm gefunden, bitte schön …«

»Deine Theateragentin war ja auch da, wer ist das noch mal …«

»Meinst du Maria?«

»Genau, die hat eine Assistentin, und die hast du begrabscht.«

»Begrabscht?«

»Die ganze Zeit. Bis sie gesagt hat, das steht nicht in ihrem Dienstvertrag.«

Ich reibe mir das Gesicht. Der nächste doppelte Grappa kommt. Ich trinke ihn auf ex. Ich könnte noch einen vertragen.

»War's das?«

»Das war noch gar nichts. Sie haben dich zurück nach Wien mitgenommen. Der Mann der Theaterdirektorin ist dir nicht schnell genug gefahren, hahaha … Er ist vermutlich eh schnell gefahren, aber …«

»Nein!« Daran erinnere ich mich plötzlich, an dieses Herumgegurke. »Er ist wirklich absurd langsam gefahren.«

»Hahahahahaha! Hahahahaha!«

»Kommt noch was?«

»Hahahaha! Hahahahahahahaha …«

»Ach, Ela.«

»Du hast ihn aus dem Nichts angebrüllt: ›LASS SOFORT MICH ANS STEUER, DU FÄHRST WIE EINE SCHWUCHTEL!‹ Hahahahahahaha …«

»Das ist doch nicht dein Ernst!«

»Hahahahahaha.«

»Entsetzlich.«

»Er hat ganz ruhig erwidert, dass du in deinem Zustand eher nicht mehr fahren solltest. Ein paar Minuten Ruhe. Dann hast du wieder plötzlich losgebrüllt: ›ICH HALT DAS NICHT AUS! DU FÄHRST WIE EINE SCHWUCHTEL! WEISST DU WAS? WAHRSCHEINLICH BIST DU AUCH EINE!‹«

»Bitte, Ela. Das kann doch nicht …«

»Und er, ganz cool, reagiert gar nicht, fährt stoisch weiter.«

»Ich hätte mich rausgeschmissen.«

»Du hättest vorher noch …«

»Jajaja, Ela, sag, war es das jetzt?«

»Nein. Hahahahahahaha ...«

»ELA!«

»Wieder eine Weile Ruhe. Und dann brüllst du doppelt so laut wie davor: ›GAS ENDLICH AN, DU SCHWUCHTEL, ES WIRD ZU SPÄT, ICH MUSS AM STEPHANSPLATZ KOKS KAUFEN!‹«

»Mein Gott.«

»Hahahahahaha ...«

»Wieso eigentlich dauernd Schwuchtel, was soll denn das, habe ich das wirklich gesagt? Mir doch egal, ob einer schwul ist oder sonst was!«

»Hahahahaha, GAS ENDLICH AN, DU SCHWUCHTEL, hahahahahahahaha ...«

Nach dem Essen macht sie mir Vorwürfe wegen meines Lebenswandels. Darauf kann ich nicht viel sagen. Ich höre ständig, dass ich drauf und dran bin, mich umzubringen, und dass ich das lassen soll. Was erwarten die Leute? Dass ich sage, nein danke, ich finde es ganz angenehm so? Als ob jemand wie ich nicht genau wüsste, woran er mit sich ist.

Werners Moratorium den 4. Bezirk betreffend scheint aufgehoben. Er stellt den Wagen bei Massimo um die Ecke in die Parkgarage und trampelt über den Bretterboden des Gastgartens wie ein Stier auf die Brückenwaage, so dass mein Schnaps überschwappt und ein kleines Mädchen vor dem Nebentisch umfällt. Er trägt Hemd und Anzug, kommt also direkt aus der Kanzlei. Er bestellt sich viel zu trinken.

»Hast du das Buch dabei?«, fragt er.

»Welches Buch? Ach so. Tut mir leid, wusste nicht, dass wir uns heute sehen.«

»Macht nichts. Das nächste Mal.«

»Ich hol's.«

Zum Glück wohne ich ja nur ein paar Meter entfernt. Als ich mich mit einem Exemplar von *Ignaz oder Die Verschwörung der Idioten*, natürlich in der alten Übersetzung, wieder in Massimos Gastgar-

ten schleppe, ist Werner am Telefonieren. Er winkt mir und hält mir sein Handy hin.

»Ja?«

»Ja hallo! Wie geht es dir? Ich freue mich sehr, dich zu hören!«

Eine Frauenstimme. Ich erkenne sie nicht. Ich mache Werner ein Zeichen, aber der ist mit seinem Grappa beschäftigt. Offenbar meint er, ich weiß, mit wem ich rede.

»Danke, gut! Wie geht es denn dir?«

Wer könnte das sein, wer könnte das sein, woher kenne ich die Stimme?

»Mir geht es gut. Wann kommst du mich wieder einmal besuchen?«

»Hmmm ... Ja, wann hast du denn Zeit?«

Werner schlägt die Hände vors Gesicht.

»Wann kannst du denn?«, fragt die Frau.

Ich bemühe mich mit aller Kraft, endlich die Situation zu begreifen. Was wird gerade von mir erwartet? Wieso schaut Werner so komisch?

Er schreibt auf einen Zettel: ESTI.

»Oh, ah, ja, ich komme gern, hm, sagen wir Donnerstag?«

»Donnerstag, 14 Uhr?«

»Wunderbar! Ich gebe dir jetzt wieder Werner ... alles Gute bis dahin!«

Werner wischt sich Tränen aus den Augen. Er beendet das Gespräch mit ein paar aufmunternden Sätzen.

»Eine Lebenslängliche fragen, wann sie Zeit hat!«, ruft Werner. »Du Genie!«

»Das nächste Mal bist du so freundlich und verrätst mir, mit wem ich rede!«

Werners Spaghetti Bolognese kommen. Er ist ja nicht so der Typ für *Pollo alla cacciatora* oder auch nur *Spaghetti spigola*, er ist der Schnitzel- und Bolognesetyp.

Gierig schiebt er sich die Gabel mit den dampfenden Nudeln und der Sauce in den Mund. Er zuckt zurück.

»Magma!«, brüllt er.

Die Leute ringsum starren. Die einen uns an, die anderen stumm vor sich auf den Tisch.

Während unserer Unterhaltung schaufle ich mir unter dem Tisch Koks in die Nase. Wenn man geübt ist, geht das schnell, und keiner merkt's. Nicht einmal Ela und Werner bekommen etwas davon mit. Bei Ela weiß ich eigentlich nicht, wieso. Bei Werner ist es augenfällig.

Dschingis Khan sitzt mir drei Stunden lang gegenüber beim Grappa. Als der Vollmond aufgeht, leuchten seine Augen.

»Die Trinkersonne!«, ruft er.

Ich schreibe David Schalko eine SMS, ob er nicht herkommen will. Er ist natürlich nicht in Wien, er dreht irgendwo einen Film. Auch Helen ist nicht in der Stadt, die liest den Menschen in Mannheim aus ihrem neuen Roman vor. Schade. Ich freue mich immer, wenn meine anderen Freunde auf Werner treffen, man sieht ihnen an, dass ihnen so etwas noch nie untergekommen ist und sie nicht recht wissen, was sie dazu sagen sollen.

Werner will mit Karte bezahlen. Er findet sie nicht. Ich erinnere ihn daran, dass er den Wagen in der Garage abgestellt hat, in die man nur mit Kreditkarte einfahren kann.

»Der Automat!«, schimpft er. »Er hat sie geschluckt!«

»Das ist doch kein Geldautomat«, sagt Ela.

»Na wo ist sie denn sonst? Er hat sie geschluckt!«

»Vorhin warst du fast nüchtern, das hättest du gemerkt.«

»Also worauf willst du jetzt eigentlich hinaus?«

»Dass die Karte nicht weit sein kann«, sagt Ela. »Vielleicht liegt sie im Auto.«

Er springt auf, soweit man das bei jemandem seiner Körperform sagen kann, und nimmt Kurs Richtung Parkgarage. Als die Bretter unter mir nicht mehr beben, bitte ich Ela, kurz auf unsere Sachen aufzupassen, und folge ihm. Auf dem Weg mache ich einmal halt,

um mir in einem Hinterhof eine Straße zu legen. Eine alte Frau sieht mich in genau dem Moment, als ich mir vom Betonrand eines Blumenkastens das Koks in die Nase ziehe. Sie dirigiert ihren Dackel mit gurrenden Lauten zur Haustür.

Ich sitze noch eine Weile im fremden Hinterhof, schaue zum Himmel, genieße den Rausch. Es ist eine Welle, die alles überspült

alles

Werner steht wie ein ausgesetzter Märchengnom vor der Tür zur Parkgarage und tastet seine Taschen ab.

»Was ist los?«, frage ich.

»Die Tür geht nicht auf.«

»Aber was suchst du gerade?«

»Meine Kreditkarte. Man braucht eine Kreditkarte, für den Zugang.«

Ich frage, wieso er seine Karte nicht hat. Keine Antwort. Ich halte meine eigene Kreditkarte an den Scanner. Die Tür springt schnarrend auf. Werner stampft abwärts, Sekunden darauf hat ihn die Dunkelheit verschluckt. Ich gehe ihm nach. Hinter mir fällt die Tür ins Schloss.

»He!«, brüllt er.

Bis ich den Lichtschalter finde, zerstöre ich jede Menge Spinnennetze, aber in meinem Delirium ist mir das egal. Irgendwo unter mir höre ich von Werner ausgelöste Geräusche, die wie das Schaben einer Maus klingen. Ich höre ihn auch schnaufen.

Endlich flammt über mir eine traurige Glühbirne auf. Werner seufzt erleichtert. Er findet die Tür zum Parkhaus, in dem es herrlich kühl ist. Sein Auto findet er nicht.

»Ich weiß die Autonummer nicht«, sagt er immer wieder. »Vorne ein W und hinten ein W, aber die Zahlen dazwischen weiß ich nicht.«

»W passt bei dir«, sage ich.

»Ich verstoße dich«, sagt er, »egal wo ich dich treffe, hinterher ist das Auto weg.«

»Da steht es ja!«

Ich bin sehr stolz, dass ich das Auto erspäht habe. Werner sperrt auf, öffnet die Tür, zögert. Er schlägt sich gegen die Stirn

»Wegen der Karte …«

Er beginnt im Wageninneren zu suchen. Ich weiß nun auch wieder, warum wir hier sind, und leuchte mit der Taschenlampe meines iPhones den Garagenboden ab. Pfiffig suche ich genau auf der Strecke, die Werner genommen haben muss, als er die Garage zu Fuß verlassen hat. Ich finde aber nichts.

Als ich mich umdrehe, um Werner die schlechte Nachricht zu überbringen, setzt sich sein BMW in Bewegung. Ich begreife nicht, was da vor sich geht, und kann ihn nicht warnen. Gebannt sehe ich zu, wie der Wagen mit offener Fahrertür losrollt. Werner sucht wohl gerade im Fußraum des Beifahrers nach seiner Karte, denn man sieht nur seine dicken Unterschenkel und seinen Hintern auf der Seite aus dem rollenden Wagen ragen. Als der BMW mit einem hässlichen Geräusch gegen die Garagenwand prallt, werden Unterschenkel und Hintern durchgerüttelt.

»Scheiß Automatik!«, dröhnt es aus dem Auto.

Nachdem Dschingis Khan von seiner Frau abgeholt worden und Ela nach Hause gegangen ist, fehlt mir jedes Korrektiv. Irgendwann geht das Koks zur Neige, also verlagere ich das Gewicht meiner Bemühungen, mich möglichst schmerzlos der Wirklichkeit zu entreißen, mehr und mehr auf den Grappa. Das führt mich von Lokal zu Lokal, wo ich mit einiger Wahrscheinlichkeit den Trottel abgebe.

Bewusstseinsfetzen.

Bilder.

Licht an, Licht aus. Mal bleibt es länger an.

Bett. Hitze.

Eine Frau, mit der ich gerade Sex habe, hebt den Kopf, um zuzusehen, wie mein Schwanz rein- und rausgeht. Kurz darauf fragt sie:

»Wieso schauen wir uns da eine UFO-Sendung an?«

Im Licht der ersten Sonnenstrahlen schleife ich mein Doppelmesser.

Im Bett liegt eine Frau, die ich nicht kenne. Ich sitze nackt am Schreibtisch und höre ihr Schnarchen. Ich schäme mich und ekle mich an. Es ist kein Koks mehr da, auch kein Alkohol. In meinem Kopf wird es von Minute zu Minute klarer.

Der große Zombie kommt.

Der Körper, bebend, schwitzend, stinkend. Die Gedanken, allesamt schwarz. Die Angst. Der Wunsch, allein zu sein, ohne diesen Menschen dort drüben. Warten, dass es besser wird. Ein, zwei, drei Xanor. Die Beine zittern, die Finger wollen sich in das Holz des Schreibtisches krallen. Ich atme durch den offenen Mund. Ich zucke.

Unglaublich, denke ich, die drei Monate in den USA waren drei Monate. Die drei Monate hier seitdem waren vier Wochen. Ich kann mich alles in allem höchstens an vier Wochen erinnern.

Ich verwüste mein Leben. Ich blase meine Tage in einen Ventilator. Nichts bleibt von ihnen. Was für ein Verbrechen an mir selbst.

Nach einer halben Stunde wird es im Kopf ein klein wenig hell. Ein Türspalt von Hoffnung, dass alles doch noch gut wird. Es ist das Xanor. Meine Psychoantibiotika. Meine *last line of defense*.

Ich lege mich vorsichtig neben die Frau, bemüht, sie nicht zu wecken, schalte den Fernseher wieder ein und lasse leise eine Folge von *Invasion der Aliens* laufen.

# WIEN

Beata läutet um acht. Es dauert einige Zeit, bis ich es merke. Ich öffne ihr in Unterhosen. Sie versteht kaum Deutsch, also lasse ich unbestimmt die Hand kreisen und krächze:

»Alles, bitte.«

»Und bitte nehmen Sie sich Kaffee oder was immer Sie sonst möchten«, füge ich so freundlich wie möglich hinzu.

Nicht gönnerhaft. Freundlich. Menschen, die mit Taxifahrern, Kellnern, Reinigungskräften und anderen vermeintlich niedriger gestellten Personen nachlässig oder gar grob umgehen, verraten damit viel über ihren Charakter.

Die Putzfrau nickt lachend, als ich erst aufs Bett und dann auf mich zeige. Sie kennt das schon. Ich lege ihr das Geld hin, sage danke, werfe mich aufs Bett und sinke wieder ins Koma.

Gegen Mittag wache ich auf, weil jemand schreit. Erst denke ich, der Fernseher, doch der zeigt nur Schnee, vermutlich hat Beata wieder das Modemkabel herausgerissen. Der Lärm kommt von draußen.

Ich ziehe mir etwas über und öffne die Tür einen Spalt. Die Nachbarin. Sie steht mit einem halb zerfetzten Paket in der Hand auf dem Gang. Es ist nicht einmal ihre eigene Wohnung, an deren Tür sie rüttelt.

Sie kreischt, wie ich sie noch nie kreischen gehört habe. Es sind schrille hohe Laute wie die eines Tiers. Ich bekomme eine Gänsehaut.

Ich nehme den Ersatzschlüssel vom Haken. Beim Rausgehen nicke ich ihr vorsichtig zu, um sie nicht zu erschrecken. Ich schließe ihre Wohnung auf.

»Kommen Sie, hier geht's lang. Hier wohnen Sie. Da ist Ihr Elefant, erinnern Sie sich?«

In der Wohnung sieht es nicht gut aus. Es könnte schlimmer sein, keine Frage, aber man merkt, dass sich nicht täglich jemand um die Frau kümmert. Ich schiebe ihr seltsames Paket in ein Regal, in dem alte Fotoalben stehen, die ich ihr ab und zu zeige, ohne sie damit für länger als eine Minute in die Wirklichkeit zurückzuholen. Ich mache ein bisschen sauber und wasche ab, dann lege ich die Mario-Lanza-Platte auf.

Dem leeren Blick der Frau weiche ich aus. Ich habe ein schlechtes Gewissen. Ich weiß gar nicht, warum. Aber es sind viele Gründe, so viel weiß ich.

Beata hat meinen Saustall wieder einmal in eine Stube verwandelt, in der man sich fast wohl fühlen könnte, wäre da nicht die Hitze und wäre sie dreimal so groß. Ich fühle mich viel besser als am Vortag. Ordnung schafft Harmonie, Harmonie schafft Zutrauen. Wenn es einem schlechtgeht, muss man die Wohnung aufräumen. Ich schicke Beata eine SMS, in der ich mich noch einmal extra bedanke.

Nach dem Frühstück, das aus einer alten Banane besteht, nehme ich mein Tablettenmüsli. Ich rufe Mails ab, durchsuche mein Handy nach Nachrichten, an die ich mich nicht erinnere, kontrolliere den Fotospeicher und stelle nach dieser Patrouille durch mein virtuelles Leben erleichtert fest, dass gestern offenbar wirklich nichts, absolut nichts Peinliches passiert ist.

Das könnte ein schöner Tag werden. Am Nachmittag habe ich meine WingTsun-Stunde bei Matthias, am Abend kommt das Kind.

Es ist so heiß.

Ich würde gern arbeiten, aber davor brauche ich einen nüchternen Tag. Nach einem nüchternen Tag fällt es mir leicht zu arbeiten und leichter, nüchtern zu bleiben. Dem steht auch fast nichts entgegen. Wenn da nicht der Teller wäre.

Ich habe nämlich einen Teller voller Koks im Regal. Ich habe alles, was ich hatte, auf einen Teller geschüttet, weil das so hübsch

aussieht, so verlockend und schön. Und es ist verdammt schwer, mit einem Vier-Gramm-Kokshügel im Regal stark zu bleiben.

Ich kann ihn ja mal anschauen, denke ich.

Im Regal:

Nichts.

Das heißt, natürlich ist da etwas. Da stehen Gläser, Tassen und Teller. Auch der Koksteller ist da, es ist der Bauernteller, den ich mir in Tallinn gekauft habe. Doch Koks ist keines da. Beata hat abgewaschen.

Erst glaube ich es nicht. Dann bin ich fassungslos. Dann wütend. Dann muss ich lachen.

WIEN

–
–
–
–
–
–
–
–
–
–
–
–
–
–
–

# WESTSTEIERMARK

Am Sonntagvormittag fahre ich mit dem Bus meinen Opa besuchen. Eine Stunde Fahrt, mir wird nach drei Hügeln schlecht. Vielleicht liegt es diesmal nicht nur an den Kurven und dem Auf und Ab. Ich bin in einem Auftrag unterwegs, der mir im Magen liegt. Ich will nicht daran denken, aber er spukt in meinem Hinterkopf herum.

Auf der Straße vor dem Haus meines Opas sehe ich die, die ich nicht sehen will. Andere Jungs, um einiges älter als ich, mit denen ich in dem Jahr, als ich bei meinem Opa gewohnt habe, immer Schwierigkeiten hatte. Getan habe ich ihnen nie etwas, aber das hat diese imbezilen Tölpel nicht daran gehindert, über mich herzufallen, manchmal sogar mit Steinen oder Fahrradketten. Die Zeiten sind zum Glück vorbei, sie tun mir nichts mehr, doch für ein paar Schimpfworte reicht es immer noch.

Mein Puls beschleunigt sich. Sie bleiben auf der anderen Straßenseite. Kurz bevor hinter mir die Haustür zufällt, höre ich noch ein höhnisches »Drecksjugo!«.

Als ob der eine oder andere von diesen Affen nicht auch einen Vater oder eine Mutter aus dem Ausland hätte. Aber die sollen mir den Buckel runterrutschen. Worte sind ja keine Steine.

Mein Opa umarmt mich. Ich spüre, wie sehr er sich freut, mich zu sehen. Ich muss sofort mit ihm Schach spielen. Was ich gern tue. Er war mein erster Lehrer, und er spielt heute noch gut.

Wir blitzen die ersten Partien nur so herunter, nebenbei necken wir uns und tauschen Neuigkeiten aus. Als er mich fragt, wie es mir geht, sage ich nicht viel. Ich erzähle von der Schule. Erwachsene

sind froh, wenn sie etwas über die Schule zu hören kriegen, und fragen nicht weiter nach.

»Was ist denn das da?«, frage ich zwischen zwei Partien.

»Was? Ach, eine alte Zeitung. Die Handwerker haben mir drinnen einen neuen Türrahmen gemacht, und die war unter dem alten Rahmen, wahrscheinlich als Dämmmaterial.«

Es sind tatsächlich ein paar Seiten einer alten Zeitung.

»Das ist ja unglaublich!«, rufe ich. »Schau! Die alte Schrift! Die ist … Moment, da steht es, die ist vom April 1971!«

»Ja ja. Jetzt zieh!«

Alte Sportberichte. Das Fernsehprogramm. Todesanzeigen, normale Anzeigen. Ein Wetterbericht.

Eine Zeitkapsel.

Das, was ich da lese, ist gedruckt worden, als ich noch nicht geboren war. Das, worüber ich hier lese, ist vor meiner Geburt geschehen. Und all die Jahre, seit ich diese Wohnung kenne, war diese Zeitung in einem Türrahmen versteckt. Direkt neben mir.

»Was ist los, spielen wir Schach oder nicht?«

Wer weiß, was noch alles um mich herum versteckt ist. Überall, wohin ich komme. Überall Zeitkapseln.

»Da steht nichts Neues drin«, sagt mein Opa. »Ziehst du jetzt einmal?«

»An deiner Stelle würde ich mich auf den Zug nicht freuen«, sage ich.

Nach der zehnten Partie mache ich mich auf der Couch breit. Ich kann die Zeitung nicht aus der Hand legen.

Am meisten haben es mir die Fußballergebnisse angetan. Die 1. Division hieß damals noch Nationalliga. Austria Wien gegen Rapid, Sturm gegen VÖEST Linz, GAK gegen Vienna. SC Eisenstadt gegen Donawitzer SV Alpine, Wiener Sport-Club gegen SK Bischofshofen, SC Simmering gegen SSW Innsbruck. Manche Vereine spielen längst nicht mehr in der 1. Division.

Die Namen in den Mannschaftsaufstellungen sagen mir nichts.

Ich kenne die Schiedsrichter nicht, und ich staune darüber, dass das Wetter während des Spiels neben dem Ergebnis steht.

Und die Schrift. Ein fremder Druck. Auf dem Couchtisch liegt eine Ausgabe dieser Zeitung vom heutigen Tag, sie sieht völlig anders aus. Was ich da in der Hand habe, fühlt sich an wie ein Relikt aus dem Mittelalter.

Ich döse ein. Halb nehme ich das Pfeifen meines Opas wahr, der sich in der Küche um das Abendessen kümmert. Dieses Pfeifen kenne ich gut. Es erinnert mich immer an den Zweiten Weltkrieg, genauer gesagt, an die Geschichten meines Opas über den Krieg. Was das Pfeifen mit dem Weltkrieg zu tun hat, weiß ich nicht.

Die Stimmung im Raum ist wie immer. Seit ich denken kann, riecht es hier so wie jetzt. Nichts hat sich verändert. Sogar die Stille klingt gleich. Ich entspanne mich. Alles ist so weich–

Keine Ahnung, wie lange ich geschlafen habe. Es ist Nachmittag. Von meinem Opa kein Laut. Doch, nun dringt sein regelmäßiges Schnaufen aus dem Schlafzimmer. Um diese Zeit hält er sein Schläfchen.

Im Fernsehen läuft ein Formel-1-Rennen. Niki Lauda führt. Ich überlege, ob ich meinen Opa wecken soll, der ein großer Niki-Lauda-Fan ist. Aber besser, er schläft. So jung ist er nicht mehr, und ich will, dass er mir möglichst lange bleibt. Von mir aus dürfte er ruhig ewig leben.

Mein Auftrag fällt mir ein, und mir wird kalt.

Nein. Jetzt nicht.

Ich schaue ins Schlafzimmer. Er schläft tief. Ich nehme den Schlüssel und gehe runter auf die Straße.

Es ist der letzte Sonntag vor dem Schulbeginn, die Ferien sind zu Ende. Die Blätter in den Bäumen verlieren schon ein wenig Farbe.

In ein paar Tagen sehe ich M. wieder. Was wird passieren? Wird etwas passieren? Hat sie sich verändert? Wird sie sich mir gegenüber anders verhalten?

Ich schlendere umher. Halb hoffe ich, einen meiner früheren Spielkameraden zu treffen, halb ist mir davor bange. Ich glaube, ich

habe Angst, dass mir die Begegnung weh tut. Weil ich weiß, dass ich am Abend nicht mehr da bin. Außerdem kann ich mit meiner Hüfte nicht Fußball spielen. Und selbst wenn, ich müsste irgendwann mitten im Spiel weg.

Ich denke an meinen Auftrag und kriege auf der Stelle Magenschmerzen.

Auf meinem Streifzug komme ich an einer Kirche vorbei. Meine Familie ist nicht katholisch, daher war ich nie drin. In diesem Augenblick fühlt es sich jedoch richtig an, hineinzugehen, ich weiß nicht, warum.

In der Kirche ist es kühl und totenstill. Der Weihrauchgeruch nimmt mir beinahe den Atem. Er ist schwer und einschüchternd. Fast hätte ich gleich wieder kehrtgemacht, doch etwas hält mich unter den Bögen neben dem Weihwasserbecken fest.

Ich sehe keine Menschenseele. Fahles Licht liegt auf den Holzbänken vor mir, nur an den Seiten gießt die Sonne kleine Goldflecken auf den Steinboden.

In einer Ecke brennen zahlreiche Kerzen, manche größer, manche kleiner. Manche sind nur noch Stummel und flackern nervös, als wollten sie sich gegen ihr eigenes Ende stemmen. Dahinter ragt eine Figur der Jungfrau Maria aus der Wand.

Offenbar beten Menschen zu ihr. Das verstehe ich nicht, ich rede bloß zu Gott hinauf. Ob die auch etwas hört, vorausgesetzt, es ist überhaupt jemand da, der etwas hört? Ich sollte vielleicht doch den Religionsunterricht besuchen. Oder ich kaufe mir ein Buch darüber.

Wieso ist hier eigentlich kein Mensch? Es ist doch Sonntag.

Und was mache ich hier?

Ich weiß es nicht.

Aber vielleicht hilft es, irgendetwas besser zu machen.

Als ich mich umschaue, entdecke ich an einer Säule Ritzereien und Aufschriften. Mit Filzstift hat jemand um Heilung gebeten, es sind fürchterliche Rechtschreibfehler in den Sätzen. Ein anderer wünscht sich die Liebe einer Ulla. Jemand betet für einen Toni. Andere bitten nur, beschützt oder beachtet zu werden.

Ich streife durch die Kirche. Das Holz knarrt, als ich auf eine Bank rutsche.

Diese Stille. Nicht unheimlich. Aber sie hallt in mir wider.

Ich sitze da. Zweimal höre ich, wie die schwere Tür auf- und zugemacht wird. Ich drehe mich nicht um.

Ich denke über mich und mein Leben nach. Eigentlich ist es kein Nachdenken, ich bewege mich von Bildern zu Gefühlen und wieder zurück. Das Ergebnis ist etwas Dunkles und Bedrückendes.

Ich schleiche zurück zur Säule. In der hintersten Bank sitzt eine Nonne. Sie nickt mir zu, ich nicke zurück. Ich freue mich, dass sie mich angesehen hat. Kurz fühle ich mich irgendwo dazugehörig.

In meiner Hosentasche steckt immer ein Kugelschreiber. Den knipse ich an und aus, während ich überlege. Die Nonne dreht sich halb zu mir um. Ich höre mit dem Geklicke auf.

*Lieber Gott, bitte mach, dass bald alles besser wird*, schreibe ich auf die Säule.

Eine konkretere Formulierung fällt mir nicht ein.

Am frühen Abend, während mein Opa das Essen aufwärmt, mache ich mich an meinen Auftrag. Es ist nicht schwer, ich kenne ja den Ort, an dem er mein Sparbuch aufbewahrt. Fast geräuschlos öffne ich den hölzernen alten Schrank, weil ich genau weiß, wie weit man die Tür aufmachen darf, ohne dass sie knarrt.

Das Sparbuch liegt unter einigen Dokumenten. Ich nehme es an mich. Ich spüre, wie mein Herz das Blut schnell durch meine Schläfen pumpt. Mir ist flau im Magen.

Ja, das ist mein Geld, mein Opa spart es für mich. Und ich nehme es nicht für mich. Trotzdem fühlt es sich nicht richtig an. Ich mag meinem Opa nicht in die Augen schauen und dieses Sparbuch eingesteckt haben. Aber ich muss. Uriella sagt, sie braucht es dringend, und sie gibt es mir ganz bestimmt wieder. Vielleicht gelingt es mir, das Sparbuch in den Schrank zurückzulegen, ehe mein Opa es vermisst. Vielleicht merkt er nicht einmal, dass etwas abgehoben und wieder eingezahlt wurde.

Nach dem Abendessen spielen wir eine letzte Partie. Als er einmal lange nachdenkt, schaue ich auf seine Halbglatze und denke daran, wie lieb ich ihn habe. Und daran, dass ich in der Nacht wach liegen und an dieses Schachbrett denken werde, an diese Kaffeetasse, an diese Brille, an ihn. Wenn ich wieder weit weg sein werde.

# TIROL

Die zehn Tage, die Marie im September freibekommen hatte, verbrachten sie in einem österreichischen Bergdorf. Ort und Hotel hatte sie ausgewählt. Die Berge waren nah genug, um täglich längere Touren zu gehen, und keinen Kilometer entfernt versteckte sich in einem Wäldchen ein See, dessen Wasser türkisblau war wie das karibische Meer. Seine Form erinnerte die beiden an das Becken des Rio Santos, wo sie sich kennengelernt hatten.

»Wenn wir alt sind, will ich hier wohnen«, sagte Marie.

Jonas nickte nur. So weit dachte er nicht. Er beschäftigte sich mehr mit der Frage, ob sie den Winter überleben würden. Doch solange Marie das Thema nicht aufbrachte, sagte er auch nichts. Er war viel zu glücklich mit ihr, als dass er Lust auf eine dieser angespannten Unterhaltungen über ihre Expedition gehabt hätte.

Er fühlte sich wohl in diesem Ort, der sich seit Jahrhunderten an einen schroffen Dreitausender schmiegte. Er war frei von jeder Unruhe. Er lag in der Hängematte und las, er ging mit Marie wandern oder bewältigte anspruchsvolle Klettersteige, er nahm an einer Segelregatta teil und wurde immerhin Sechster von zehn, er schwebte unter einem Paragleiter von einem Berghang bis in ein niedrig gelegenes Tal. Er spielte mit Marie Scrabble und Chenga, und er ließ sich von ihr zu Picknickwiesen chauffieren, die sie wer weiß wie gefunden hatte. Im Bett forderten sie einander heraus, jeder nahm sich, was er wollte, und danach lagen sie nebeneinander und schauten sich mit einem frechen und zugleich verschämten Grinsen an.

Schräg hinter dem Hotel, einer einfachen Frühstückspension, lag ein Friedhof, auf den beinahe den ganzen Tag die Sonne schien. Von seiner Hängematte aus hatte Jonas einen guten Blick auf die Gräber.

»Sofern an einem Friedhof etwas schön sein kann, ist das der schönste, den ich kenne«, sagte Marie und hielt ihm ein Glas Wasser hin.

»Das sieht der wohl ähnlich«, sagte Jonas und nickte in Richtung eines Jungen, der zwischen den Grabsteinen umhertrottete.

»Was macht der da?«

»Weiß nicht. Er ist jeden Tag hier.«

Am nächsten Tag, als der Junge wieder da war, tat Jonas so, als würde er ein Grab besuchen. Er musste den Jungen nicht ansprechen, dieser grüßte ihn scheu.

»Hallo«, sagte Jonas. »Ich habe dich schon ein paarmal hier gesehen.«

»Ich Sie auch.«

»Ich war ja noch gar nicht hier.«

»Da drüben, meine ich.«

Der Junge zeigte zum Hotel.

»Pflegst du ein Grab?«, fragte Jonas.

Der Junge zögerte.

»Nein.« Und nach ein paar Sekunden des Überlegens: »Ich bin nicht aus dem Ort.«

»Woher bist du denn?«

»Nicht von hier.«

Jonas lachte. »Sehr gut. Und was machst du auf dem Friedhof?«

»Was machen denn Sie hier?«

Jonas fiel keine passende Antwort ein. Der Junge nickte ihm ebenso scheu zu wie zuvor, riss einen Stängel Sauerampfer aus dem Boden und ging weiter, in einer seltsam gebückten Haltung, wie ein Greis.

Tags darauf erschien der Junge wieder. Jonas bestellte zwei Eisbecher und lief damit hinüber zum Friedhof.

»Schnell«, rief er, »sonst schmilzt es!«

»Das ist nicht sehr pietätvoll«, sagte der Junge. »Eis essen am Friedhof. Das habe ich noch nie gesehen.«

»Stimmt. Vielleicht setzt du dich ja mit mir nach unten ins Hotelcafé?«

»Und esse mit Ihnen ein Eis?«

Der Junge blickte ihn misstrauisch an.

»Spricht etwas dagegen?«

»Ich kenne Sie nicht. Und nichts für ungut, aber ich gehe lieber nicht mit fremden Männern Eis essen.«

Jonas lachte so laut, dass Marie auf der Terrasse aufstand und neugierig zu ihnen schaute.

»Das da oben ist meine Freundin. Ich bin kein Kindermörder.«

»Ich mag jetzt kein Eis. Aber danke.«

»Okay.«

Jonas stellte die Eisbecher auf einem Grabstein ab.

»Ich nehme an, das ist auch nicht sehr pietätvoll«, sagte er.

»Vermutlich nicht.«

Anders als am Vortag blieb der Junge vor Jonas stehen.

»Gehe ich dir auf die Nerven?«

»Nein.«

»Darf ich dich etwas fragen?«

»Ja.«

»Was tust du hier?«

»Ich gehe herum.«

»Das sehe ich, aber weshalb?«

»Keine Ahnung.«

Der Junge setzte sich in seiner Altmännerhaltung in Bewegung. Jonas ging neben ihm her.

»Wie alt bist du? Fünfzehn?«

»Dreizehn.«

»Und wie heißt du?«

Der Junge schwieg.

»Bist du mit Verwandten hier?«

Der Junge nickte.

Jonas löffelte sein Eis, ohne zu verstehen, warum er die Nähe des Jungen suchte.

Wie in einem Zwiegespräch mit sich selbst versunken schlich der Junge über den Friedhof. Vor manchen Gräbern verharrte er länger und betrachtete sie aufmerksam, ehe er den Kopf senkte und weiterzog. Er rupfte Gras aus, kickte Steine vor sich her, spielte mit einem Tennisball, den er offenbar stets bei sich hatte, ritzte mit seinem Taschenmesser etwas in den Holzzaun, der den Friedhof umsäumte, und ließ sich schließlich im Schatten einer Trauerweide auf einer Bank nieder.

Jonas setzte sich neben ihn.

»Ich gehe dir ja doch auf die Nerven.«

»Nein.«

»Du erinnerst mich irgendwie an mich, wie ich damals war.«

»*Sie* waren *so*?«, fragte der Junge ungläubig.

»Wieso denn nicht?«

»Weil ich noch keinen wie mich getroffen habe.«

Jonas lachte wieder. »Du bist aber ziemlich selbstbewusst.«

»Nein, so war das nicht gemeint.«

»Also wie denn?«

»Sie wirken nicht so, als wären Sie je so gewesen.«

»Wie, *so*?«

»Na, wie ich.«

»Was immer du damit meinst: Menschen verändern sich.«

»Ah ja?«

»Glaubst du nicht.«

»Weiß nicht. Wahrscheinlich schon.«

»Und wie bist du?«

Der Junge schwieg.

»Lass mich raten. Du bist einer, der sich gern auf Friedhöfen herumtreibt und viel allein ist.«

Der Junge nickte.

»So war ich auch.«

Der Junge, der in gekrümmter Haltung dagesessen hatte, richtete sich auf.

»Und wann sind Sie anders geworden?«

»Kann ich nicht genau sagen. Eigentlich bin ich nicht anders geworden. Ich bin bloß noch etwas anderes dazu geworden.«

»Und was?«

»Das kann ich auch nicht genau sagen. Aber es hat zu einem gewissen Ausgleich beigetragen. Es hat dem Gleichgewicht geholfen, wenn du verstehst, was ich meine.«

»Und woher kriegt man das?«

»Nur warten hilft nicht. Ich denke, man muss die Augen offen halten. Die Gelegenheit ergreifen, seinem Leben etwas Neues hinzuzufügen.«

»Und wie merkt man, ob etwas eine Gelegenheit ist?«

»Wenn man die Augen offen hält, merkt man das von allein.«

Der Junge schwieg.

»Wie sind wir jetzt da gelandet?«, fragte Jonas.

»Aber was ist etwas gutes Neues?«, fragte der Junge, als hätte er ihn nicht gehört. »Es gibt ja auch schlechtes Neues. Wie unterscheidet man das?«

Kinder stellen die intelligentesten Fragen, dachte er. Klar und direkt. Kinder sind einfach. Einfach ist am schwierigsten.

»Wäre gelogen, würde ich behaupten, mir da sicher zu sein. Aber ich glaube, man merkt das schnell, wenn man sich immer wieder fragt, ob einem noch gefällt, was man tut.«

Minutenlang fiel kein Wort. Aus dem angrenzenden Wald drang das Klopfen eines Spechts. Ein Kauz schrie. Wind schüttelte die Zweige der Trauerweide. Marie trat wieder auf den Balkon und winkte ihnen zu.

»Ich habe Angst«, sagte der Junge.

»Wovor?«

»Ich weiß nicht. Davor, was ich noch alles werde.«

»Wieso? Willst du das nicht?«

»Ja, schon. Angst habe ich trotzdem.«

»Wie ich dich einschätze, wird aus dir etwas Besonderes.«

»Das können Sie doch nicht sagen. Sie kennen mich ja gar nicht.«

»Das ist auch etwas, was bei mir dazugekommen ist. Ich kann Menschen ganz gut lesen.«

»Ich glaube, ich habe Angst, etwas Besonderes zu werden.«

Bis dahin hatten sie nebeneinander vor sich hin geredet. Nun drehte sich Jonas zu dem Jungen.

»Was sagst du da?«

»Ich sagte, ich weiß nicht, ob ich etwas Besonderes werden will. Ich glaube, ich würde ganz gern nichts Besonderes sein. Ich will ganz normal sein.«

»Das kann man sich leider nicht aussuchen.«

»Kann man sich denn irgendetwas aussuchen?«

Jonas lachte zum dritten Mal.

»Ja. Ja, das kann man durchaus.«

Der Junge knetete seinen Tennisball in der Hand und starrte auf den Boden.

Wer Kinder nicht mag, mag sich selbst nicht, dachte Jonas. Das ist etwas, was sich bei mir geändert hat. Früher hatte ich Angst vor Kindern. Da hatte ich Angst vor mir selbst. Jetzt mag ich sie, jetzt mag ich mich. Aber wieso mag ich diesen Jungen so gern? Was kann ich ihm geben? Kann ich ihm irgendwie helfen? Braucht er überhaupt Hilfe?

»Jetzt sag endlich, was machst du hier?«

»Gar nichts.«

»Aber du bist jeden Tag hier, du gehst von Grab zu Grab. Was suchst du?«

»Ich suche nichts. Ich lese die Inschriften auf den Grabsteinen.«

»Was interessiert dich daran?«

»Am meisten die Geburts- und Sterbedaten. Manche Leute sind schrecklich früh gestorben, manche wurden uralt. An viele erinnert sich bestimmt niemand mehr. Ich versuche mir vorzustellen, wie sie

gelebt haben. Was sie miteinander geredet haben. Da drüben zum Beispiel, ein Ehepaar, seit über fünfzig Jahren tot. Keiner weiß mehr, wie die gewesen sind. Hier liegen ihre Überreste. Sie waren mal lebendig, sie haben hier in der Gegend ihr Leben gelebt, sie sind über achtzig geworden, beide. Jetzt ist nichts mehr von ihnen übrig.«

»Aber vielleicht haben sie Kinder?«

»Auch dann ist nicht viel von ihnen geblieben.«

»Das sehen andere romantischer.«

Der Junge scharrte mit dem Schuh eine Furche in die Erde.

»Und was hast du dort in den Zaun geritzt?«, fragte Jonas.

Der Junge wand sich.

»Na? Was ist denn?«

»Das ist peinlich.«

»Wieso denn?«

»Weil es so blöd ist.«

»Kann ich mir nicht vorstellen. Was Ordinäres?«

»Nein! Nur meine Initialen und das Datum. Das mache ich oft. Ich stelle mir dann vor, wie ich nach Jahren wieder an diesen Ort komme und mich erinnere, wie ich damals da war und wie es gewesen ist.«

»Das kommt mir bekannt vor.«

»Wieso?«

Diesmal war es Jonas, der nichts sagte.

»Und Sie?«, fragte der Junge. »Sie machen hier Urlaub?«

»So ungefähr.«

Der Junge nickte. Marie winkte wieder vom Balkon. Sie tippte auf ihr linkes Handgelenk.

Der Junge stand auf.

»Ich glaube, Sie sollen zu Ihrer Freundin kommen.«

»Sieht ganz so aus.«

»Auf Wiedersehen.«

»Auf Wiedersehen. Vielleicht morgen.«

»Da bin ich schon weg«, sagte der Junge.

»Schade. Dann mach's gut.«

»Sie auch.«

»Mache ich bestimmt. Und du auch. Das spüre ich.«

Jonas war bereits am Friedhofstor, da rief ihm der Junge nach: »Danke!«

# WESTSTEIERMARK

»Bisschen spät«, sagt Baby, als ich meine Schultasche auf den Rücksitz seines Autos werfe.

»Tut mir leid. War nicht meine Schuld.«

»Das sage ich auch immer.«

Baby fährt los. Während der Fahrt ist er wortkarg. Von ihm geht eine unangenehme Stimmung aus. Er wirkt gereizt, unsicher, verwirrt.

»Alles in Ordnung?«, frage ich.

»Wieso sollte nicht alles in Ordnung sein?«

»Weiß nicht. Vielleicht, weil wir nicht zum Eisessen fahren.«

»Ich muss abnehmen. Wegen der Operation. Ich bringe dich direkt nach Hause.«

»Wann ist denn die Operation?«

»In drei Wochen.«

»In drei Wochen? Kann man in dieser Zeit viel abnehmen?«

Er sagt nichts. Als ich aussteige, nickt er nur über die Schulter nach hinten. Der Motor heult auf, die Räder drehen durch, der Wagen hinterlässt eine Staubwolke auf der Straße.

Auf dem Herd steht ein Topf. *Auf 2 schalten, umrühren, nach 15 Minuten fertig,* lese ich auf einem Zettel daneben. Ich hebe den Deckel an. Linsen. Na toll.

Ich nehme mir ein Milchbrot und ein Glas Saft. Ich suche die Zeitung. Ich finde sie im Schlafzimmer, auf der anderen Seite des Bettes. Daneben liegen Herrensocken. Auf dem Stuhl hängt ein Hemd.

Uriella hat einen neuen Freund. Er sieht zwar aus wie die Kreuzung aus einer Seegurke und einem Meerschweinchen, aber sie ist

ja auch keine Schönheit. Diesmal scheint der Begriff Freund sogar zu passen, denn sie kommt mit keinem anderen Mann mehr nach Hause. Allerdings kommt sie dafür manchmal so spät, dass ich nachts kaum schlafe, denn es fällt mir gar nicht ein, die Augen zuzumachen, wenn außer mir kein Mensch da ist. Ich spüre, dass ich nicht allein bin. Es sind Gespenster anwesend, ich weiß es. Gegen die könnte Uriella mir zwar vermutlich auch nicht viel helfen, aber ich habe trotzdem das Gefühl, ich bin weniger angreifbar, wenn jemand nebenan ist.

Mit der Zeitung setze ich mich in die Küche. Ich hole mir noch ein Milchbrot und noch ein Glas Saft. Als ich das Schachbrett aufbaue, läutet das Telefon. Es ist mein Vater. Er sagt, er kommt drei Tage später.

»Bleibst du dann drei Tage länger?«

Eine Sekunde Pause.

»Werden wir sehen.«

Manchmal möchte ich die Menschen anschreien. Ich bin nicht blöd, möchte ich schreien. Ich höre, was ihr nicht sagt.

Ich studiere Endspiele. Letzte Woche habe ich in der Mannschaftsmeisterschaft verloren, und zwar ein Turmendspiel, das locker zu halten, wenn nicht gar zu gewinnen gewesen wäre. Jetzt noch kriege ich Magenschmerzen, wenn ich daran denke. Die enttäuschten Gesichter der Kameraden. Wenn ich ein Meister werden will, muss ich mich im Endspiel gewaltig steigern.

Wenn ich ein Meister werden will, muss ich mich in allem gewaltig steigern.

Allerdings höre ich in letzter Zeit in mir eine Stimme, die sich fragt, ob ich überhaupt Schachgroßmeister werden will.

Sie ist leise. Meistens ignoriere ich sie. Nicht immer.

Am Abend nehme ich mir noch ein paar Scheiben Milchbrot. Ich bin müde. Ich rufe in den Lokalen an, in denen Uriella oft sitzt. Die Kellner, die abheben, sagen überall, sie sei nicht da.

Ich ziehe meine Geheimmappe unter der Matratze hervor. Uriella, Baby und Gott bekommen je einen Minuspunkt. Am Gesamtstand ändert das nichts. Suux führt, mein Opa ist Zweiter.

Es wird dunkel. Ich liege im Bett und höre Musik. Ich denke an M.

Lieber Gott, bitte mach, dass sie sich in mich verliebt.

Bitte mach, dass sich etwas ändert.

.

# WESTSTEIERMARK

Der Freund heißt Julius. Er ist Spengler. Ich weiß nicht genau, was das ist. Zu mir ist er extrem nett. Er hat mir gleich das Du angeboten. Er bringt mich manchmal zur Schule. Nach Hause fahre ich mit dem Bus. Baby lässt sich in letzter Zeit kaum noch blicken. Ich weiß nicht, was mit ihm los ist. Ob er schon im Krankenhaus liegt? Ich werde ihn besuchen, obwohl ich mit Krankenhäusern nichts Angenehmes verbinde. Meine Krücken bin ich erst vor kurzem losgeworden.

Ungefähr vor einem Jahr war es. Suux kam ins Krankenhaus. Sie stellten fest, dass sie drei Herzinfarkte gehabt hatte. Gemerkt hatte sie selbst davon nichts. Wie es so etwas gibt, weiß ich nicht, aber bei Suux hat mich noch nie etwas gewundert.

Jedenfalls erinnere ich mich noch an den Schock. Dieses entsetzliche Stechen in meiner Brust, als ich die Worte *Suux* und *Krankenhaus* hörte. Noch ehe ich wusste, ob es etwas Ernstes war oder ob sie sich bloß den Fuß verstaucht hatte, begann ich zu beten.

Ich erinnere mich auch an die Bushaltestelle vor dem Spital, an der ich ausstieg, sogar an das Gesicht des Busfahrers erinnere ich mich. Und vor allem an den Geruch, der mir beim Betreten des Krankenhauses entgegenschlug.

Es gibt keinen abscheulicheren Geruch als den von Krankenhäusern. So riecht der Tod. So riechen Verzweiflung, Schmerz und Hoffnungslosigkeit. Das machen die leidenden Menschen dort. Alle zusammen sorgen sie mit ihren Angstausdünstungen für diesen Geruch, die Krankenhausmitarbeiter kippen dann noch Desinfektionsmittel dazu. In der Luft liegt immer Furcht. Deswegen sind dort alle

schweigsam. Und wenn sie reden, reden sie leise. Um den Tod nicht aufzuscheuchen.

Ich erinnere mich genau an den Moment, als ich in Suux' Zimmer trat. Als ich sie da sitzen sah, mit ihrem vom Liegen zerwühlten Haar, das sie sonst so penibel bürstete, mit diesem müden, angstvollen Ausdruck im Gesicht, da begriff ich, dass ich mit der Annahme falsch gelegen hatte, dass man als Erwachsener stärker ist.

Die Menschen sind in Wahrheit mit zwanzig oder dreißig genauso stark oder schwach wie mit zwölf oder dreizehn. Sie können auch mit sechzig vor Angst schlottern, und sie können mit fast neunzig zu einem Kind werden, das mit großen Augen in einem Krankenbett liegt und darauf wartet, dass ein Wunder vorbeikommt.

Trotz meiner Abneigung gegen Krankenhäuser, ich werde Baby besuchen. Er hat mich auch besucht. Außerdem gehört sich das. Ich mag es nicht, wenn Erwachsene mir etwas darüber erzählen, was sich gehört und was sich nicht gehört, weil sie damit meistens ihre eigenen Ziele verfolgen. Ich bringe mir selbst gewissenhaft bei, was sich gehört und was nicht. Wenn es sonst keiner macht, muss man sich selbst erziehen.

In der Schule will ich M. einen Brief zustecken. Er hat mich zwei Tage und eine Nacht gekostet. Wie schreibt man jemandem, in dem man alles zusammen sieht, Liebe, Heilung, Trost, Heimat, und den man braucht, den man haben will, den man haben muss? Darf man so jemandem schreiben?

Schreiben darf man. Übergeben darf man den Brief nicht. Also ich zumindest gebe ihn ihr nicht. Ich stehe schon neben ihr, sie sieht mich an, aber ihr Blick genügt, und ich werde schwach. Dieser Blick ist viel stärker als meiner, viel selbstbewusster, viel gesünder.

Das ist es: Sie ist gesünder als ich. Ich bin ein fauler Apfel.

Und weil ich ein fauler Apfel bin, lasse ich mich am Abend von Julius zum Schachabend bringen, zu den anderen faulen Äpfeln. Wenn man genau hinschaut, sieht man in ihnen noch immer den

Dreizehnjährigen, der sie mal waren, den sie verdrängt und nach hinten gekämpft haben, bei dem sie sich vorbeigedrängt haben wie an einem Selbstbedienungsstand, um ihn nicht mehr sehen zu müssen. Und deshalb mögen mich einige sehr und einige gar nicht. Weil sie sich in mir sehen.

Kalt lasse ich keinen. Obwohl ich oft kein Wort sage.

# WESTSTEIERMARK

Mit Julius ist es lustig. Er säuft zwar auch wie ein Bürstenbinder, aber ich bekomme ihn öfter zu Gesicht als Uriella, und wenn wir allein sind, macht er mit mir Ausflüge in die umliegenden Gasthäuser. Ich finde das spannender, als allein zu Hause zu sitzen. Zumal er einer von denen ist, die gern lachen und andere zum Lachen bringen. Das kippt bei ihm erst nach dem sechsten oder siebten Bier, dann sucht er sich irgendeinen Trottel, mit dem er streiten kann. Doch in der Regel ist es da ohnehin schon so spät, dass wir heimfahren, wo Uriella wartet, manchmal sauer, weil er mit der Sauferei nicht auf sie gewartet hat, manchmal summend, weil sie weiß, dass für sie der Abend nun richtig beginnt.

An solchen Tagen kocht sie mir Spaghetti Bolognese. Das kann niemand so gut wie sie. Wenn sie mir die macht, bin ich so weit zufriedengestellt, dass ich nichts dagegen sage, wenn sie noch fortgehen, das weiß sie.

An einem dieser Abende kommt Julius allein zurück. Er sagt, er hat Uriella verloren, sie ist ihm irgendwo abhandengekommen. Das klingt für mich nicht besonders überraschend.

Er fordert mich auf, mich zu ihm in die Küche zu setzen. Ich habe zwar gerade ein Buch angefangen, das schon auf den ersten Seiten fesselnd ist, aber das kann ich nachher weiterlesen.

»Wie geht's dir, Langer?«

»Danke. Geht gut.«

»In der Schule? Alles okay?«

»Ja, alles bestens.«

»Ich hätte ein neues Fahrrad für dich.«

»Ein neues Fahrrad?«

»Wenn du willst.«

»Ein Auto plus Führerschein wäre mir lieber.«

Er bricht in ein keuchendes Gelächter aus, das von einem Hustenanfall verschluckt wird.

»Dir traue ich es zu«, hustet er und klopft sich auf die Brust. »Dir traue ich zu, dass du mit dreizehn den Führerschein machst! Bist du schon oft selbst gefahren?«

»Mit einem Auto? Noch nie.«

»Noch nie? Ernsthaft?«

Er nimmt die Autoschlüssel und winkt mir, ihm zu folgen.

Ich habe wirklich noch nie am Steuer eines Autos gesessen, daher schüchtern mich sogar die Maße des VW Polo ein, den ich durch die Nacht pilotiere. Ich gewöhne mich jedoch schnell an den Blick über das Lenkrad auf die Straße, die ich mit den Scheinwerfern beleuchte. Ein paarmal aufs Gas, ohne dass ich das Auto in den Graben lenke, und mir machen weder der Herbstregen noch die entgegenkommenden Fahrzeuge etwas aus.

Ein paar Minuten später fühle ich mich wie eine Legende. Daran ändert es auch nichts, dass ich den Wagen manchmal hüpfen lasse, weil ich mit der Schaltung nicht zurechtkomme. Im Radio läuft ein Song, den ich mag und lange nicht gehört habe. Wenn mich M. jetzt sehen könnte.

Julius nickt anerkennend zu meinen Fahrkünsten. Nach einer Viertelstunde dirigiert er mich zurück zu unserem Haus. Als ich aussteige, wackeln meine Knie ein wenig.

Im Radio läuft gute Musik. Ich lese im *Metamagicum*, um besser einschlafen zu können.

*Es ist mir egal, wer diesen Satz schrieb, er ist ein verdammter Sexist!*

Ich bin dabei, mir das Fremdwörterbuch vom Boden zu angeln, weil ich mir über die genaue Bedeutung des Wortes Sexist nicht im Klaren bin, da klopft es an meiner Tür.

»Langer!«

»Ja?«

»Komm raus!«

»Ich schlafe fast!«

»Komm! Wir fahren in die Disco!«

Es ist kurz vor Mitternacht. Für heute reicht es mir eigentlich mit der Dramatik. Andererseits könnte das lustig werden. Die Discos in der Nähe habe ich noch nie von innen gesehen, ich habe ehrlich gesagt auch nicht das geringste Interesse daran, aber mit Julius sieht die Sache anders aus, der ist immer für eine Verrücktheit gut.

»Ich ziehe mir schnell was an.«

Im Auto merke ich erst, in welchem Zustand er ist.

Die meiste Zeit fahren wir in der Mitte der Fahrbahn. Julius sitzt nach vorne gebeugt da, die kurzsichtigen Augen fast an der Windschutzscheibe. Wenn uns ein Auto entgegenkommt, blenden ihn die Scheinwerfer so stark, dass er mit der Hand wedelt, als würden ihn Wespen attackieren, und dem Fahrer einen schaurigen Fluch hinterherschickt. Er ist der Meinung, alle fahren mit Fernlicht.

Richtig mulmig wird mir, als wir auf die Autobahn auffahren. Wo will er hin? Was wird das jetzt? Ich muss morgen zur Schule. Nun sitze ich neben einem Betrunkenen, den ich kaum kenne, und bin unterwegs in eine Disco, in die ich von Rechts wegen gar nicht rein dürfte.

Vielleicht lassen sie mich ohnehin nicht rein. Ich hoffe es beinahe. Andererseits gibt es dann garantiert erst recht Radau, denn Julius ist ein Choleriker, das habe ich bereits mitgekriegt.

Natürlich versäumt er die richtige Ausfahrt. Ich merke das erst, als mich eine Vollbremsung in den Gurt fetzt.

Wir stehen auf der rechten Spur. Er überlegt. Schließlich legt er umständlich den Rückwärtsgang ein.

»Bitte nicht! Alles, nur das nicht!«

»Wieso denn?«, sagt er mit schwerer Zunge. »Ist nichts los auf der Straße um diese Zeit.«

»Ich bitte dich, ich bitte dich, fahren wir weiter! Drehen wir bei der nächsten Ausfahrt um! Bitte! BITTE!«

»Weil du es bist«, schnauft er und zündet sich in aller Ruhe eine Zigarette an.

Als wir von der Disco zurückkommen, ist es zwei Uhr nachts. Julius ist blendender Laune. Ich bin saumüde, aber zu aufgekratzt, um zu schlafen. Es ist ein Erlebnis, an der Bar in einer Disco zu stehen und Cola zu trinken, während rund um einen Musik wummert und glitzernde Frauen tanzen. Ich wäre sogar länger geblieben. Julius war es, dem eingefallen ist, dass er eigentlich zu Hause auf Uriella warten wollte.

»Wo ist die?«, fragt er stumpf und lässt sich in der Küche auf einen Stuhl fallen, mit dem er beinahe umkippt.

»Du musst es wissen«, sagt er. »Du weißt, wo sie gern unterwegs ist. Wo ist sie um die Zeit?«

»Keine Ahnung, wo die sich herumtreibt. Um diese Zeit schon gar nicht.«

Es sieht ganz danach aus, als würde Julius zornig. In dieser Sekunde sehen wir draußen das Blaulicht.

»Wetten, die kommt mit einem Gipsbein?«

»Gipsbein?«, wiederholt Julius verständnislos.

Es ist jedoch kein Rettungswagen, sondern einer der Gendarmerie. Wir sehen, wie die hintere Tür aufgeht und Uriella heraustorkelt. Sie schreit vor Lachen.

»Was ist mit der los?«

Die Gendarmerie fährt weg, ohne dass ein Beamter ausgestiegen wäre.

Julius reißt die Haustür auf. Uriella schlägt der Länge nach hin, ihre Handtasche springt auf, und ungefähr fünfhundert Frauensachen rollen über den Steinboden.

»HAHAHAHAHA! AHAHAHAHAHA! HAHAHAHA!«

»Wo kommst du denn her?«, ruft Julius.

»HAHAHAHAHAHAHAHA!«

»Bringen wir sie mal rein«, sagt er.

Wir helfen ihr auf und stützen sie auf dem Weg. In der Küche drücken wir sie auf die Bank. Sie lacht noch immer, obwohl ihre Hände aufgeschürft sind.

Sie trägt meinen Jeansmantel. Ich mag ihn nicht besonders, also macht es mir nichts aus, dass er nun dreckverschmiert und zerrissen ist. Auch unter ihren Nägeln klebt Schmutz. Im Gesicht hat sie eine Blessur. Sieht aus wie eine Schramme, keine offene Wunde, aber blutig.

Ich mache mir Sorgen. Ich komme aber nicht dazu, sie zu fragen, wo sie sich so zugerichtet hat, weil Julius und sie zu streiten beginnen.

»Wo warst du?«

»Nein, wo warst *du*?«

»Ich war eh da!«

»Nein, ich war da!«

»Willst du mich verarschen? Du warst nicht da!«

»Ich war nur kurz auf dem Klo!«

»Du warst nicht auf dem Klo!«

»Sicher war ich auf dem Klo!«

»Ich war ja auch auf dem Klo!«

»Ich hab dich nicht gesehen!«

»Dafür kann ich nichts! Du warst weg!«

»Du bist ja total besoffen!«

»Nein, du bist besoffen!«

Sie gehen herum und schmeißen Türen zu. Ich will mich in mein Zimmer verziehen, ich bin müde und die Szene gefällt mir überhaupt nicht.

Uriella hält mich zurück.

»Ich muss dir etwas erzählen.« Sie bricht wieder in schrilles Gelächter aus.

»Aha, jetzt lacht sie auch noch blöd!«, schreit Julius.

»Weißt du, wo ich war?«, fragt sie mich. »Ich bin zuerst eine Zeitlang im Straßengraben gelegen. In einem Acker! Hahahaha! Keine

Ahnung, wie ich da hingekommen bin. Ich wache auf und frage mich, hoppla, wo sind wir da. Gegenüber ein Haus. Ich gehe hin. Ein Zaun ist davor. Ein Hund beginnt zu bellen. Ich setze mich auf den Zaun. Der Hund rennt auf mich zu. Ich will ihn beruhigen. Er steht da und bellt, und ich rede sanft auf ihn ein. Hahahaha! Ich habe mich mit ihm unterhalten wollen! Dann hat er zugebissen! Schau her!«

Sie hält mir ihre lehmverkrustete Hand unter die Nase. Der Ring an ihrem Finger ist verbeult.

»Wie der zubeißen kann! Hahahaha!«

»Glück auch noch gehabt!«, schimpft Julius! »Dass dein Finger noch dran ist!«

»Hahahahaha!«

Julius lässt die Schlafzimmertür zukrachen.

»Ich war trotzdem weiter freundlich zum Hund. Dann ist die Polizei gekommen. Jetzt bin ich zum Glück wieder nüchtern. Hahahahaha!«

Mir fällt nicht viel ein, was ich dazu sagen könnte.

»Und weißt du, wessen Haus das war? Hahahaha! Das vom Gemeinderat Stoiser! Hahaha!«

Mit einem verschwörerischen Blick raunt sie mir zu: »Mit dem habe ich mal gebumst. Spitze im Bett. Seine Frau ist draufgekommen. Sicher hat sie die Gendarmerie angerufen. Aber ihm nichts erzählen!« Sie zeigt in Richtung Schlafzimmer, hinter dessen Tür Julius rumort.

Ich nicke wieder. Julius kommt heraus und wirft eine Schachtel Zigaretten auf den Tisch.

»Gut, dass du wieder da bist, Mädchen!«, sagt er.

Beide lachen. Er umarmt sie und küsst sie auf ihr schütter werdendes Haar, das ganz zerzaust und von irgendwelchen Substanzen verklebt ist.

»Mein Mädchen, du!«, brummt er.

»Ja, Julius«, schnurrt sie.

Sie machen sich noch eine Flasche auf. Ich lege mich schlafen.

# WESTSTEIERMARK

Baby ist tot.

Auf meinem Schreibtisch liegt ein Taschenmesser, das er mir geschenkt hat, auch meine Lieblingsjacke hat er mir gekauft. Dieser Mensch ist gestorben? Den soll ich nie mehr sehen?

Uriella weiß Einzelheiten, obwohl sie mit Julius in Jugoslawien ist. Am Abend ruft sie immer an. Ich bin froh, dass mein Vater aus Berlin zu Besuch ist und ich mit ihm reden kann.

»Wer war das?«, fragt er.

»Ein Freund.«

»Und wieso sagst du, es ist ein Baby?«

»Es ist kein Baby! Er hat Baby geheißen!«

»Wer heißt denn Baby?«

»Ihn haben sie so genannt. Wahrscheinlich weil er so ein Riesenbaby ist. War. Mein Gott.«

Ich bin wie vor den Kopf geschlagen. Vor ein paar Tagen habe ich ihn noch gesehen. Jetzt ist er weg. Aus, vorbei.

»Ging er in deine Klasse?«

»Nein! Das habe ich dir schon gesagt! Er war älter.«

»Wieso heißt er dann Baby?«

»Vergiss es. Er war über vierzig. Er hatte eine Mandeloperation.«

»Und daran ist er gestorben?«, ruft mein Vater. »Ich soll mir auch die Mandeln herausnehmen lassen! Das mache ich sicher nicht!«

»Daran eigentlich nicht. Sie sagt, er war in einem schlechten allgemeinen Zustand und hat die Narkose nicht vertragen oder so. Es ist zu einer Hirnschwellung gekommen ...«

»Hör auf«, ruft mein Vater. »Ich kann das nicht hören!«

»Er hat zwei Tage im Koma gelegen …«

»Aufhören, habe ich gesagt!«

Mein Vater möchte Obst kaufen, er ist verrückt nach Obst. Anstatt wie üblich mitzufahren, lege ich mich ins Bett und höre Musik.

Hier war es. Hier habe ich Baby das erste Mal gesehen. Nur ein paar Monate ist das her. Und jetzt lebt er nicht mehr. In seinem vermutlich irgendwo aufgebahrten Körper ist keine Energie mehr.

Da saß er.

Jetzt ist er weg.

Ich hasse es, wenn ich weine. Ich kriege davon Halsweh. Und ich komme mir dumm und schwach vor. Wenn auch noch andere dabei sind, drehe ich fast durch, so peinlich ist mir das. Umso froher bin ich, dass mein Vater auf seiner Jagd nach Kirschen und Melonen ist. Den kann ich jetzt nicht brauchen.

Baby gestorben, ich kann es nicht fassen. Ich kann es einfach nicht glauben.

Ich sehe seine Hände vor mir, seinen Mund, wenn er lacht, seine Augen mit dem nervösen Zucken, seine Brille, die ihm ständig runtergerutscht ist und deren Anblick mich aus dem Nichts, mitten im Gespräch, so sehr mit Mitleid ihm gegenüber erfüllt hat. Nein, nicht mit Mitleid, mit Mitgefühl. Ich konnte mit ihm fühlen und verstehen, wieso er so war, wie er war. An dieser kleinen armseligen Brille erkannte man, dass er wirklich ein Baby war.

Mein Vater bringt mich zur Schule und holt mich mittags ab. Am Vormittag schläft oder liest er. Am Nachmittag spielen wir Schach. Gegessen wird nicht viel, weil wir beide nicht kochen können. Milchbrot mag er nicht. Ich putze am Tag einen ganzen Laib weg. Am Abend ist unser Hunger so groß, dass wir ins nächste Gasthaus fahren.

Ich esse immer das Gleiche. Wiener Schnitzel mit Pommes. Mein Vater probiert etwas herum, aber am Ende landet auch er beim Schnitzel. Wir schieben sogar beim Essen unsere Figuren über das

mitgebrachte Schachbrett, und die bekanntermaßen rechtsextremistischen Alten, die an den Tischen ringsum Karten spielen, ohne ihre Hüte abzulegen, schauen uns an wie Außerirdische.

Wenn der Stammbaum keine Zweige hat, kommt so etwas raus.

Diese groben Leute mögen mich nicht. Etwas in ihnen erkennt etwas in mir, und vor dem haben sie Angst. Das geht vielen Menschen mit mir so. Keine Ahnung, warum.

Ich freue mich wahnsinnig, wenn mein Vater da ist, aber diesmal geistert der Tod durchs Haus. Im Ort lese ich auf der Anschlagtafel vor der Kirche, wann Babys Begräbnis stattfindet.

»Soll ich hingehen, was meinst du?«

»Bitte mach es nicht«, sagt mein Vater.

»Wieso nicht?«

»Weil ich nicht will, dass du traurig bist.«

»Das bin ich ja schon.«

»Danach noch mehr. Ein Begräbnis ist bloß traurig. Sonst nichts.«

»Hilft es nicht beim Abschiednehmen? Beim Verarbeiten? Sagt man doch.«

»Mir hat das nie geholfen.«

»Ich muss. Er war mein Freund.«

»Du bist ein Kind. Ein Kind muss nicht zu einem Begräbnis. Mach lieber deinen Zug.«

Ich gehe nicht zum Begräbnis. Ich frage mich, ob Baby mich sehen kann. Ob er mir böse ist.

In der Nacht lasse ich seit seinem Tod überall Licht an, weil ich Angst habe, dass er mich als Gespenst besuchen kommt. Sosehr ich ihn lebend gemocht habe, tot kommt er mir nicht ins Haus.

Ab und zu muss ich an ihn denken, wenn ich mir einen runterhole. Plötzlich ist die Erinnerung an ihn da, und ich frage mich, ob er mir zusieht. Da vergeht es mir gleich.

Trotzdem sind es schöne Tage. Zweimal lässt mich mein Vater schwänzen. Wir unternehmen Ausflüge zur Weinstraße an der Grenze zu Jugoslawien, die Landschaft dort mögen wir beide.

Einmal, als wir in einem Gasthaus sitzen, von dem aus man weit nach Süden sehen kann, sagt er: »Eines Tages wird es Krieg geben.«

»Wo?«

»Dort drüben. In Jugoslawien.«

»Wieso wird es dort Krieg geben?«

Er erzählt mir vom Zweiten Weltkrieg, von Tito, von den verschiedenen Volksgruppen, die sich gegenseitig belauern und misstrauen, und dass da viel Unmut, ja sogar Hass herrscht, der eines Tages zur Explosion kommen wird.

»Was machst du, wenn es Krieg gibt?«

»Nichts.«

»Du bleibst in Berlin? Du gehst nicht kämpfen?«

»Ich helfe den Menschen von Deutschland aus. Ich hasse Krieg. Ich hasse nichts mehr als Krieg.«

Ich bin froh, das zu hören. Ich mag keinen Krieg. Und ich mag meinen Vater. Der soll schön in Berlin sitzen, auch wenn ich ihn nie sehe. Besser ein lebender Vater, den man einmal im Jahr sieht, als überhaupt keiner.

An dem Tag, an dem Uriella und Julius braungebrannt und erschöpft ihre Koffer wieder ins Haus tragen, verabschiedet sich mein Vater, um nach Berlin zurückzufahren. Er verstaut sein Gepäck in seinem alten Ford, kommt zu mir und breitet die Arme aus.

»Kannst du nicht länger bleiben?«, frage ich.

»Geht leider nicht. Ich muss arbeiten.«

»Bitte. Ein paar Tage nur!«

»Es tut mir leid. Wir telefonieren aber.«

»Davon habe ich ja nicht viel.«

»Nicht? Ist es dir lieber, wenn ich gar nicht anrufe?«

Ich fühle einen Stich. Bitte, das nicht auch noch.

»Nein! Und wie ich das will! Aber …«

»Was, aber?«

»Sag …«

»Was?«

»Ich muss dich was fragen.«

Mein Vater stöhnt leise. Wenn er irgendwohin aufbrechen muss, wird er hektisch. Selbst ohne Zeitdruck. Er ist derjenige, der zwei Stunden vor Abfahrt am Bahnhof steht. Erst wenn er in der Wartehalle sitzt, kann man wieder mit ihm reden.

Er beherrscht seine Ungeduld.

»Was willst du mich fragen?«

»Kann ich – kann ich nicht zu dir kommen?«, frage ich.

»Was meinst du, zu mir kommen?«

»Bei dir wohnen.«

»Bei mir wohnen? Überhaupt?«

»Ja. Mit dir mitkommen und bei dir leben.«

»In Berlin?«

»Ja.«

Er schaut zum Himmel und bläst geräuschvoll die Luft aus den geblähten Backen in die Kälte. Sein Atem wird zu grauen Wölkchen. Ich frage mich, wieso es immer so schnell Herbst werden muss. Gerade war man noch im Schwimmbad, und plötzlich sieht man, wie das Jahr abzusterben beginnt.

»Berlin ist sehr groß …«

»Ja und?«

»Das ist keine Stadt für ein Kind.«

»Da leben doch noch andere Kinder.«

Er tritt von einem Bein aufs andere, ohne mich anzusehen.

»Das geht nicht. Es tut mir leid.«

»Wieso nicht?«

»Es tut mir leid.«

»Wieso geht es nicht?«

»Ich muss viel arbeiten. Ich bin fast nie zu Hause. Du wärst ständig allein.«

»Das wäre ja ganz was Neues.«

»Es tut mir leid. Aber ab jetzt rufe ich öfter an. Versprochen.«

Er steigt ein. Von Uriella und Julius verabschiedet er sich nur mit

einem Winken. Sekunden später rollt er mit seinem Wagen den Berg hinunter. Ich winke ihm nach, bis er um die Kurve biegt.

Er hat mir ein paar seiner weichen T-Shirts dagelassen. Als ich an diesem Abend zu Bett gehe, ziehe ich eines an. Beim Einschlafen rieche ich seinen Geruch.

Ich frage mich, wo er gerade ist. Ob er schon angekommen ist. Oder ob er noch auf der Autobahn ist. Mein Vater.

# TIROL

Am vorletzten Tag standen sie auf, als es noch dunkel war. In Anoraks gehüllt saßen sie auf der Terrasse und sahen zu, wie die Sonne aufging. Ab und zu strich einer dem anderen über den Rücken, doch sie sprachen kein Wort.

Sie fuhren mit der Gondelbahn bis zur Mittelstation, hängten ihre Karabiner in das Sicherungsseil und stiegen in die Wand ein. Dieser Klettersteig war der schwierigste der Gegend, und Marie wollte ihn unbedingt ausprobieren.

Anfangs ging es relativ einfach dahin. Wenn man sich mit gestreckten Armen hinauslehnte und die Füße in die Wand stemmte, hatte man meistens genug Halt, um auch schwierigere Stellen zu queren. Je höher sie stiegen, desto öfter waren das Gestein und die Trittstifte vereist. Jonas war das gewöhnt, doch auch Marie hatte keine Probleme damit. Als ob sie seit Jahren nichts anderes gemacht hätte. Bloß zweimal rutschte sie aus, fing sich jedoch wieder und verlor über ihre Abschürfungen an den Händen und im Gesicht kein Wort.

Ich hasse diese Karabiner, dachte er, als ihm an beiden Daumen Blut aus den Nagelwurzeln lief. Ich hasse die Kälte. Ich hasse diesen Aufstieg. Ich liebe ihn.

Kurz nach Mittag erreichten sie den Gipfel.

Nicht schlecht, dachte Jonas, 3200 Meter, und sie schwitzt nicht mal.

Marie hatte er das nicht gesagt, doch bei dieser Tour wollte er feststellen, wie es um ihre körperliche Verfassung beschaffen war.

Es bestand ein gewaltiger Unterschied zwischen dem, was man in einem Fitnessstudio leistete, und dem, was man später im Gelände abrufen konnte.

Er war beeindruckt.

Sie warf ihm einen belustigten Blick zu.

»Was ist?«, fragte er.

»Ach nichts«, sagte sie.

Sie hat's natürlich kapiert, dachte er.

Nachdem sie sich auf der Aussichtsplattform gegenseitig und gemeinsam fotografiert hatten, sagte Jonas:

»Es gibt da noch etwas. Eine Eishöhle. Eigentlich eine Gletscherspalte. Ein unterirdisches Tunnelsystem, es reicht tief hinunter. Man kann hinein, und wenn man die Leute besticht, sogar ohne Führer. Willst du es probieren?«

»Ich habe die Tickets«, sagte sie leichthin.

»Für die Führung durch die Eishöhle?«

»Für unseren Alleingang durch die Eishöhle.«

Sie stapfte durch den Schnee Richtung Hütte, wo die Helme ausgegeben wurden.

Er folgte ihr kopfschüttelnd. Das waren die Momente, in denen er stolz war. Glücklich und stolz.

Unter Tag hallte jedes Wort zwischen den Eiswänden lange nach. Wenn sie stehen blieben, war das einzige Geräusch das Plätschern des Schmelzwassers, das von der Decke tropfte. Der Boden war zwar an manchen Stellen mit Matten ausgelegt, dennoch mussten sie die Haltestricke an den Wänden benutzen, um voranzukommen.

Die Leitern, die nach unten führten, waren vereist. Ein paarmal wurde der Gang so eng, dass Jonas den Rucksack abnehmen und sich seitlich durch eine Spalte zwängen musste. Die Belohnung für die Anstrengung war jedes Mal ein neues Eiszimmer, grünlich schimmernd oder stechend weiß, eine Märchenkulisse, Jahrzehnte, zum Teil Jahrhunderte alt. Bis vor wenigen Jahren hatte kein Mensch diese Höhlenlandschaft gesehen, sie hatte dagelegen nur für sich selbst. Dann

hatte sich der Gletscher zurückgezogen. In ein paar Jahren oder Jahrzehnten würde er wiederkommen, und die Höhle würde Vergangenheit sein. Ein Wimpernschlag in seiner Geschichte.

Sie gelangten an einen kleinen unterirdischen See.

Jetzt übertreibt sie's aber wirklich, dachte er, als Marie sich nackt auszog und in das eisige Wasser sprang.

Er sah zu, wie sie mit zusammengebissenen Zähnen ein paar Züge kraulte, ans Ufer zurückkehrte, weiß im Gesicht und mit blauen Lippen noch nass in ihre Kleider schlüpfte und wortlos, am ganzen Körper zitternd, an ihm vorbeiging und weiterstieg. Er sagte nichts. Er schüttelte bloß erneut den Kopf, als er ihr folgte.

?

Er erwachte in einer Gefängniszelle.

Er lag auf einer steinernen Pritsche. Es war kühl, beinahe kalt. Er trug Sträflingskleidung.

Tanaka wird melodramatisch.

Die Tür war verschlossen. Durch die Gitterstäbe am Fenster hatte er Aussicht auf eine weite Herbstlandschaft. Wenige Hügel, sonst karge Ebene. Kein Haus, keine Straße. Das konnte genauso gut die Slowakei wie Uganda sein.

Allerdings schien er sich in einem Turm zu befinden, in einem Turm, der Teil eines Schlosses war.

Reicht es dann allmählich?

Jonas überlegte.

Ja. Jetzt reicht es. Ich fahre nach Hause und sage Tanaka, dass ich nicht mehr versteckt werden will.

Zuerst mal hier rauskommen. Zuerst mal hier wegkommen.

Ruhe! Jetzt lege ich mich aufs Ohr. Und werde nicht gestört.

Als er erwachte, war es Nacht. Im ersten Moment wusste er nicht, wo er war.

»Hallo?«

Seine Stimme hallte in dem engen Verlies wider.

»He! Wie wär's mit Abendessen?«

Keine Antwort.

Vielleicht steht da ja ein Tablett.

Fahles Mondlicht fiel durchs Fenster, sein Gefängnis erleuchtete

es kaum. Er begann tastend, die Zelle abzusuchen, Zentimeter für Zentimeter. Er fand nicht das Geringste. Von seinem Lager abgesehen, war sie vollkommen leer.

Er wartete. Einen Tag.

Wasser, dachte er. Ich brauche Wasser. Es muss hier etwas geben.

Es gibt etwas.

Und wo?

Ich habe es schon gefunden.

Du schläfst eben nicht.

Er suchte die Wände ab. Das hatte er ein paarmal getan, doch diesmal machte er es doppelt gründlich. In einer Ecke wurde er fündig. Eine verborgene Tür, die sich nahtlos in den Stein der Mauer einpasste. Durch leichten Druck öffnete sich ein Spalt. Dahinter fand er mehrere Kisten Mineralwasser, einen Gaskocher, Konservendosen und andere Lebensmittel.

Das kann nicht sein Ernst sein, dachte er. Es reicht. Es reicht. Wie lange soll ich hier bleiben?

Drei Tage. Vier. Fünf.

Vierzehn.

Kein Mensch. Kein Laut. Nur Wind, der um die Burg heulte. Das Knacken des Herbstes. Kein Mensch. Niemand. Immerhin die Stimme. Werner kam nicht jeden Tag. Aber wenigstens ab und zu.

Um nicht verrückt zu werden, ließ er sein Gehirn arbeiten. Er zwang sich, in seiner Erinnerung nach Wichtigem zu forschen. Er entdeckte nichts Neues. Obwohl er wusste, dass es da war, es war alles noch da, wahrscheinlich waren sogar seine Geburtsschreie noch irgendwo in ihm gespeichert.

Namen. Über Namen nachdenken. Das hatte ihm manchmal am Everest geholfen, wenn er im Zelt lag, nicht schlafen konnte und fürchtete, nicht mehr heil von diesem Berg wegzukommen.

Harald. Ein Harald ist ein schmächtiger und kindlicher Zaun.

Dorothea. Eine Dorothea ist eine mollige Bäuerin mit Schürze.

Paul. Paul ist eine Schildkröte.

Karin. Eine Karin ist ein Buntstift. Schlank, kantig.

Martin. Ein Martin ist ein kleiner, dicklicher Brunnen.

Catherine, Katharina. Zitrone, weißes Kleid, Kraft.

Oliver. Ein Oliver ist ein beschützender Würfel.

Stefan. Stefan ist ein Staubsauger aus Milch und tut mir irgendwie leid.

Nina. Eine Nina ist schöne, kühle Schokolade.

Peter. Peter ist Ordnung.

Irene. Irene ist Wind auf einem Berg.

Richard. Richard ist ein armer Kerl, der reiten muss und nicht gut reiten kann.

Anna. Anna ist ein Kirschbaumwald.

Christian. Christian ist ein goldenes Halskettchen und ein blondes Gebüsch.

Lena. Lena ist ein eleganter schwarzer Kleiderhaken.

Philipp. Philipp ist eine dicke orange Seife.

Verena. Verena ist ein dunkles Cape.

Ilse. Ilse ist eine gelbe Brille.

Thomas. Thomas ist ein Buch.

Werner. Werner ist eine Straßenbahn.

Marie. Eine Marie ist eine tausend Jahre alte Blume auf einer Sommerwiese.

# TOKIO

»Tanaka, wollen Sie mich wahnsinnig machen?«
Ja! Gib's ihm!
»Nein. Ich bin Ihr Freund. Ich will Sie heilen.«
Heilen? Wovon?
»Heilen, wovon?«
»Das kann jeder nur selbst beantworten.«
Da hat er allerdings recht.

# WIEN

Im Burgenland ist ein Lkw voller Leichen gefunden worden. Man vermutet, es handelt sich um Flüchtlinge, sie sollen in den Laderaum gepfercht worden und dann verschmachtet sein. Bis zu achtzig Männer, Frauen und Kinder.

Am nächsten Morgen sehe ich in der Kronen Zeitung das Bild dazu. Der rechte Flügel der Tür steht offen. Auf der Ladefläche dicht an dicht zusammengesunkene Körper.

Mir wird schlecht. Es ist eines der furchtbarsten Bilder, die ich je gesehen habe. Und hätten diese Menschen nicht eine dunklere Hautfarbe als hierzulande üblich, wäre dies eines jener Fotos, die ein Jahrhundert prägen. Jedenfalls in einem so kleinen Land wie Österreich.

# WIEN

–
K
K
AK
AK
AK
AK
–
–
–

# WIEN

Leise läuft der Fernseher. Er sendet Bilder, die davon zeugen, dass eine Ära zu Ende geht.

Jahrzehntelang hatte unser Kontinent keine ernsthaften Probleme. Jedenfalls keine, die bei den einfachen Menschen unten angekommen wären, sie wurden von den Politikern oben wegadministriert. Was auf der Welt geschah, spürten wir nicht am eigenen Leib. Das wird jetzt unwiderruflich anders. Hunderttausende Menschen drängen zu uns, überrennen Stacheldraht, quetschen sich in überladene Boote, lassen sich in stickige Lastwagen pferchen, um dem Horror in ihrer Heimat zu entkommen. In Ungarn werden sie mit Prügel empfangen. In Österreich hören sie Applaus und fröhliche Willkommensgrüße. Ich habe den Verdacht, den kriegen sie nur, weil wir wissen, dass sie weiterwollen und nicht bleiben werden. Alle wollen nach Deutschland. Der halbe Nahe Osten will nach Deutschland. Das wird noch lustig werden für Deutschland.

Wenn der Sommer nach Süden zieht und mich alleinlässt, bin ich deprimiert. Dieses Jahr ist es nicht so schlimm, denn ich bin seit drei Tagen zu Hause, was bedeutet: drei Tage klar und nüchtern. Und seit zwei Tagen ist das Kind bei mir. Da geht es mir immer gut.

Ela rät mir zu einem Aufenthalt im Krankenhaus. Nina zu einem Entzug. Angie und Else raten zu beidem. Ich habe keine Ahnung, wovon die reden. Ich brauche weder Krankenhaus noch Entzug. Was soll ich entziehen? Was kann einer entziehen, der sowieso nicht immer trinkt? Ich muss bloß disziplinierter werden. Wenn ich arbeite, trinke ich auch nicht, da ist es nicht schwer. Außerdem schaffe ich

es, phasenweise jeden Tag zu arbeiten, dafür bringe ich die Disziplin problemlos auf. Da werde ich es wohl auch schaffen, diszipliniert zu koksen und zu trinken. Ich brauche nur das Kind anzusehen, das neben mir tief und ruhig schläft, und schon weiß ich, dass ich es schaffen werde.

Man braucht nur ein Kind zu kriegen, sofort lebt man nicht mehr für sich.

Also schon, natürlich lebt man für sich. Wenn man nicht auf sich aufpasst und sich nicht mitunter etwas Gutes tut, wird man seinen Kindern nicht viel geben können. Doch Sorgen macht man sich um sich selbst nicht mehr große. Ich will möglichst lange leben, damit das Kind möglichst lange einen Vater hat. Erst danach kommt ein Gedanke wie: Ich möchte möglichst lange leben, damit ich möglichst viel Spaß habe und Weisheit anhäufe und Persönlichkeit entwickle.

Ich betrachte das Kind, lausche seinem Schnaufen und bin beinahe glücklich.

Als es allmählich aufwacht, stehle ich mir ein paar Kuschelminuten. Nicht lange und es sitzt putzmunter da und stürzt sich auf mich, um sich mit mir zu balgen. Es ist bereits ziemlich kräftig, und ich muss aufpassen, keine gelangt zu kriegen. Wir kitzeln uns gegenseitig, das Kind kreischt und lacht, und ich bin restlos glücklich.

Wir frühstücken gemeinsam. Die Kindereien gehen weiter. Es wird gekitzelt, es wird mit Fingern gegen Nasen geschnippt, es werden Arme und Backen mit Edding attackiert, es wird fest an Unterhosen gezogen. Der Innenhof erzittert von unserem Gebrüll. Ich bin froh, dass ich das Kind habe, ich weiß nicht, mit welcher Ausrede ich mich sonst so aufführen würde.

Zu Mittag kommt Else, um das Kind abzuholen. Wir trinken gemeinsam Kaffee und besprechen meine Finanzlage. Die zeigt keinerlei Veränderung. Ich kann mich wirklich nicht beschweren, es kommt nicht wenig Geld rein. Aber es ist sofort weg.

Wir bereden das Problem K, und ich merke, wie gierig ich während des Gesprächs darauf werde, obwohl ich im Bett noch mit hundertprozentiger Sicherheit wusste, einen nüchternen Tag vor mir zu haben.

»Alles okay?«, fragt Else.

»Ja, wieso?«

»Weil du mir nicht zuhörst.«

»Natürlich höre ich dir zu.«

»Was habe ich gerade gesagt?«

»Dass ich … also das mit dem Konto.«

»Was mit dem Konto?«

»Lass das, rede weiter, ich höre zu.«

Ich denke an nichts anderes mehr. Die mahnende Stimme im Hinterkopf kann mich mal, sie mag schreien und toben, so viel sie will, die Spaßbremse. Die andere Spaßbremse mir gegenüber rechnet mir vor, wie viel Geld ich in den vergangenen Wochen für K ausgegeben habe, und sagt etwas von achttausend Euro, aber das muss ein Irrtum sein.

Als Else und das Kind weg sind, hole ich die Briefchen aus meinem Depot. Zu meiner großen Überraschung und noch größeren Freude ist mehr übrig, als ich erwartet habe. Ich lege mir eine Straße von den Ausmaßen eines ausgewachsenen Regenwurms, schalte den Staubsauger in meiner Nase ein, und wusch! ist der Tisch krümelfrei.

Und es geht mir gut.

Zutiefst gut.

Ich verflüssige mich. Ich gleite dahin. Kopf und Kissen werden eins. Ohne Kissen weit und breit.

Als ich mich wieder bewegen kann, ohne einen Herzinfarkt zu befürchten, versuche ich aufzuräumen. Ich wanke umher wie ein Untoter und kapiere nicht, was ich mit der Tasse oder dem Papier in meinen Händen eigentlich will. Irgendwann wird mir das zu blöd.

Wie komme ich überhaupt auf die Idee aufzuräumen? Wieso setze ich mich nicht erst einmal ins *Anzengruber*, um Kaffee zu trin-

ken und vielleicht ein bisschen zu plaudern und dann Friedrich mit dem Fuß zu treffen, damit der Strom des Glücks nicht zu früh versiegt?

Ein brillanter Gedanke, und keine fünf Minuten später bin ich im Lift.

Keine zwanzig Minuten später bin ich noch immer im Lift.

Der Lift hat seine Abneigung mir gegenüber neu entdeckt und ist stecken geblieben. Den Alarm scheint niemand zu hören. Oder keinen kümmerts. Jedenfalls stecke ich fest. Mit einem übelriechenden Müllsack. Womit mal wieder bewiesen wäre, dass Aufräumen und Putzen nur Ärger bringen.

Ich lausche. Keine Geräusche im Treppenhaus. Ich drücke zum dreißigsten Mal den Alarmknopf. Dadurch sollte ich mit irgendeiner Zentrale verbunden werden, aber die Zentrale scheint im Sommerurlaub zu sein.

Ich setze mich auf den Boden, hole mein Handy heraus und lege mir auf dem Display eine fette Line.

Zisch, und sogleich ist es erbaulich, so ein Steckenbleiben.

Man gewöhnt sich an einiges. Selbst an den Gestank fauliger Lebensmittel. Ich zumindest. Ich kann mich nahezu überall aus der Wirklichkeit freidenken. Lift, Müll, stickige Luft? Selbst ohne Koks würde ich das aushalten. Und mit – ich war schon auf Partys, die unangenehmer waren.

Ich mache am Handy Musik. Vielleicht hört sie jemand. Außerdem mag ich Musik, wenn mein Kopf ein paar Meter über mir herumschwebt und ein Auge zum Nordkap und das andere nach Brasilien schaut. Musik ist für mich zwar selten mehr als Hintergrund, aber ein Hintergrund, der meine Stimmung leitet.

Ich muss aufpassen, nicht zu traurige Musik zu hören, immer, nicht nur auf K. Ich muss aber auch aufpassen, keine traurigen Filme zu sehen, mir kann es da schon mal passieren, dass ich mir die Tränen aus den Augen wische, und ganz besonders hasse ich es, wenn dann auch noch irgendeine Frau neben mir liegt und es merkt.

Als das Scheppern und Wummern im Kopf nachlässt, ziehe ich noch eine Line. Wieder drücke ich den Alarmknopf. Lärm macht er genug, aber diese Zentrale scheint nicht zu existieren, und im Haus dürften alle in Urlaub sein. Wenn ich Handyempfang hätte, könnte ich die Feuerwehr verständigen, aber das Handy sucht und sucht und sucht und findet nichts.

Wenn man in Liften liegt und bekokst herumdenkt, geraten einem die Assoziationen gern ein wenig durcheinander. Zunächst fällt mir, warum auch immer, der türkische Ministerpräsident ein, an den ich mein Lebtag nicht freiwillig denken würde. Über ihn komme ich zu der philosophischen Frage, zu welchem Prozentsatz die Staaten der Welt gegenwärtig von Psychopathen gelenkt werden. Nachdem ich über Russland und den Posten eines Poloniumministers nachgedacht habe, kehre ich in die arabische Welt zurück und reflektiere über ihre Rückständigkeit, den Umstand, dass sie nichts zur Moderne beigetragen hat, über ihre Lust an Selbstmordattentaten und Selbstzerfleischung. Und so lande ich bei meiner Religion.

Meine Religion, so nenne ich sie nur für mich, denn es hat sie bestimmt bereits ein anderer erfunden. Womöglich ist es sogar eine Weltreligion, und ich weiß es bloß nicht. Könnte leicht sein, ich hatte in der Schule keinen Religionsunterricht und kenne mich im Göttlichen nicht aus. Aber derzeit gibt es keine guten Religionen, zumindest haben die, die man allgemein so kennt, momentan nicht viel drauf, und deswegen habe ich mir erlaubt, eine zu erschaffen, die dem einen oder anderen Menschenteufel einiges zum Nachdenken geben sollte.

Nach meinem Glauben ist jeder Mensch jeder Mensch und wird jeder Mensch jeder Mensch. Wenn man stirbt, wird man irgendein anderer. Das geht ewig so weiter, bis man alle Menschen, alle einzelnen Leben durch hat. Was man nie ganz haben wird, weil immer neue dazukommen. Und was zugleich bedeutet, dass man eines Tages derjenige sein wird, den man köpft oder foltert oder ohrfeigt oder in der Schule durchfallen lässt. Kain ist irgendwann Abel, Königin Elisabeth ist Maria Stuart, Santer ist Nscho-Tschi, Mark David Chapman

ist John Lennon, Sirhan Sirhan ist Robert Kennedy, Oswald ist JFK, al-Zarqawi ist Nick Berg, Judas ist Jesus. Damit sollte selbst den größten Dummköpfen klar sein, dass es das Beste wäre, seinen Nächsten zu lieben.

Einen Namen braucht man für so einen ambitionierten Glauben natürlich auch. Da ist mir noch nichts Überzeugendes eingefallen. Deswegen nenne ich ihn einstweilen das Prinzip der bzw. den Glauben an die Omnisanktizität. Omnis = alle, Sanktizität ist irgendein Heiligsein, womit ausgedrückt wird, dass unser aller Leben heilig ist.

Das mag in den Augen mancher mit brennenden Dornbüschen und Horden von Jungfrauen, deren Hymen gleich wieder nachwachsen, nicht mithalten können, aber ich finde trotzdem, es gibt einige Religionen, die noch blöder sind. Derzeit sind meiner Ansicht nach überhaupt keine guten Religionen auf dem Markt.

Ich lege eine Line nach und spiele wieder am Alarmknopf.

Diesmal gibt es eine Reaktion: Meine demente Nachbarin beginnt irgendwo über mir zu schreien. Es sind Angstschreie. Der Alarm scheint sie an etwas Böses zu erinnern. Ich rufe hinauf, dass sie sich keine Sorgen machen soll, das bin nur ich, aber das hilft nicht im Geringsten. Sie brüllt, als würden Dämonen über sie herfallen, und hört nicht mehr damit auf.

Eine solche Geräuschkulisse beeinflusst die Stimmung während eines unfreiwilligen Aufenthalts in einem Lift. Ich ziehe noch etwas, und zur Sicherheit gleich noch etwas. Das Nochetwas ist so lang und dick wie mein Zeigefinger. Irgendwann werde ich Straßen ziehen, die so lang und so dick sind wie mein Schwanz, denke ich im letzten Moment, ehe mein Herz anfängt zu rumpeln wie nie zuvor.

Mir bleibt die Luft weg. Es ist, als würde etwas meinen Brustkasten aufsprengen wollen. Ich japse. Ich denke an Gott. Ich hoffe, dass er mich nicht in diesem Aufzug krepieren lässt. Es wäre so eine billige Metapher. Im Lift das Zeitliche segnen und zum Himmel hochfahren. Außerdem habe ich das Kind Kind Kind Kind Kind Kind Kind Kind Kind Kind Kind Kind Kind Kind Kind Kind Kind Kind Kind Kind Kind Kind Kind Kind Kind, und sterben ist keine Option.

Der große Zombie kommt.

Ich habe kein Xanor dabei. Oben kreischt die Nachbarin. In mir wütet die Panik, sie ist schneller über mich hereingebrochen als gedacht. Gerade ging es mir noch gut.

Ich stemme mich ihr mit einer weiteren Line entgegen. Ich weiß, dass das die Sache nicht besser, eher schlimmer machen wird, aber eine Alternative fällt mir nicht ein.

Ich schwitze. Ich zittere. Ich bekomme kaum Luft. Ich atme durch die Nase. Ich gebe mir eine Ohrfeige, weil ich wütend auf mich bin. Weil ich nicht durchgehalten habe. Weil ich über den entspannten klaren Morgen hinweggetrampelt bin.

Ich laufe vor mir weg. Und wo lande ich? In einem Lift.

Als ich mich mit einer Partie Demon-Solitaire ablenken will, sehe ich, dass ich einen Hauch von Internetverbindung habe. Ich schicke Else eine Nachricht, kurz und bündig, in der ich sie bitte, sich schleunigst mit der Feuerwehr oder sonst jemand Zuständigem in Verbindung zu setzen. Noch ehe eine Antwort kommen kann, ist der Empfang wieder weg.

Eine Email hat es in der kurzen Zeit umgekehrt geschafft, in meinem Postfach zu landen. Absender ist eine Mitarbeiterin eines österreichischen Kulturinstituts in Südamerika. Ob ich Interesse an Veranstaltungen in Südamerika hätte. Habe ich natürlich. Vor allem in Kolumbien. Das reine Zeug dort will ich schon lange mal antesten. Aber Veranstaltungen? Herr Gott.

Mal drüber nachdenken. Vielleicht käme etwas in Patagonien zustande. Da will ich seit Ewigkeiten hin. Und wer weiß, vielleicht bringen sie mich so weit in den Süden, dass ich mir einen kurzen Abstecher hinunter ins Eis leisten kann. In die Antarktis. In die letzte Zauberwelt.

Aha, auch eine SMS kommt durch. Da reicht schon der erste Satz, damit ich weiß, von wem die ist.

*Du gehst mit der Sau in den Prater. Steigst aufs Riesenrad mit ihr. Sie*

*springt Trampolin und schaukelt mit dir. Am Naschmarkt sagen alle: das ist die Tommysau.*

*Die haben damals die Mauer in Berlin nur wegen dir gebaut*, schreibe ich zurück, aber die SMS geht natürlich nicht raus.

Es ist nicht die Feuerwehr, die mich befreit, sondern ein Angestellter der Firma, die den Aufzug wartet. Er hört von mir einen Vortrag über Bereitschaftsdienst. Er entschuldigt sich. Ich bin zu müde, zu erschöpft, zu tief in der Angst, um mich länger mit ihm aufzuhalten.

Die Nachbarin ist verschwunden. Ich schließe die Wohnungstür zweimal ab. Ich schlucke zwei Xanor und krame das zweite Briefchen aus meiner Naschlade hervor. Ich übertreibe es mit der Straße nicht, es ist bloß eine halbe Große.

Ich sitze erschöpft auf meinem Stuhl und lecke den Finger ab, mit dem ich die Koksreste vom Tisch gewischt habe, da höre ich hinter mir ein Geräusch. Ich drehe mich um und sehe eine Taube auf meinem alten Schachbrett sitzen.

»AAAAAAAAAAAAAAAAAAAAAAAHHHHHH!«

In der Nachbarwohnung: »IIIIIIIIIIIIIIIIIIIIIHHHH!«

»WAH! WAH! AAAAAAAHHHH!«

»IIIIIIIIIIIIIIIIIIIIIIIH! IIIIIIIIIIIIIIIIIIIIIIIIIIIIIIIIIIH!«

Ich sitze längst auf meinem Bett, die Beine angezogen.

»He! He! Geh weg! Raus!«

Ich zeige zum offenen Fenster.

»Raus! Was willst du hier? Rausraus!«

Die Taube sitzt da und schaut vor sich hin.

Wohl krank, der Vogel.

»IIIIIIIIIIIIIIIIIIIIIIIIIIIIIIIIIIIIIIIIIH!«

»He! Ksch! Kschhhhhh!«

Die Taube reagiert nicht.

Wie kriege ich die aus der Wohnung?

»Ksch! Geh weg! Pfui! Pfui! Weg!«

Meine Assoziationskette ist durch und durch finster. Taube – Schmutz – übertragen Krankheiten – wird noch herumflattern –

scheißt mir auf den Kopf – scheißt mir auf den Laptop – scheißt mir ins Bett – geht auf mich los – stirbt – hinterlässt Kadaver usw.

»IIIIIIIIIIIIIIIIIIIIIIIIIIIIIIIIIIIIIHHHHH!«, kreischt die Nachbarin.

# WESTSTEIERMARK

»Du hast morgen einen Termin beim Friseur«, sagt Uriella beim Frühstück, während sie sich die Locken dreht.

»Wieso beim Friseur?«

»Du wolltest doch immer eine Dauerwelle.«

»Was?«

»Ja sicher.«

»Vielleicht vor hundert Jahren.«

»Du hast das erst neulich zu mir gesagt.«

Ich glaube, es stimmt sogar. Ich hatte mir überlegt, ob eine Veränderung meines Äußeren M.s Interesse für mich wecken könnte. Aber ich kam von der Idee recht schnell wieder ab. Komisch, wenn ich irgendetwas wirklich will, merkt es sich Uriella nicht, aber bei so einem Unsinn ist es, als hätte sie es sich aufgeschrieben.

»Friseur ist okay, aber Dauerwelle werde ich keine brauchen.«

»Das ist bereits ausgemacht. Sie hat gefragt, ob du ein Mann bist.«

»Hä?«

»Ob du schon spritzt, wollte sie wissen. Das Kopfhaar verändert sich nämlich nach dem ersten Samenerguss, und deshalb darf man vorher noch keine Dauerwelle machen. Ich habe ihr gesagt, ja, er ist schon ein Mann.«

Nach der Schule fahre ich mit dem Bus nach Hause. Die Kälte beißt mir in die Ohren, ich werde bald eine Mütze brauchen. Unglaublich, Weihnachten ist nicht mehr weit weg. Gerade noch Badehose, gleich darauf Wichtelmütze. Warm gegen kalt. In der Wiese liegen, Sonne spüren, lange Tage. Winterstiefel, kaum Sonne, lange Nächte.

Ich hasse Kälte. Mein ideales Leben wäre ein einziger Sommer, mit Licht und Meer und Frieden und Freundschaften und M. Mit Suux und meinem Vater und Schach und Büchern.

Ich nehme mir Milchbrot, lege mich eine halbe Stunde hin. Studiere Endspiele. Lese ein Buch namens *Der Schüler Gerber*. Es geht um einen Schüler, der in Mathematik ein richtiges Monster von Lehrer hat. Ein gutes Buch, aber am Ende ein handfester Blödsinn. Der Schüler tritt zur Matura an, ist überzeugt, durchgefallen zu sein, und schmeißt sich aus dem Fenster. Gleich darauf wird verkündet, dass er bestanden hätte. Ich meine, hallo? So lange hätte der Depp auch noch warten können.

Ich döse. Ich träume von Gespenstern. Ich komme nicht recht raus aus dem Traum, immer wieder erscheint mir dieselbe alte Frau. Sie ist ein Skelett, aber irgendwie ist sie noch mehr. Sie trägt einen dunkelbraunen übergroßen Mantel. Alles an ihr ist unheimlich. Es ist dunkel und böse. Etwas, das ich nicht verstehen kann.

Als ich aufwache, leuchten gerade noch die letzten Sonnenstrahlen ins Fenster. Die Stereoanlage in der Ecke kann ich kaum mehr erkennen. Ich beginne laut zu singen, dabei laufe ich von Zimmer zu Zimmer und drehe überall Licht an. Das Radio schalte ich ebenso ein wie den Fernseher. Beide Geräte liefern sich einen Kampf auf Biegen und Brechen, und obwohl kein Fenster offen ist, dürfte auch der Nachbar noch etwas davon haben.

Die Stimmen helfen mir. Es gibt noch andere Menschen. Ich bin nicht allein. Mit den Gespenstern. Diese Welt da draußen, in ihr existieren andere Menschen. Sie klingen sachlich, vernünftig, nicht unberechenbar, fast verlässlich. Zu jeder vollen Stunde: Nachrichten im Radio. Jeden Abend um halb acht: Nachrichten im Fernsehen.

Ich bin
nicht allein.

## WESTSTEIERMARK

Je dunkler und kälter es draußen wird, desto dunkler und kälter fühlt sich auch für mich alles an.

Baby fehlt mir.

Eine Welt, in der jemand einfach so davongestorben wird, kann mir auch kein Kuttenbruder schönreden. Im Gemeindeblatt haben sie die Begräbnispredigt abgedruckt, weil angeblich alle so ergriffen waren. Ich kann nur sagen, so einen Haufen Banalitäten, Lügen, Floskeln und Schwachsinn habe ich selten gelesen. Als hätte es die Blicke der Leute nicht gegeben, ihre Abneigung, ihre Verunsicherung, wenn sie Baby gesehen haben. Aber es muss sich etwas bloß richtig anhören, dann sind die Leute zufrieden. Und alles, was man in so einer Situation schon mal gehört hat, hört sich richtig an.

Als Pfarrer kann man sowieso kaum etwas falsch machen. Alles wartet auf salbungsvolles Gewäsch und ein paar Plattheiten, da kann man auch einen Schimpansen vorne hinstellen und ihm eine Soutane überziehen. Wenn der ein bisschen mit seinem Weihwasserlöffel herumfuchtelt und etwas davon verspritzt, wird es genügend Leute geben, die sich trotzdem gesegnet fühlen, da würde ich darauf wetten. »Und es ist doch das Wasser des Herrn« oder so was in der Art werden sie sagen. Sie freuen sich also, von einem Affen mit Wasser bespritzt zu werden, weil ihr Leben danach besser ist als vorher. Das muss man mal durchdenken.

M.

Suux.

Mein Vater.

Ich rufe ihn an. Er ist nicht zu Hause.

Ab und zu denke ich daran, mich in die Badewanne zu legen und den eingeschalteten Föhn ins Wasser fallen zu lassen.

Ich weiß nicht, ob ich mich trauen würde. Aber ich stelle es mir manchmal vor.

Der Stromtod ist ein verlässlicher und verhältnismäßig schmerzarmer. Wenn meiner Recherche zu trauen ist. Man muss in der Badewanne liegen, nicht sitzen, denn das Herz muss unter der Wasserlinie sein.

Zack, aus, und dann sehe ich einen Tunnel, und da, wo das Licht ist, warten auf mich Menschen, die mir viel bedeutet haben. Baby zum Beispiel könnte dastehen. Nein, vermutlich würde mich der mit einem Geister-BMW abholen.

Wäre mir auch recht.

Normalerweise kriege ich am Sonntag nicht viel von Uriella mit, weil sie da zwar zu Hause ist, den Tag jedoch im Schlafzimmer verbringt, in einem komaartigen Schlaf, wie ich mehrmals festgestellt habe. Vor Einbruch der Dunkelheit kriecht sie nicht aus ihrer Höhle.

Anders heute. Ich höre ihre Stimme. Sie kommt von draußen. Von Sekunde zu Sekunde klingt sie aufgebrachter.

Ich springe aus dem Fenster in den Garten, das ist eine Abkürzung. Noch einmal um die Ecke, und ich gelange zu der Wiese, auf der sich Uriella im Sommer nackt sonnt.

Links der Nachbar, rechts Uriella. Vor dem Nachbarn liegen eine Motorsäge und jede Menge Holz, das er offenbar für den Winter zurechtschneidet. Uriella steht da wie ein mittelalterlicher Ausrufer, keine Ahnung, wie die geheißen haben, aber sie steht da und brüllt zu ihm hinüber.

»DU AAAAAARSCHLOOOOOOCH! BIST DU TOTAAAAAAAAAAAL BLÖD IM SCHÄÄÄDEL ... AM SOOOOONNTAG RASEN MÄHEN!!!!! DU AAAAAAARSCHLOOOOO...«

»Ich hab nicht Rasen ...«

»DU AAAARSCHLOOOOOOOCH! WAS BILDEST DU DIR EIN ...«

Sie setzt sich in Bewegung. Sie sieht ziemlich bedrohlich aus, und ich beginne mir um den Nachbarn Sorgen zu machen. Der mag sich denken, okay, eine Frau, aber der kennt Uriella nicht gut.

Als sie unbeirrt und beklemmend stumm auf ihn zustampft, weicht er doch ein paar Schritte zurück.

»Passen Sie auf!«, ruft er, als sie beinahe über die Motorsäge stolpert.

Uriella greift sich ein langes Holzscheit und geht damit auf ihn los. Er scheint es noch immer nicht glauben zu können, deshalb macht er auch keine richtige Abwehrbewegung, als das Holz auf ihn niederfährt. Gebrüll. Uriella starrt ihn mit Psychopathengrinsen an, aber ich glaube nicht, dass sie überhaupt mitkriegt, was sie gerade tut. So habe ich sie noch nie gesehen. Als wäre sie besessen.

Der Nachbar verschwindet mit einer Platzwunde am Kopf jaulend in seinem Haus. Ich mache ebenfalls, dass ich wegkomme, ich will Uriella in diesem Zustand lieber nicht begegnen. Sie könnte auf den Geschmack gekommen sein.

Ich höre Musik. Versuche mich auf Schach zu konzentrieren. Kann nicht. Versuche zu lesen. Kann nicht. Versuche für Chemie zu lernen. Hasse es, kann nicht. Versuche den Anblick der Schultasche zu ertragen. Es ist schwer.

Ich will einfach nur hier raus. Mir ist schon beinahe egal, wohin. Das kann man doch nicht Leben nennen. Uriella. Dieses Kaff. Diese langweiligen, leeren, beschränkten Menschen. Eine Schule von Idioten für Idioten. Weit und breit kein Mensch, mit dem man sich länger als zehn Minuten unterhalten möchte. Von dem man etwas lernen könnte. Etwas wirklich Nützliches. Manchmal denke ich, was die hier erzählen, habe ich alles schon gewusst, ehe ich zur Welt gekommen bin.

Am Fenster klopft es. Markus. Er kommt immer über meinen Privateingang. Ich lasse ihn hereinsteigen. Markus muss ich ausklam-

mern, mit ihm rede ich gern auch länger als zehn Minuten. Er liest zwar nicht viel, aber er redet trotzdem keinen Blödsinn. Er hat auch weniger Gelegenheit, er redet sowieso nicht viel. Ich mag ihn mit Abstand am liebsten von allen hier.

Wir hängen eine Stunde in meinem Zimmer herum, hören Musik, reden über die Schule und über Mädchen, dann fährt er wieder. Ein kurzer Besuch nur, aber irgendwie geht es mir danach besser.

Spätabends tappe ich vorsichtig von Zimmer zu Zimmer. In der Küche Stimmen. Ob das der Nachbar ist, den sie jetzt auf eigene Faust zusammenflickt? Bei der weiß man ja nicht.

Uriella und Julius. Kein Nachbar. Sie sprechen in gedämpftem Ton miteinander. Als ich reinkomme, schauen sie auf. Sie wirken niedergeschlagen.

»Ist was?«, frage ich.

»Sie hat schon wieder etwas angestellt«, sagt Julius.

»Stimmt«, sagt Uriella.

»Ich weiß, ich war dabei.«

»Erzähl keine Geschichten!«

»Aus allernächster Nähe.«

»Ich habe dich nicht gesehen.«

»Was wirst du auch gesehen haben!«, fährt Julius auf. »Du hast überhaupt nichts mehr gesehen!«

»Ja«, sagt Uriella kleinlaut. »Aber gut, dass er da war.«

»Wieso?«, fragen Julius und ich zugleich.

»Weil er aussagen kann, der Holzwurm hat mich angegriffen.«

Der Nachbar heißt wirklich Holzwurm. In dieser Gegend heißen die Leute oft komisch. Aber das ist es nicht, was mich gerade beunruhigt.

»Du willst, dass er …«

»Genau.«

»Wo soll ich was aussagen?«, frage ich, obwohl ich natürlich weiß, wo ich was aussagen soll, ich will bloß, dass sie sich das noch einmal überlegt.

»Wenn die Gendarmerie kommt, sage ich, dass ich angegriffen worden bin und du das bestätigen kannst. Wenn sie dich fragen … na, du weißt schon.«

Julius sieht bekümmert drein.

Ich sage nichts.

»Diese blöden Tabletten«, sagt sie.

Niemand reagiert.

»Es war nicht nur der Rum«, sagt sie zu mir. »Ich habe ein paar Lexotanil genommen.«

Ich nicke. Ich weiß nicht, was Lexotanil sind. Christiane F. erwähnt sie nicht.

# WESTSTEIERMARK

Ich bin 13, und schon jetzt ist so viel vorbei oder nicht mehr möglich.

Zum Beispiel werde ich kein Kolumbianer mehr werden. Oder Italiener. Oder so. Klar, ich kann kolumbianischer oder italienischer Staatsbürger werden, aber kein Kolumbianer oder Italiener von Geburt mehr, kein echter Italiener.

Ich kann auch kein Ballettweltmeister oder Eiskunstlaufmeister mehr werden.

Ich werde niemals Kind eines Multimillionärs sein und über ein unermessliches Vermögen verfügen.

Ich werde niemals ein großer Sänger werden.

Ich werde niemals etwas Neues entdecken.

Früher haben sich die Menschen an Bord eines Schiffes begeben. Sie haben Essen eingeladen und Süßwasser in Fässern, und dann sind sie in See gestochen. Ins Nichts sind sie gesegelt, ins Unbekannte, auf der Suche nach Reichtum, Abenteuern, Ruhm, Antworten. Wenn das Wasser brackig wurde oder die Fässer leer waren, ehe sie wieder Land erreichten, wo es Trinkwasser gab, verdursteten sie. Sie wussten die ganze Zeit über nicht, ob sie Wasser finden würden. Sie waren jahrelang unterwegs, entwurzelt, allein unter Fremden, raue Menschen wohl. Ihre Reisen, ihre Entdeckungen waren teuer. Es stand alles auf dem Spiel.

So jemand werde ich nie werden können. Die Menschen waren auf dem Mond, sie waren an den Polen, sie waren auf dem Mount Everest und auf allen anderen hohen Bergen. Abgesehen von ein paar Gegenden im Dschungel ist alles entdeckt. Mir haben sie zum Entdecken nichts gelassen.

Schachweltmeister werden. Das könnte noch gehen. Aber das ist keine Entdeckung. Das waren schon zwölf Menschen vor mir.

Bei unseren Abenteuern steht nichts auf dem Spiel. Ich glaube, das ist schlecht für uns.

# WIEN

Immer dieses Aufbegehren der Stille.

# GRAZ

Mein Opa sieht zerknittert aus. Beim Schach wirkt er abgelenkt. Schließlich sieht er mich über das Brett hinweg mit einem kummervollen Blick an und fragt:

»Hast du das Sparbuch genommen?«

Ich würde so gerne die Wahrheit sagen dürfen. Ich sehe, was er denkt, er denkt, ich habe ihn bestohlen, für mich, um es für mich auszugeben. Er ist traurig, weil ich von so niedrigem Charakter bin. Das denkt er. Und es tut mir so leid, dass er das denken muss. Aber ich bin selbst schuld. Ich hätte Uriella sagen können, ich mache es nicht. Obwohl, das wäre schwer gewesen. Sie hat das Geld eben gebraucht.

»Nein«, sage ich und schaue weg.

Er nickt langsam.

# WIEN

Und am Morgen sucht eine nicht mehr so schöne, nicht mehr so selbstbewusste, fast verloren wirkende Frau wortkarg ihre Sachen, die sie in der Nacht zuvor euphorisiert im Zimmer verstreut hat.

# WIEN

Jetzt geht es richtig los.

Die Ungarn werden von der EU mit den Flüchtlingen alleingelassen. Daraufhin schickt sie ihr Premier Orban über Österreich nach Deutschland weiter und schließt die Grenzen. Zehntausende stranden in Wien und in München. Im übrigen Deutschland wird auch nicht gerade auf sie gewartet. Nun lassen die Bayern die Balken runter, und Ungarn schickt die Menschen nach Österreich. An einem Tag 60 000 Flüchtlinge, die über die Grenze kommen – wer das eine Flut nennt, hat sachlich recht. Allerdings finde ich es irgendwie unpassend, im Zusammenhang mit Menschen von einer Flut zu sprechen.

Das Kind und ich fahren zum Westbahnhof. Das Kind schenkt Kindern aus Syrien Spielsachen, die es nicht mehr braucht, und ich habe ein paar Hygienepakete gekauft.

Werdet ihr alle noch dastehen, wenn die plötzlich bleiben?, frage ich mich beim Anblick der vielen freiwilligen Helfer. Was ist, wenn von einem Tag auf den anderen 80 000 Menschen zu versorgen sind? Was tun wir? Was tun diese Menschen? Wohin führt das? Wir können nicht genug Wohnraum in so kurzer Zeit bereitstellen. Von anderen Schwierigkeiten nicht zu reden.

In der Schule des Kindes haben wir Eltern 130 Syrer untergebracht. Es gibt schon nach zwei Tagen viel zu reparieren. Einige sagen schon, dass das so nicht weitergehen kann. Ich muss gestehen, ich bin einer davon.

Auf dem Weg nach Hause redet das Kind wie aufgezogen. Seine Augen leuchten, als es von Mohammed erzählt, dem es seine halbe Matchboxsammlung geschenkt und der es daraufhin umarmt hat.

Ich habe ein Foto von den beiden gemacht. Ich bin gespannt, mit welchen Gefühlen und Erinnerungen wir dieses Bild in zwanzig Jahren betrachten werden.

# WIEN

Werner und ich schauen uns bei mir das EURO-League-Match von Rapid an. Werner starrt auf den Fernseher, als würde ihn der Kommentator hypnotisieren. Beim Fußball mag er keine Störung. Ich bin eher der Kommunikative, aber mit Werner ist in dieser Dreiviertelstunde keine Unterhaltung möglich.

»Ich glaube, ich brauche ein neues Auto«, sage ich mit dem Pausenpfiff, um ein Gespräch in Gang zu bringen.

»Wann fährst du mit einem Auto?«

»Nie, weil ich keines habe. Sonst würde ich.«

»Brauchst du eines? Stimmt, jeder braucht ein Auto. Aber als dein Anwalt rate ich dir, kein Auto anzuschaffen. Du gibst zu viel Geld für Drogen aus.«

»Das ist es ja. Wenn ich das Geld schon für ein Auto ausgegeben habe, kann ich es nicht mehr für Drogen ausgeben.«

»Diese Rechnung wird nicht aufgehen.«

»Ich überlege, was für eines ich mir kaufen soll.«

»Welche Marke, meinst du?«

»Ja. Es muss irgendwie zu mir passen.«

»Empfehle einen Leichenwagen.«

Ich räume die leeren Flaschen weg und mache den Tisch sauber. Werner hört sich die Analyse der ersten Hälfte an.

»Wer veranstaltet denn diese beunruhigenden Geräusche?«, fragt er, als ich ihm ein neues Bier hinstelle.

»Das Quieken nebenan? Das ist die Nachbarin.«

»Und was fehlt ihr?«

»Ich glaube, sie hat Angst.«

»Ich habe auch Angst, aber quieke ich?«

Die Nachbarin stößt wieder die schrillen Schreie aus, die ich zumindest nachts schon von ihr gewohnt bin. Auf mein Klopfen öffnet sie nie. Im Gegenteil, sie fürchtet sich dann noch mehr. Einmal bin ich mit meinem Schlüssel rein, das hat sie zu Tode erschreckt. Weil mir nichts Besseres einfällt, lasse ich sie nun in Ruhe. Auf Dauer jedoch kann das nicht so weitergehen.

»Wann hast du sie das letzte Mal gesehen?«, fragt Werner. »Nicht, dass die im Sterben liegt und um Hilfe ruft!«

»Ich habe sie heute Morgen vor dem Lift getroffen. Sie hat mir zum Posten des Außenministers gratuliert und gesagt, dass ich den Job sehr gut mache.«

»Ahahahaha!«

In diesem Moment ertönt nebenan ein dumpfes Poltern.

»Das war aber nicht nur eine Tasse!«

Wir springen gleichzeitig auf. Ich schnappe mir den Schlüssel, und keine zehn Sekunden später stehen wir in der Küche meiner Nachbarin. Die alte Frau liegt ohnmächtig auf dem Boden. Aus einer Kopfwunde fließt Blut.

»Die hat versucht, auf den Tisch zu klettern!«, ruft Werner. »Wieso wollte die denn auf den Tisch klettern?«

»Vielleicht hat sie irgendetwas gesehen. Weiße Mäuse. Keine Ahnung.«

»Mein Onkel hat mitten im Sommer gefordert, endlich den Weihnachtsbaum wegzuräumen.«

»War der auch dement?«

»Ich hoffe.«

Ich verständige die Rettung. In der Aufregung sage ich meine eigene Türnummer, aber was soll's, sie werden die offene Tür wohl nicht übersehen.

Werner untersucht die alte Frau. Er sieht mich fragend an.

»Was ist?«

»Der Lift ist zu klein, oder?«

»Wofür?«

»Für die Sanitäter und die Trage und all das.«

»Mit Sicherheit. Außerdem kann man da drin stecken bleiben.«

»Das wäre ungünstig.«

Werner hebt die Nachbarin auf und lässt mich vorausgehen. Stockwerk für Stockwerk trägt er sie in meinem Kielwasser die Treppen hinunter. Manche Wohnungstüren gehen einen Spalt auf, werden aber schnell wieder zugeschlagen.

»Unfassbar«, entrüste ich mich. »Früher haben die Leute wenigstens noch der Form halber gefragt, ob sie helfen können! Oder die Neugier hat sie herausgetrieben. Aber rausgekommen sind sie!«

»Das siehst du falsch«, sagt Werner hinter mir. »Versetz dich in ihre Lage: Sie machen die Tür auf und sehen zwei Glatzköpfe, die eine blutverschmierte Leiche schleppen.«

Wir hätten uns noch Zeit lassen können, denn die Ambulanz kommt erst fünfunddreißig Minuten nach unserem ersten Anruf. Beim zweiten und dritten haben sie mir gesagt, der Fahrer findet die Adresse nicht.

»Haben Sie kein Navi?«

»Brrr bssgsg hgdjd.«

Werner gibt mir die Nachbarin und übernimmt das Handy. Ich gehe mit ihr ein paar Meter zur Seite, damit sie durch seinen Tobsuchtsanfall nicht aufgeweckt wird.

# WIEN

Kühl. Fast kalt. Es ist Herbst.

Ich bin nicht geschaffen für den Herbst. Ich sehe nicht gern beim Vergehen zu. Ich mag das Werden, das Aufbauen, den Höhepunkt, und was danach kommt, kann sich die Welt schenken.

Post von der Polizei. Mein Verfahren ist wegen Mangel an begründetem Tatverdacht eingestellt worden. Werner hatte sich dann doch in die Sache einschalten dürfen. Immerhin! Es ist nicht alles grau.

Per SMS schicken mir Freunde, die ich selten sehe, besorgte Mitteilungen, was meine Sucht betrifft. Sie sagen, ich muss damit aufhören. Das ist sehr hilfreich.

Die Nachbarin ist in einem Heim, habe ich gehört. Ich denke an sie, während ich mir eine Line lege. Ich ziehe sie nicht gleich, ich warte, zwinkere ihr freundlich zu, nachher, später, gleich, aber nicht auf der Stelle. Es beruhigt mich, dass sie da liegt.

Im Internet lese ich einen Artikel, dessen Autor versucht, originell zu sein. Das Unternehmen scheitert. Irgendwie macht es mich traurig, das zu lesen.

Die meisten Leute denken mit einem fremden Kopf, nicht mit dem eigenen. Das macht die Welt nicht unbedingt besser. Die Schlimmsten sind jedoch die, die unbedingt mit dem eigenen Kopf denken wollen, obwohl sie keinen haben. Ihre einzige Zuflucht, den fremden Kopf, den schlagen sie aus, aus Selbstherrlichkeit und grober Fehleinschätzung ihrer Möglichkeiten, dabei wäre es bei denen schon wieder ganz gut, einen anderen Kopf zur Hilfe zu nehmen und dem hinterherzureden und hinterherzudenken. Diese Selber-

denker machen die Welt sogar noch schlechter, denn selber denken führt bei ihnen naturgemäß zu Enttäuschungen.

Ich schieße mir die wartende Line in meinen Kopf, der mir selbst gerade sehr fremd ist. Das macht die Welt vermutlich auch nicht besser.

Herbst.

# BERLIN

Ich sitze in der Wohnung meines Vaters, bin nüchtern und habe die elfte Partie hintereinander gewonnen. Er könnte in den Tisch beißen vor Ärger. Ich verhöhne ihn. Das würde er umgekehrt auch mit mir machen, also keine Hemmungen.

Meine Halbgeschwister sind irgendwo unterwegs. Dita, die Frau meines Vaters, arbeitet im Krankenhaus, er und ich sind seit Stunden allein. Wir tun nichts anderes als Schach spielen, Obst essen und einander beschimpfen. Ich mag es, wenn ich sehe, wie mein Vater keine Luft kriegt vor Lachen und sich die Tränen aus den Augen wischen muss, weil ich ihn wieder mit den haarsträubendsten Flüchen bedacht habe.

Eigentlich wäre es ganz okay, wenn es so bliebe, denke ich. Berlin ist für mich ein gefährliches Pflaster, hier leben viele exzessive Freunde. Aber in dieser Wohnung bin ich sicher. Mein Vater hält meine Rauschgier durch ununterbrochenes Spielen in Schach. Es gibt keine Ablehnung einer Herausforderung. Wir spielen bis tief in die Nacht.

Ein ruhiger, gleichmäßiger Fluss. Kein Auf und Ab. Eine gelebte Phasenprophylaxe. Fast ein Zuhause.

Am Morgen, im Zug nach Kiel, ärgere ich mich darüber, so elend lange aufgeblieben zu sein. Nun kann ich tatsächlich mit Keith R. Kernspecht trainieren, dem WingTsun-Großmeister, dessen Videos ich schon seit Jahren auf YouTube bewundere, und ausgerechnet heute bin ich so verschlafen, dass ich nicht mal Zeitung lesen kann. Ich hoffe, das wird die Sache nicht noch schmerzhafter machen. Wenn

man sich ansieht, was der in den Videos selbst mit Meistern anstellt, kann man Angst kriegen.

Großmeister Keith Kernspecht, endlich live! Ehemaliger Ringer, Catcher, Karateka, Judoka, Sohn eines Magiers und Grafen, Schüler von Leung Ting, dem letzten Schüler von Yip Man. Einer von zwei Menschen auf der Welt mit dem zehnten Meistergrad im WingTsun. Ich liebe es, Menschen zu begegnen, die in dem, was sie machen, zu den Besten der Welt gehören.

Wir treffen uns vor seinem Trainingsraum, an dem ein Schild angebracht ist, auf dem »Int. Solipsistische Vereinigung zur Pflege des autistischen Kulturgutes« steht. Die Begrüßung ist herzlich, schließlich haben wir ja in Wien vor ein paar Monaten ein paar Gläser getrunken, zusammen mit meinem Sifu Matthias und Oliver König, der gerade Großmeister geworden ist, einer von fünf, die es weltweit gibt.

Kernspecht ist ungefähr so groß wie ich, etwa 1,85. Athletisch gebaut, aber kein Kraftprotz. Seine siebzig Jahre merkt man ihm nicht an, auf Ende fünfzig könnte man ihn schätzen. Wie schon in Wien fällt mir seine Stimme auf, sie ist hell und jung und passt eigentlich nicht zu einem der größten Kampfkünstler des Planeten.

Kernspecht ist nicht allein gekommen. Seine Adoptivtochter ist dabei, eine reizende junge Halbjapanerin, die ihm assistiert und mit dem unerfahrensten Teilnehmer, also mir, trainieren muss, damit sogar ich etwas lerne. Sie heißt Nahi, hat einen entspannten, fröhlichen Ausdruck und kleine Lachfältchen um die Augen. Ich will sie sofort nehmen und knuddeln. Das hat mir Werner prophezeit. »Sie ist entzückend«, hat er gesagt, »aber wenn wir trainieren, kann ich sie nicht wegschieben, und sie kann mich nicht wegschieben.« Was bemerkenswert ist, denn Werner und Nahi sind etwa gleich groß, nur hat er geschätzt das dreifache Gewicht, und das meiste davon sind Muskeln.

Alle nennen Kernspecht Sifu, sogar Nahi. Er ist der Sifu meines Sifus, also ist er eigentlich mein SiGung, aber das wäre zu mühsam,

hier sage ich lieber auch Sifu zu ihm. Ich bin sonst kein großer Freund von Titeln, aber die Welt der Kampfkunst legt in mir eine Art archaisches Verständnis für Hierarchien frei.

In den folgenden zwei Stunden erlebe ich ein anderes Training als bei Matthias. Der hat die Aufgabe, mich zu einer Waffe zu machen. Mein Sifu hier zeigt mir hingegen, in welche Richtung das Lernen von Meistern geht.

Falls ich nicht alles missinterpretiere, was ich in der Zentrale der Internationalen Solipsistischen Vereinigung zur Pflege des autistischen Kulturgutes sehe und höre, sind im WingTsun neben einigen wenigen körperlichen Grundvoraussetzungen Konzentrationsstärke und Geistesgegenwart wichtig, vor allen Dingen ständige Bereitschaft zur Veränderung, mit der Veränderung des Gegners, und die Fähigkeit, mit der eigenen Handlung geistig zu verschmelzen.

Früher habe ich solche Gedanken als Hippiefängerei abgetan, doch je länger ich mich auf WingTsun einlasse, desto klarer wird mir, welcher Wahrheit dieser Ansatz folgt. Was nicht heißt, dass ich ihn für mich anwenden könnte. Um eine Verschmelzung meiner Handlungen mit meinem Ich zu bewerkstelligen, sind mir beide zu suspekt, meine Handlungen und mein Ich.

Der Erfolg des Kämpfers hängt auch davon ab, woher er seine Energie nimmt. Die Kraft kommt aus dem Ming-Men, dem Nierenpunkt, erklärt der Sifu. Und stößt wie zum Beweis mit einer unscheinbaren Bewegung einen Riesen von geschätzten 130 Kilogramm Muskelmasse so gegen die Brust, dass dieser drei Meter durch den Raum taumelt und gegen die Wand kracht.

Auch die Demonstrationen des Sifus, die danach folgen, wirken wie Zauberei. Alle machen große Augen, und alle sind glücklich. Alle Menschen freuen sich, wenn sie etwas Magisches sehen dürfen, das ist nicht nur bei Kindern so, das hört nie auf. Die Kampftechniken, die der Sifu vorzeigt, sind so ausgefeilt und durchdacht, seine Bewegungen so unglaublich schnell, dass ich nur staunend dastehe und dankbar bin, so etwas einmal miterleben zu dürfen.

Beim Mittagessen lasse ich nebenbei fallen, dass ich mir ein Auto kaufen will und noch nicht weiß, in welche Richtung ich denken möchte. Ich erzähle von Philipp, dem Motorsportjournalisten, der mir beim Auswählen und Testen helfen wird, weil ich keine Ahnung von Technik und kein Talent für Feilscherei habe. Dass dieser eine eigene Halle gemietet hat, weil er zehn Autos besitzt, erwähne ich auch, ich finde das total verrückt und sehr sympathisch. Ich erwarte schmunzelndes Kopfschütteln, aber der Sifu sagt:

»Ich habe drei Hallen.«

»Haha, und wie viele Autos? Dreißig?«

»43 oder 45, das weiß ich nicht genau.«

Ich lache, weil ich verwirrt bin.

Nahi grinst über den Tisch: »O Gott, das musst du doch nicht gerade jetzt sagen!«

»Doch, warum nicht?«

Ich brauche noch gut eine Minute, bis ich verstehe, dass er das ernst gemeint hat.

Einer der Sätze in Kernspechts *Kurs-Buch Inneres WingTsun*, die ich mir gemerkt habe, lautet: *Lasse dich von keiner Situation beeindrucken.*

Den Sifu beeindruckt wirklich nichts, im Sinne von überfordern oder einschüchtern.

Bei mir sieht die Sache anders aus.

Am Nachmittag folgt die nächste Einheit. Obwohl man sich gar nicht viel bewegt, ermüdet man. Was heißt man, ich. Die andere tragen rote Shirts, was sie als Träger eines Höheren Grades ausweist, sie sind also Meister, und Meister sind vielleicht nach einer Stunde Üben des frontalen Kreises nicht müde.

Je länger ich vor Nahi stehe und versuche, den richtigen Druck meines Handgelenks an der richtigen Stelle ihres Handgelenks aufrechtzuerhalten, während ich die richtigen Armbewegungen mache, desto größer wird meine Bewunderung für den Sifu. Er operiert in einem Bereich, in den auf der Welt nur wenige vordringen. Hier

geht es um Millimeter. Eine Handkante statt im 60-Grad-Winkel im 62-Grad-Winkel zum Gegner drehen macht einen entscheidenden Unterschied. Die Hand des Gegners über die Körpermitte hinaus zu führen statt nur bis zur Mitte entscheidet über Sieg oder Niederlage. Kernspecht ist ein Nanotechnologe des Zweikampfes. Wenn ihn die zwei Klitschkos in einer Bar verhauen wollten, könnten sie längere Zeit nicht mehr boxen.

Danach lädt mich der Sifu zu einem frühen Abendessen ein. Wir sind zu viert, Nahi und seine Frau sind dabei. Ich habe das Gefühl, mir platzt der Kopf, so viele Informationen über WingTsun wirbeln darin herum. Ich bin gespannt, was ich damit werde anfangen können. Ob es theoretisches Verständnis bleibt oder eines Tages mit der Übung den Weg in mein Rückenmark findet.

Ich schieße weiterhin Frage um Frage ab, denn über Kampfkunst wird so viel Unsinn geredet, dass ich einmal hören will, was jemand darüber sagt, der davon mehr versteht als die meisten anderen Menschen.

Ich frage nach dem suspekten Kyūsho-Stil und nach Krav Maga, das ein Selbstverteidigungssystem ist und keine Kampfkunst, und ich will auch seine Einschätzung von Systema hören, das aus Russland stammt und über das ich einiges gehört habe.

Der Sifu hält ein aufschlussreiches Stegreifreferat über die Stile. Speziell Kyūsho sieht er sehr kritisch, es wirkt, als würde ein Gentleman die schmutzigen Gewohnheiten der Unterschicht erörtern. Das israelische Krav Maga findet er primitiv, worin aber dessen Stärke liege, weil es sich mit instinkthaftem Verhalten verbindet. Sein Freund Tom ist einer der besten Krav Maga-Meister, weil er von Kernspechts Mentor und Kyokushinkai- und Judo-Großmeister, dem legendären Jon Bluming gelernt hat.

Danach erzählt der Sifu, wie er vor fünfundvierzig Jahren in London den Geheimchinesen beim Wing Chun zusah. Unterrichten durften sie ihn als Nichtchinesen nicht, sie ließen ihn jedoch zusehen, und er wurde ihr »Dieb-Schüler«, der als observatorisches Ta-

lent mit den Augen stiehlt. Nach zwei Wochen fuhr er nach Hause und erklärte seinen Kieler Karateschülern 1970, dass sie ab sofort WingTsun machen würden.

So etwas mag ich. Jemandem zuhören, der wirklich etwas zu sagen hat. Ich würde am liebsten ein paar Tage bleiben, aber mein Vater wartet in Berlin mit dem Schachbrett.

Der Sifu bringt mich in einem Jaguar Daimler Double Six zum Bahnhof. Davon hat er sieben, für jeden Tag in der Woche einen, in sieben verschiedenen Farben. Baujahr 1992, erfahre ich, Zwölfzylinder. Ich weiß noch immer nicht, was zwölf Zylinder sind. Für mich ist das Innenleben von Autos Terra incognita. Mir genügt es, ein schönes Auto zu haben, das schnell fährt. Mehr erwarte ich nicht von einem Auto. Ein schnelles, schönes Auto ist ein braves Auto.

Elf SMS. Auch eine von David Schalko. Ihm schreibe ich als Erstem zurück. Wenn ich mich nicht verzähle oder mich an irgendetwas nicht erinnern kann, habe ich ihn in diesem Jahr keine drei Mal gesehen, obwohl er einer meiner besten Freunde ist. Er arbeitet, ich arbeite. Er ist in Wien, ich bin in Carlisle. Ich bin in Wien, er ist in Sri Lanka. Ich bin in Wien, er dreht einen Film in Kanada. Er ist im *Anzengruber*, ich bin im Halbkoma. Ich bin im *Anzengruber*, er ist in Köln. Ohne SMS und Facebook hätten wir uns entweder aus den Augen verloren oder doch gegenseitig besucht.

In Berlin wartet mein Vater am aufgebauten Schachbrett. Er legt die Zeitung weg, macht den ersten Zug, natürlich hat er sich die weißen Steine genommen, und ruft:

»Los, du Sau!«

»Darf ich mir vielleicht noch die Hände waschen?«

»Nichts da! Spiel!«

»Du lackierter alter fetter Esel.«

Partie um Partie. Ein Uhr nachts, zwei Uhr, drei. Ich bin so müde, dass ich die ganze Zeit Phantasielieder mit erfundenen Texten singe, wäh-

rend mein Vater nachdenkt. Er beschwert sich, dass er deswegen dauernd verliert. Ich ziehe ihn an den Ohren und singe etwas vom alten Gulaschheiland, und das so oft hintereinander, bis mein Vater von einer Sekunde zur anderen so heftig zu lachen beginnt, dass ich auch nicht anders kann, und wir uns in Lachkrämpfen winden.

Und irgendwann in der Nacht passiert es. Er setzt mich matt. Ich habe eine Sekunde nicht aufgepasst und bin schachmatt.

Mein Vater tanzt wie ein Derwisch auf Speed durch die Wohnung. Seine Jubelschreie wecken vermutlich das ganze Haus auf.

# TOKIO

Am Tag vor dem Abflug nach Chile lief Jonas den Tokyo Tower hoch und wieder runter, sechzehn Stunden lang, einen vierzig Kilogramm schweren Rucksack auf dem Rücken.

Das bringt Glück.

# TOKIO

Als Marie ihn weckte, merkte er, dass etwas anders war. Er versuchte diesem Gefühl in sich nachzuspüren, doch alles ging zu schnell. Das Gepäck hatten sie bereits am Vortag nach Narita bringen lassen. Vor dem Haus wartete ein Wagen von Tanaka, der sie zum Flughafen brachte.

Auf dem Rücksitz lag ein Päckchen. *Erst am Südpol öffnen*, stand darauf.

»Immerhin«, sagte Jonas. »Er hat Vertrauen in uns.«

»Und du?«

»Ich auch. Wir schaffen das.«

Zum ersten Mal klang Marie nicht ganz so selbstbewusst wie seit dem Tag, an dem sie die Expedition vorgeschlagen hatte.

»Unsicher bin ich nicht«, sagte sie, als er sie darauf ansprach, »aber sich etwas vorstellen und dann tatsächlich unterwegs sein sind zwei verschiedene Dinge.«

»Wem sagst du das.«

»Hast du ein Testament gemacht?«

»Natürlich nicht«, antwortete er. »Du etwa?«

»Du findest in meinem Zimmer einen Umschlag, da steht alles drin. Für den Fall.«

»Bist du verrückt?«, rief er so laut, dass sich der Chauffeur umdrehte.

»Man kann so eine Unternehmung nicht angehen, ohne für den schlimmsten Fall Vorbereitungen getroffen zu haben.«

Jonas schüttelte den Kopf, lehnte sich zurück und schaute aus dem Fenster.

»Was hast du?«

Er starrte in den Regen, der sie aus der Stadt hinausbegleitete. Die Wolken schienen noch tiefer zu hängen als sonst.

»Ist etwas nicht in Ordnung?«

»Alles gut«, sagte er.

»Offenbar nicht.«

»Marie, ich bin abergläubisch.«

»Seit wann? Du warst noch nie abergläubisch. Das passt auch nicht zu dir.«

»Nur in dieser einen Sache, da war ich es immer. Ich mag keine Testamente.«

»Soll das heißen, du hast nirgendwo schriftlich hinterlassen, was passieren soll, wenn du tot bist?«

»Mir ist es völlig egal, was passiert, wenn ich tot bin!«

»Das kann ich mir nicht vorstellen.«

Sie schwiegen, bis der Fahrer nach einer rasanten Fahrt vor dem Abflugterminal hielt. Jonas gab ihm ein Trinkgeld, und als der Wagen außer Sicht war, umarmten sie sich.

»Wir beginnen das hier nicht mit einem Streit«, sagte sie und drückte ihre Nase gegen seine.

»Das war doch kein Streit«, sagte er und strich ihr über den Kopf.

Sie küssten sich, bis neben ihnen ein paar Jungs pfiffen.

»Sie meinen, wir sind zu alt für so was«, sagte Marie und betrat das Gebäude.

»Die werden sich noch wundern«, sagte er und folgte ihr.

In der Businesslounge erkannte er einen europäischen Politiker. Ihre Begegnung lag zwölf Jahre zurück, doch seine unangenehme Gabe, sich alle Gesichter zu merken, brachte sogleich die Erinnerung an ihre Unterhaltung zurück. Jonas hatte vergeblich um seine Unterstützung für ein privat geführtes Kriegsflüchtlingsheim gebeten. Noch einmal wollte er nicht mit ihm reden. Er erwiderte das Nicken des Mannes knapp und hielt demonstrativ sein Handy ans Ohr.

»Wir sind unterwegs«, sagte er.

»Seid ihr aufgeregt?«, fragte Zach.

»Nein.«

»Du lügst.«

»Da weißt du mehr als ich.«

»Ich weiß, wie du dich anhörst, wenn etwas Größeres bevorsteht.«

»Da weißt du auch mehr als ich.«

»Vielleicht sollte ich für dich eine Messe lesen lassen.«

»Glaubst du, das hilft?«

»Schaden kann es nicht.«

»Wer weiß«, sagte Jonas. »Und wie geht es dir? Wie geht es Ianto?«

Zach gab ein Geräusch von sich, das nach Lachen klang.

Vielleicht wirklich keine schlechte Idee, das mit der Messe, dachte Jonas, als er auflegte und Maries Blick sah.

Während des Flugs nach Sidney schliefen beide. Jonas hatte einen merkwürdigen Traum, in dem sie alle vorkamen, Picco, Zach, Werner, Mike, und in dem ständig einer von ihnen in Gefahr war. Wenn Jonas kam, um sie zu retten, stellte sich heraus, dass alles ein Scherz gewesen war.

Wollt ihr mich foppen oder wollt ihr mich testen?, fragte Jonas, und einer von ihnen antwortete: Wir feiern doch nur.

Dann befand er sich plötzlich auf dem Everest. Nicht in jener Nacht in der Todeszone, in der er beinahe gestorben war, sondern im Basislager, danach, als Marie ihn abgeholt hatte und sein Leben wieder ganz geworden war. Er lag im Zelt und suchte nach ihr. Sie schien verschwunden zu sein, sie war nicht bloß hinausgegangen, es fehlte jede Spur von ihr, und er fragte sich im Traum, ob es ein Traum gewesen war, ob sie gar nicht zurückgekommen war. Schließlich tauchte er kurz auf, um den Gedanken zu fassen, dies könnte der Traum sein, nicht das andere, und in dieser Verwirrung wachte er auf und sah Maries Gesicht vor sich. Sie sah besorgt aus.

»In deinem Kopf möchte ich nicht wohnen«, sagte sie.

»Den Satz habe ich schon mal gehört.« Er schloss erleichtert die Augen. »Sind wir bald da? Gibt es was zu essen?«

»Was hast du geträumt?«, fragte sie.
»Ich bin bei der Miss-World-Wahl nur Dritte geworden.«
»Ja, danach hat es ausgesehen.«

In Sidney hatten sie acht Stunden Aufenthalt. Sie checkten in einem Hotel ein, dessen Namen Jonas sofort wieder vergaß, drehten Musik auf, aßen eine Kleinigkeit, dösten, und dann fickten sie. Es war kein angenehm an der Oberfläche treibender Sex, wie sie ihn mitunter gern praktizierten, weil er keinen wesentlichen Fragen auf den Grund ging, es war auch nicht wie der halbbewusste Kampf in ihren Nächten, in denen es nie Verlierer gab. Es war rohes, raues, wildes Ficken, es war Leben aus dem anderen ziehen, Leben in den anderen pumpen, mit heftigen Orgasmen, Schweiß, krachenden Möbeln, splitternden Gläsern, Gewalt, Überraschung, mit Erschöpfung, Müdigkeit, Zufriedenheit und Umarmungen ganz zuletzt.

# WIEN

Philipp kennt sich aus. Philipp ist Motorsportjournalist. Wenn ich Auto sage, stellt er vier oder fünf kurze Fragen, ich antworte und habe nach einer halben Stunde fünf Links in meinem Maileingang, die zu Angeboten führen, die ich mir leisten kann.

Es wäre natürlich schön, zehn Autos wie Philipp oder fünfundvierzig wie der Sifu zu besitzen, aber ich habe nicht einmal mehr eines, weil ich den Renault Else überlassen habe, und das ist ein unerträglicher Zustand. Ich brauche das Gefühl, jederzeit aus der Stadt rauszukönnen, ohne von Fahrplänen oder Mitfahrgelegenheiten abhängig zu sein. Das ist etwas, was die Fahrradfundamentalisten, die am liebsten jede Großstadt in eine Fußgänger- und Radfahrzone verwandeln würden, nie werden verstehen können. Ein Ausflug ins Grüne, ein Fläschchen Milch am Gepäckträger, das muss doch gefälligst auch reichen.

Wobei ich nichts gegen Radfahren habe. Ich habe nur etwas gegen die Rechthaberei ihrer Aktivisten.

Aber heutzutage hat sowieso jeder recht.

Am Nachmittag vor unserer Inspektionstour durch die Garagen der Stadt treffe ich eine Journalistin. Wieso ich sie treffe, habe ich vergessen. Ein Interview scheint es nicht zu sein. Ist eigentlich auch egal. Sie sieht gut aus, und sie neigt zu Schlüpfrigkeiten. Sie erzählt von dem Club, den sie und ihr Freund regelmäßig besuchen.

»Die Frauen dürfen den Kopf nicht heben«, erzählt sie. »Sie dürfen die Männer nicht direkt ansehen. Jeder Mann kann sich jede Frau aussuchen.«

»Aha.«

»Jeder bringt seine Frau mit und geht mit ihr wieder nach Hause. Das sind die Regeln. Keine Nutten. Echte Partnerinnen.«

»Wie alt bist du?«

»Was hat das damit zu tun?«

»Ich will bloß die Welt verstehen.«

»24. Verstehst du sie jetzt besser?«

»Nicht viel.«

Sie offenbart mir nun ohne Umschweife, dass sie ihr Freund geschickt hat. Sie soll sich von mir ficken lassen und dabei per Handy mit ihm verbunden sein.

»Ist das okay?«

»Das mit dem Ficken oder das mit dem Handy?«

»Beides.«

Ich denke nach, aber es führt zu nichts. Natürlich übernimmt in mir wieder eine andere Instanz das Kommando. Ich finde die Situation zu ungewöhnlich, um den Freund enttäuschen zu wollen. Ich rufe nach der Rechnung.

Bei mir.

»Darf ich dir einen blasen? Ich bin es gewöhnt, dass ich frage und danke sage.«

»Ja.«

»Darf ich?«

»JA!«

»Du musst mir Anweisungen geben. Ich rufe jetzt an, okay?«

Sie tippt etwas in ihr Handy. Ich weiß nicht, was ich denken soll. Ich wundere mich wie schon so oft in meinem Leben, dass ich die Klassiker gelesen habe und manchmal trotzdem nicht mehr bin als ein Affe mit einem steifen Schwanz.

Der erste Wagen, den Philipp mit mir anschauen fährt, ist ein älterer X5. Ich mag solche Kisten eigentlich, weil man da stehend einsteigen kann und nicht auf den Sitz kriechen muss wie in einen

Fuchsbau. Bei diesem Auto ist es keine Liebe auf den ersten Blick, aber vielleicht überzeugt mich eine Probefahrt.

Philipp muss das Steuer übernehmen, weil ich nach einer Angstattacke zu Mittag drei Xanor geschluckt habe und mich nicht verkehrstauglich fühle. Meine Nase tut so weh, dass ich mich nicht schnäuzen kann. Ab und zu muss ich mir Taschentuchfetzen in ein Nasenloch stecken, um das Blut zu stillen. Ich habe bereits eine Voltaren genommen, aber die Schmerzen gehen nicht weg. Bald lasse ich mir die Nase zunähen, dann kommt nichts mehr raus und nichts mehr rein, und endlich ist Ruhe.

Wir fahren über die Bundesstraße. Das Auto ist okay. Trotzdem wissen wir beide, dass es nicht das richtige ist. Schnell unterhalten wir uns über ganz andere Themen. Irgendwie kommt die Rede auf Entscheidungen, auf falsche Entscheidungen. Ich erzähle ihm von der Geschichte mit dem Chefredakteur einer Autozeitung, der mir irgendeinen Sportwagen auf seinem Handy zeigen wollte und ein ganz anderes Foto erwischte. Was macht man in so einer Situation? Bei der Polizei anzeigen? Vielleicht war es ja doch ein Missverständnis. Ihn zur Rede stellen? Ich habe es nicht fertiggebracht. Wenn er dieses Foto via Whatsapp geschickt gekriegt hat, war es womöglich unerwünscht in seinem Fotospeicher. Obwohl, wer kriegt so etwas schon unerwünscht geschickt.

»Ich habe auch keine Ahnung, was ich gemacht hätte«, sagt Philipp.

Irgendwie beruhigt mich das. Aber nur ein bisschen.

Der Nächste ist es. Ein BMW 330 Coupé. 230 PS, Messing metallic. Ich will ihn, ohne selbst Gas gegeben zu haben. Wenn Philipp sagt, der ist okay, ist er okay.

Die Verhandlungen übernimmt ebenfalls er. Es ist aufschlussreich, ihn um den Wagen streichen zu sehen, hier mal drückend, da mal etwas betrachtend, während er nebenbei dem Besitzer die Makel des Autos illustriert und auf diese Weise den Preis drückt, ohne Geld überhaupt zu erwähnen.

»Winterreifen gibt es dazu?«

»Nein, war ein Sommerauto.«

Der Besitzer macht von sich aus ein niedrigeres Angebot. Philipp überprüft mit einem elektronischen Dings, das er irgendwo am Wagen ansteckt, auch noch die Elektronik. Die Ergebnisse liest er an seinem Smartphone. Keine Ahnung, wie das funktioniert. Aber es ist alles in Ordnung, und ich nehme ihn.

»Wie läuft das mit der Anmeldung? Und eine Versicherung brauche ich auch, oder?«

»Darum kümmere ich mich. Das Leder der Sitze poliere ich selbst. Und die Roststellen überlasse ich meinem Mechaniker.«

»Und wie hole ich den Wagen hier ab und bringe ihn zu dir oder zum Mechaniker, ohne Nummerntafel?«

»Das mache ich. Ich habe ein Überstellungskennzeichen.«

»Das machst alles du?«

»Ja.«

»Aber … Was kriegst du dafür? Was zahle ich dir dafür?«

»Nur die Anmeldung, die Steuer und die paar Euro für den Mechaniker.«

Ich weiß, man muss auch lernen, etwas von anderen anzunehmen. Ich war darin nie so gut.

»Warum machst du das? Was willst du dafür haben? Ich kann mir das doch nicht einfach alles schenken lassen. Deine Zeit, deine Mühe, deine Arbeit.«

»Mir genügt es, dass dann so ein schönes Auto auf der Straße ist. Ich betrachte das als Dienst an der Allgemeinheit.«

Es sollte mehr Menschen geben wie Philipp Stalzer.

Es bleibt die Finanzierungsfrage. 10 000 Euro sind kein Pappenstiel. Eigentlich habe ich sie. Eigentlich habe ich sie nicht. Wenn ich meinen Kokskonsum für die nächsten Monate hochrechne, habe ich sie nicht. Außerdem könnte ich mir mit diesem Geld auch eine größere Wohnung leisten. Ich bin bloß deswegen noch nicht umgezogen, weil ich Angst habe, dass mir kein Geld mehr für Koks übrig bleibt.

Jetzt denke ich mir das Gegenteil. Ich jage die Droge mit dem BMW zum Teufel. Wo ein BMW ist, kann keine Droge sein. Das Geld kommt ins Auto. Friedrich mit dem Fuß sieht mich nie wieder. Oder nur höchst selten.

Entmündigen lassen wäre natürlich auch eine Idee.

# WIEN

Das Kind mag Halloween. Im Supermarkt komme ich mit ihm kaum an den Kürbissen vorbei, weil es so schnitzgierig ist. Es will mir das Versprechen abringen, in ein paar Tagen mit ihm verkleidet von Tür zu Tür zu gehen und nach Süßem oder Saurem zu fragen. Vielleicht sollte es mit Werner gehen, da kommt wahrscheinlich auch unverkleidet viel zusammen.

»Wenn du nicht mitgehst, musst du dafür mit mir heute Kürbisse schnitzen!«

»Ich muss, ich muss, ich muss …«

»Ja, musst du!«

»Hölle und Teufel …«

»Das passt auch zu Halloween.«

»Helen kommt heute zu uns, da kann ich nicht mit dir schnitzen.«

»Die schnitzt sicher auch gern Kürbisse!«

»Die tut bestimmt den ganzen Tag am liebsten nichts anderes.«

Aber okay, ich kaufe zwei große und einen kleinen Kürbis. Das Kind trägt den kleinen, ich habe die zwei Monsterkürbisse auf den Schultern und belustige auf dem Nachhauseweg die Passanten.

Helen ist an Jahren ja dem Kind näher als mir, also schnitzt sie eifrig mit. Ich schenke uns beiden regelmäßig Wein nach. Ich arbeite langsam, ich lasse die Situation auf mich wirken. Plötzlich ist etwas da, das ich lange nicht hatte. Mann, Frau, Kind. Das ist schön.

Aber Helen hat einen Freund, und ich habe das Koks.

Während die beiden geschickt Gesichter aus ihren Kürbissen schneiden, versteife ich mich auf die Idee, meinen Nachbarn statt

der üblichen Halloween-Fratze einen Peniskürbis aus meinem Fenster entgegenleuchten zu lassen. Meine Feinmotorik ist die eines Schaufelbaggers, und der etwas zu groß geratene Penis hat das gleiche Problem wie Adolf Hitler, zumindest wird dem nachgesagt, den Harnröhrenausgang unten gehabt zu haben. Helen baut einen Zigarettenstummel in das Kunstwerk ein, und damit klappt es. Das Kind ist trotzdem empört.

»SO ETWAS STELLE ICH DOCH NICHT INS FENSTER!«

»Wieso nicht?«

»Das ist doch kein Gesicht!«

»Das hast du gut erkannt.«

»ICH WILL DAS NICHT!«

»Aber stell dir die Nachbarn vor. Wenn die das sehen!«

»Okay, ich will's.«

Während das Kind den Peniskürbis fertig aushöhlt, machen Helen und ich die zweite Flasche auf. Das Kind kichert. Gewissenhaft säubert es den Kürbis von Kernen, stellt Kerzen hinein, zündet sie auf eine etwas merkwürdige Art an, aber immerhin ohne sich zu verbrennen, und stellt den Peniskopf stolz ins Fenster.

»Das passt zu dir«, raunt Helen mir zu.

Das Kind bleibt beim Kürbis stehen und späht in den Innenhof, ob vielleicht Nachbarn und ihre Reaktionen zu beobachten sind. Ich streiche Helen über den Kopf. Es ist eine Berührung, über die ich nicht nachdenke, sie geschieht automatisch, ich habe keinen Einfluss darauf.

»Da schaut niemand«, ärgert sich das Kind. »Ich lege mich hin und lese. Darf ich ein Stück Schoko haben?«

»Nur wenn du mir ein Bussi gibst«, sage ich.

»Sicher nicht.«

»Na dann gib mir ein Bussi«, wirft Helen ein.

»Ganz bestimmt nicht!«

»Ach komm, weißt du, wie viele Männer mir gern ein Bussi geben würden?«

»Drei?«, fragt das Kind eher feststellend und legt sich aufs Bett.

»Hast du Hunger?«, frage ich.

Helen schüttelt den Kopf. Sie schenkt uns nach und macht am Laptop Musik. Ich forsche im Kühlschrank nach Essbarem. Wie üblich habe ich nur für das Kind eingekauft. Sogar den Wein hat Helen mitgebracht, weil ich keinen Alkohol daheim haben will. Immerhin finde ich eine Packung Schinken.

*Tired Pony*. Eine meiner Lieblingsbands. Gute Wahl.

Ich sehe Helen an. Sie sieht mich an. Ich glaube, wir haben ähnliche Gedanken.

Sie raucht. Ich rauche nicht, aber manchmal paffe ich. Jetzt paffe ich eine.

Im Bett kreischt das Kind, vermutlich liest es ein Clever&Smart-Comic. Helen nickt Richtung Bett und lacht. Ich mampfe meinen Schinken. Bis ich weniger durch den Geschmack als durch einen zufälligen Blick auf das Ablaufdatum feststelle, dass es nicht Oktober, sondern Mai sein sollte.

# WESTSTEIERMARK

Julius hat sich nicht lange gehalten. Das war vorauszusehen.

Alles wieder beim Alten. Uriella kommt zu sehr unterschiedlichen Zeiten nach Hause. Manchmal am Nachmittag, manchmal nachts, manchmal nüchtern, oft nicht. Ab und zu bleibt sie jetzt überhaupt zu Hause und verschläft den ganzen Tag. An solchen Tagen geistert sie abends totenblass durchs Haus und scheint etwas zu suchen. Sie tut mir leid. Sie kriegt trotzdem nicht viele Gutpunkte in meiner Geheimmappe.

Ich frage mich, ob ich Babys Namen durchstreichen soll. Ich entscheide mich dagegen. Er ist noch da. Ich rede mit ihm und stelle mir vor, was er darauf sagen würde. Trotzdem habe ich keine Lust, von ihm tatsächlich ein Zeichen oder gar eine Botschaft zu erhalten. Die Toten sollen drüben bleiben. Ich will sie nicht bei mir. Ich will, dass sie drüben auf mich warten. Diesen Gedanken finde ich tröstlich. Nie denke ich daran, was eigentlich nach dem Abholen am Ende des Tunnels folgt.

Uriella hält an ihrer Idee fest, mich als Zeugen zu nennen, der bestätigen kann, sie hätte sich gegen den Holzwurm bloß gewehrt. Ich weiß nicht, ob ich ihr sagen soll, dass die Aussagen Dreizehnjähriger vor Gericht vermutlich wenig Gewicht haben, oder ob ich das dem Gericht überlasse. Die Gendarmerie, die gleich am nächsten Tag im Haus gewesen ist, hat sich jedenfalls nicht für mich interessiert.

In der Schule sitze ich seit heute neben Markus. Was nicht bedeutet, dass ich auch zu den anderen einen Draht gefunden hätte. Es ist, als

würden wir in verschiedenen Welten leben, verschiedene Sprachen sprechen, unterschiedliche Dinge sehen.

Das ist es, denke ich auf dem Bett, mein Milchbrot kauend. Sie sehen andere Dinge als ich. Nicht nur Werte oder so was, das meine ich gar nicht. Oder nicht nur. Sie sehen Bleistifte und Kugelschreiber und Hefte, wo ich überhaupt nichts wahrnehme. Ich sehe einen Buchrücken, wo ihr Blick nicht verharrt.

Aber das allein ist es auch nicht. Es geht nicht ums Lesen. Darum, dass ich Bücher in mich hineinfresse und abwarte, was sie in mir anrichten, und dass die anderen, wenn sie schon mal ein Buch lesen, es unverdaut ausscheiden. Es geht um Alltägliches. Um Kälte, Wärme, Straßen, Häuser, Autos, Bäckereien, Ampeln, Schnee, Wald, Sonne, Oktober. Das alles ist für sie völlig anders als für mich.

Ich sage nicht, dass meines oder ihres besser ist. Aber es scheint anders zu sein. Die Frage ist nur, ob das für mich gut ist oder schlecht.

Ich spiele die Partie nach, die ich am Samstag in der Meisterschaft gespielt habe. Sie ist unentschieden ausgegangen, obwohl ich besser gestanden hatte. Ich habe sogar selbst das Remis angeboten. Der andere hatte um einiges mehr Elo als ich. Wenn ich weiterspiele, verliere ich womöglich noch, dachte ich, der ist imstande und dreht das noch um. Also: Ich biete Remis, er schaut mich an, um seine Augen zuckt es überrascht, fast spöttisch, und er streckt mir die Hand herüber.

Josef, der Mannschaftskapitän, hat erst den Kopf geschüttelt, und dann, als klar war, dass die Begegnung eben deshalb nur 4:4 endet, mich ziemlich zusammengestaucht. Seit den Weststeirischen Meisterschaften hat er irgendein Problem mit mir. Ich glaube, weil er auf mich aufpassen musste und sich nicht besaufen konnte.

Nach einer halben Stunde Analyse bei Milch und Milchbrot habe ich den Gewinnweg gefunden. Ich glaube, ich hätte ihn auch am Samstag entdeckt. Ich hätte weiterspielen müssen.

Ich packe die Figuren weg. Normalerweise lasse ich sie am Tisch stehen, aber heute packe ich sie weg.

Ich frage mich, was aus mir werden soll. Und ob ich eigentlich dämlich bin zu glauben, dass jemand wie M. jemals etwas von jemandem wie mir wollen könnte.

Ich träume mich in eine Welt mit M. hinein, bis ich einschlafe.

Lange schlafe ich nicht. Der Nachbar weckt mich mit seiner Säge. Er nutzt offenbar die Zeit, in der er weiß, dass kein Angriff droht.

Am Abend kommt sie früh nach Hause, ist aber so betrunken wie sonst erst spätnachts. Ich spiele in meinem Zimmer an mir rum und überlege. Eigentlich überlege ich nicht, ich lasse mehr zu, dass ein Bild in meinem Kopf entsteht. Ich denke um das Bild herum. Es ist stark. Es ist schon lange da. Irgendwann wird es unwiderstehlich.

Sie sitzt auf der Wohnzimmercouch, knackt Nüsse und sieht fern. Ich schlucke.

»Kannst du bitte nachschauen? Ob ich Filzläuse habe? Mir kommt vor, da ist was.«

Die Hose habe ich schon aufgeknöpft. Sie zieht mir die Unterhose runter, er springt ihr entgegen, so hart ist er.

Sie wuselt in meinen Haaren. Sie nimmt ihn in die Hand, schiebt ihn nach rechts, schiebt ihn nach links. Wenn sie fester drückt, halte ich es kaum aus, ich habe Kopfschmerzen vor Geilheit, zugleich glüht mein Kopf vor Scham.

»Nein … nein … Sehe nichts. Nein …«

Jetzt oder nie, denke ich.

»Kannst du mir einen blasen?«

Sie lacht auf. »Ganz sicher nicht!«

Es wird ein Lachkrampf. Ich tue so, als wäre es ein guter Witz von mir gewesen, und lache verlegen mit. Sie lacht weiter. Beinahe triumphierend, wie mir vorkommt. Die Nüsse knacken. Sie lacht und schaut zum Fernseher. Sie verschluckt sich, hustet, lacht wieder.

Ich schließe mich in meinem Zimmer ein. Ich vergrabe den Kopf im Kissen.

# WIEN

Über 100 Stunden wach. Fünf Tage. Fünf Nächte. Geschätzte zwei- bis dreitausend Euro verkokst.

Das Bewusstsein verschwimmt. Tage finden statt wie alte Filme im Fernsehen, die man nebenbei verfolgt. Im Augenwinkel sehe ich Bewegungen von Menschen, die nicht da sein können, aber ich schaue trotzdem hin.

Zu Mittag des sechsten Tages breche ich plötzlich zusammen. Als ich aufwache, ist es dunkel. Ich liege fröstelnd auf dem nackten Boden. Mein Handy sagt, es ist übermorgen. 113 entgangene Anrufe.

# GOLDEGG

Wir unternehmen einen Spaziergang um den See. Das Kind hat seinen Spaß, aber ich stapfe in meinen *Nikolajs* verdrossen über den Spazierpfad, auf dem der Schnee fast kniehoch liegt. Am Berg würde man das fast schon Vorstieg und Spuren nennen. Der schöne Teil des Jahres war wieder einmal zu kurz.

In unseren Breiten kann man nur von April bis Mitte September leben, danach sollte man genug Geld haben, um sich für eine Weile nach Italien oder gleich nach Thailand oder Vietnam zu verabschieden. Hierzulande werden die Leute griesgrämig. Oder realistischer. Sie sehen ihr Leben wieder, wie es ist, und lassen das gern an ihren Mitmenschen aus.

Eine SMS von Eduard Habsburg. Er wird Botschafter am Vatikan. Der ungarische Botschafter.

*Gratuliere. Gibt's für mich eine Einladung zur Amtseinführung?*

*Vielleicht besser nicht.*

Ja, vielleicht besser.

*Diesmal bete ich für dich, ausnahmsweise,* schreibe ich.

*Ich frage mich, ob das in deinem Fall wirklich hilfreich wäre.*

»Steckst du mal das Handy weg?«, fragt das Kind.

»Sofort! Entschuldige.«

Bis ich so weit war, von mir selber zu lernen, habe ich ziemlich viel von Älteren gelernt. Meine Zeit mit Menschen zu verbringen, die schon mehr gesehen und mehr zu erzählen haben, schien mir nur logisch. Eine Sache haben aber auch sie mir nicht näherbringen können, nämlich das Land.

Ich habe nichts gegen das Land. Ich lebe lieber in der Stadt, aber gegen das Land habe ich nichts. Ich mag die Weite, die Wiese, den großen Himmel. Mir ist es ein faszinierendes Rätsel, wie Menschen in Tälern denken können statt in Straßen. Ein Tal, das sehe ich nicht, das sehe ich nur, wenn ich den großen Blick habe, den von oben, aber ich habe nur den Schleifmühlgassenblick, den geraden. Ich mag das langsamere Tempo der Menschen in Kleinstädten und Dörfern, es erinnert mich an Rom, wo alles einfach seinen Gang geht. Und doch halte ich es nicht lange in Gegenden aus, in denen erst der Nachname und dann erst der Vorname einer Person genannt werden. Ungarn ausgenommen.

Ambassador Kiralyi Herczeg Habszburg Eduard. Klingt lustig. Ob das so stimmt? Ich frage nach. Falsch. Dr. Habsburg-Lotharingiai Eduard nagykövet. Klingt aber auch lustig.

Wir gehen zum zugefrorenen See. Ich erkläre dem Kind, wie dick Eis sein muss, damit es einen Erwachsenen trägt. Es will wissen, ob hier schon mal jemand eingebrochen und ertrunken ist.

»Meines Wissens nicht.«

»Aber ein Pilot liegt da unten. Aus dem Zweiten Weltkrieg. Mit seinem Flugzeug.«

»Woher weißt du das denn?«

»Hat mir Susi erzählt. Stimmt es?«

»Ja, das stimmt.«

»Hier bade ich sicher nicht mehr. Das ist ekelig.«

»Der liegt weit unten! Der See ist tief.«

»Finde ich trotzdem ranzig.«

Sein Interesse an See und Eis ist erschöpft. Wir ziehen weiter.

Ich frage mich, wer die Modeausdrücke der Jugend prägt. Jede Generation hat ihre bevorzugten Adjektive, und nicht alle finde ich schlüssig. Spaß macht es trotzdem, sie aus dem Mund eines Wesens zu hören, das man mal auf einer Hand getragen hat.

»Wie lange dauert es, bis man ertrunken ist?«, will das Kind wissen.

»Was sind das für morbide Gedanken?«

»Interessiert mich eben.«

»Kommt darauf an, wo man ertrinkt. Je kühler das Wasser und je jünger das Opfer, desto besser.«

»Wieso?«

»Weil die Leute nicht so leicht sterben, wenn ihre Körpertemperatur niedrig ist.«

»Und wie lange dauert es?«

»Weiß nicht. Ein paar Minuten. Aber Ertrunkene kann man leichter zurückholen, gerade solche, die im Eis eingebrochen sind. Es gab schon Fälle, in denen Kinder, die eine Stunde unter Wasser waren, noch wiederbelebt wurden und sogar ganz gesund geworden sind.«

»Das ist grindig.«

»Du hast gefragt.«

»Ein Glück, dass mich Eislaufen nicht interessiert.«

Eine Email vom Kulturforum in Südamerika. Sie hätten noch immer nicht die Hoffnung aufgegeben. Auch wenn es jetzt schon zeitlich knapp sei.

Ich denke kurz nach. Was soll's. Ich brauche dringend eine neue Welt.

Ich antworte, ich mache es, wenn ich einen flexiblen Reiseplan bekomme. Es gibt ein paar Orte, die ich einmal im Leben gesehen haben möchte und an denen bestimmt keine Veranstaltungen stattfinden. Ich absolviere meine Termine, und dann mache ich mich vor Ort selbständig. Reisen ohne Begleitung hat mir immer gutgetan, zumindest trinke ich da wenig bis nichts und bin auch nach meiner Rückkehr gefestigter, so dass es einige Wochen dauert, bis ich mich wieder an Wirtshaustresen zum Narren mache.

Zumindest früher hat es Wochen gedauert. Ich sollte nicht außer Acht lassen, dass sich mein Gesamtzustand nicht zum Besseren entwickelt hat.

»So! Jetzt schaltest du das Telefon ganz aus!«, befiehlt das Kind.

»Du hast völlig recht«, sage ich.

»Du darfst fertigschreiben, was du gerade geschrieben hast, aber dann machst du es aus!«

»Absolut! Vollkommen. Wird erledigt.«

Nachdem ich auf Senden gedrückt und das Handy abgeschaltet habe, bin ich aufgekratzt. Ich werfe das Kind in den Schnee, es steht auf, läuft auf mich zu wie ein Stier, versetzt mir einen Rempler, dass mir die Luft wegbleibt, ich lasse mich fallen und drücke mein Gesicht in den Schnee.

Die Kälte auf meiner Haut ist angenehm. Mein ganzer Kopf glüht vom Weißwein, den ich mit Sepp bis in den Morgengrauen getrunken habe. Dagegen hilft ein bisschen, dass das Kind meinen Nacken mit Schneebällen bombardiert. Ich lasse es so lange auf mir herumhüpfen, bis ich mich entsetzt an das Koksbriefchen in meiner Hosentasche erinnere, das bestimmt schon völlig durchnässt ist.

Der *Seehof* gehört Sepp und Susi Schellhorn. Wir sind Freunde. Das sage ich nicht über viele Menschen.

Der *Seehof* ist ein Luxushotel, jedenfalls nach meinem Luxusbegriff. Ich habe Zeit zu arbeiten, zumindest wenn das Kind nicht dabei oder beschäftigt ist, und werde dabei mit Essen und Trinken versorgt. Niemand spricht mich an, die Hausbibliothek ist umfangreich, wenn auch zu Thomas-Bernhard-lastig und stark versuhrkampt, das Personal erträgt meine Launen, die Besitzer sorgen durch ihre eigenen Seltsamkeiten für Unterhaltung, keiner wundert oder beschwert sich, wenn ich abends auf der Bank gegenüber der Bar einschlafe und zur Frühstückszeit noch immer da liege, der Haushund hat nur ein Auge, die anderen Gäste sind erträglich, und unter dem Dach gibt es ein Dampfbad, in dem ich immer an Eduard und seine Hauskapelle denken muss. Für mich ist das alles Luxus, selbst der dauerfurzende Zyklopenmops, der bei meiner Arbeit zu meinen Füßen liegt und darauf wartet, dass von meinem Schinkenbrot etwas für ihn abfällt.

Die Schellhorns leisten sich ihrerseits den Luxus, Leute wie mich

gelegentlich einzuladen. Vor einem Jahr war ich ganze zwei Monate hier, ohne bezahlen zu dürfen. So etwas ist mir peinlich, und ich bin fast froh, wenn ich einmal an der Rezeption die Kreditkarte in das Kartenlesegerät schieben darf.

Als wir durchnässt und verschwitzt ins Hotel zurückkommen und ich mein Handy einschalte, piept es einige Male hintereinander.

*Heute saß am Nebentisch Andrew Card. Der Stabschef von Bush.*

Mich macht das nicht neidisch. Mich überfordert es, wenn überhaupt jemand am Nebentisch sitzt.

Helen: *Was machst du? Wo bist du? Wir gehen Wein trinken, kommst du mit?*

Else: *Wie geht es euch? Wie geht es dem Kind? Was macht ihr?*

Dschingis Khan: *Sagt dir Viber etwas? Soll so ein Programm sein.*

Mein Vater: *Was machst du, du fetter Rüde? Tanzt du mit der Sau am Naschmarkt? Die Leute werfen euch Münzen hin, und die Sau muss sie mit der Schnauze aufsaugen. Am Abend kackt sie die Münzen in deine Wohnung. Zum Dank küsst du sie, und es gibt für die Sau einen neuen Bademantel.*

Nina: *Was ist mit dir los? Schon lange kein Foto mehr bekommen. Geht's dir gut? Schau mal, was sagst du zu diesem Entwurf? Der Gorilla ist schon ziemlich gut, bei den Flügeln hakts noch.*

Ich schreibe Nina zurück, dass mir ihr Schmetterlingsgorilla zu verspielt ist. Ich will einen Schmetterlingsgorilla, der weder böse noch lustig ist, ich will einen, der ist wie ich.

Sie: *Also böse und lustig.*

Ich: *Genau.*

Elisabeth ist schon da. Sie hat das Nebenzimmer. Das Kind will bei Susi und ein paar neugewonnenen Freunden an der Bar bleiben. Uns ist das recht.

Elisabeth, oder Elli, wie ich sie nenne, ist eine der wenigen Frauen, die unumwunden sagen, was sie wollen. Sie sagt etwa: Am liebsten würde ich mich jetzt auf dein Gesicht setzen. Sie sagt es verschmitzt und zugleich ernst, mit Leidenschaft und Respekt zugleich, Respekt

weniger mir als der Intimität gegenüber. Unser Sex ist keiner von der Sorte, den man erledigt, weil man allen Lebens- und Gesellschaftsregeln entsprechend welchen haben muss.

Manchmal bildet man sich ein, Sex holt einen zurück in die Welt, oder dass man kein ganzer Mensch ist, wenn man nicht ab und zu jemanden vögelt. Vielleicht stimmt das sogar. Aber solche Akte sind anders als die von Elli und mir. Sex mit ihr ist trotzdem oder deswegen einer, bei dem die Erinnerung daran schön ist, er hinterlässt kein unangenehmes Gefühl, hinterlässt nicht die Einsamkeit, die sich nach jedem Höhepunkt in mir ausbreitet und die mich einer Frau, für die ich keine tiefen Gefühle habe, für eine halbe Stunde den Rücken zudrehen lässt.

Elli lebt in Innsbruck, und wir können uns nur ab und zu in der Mitte treffen. Wir waren mal verliebt ineinander. Etwas ist geblieben. Ab und zu schauen wir nach, was gewesen sein könnte. Es bleibt immer nur eine Ahnung.

Nach dem Sex duschen wir nicht. Wir ziehen uns an und gehen verschwitzt hinunter zum Essen. Ausnahmsweise sind so viele Freunde des Hauses da, dass wir alle an eine lange Tafel gesetzt werden. Das Kind isst mit seinen Freunden bei Sepp in der Küche.

Mir sind zu viele Leute ringsum. Das Koks ist durchnässt. Aber ich kämpfe erfolgreich gegen die Versuchung an, das Zeug im Zimmer auf einen Teller zu schütten und ein Feuerzeug darunterzuhalten, damit etwas davon noch zu gebrauchen ist.

Elli ist noch schöner geworden. Bittersüße Beobachtung.

Meine Tischgenossen sind bekannte Architekten, Musiker, DJs, Journalisten, Winzer, Maler, Schauspieler, allesamt nette Leute, wie es scheint. Ich frage mich, wieso ihre Gegenwart in mir plötzlich eine solche Depression ausbrechen lässt.

Ich trinke den anderen den Wein weg und widme mich meinem Handy. Mir hat mal jemand gesagt, das sei unhöflich von mir, woraufhin ich entgegnete, er wolle lieber nicht wissen, wie unhöflich ich erst ohne Handy wäre. Das hat er eingesehen.

Eine Email vom Pornopärchen. Ob ich zum Gangbang komme. Oder ob ich sie nicht mal privat besuchen will.

Auf *Spiegel Online* wieder einmal eine Meldung in der Art, ab nächstem Montag solle in der Ostukraine eine Feuerpause gelten.

Solche Nachrichten habe ich immer bizarr gefunden. Bis Mitternacht an dem und dem Tag dürfen wir uns in die Köpfe schießen, aber danach, das wissen wir jetzt schon, lassen wir es eine Weile bleiben.

Welchen Tag haben wir heute überhaupt?

Zwischen 1. Januar und 31. Dezember erlebt man jedes Jahr das Datum des Tages, an dem man sterben wird. Nur die Jahreszahl stimmt nicht. Bis sie dann stimmt.

Elli und ich werden von der Architektin gegenüber gefragt, wie das mit uns ist. Elli erklärt freimütig, wie das mit uns ist. Die Architektin versteht das. Finde ich sympathisch. Ich weiß zwar nicht, was es daran nicht zu verstehen geben könnte, aber die meisten Leute in ihrer grundlegenden Gereiztheit verstehen ja nichts, sie suchen lieber das Unverständliche an einer Sache, und vom Unverständnis zum Urteil ist es nie weit.

Elli lässt sich mit der Architektin auf eine Unterhaltung ein. Eine Bekannte schickt mir einen Link zu einer Seite, auf der ich als eitel und arrogant bezeichnet werde. Ich frage mich, wieso sie mir das schickt. Außerdem, eitel, wer ist denn nicht eitel. Bei mir hält sich das ja noch in überschaubaren Grenzen, weil ich mich die Hälfte der Zeit sowieso entsetzlich finde. Egal. Der Vorwurf der Eitelkeit kommt immer von übereitlen Menschen, die zu ihrer eigenen Eitelkeit nicht stehen können. Und von Arroganz reden nur arrogante Leute und solche mit erheblichen Komplexen. In vielen Fällen trifft beides zu. Ich kümmere mich um diese Menschen nicht. Man darf sich das Karma nicht versauen. Und deswegen blockiere ich nun die Emailadresse der Bekannten, die mir solch schäbiges Zeug geschickt hat. Die sollte nämlich wissen, dass ich nicht arrogant bin, sondern nur gegenüber Unverschämtheit fallweise ein bisschen deutlich. Das ist Psycho-WingTsun.

Das Kind erscheint mit Kriegsbemalung und will hoch ins Zimmer.

»Schon schlafen?«, frage ich.

»Bald«, nickt es.

Ich liege neben dem Kind und betrachte es. Die Sommerbräune hat sich noch gehalten. Es sieht gesund und zufrieden aus. Die Wangen sind rot, vermutlich haben die Kinder in der Küche herumgetobt und die Belegschaft terrorisiert. Gut so, das ist schließlich die Aufgabe von Kindern.

Von unten dringen lebhafte Stimmen zu uns hoch. Jemand lacht. Ich kenne die Stimme, doch ich erkenne sie nicht. Eine Frau schreit fröhlich. Eine ganze Runde lacht. Ich bin trotzdem froh, dass ich hier bin und dem Kind beim Schlafen zusehen kann.

Ich habe nichts mehr genommen und nichts mehr getrunken, und ich habe mir die Zähne geputzt. Ich will so nüchtern wie möglich sein, wenn ich beim Kind bin. Und für Elli, die ich schon nebenan kramen höre, will ich auch nüchtern sein.

Hier oben finde ich es schöner als vorhin an der Künstlertafel.

Ich schaue eine Folge *Torchwood*. Gehe durch die Verbindungstür hinüber zu Elli, schnell, kurz, leise. Kehre zurück. Das Kind schnauft gleichmäßig. Ich lege mich daneben und sehe ihm beim Träumen zu.

# WESTSTEIERMARK

Wir spielen Fußball, und ich traue meiner Hüfte langsam wieder mehr zu. Bei Bildnerische Erziehung, auch so ein ungelenker Begriff wie Leibesübungen, schäkert der alte Lehrer, der eigentlich Maler ist, mit den hübschen Mädchen, vor allem mit M., aber weil ich sehe, wie sie hinter seinem Rücken ihre funkelnden blaugraugrünen Augen verdreht, bin ich nicht eifersüchtig. Püttl wird von Markus genötigt, einen Krapfen auf einmal zu schlucken, und kotzt mit hochrotem Gesicht aus dem Fenster. Ich rauche auf dem Klo meine erste Zigarette und bin auch nahe dran. Als ich in die Klasse zurückkomme, geht es Püttl noch immer nicht gut. Eigentlich ein erheiternder Anblick. Aber nicht für mich, nicht heute.

Die Traurigkeit, mit der ich mich durch den Tag schleppe, die bleibt. Ich hasse das heutige Datum.

Zu Hause wärme ich mir eine Dose Ravioli auf. Sie schmecken nicht besonders, aber ich esse die Hälfte. Ich trinke einen halben Liter Cola. Mit einer Scheibe Milchbrot lege ich mich ins Bett. Nachdem ich es gegessen habe, drehe ich mich zur Seite und starre die Wand an.

Ich versuche, mich zusammenzureißen.

Heute vor einem Jahr.

Tage zuvor war ich mit meiner Tante Britt ins Krankenhaus gefahren. Wenn Suux krank war, übernachtete Britt bei mir, damit ich nicht allein war.

Die Ärztin schaut so, wie man schaut, wenn man etwas nicht

sagen will und hofft, dass es der andere sagt und man nur nicken muss. Britt tut ihr den Gefallen. Die Ärztin nickt.

Es geht zu Ende. Ein paar Tage noch.

Ich weiß, dass Suux immer zu Hause sterben wollte. In ihrer Wohnung, in der sie seit achtundachtzig Jahren lebt. Sie im Krankenhaus zu lassen ist undenkbar.

»Wie stellst du dir das vor?«, fragt Britt.

»Sie nach Hause bringen ist doch nicht schwer«, entgegne ich.

»Und dann?«

»Dann bleiben wir bei ihr.«

»Du und ich? Wie lange?«

»So lange, wie es nötig ist.«

Zu meiner Überraschung sagt sie ja.

Die Ärztin ist ebenfalls überrascht. »So etwas macht sonst niemand mehr«, sagt sie.

Ich habe keine Ahnung, wie man das anders machen kann.

Ich bin es, der es ihr sagt. Wie im Film lege ich ihren kleinen alten Koffer auf ihr Bett und werfe ihr einen möglichst starken Blick zu.

»So. Ich bringe dich jetzt nach Hause.«

Sie sieht aus wie ein Kind. In ihren Augen lese ich Dankbarkeit, Angst, Verwirrung, Erleichterung. Ich fühle Dankbarkeit und Angst, keine Erleichterung, keine Verwirrung. Ich weiß nur, ich muss jetzt ganz schnell erwachsen werden.

»Du bist so lieb zu mir«, sagt sie.

Ich kann nicht antworten. Ich packe ihre Sachen. Suux hat keine Kraft mehr, gegen die Falten zu protestieren, die ich ihren Kleidern zufüge. Sie sieht schweigend zu. Ihr Haar ist zerwühlt. Ihre Kiefer mahlen. Ihre Hand zittert, als sie zum Waschbecken deutet, wo ihr Hygienebeutel liegt. Sie scheint in den letzten Wochen noch einmal doppelt so viele Altersflecken bekommen zu haben, und ihre Haut hängt schlaff von den Knochen.

Britt und ich gehen neben ihrem Bett her, als sie zum Rettungswagen geschoben wird. Zwei Sanitäter setzen sie hinein und schnal-

len sie fest. Während der Fahrt sitze ich bei ihr, notgedrungen gegen die Fahrtrichtung, und mir wird schlecht.

Beim Aussteigen kehrt die alte Suux noch einmal kurz zurück. Sie fährt sich durchs Haar und gibt mir ihr Portemonnaie, das ich mit feuchten Augen betrachte, so wie ihren Stock, ihre Schuhe, ihre Handtasche.

»Trinkgeld«, flüstert sie mir zu.

Ich gebe den Sanitätern einen Schein. Suux nickt.

Die Sanitäter tragen Suux mitsamt Stuhl hoch in die Wohnung. Ich bewundere ihre Körperkraft. Beim Weggehen grüßen sie freundlich, als wären sie im Gasthaus vom Mittagessen aufgestanden. Ich bringe sie zur Tür.

In der Küche besprechen Britt und ich, wie es weitergeht. Uns fällt nicht viel ein.

Was wird passieren? Und vor allem: wann? Uns bleibt nicht viel mehr übrig, als die Verwandtschaft zu verständigen – oder das, was davon geblieben ist.

Als Britt und ich mit einer Hühnersuppe zurück ins Zimmer kommen, liegt Suuxs Zahnprothese auf dem Boden. Sie selbst hat sich auf die Seite gelegt, das Gesicht von uns abgewandt.

Britt stürzt zu ihr. »Was ist denn los?«

Suux ist nicht mehr ansprechbar. Sie lebt, aber sie reagiert nicht auf uns.

Britt verständigt Suux' Hausarzt, der sie seit Jahren behandelt. Er verspricht, am Abend vorbeizukommen. Ich bin sehr froh, als ich das höre. Die Situation macht mich nicht nur traurig, sie macht mir zunehmend Angst.

Britt glaubt, Suux muss zur Toilette. Dass sie es da selbst mit Hilfe nicht mehr hinschafft, ist offensichtlich. Britt legt ein paar Handtücher übereinander. Ich gehe währenddessen in die Küche.

Als sich draußen langsam die Sonne verabschiedet, schauen Britt und ich uns an.

»Hast du Hunger?«, fragt sie.

Ich schüttele den Kopf.

»Ich auch nicht. Aber wir müssen was essen.«

Sie bestellt Pizza. Ich mag Pizza nicht besonders, aber ich esse. Wir besprechen die weiteren Stunden.

Ich lege mich vor Suux' Bett und versuche nicht zu denken. Als das nicht gelingt, hole ich ein Schachbuch aus meiner Tasche. Ich blättere darin, ohne die Diagramme, die Bobby Fischers Partien illustrieren, wirklich zu sehen. Ich schwebe in einem Nicht-Raum, ich bin im Nicht-Denken, ich bin gar nicht da. Irgendwo in mir schreit etwas. Aber man muss nicht alles hören. Man darf nicht alles hören, sonst wird man verrückt.

Wann kommt der Arzt, denke ich. Wann kommt der endlich?

Das Hämmern an der Tür holt mich in die Weststeiermark zurück. Zwei Männer in Feuerwehruniform stehen draußen. Sie wollen Karten für den Ball der Freiwilligen Feuerwehr verkaufen. Ich kaufe keine. Pech für die beiden, dass Uriella nicht da ist.

# SANTIAGO DE CHILE

Das Hotel in Santiago kannte er gut. Vor Jahren hatte er hier gewohnt, als er in jene Gebiete Südamerikas geflogen war, die er noch nicht gesehen hatte und die ihn mehr interessierten als die versmogte Hauptstadt selbst. Auch mit Marie war er einmal hier gewesen. Sie erinnerte sich jedoch nicht.

»Komm schon, vor diesem Brunnen hast du eine halbe Stunde gestanden! Du hast ihn fotografiert! Du hast mit dem Portier jeden Abend gescherzt, weil er fand, du sähest einer Berühmtheit ähnlich!«

»Du verwechselst mich mit jemandem, glaube ich.«

»Dich kann man mit niemandem verwechseln.«

Im Zimmer schien sie sich kurz zu erinnern, es war dasselbe wie damals, nichts hatte sich verändert. Nach einigen Sekunden schüttelte sie den Kopf.

»Und?«, fragte er.

»Nie gesehen.«

Er griff hinter den Schrank. Der Zettel klebte an der Hinterwand. Er riss ihn ab. Aufgeregt stellte er sich damit ins Licht, das durch ein nicht ganz sauberes Panoramafenster ins Zimmer fiel.

*Hallo Jonas, dein Jonas. Es geht mir gut. Es geht dir gut. Es ging dir gut. Und jetzt? Erzähls mir.*

Und das Datum.

»Na, dann erzähl's ihm mal«, sagte Marie und lachte.

»Auch daran erinnerst du dich nicht? Da waren wir zusammen hier! Du hast mir beim Schreiben zugesehen! Du hast zugesehen, wie ich ihn hinter den Schrank gesteckt habe!«

Marie schüttelte wieder den Kopf. Sie machte sich ans Auspacken.

Jonas verzog sich hinunter an die Bar, wo schon der Mann von der Agentur auf ihn wartete. Er war dick, trug einen Sonnenhut und hatte listige Augen, die vergnügt zwinkerten. Er wirkte zufrieden mit sich. Er hieß Burder oder Burda.

»Bis zum Abflug haben Sie zwei Wochen«, sagte er und fächelte sich mit einem Prospekt Luft zu. »Brauchen Sie für die Stadt auch jemanden? Ich könnte Ihnen jemanden anbieten.«

»Einen Führer, meinen Sie? So etwas habe ich im Leben noch nicht gebraucht.«

»Wie kommen Sie dann in fremden Ländern zurecht? Sie reisen doch viel, habe ich gehört.«

»Eben weil ich viel reise, komme ich zurecht.«

»Zum Glück sind nicht alle Touristen wie Sie, sonst könnten wir zumachen.«

»Ich bin auch kein Tourist«, sagte Jonas und bestellte zwei Cocktails, einen für Burder, einen für sich.

»Danke. Sie brechen also in zwei Wochen auf. Wir fliegen Sie nach Punta Arenas und ein paar Tage darauf ins Basislager in der Antarktis. Aber dann.«

»Ja?«

»Halten Sie daran fest, allein zu gehen? Einer unserer professionellsten Führer ist durch Zufall frei geworden. Ich könnte Ihnen einen Rabatt anbieten.«

»Nein danke.«

»Zwanzig Prozent.«

»Nein.«

»Dreißig?«

»Nein, danke.«

»Sie sind aber ein harter Knochen! Fünfzig Prozent, mein letztes Angebot.«

»Und selbst wenn Sie ihn uns umsonst mitgeben würden, wir gehen lieber allein.«

»Haben Sie sich das gut überlegt?«

»O ja.«

»Und das halten Sie für eine gute Idee?«

»Kommen Sie mir nicht so«, sagte Jonas. »Danke.«

Der Kellner wollte gleich kassieren. Jonas legte einen Zwanzigdollarschein auf den Tresen.

»Entschuldigen Sie«, sagte Burder, »es geht mich wirklich nichts an. Ich frage nur aus Sorge. Wollen Sie vielleicht eine Transportversicherung abschließen? Falls nicht alles ... nach Plan läuft?«

»Sie sind mir ja ein Optimist«, sagte Jonas.

Burder zuckte bedauernd mit den Schultern. »Das ist mein Beruf.«

Sie wechselten das Thema. Der Agent lebte selbst in Santiago und wusste genug über die aktuellen politischen und kulturellen Ereignisse, um Jonas ins Bild zu setzen. Jonas fand ihn im Grunde ganz in Ordnung.

Viel hatte sich nicht geändert. Die Flüsse waren nicht gerade sauber, die Müllabfuhr kam verspätet, die Menschen, die welche hatten, liefen mit Atemschutzmasken herum. Trotzdem hustete Burder ständig. Jonas war es damals auch so gegangen, er hatte auf eine Maske verzichtet.

Gerade als er nach den neuesten Maßnahmen der Regierung gegen die Luftverschmutzung fragen wollte, sah er, wie Marie aus dem Lift kam. Sie trug Jeans und die lange graue Weste.

Er winkte ihr. Sie winkte zurück. Ihre großen Ohrringe blinkten.

Es ist immer wieder, als sähe ich sie zum ersten Mal, dachte er. Sie macht mich wahnsinnig. Und da geht sie. Und sie bleibt.

»Wow«, sagte Burder, als Marie zu ihnen trat.

Jonas nickte wie zur Bestätigung. »Das haben schon einige gesagt.«

»Ihnen fehlt wirklich nichts, wie ich sehe«, sagte der Agent.

»Höchstens eine Versicherung«, sagte Jonas.

»Ich glaube nicht an Versicherungen«, sagte Marie. »An Krankenversicherungen schon. Aber die anderen verführen manche Leute zum Leichtsinn.«

»Also mich nicht.«

»Mit deinem Geld brauchst du ja keine.«

»Ich bin aber auch nicht leichtsinnig.«

»Du bist der Inbegriff der Leichtsinnigkeit. Du bist tiefsinnig und leichtsinnig.« Sie wandte sich an Burder. »So sollte jeder sein, wissen Sie?«

»Aha«, sagte der Agent.

»Kennen Sie viele solche Leute?«

»Ich glaube nicht.«

»Kennen Sie viele solche Leute, die balancieren können zwischen dem einen und dem anderen?«

Der Agent runzelte die Stirn. Er blickte von Marie zu Jonas.

»Ich werde mal nicht weiter stören«, sagte er. »Sie haben ja meine Nummer. Wenn Sie etwas brauchen – ich bin jederzeit binnen zwanzig Minuten bei Ihnen.«

Er zog seinen Hut und schlenderte zum Ausgang.

»Und weg ist er«, sagte Marie, setzte sich auf einen Barhocker und bestellte einen großen Wodka.

»Pfui Teufel, Eristoff«, sagte Jonas.

»Wodka macht satt, und man riecht ihn nicht«, sagte sie. »Altes Ballettgeheimnis.«

»Was war das gerade? Er war nett.«

»Fand ich auch.«

»Und warum verscheuchst du ihn dann?«

»Weil ich mit dir allein sein will. So jemand vermittelt mir das Gefühl, in Sicherheit zu sein. Das will ich nicht sein. Im Augenblick nicht.«

# WESTSTEIERMARK

Im Kopf bin ich nach wie vor bei Suux, als um fünf Uriella kommt. Nüchtern. Gutgelaunt. Sie erzählt mir von ihrer fünfzigjährigen Kollegin, die immer ohne Slip im Büro sitzt und angeblich auf mich steht. Ich höre mir das eine Weile an. Sie macht mir Fischstäbchen. Weil sie nebenbei auf dem kleinen Küchenfernseher *Bill Cosby* ansieht, werden sie zu dunkel, aber egal.

Uriella hat keine Ahnung, welcher Tag heute ist. Sie hat nur Augen für ihre dämliche Show, trinkt Kaffee und knackt Nüsse.

Nach dem Essen setze ich mich ans Schachbrett. Mit Schwarz habe ich mit meinem Französisch ein so schlechtes Ergebnis, dass ich dabei bin, auf Sizilianisch umzulernen, das meinem Stil mehr entgegenkommt. Aber Theorie zu lernen ist eine trockene Angelegenheit. Heute bringe ich dafür zu wenig Geduld auf.

Was sagt mir das *Metamagicum* heute?

*»T« ist der erste, vierte, elfte, siebzehnte, zweiundzwanzigste, zweiunddreißigste, neunundvierzigste …*

T. T wie Tod.

Ich ziehe meine Geheimmappe unter dem Bett raus und schlage nach, wie die Rangliste vor einem Jahr ausgesehen hat. Suux war natürlich in Führung. Das war sie immer.

Ich sehe dieses Zimmer vor mir, in dem ich mit Suux gelebt habe, das plötzlich so dunkel war, so schicksalsschwer. Es ist, als würde mir das Leben sein zweites Gesicht zeigen. Ich verstehe, dass das eines Tages auch auf mich wartet. Der Tag mag fern sein, aber irgendwann liege auch ich in so einem Zimmer. Wer wird da sein? Werde

ich Kinder haben? Wie wird die Reise bis dahin sein? Wird sie sich überhaupt lohnen? Ein Leben, in dem zuvor schon so vieles weggebrochen ist? In dem so jemand wie diese kleine Frau vor meinen Augen verschwindet?

Der Arzt kann nicht viel tun. Er zieht nur vielsagend die Schultern hoch. Suppe solle sie zu sich nehmen, Elektrolyte seien wichtig.

Stunden vergehen. Britt und ich lösen uns ab. Nach Mitternacht liegt sie auf dem Fernsehsofa im Nebenzimmer, ich liege bei Suux auf meinem Bett.

Ich habe gedacht, ich könnte nicht schlafen, aber kaum habe ich die Augen zugemacht, bin ich wohl sofort weg. Ich erwache von seltsamen Geräuschen.

Blitzartig bin ich munter. Suuxs Bett ist leer. Aus der Toilette dringt eine schwache Stimme. So schnell, wie ich aufgestanden bin, stehe ich auch schon in der Toilette.

Suux hat sich irgendwie hinausgeschleppt. Mir ist nicht klar, wie sie das geschafft hat. Für den Rückweg reicht ihre Energie nicht mehr. Ich weiß nicht, woher ich die Kraft nehme, sie hochzuheben und zurück ins Bett zu tragen. Sie ist wieder bewusstlos. Als ich sie auf das Bett lege, knackt etwas in meinem Rücken. Ein stechender Schmerz folgt. Ich weiß, das ist nicht gut, aber im Augenblick kümmert mich das nicht.

Den Rest der Nacht kampiere ich vor ihrem Bett. Wenn sie noch einen Fluchtversuch startet, denke ich, muss sie auf mich draufsteigen, und davon werde ich aufwachen.

# WIEN

Wenn es bei Werner zu Hause läutet, ist er ungefähr so alarmiert wie ich, wenn es bei mir läutet. Ich drehe den Fernseher leiser, überlege, ob es die Polizei sein könnte, und mache nicht auf. Er dreht den Fernseher nicht leiser, macht auf, und es ist die Polizei.

»Waffenüberprüfung«, knurrt er in meine Richtung, als er ins Zimmer zurückkommt, im Schlepptau zwei Polizisten, von denen der eine einen gewaltigen Vorbiss hat und der andere eine solche Wampe, dass ich dafür zahlen würde, ihm bei der Verfolgung eines Einbrechers zusehen zu dürfen.

»Um ein Uhr nachts?«, wundere ich mich.

Werner brummt wütend.

Die Szene ist umso einprägsamer, da er nichts als eine Unterhose trägt, weil er gerade geduscht hat.

»Herr Magister Tomanek, Sie haben acht Feuerwaffen angemeldet«, sagt der mit den Zähnen. »Wir möchten die sachgemäße Aufbewahrung kontrollieren.«

»Moment. Die eine … hm … die ist bei den Hemden. Da drüben. Die Luger, die müsste bei den Unterhosen sein. Die 45er ist in der Sockenlade. Aber wo habe ich die Glock? Die kann nur im Nachtkastel sein. Die Pumpgun liegt jedenfalls auf dem Couchtisch.«

Er hat recht, dort liegt eine Pumpgun. Ist mir gar nicht aufgefallen.

Ein Revolver und eine Pistole gehen ihm ab. Werner durchkämmt in Unterhose die Wohnung, der Boden knarrt unter seinem massigen Körper, die Polizisten folgen ihm. Ich bleibe am Tisch sitzen und kontrolliere meine Emails.

Einige beziehen sich auf die Kleidersammlung, die ich für das überfüllte Flüchtlingslager Traiskirchen ins Leben gerufen habe. Wie es aussieht, werde ich die nächsten Tage damit zubringen, die Stadt abzuklappern, um gebrauchte Mäntel, Jacken, Decken und T-Shirts abzuholen.

Ehrlich gesagt, glaube ich, dass wir nicht eine unbegrenzte Zahl an Flüchtlingen aufnehmen können. Ich traue uns nicht. Ich halte unser gesellschaftliches Gefüge für fragiler, als die meisten denken, und ich halte es für möglich, dass ab einer gewissen Anzahl an Fremden im Land die gesellschaftliche Mitte kippt. Und dann geht es drunter und drüber. Aber das ändert nichts daran, dass wir den Menschen, die es bis zu uns geschafft haben, helfen müssen.

Eine Email vom südamerikanischen Kulturforum.

*Wir haben Ihren Flug wie gewünscht gebucht. Unten finden Sie die genauen Flugdaten. Wir freuen uns auf Sie.*

Ich freue mich auch. Buenos Aires, das klingt nach einem Hoffnungsschimmer, ich weiß auch nicht, warum. Hier wegzukommen kann einfach nur gut sein. Und Buenos Aires ist bestimmt besser als Medellin.

Eine SMS von meinem Vater:

*Mir wurde berichtet, du hast einen Schottenrock angezogen. Das ist dir auch noch zu viel, du ziehst ihn aus und läufst nackt über den Naschmarkt. Statt Autogramme zu geben, wirst du nächstes Mal bei deiner Lesung deine Eier bemalen. Es ist dir alles zuzutrauen. Ich habe aufgehört mich zu wundern.*

Werner kommt bis an die Zähne bewaffnet zurück. Hinter ihm wieder die Polizisten, die ihm beinahe lüstern hinterherschleichen. Er denkt offensichtlich nicht daran, für die ungebetenen Gäste etwas anzuziehen.

»Wollt ihr sonst noch was?«, fragt Werner barsch.

»Und der Herr?« Der Polizist mit dem Vorbiss zeigt auf mich.

»Hat ebenfalls einen Waffenpass«, sagt Werner.

»Zweiunddreißig Zähne und alle vorne!«, bemerkt Werner. Dabei sieht er mich an, deutet jedoch mit dem Daumen auf den Polizisten.

Der Polizist nimmt es ungerührt zur Kenntnis. Ich glaube, er hat weder verstanden, was Werner gesagt hat, noch wen er gemeint hat.

»Schönen Abend noch, Herr Magister«, sagt der Dicke.

Werner murmelt ihnen etwas auf Altgriechisch hinterher. Ich hatte in der Schule bloß Latein, aber von früheren Gelegenheiten weiß ich, was er sagt.

Der Dicke dreht sich um. »Was?«

Werner wiederholt seine Worte.

Der Dicke ist unschlüssig. Der mit den Pferdezähnen zieht ihn mit sich. Werner wirft die Tür hinter ihnen zu.

»Die ärgern dich wirklich gern«, stelle ich fest.

»Neulich sitze ich im *Schweizerhaus*, kommen zwei von denen zu mir und fragen mich, ob ich der Herr Sowieso bin. Die Bude voll, tausend Leute, alle starren her, jeder kennt mich. Die Bullen zeigen mir das Foto eines Menschen, der mir so ähnlich sieht wie Madonna. Da ist selbst mir nichts mehr eingefallen. Ich muss mich ausweisen, sie gehen wieder. Es starren noch immer alle.«

»Lass dir einen Bart wachsen. Dann erkennt dich keiner.«

»Dann sehe ich aus wie du. Na danke. Ach ja, was da im Wohnzimmer liegt, kannst du mitnehmen.«

»Die Pumpgun?«

»Trottel. Die alten Fetzen. Für dein Flüchtlingslager.«

Nebenan steht tatsächlich ein Sack Wäsche. T-Shirts, Unterwäsche, Hosen, Socken, gefaltet und geordnet, darunter liegen zwei Decken und zwei Schlafsäcke. Nicht alles sieht gebraucht aus. Die Babykleidung wird er jedenfalls nicht in seinem Schrank gefunden haben, und den Wasserkocher hat er bestimmt auch noch nicht lange. Erstaunlich, angesichts seiner Skepsis gegenüber der Völkerwanderung, die im Gange ist.

»Nicht schlecht. Hätte ich dir nicht zugetraut.«

Werner nimmt einen Schluck aus der Bierflasche und brummt wieder etwas Unverständliches.

# WESTSTEIERMARK

Der Abend schleppt sich dahin. Das ganze Haus riecht noch immer nach Fischstäbchen. Und nach Zigarettenrauch. Uriella legt nicht besonders viel Wert auf frische Luft. Ich eigentlich auch nicht, aber an diesem Tag bin ich gegenüber allem empfindlicher als sonst. Ich muss ständig an damals denken.

Suux hat einen schwarzen Fleck an der Nasenspitze.

Was das bedeutet, wissen wir nicht. Es sieht aus, als würde der Fleck an ihr knabbern. Als ob die Nase angefault wäre. Eines der Details, die mich erschrecken. So wie die Zahnprothese, die neben ihr in einem Glas liegt. Und der scharfe, unbekannte Geruch, den Suux verströmt. Ich habe gedacht, ich weiß, wie Menschen riechen können, aber dieser Geruch war noch nicht dabei. Wie sauer gewordene Suppe, nur viel stärker.

Britt und ich wechseln uns bei Suux ab. Wir reden nicht viel. Ab und zu lassen wir sie allein. Auch darüber tauschen wir uns nicht aus, doch insgeheim denken wir wohl beide, sie will es so. Wenn sie noch halbwegs klar bei Verstand ist, fühlt sie sich vielleicht durch die ununterbrochene Anwesenheit anderer gestört.

Ich weiß nicht, wie Gehen geht. Ich weiß nicht, was man in diesen Stunden macht, woran man denkt, was man befürchtet, ob man sich auf etwas freut.

Zum ersten Mal entdecke ich diesen Gedanken in mir: dass jemand auf den Tod neugierig sein kann.

Die Vorstellung erscheint mir nicht so abwegig. Wer will nicht wissen, was danach kommt? Nicht umsonst gibt es so viele Religio-

nen. Kann doch sein, dass man irgendwann allen Widerstand einstellt und mit Neugier dem entgegenblickt, was unvermeidlich ist.

Was wartet auf uns? Wird es langsam dunkel? Bekommt man das noch mit? Ist es ein angenehmes oder unangenehmes Gefühl?

Suux kann ich das nicht mehr fragen. Wir haben uns damit abgefunden, dass sie nichts mehr sagen wird.

Ich liege hin und wieder neben ihr und streiche ihr über den Rücken. In diesen Momenten spüre ich noch eine Form der Kommunikation zwischen uns. Etwas in ihr bekommt meine Nähe noch mit. Doch in den meisten Zimmern ist kein Licht mehr.

Ich verdränge den Gedanken an den Kampf, in dem sie sich gerade befindet. Der Wille zu leben ist noch nicht aus ihr gewichen, einerseits. Andererseits gibt es offenbar noch eine Instanz in uns, das wahre Ich, das besser weiß, wer wir sind, und ihres hat aufgegeben. Es will nicht mehr, es wird von der Leichtigkeit angezogen. Aufgeben kann auch erleichternd sein, das weiß ich vom Schach. Der Körper schlägt eine Schlacht, weil ein inneres Programm es verlangt, doch die Seele ist reisefertig.

Dann hat sie auch an der großen Zehe eine schwarze Stelle. Es sieht aus wie Karies. Etwas frisst an ihr. Ich mag nicht hinschauen.

Britt wäscht sie einmal am Tag. Da gehe ich hinaus.

Egal, was wir ihr hinstellen, ihr einzuflößen versuchen, sie liegt bloß auf der Seite und macht die Augen nicht mehr auf.

Träumt sie ihr Leben noch einmal? Vom Anfang bis zum Ende? Sieht sie den Kaiser wieder? Spricht sie mit ihrem gefallenen Sohn? Weiß sie, was passiert, weiß sie, dass sie ihn bald sehen wird? Ich habe das Gefühl, etwas von ihr ist so weit da, dass sie mich und Britt wahrnimmt und versteht, welche Stunden dies sind.

Ob ihr der Gedanke Angst macht? Mir macht er furchtbare Angst. Ich fühle mich jetzt schon allein. Ich bin nirgends zu Hause außer bei ihr. Und sie leiden sehen, das kann ich auch nicht.

Ich ertappe mich ab und zu bei dem Gedanken, es möge bald vorbei sein. Dann schäme ich mich.

Ich habe den Eindruck, Britt denkt das Gleiche. Ich lese es in ihrem Blick. Am vierten Tag auf alle Fälle, als wir einfach nicht mehr können. Wir schleppen uns durch die Wohnung, warten, dass jemand kommt, Angehörige, Freunde, der Tod.

Wir haben gewartet, dass sie stirbt, und hatten ein schlechtes Gewissen.

»Mach das Fenster zu!«, schreit Uriella nebenan. »Wir heizen nicht für den Garten!«

# PUNTA ARENAS

»*Das Tor zur Antarktis*«, las Marie am Flughafen auf einem Schild. »Aha, sieh mal: *Willkommen in der südlichsten Stadt der Welt*. Wusste ich gar nicht.«

»Stimmt auch nicht«, sagte Jonas. »In Argentinien war ich schon mal südlicher.«

»Wir werden bald noch viel weiter im Süden sein.«

»Allerdings ohne Stadt.«

»Das will ich hoffen. Aber irgendwann passiert das auch noch. Sie werden am Südpol Wolkenkratzer bauen.«

»Das bezweifle ich dann doch«, sagte Jonas.

»Ich will sofort zum Indianer!«

»Zu welchem Indianer?«

»Zum Denkmal für die Ureinwohner!«

»Wollen wir nicht erst unser Gepäck ins Hotel bringen?«

»Ungern.«

Am Ausgang empfing sie ein Mann von der Agentur, der Burder sehr ähnlich sah.

»Ja«, nickte der Mann, »ich bin der Bruder. Pirmin hat mir schon von Ihnen erzählt. Ich heiße Birger.«

»Birger Burder?«

»Schweizer haben Sinn für Humor.«

»Schweizer?«, wunderte sich Marie. »Ich hätte Sie nicht einmal für Europäer gehalten.«

»Sind wir auch nicht«, lachte der Mann und hielt ihnen die Tür des Jeeps auf.

Der Himmel schien hier tiefer zu hängen. Die Häuser waren klein und bunt, ohne fröhlich zu wirken. In den Gärten der Cafés saßen Menschen an einfachen Holztischen und hielten ihre Gesichter in eine beleidigte Sonne. Es waren gleich viel Touristen wie Einheimische auf der Straße.

»Die kommen mit den Kreuzfahrtschiffen an Land«, sagte Birger Burder über die Schulter nach hinten. »Viel mehr existiert hier nicht, womit die Menschen Geld verdienen können.«

»Gibt es hier ein Krankenhaus?«, wollte Marie wissen.

»Du willst doch nicht etwa nachfragen, ob die hier eine Neurochirurgin …«

»Klar gibt es eines«, sagte Birger Burder. »Wollen Sie es sehen?«

»Vielleicht«, sagte Marie. »Nein, eher nicht.«

»Gott sei Dank«, sagte Jonas.

»Das würde Ihnen gefallen. Da arbeiten Drillinge. Ich glaube, so etwas gibt es auf der ganzen Welt nicht. Drei Brüder. Zwei sind Ärzte, einer ist Pfleger. Der Pfleger ist der Älteste und wird von den Jüngeren ständig aufs Korn genommen. Absurderweise ist der Pfleger der beste Mediziner von ihnen. Der Chirurg hingegen ist ein elender Knochenbrecher. Hier möchten Sie sich nicht das Bein ramponieren. Einem meiner Freunde hat er den Arm schief zusammengezimmert. Ich wusste gar nicht, dass so etwas möglich ist.«

»Wenn Sie wüssten, was alles möglich ist, Sie würden nie mehr ins Krankenhaus gehen«, sagte Marie.

»Habe ich auch nicht vor. Unsere Eltern sind über achtzig, unsere Großeltern wurden über hundert, und ein Großonkel hat sogar die hundertzehn erreicht. Sie alle sind gesund gestorben. Also die, die schon tot sind. Und so werde ich es auch halten.«

»Besteht das Krankenhaus nur aus diesen drei Leuten?«, fragte Jonas.

»Nein, aber den Eindruck hat man manchmal, jedenfalls dem Lärmpegel nach. Die brüllen und schreien, meistens miteinander, den ganzen Tag und die halbe Nacht lang.«

Während der Fahrt zum Hotel legte Marie den Kopf an seine

Schulter. Sie verrenkte sich den Arm, um ihm über den Kopf zu streichen. Er drückte sich an sie. Seine linke Hand lag auf ihrer Brust.

Er hatte schon wieder Lust. Sie offensichtlich auch. Sie drehte den Kopf, ihre Blicke trafen sich, sie zog die Brauen hoch. Mit einer festen, doch kaum merklichen Bewegung fasste sie ihm kurz zwischen die Beine.

Liegt wohl am gemeinsamen Abenteuer, dachte er, als der Wagen hielt. Oder an der Luftveränderung. Oder an beidem.

»*Dreams Hotel*«, sagte Marie. »Wie passend. Waren wir hier auch schon?«

»Nicht dass ich wüsste.«

»Sehr beruhigend.«

»Du kannst ruhig spotten, ich werde dir noch beweisen, dass wir ... Moment, erinnerst du dich wenigstens, dass wir in Santiago waren?«

»Ich dachte schon, du fragst nie!«

»Erinnerst du dich?«

Sie drehte sich um und lief ihm ein paar Meter davon. Er holte sie schnell ein. Sie setzte ihr Ich-bin-klein-und-niedlich-Lächeln auf, das sie an- und ausknipsen konnte. Dann hockte sie sich hin und prustete vor Lachen. Er lachte mit, verwirrt.

Also wenn der Brief nicht hinter dem Schrank geklebt hätte, wäre ich jetzt selbst unsicher, dachte er.

Nachdem sie mit Birger Burder ein Treffen für den nächsten Tag vereinbart hatten, bezogen sie das Zimmer, in dem bereits ihr Gepäck stand. Jonas stellte den Rucksack ab, den er auf Reisen immer bei sich hatte, und packte Marie von hinten.

Sie wehrte sich. Er warf sie aufs Bett und riss ihr die Hose hinunter. Ihre Arme auf dem Rücken fixiert, drang er von hinten in sie ein. Sie biss mit zusammengepressten Augen ins Kopfkissen, wand sich, zappelte mit den Beinen, schrie. Er stieß so fest gegen ihr Steißbein, dass Wellen von Schmerz durch seinen Unterleib liefen.

»Hast du Hunger?«, fragte sie unter der Dusche.

»Wie ein Wolf!«

»Das passt nicht zu einem Vegetarier«, sagte Marie. »Ein Wolf ist ein Fleischfresser.«

»Ich bin eben ein vegetarischer Wolf.«

»Das passt gut. Ein Tier, das es nicht gibt. Das bist du. Ein schönes Tier, das es nicht gibt.«

Jonas sah sie von der Seite an.

»War als Kompliment gedacht«, sagte sie.

»Das meine ich nicht. Ich frage mich bloß, ob du nicht zumindest mit dem zweiten Teil recht hast. Über Schönheit lässt sich streiten, aber ein Tier, das es nicht gibt ...«

»Ich habe immer recht.«

»Das behauptet Tanaka von sich auch.«

»Der hat fast immer recht.«

Das Hotelrestaurant war voll mit reichen europäischen und amerikanischen Rentnern. Marie und Jonas machten kehrt, um sich ein einfaches Lokal zu suchen.

Sie griff nach seiner Hand. Ohne sich darüber verständigt zu haben, gingen sie händchenhaltend Richtung Süden.

»Es ist schön, dass wir meistens das Gleiche denken«, sagte sie.

»Meistens, ja.«

»Dass wir die gleichen Dinge mögen und nicht mögen.«

»Stimmt.«

»Vor allem, dass wir die gleichen Dinge mögen. Das ist noch wichtiger als das Nichtmögen.«

Die Sonne stand tief. Das Licht war matt. Die Menschen redeten laut. Ein Panflötenspieler im Poncho pries seine CDs an. Marie kaufte bei der Frau daneben Ohrringe. Jonas sah zu und fühlte sich leicht.

Dort unten lag der Südpol. Er wirkte nicht mehr bedrohlich. Er würde nichts zerreißen. Er würde nichts wegnehmen. Niemand würde sterben. Alles wird gut.

# WIEN

»Schau dir den Kerl an«, sage ich noch zu Werner, und dann passiert es wirklich. Der Radfahrer mit dem Rauschebart und der weißen Glockenhose fährt einfach auf die Hauptstraße.

»HEEEEEEAAAST!«, schreit Werner.

Er muss das Steuer nach links verreißen. Alles geht schnell. Obwohl er voll auf der Bremse steht, krachen wir in zwei geparkte Autos. Ich sehe, dass in einem jemand sitzt. Ob eine Frau oder ein Mann, kann ich nicht erkennen, denn da lande ich schon zum zweiten Mal in meinem Leben in einem Airbag.

Sein Knall lässt etwas in meinen Ohren sirren. In der Luft schweben weiße Partikel. Ich weiß nicht, ob ich verletzt bin oder nicht.

Ich trete die Tür auf und mache, dass ich rauskomme. Seit meinem Unfall vor ein paar Jahren habe ich Angst, nach einem Unglück im Auto eingesperrt zu sein und zu verbrennen. Werners BMW ist weit davon entfernt, in Flammen aufzugehen, aber sicher ist sicher. Zum Glück war das nicht mein Wagen, denke ich, zum Glück fahren wir zu den Spielen von Rapid immer mit seinem.

Nun erst merke ich, dass Werner nicht mehr im Auto sitzt. Er hilft einem auf dem Boden liegenden Passanten, der hinter den geparkten Autos gestanden haben muss. Ich bin weniger geistesgegenwärtig, ich bin eher hilflos.

Ich stehe da und frage mich, wie das eben passieren konnte, wieso es passieren konnte, wieso es passieren musste, und ich bin wieder einmal geschockt, wie schnell alles vorbei sein kann. Denn auch wenn wir nicht schnell unterwegs waren, Unfall bleibt Unfall. Bei einem Zusammenstoß von Auto und Auto kann alles pas-

sieren. Ganz zu schweigen von Auto und Hausmauer oder Auto und Baum.

Der Rauschebart steht neben seinem Rad und beobachtet interessiert die Szene. Ich verständige die Rettung und die Polizei. Keine Ahnung, ob die schon informiert sind. Es hat nicht den Anschein.

Ich stelle mich zum Rauschebart. Er streckt mir die Hand hin, als würden wir uns zu einer gewöhnlichen Geschäftsbesprechung treffen, und sagt:

»Rosenkranz mein Name. Ich studiere Altphilologie.«

Ich bin so verwirrt, dass ich ihm die Hand schüttele und auch meinen Namen nenne.

»Ein schöner Unfall«, sagt der rauschebärtige Herr Rosenkranz. »Wissen Sie, was da passiert ist? Wirklich ein schöner Unfall. Schön anzusehen, meine ich. Ästhetisch. Hoffentlich ist niemand verletzt.«

Ich komme nicht dazu, ihm zu sagen, wie schön der Unfall ist, denn das übernehmen einige Männer und Frauen, die das Ganze beobachtet haben. Sie sind kurz davor, den Altphilologen zu lynchen. Ich lenke sie ab, indem ich frage, ob jemand eine Erste-Hilfe-Ausbildung hat.

Zum hundertsten Mal ärgere ich mich, dass ich keine habe. Ich verstehe nicht, wieso man den Kurs nicht kostenlos absolvieren kann. Ich muss mich für einen anmelden. Ich gebe so viel Geld für Dreck aus, aber nicht dafür, um im Notfall einen Mitmenschen retten zu können.

Ich lasse den Altphilologen stehen und wanke zu Werner, um zu sehen, ob ich mich nützlich machen kann.

Ein Leichtverletzter, ein Schwerverletzter, diverse Krankenhausrechnungen, ein paar Monate Reha für ein Opfer, drei kaputte Autos, alles in allem 200 000 Euro Schaden. Der Altphilologe hat keine Versicherung. Radfahrer haben nämlich keine Haftpflichtversicherung, obwohl sie mittlerweile mit bis zu 70 km/h an den Fußgängern vorbeirasen. Der Altphilologe hat kein Geld. Die Geschädigten bekommen nun ihr Geld von Werners Versicherung, und Werners Versicherung muss es sich beim Altphilologen holen, wie auch immer sie das anstellen wird. Wobei mir keine Versicherung der Welt leidtut. Ich denke mehr an Unfallopfer, für die Geld allein nicht alle Probleme löst. Der alte Mann mit dem gebrochenen Bein ist psychisch krank und weiß gar nicht, was Geld bedeutet.

»Hat er Verwandte, die ihn unterstützen?«, frage ich.

»Theoretisch: ja. Praktisch: nein«, sagt Werner. »Das wird an mir hängen bleiben.«

»Wieso? Du bist doch zu hundert Prozent unschuldig!«

»Soll ich ihn in seinem Loch in Ottakring endgültig in den Wahnsinn dämmern lassen? Ein Oberschenkelhalsbruch in dem Alter ist sowieso fast ein Todesurteil! Der braucht entweder ein Heim oder eine zuverlässige Pflegerin.«

»Und das zahlst du?«

»Sonst wird es keiner machen.«

»Ist dir aufgefallen, dass er Ausländer ist?«

»Ich habe kein Problem mit Ausländern. Ich habe ein Problem mit den Menschen, die zu viele von den falschen hereingelassen haben.«

»Wer sind die Falschen?«

»Kampfbereite Tschetschenen. Ostanatolische Machos. Rumänische Berufskriminelle. Menschen, die schon zu Hause nichts zu verlieren hatten, werden sich hier sozial nicht integrieren. Menschen wie sie sind bei uns in einer Win-win-Situation. Was für manche die Hemmschwelle senkt, Illegales zu tun. Ist auch verständlich. Entweder sie werden nicht erwischt und bereichern sich. Oder sie kommen ins Gefängnis, wo die Haftbedingungen besser sind als die Wohnsituation daheim. Die fahren mit einem neuen Gebiss nach Hause. Das sind Menschen, die nichts besser machen, aber vieles schlechter. Ich habe jeden Tag mit denen zu tun. Die lachen uns nur aus.«

Schwer, etwas darauf zu erwidern.

Dieses Jahr bringt die ganze Welt durcheinander. Viele entdecken den Nazi in sich, zünden Flüchtlingsheime an oder freuen sich zumindest darüber. Andere entdecken den Menschen in sich.

Vielleicht ist das nicht schlecht. Vielleicht ist das ein Jahr, das viel Klarheit schafft.

# PUNTA ARENAS

Die drei Tage bis zum Abflug ins Basislager wurden ihnen lang.

Am ersten Tag spazierten sie nach der Besprechung mit Birger Burder durch die Stadt. Die Häuser kamen Jonas wie Kulissen vor, aber so ging es ihm auch in Havanna und überhaupt in der Karibik. Er hatte das Gefühl, die Wirklichkeit sei nicht wirklich, sie wäre schnell für ihn gezimmert worden, und beim genauen Hinschauen entdeckte er die Fehler, die in der Eile passiert waren.

Die Kreuzfahrtschiffe schienen noch mehr Touristen an Land gebracht zu haben. Hin und wieder flüchteten Jonas und Marie vor dem Trubel in ein Café. Wenn das Wetter schlecht wurde, kamen die anderen rein, und sie gingen raus. Im Regen waren fast nur Einheimische auf den Straßen.

»Immerhin, in der Antarktis regnet es nicht«, sagte er.

»Und es gibt keine Panflöten.«

Sie sahen sich den Friedhof der Pioniere an, der Jonas gut gefiel. Besonders die bunten Gräber hatten es ihm angetan. Er wäre noch länger geblieben, doch Marie wollte zum Denkmal der Ureinwohner. Es hieß, wenn man die große Zehe des Indianers berührte, käme man wieder.

»Bist du sicher, dass du das tun willst?«, fragte Jonas.

»Mir gefällt es hier nicht so schlecht«, entgegnete Marie.

»Nicht deswegen. Der Indianerfuß! Er sieht aus, als hätte er einen Pilz.«

»Den fassen eben viele Leute an.«

»Manche küssen ihn auch.«

»Ich erkläre dir das mit den Bakterien mal«, sagte sie. »Um krank zu werden, braucht es eine ausreichende Menge …«

»Ich bin kein Hypochonder«, unterbrach er sie, »ich küsse bloß grundsätzlich keine Füße!«

»Ich schon!«, sagte sie, drückte ihren Mund auf die gelbe Zehe und kam mit gespitzten Lippen auf ihn zu. »Küff mich! Küff mich!«

»Weiche, Ungeheuer!«

Sie breitete die Arme aus. »Küff mich! Küff mich!«

Er lief davon, sie hinterher. Sie holte ihn ein.

Teufel, ist die schnell, dachte er, als er den Indianerzehenkuss empfing.

Tags darauf besuchten sie das Pinguinreservat. Es regnete, doch zu wenig, um die Touristen in ihren Bussen zu halten.

»Zu viele Leute«, sagte Marie, »viel zu viele Leute. Wenn man in Tokio wohnt und zum Südpol will, braucht man keinen solchen Menschenauflauf unterwegs.«

»Du magst Menschen sowieso nicht.«

»Ganz recht. Die meisten zumindest.«

»Ich schon.«

»Ich weiß«, sagte sie. »Und dafür liebe ich dich.«

»Nicht nur dafür«, fügte sie hinzu, als er nichts erwiderte. »Es fallen mir noch ein paar Dinge ein.«

»Ein paar?«

»Zwei oder drei oder 821.«

»821?«

»821, weil es eine schöne Zahl ist. Hast du mir beigebracht. Zahlen sehen.«

»Aber du hast keinen Geschmack. 821 ist keine besonders schöne Zahl. Du musst noch viel lernen.«

»821 ist unter den dreistelligen Zahlen herausragend attraktiv!«

»Überhaupt nicht!«, rief er, obwohl sie natürlich recht hatte. »821 ist eher schäbig.«

»Wenn du dich weiter beschwerst, hole ich die 666.«

»Die ist nicht hässlich, die ist bloß plump und blöd.«

»Schau mal«, rief sie. »Da drüben! Der Pinguin!«

»Sehr süß«, bestätigte er. »Sieht aus wie eine 12. Beziehungsweise umgekehrt, eine 12 sieht aus wie ein … Wollen wir hin?«

»Süß? Stell dir das Vieh zehn Meter groß vor, dann ist es nicht mehr süß.«

»Magellan-Pinguine werden keine zehn Meter hoch.«

»Wer weiß. Irgendwann vielleicht doch. Die Evolution hat schon vieles zustande gebracht.«

»Und was sind nun die 821 Dinge?«, wollte er wissen.

»Das sage ich dir jetzt nicht mehr. Wem meine Zahlen nicht gefallen, der erfährt von mir nichts.«

»Das verstehe ich.«

»Zwei, drei Dinge verrate ich dir im Hotel, wenn du nett bist.«

»Das klingt fair.«

Vor der Küste lag ein riesiges Kreuzfahrtschiff. Die See war so rau, dass die Boote, die die Passagiere an Land und zurückbrachten, von den Wellen wie Spielzeug hin und her geworfen wurden.

»Da wird einem ja vom Zuschauen schlecht!«, rief Marie.

»Schaut den ganzen Tag in Köpfe und erträgt keinen Seegang.«

»Nur weil ich ab und zu Innenohren sehe, heißt das ja nicht, dass ich meine unter Kontrolle habe.«

Sie beobachteten die Pinguine, die einzeln und in Gruppen von schlammigen Wiesen zu einem schwarzsandigen Strand und zurück watschelten.

»Irgendwie beruhigend, dieser Anblick«, sagte Marie. »Sie sind so gottergeben sorglos.«

Was Marie sagte, war zutreffend, bloß beruhigte der Anblick Jonas nicht. Er ließ ihn mitfühlen.

Jonas dachte an die Hilflosigkeit der Kreatur. Daran, wie beschützenswert Leben war. Diese Tiere würden der Welt nicht fehlen, wenn sie von einem Tag auf den anderen verschwinden würden. Menschen würden sie vermissen, und auch nicht viele. Die Menschen würden ebenfalls verschwinden.

Eines Tages wird alles weg sein, und es wird schade sein um das Leben. Leben an sich ist zwar ein von vornherein zum Scheitern verurteilter Versuch. Aber es ist ein heroischer, romantischer Versuch. Und Heldentum und Romantik sind das, was unsere kleine Welt großartig macht.

# WESTSTEIERMARK

Wenn dieser Tag bloß mal zu Ende ginge.

Nebenan schnarcht Uriella. Jetzt kann ich das Fenster wieder aufmachen. Der Fettgeruch von den Fischstäbchen scheint nicht abziehen zu wollen. Es wird kalt, es stinkt trotzdem.

Die fünfte Nacht war es.

Als Suux kurz nach drei Uhr morgens erstickte Laute von sich gibt, muss ich daran denken, was ich vor kurzem gelesen habe. Zwischen zwei und vier morgens sterben die Menschen. Verglichen mit anderen Tageszeiten jedenfalls mehr als sonst. Man nennt diese Stunden daher *the fine hours*. Ich finde, das ist ein ebenso obszöner wie zutreffender Begriff.

Ich sitze neben ihr. Gerade konnte ich noch kaum die Augen offen halten vor Müdigkeit, aber jetzt sehe ich die Welt mit erschreckender Klarheit. Neben mir stirbt in diesen Minuten ein Mensch. Und was für einer.

Es gibt Laute, die man nur selten hört im Leben. Der, den ich nun höre, ist ein Ächzen, ein Stöhnen und ein Schreien zugleich. Ein Krampf, der mit dem allerletzten Atem das allerletzte Leben aus einem Körper presst. Der Körper erstarrt. Blaue Augen, die nichts mehr sehen.

3.26 Uhr. Eine hässliche Zahl, 326. Die 326 nimmt mir Suux.

Und ja, seit damals führt meine Rangliste eine Tote an.

Uriella ist wieder aufgewacht. Im Fernsehen läuft ein Krimi. Uriella kommentiert ihn. Manchmal lacht sie.

Ich drehe die Musik lauter und denke an Suux und ihre Schuhe, ihre Tasche, ihre Kleider, ihre Kinnwarze, ihre Haare, ihre Brille, ihre Altersflecken, ihren Stock, ihr Kichern, ihre Kreuzworträtsel, ihre Liebesromane, ihre Augen, ihren Blick.

# WIEN

Mein Bein zuckt die ganze Nacht. Tagsüber zittern meine Hände. Ab und zu zuckt es im Arm und im Gesicht. Ich bin unendlich müde. Ich kann mich an die letzten Tage kaum erinnern. Nach dem Aufstehen lege ich mir mit irgendeiner Ausrede eine Line, und wenn nichts mehr da ist, fahre ich mit meinem BMW zum Stephansplatz. An den nüchternen Tagen dazwischen bin ich fassungslos darüber, was mit mir geschieht. Was ich mit mir geschehen lasse. Nein, was ich mit mir tue.

Tagsüber bei Massimo. Ich bestelle etwas zu essen, aber wenn es kommt, habe ich gekokst und keinen Appetit mehr. Die herrlichsten Gerichte schicke ich zurück.

Abends würde ich gern jemanden treffen, aber niemand hat Zeit.

Allmählich kommt mir der Verdacht, die wollen keine Zeit haben.

Meine Nase rinnt ununterbrochen. Sie brennt, ich schlucke Parkemed dagegen. Nächste Woche lasse ich das Gekokse, spätestens. Ich muss ja. Ich lasse es für immer. Muss ich. Schaffe ich. Na klar. Keine Angst nötig. Keine Panik. Das Xanor wird bald wirken.

# WIEN

Vier Tage nicht geschlafen.

Ich steige am Vormittag in den BMW, fahre zu einem Gitarrengeschäft und kaufe mir für 1000 Euro eine Fender-Gitarre, weil mir in meinem umnachteten Zustand irgendetwas plötzlich eingeflüstert hat, ich müsse Gitarre spielen lernen.

Werner sagt mir beim Mittagessen, das sei eine Elektrische. Was heißt das? Man braucht dazu einen Verstärker, sagt er. Was ist ein Verstärker?

# WIEN

Ich sehe grelles Licht. Etwas drückt auf mein Gesicht. Das Licht verschwindet, und ich glaube zu erkennen, dass das, was drückt, eine Sauerstoffmaske ist. Dann wird es wieder finster.

Als ich die Augen das nächste Mal aufmache, stelle ich fest, dass ich in einem Krankenwagen liege. Ich habe Angst vor Krankenhäusern, und ein Krankenwagen ist sowohl die Vorstufe zum Krankenhaus als auch ein mobiles Krankenhaus. Es bleibt jedoch keine Zeit für Angst, denn ich trete wieder die Reise in die Dunkelheit an.

Als ich aufwache, liege ich in einem Krankenhausbett. Ich habe einen grauenhaften Geschmack im Mund, und meine Kehle brennt. Mir ist schwindlig. Was ich hier mache, weiß ich nicht.

Am Fußende tippt Werner etwas in sein Handy. Er schaut auf.

»Bist du endlich wach, du Trottel?«

»Wieso Trottel?«

»Wer nicht weiß, welche Mengen welcher Substanzen sein Körper verträgt und deswegen auf der Straße umkippt, ist ein Trottel.«

»Umkippt?«

»Umkippt.«

»Wer betrunken in einem Club die Treppen hinunterpoltert und sich den Arm bricht, ist aber auch ein Trottel.«

Darauf kann er nicht viel erwidern. Ich fühle mich benommen. Möglicherweise haben die mir ein Benzo gegeben. Was aber nichts daran ändert, dass ich nahe an einer Panikattacke bin.

Ich muss hier raus. Ich will keinen Arzt sehen. Ich will nicht wissen, was meine Blutwerte sagen. Nur weg hier, weg.

Ich wälze mich keuchend aus dem Bett.

»Was machst du da?«

»Aufstehen. Wollen wir nicht gehen?«

»Darfst du nicht, glaube ich.«

Im Sitzen wird mir noch mehr schwindlig. Ich sinke wieder auf mein Kissen zurück. Erst jetzt merke ich, wie übel mir ist. Ich schaue mich nach einem Eimer um.

»Ich will hier raus«, sage ich.

»Willst du nicht wissen, was die alles mit dir gemacht haben?«

»Nein, ich will nicht wissen, was die mit mir gemacht haben. Wieso bist du eigentlich hier?«

»Weil mein Name in deinem Notfallpass steht, du Genie!«

»Ich habe einen Notfallpass? Was ist ein Notfallpass?«

»Es scheint eine App zu geben, in der man den Namen desjenigen speichert, der im Falle eines Unfalls verständigt werden muss.«

»So etwas habe ich? Und da habe ich ausgerechnet dich gespeichert?«

»Das habe ich mir auch gedacht.«

Die Tür geht auf. Ein Arzt tritt ans Bett und gibt mir die Hand.

»Schöne Bücher«, sagt er. »Schlechter Lebenswandel.«

»Nicht immer«, wende ich ein.

»Wir reden hier von einer Platzwunde am Kopf, die genäht werden musste, und die verdanken Sie einem Vollrausch von geschätzten acht Flaschen Wein.«

»Von acht Flaschen Wein bin ich noch nie hingefallen.«

»Finden Sie das lustig?«

»Ich habe bestimmt keine acht Flaschen Wein getrunken.«

»Ich weiß den Promillewert nicht auswendig, ich schaue später nach. Das waren mindestens acht Flaschen Wein.«

»Hätten Sie vielleicht noch eine Schmerztablette?«

»Dazu kommt Kokainmissbrauch.«

»Missbrauch? Ich habe mir das Zeug ja nicht in die Ohren geschmiert. Das wäre Missbrauch. Ich gebrauche es vollkommen sachgemäß.«

»Den Gag hat er von mir«, wirft Werner ein.

»Sie begreifen es anscheinend beide nicht, das ist alles wirklich nicht lustig«, mahnt der Arzt. »Was halten Sie von einem kleinen Entzug? Ich würde gern noch mehr von Ihnen lesen.«

»Ich brauche keinen Entzug. Was soll ich entziehen? Ich trinke mitunter ein, zwei Wochen keinen Tropfen Alkohol.«

»Das holen Sie dann aber schnell auf!«

»Das nennt man Lifestyle-Problem«, springt mir Werner zur Seite.

»Herr Tomanek, lassen Sie es bitte gut sein. Ich kenne Sie und weiß, was man von Ihnen so erzählt.«

»Ach so? Was erzählt man denn über mich?«

»Das werde ich jetzt bestimmt nicht mit Ihnen diskutieren.«

»Ich würde es aber gern diskutieren. Was wissen Sie denn über mich?«

Weil die beiden nicht aufhören, einander anzustarren, und ich nicht will, dass der besorgte Doktor gleich im Bett neben mir liegt, schnippe ich schwach mit den Fingern.

»Herr Doktor, darf ich jetzt gehen?«

»Ja, das dürfen Sie. Aber Sie müssen mir versprechen, dass Sie zumindest darüber nachdenken. Über eine Behandlung.«

Ich erinnere mich an meinen Vorsatz von vor ein paar Monaten, mich in diesem Sanatorium anzumelden. Ich fühle mich unsicherer, als ich nach außen hin zeigen möchte.

»Mache ich«, sage ich und bücke mich nach meiner schmutzigen Kleidung, die auf einem Stuhl neben dem Bett liegt. Raus hier. Das ist alles nicht passiert. Das ist alles nicht wahr. So weit ist es noch nicht. Nein.

Gegenüber vom Krankenhaus entdecke ich eine Kneipe.

Um mich in ein Taxi zu setzen, ist mir zu übel, und weiter als bis auf die andere Straßenseite schaffe ich es nicht. Mein Kreislauf ist am Ende. Mein Herz rumpelt wie eine Waschmaschine im Schleudergang. Ich verstehe nach und nach, was in den vergangenen Stunden geschehen ist. Ich hoffe bloß, dass der BMW vor meinem Haus

parkt und nicht auf dem Schrottplatz steht oder bei der Abschleppzentrale.

Als die Getränke vor uns stehen, sagt Werner:

»Morgen sperre ich dich bei mir zu Hause ein. Ich kette dich an den Heizkörper. Ich nüchtere dich am Heizkörper aus.«

»Wenn du auch daheim bleibst, wird daraus aber nicht viel werden. Spätestens nach einer Stunde sitzt du mit einer Flasche Schnaps neben mir.«

»Das dauert vermutlich keine Stunde. Mit dir würde ich sogar aus der Kapuzinergruft besoffen herauskommen.«

# PUNTA ARENAS

Birger Burder stieg mit ihnen in die Maschine.

»Ich mag ihn irgendwie«, sagte Marie. »Er ist eine Nervensäge, aber ich glaube, ich mag Nervensägen. Muss ich ja wohl. Wenn ich mich so umsehe.«

»Geht mir ähnlich«, sagte Jonas.

»Er erzählt pro Minute vier verrückte Geschichten. Bei dem hört man in der Stunde mehr als von anderen in einer Woche.«

»Was Vorteile und Nachteile hat.«

»Aber stell dir mal so jemanden neben dir bei einer Expedition vor.«

»Der ist kein Führer.«

»Ich weiß, trotzdem. Stell dir mal so jemanden auf dem Weg zum Südpol vor. Du läufst durch das ewige Eis, und neben dir quatscht einer über Hurenhäuser in Portugal oder Pinguine, die sich die Zähne putzen.«

Der Flug war unruhig. Selbst Jonas, der nach mehreren tausend Flügen einiges gewohnt war, wurde es flau im Magen. Maries Gesicht war selten zu sehen, denn die meiste Zeit steckte es in einer Tüte.

»Dabei ist das noch gar nichts!«, sagte Birger Burder und reichte ihr ein Feuchtigkeitstuch. »Gibt viel schlimmere Tage!«

»Ein Kaugummi wäre mir lieber«, sagte sie.

»Den kotzen Sie sowieso gleich wieder aus. Wirklich, es könnte viel schlimmer sein. Vor zwei Jahren sind wir fast abgestürzt. Voriges Jahr hat sogar der Pilot gekotzt. Der Steuerknüppel war bekotzt, seine Hose war bekotzt, alles war bekotzt! Nur ich kotze nie. Nie!

Auch meine Eltern haben nie gekotzt. Und meine Großeltern schon gar nicht. Nicht einmal mein debiler Cousin kotzt, dabei pisst sich der ständig in die Hose. Unsere Familie kotzt niemals.«

»Danke, dass ich das jetzt auch weiß«, sagte Jonas.

Marie steckte den Kopf wieder in die Tüte.

»Vielleicht stürzen wir heute ab«, sagte Birger Burder. »Ich warte schon mein ganzes Leben darauf. Auf alle Fälle seit ich in diesem Geschäft bin. So viele Flüge. Viele in klapprigen Maschinen wie dieser. Irgendwann muss es passieren. Ich bin extrem gespannt, wie es sein wird. Die meisten Flugzeugunfälle überlebt man ja. Statistisch gesehen. Ich überlebe sicher. Bin gespannt, ob das Flugzeug zu brennen beginnt. Wenn wir mit viel Kerosin an Bord abstürzen, gibt's ein Barbecue. Das muss ein Anblick sein!«

Marie hob den Kopf. »Wenn wir unten sind, reiße ich Ihnen die Ohren ab. Und dabei wird's möglicherweise nicht bleiben.«

Jonas kümmerte sich nicht mehr um ihr Geplänkel, denn unter ihnen tauchte das Schelfeis mit seiner bis zu vierhundert Meter hohen Kante auf. Hier brachen die gigantischen Eisberge ab, von denen er schon als Kind gelesen hatte.

Lange Zeit hatte er sich gefragt, wie so ein Eisberg, den er sich mehr als schwimmenden Hügel ausmalte, ein riesiges Schiff wie die Titanic versenken konnte. Später hatte er Bilder von Eisbergen gesehen, die das Empire State Building überragten. Und jetzt sah er sie unter sich, und jedes Bild in seinem Kopf verblasste gegen diesen Anblick. Eine monumentale Wand aus Eis, steil ins Meer abfallend, mit einer Kolonie von Pinguinen, die das Flugzeug zu begrüßen schienen.

Er konnte nur starren und den Kopf schütteln.

»Mir geht es immer wieder gleich«, rief ihm der Pilot zu. »Man sollte die Leute, die unsere Wirtschaft führen, allesamt hierherbringen. Damit sie das sehen. Damit sie das nicht zerstören.«

Gott erhalte dir deinen Glauben, dachte Jonas.

Als sie auf einem Blaueisfeld bei Patriot Hills aufsetzten, hatte Marie ihre Drohung gegen den Agenten vergessen. Bleich wankte sie zu dem Zelt, das ihr Birger Burder anwies. Jonas schüttelte einigen vermummten Gestalten die Hand, die andere Zelte bewohnten.

»Und Sie sind sicher, dass Sie keinen Führer brauchen?«, fragte der Schweizer. »Jetzt, wo Sie hier sind, können Sie es sich noch einmal überlegen.«

»Nein!«, ertönte es aus Maries Zelt.

»80 Prozent Rabatt.«

»Nein!«

»Sie ist zäh«, sagte Birger Burder.

»Wenn Sie wüssten«, sagte Jonas.

»Sie schaffen es vielleicht wirklich allein. Wir müssen uns beeilen, ehe das Wetter umschlägt und ich hier festsitze. Dort drüben haben wir …«

»Sie fliegen gleich zurück?«

»Umgehend. Ich muss mich um zwei Kanadier kümmern, von denen sich einer den Knöchel gebrochen hat. Er ist in die Fänge des Chirurgendrillings geraten. Ich muss es irgendwie hinkriegen, dass ihn der Pfleger operiert.«

»Das meinen Sie doch nicht ernst?«

»Ich bin Pragmatiker. Mir ist es völlig egal, wer mich operiert, und wenn es der Holzknecht oder der Hufschmied ist. Hauptsache, ich werde gesund. Schauen Sie, das dort ist Roy. Der bringt Sie morgen zum 89. Breitengrad. Sofern das Wetter hält. Das kann man schwer vorhersagen. Sehen Sie, er hält den Daumen hoch. Er ist zuversichtlich. Gehen Sie hin und freunden Sie sich mit ihm an. Netter Kerl. Sein Vater war in Kanada ein berühmter Bankräuber. Der Sohn wollte ihm nachfolgen, wurde aber gleich beim ersten Mal erwischt und daraufhin wegen seiner Ungeschicklichkeit vom Alten verstoßen. Und jetzt ist er hier. Der beste Pilot, den ich kenne. Okay, der zweitbeste. Oder, na ja. Aber er bringt Sie sicher ans Ziel.«

»Bitte, setzen Sie sich in Ihr Flugzeug!«, drang es gequält aus dem Zelt. »Vielleicht gibt's ein Barbecue.«

# WESTSTEIERMARK

In der großen Pause wage ich es. Ich gehe zu M. und tippe ihr auf die Schulter.

»Ja?«

Als sie sich umdreht, habe ich das Gefühl, sie sieht mich zum ersten Mal direkt an. Ich schlucke.

»Findest du das Wichtelspiel auch so blöd?«, frage ich.

»Welches Wichtelspiel?«

Ich räuspere mich. Ich merke, wie ich rot werde. Aber jetzt ist es zu spät.

»Na das. Zu Weihnachten. Die Namen von uns allen kommen in eine Tüte, und jeder zieht einen Zettel. Dem, dessen Namen man gezogen hat, schenkt man etwas zu Weihnachten.«

»Das machen wir?«

Ihre Stimme. Ich könnte im Boden versinken. Ich könnte mich vor ihr eingraben. Nur um irgendwie von unten in sie einzusickern.

»Das habt ihr auch letztes Jahr gemacht!«

»Was? Ich kann mich überhaupt nicht erinnern!«

Sie lacht frei heraus. Noch nie habe ich ein so unbeschwertes, natürliches Lachen gesehen. Ihre Augen blitzen. Aus der Nähe sehe ich ihre Grübchen noch besser.

»Hast du nicht mal erzählt, du hast von Iris diesen roten Schal bekommen?«

»Ja richtig! Das habe ich völlig vergessen!« Sie lacht wieder. »Daran erinnerst du dich? Wieso fragst du eigentlich?«

Meine Ohren müssen glühen.

»Weil wir das heuer auch spielen. Und …«

»Was, und?«

Fast habe ich das Gefühl, sie sieht mich erwartungsvoll an. Ihre Augen scheinen ja zu sagen, ja, los, frag doch endlich.

»Und …«

»Ja?«

Und ich möchte dein Wichtel sein, will ich sagen, aber ich bringe es nicht fertig. Sie würde sagen, wie stellst du dir das vor, wie soll das gehen, wenn alle einen Zettel ziehen, und ich würde sagen, ich bin dein zweiter Wichtel, ich schenke dir zusätzlich etwas.

Und das schaffe ich nicht.

Ich spüre ihren Blick im Nacken. Sie denkt sich bestimmt, was für ein Trottel. Aber immerhin hat sie mich gesehen. Und ich habe sie gehört.

Es gab schon schlechtere Tage.

Es hätte aber auch besser laufen können.

Aber das traue ich mich niemals in meinem Leben. Nach etwas so Großem zu fragen ist fast schon Blasphemie.

Und wenn ich es bekäme, das Große – das wäre ja fast noch schlimmer.

# ANTARKTIS, PATRIOT HILLS

Am nächsten Tag war das Wetter schlecht, daher fiel der Flug aus. Marie, deren Magen sich beruhigt hatte, spielte mit Roy und einer Niederländerin Karten. Jonas ging umher und ließ die Stille auf sich wirken.

Einmalig. So still ist es nicht einmal auf dem Everest. Dort bläst der Wind laut. Hier weht er leise. Unauffällig. Er schleicht sich an, plötzlich ist er da. Und schon wieder weg. Stille. Seit Jahrtausenden. Was du hier siehst, ist ein Stück Ewigkeit. Aus der Sicht eines Menschen jedenfalls.

Jonas spürte einen Anflug von Unsicherheit. Ob er hier am richtigen Platz war? Er hatte das Gefühl, er konnte nichts mehr tun. Eigentlich wollte er nichts mehr tun. Er wollte sich hinsetzen und nichts mehr tun. Nur warten, ob sich die Welt auch ohne ihn weiterdrehte.

# WESTSTEIERMARK

Draußen ist es feucht, kühl und still. Die ganze Gegend liegt unter metallenem Nebel. Man sieht so viel wie in einem Schneesturm. Im Radio spielen sie schon ab und zu Weihnachtslieder.

Gibt es etwas Grässlicheres als Weihnachtslieder? Früher habe ich ja dieses *Xmas* oder wie das heißt, das von John Lennon, das habe ich gern gehört, aber mittlerweile geht mir sogar das auf die Nerven. Fehlt nur noch Weihnachtsschmuck an den Laternen, dann ist mein Glück vollkommen. Wenn man nichts im Kopf hat, stürzt man sich auf Traditionen. Dabei ist Tradition nichts anderes als die Erlaubnis oder gar der Befehl, etwas zu tun, was irgendein anderer Trottel vor langer Zeit beschlossen hat.

Wenn ich mir vorstelle, ich sehe heute meine Lehrer, wird mir echt anders. Ich pfeife auf die Schule und fahre nach Graz zu meinem Opa.

Der Bus schlingert noch mehr als üblich. Das schlechte Wetter könnte daran schuld sein. Neulich habe ich überdies gelesen, es gibt einen Biorhythmus. Damit bezeichnen sie, soweit ich das verstanden habe, die innere Ordnung eines Menschen, die von äußeren Faktoren inklusive der Sternbilder abhängig ist. Ich weiß nicht, ob ich an die Existenz so einer Sache glauben will. Das Leben kommt mir immer mehr fremdbestimmt vor. Aber wenn es so etwas gibt, hat der Fahrer vielleicht einen schlechten Biorhythmus. Ich tippe trotzdem auf das Wetter. Oder er war am Vorabend mit Uriella aus.

Heute redet mein Opa beim Schach nicht viel. Er pfeift leise eine Melodie durch die Zähne, mehr nicht. Er hat auch nicht gefragt, was ich um diese Zeit hier mache, obwohl er bestimmt weiß, dass wir nicht schulfrei haben. Ich glaube kaum, dass es ihm egal ist. Ich glaube, er überlegt sich, ob ich auf die schiefe Bahn geraten bin.

Das hat er schon immer befürchtet. Ich weiß nicht, wie oft ich diesen Satz gehört habe: Nimm niemals Drogen, du gerätst auf die schiefe Bahn. Nicht mit diesen Kindern spielen, du könntest auf die schiefe Bahn geraten. Man gerät auf die schiefe Bahn, wenn man zu wenig für die Schule tut. Ganz so, als würden an allen Ecken schiefe Bahnen lauern.

Was die Leute immer mit ihrer schiefen Bahn haben! Was mich betrifft, hätte ich gar nichts gegen eine einzuwenden. Schiefe Bahn klingt nach Tempo. Okay, Christiane F. ist auch auf die schiefe Bahn geraten, und bei der ist es schlecht ausgegangen. Würde es bei mir sicher nicht. Schiefe Bahn klingt jedenfalls unterhaltsam. Besser als gar keine Bahn. Aber wo ist eine schiefe Bahn, wenn man sie braucht?

Während mein Opa das Essen kocht, lege ich mich im Wohnzimmer auf die Couch. Ich höre ihn pfeifen und mit Geschirr scheppern. Helfen lässt er mich nicht. Hat er noch nie, keine Ahnung, warum.

Als ich mir sicher bin, dass er alle Hände voll mit seinem berühmten Kriegseintopf zu tun hat, schleiche ich zum Schrank und lege das Sparbuch zurück.

Uriella hat es mir wiedergegeben. Das ganze Geld, das sie abgehoben hat. Natürlich sieht man, dass da eine Abhebung war und das Geld wieder da ist, und mein Opa ist ja nicht senil, der hat nicht vergessen, dass das Sparbuch weg war. Aber vielleicht kittet es etwas.

Ich habe nämlich das Gefühl, zwischen uns ist es nicht mehr, wie es war. Das macht mich traurig. Sogar nachts. Im Traum erscheint mir mein Opa und schaut noch enttäuschter als in Wirklichkeit.

# WIEN

Es hat geläutet. Ich hasse es, wenn es an der Tür läutet, schon am Tag, aber jetzt ist es drei Uhr nachts. Wer läutet mitten in der Nacht an meiner Haustür? Wer kann um diese Zeit etwas von mir wollen?

Nur die Polizei.

Das Koks, das auf dem Tisch liegt, überschreitet die Menge einer normalen Line. Trotzdem schnupfe ich es auf einmal, die restlichen Briefchen werfe ich in den Totenschädel und stelle ihn auf Franz Kafkas *Gesammelte Werke* ins Bücherregal. Der Totenschädel ist ein hübsches Stück aus Ton, ich habe ihn eines Nachmittags mit dem Kind bei *Made by You* selbst bemalt. Im Augenblick habe ich für seine bunte Anmut aber kein Auge, denn das hängt am Türspion, mal das rechte, mal das linke.

Ich erwarte jeden Moment, dass im Treppenhaus Polizisten auftauchen. Ich rechne nach, wie viel Gramm sie finden würden. Welche Menge übersteigt den Eigenbedarf? Ab wie viel Gramm bin ich selbst als Dealer verdächtig?

Oder kommen die wegen der nicht registrierten Wumme?

Ich kriege das Auge nicht vom Türspion weg. Ich atme durch den Mund, denn die Nase ist wieder wie zubetoniert und könnte bei jedem Versuch, durch sie Luft zu holen, laut pfeifen.

*Bist du wach?*, schreibe ich Werner nach einer halben Stunde am Türspion. *Bei mir hat es an der Haustür geläutet. Kann das die Polizei sein?*

*Die Polizei, die läutet, ist nicht die gefährliche Polizei,* schreibt er zurück.

*Und wer war das dann?*

*Ich habe keine Kameras vor deiner Haustür aufgestellt. Was ist schon wieder mit dir los?*

*Nichts ist mit mir los! Aber bei mir läutet gewöhnlich niemand mitten in der Nacht!*

Kurz darauf ruft er an.

»Bist du wahnsinnig?«, zische ich. »Das Handy hört man noch drei Stockwerke unter mir! Da glauben die doch nie, dass keiner zu Hause ist! Schreib eine SMS!«

»Hörst du mir mal zu, Strolchi? Die Polizei wäre längst in deiner Wohnung, und sie hätte vorher nicht geläutet. Und wenn sie dich nur befragen will, schickt sie dir eine Vorladung und kommt nicht selbst. Dafür wären die sowieso zu faul.«

»Aber wer läutet dann da unten?«

»Ein Alkoholopfer? Eine Frau? Noch wahrscheinlicher: beides zugleich?«

»Das Treppenlicht ist gerade angegangen!«

»Nein, mein Pupsilein, das ist nicht die Polizei.«

»Werden wir abgehört? Was meinst du?«

»Eher nicht. Kannst du dich eigentlich noch erinnern, dass du gestern bei mir mit dem Kleiderständer geredet hast?«

»Was habe ich?«

»Nach einer Dreiviertelstunde ist mir langweilig geworden, mich allein in der Küche zu betrinken, während du da draußen mit Kleinmöbeln debattierst, und ich habe dich gefragt, ob du dich nicht wieder zu mir setzen willst. Weißt du, was du geantwortet hast?«

»Das Licht ist wieder aus!«, flüstere ich.

»Du hast geantwortet: ›Warum störst du mich, wenn ich mich gerade so gut unterhalte?‹ Da habe ich dir zwanzig Psychopax eingeflößt.«

»Klingt gar nicht nach mir. Meinst du wirklich, da kommt niemand mehr rauf?«

Werner seufzt. »Wenn es die Polizei ist, ruf mich an, und ich bin gleich da. Wenn es jemand anderer ist, du kannst dich ja wehren.«

»Aber wer läutet da mitten in der Nacht?«

»Lass deinen Kleiderständer in Frieden. Der ist nicht so nett wie meiner, hat mir meiner gesagt. Nicht ansprechen! Der könnte mit dir kämpfen wollen. Gute Nacht.«

Werner legt auf. Ich bleibe am Türspion kleben.

# WIEN

Als Tomi mit einem feuchten Lappen über den Tisch wischt, falle ich vor Schreck beinahe vom Stuhl. Ich bin so betrunken, dass ich einige Zeit brauche, um herauszufinden, dass ich im *Anzengruber* sitze. Wie es mich hierher verschlagen hat, kann ich nicht nachvollziehen. Ich weiß nur, dass vor mir ein großer Gespritzter steht und dass ich Sex will.

Ich schreibe einige SMS. Niederlagen auf ganzer Linie. Niemand hat Zeit oder Lust. Ich schreibe also anderen Nummern, jenen, die noch nie haben, aber vielleicht einmal würden. Bei einer bin ich eine Spur zu direkt, und sie regt sich fürchterlich auf. Eine hält es für einen Witz. Bei einer anderen schreibt der Mann zurück. Woher soll ich denn riechen, dass die jetzt einen Freund hat. Die Menschen sollten sich angewöhnen, sich beim Eintritt in eine Beziehung bei ihren Sexkontakten oder vorreservierten Sexkontakten vorübergehend abzumelden.

Ich weiß nicht, welcher Teufel mich reitet, dem Pornopärchen zu schreiben. Zu allem Überfluss antwortet Cynthia auch gleich. Sie und Meister Rudolf wären mehr als bereit und willig.

*Kommt zu mir!*, schreibe ich.

*Das geht nicht, wir haben keinen Babysitter. Steig ins Auto und komm zu uns!*

Das fehlt noch, mich in meinem Zustand in den BMW setzen. Ich mag betrunken sein, wahnsinnig bin ich nicht. Aber geil bin ich, und jenseits meiner Selbstkontrolle. Daher stehe ich fünf Minuten später, genau um Mitternacht, am Taxistand und verhandle mit den Fahrern über den Preis für eine Fahrt ins Burgenland.

Einer macht es für achtzig Euro. Ich hätte auch hundert gezahlt.

In meinem Hinterkopf warnt etwas. Eine Stimme sagt, wie wäre es mit ein bisschen Würde, das kannst du doch nicht bringen. Aber es ist angenehm, betrunken zu sein und Stimmen schroff zu überhören.

Der Taxifahrer weckt mich. Wir sind da. Vor der Haustür wartet eine blonde, langhaarige Frau mit High Heels. Viel mehr trägt sie nicht.

Ich bezahle den Fahrer. Er wirkt, als hätte er ebenfalls geschlafen. Nicht einmal Cynthia beeindruckt ihn. Noch ehe ich an der Haustür bin, ist er weg. Vielleicht ist ihm unterwegs klargeworden, dass er zu wenig verlangt hat. Oder er will einfach heim.

Cynthia küsst mich auf beide Wangen und klopft mir mit dem Handrücken auf den Reißverschluss meiner Jeans. Sie stakst vor mir die Treppe hoch in den ersten Stock. Dort wartet Meister Rudolf in Hausschuhen. Er streckt mir strahlend die Hand entgegen. Ich stolpere über ein Kinderfahrrad.

»Pst!«, macht Cynthia. »Die Burschen schlafen. Willst du was trinken?«

»Klar doch!«

»Willst du was ziehen?«

»Aber immer!«

»Darf ich nackt sein?«

»Ist mir recht.«

Cynthia strippt. Meister Rudolf lacht. Ich bin vom Empfang angetan. Ich ziehe die Line. Erst danach frage ich, was das überhaupt ist.

»Crystal«, sagt Meister Rudolf und schenkt mir ein Glas Wein ein.

Uh je, das habe ich erst zweimal genommen, und es hat mir nicht gutgetan.

Es fängt schon an, denke ich, als ich das Glas entgegennehme. Etwas in mir verschiebt sich. Mein Denken wird ein anderes. Das geht bei Crystal ziemlich schnell, man verliert moralische Hemmungen, und zwar drastisch.

»Wie viel hast du für das Taxi gezahlt?«, fragt Meister Rudolf.

»Achtzig.«

»Das ist günstig.«

»Du wirst auf deine Kosten kommen«, verspricht Cynthia.

Darauf fällt mir nichts ein. Das Crystal verdrängt den Alkohol in meinem Gehirn, mein Blick wird klarer, und ich betrachte die Wohnungseinrichtung kritisch. Für eine Sexparty liegt mir hier zu viel Kinderspielzeug herum.

Meister Rudolf legt drei weitere Lines auf. Für meinen Geschmack sind sie zu klein. Ich merke, dass der große Zombie schon in Lauerstellung ist, und will mehr.

»Na klar«, sagt Meister Rudolf und verlängert meine Line um zwei Zentimeter.

»Nimmst du immer so viel?«, fragt Cynthia.

»Eines wollte ich euch schon lange fragen. Habt ihr keine Angst vor Krankheiten? Ihr verwendet da keine Kondome. Zumindest ich habe in der Schule gelernt …«

»Vergiss es«, unterbricht mich Cynthia. »Mit Heterokontakten allein kannst du das nicht kriegen.«

»Da habe ich aber was anderes gehört.«

»In meinem Medizinstudium hat der Hygieneprofessor wörtlich gesagt, er will nicht unkorrekt wirken, aber zu HIV kannst du nur kommen, wenn du an der Nadel hängst oder Sex mit einem Schwarzen hast. HIV wird nicht so leicht übertragen. Und nach wie vor sind es vor allem die Schwulen, die es haben.«

Die hat studiert?, geht mir durch den Kopf.

»Selbst wenn das stimmt, es gibt ja noch andere Krankheiten«, sage ich. »Hepatitis C zum Beispiel.«

»Willst du ficken, oder willst du zum Arzt?«, fragt Cynthia.

Gegen meinen Willen lache ich. Mir ist etwas schwindlig. Ich nehme einen großen Schluck. Meister Rudolf schenkt mir nach und fragt mich irgendetwas über Literatur. Ich gebe eine nichtssagende Antwort.

»Passt dir der Wein? Ich kann auch einen anderen aus dem Keller holen.«

»Wäre in meinem Zustand Verschwendung.«

Meister Rudolf wirkt besonnen und sympathisch. Irgendwas stimmt mit ihm nicht, aber ich kann den Defekt nicht verorten. Dass jemand spinnt, der seine Frau zu Gangbangs bringt und darauf steht, zuzusehen, wie sie von zwanzig Typen genommen wird, ist ohnehin klar. Ich weiß bloß nicht, was für eine Art von geistiger Abweichung das ist. Aber ich gehöre nicht zu den Menschen, die alles kategorisieren müssen, und halte mich nicht länger mit dieser Frage auf.

Und sie? Cynthia? So einen Blick habe ich auch noch nicht oft gesehen. Er ist nicht so durchdringend wie der von Esti, er ist intelligent und kalt, ein wenig zornig, ein wenig böse, etwas unergründlich.

Zusammengefasst, ich habe keine Ahnung, was für Leute ich vor mir habe.

Das passiert mir selten. Wenn ich etwas kann, dann ist es Menschen lesen, das konnte ich schon mit fünf. Solche wie die hier sind nie zuvor auf meinem Radar aufgetaucht.

Cynthia greift mir in die Hose. Da drin spielt sich nicht viel ab. Überhaupt bin ich mittlerweile mehr an dem Regal interessiert, in dem der Rest des Crystal liegt, als an einem Dreier mit dem undurchsichtigen Gangbangpärchen. Doch sie ist hartnäckig. Sie nimmt meinen Schwanz in den Mund und saugt, als wollte sie ihn als Ganzes verschlucken.

»Willst du ihn mir abreißen?«, schreie ich.

»Bist du so empfindlich?«

Wer ist denn da nicht empfindlich, will ich sagen, aber ich sage es nicht, denn womöglich bekäme ich eine Antwort. Die hat ja jede Menge Informanten.

Während uns Meister Rudolf zusieht, fällt mir zum ersten Mal auf, dass der Fernseher eingeschaltet und Cynthia beim Sex mit zwei großen schwarzen Hunden zu sehen ist.

»Bist das du?«, frage ich entgeistert.

»Mit vollem Mund darf sie nicht sprechen«, sagt Meister Rudolf.

»Ja, das ist sie. Mit Nero und Tinki. Das hat ihr gefallen. Nicht wahr?« Er schlägt Cynthia mit einer Peitsche, die er von irgendwo hergezaubert hat, über den Hintern.

»Bitte nicht«, sage ich, »sonst kriege ich einen Lachkrampf.«

»Was bitte nicht?«

»Keine Peitschen. Und so.«

Er steht in Boxershorts und Socken vor mir. Offenbar deutet er meine Blicke tendenziell richtig, nur seine Schlussfolgerung ist falsch.

»Soll ich mir die Lederkluft anziehen?«

Gegen eine andere Garderobe hätte ich nichts einzuwenden, Leder würde die Sache jedoch eher schlimmer machen.

»Nein, alles in Ordnung, bleib ruhig, wie du bist. Gibt es noch was?«

Ich deute auf das Regal. Er nickt.

»Du hast vielleicht ein Tempo drauf«, sagt Cynthia. »Willst du dich nicht ein bisschen zurückhalten? Die Nacht ist lang.«

»Wir setzen uns hin, und die Sklavin hält das Maul und macht weiter!« Er haut ihr mit der flachen Hand auf den Hintern, so dass ein roter Abdruck bleibt. »Gut lutschen!«

Sie grunzt zustimmend. Meister Rudolf legt die nächsten Lines, und ich verfolge vom Sofa aus das Geschehen auf dem Bildschirm. Ich bin fasziniert und angewidert zugleich. Ich wusste schon, dass es solche Menschen gibt, aber ich wusste nicht, dass die meine Bücher lesen.

Wenn ich mit der bumse, werd ich's mir nie verzeihen, denke ich, als Nero und Tinki die Stellung wechseln.

Während Meister Rudolf mir ein Kilogramm Gras zum Weiterverkauf anbietet, zieht er sich umstandslos aus. Er hat einen Riesenschwanz. Was sonst.

Das wird immer bizarrer, denke ich, lehne das Geschäftsangebot höflich ab und versuche den Fernseher zu ignorieren.

Aber verdammt, das Crystal macht mich genauso scharf wie Koks. Leider macht es mich noch um einiges verrückter.

Cynthia rutscht vor uns auf den Knien herum und bearbeitet uns beide. Bei mir tut sich kaum etwas. Ich schiele zum Regal. Der große Zombie kommt näher. Ich sehe ihn heranschleichen, er berührt mich schon fast. Ich brauche mehr von dem Zeug, mehr, bis ich wieder an einem Ort bin, wo es Xanor gibt. Meine habe ich vergessen. Ich Idiot.

»Wir überlegen uns, eine zu kaufen.«

Was Meister Rudolf zuvor gesagt hat, ist nicht zu mir durchgedrungen. Was will er kaufen? Eine Hündin, damit er auch spielen kann? Ich bin schon auf alles gefasst. Morgen rufe ich den Tierschutzbund an.

Ich tue so, als wäre ich von der Performance seiner Sklavin so begeistert, dass mir Hören und Sehen vergangen ist.

»Das davor musst du wiederholen«, bitte ich und stöhne ein bisschen.

Dabei ist es nicht so, dass sie es schlecht macht. Aber. Die Hunde. Die Gangbangbilder in meinem Kopf, Bilder von nackten geilen fetten Männern in Badelatschen. Und der Alkohol. Und das Crystal. Eigentlich will ich nur mehr schlafen. Kommen und schlafen.

»Kein Witz. 5000 Euro kostet ein Mensch für den Keller. Die ungarische Grenze ist nicht weit weg, da gibt's die. In Tschechien wüsste ich auch jemanden.«

»Jemanden für den Keller?«

»Jemanden, der sie verkauft.«

»Willst du mich verarschen?«

»Absolut nicht.«

»Du meinst, man kann sich für 5000 Euro einen Menschen kaufen? Und mit dem machen, was man will?«

»Reizvoller Gedanke, gib's zu.«

Bei denen will ich nicht schlafen, das ist mein Gedanke, so müde kann ich gar nicht sein. Da übernachte ich noch lieber bei Esti.

Obwohl, ja, stimmt durchaus, die Vorstellung, jemanden als Sexsklaven zu halten und langsam zu Tode zu foltern, hat etwas. Ich male mir das gerade ziemlich erregend aus. Zum Glück weiß ich,

dass das Crystal an diesen Phantasien schuld ist. Crystal macht aus Menschen Soziopathen, gefühllose Zombies. Zweimal im Leben war ich einige Stunden ein Predator, und da war Crystal im Spiel.

Ich vergesse zu fragen, ob sie bereits jemanden im Keller haben.

Zehn Minuten lang breitet Meister Rudolf seine kranken Ideen vor mir aus, während ich zuhöre und Cynthia um meine Erektion kämpft. Dann lässt die destruktive Energie des Crystal allmählich in mir nach. Meister Rudolf scheint das zu merken. Er nickt in Richtung Regal und fragt, ob er nachlegen soll. Ich schüttele den Kopf.

»Und? Wärst du dabei? Wir könnten uns eine teilen. Oder einen. Man kriegt auch Männer.«

Meister Rudolf wirkt beinahe unschuldig, aber langsam frage ich mich, ob ich nicht besser den Rückzug antreten sollte.

Der sanfte Mann dirigiert Cynthia ins Bett und steckt ihr sein Monsterding rein. Ich setze mich daneben, zuschauen kann man ja.

Während Cynthia gefickt wird, schmiert sie meine Hand mit Gleitgel ein. Meister Rudolf zieht sich aus ihr zurück, und Cynthia schiebt meine Hand in ihre Vagina. Ich denke nicht besonders viel nach, als ich drinnen die Hand zur Faust balle und Cynthia ein dankbares Aufseufzen entlocke.

Die spinnen, denke ich und ficke Cynthia mit der Faust. Ich spinne. Was mache ich hier?

Meister Rudolf zückt sein Handy und macht ein Foto. Mir ist es egal, obwohl mich etwas im Hinterkopf kitzelt.

Cynthia zuckt und windet sich. Sie sieht genauso böse aus wie zu Beginn. Ich merke, dass Meister Rudolf meinen Schwanz im Mund hat.

Ich ziehe meine Hand zurück und wälze mich auf Cynthia. Meister Rudolf macht mir mehr Platz. Ich bemühe mich, meinen Schwanz gebrauchsbereit zu machen. Ich schaue mich um, ob ein Kondom bereitliegt. Beinahe muss ich über meine Naivität lachen.

# ANTARKTIS, PATRIOT HILLS

Zwei weitere Tage verbrachten sie damit, ihre Ausrüstung zu prüfen und auf besseres Wetter zu warten. Jonas hatte sich am Everest daran gewöhnt, sich in Geduld zu fassen und sich von der Witterung nicht die Laune verderben zu lassen. Marie war weniger langmütig. Sie versuchte Roy davon zu überzeugen, dass das Wetter ideale Startbedingungen bot.

»Und selbst wenn«, sagte er. »Was ist mit den Landebedingungen? Von denen wissen Sie nichts. Die sind nämlich noch schlechter.«

»Sie werden das schon hinkriegen. Sie sind ein Spitzenpilot.«

»Nein, das werde ich nicht hinkriegen! Das kriegt keiner hin, auch kein Spitzenpilot! Ich bin außerdem ein schlechter.«

»Der war gut«, sagte Marie.

»Der war nicht gut, weil er keiner war.«

»Kein Witz?«

»Absolut nicht. Also tun Sie mir den Gefallen und warten Sie ab, bis ich von Burder das Go bekomme.«

»Diese Nervensäge!«

»Sie haben ja keine Vorstellung!«

»Unterm Strich: kein Flug heute?«

»Wie oft soll ich es Ihnen denn noch sagen?«

»Ich war schon mal freundlicher zu den Leuten, wie?«, sagte Marie zu Jonas, legte sich hin und streckte sich auf dem blanken Eis aus. »Schön ist es hier.«

Ob es Maries Drängen gewesen war, das Roy nicht mehr aushielt, oder ob Birger Burder die Freigabe gefunkt hatte, spielte für Marie

keine Rolle. Sie schlug dem Piloten auf die Schulter, als er mit der guten Nachricht kam.

»Dafür haben Sie eine Gehirnoperation bei mir gut.«

»Der war gut.«

# MARIA LORETTO

Ich bin spontan losgefahren.

Die erste Entscheidung seit langem, die sich richtig angefühlt hat. Eine Sache von einer halben Stunde: packen, in den BMW setzen, weg. Aus der Stadt rausgefahren, drei Stunden Autobahn, erste Übernachtung in einer Pension am Wörthersee, in der ich der einzige Gast bin. Notebook und Kleidung für zwei Tage in der Sporttasche, die ich bei mir habe, das restliche Gepäck bleibt im Kofferraum.

Nach dem Essen lege ich mich ins Bett. Meine Hände zittern, als ich die Knöpfe an der Fernbedienung drücke.

Das wird sich bald legen. Nach ein paar Tagen ohne Gift meldet sich mein Körper gewöhnlich wieder zum Dienst. Ab jetzt schicke ich ihn nicht mehr in absurde Schlachten.

In einem Krankenhaus aufzuwachen, weil ich im Suff umgekippt bin, finde ich bedenklich. Unterhaltungen mit Kleiderständern sowie Polizeiparanoia, die mich stundenlang durch meinen Türspion starren lässt, sind auch kein gutes Zeichen. Aber meinen Schwanz ohne Schutz in eine Gangbang-affine Swingerin zu kneten, während im Fernseher jene Körperöffnung, mit der ich es gerade zu tun habe, von Hunden penetriert wird, das überschreitet alle Grenzen.

Im Fernsehen schiebt Günter Jauch einen ihm sympathischen, aber leider begriffsstutzigen Kandidaten in Richtung der 16 000-Euro-Marke. Ich überlege, wo ich eigentlich hinsoll. Für die Ernährung spräche Italien. Ich will aber nach Kroatien.

Keine Nachricht auf meinem Handy. Ist auch unwahrscheinlich, weil ich die Nummer habe ändern lassen. Einige Kontakte sind so-

gar blockiert. Behalten habe ich nur die Wichtigen und Richtigen. Wer meine Nummer nicht mehr hat, hat sie aus einem bestimmten Grund nicht. Das fühlt sich gut an.

Ich ziehe den Laptop zu mir und lösche meinen Facebook-Account.

Das fühlt sich auch gut an.

Und war höchste Zeit. Geschwätz, Selbstdarstellung, Katzenfotos. Wieso war ich je dabei? Ich will schon in der Realität nicht mit den Leuten reden, warum habe ich mich so lange mit ihnen virtuell geplagt?

Ich glaube, auch die haben mich verseucht. Das allgemeine Buhlen um Aufmerksamkeit zermürbt empfindliche Menschen. Überhaupt, zu viele Menschen zermürben Menschen. Alleinsein hilft fast bei allem.

Günter Jauch zermürbt mich ebenfalls.

Es ist kalt. Ich drehe die Heizung auf.

Ich habe mich gefreut wie ein Schulkind, als mir Matthias neulich gesagt hat, meine Lernkurve zeige steil nach oben. Mein Körper beginnt WingTsun in sich aufzunehmen, zu speichern, zu behalten. Das ist schön.

Vor dem Spiegel mache ich die Form, acht Sätze, die Grundbewegungen des WingTsun. Jede Bewegung exakt. Zehn Wiederholungen.

Mein Körper ist nicht böse. Mein Körper ist gut, ist wunderbar. Man darf ruhig nett sein zu seinem Körper, man soll ihn nicht vergessen, man muss ihm schon gar nicht Gewalt antun.

Ich bin dabei, mir eine Art zu verschwinden, die den Tod bezwingt, auszudenken.

## WESTSTEIERMARK

Baden ist mir lieber als duschen. Duschen ist Action, beim Baden liege ich da und denke. Manchmal träume ich von schönen Dingen. Einer prächtigen Zukunft mit M. Oder vom Schachweltmeistertitel. Den ich Garri Kasparow abnehmen werde, der gestern Weltmeister geworden ist. Er hat Karpow geschlagen und ist der jüngste Weltmeister aller Zeiten. Zweiundzwanzig. Mir kommt das sagenhaft alt vor.

Seine Partien verstehe ich nicht. Es liegen ganze Dimensionen zwischen meinem Spielverständnis und seinem. Darüber darf ich nicht nachdenken, sonst spiele ich nie wieder eine Partie. Sieht man die Großen offen und ehrlich an, merkt man, wie klein man ist. Zu genau sollte man da nicht hinschauen. Erst dann, wenn man in der Nähe ist. Sobald ich mal Großmeister bin.

Im Radio läuft *Vincent* von Don McLean. Wenn ich das höre, denke ich an Vincent van Gogh und muss immer weinen. Meistens denke ich dann auch an Suux. Davon wird es nicht besser.

Ich weiß nicht, wieso der Föhn da liegt. Normalerweise föhnt sich Uriella in der Küche, nachdem sie sich die Locken eingedreht hat. Heute liegt er neben der Badewanne.

# ANTARKTIS, 89° SÜDLICHER BREITE

»Das ist der Moment, auf den ich fast ein Jahr gewartet habe«, sagte Marie, während sie Roys Maschine nachwinkte.

»Da gibt es mehrere solche Momente, schätze ich.«

»Da hast du allerdings recht. Ich mache Tee, du stellst das Zelt auf.«

»Nein, umgekehrt.«

»Wir stellen zusammen das Zelt auf, und ich mache danach Tee.«

»So gefällt mir das«, sagte er.

Das Zelt war im Handumdrehen aufgestellt. Jonas hatte es speziell für die Antarktis anfertigen lassen und dafür Zigtausende Dollar bezahlt. Es bestand aus einem Material, von dem Jonas nie zuvor gehört hatte und das besser isolierte als jedes andere, aus dem Zelte gemacht wurden. Zudem war es praktisch unzerreißbar.

»Wo liegt in dieser Höhe der Siedepunkt von Wasser?«, fragte Marie.

»Bei 90 °C, glaube ich. Wieso?«

»Nur so. Alles in Ordnung mit dir? Du wirkst ein bisschen lahm.«

»Mir geht es hervorragend!«

Dass er Fieber hatte, verschwieg er lieber. Es würde von allein weggehen.

Er legte sich auf das blanke Eis.

Das ist ein ewiger Himmel.
Er war schon lange vor mir da.
Er wird lange nach mir da sein.

Er ist mir nicht egal.
Ich bin ihm egal.
Aber das ist mir egal.
Danke sage ich trotzdem.
Wem auch immer.
Vielen Dank.

# WESTSTEIERMARK

Ein Föhn ist ein merkwürdiger Gegenstand. Ich erinnere mich, dass es ein Föhn war, der mich zu der Frage gebracht hat, ob Maschinen eine Seele oder wenigstens eine Persönlichkeit haben. Sie sehen nämlich so aus. Ein Föhn sieht aus, als würde er sich verbeugen. Vielleicht denkt er sich gerade über mich, so ein Depp. Er wirkt sowieso ziemlich neckisch. Dem ist das zuzutrauen. Loki, der vielseitigste Asengott. Auch neckisch.

Ein Kühlschrank. Wie er dasteht Wie ein wohlwollender Großvater. Er überblickt die Situation. Der Ruhepol.

Ein Radio. Aus ihm wird gesprochen. Es grämt sich, dass es selbst nicht sprechen kann. Vielleicht arbeitet es daran, genau das zu ändern. Vielleicht sehnt es sich aber nur. Das Radio legt die Hände in den Schoß.

Ein Herd, der ist zornig. Der terrorisiert die anderen mit seinen Launen. Der Stuhl dreht ihm längst den Rücken zu.

Eine Türglocke ist mehr so ein Insekt. Eine Hornisse oder eine Libelle, die durch Wände flutschen kann.

Eine Lampe ist ein Türhüter zwischen Diesseits und Jenseits, keine Frage. Halb bei uns, halb bei denen.

Rasierer, Diaprojektoren, Autos, die machen uns etwas vor. Die sind wie wir. Die hat man zusammengeschraubt, uns ebenso. Manche von uns sind auch Montagsautos.

Gibt ja genug, die für diese Welt nicht ideal gefertigt sind. Egal, ob sie mit fünf Jahren Krebs kriegen oder ständig traurig sind oder alle paar Wochen krank, sie sind Montagsautos. Wir alle sind nur zusammengebaut.

Bei einigen von uns hat der Aufseher die Mechaniker zusammengepfiffen. Heda, jetzt reißt euch mal zusammen, kein Kartenspielen hier, weg mit dem Bier, ich will Leistung sehen! Da kommt dann ein Einstein oder ein Schwarzenegger vom Fließband. Die ständig Kranken von uns sind hingepfuscht worden, da war der Vorarbeiter wieder in der Kantine, und die Mechaniker haben sich bei der Montagsmontage lieber gegenseitig vom Wochenende erzählt, anstatt genau auf unsere Dichtungen aufzupassen.

Das Badewasser wird allmählich kalt. Ich könnte es föhnen. Oder gleich mich. Ich mag es, mit der Temperatur zu spielen. Mit dem Föhn näher zu kommen und mich fast zu verbrennen und ihn dann wieder wegzuhalten.

Keine Ahnung, wie es kommt, dass mir der Föhn aus der Hand rutscht.

# ANTARKTIS, 89° SÜDLICHER BREITE

In der ersten Nacht hatte Jonas einen merkwürdigen Traum.

Ihm war befohlen worden zu fliegen. Er konnte es, und er wollte es von sich aus, doch er war neugierig, von wem der Befehl kam. Er wollte keiner anonymen Instanz gehorchen und machte sich daher auf die Suche nach dem Ursprung dieser Aufgabe.

Er irrte herum. Zwischenzeitlich schien er von Stadt zu Stadt teleportiert zu werden. Wohin er kam, traf er weniger und weniger Menschen. Am Ende saß er allein in der Werkstatt eines Herrenschneiders und schnitt Artistenkostüme zu.

»So ein Schwachsinn«, war das Erste, was er nach dem Aufwachen sagte.

»Ich habe auch nur Unsinn geträumt«, sagte Marie. »Tee ist fertig, Essen ist fertig.«

»Essen?«

»Dieses Zeug.«

»Zeug trifft's.«

Die Expeditionsnahrung aus einem Spezialgeschäft war das Scheußlichste, das Jonas je gegessen hatte, und er hatte sich längere Zeit in Gegenden der Mongolei aufgehalten, wo Schafsaugen und Schafshoden serviert wurden. Auch ein Punkt, der gegen den Südpol gesprochen hatte: die Notwendigkeit, auf Fertignahrung zurückgreifen zu müssen.

»Wir müssen dann los. Das Wetter soll am Nachmittag schlechter werden, hat Birger durchgegeben.«

Dass ihm draußen keine heißen Wüstenwinde entgegenschlagen würden, darauf hatte er sich eingestellt, doch mit so stechender Kälte hatte er nicht gerechnet. Immerhin war hier Sommer, unter minus 20 °C sollte die Temperatur nicht fallen. Sie lag jedoch deutlich darunter.

»Wie geht es dir mit der Kälte?«, fragte er.

»Gut. Und dir?«

»Ich hasse sie.«

»Die Ausrüstung habe ich überprüft, du brauchst gar nicht nachsehen«, sagte Marie. »Lass uns das Zelt abbauen. Und dann: Bereit, wenn du bereit bist.«

»Dein Pulka …«

»… ist fertig. Ich packe nur noch das Zelt drauf.«

»Sehr gut.«

»Ist wirklich alles in Ordnung mit dir?«

»Was soll denn nicht in Ordnung sein?«

»Jonas, ich kenne dich ziemlich gut.«

Er hatte keine Lust, sich die ganze Zeit am GPS-Signal zu orientieren, er lief mit seinen Skiern aufs Geratewohl da, wo ihm Eis und Schnee am befahrbarsten erschienen und er keine breiten Gletscherspalten vermutete. Über die kleineren würden sie vermutlich hinweggleiten, ohne sie zu bemerken, denn die Schneedecke war dicker als erwartet. Für ihre Sicherheit gut, für ihre Kondition eine größere Herausforderung.

Ab und zu drehte er sich zu Marie um. Sie wirkte konzentriert. Fast vergnügt. Blieb dicht hinter ihm. Diszipliniert, aber locker, wie es sich gehörte. Ihr ging es augenscheinlich besser als ihm. Er hatte das Gefühl, das Fieber stieg jede Minute um ein Zehntelgrad.

»Du musst dein Tempo laufen, nicht meines«, erklärte er ihr zu Mittag bei einer Rast. »Läufst du zu schnell, bist du früh erschöpft. Läufst du zu langsam, kühlst du aus und verlierst die Motivation. Beides müssen wir vermeiden, also horch in dich hinein und such deinen Rhythmus.«

»Du meinst, theoretisch könnten wir kilometerweit voneinander entfernt laufen?«

»So dramatisch wird es nicht werden.«

»Aber wenn jeder konsequent sein Tempo läuft, könnte es im Extremfall dazu kommen?«

»Im sehr extremen Fall, ja.«

»Ich laufe dir nicht davon, versprochen«, rief sie über die Schulter zurück.

# ANTARKTIS, 89° 8' SÜDLICHER BREITE

Als er an der Stelle ankam, die Marie für das Lager gewählt hatte, war das Zelt bereits aufgestellt, und davor zischte der Gaskocher unter einem Topf mit Wasser. Sie selbst war nicht zu sehen.

»Nicht schlecht«, sagte er. »Ein Zelt aufzustellen geht mir schon zu zweit auf die Nerven. Obwohl es bei dem da einfach ist. He, hörst du? Zelte werden mir allmählich unsympathisch!«

Aus dem Zelt drang ein gereiztes Stöhnen. Er zog den Reißverschluss am Eingang auf. Toto, ihren weißen Kuscheltiger, ohne den Marie keine Reise unternahm, eng an sich gedrückt, lag sie mit geschlossenen Augen im Schlafsack.

»Zieh die Schuhe aus«, murmelte sie in den Pullover, den sie sich als Kissen unter den Kopf geschoben hatte.

»Ich sagte, du sollst dein Tempo finden. Von Fluchtgeschwindigkeit war nicht die Rede!«

»Ich bin nicht erschöpft, mir tut bloß der Kopf weh, und zwar richtig grausam. Verstehe ich nicht, das Tempo war ideal.«

»Wer von uns beiden hat Medizin studiert?«

»Quäl mich nicht.«

»Du hast zu wenig getrunken, ganz einfach. Und mir brauchst du nichts zu erzählen, du warst zu schnell. Was auch ganz natürlich ist. Du musst erst deinen Rhythmus finden.«

»Bitte hör auf mit deinem Tempo und deinem Rhythmus.«

»Brauchst du etwas?«

»Du könntest in meinen Rucksack greifen und mir ein Schmerzmittel geben. Haben wir schon warmes Wasser?«

»Nicht viel.«

»Komm. Leg dich zu mir.«

»Was ist los mit dir?«

»Schlecht ist mir.«

»Wir sind auf über dreitausend Metern. Ist vielleicht die Höhe. Wahrscheinlich alles zusammen. Wir sind eben nicht zu Hause auf dem Sofa.«

»Du brauchst dir nicht solche Sorgen um mich zu machen. Ich komme zurecht.«

»Wieso glaubst du, dass ich mir Sorgen mache?«

»Weil du dann immer so viel faselst. Mit mir ist alles in Ordnung. Du bist der mit dem Fieber.«

»Woher weißt du, dass ich Fieber habe?«

»Ich bin Ärztin und ich bin deine Freundin. Such's dir aus.«

»Hm.«

»Legst du dich endlich zu mir?«

# WESTSTEIERMARK

Das mit der Sicherung wusste ich nicht. Bei der Vorbereitung zum Referat war sie mir nicht untergekommen. Wenn ein Mensch in den Stromkreis gerät, springt die offenbar schneller raus, als der Strom seine böse Arbeit verrichten kann. Keine Ahnung, wie das funktioniert. Eigentlich ist es völlig unmöglich. Ich meine, plumps, Strom blitzt in den Körper rein, kurzer Weg. Zugleich geht die Botschaft durch das Kabel, Achtung, da hat ein Trottel seinen Föhn fallen lassen, den müssen wir retten, dreht mal schnell die Sicherung raus. Das ist doch der viel längere Weg! Wieso überholt der Strom im Kabel den Strom im Körper? Ergibt absolut keinen Sinn.

Uriella erzähle ich nichts von dem kleinen Missgeschick, obwohl mir den ganzen Tag schlecht ist und mein Herz unruhig schlägt. Ich habe gelesen, so etwas kann auch von Nervosität kommen. Eine gewisse Nervosität würde ich nicht bestreiten. Dass nasse Hände aber auch so glitschig sein müssen.

Am Abend schalte ich zum ersten Mal seit Urzeiten das Licht ganz aus. Ich schaue in die Dunkelheit, ohne Angst vor ihr zu haben, und stelle mir vor, die Geschichte wäre anders ausgegangen. Hätte ich den Tunnel gesehen, von dem Menschen berichten, die klinisch tot waren und zurückgeholt worden sind? An seinem Ende, sagen sie, warten die geliebten Menschen, die vorangegangen sind. In meinem Fall wäre das vor allem Suux. Baby würde hinter ihr ein astrales Jenseitseis schlecken und uns die Türen eines Geister-BMW aufhalten. Ungefähr so stelle ich mir die Sache vor.

Denken die Leute an der Schwelle an die hinter ihnen? Sie las-

sen ja auch geliebte Menschen zurück, es sei denn, sie sind so Leute wie unser Direktor, dieser Steinzeitmensch, der bestimmt niemanden mag. Aber Leute wie der werden vermutlich von niemandem am Tunnelende abgeholt. Die müssen sich ein Taxi nehmen und sich ein Hotel suchen.

Mein nächstes Referat handelt vom Leben nach dem Tod, beschließe ich. In der Stadtbibliothek gibt es ein Buch darüber, das ich mich bislang noch nicht anzusehen getraut habe, wegen der Geister. Aber jetzt mache ich es. Ich kann nicht ständig so tun, als wären die Dinge nicht da, vor denen ich Angst habe.

Ich hole die Geheimmappe raus. Suux bekommt ein paar Punkte dazu, und Baby auch, einfach weil ich weiß, dass die schon gewartet haben. Suux hätte mir schön etwas erzählt, meine Güte. Die erste Zeit hätte die nur wegen meinem vergeudeten Leben gekeift.

Uriella kriegt was abgezogen, mein Opa einige Pluspunkte. Bei Gott schwebt mein Kugelschreiber über Plus und Minus hin und her.

# ANTARKTIS, 89° 23' SÜDLICHER BREITE

»Wir wissen wenigstens, dass es ein Kontinent ist und keine Inselgruppe«, sagte Marie.

»Ja. Das wissen wir. Aber wieso stellst du das jetzt fest?«

»Weil Shackleton und die anderen, die als Erste hier waren, das nicht wussten. Die konnten das nicht wissen. Du musst dir vorstellen, du läufst durchs Eis und weißt nicht, wo du landen wirst.«

»Ich finde die Vorstellung wunderschön.«

»Ich bin da zielgerichteter als du. Stell dir vor, du bist Scott oder Amundsen und willst zum Südpol, und dann ist da plötzlich, nach ein paar Wochen Schinderei, wieder nur Wasser.«

»Wäre wenigstens eine Abwechslung.«

Die ersten Tage waren sie gut vorangekommen. Die Sastrugis bereiteten ihnen weniger Schwierigkeiten als befürchtet, was nicht nur an ihrer guten körperlichen Verfassung lag, sondern auch an der perfekten Ausrüstung. Insofern hatte Tanaka durchaus zu ihrer Expedition beigetragen, denn das meiste davon hatte er organisiert.

Seit drei Tagen jedoch saßen sie fest. Eine Schlechtwetterfront war, wie Birger Burder erklärte, »aus dem Nichts« aufgezogen, und sie konnten nichts tun, als im Zelt zu sitzen und zu warten.

»Der hat bestimmt nicht hingesehen«, schimpfte Marie. »Der hat gar nicht bei der Wetterstation angerufen, sondern eine Münze geworfen. Oder einen Dackel als Orakel benutzt. Wenn der Hund gegen den Baum kackt, scheint die Sonne, wenn der Hund die Laterne nimmt, kriegen Marie und Jonas schlechtes Wetter.«

»Der hat einen Dackel?«

»Nein! Keine Ahnung. Das war nur so dahingesagt.«

»Hätte ja sein können. Ich traue dem sofort jeden Dackel zu.«

»Wissen Sie, mein Dackel war ein siamesischer Zwilling! Wissen Sie, mein Dackel spricht fünf Sprachen!«

»Du solltest deine überschüssigen Energien kanalisieren«, riet Jonas.

»Ich habe mit dir zu tun, das ist Aufgabe genug, du Mutant.«

»Noch einmal Mutant sagen, und ...«

»Dir tut die Pause ohnehin gut«, sagte sie und wich seinem Hieb aus. »Au! Wehweh! Zu Hilfe!«

»Wieso benehmen wir uns eigentlich immer so kindisch, wenn uns langweilig ist?«, fragte er.

»Woher soll ich das wissen, ich bin keine Kinderärztin. Man muss übrigens keine Ärztin sein, um zu erkennen, dass du eine Pause gebraucht hast.«

»Warum regst du dich dann so über Birger und den Dackel auf?«

»Weil ... ach, du kannst mich mal.«

Jetzt war er es, der einem Hieb nur knapp entging. Er lachte.

»Ich hätte sie nicht nötig, glaub mir«, sagte er. »Ich fühle mich nicht schlecht.«

»Warum müssen Männer immer den Irren spielen?«

»Nicht Männer. Keine Verallgemeinerungen. Nur ich!«

»Und ausgerechnet den habe ich mir aussuchen müssen.«

# WESTSTEIERMARK

Nicht zu fassen, es schneit. Ende November. Wie lange wird dieser Winter dauern? Vier Monate? Drei Jahre? Faktisch dauert er sowieso sechs Monate, und diese sechs Monate fühlen sich an wie Jahre. Wenn ich groß bin, kaufe ich mir eine Südseeinsel oder so.

In der Schule geht mir Püttl wieder auf die Nerven. Er kriegt es mittlerweile von allen Seiten ziemlich gründlich, ich muss gar nichts mehr tun. Ich frage mich bloß, wieso viele Menschen derart lange brauchen, um den Charakter eines Menschen zu erkennen. Stimmt schon, dass man ein Buch nicht nach seinem Umschlag beurteilen soll, aber wenn man es mal aufgeschlagen und angefangen hat zu lesen, merkt man nach ein paar Seiten, wohin die Reise geht. Es gibt Menschen, neben denen will man einfach nicht sein. Und wenn doch, ist man entweder völlig ohne Antenne für so etwas oder selbst wie die oder beides.

Als Püttl am Morgen in der Klasse seine Tasche abstellt, tut er mir schon beinahe leid. Ich glaube, er fühlt sich nicht wohl in seiner Haut. Ich glaube, er ist dumm. Er bringt die Reaktion der anderen gar nicht mit seinem eigenen Verhalten in Verbindung. Er ist unglücklich, fühlt sich schlecht behandelt und hadert mit der Welt. Das tue ich zwar auch, aber ich weiß wenigstens, dass an dem ganzen Schlamassel zum Teil ich schuld bin und nicht die Welt.

Der Fettsack ist wirklich saudumm, das muss man echt sagen. Beim Sportwochenende hat er sich erneut in unser Zimmer gedrängt. So blöd muss man einmal sein. Wenn mich alle hassen, biedere ich mich doch nicht auch noch an! Oder begebe mich in Lebensgefahr, indem ich neben zu allem bereiten Feinden seelenruhig

einschlafe! Und er schläft natürlich ein, er schläft wie ein Baby, aber erst nachdem er einen ganzen Sack Proviant von der Mama gefressen hat, ohne mit uns zu teilen. Schokotaler, Schokonuggets, Chips, Zigeunerräder, zwei Tafeln Milchschokolade, Wurstsemmeln, vier Dosen Cola, Hipp-Gläser mit Apfel- und Birnenmus, wie man sie an Babys verfüttert, und was weiß ich noch alles.

Ich habe ziemlich viele Ideen, wie ich Leute terrorisieren kann. Aber ich führe sie nicht aus, solange sie mich in Ruhe lassen. Und seit dem Skikurs lässt mich Püttl in Ruhe. Ich glaube, selbst wenn ich diesmal beim Sportwochenende das Bett von Markus abgefackelt hätte, wäre von ihm kein Name gekommen.

Obwohl, nein, das ist naiv. Er hätte sicher wieder gepetzt. Er kann nicht anders. Er wird immer der sein, der er ist. Eifersüchtig auf die, die anders sind. Böse auf die, in denen er eine Erkenntnis vermutet, die ihm selbst verborgen bleibt. Als wäre das die Schuld derjenigen und nicht seine eigene. Jede Wette, der wird eines Tages Schiedsrichter. In eine Mannschaft schafft er es sowieso nie, aus unzähligen Gründen.

Der Trick mit den Streichhölzern ist wirklich gemein. Ich gebe zu, ich habe die Gelegenheit begrüßt, an dem Verräter Püttl ein Exempel zu statuieren, und ich habe den Plan geliefert. Aber die Streichhölzer hat ihm Markus zwischen die schwitzigen Zehen gesteckt, und angezündet hat sie Wiwo. Das hätte ich nicht fertiggebracht. Ich finde solche Einfälle witzig, aber wirklich jemandem weh tun, das mag ich nicht.

Es war allerdings spannend zu sehen, wie lange einer im Schlaf braucht, bis er merkt, dass seine Zehen geröstet werden. Und wie schwierig es ist, Zündhölzer zwischen den Zehen rauszukriegen. Markus hat ihm schließlich ohnehin bei den Löscharbeiten geholfen. Die anderen konnten nicht, weil sie über sein Geschrei und sein Geplärre und sein verständnisloses Gesicht so gelacht haben.

Wie gesagt, mir tut er mittlerweile schon leid.

Und dann passiert heute das:

Diese Woche bin ich Klassenordner. Ich würde nicht sagen, dass

ich meine Aufgabe mit besonderer Akribie erledige, aber die Tafel in der Pause mit dem Schwamm löschen schaffe sogar ich. Wie es kommt, dass mir Püttl über den Weg läuft, weiß ich nicht, jedenfalls bin ich gerade ziemlich mieser Laune, weil ich schon wieder eine Mathearbeit verkackt habe, und zwar mit Bomben und Granaten. Ich reize Püttl mit ein paar Bemerkungen bis aufs Blut, so lange, bis er mir Wasser ins Gesicht schüttet und mit rotem Kopf davongeht.

Ich staune. Ich stehe da und schaue ihm nach. Mein erster Impuls ist, jetzt bekommt er die Ohrfeigen, um die er seit Monaten bettelt. Ich bin einen Kopf größer als er, doppelt so stark, doppelt so entschlossen, das wird ein Spaß. Aber dann ist etwas in mir, ich weiß nicht, etwas steigt in mir hoch, schluckt den Ärger, und: Ich muss lachen.

Ich sehe Püttl hinterher und lache und fühle zugleich Mitleid mit ihm, und ich verdresche ihn nicht, und plötzlich fühle ich mich frei und glücklich.

Ich habe keine Ahnung, was da gerade passiert. Ich bin erleichtert und froh.

# ANTARKTIS, 89° 39' SÜDLICHER BREITE

Jonas stellte das Funkgerät auf den Klappstuhl, der kurz davor unter ihm zusammengebrochen war und nun nur noch leichte Lasten trug.

»Birger meint, wir werden auch hier zwei oder drei Tage verlieren«, sagte er.

»Ein Grund, morgen erst recht weiterzulaufen, meinst du nicht?«

»Nein, meine ich nicht.«

»Wieso nicht?«

»Weil dieser Wetterbericht stimmt. Riechst du es nicht? Es riecht nach schlechtem Wetter.«

»So etwas riecht man nicht. Von mir aus können manche Menschen so etwas spüren, aber riechen?«

»Ich schon.«

»Wir können aber nicht so lange bleiben. Uns geht sonst das Essen aus, und wir müssen auf dem Rückweg um Hilfe funken und uns ausfliegen lassen. Dann haben wir es nicht geschafft.«

»Wieso denn, wenn wir zuvor am Pol waren?«

»Zu einer erfolgreichen Expedition gehört auch die erfolgreiche Rückkehr aus eigener Kraft! Schluss jetzt, lass uns nicht darüber diskutieren. Du hast recht, wenn das Wetter es nicht zulässt, bleiben wir hier. Aber ich verspreche dir keine gute Laune!«

»Ich lasse dich beim Mikado gewinnen.«

»Wie du zitterst, hättest du sowieso keine Chance!«

»Honoriere wenigstens die gute Absicht.«

»Na gut.«

»Danke.«

»Weißt du, was mich freut?«, fragte Marie.

»Erzähl's mir.«

»Dass du dich so freust.«

»Ich freue mich? Worüber?«

»Dass es dir hier gefällt.«

Und das stimmte. Egal, in welchem Zustand, er lief den ganzen Tag durch das Eis und fühlte sich lebendig. Die Antarktis war noch schöner, als er sie sich vorgestellt hatte. Das Eis wirkte auf ihn nicht so abweisend, ja feindselig wie jenes am Everest, es hatte gar etwas Beruhigendes. Er fühlte sich sicher, er wusste, es würde sich nicht plötzlich auftun und sie beide in einer Spalte verschlingen.

Tagsüber war der Himmel zumeist klar, jedenfalls so klar, wie er hier sein konnte. Strahlender Sonnenschein war in diesen Breiten offenbar nicht mehr vorgesehen. Das Licht war weich, und der Himmel schien manchmal zu ihnen heruntersteigen zu wollen.

Das Merkwürdigste jedoch war, dass er das Gefühl nicht loswurde, schon einmal hier gewesen zu sein.

»Was macht das Fieber?«, fragte sie.

»Ist weg.«

»Ganz?«

»Völlig.«

»Hast du gemessen?«

»Ich vertraue meinem Körpergefühl mehr als der Anzeige von so einem Ding, das noch nie bei minus dreißig Grad getestet wurde.«

Du hast noch Fieber, sagte Werner.

# WESTSTEIERMARK

Mein Opa hat mir Taschengeld gegeben. Ich kann es mir leisten, vor der Schule im *Café Konstantin* zu frühstücken. Ich nehme den früheren Bus, dann muss ich nicht mit meinem Milchbrot in Uriellas Zigarettennebel sitzen. Die Kellner im Café scheinen den Anblick eines allein frühstückenden Kindes ungewöhnlich zu finden, aber sie sagen nichts. Vielleicht ahnen sie, dass ich kein Kind mehr bin. Nicht erst seit dem Föhn. Nicht erst seit Suuxs Tod. Ich glaube, ich war noch nie eines. Seit ich denken kann, war ich genau derselbe wie jetzt.

Am Nebentisch trinken ein paar Lehrlinge ihr morgendliches Bier, ehe sie ihr Chef mit dem Lastwagen abholt. Ich kenne sie, viel älter als ich sind sie nicht. Und doch unterscheidet mich einiges von ihnen.

Ich bestelle mir ein Bier. Der Kellner schaut noch misstrauischer, doch er stellt mir ein großes Bier hin. Ich nippe daran und erwische erst mal nur stinkenden Schaum.

Sie sitzen da drüben mit ihrem Bier, ich sitze hier mit meinem. Aber sie haben eine gemeinsame Sprache, kennen einander, kennen die Kellner, kennen jeden Meter da draußen, zumindest glauben sie ihn zu kennen. Ich habe mit niemandem eine gemeinsame Sprache, ich kenne niemanden, ich mag die falschen Augen der Kellner nicht, und im Gegensatz zu den Lehrlingen kenne ich keinen Zentimeter da draußen, weil ich im Gegensatz zu ihnen weiß, dass jeder Zentimeter da draußen jede Sekunde ein anderer ist, obwohl er aus einer übergeordneten Sicht seit Millionen von Jahren derselbe ist. Die da am Nebentisch marschieren breitbeinig und mit ihrem

Schnurrbartflaum in die Wildnis und merken gar nicht, dass eine Million Gewehre auf sie gerichtet sind. Haben die ein Glück.

Sie zahlen und gehen.

Ich trinke einen Schluck. Es schmeckt furchtbar. Schlicht und einfach grauenhaft.

Mein Gott, und so etwas trinken die? Um diese Zeit? Keinen Kaffee, sondern dieses Teufelsgebräu? Uns trennt mehr als gedacht.

Die erste Schulstunde rückt näher, und vor mir steht noch immer das beinahe volle Bierglas.

Ich winde mich. Mit dieser Bieridee habe ich mich in eine ziemlich vertrackte Situation hineingeritten. Wenn ich es stehen lasse, bin ich der Trottel des Tages, und die Kellner werden mich morgen beim Frühstück auslachen. Vielleicht stellen mir die Verbrecher sogar ein Bier hin, um mich zu quälen. Aber wenn ich es austrinke, kotze ich über den Tisch. Mir ist jetzt schon flau im Magen.

Dann fällt mir etwas ein. Ich frage, ob ich telefonieren kann. Das Telefon steht auf dem Weg zur Toilette in einer Nische. Der Kellner schaltet den Zähler auf null und nickt. Ich nehme lässig mein Bier und drücke die Schwingtür nach hinten auf. Für den Fall, dass die vorne mitkriegen können, ob jemand telefoniert, wähle ich unsere eigene Nummer, weil ich weiß, dass niemand daheim ist. Den Hörer lege ich neben dem Telefon ab. In Windeseile schütte ich auf der Toilette drei Viertel vom Bier ins Waschbecken. Mit dem fast leeren Glas kehre ich ins Gastzimmer zurück und frage ein wenig von oben herab, ob Kosten angefallen sind. Der Kellner schaut schon wieder seltsam.

Während ich auf die Rechnung warte, kommt mir der Gedanke, es könnten sich einige Gäste und vor allem die Bedienung fragen, was für ein versoffenes Kind das sein muss, das für weniger als eine halbe Minute zum Telefonieren verschwindet und mit leerem Glas wiederkommt. Aber jetzt ist es zu spät.

Auch beim Zahlen schaut der Kellner seltsam. Ich gebe viel zu viel Trinkgeld und laufe mit meiner Schultasche hinaus.

# ANTARKTIS, 89° 35' SÜDLICHER BREITE

Allmählich frage ich mich, ob ich am Everest doch eine Grenze überschritten habe. Etwas, das unwiderruflich ist. Etwas, das einen anderen aus mir gemacht hat. Etwas, das dafür sorgt, dass mir kalt wird, sobald ich Schnee und Eis nur sehe, selbst wenn ich in Kleidung stecke, die für Kälteforscher angefertigt wurde und mit der ich ins Weltall hinausfliegen könnte, ohne Frostbeulen zu kriegen.

Und nicht nur das, dachte er. Noch etwas ist anders seit damals. Ich kann es nicht festhalten.

»Wie lange dauert es, bis man sich ans Warten gewöhnt?«, fragte Marie, die hinter ihm in einem Topf rührte, der auf dem Reservegaskocher stand. Den ersten hatten sie beim Lager davor stehen gelassen oder irgendwo verloren.

»Hängt davon ab, wie ungeduldig man generell ist.«

»Dann gewöhne ich mich nie daran.«

»Ungefähr das habe ich zu sagen versucht.«

Jonas bückte sich und legte die Hand auf das Eis.

Drei Kilometer dickes Eis. Dreitausend Meter. Darunter: Land. Wie bei uns. Begraben seit Jahrtausenden. Unvorstellbar.

Ob der Boden, die Erde da unten damals der Sonne auf Wiedersehen gesagt hat? Haben sich die Hügel, die Steine, die Pflanzen verabschiedet vom Himmel und von der Luft? Wir sehen uns wieder, haben sie vielleicht gesagt, und die Sonne hat geantwortet, aber wann, und der Steine- und Pflanzenchor hat geantwortet, wir kennen das doch schon, wir gehen ja nicht zum ersten Mal unter.

»Behandelst du das Eis osteopathisch?«, fragte hinter ihm Marie. »Was fehlt ihm denn?«

»Keine Sorge. Es hält sich noch eine Weile.«

Marie kostete das Süppchen, das zuzubereiten sie sich in den Kopf gesetzt hatte. Ihrer Miene nach zu schließen war sie mit dem Ergebnis nicht zufrieden.

»Und?«

»Essen Pinguine Gemüsesuppe?«

»Vermutlich nicht.«

»Gibt es hier überhaupt welche?«

»Weit und breit nicht.«

»Gut so. Sie würden daran eingehen. Aber so können wir die Suppe hier aus–«

»Halt!«, rief Jonas. »Die wird gegessen!«

»Haha!«, lachte Marie gespielt. »Du solltest erst einmal kosten!«

»Ganz egal, wie sie schmeckt, wir können es uns nicht leisten, Lebensmittel zu verschwenden.«

»Aber so eine Suppe ...«

»Ist auch Energie. Egal, wie sie schmeckt. Wir müssen mit unseren Vorräten haushalten.«

»Das heißt nicht, dass wir deswegen alles essen müssen. Ich koste noch einmal, aber ...«

»Doch, genau das heißt es«, sagte er. »Denk beim Runterschlucken an etwas Schönes.«

Marie musste so sehr lachen, dass sie die Suppe über ihre Hose versprühte.

»Schau mal«, sagte er, »da hinten sieht es aus, als würde sich das Wetter bessern. Was sagt Birger?«

Marie hustete. Sie klopfte sich auf die Brust.

»Dass wir vor morgen Mittag hier nicht wegkommen«, sagte sie. »Aber mir ist egal, was der sagt. Sobald ich auch nur ein Stückchen Sonne sehe, sind wir weg.«

»Er ist der mit dem Wetterbericht«, sagte Jonas. »Wir werden auf ihn hören müssen.«

»Ach was, Wetterbericht! Ich habe mein Gefühl, und das sagt mir, wir können weiter, sobald es etwas heller wird. Solange wir sehen,

wohin wir laufen, besteht überhaupt keine Gefahr. Wenn das Wetter schlechter wird, machen wir halt, und binnen drei Minuten ist das Zelt aufgestellt. Mach dich langsam bereit!«

»Du willst bloß um diese Suppe herumkommen«, sagte er, »aber da hast du Pech. Wir gehen nicht weiter, bis die weg ist!«

Marie nahm den Topf und goss den Inhalt in hohem Bogen in Richtung der Sastrugis, neben denen sie ihr Zelt aufgeschlagen hatten.

»So war das nicht gemeint.«

»Als würde es mich kümmern, wie das gemeint war. Los, los, los! Das Wetter wird schöner, hast du gesagt. Los, los, los, los!«

# ANTARKTIS

Der Südpol.

Je näher sie ihm kamen, desto bereitwilliger überließ Jonas Marie die Führung. Er sank in sich zurück, er fiel in sich hinein, fiel tief. Marie bestimmte, wann sie morgens losliefen, sie bestimmte die Pausen, sie wählte den Ort, an dem das Lager aufgeschlagen wurde. Er konnte dazu nicht viel beitragen. Er glitt wie auf Schienen Richtung Süden. Als wäre er Passagier seines Körpers. Sein Körper war nichts als die Eisenbahn, die ihn an einen Ort brachte, den er sich seit seiner Kindheit vorgestellt hatte.

# ANTARKTIS

Dieses Eis. Es ist so unglaublich alt. Es ist ein gigantisches Meer. Unberührt. Keine Menschen. Ein Himmel, der sich auf die Erde legen möchte. Manchmal ewig Tag. Dann ewig Nacht. Im Winter liegt das alles in tiefer Dunkelheit. Nichts hier stört sich daran. Warum auch? Der Tag wird zurückkehren.

Ob unter uns Menschen sind? Hineingefroren in diese tote Welt? Nein. Hier ist noch nie etwas gestorben, weil sowieso schon alles tot war.

Und dabei ist es so schön, dachte er, dieses Tote ist wunderschön an einem so klaren Tag, mit diesem Blau über uns, mit dieser Gewissheit in mir, zu wandern, nicht stehen zu bleiben, niemals zu verharren, ich gehe, ich gehe, ich gehe

# ANTARKTIS, 89° 52' SÜDLICHER BREITE

»Das Fieber ist wieder da«, sagte Marie.

»Du hast Fieber?«

»Du hast Fieber.«

»Nicht schlimm.«

Sie blieb stehen und schnallte die Ski ab.

»Was wird das?«, fragte Jonas.

»Wir schlagen das Zelt auf.«

»Hier? Jetzt? Es ist Mittag!«

»Wenn es dir morgen früh nicht bessergeht, drehen wir um.«

»Marie, wir haben keine zwei Tagesmärsche mehr.«

»Und müssen dann noch zurück. Und du wirst schwächer.«

»Ich bin vollkommen fit!«

»Das entscheidet der medizinische Leiter einer Expedition. Und du bist weit von fit entfernt.«

Der Form halber beschwerte er sich noch ein paar Minuten lang, aber selbst dieses Wortgefecht strengte ihn an, und er war in Wahrheit unendlich froh, den Pulka abhängen und sich auf den Boden setzen zu können, gleich da, wo er war. Keinen Schritt mehr tun zu müssen. Sich auf diese Hitze in ihm konzentrieren zu können. Die sich seltsam groß anfühlte. Und unbekannt. Er kannte Fieber, es gab verschiedene Formen, dieses war neu.

»Du hast ja recht«, sagte er. »Pass auf mich auf.«

Marie warf ihm einen Blick zu, den er nicht mit Sicherheit deuten konnte. Eine Mischung aus Überraschung und Freude lag darin. Es konnte aber auch etwas ganz anderes sein. Sorge? Ungeduld? Er hatte keine Ahnung.

# ANTARKTIS, 89° 56' SÜDLICHER BREITE

Es geht zu schnell.

Vor weniger als vier Wochen haben wir noch in unserem Bett in Tokio geschlafen. Vor etwas mehr als zwei Wochen sind wir in Punta Arenas losgeflogen. Nun stehen wir wenige Stunden vor dem Südpol im Eis, und der einzige Grund, warum wir ihn an diesem Tag nicht mehr erreichen werden, ist das schlechte Wetter. Alles geht zu schnell. Eine zu wichtige Strecke in zu kurzer Zeit.

»Sobald wir am Südpol waren, lassen wir uns ausfliegen«, sagte Marie.

»Fängst du schon wieder an?«

»Ich kann nicht den Pulka ziehen, wenn deine Leiche auch noch draufliegt!«

»Wer stirbt denn an einer Erkältung? Ich ganz sicher nicht.«

»Du weißt genau, dass das nicht nur eine Erkältung ist.«

»Was denn sonst?«

»Ich tippe auf Malaria.«

»Wer von uns hat Fieber? Malaria am Südpol?«

»Du schaffst alles. Du kriegst es sogar hin, am Südpol an Malaria zu sterben. Deshalb sind wir spätestens übermorgen hier weg.«

»Wo soll ich bitte Malaria herbekommen?«

»Sie wird über Moskitos übertragen. Es ist zwar nicht sehr wahrscheinlich, aber du könntest so einen Moskito am Flughafen von Sidney erwischt haben. Das nennt man Flughafenmalaria. Gibt noch andere Möglichkeiten. Ich bin keine Tropenmedizinerin, aber für mich scheint es wahrscheinlicher, dass du schon mal Malaria hattest und die jetzt wieder aufflammt, oder, um es korrekt auszudrü-

cken, müssen wir vermutlich von Malaria quartana sprechen, bei der es nach Jahrzehnten noch zu Rezidiven kommen kann. Primaquin wäre das Mittel meiner Wahl, aber das haben wir natürlich nicht dabei.«

»Klar hatte ich schon Malaria. Aber welche, weiß ich nicht.«

»Du hattest aber auch schon die Pest!«

»Das war Zach, nicht ich!«

»Ihr seid ein Haufen Verrückter«, sagte Marie und kroch ins Zelt.

Verrückt ist keiner von uns gewesen, dachte Jonas.

Obwohl er Schüttelfrost hatte und ihm das Atmen schwerfiel, blieb er vor dem Zelt stehen und ließ den Blick über die grenzenlose Eisfläche schweifen. Ein paar Kilometer noch, und der Südpol müsste bereits zu sehen sein, sofern das Wetter es zuließ. Das GPS wies ihm die Richtung.

Da vorne, dachte er. Da ist der Ort, über den wir damals mit Vera in Hossegor geredet haben. Und jetzt bin ich allein hier.

Ich sehe ihn mir natürlich auch an, was denkst denn du?

Willkommen in der Antarktis. Musst du eigentlich auch diese Strapazen auf dich nehmen? Schwitzt du?

Ich sitze auf deinem Pulka und lasse mich ziehen.

Das erklärt einiges.

Was ist mit dir los?

Weiß nicht. Bin traurig.

Worüber?

Dass ihr nicht hier sein könnt. Dass so vieles nicht ist. Oder nicht mehr ist.

Das ist der Lauf der Dinge.

Der Lauf der Dinge kann mich am Arsch lecken.

Tut er aber nicht. Das verhält sich eher umgekehrt.

Offensichtlich sieht man die Unumstößlichkeiten des Daseins als Toter gelassener. Ich hadere noch damit.

Vielleicht solltest du besser auch tot sein. Schon darüber nachgedacht?

Na klar.

Und?

Na ja.

Und?

Ich stehe hier, aber ich habe alles dabei, ich habe euch dabei, ich habe dich und Mike und Zach und den Alten dabei, aber nicht nur euch, auch die Bilder, die Farben, die Orte, unsere Geschichten, meine Geschichte, all das ziehe ich in diesem Pulka mit. Was ich hier sehe, rast an mir vorbei, die ganze Gegenwart ist auf vierfache Geschwindigkeit gestellt, aber meine Kindheit läuft mit Superzeitlupe ab, wenn sie nicht ohnehin gerade auf Standbild geschaltet ist. Ich sehe, was weit zurückliegt, und selbst das, was daran nicht schön war, erscheint mir heimelig gegen die raue Freiheit all dessen, was danach kam.

Das ist nur natürlich. Aber es gibt für alles eine Lösung. Für fast alles.

Ich weiß. Man muss das, was man vermisst, jemand anderem schenken.

»Kommst du bitte lieber rein?«, rief Marie.

Solltest auf sie hören.

Solange du nur draußen bleibst.

Ich lege mich auf den Pulka. Ihr seid ungestört.

# TRIEST

*Schalt den Fernseher ein*, schreibt Daniel.

Ich habe mich für eine Nacht in einer kleinen Pension eingemietet, in der es zwar Internet, aber keinen Fernseher gibt. Ich rufe Spiegel Online auf und lese von dem Blutbad in Paris.

Über hundert Tote, hingemetzelt von Islamisten. Einer hat sich vor dem Fußballstadion in die Luft gesprengt, in dem gerade das Spiel zwischen Frankreich und Deutschland stattfand. Einige andere stürmten einen Konzertsaal, befahlen den Menschen, sich auf den Boden zu legen, und feuerten dann mit Kalaschnikows auf die Wehrlosen. Und so weiter.

Ich klappe das Notebook zu. Ich will nichts mehr über Flüchtlinge, Gewalt und Terrorismus lesen. Ich bin seit Tagen allein unterwegs, trinke keinen Alkohol, finde innere Ruhe. Ich will vom Draußen so wenig wie möglich wissen. Ich kann diesem Draußen nicht helfen und umgekehrt.

Aber ein Gedanke lässt mich nicht los.

Wenn Terroristen ein Lokal stürmen, in dem sich hundert Personen befinden, sollten diese Menschen sich sagen, dass sie tot sind. Sie sind tot, aber sie könnten sich vielleicht ihr Leben zurückholen. Und statt zu hoffen, verschont zu werden, schreit einer ein Codewort, das davor schon in allen Zeitungen der Welt verbreitet worden ist. »Let's roll« meinetwegen. Egal. Hauptsache, jeder weiß, was es bedeutet. Und die Beherzten unter den Toten stürmen auf die Terroristen los.

Sicher, einige werden diese wilde Attacke nicht überleben, sie werden tot bleiben. Aber ganz sicher werden die Terroristen die

Sache auch nicht überleben. Und es gibt keine achtzig Toten, wie in diesem Konzertsaal, sondern weit weniger.

Und wenn so etwas überall passiert, wo es zu terroristischen Überfällen kommt, wenn die Opfer sich überall wehren wie die Berserker, wenn sie sich zu Dutzenden auf die Angreifer stürzen, wenn sie die Mörder mit bloßen Händen umbringen, dann ist das für die Terroristen so peinlich, so demütigend, so blamabel, dass die sich früher oder später überlegen werden, die ganze dumme Attentäterei sein zu lassen.

# KRK

Airbnb ist eine der Errungenschaften unserer Jahre, mit denen ich mich anfreunden kann. Zwar mag ich nicht übermäßig viel mit anderen Leuten zu tun haben, aber auch in einem Hotel muss man erst einmal die Rezeption überwinden, und die Schlüsselübergabe beim Vermieter ist nicht viel schlimmer, von dem Begrüßungsgetue abgesehen.

Krk ist eine schöne Insel. Ich kenne sie seit meiner Kindheit. Zum Teil völlig mit Gestrüpp überwuchert und nicht wirklich touristisch, nicht schön touristisch, sondern eher einfach touristisch, weil hier niemand in die Zukunft investiert. Das Haus, das ich gemietet habe, ist nicht groß, doch es liegt keine fünfzig Meter vom Meer entfernt.

Direkte Nachbarn habe ich bloß zwei. Zum *Tuna House*, wo man täglich frischen Fisch kriegt, brauche ich keine zehn Minuten zu Fuß. Den Schnaps, den mir der Wirt nach dem Essen hinstellt, rühre ich nicht an. Er stellt mir trotzdem am nächsten Tag wieder einen hin. Ich frage mich, wann er es kapiert. Er heißt Toni und nennt sich Tuna und erzählt manchmal von einem bosnischen Serben, den er im Krieg getötet hat. Er hat weder Zähne noch Rasierapparat, aber ein Radio, aus dem den ganzen Tag kroatische Volksmusik tönt. Bei ihm spiele ich manchmal mit zwei Lesben aus Rotterdam Karten.

Die Nachbarn bieten beste Unterhaltung. Was sie machen, weiß ich nicht, wegen der Hecken und Büsche sehe ich sie auch selten, aber ich höre mir den halben Tag ihre Gespräche an.

Nachbar: Miau! Miau! Komm, Katze, spring auf den Hund!

Ich liege im Liegestuhl und löse ein Sudoku.

Nachbar: Miau! Miau!

Das ist seit Jahren mein Lebenstraum: Ein Haus am Meer, ein Jetski und ein Boot, vielleicht eine wunderbare Frau und ein paar Kinder irgendwo um mich rumwuselnd, ein Zaun und ein Gewehr, mit dem ich auf Störenfriede schieße. Und was lese ich gerade? Ein Interview mit Dave Gahan, dem Depeche-Mode-Sänger, den sie fragen, ob er im Alter noch auf Tour gehen wird wie die Stones. Seine Antwort: »In dem Alter sehe ich mich das nicht mehr tun. Ich möchte irgendwo im Süden auf der Veranda sitzen, mit einer Flasche Whisky und einer Flinte und aufpassen, dass niemand mein Land betritt.«

Sobald die Sonne rauskommt, kann man hier selbst zu dieser Jahreszeit noch auf der Terrasse sitzen, eine dünne Jacke genügt, und manchmal braucht man nicht einmal die.

Der Nachbar jault, er hat sich den Finger am Verschluss der Bierdose aufgerissen.

Ich skype mit meinem Vater.

»Ich weiß jetzt, wieso du dir eine Glatze rasiert hast«, sagt er. »Du willst eine Werbefläche haben! Bei dir steht auf der Stirn ›Kaufe hübsche Sau‹ und andere Sachen.«

»Streck die Zunge nicht so heraus«, sage ich. »Ich will sie nicht sehen. Du hast so oft etwas sehr Schlimmes gemacht, dass sie dir abgefault ist. Dann hast du eine Eidechse gefangen und dir ins Maul genäht. Jetzt züngelt mir diese Eidechse entgegen. Es ist nicht anzuschauen, so widerlich.«

Das geht eine halbe Stunde so dahin. Unsere Art, einander zu sagen, dass wir uns viel bedeuten, verstehen nicht viele von denen, die uns bei diesen Gesprächen zugehört haben. Aber wir lachen, und nur darum geht es.

Ich löse ein paar Sudokus. Ab und zu schaue ich auf mein Handy. Es gibt nur Nachrichten vom Kind und von meinem Vater, der mir erzählt, dass ich schon als Kind auf Säuen geritten bin und eine Sau im Keller versteckt habe als Kuscheltier usw. Seit einiger Zeit hat er es mit der Sau. Ich glaube, er mag vor allem das Wort gern. Ich auch. Ich lese immer gern Neuigkeiten von mir und der Sau im Kleidchen.

Nebenan Unruhe, Freunde des Nachbarn sind gekommen. Einer schreit etwas von Lügen, aber sie lachen dabei. Einer furzt, wie ich es im Leben noch nicht gehört habe. Ein anderer sagt: Diese Musik soll an deinem Grab gespielt werden! Schallendes Gelächter. Ich lache mit.

Minuten später: Der Schwanz soll dir explodieren!

Sie werfen den Grill an. Es riecht herrlich.

Die Wassertemperatur sinkt ebenfalls nicht so schnell. Es ist eine Überwindung, ins Meer zu springen, aber nach den ersten Kraulzügen siegt die Bewegung über die Kälte. Wenn es allzu windig ist, schlüpfe ich in den Taucheranzug meines Vermieters, in dem es mehr oder minder warm bleibt. Aber ich schwimme nicht gern mit Korsett.

Auch an den Tagen, an denen ich mir wünsche, von morgens bis abends nur rumzuliegen, zu arbeiten und Dokus anzuschauen, raffe ich mich auf und schwimme eine halbe Stunde aufs offene Meer hinaus. Ich finde Schwimmen sterbenslangweilig, aber auf diese Weise kommt besonders beim Rückweg ein gewisser Unsicherheitsfaktor dazu, der das Interesse an der Tätigkeit aufrechterhält. Unter Wasser gibt es einiges an Landschaft zu entdecken, und hin und wieder kann ich sogar einem Thunfisch zuwinken. Von weiter draußen sieht man die Insel zudem in ihrer ganzen Schönheit.

Inseln sind zauberhaft. Inseln und Berge machen etwas mit mir. Für mich ist es beinahe, als würden sie leben, als wären sie Individuen mit einem eigenen rätselhaften Bewusstsein.

Als ich die Badehose ausziehe und auf der Veranda versuche, so lange wie möglich nackt die Kälte zu ertragen, schreit der Nachbar, Gott soll einen gewissen Zdenko ficken.

Kroatien hat in einer Hinsicht einen gewissen Standortnachteil: Netflix gibt es hier noch nicht. Immerhin bleibt mir YouTube. Auch dokumonster.de hält für den passionierten Apokalyptiker allerhand Interessantes bereit.

Das erste Mal seit langer Zeit habe ich wieder genug Ruhe, um aufmerksam fernzusehen. Das heißt, vielleicht habe ich auch in den letzten Wochen und Monaten aufmerksam ferngesehen und erinnere mich bloß nicht daran.

Der Nachbar bestreitet eine unstatthafte Beziehung mit einer fetten Hure namens Ivanka.

Obwohl nachts auf dem Dachboden jede Menge Getrappel zu hören ist, würde ich das Haus nach ein paar Wochen am liebsten kaufen. Das Kind, das ich für eine Woche zu mir geholt habe, was möglich ist, weil es ja diese progressive Privatschule besucht, in der noch immer Flüchtlinge aus Syrien untergebracht sind, wäre auch dafür, das will gar nicht mehr weg. Ein Haus zu kaufen werde ich mir aber auf absehbare Zeit nicht leisten können. Es sollte als Fernziel ins Auge gefasst werden. Tausche Kokainsucht gegen Haus am Meer. Außer Friedrich mit dem Fuß wird mir davon niemand abraten.

Seit ich Wien verlassen habe, ist mein Körper nicht einmal mit Bier konfrontiert worden. Der fragt sich bestimmt, was jetzt wieder los ist. Offenbar muss ich mich nur von Wien und von Menschen generell fernhalten, um mein Verlangen nach Betäubung fast auf null sinken zu lassen. Das hätte mir auch eher auffallen können.

Der Nachbar schreit, die Hölle soll den anderen ficken kommen.

Ich arbeite.

Der Nachbar schreit, er will auf seinem Schwanz über den Himmel reiten wie eine Hexe auf einem Besen. Sein Kollege macht eine abschätzige Bemerkung über den mangelnden Realitätsgehalt dieses Wunsches.

Ich arbeite.

# WESTSTEIERMARK

In der Schule reden wir über den Vulkan, der in Südamerika ausgebrochen ist. Es gibt 25 000 Tote. Wir sind alle betroffen, oder zumindest tun wir alle betroffen. Manchen wird es egal sein. Mir ist es im Grunde meines Herzens, wenn ich ehrlich bin, auch egal.

Ich meine, wir schauen uns betroffen an, Markus und ich, und stellen uns diese Hölle vor, aber dann kommt die Chemiestunde. Da sind die Toten schnell futsch. Wenn wir wirklich traurig wären, gäbe es in uns jetzt keinen Platz für Formeln, wir würden an die verbrannten und erstickten Menschen denken. Aber das geht eben nicht. Wir können nicht die ganze Zeit nur an verbrannte und erstickte Menschen denken. Solange wir das Glück haben, dass sie weit weg verbrannt und erstickt sind, können wir unser Leben weitgehend unbeschwert weiterführen.

In der Deutschstunde kriegen wir unseren Termin für das Referat. Ich bin am Montag vor Weihnachten dran.

»Was wirst du uns diesmal wieder antun?«, fragt mich die Lehrerin, und alle lachen.

Ich finde das auch komisch. Vor allem, weil niemand von meinen Erfahrungen mit Elektrogeräten in Badewannen weiß. Ich habe beschlossen, nie jemandem davon zu erzählen. Aber ich frage mich, ob Suux zugesehen hat. Oder Baby. Ob die irgendwie geholfen haben, das mit der Sicherung und so.

Und überhaupt, ich frage mich, wer alles um uns ist. Wer mir wobei zusieht. Manchmal kommt mir beim Masturbieren der Gedanke, Suux könnte in der Ecke schweben, und dann entschuldige ich mich laut und bitte sie, sich wegzudrehen oder später wiederzukommen.

Mir ist klar, wie das aussieht, da holt sich einer einen runter und sagt zu einem Unsichtbaren, er solle weggehen. Aber allmählich gewöhne ich mich ans Seltsamwirken. Und in diesem Fall sieht es ja keiner. Und wenn es doch jemand sieht, ist es nicht mehr seltsam.

## ANTARKTIS, 89° 56' SÜDLICHER BREITE

Am Morgen war das Fieber wieder weg. Marie untersuchte ihn. Sie zuckte mit den Schultern.

»Die medizinische Leitung gibt mir das Go?«

»Die medizinische Leitung gibt dir einen gewaltigen Tritt in den Hintern, wenn du dich unterstehst, mir hier noch einmal solche Sorgen zu machen.«

»Also los?«

»Ich werde trotzdem Birger vorwarnen, dass wir Roy und sein Flugzeug bald brauchen könnten.«

»Der Schlitten wiegt immer weniger«, sagte Jonas. »Das Schwierigste haben wir hinter uns.«

»Wenn du das sagst.«

»Los«, sagte er, »genießen wir die letzte Etappe!«

Wenige Minuten später waren sie unterwegs. Die Sonne strahlte hell, das Wetter war noch nie so gut gewesen, seit sie aufgebrochen waren. Dafür war es noch kälter geworden, minus 37 °C, und Jonas spürte den Unterschied. Von Genuss konnte keine Rede sein, zumindest solange er sich bewusst machte, wo er war und was er tat.

Laufen.
Laufen.
Schritte.
Nie stehen bleiben.

Roy. Roy ist ein roter Kochtopf.
Monika. Eine Monika ist eine Puderdose.
Irene. Irene ist Zitroneneis.
Patrick. Patrick ist ein Knopf mit Baskenmütze.
Konstantin. Konstantin ist der Hoover-Damm.

KRK

–
–
–
–
–
–
–
–

# AUFZEICHNUNGEN VOR MIAMI

Die 777 scheint zu schlafen, so ruhig fliegen wir.

Das Paar aus der Sitzreihe vor mir verschwindet auf der Toilette. Sie schaffen es, ohne vom Kabinenpersonal erwischt zu werden.

Eine perfekt geschminkte Flugbegleiterin reicht mir Kaffee. Verschlafen nicke ich ihr zu. Sie lächelt, aber sie sieht mich gar nicht. Ich bin ein Gesicht, das sie in derselben Sekunde vergessen hat.

Ich reibe mir den Schlaf aus den Augen. Ich finde es seltsam, an das Haus in Kroatien zu denken, in dem ich vor dreißig Stunden noch mein Geschirr gespült habe. An die Gegenstände, die ich benutzt habe, an das zerwühlte Bett. Alles noch genau so, wie ich es zurückgelassen habe, weil der Vermieter erst in ein paar Tagen kommt. Alles ist, wie es war. Tuna fährt gerade aufs Meer hinaus, um das Mittagsgericht zu fangen. Die Nachbarn sitzen in ihren Adidas-Trainingshosen auf dem Balkon und rauchen. Die Sonne wird bald aufgehen. Ich bin schon weit weg.

So schön das Haus auf Krk ist, so traurig war es ohne das Kind.

Überall lagen noch Sachen von ihm herum. Der Baseballschläger aus Plastik. Die Verpackung seines ferngesteuerten Hubschraubers. Der Ball, mit dem wir am Strand gespielt haben. Unterm Bett fand ich sogar einen Schuh von ihm. Und im Schrank T-Shirts, die es getragen hat. Sie rochen nach ihm.

Egal, wo ich saß, wo ich lag oder hinging, ich sah das Kind vor mir und vermisste es. Tuna fragte mich nach ihm, der Wirt hatte ihm mit Händen und Füßen erklärt, wie er fischt. Und dann sitzt das Kind wieder zu Hause in der Schule, und ich weiß, dass der richtige Ort für mich der bei ihm ist. Egal wo.

Jetzt habe ich zu tun. Aber Silvester verbringen wir zusammen, das habe ich mit Else geklärt.

Die 777 schläft.

Zehntausend Meter unter mir der Atlantik.

# ANTARKTIS, 89° 59' SÜDLICHER BREITE

Langsamer. Lasst euch Zeit!

Würde ich gern! Sie rennt mir ja davon!

Lass sie rennen. Sie wartet schon auf dich.

Geh vom Pulka runter, der ist schwer genug!

Ich sitze gar nicht drauf! Ich helfe dir sogar beim Ziehen, Gurkenkopf!

Ja, genau.

Na okay, das dann auch nicht.

Eben.

Noch dreihundert Meter. Siehst du all die Touristen? Die waren schlauer als ihr und haben den einfachen Weg gewählt.

Lässt du mich mit ihr allein? Kommst du später wieder?

Hatte nichts anderes vor.

# ANTARKTIS, 90° SÜDLICHER BREITE

In dem Moment, als sie Hand in Hand den letzten Schritt machten, hatte er das Gefühl, seine Beine würden gleich unter ihm wegsacken. In dieser einen Sekunde trafen Ereignisse aus seinem Leben in ihm aufeinander. Der Tod seiner Familie, die erste Begegnung mit Marie, der Gipfel des Everest, die Nächte zwischen Leben und Tod, Maries Abschied und Rückkehr, all die Reisen, all die Hoffnungen und Zweifel, und nun diese Hand in seiner an diesem Ort.

»Kannst du dich noch erinnern, was du einmal über diesen Moment gesagt hast?«, fragte Jonas.

»Was meinst du?«

»Eine Umarmung hier wäre pathetisch, hast du gesagt.«

»Das ziehe ich zurück.«

Und jetzt: Wie sieht es aus in Tokio? Leere Wohnung. Ein stehengebliebener Wecker. Ein stummer Fernseher.

Zu Hause. Zach schaufelt Schnee. Sein Freund liegt auf der Couch. Im Fernseher läuft ein Film mit Bruce Willis.

Norwegen. Das Baumhaus. Das ganze Jahr über war ich nicht dort. Es steht noch. Ich habe eine Zahnbürste da. Ein Jahr war sie allein.

Viele Orte.

Ob die jetzt an mich denken?

»Ein bisschen einsamer habe ich es mir hier schon vorgestellt«, sagte Marie.

Jonas nickte. Rund um sie ging es mehr wie auf einem Spielplatz zu, nur dass die Kinder schon erwachsen waren. Es standen Dutzende

von Zelten auf dem Eis, vor denen sich Touristen, die von den Kreuzfahrtschiffen bis zum Pol geflogen worden waren, für Siegerfotos in Pose warfen. Es wurde gelacht und geschrien, Funkgeräte schnarrten, und ab und zu erdröhnte unweit Flugzeuglärm.

»Hat sich einiges verändert in den letzten hundert Jahren«, sagte Jonas.

»Von denen halten wir uns aber fern, oder?«, fragte Marie, als ein offenbar Anschluss suchender Mann in so dicker Kleidung, dass er sich kaum bewegen konnte, wie ein Pinguin auf sie zuwatschelte.

»Darum möchte ich doch sehr bitten«, sagte Jonas.

Marie wartete die ersten Worte des Mannes gar nicht erst ab.

»Kschksch!«, machte sie. »Weg! Pfui!«

»Das ist ja keine Katze«, sagte Jonas, nachdem sich der Mann mit verständnisloser Miene davongemacht hatte. »Ein paar Worte bringen uns auch nicht um.«

»Wer weiß! Soziale Ansteckung merkt man außerdem nicht sofort. Ich kann dich da nur warnen!«

»Bei mir wird das nicht notwendig sein.«

Marie nutzte eine freie Minute, in der einmal keiner der zumeist älteren Touristen für die Kamera seiner Reisebegleitung vor seiner Nationalfahne Samba tanzte, und stapfte im Kreis um den Markierungspfahl.

»In welcher Zeitzone bin ich gerade?«

»Sieht nach MEZ aus.«

»Irrtum! Ostküstenzeit!«

»Wollen wir Tanakas Päckchen öffnen?«, fragte Jonas.

»Das hätte ich vergessen. Ja, mach auf!«

»Damit wir das schwere Ding nicht umsonst mitgeschleppt haben. Hier! Wer zieht die Handschuhe aus und … Ach, warum frage ich.«

Er riss die Verpackung ab. Zum Vorschein kam eine Schachtel. Er schaute hinein.

»Was ist es, was ist es?«, fragte Marie und hüpfte auf und ab.

Die Schachtel enthielt eine Box, die an eine Isoliertasche erin-

nerte. Es war nicht leicht, sie aufzukriegen. Tatsächlich war es darin eiskalt.

Jonas förderte eine Konservendose zutage und las das Etikett.

»Das glaubst du nicht«, sagte er.

»Was ist es denn?«

»Hier, halt mal«, sagte er und drückte ihr einen Dosenöffner in die Hand.

»Der war auch dabei? Den hätten wir selbst gehabt.«

»Er wollte wohl sichergehen. Achtung, ich lese vor:

*Meine lieben Freunde,*

*mit diesem Hühnchen wollte sich George Mallory 1924 am Mount Everest stärken. Er ist infolge seines Ablebens nicht mehr dazu gekommen. Ich habe mir unlängst erlaubt, zwei Dosen Hühnercurry, die vor zehn Jahren auf 8200 Metern Höhe gefunden wurden, zu ersteigern. Das Ablaufdatum könnt ihr getrost vergessen, das Hühnchen war durchgehend gekühlt. Ich weiß es, denn ich habe den Inhalt der anderen Dose ohne Folgen verspeist. Es fehlt etwas Salz.*

*Ich gratuliere zum Erfolg!*

*Tanaka.*«

Marie riss ihm die Dose aus der Hand. »Das gibt es doch nicht … doch, da steht es. *Best use before January 1925*. Bisschen drüber. Das willst du aber nicht wirklich essen?«

»Und wie ich das essen werde!«

»Dann brauchst du dich allerdings nicht mehr über Fieber wundern.«

»Über Fieber habe ich mich noch nie gewundert. Über Fieber wundert man sich nicht. Wer wundert sich über Fieber. Man wird eben krank, hat Fieber, was gibt es da …«

»Bitte! Hör auf! Und du brauchst nicht zu glauben, dass du das allein essen wirst!«

»Also jetzt doch?«

»Ein Huhn, das Mallory nicht gegessen hat? Natürlich. Wollte bloß das Ganze für mich haben. Ist ja nicht viel drin in der Dose. Ich suche gleich den Gaskocher.«

Darf ich schon?

Ja, was gibt's?

Ist es schön?

Ja, ist es.

Hast du es dir so vorgestellt?

Ohne Huhn. Aber ja.

Und sonst? Vom Huhn abgesehen?

Na ja. Ich bin weit weg von allem. Nicht von Marie. Aber von allem hier. Von der Welt. Alles ist weiß. Es ist kalt, und es ist weiß, weiß, weiß.

Das wird so schnell auch nicht besser werden.

Ist mir klar.

Ihr solltet jetzt das Zelt aufstellen.

Stimmt.

Und euren famosen Piloten anfunken, damit er euch abholt.

Warum? Mir geht es wieder gut.

Dir geht es nicht gut. Es wird dir bald noch schlechter gehen. Das weißt du. Dieses Auf und Ab, das Fieber, das kommt und geht, das kennst du doch. Du weißt, dass es nicht aufhört, bis du nicht eine Woche im Krankenhaus gelegen hast. Was versuchst du hier zu beweisen? Oder suchst du etwas?

Ich schaffe das.

Wenn du lieber hier herumliegen willst, nur zu. Das bleibt dann aber nicht bei einer Woche.

Du bist ja bloß neidisch, weil du nicht lebst.

Unbestritten. Trotzdem meine ich es gut mit dir. Übrigens halte ich nichts von der Malariatheorie. Dein Fieber ist bestimmt psychosomatisch. Du warst schon immer ein Neurotiker.

Ein Neurotiker? Wie kommst du denn darauf?

Während ich der Naturwissenschaftler war, die Stimme der Vernunft, das Bein auf dem Boden, der Fels in der Brandung.

Das hat dich ja weit gebracht.

»Willst du das Zelt hypnotisieren?«, fragte Marie.

»Ich habe nicht mal gemerkt, dass du es aufgestellt hast.«

Sie griff ihm an die Stirn. »Fieber hast du keines.«

»Wir funken nicht.«

»Wir funken sehr wohl.«

»Wir funken nicht! Das ist doch lächerlich, wegen ein bisschen Unwohlsein um Hilfe zu rufen, denk einmal nach! Ich komme mir ja vor wie ein Idiot, wenn ich dann von da oben fieberfrei und ohne alle Beschwerden auf das Eis hinunterschaue und mir denke, das alles hätte noch auf mich gewartet!«

»Okay«, sagte sie. »Jetzt essen wir dieses Hühnchen. Wenn wir das überleben, marschieren wir morgen los. Wenn es dir abends gutgeht, laufen wir übermorgen weiter. Andernfalls sitzen wir ein paar Stunden darauf im Flieger. Einverstanden?«

»Wenn du meinst, okay.«

# CARLISLE

Niemand von den Menschen, die ich im Frühjahr kennengelernt habe, weiß, dass ich hier bin. Ich wohne im Hotel. Wie damals im März ist es sonnig und kalt.

Ich gehe vermummt herum und spaziere an meinem Haus vorbei. Ich habe das Gefühl, hinter den Fenstern bewegt sich etwas.

Ich denke an den Fernseher, an den Schreibtisch, an den Gasherd, der keiner ist. An mein Bett, in dem jemand gestorben ist und in dem ich kaum schlafen konnte. An das Badezimmer, in dem man beim Duschen unter allen Umständen die Jalousien hinunterlassen muss, weil Amerikaner einen Herzinfarkt bekommen, wenn sie für eine Sekunde einen nackten Menschen sehen.

Das alles ist da oben. Es war da oben, als ich darin gewohnt habe, und es war monatelang da oben, während ich in Wien war, in Goldegg, in Kroatien, in Berlin, in Kiel und wo überall sonst noch. Ich war Tausende Kilometer weit weg, jetzt stehe ich hier, zehn Meter Luftlinie von der Couch entfernt, von der ich noch genau weiß, wie sie riecht, und von dem Holztisch, dessen Maserung an einer Stelle wegen der übermütigen Schnitzarbeiten des Kindes zerkratzt ist. Ich bin hier, und das ist da oben und wäre auch ohne mich da oben und wird da oben sein, wenn ich nirgends mehr bin. Vielleicht nicht der Herd und der Tisch und die Couch. Doch die Wände werden da sein. Die Türen. Die Decke, zu der ich im Bett liegend hochgesehen habe und mich gefragt habe, ob sie mich sieht.

Ich stehe vor der Bibliothek. Da drin erzählte mir Kamaal, dass es hier den Begriff des *Austrian Feel Bad Cinema* gibt. Der österreichische Film wird von ihnen mit Skepsis betrachtet.

Ich streife durch den Ort und erinnere mich. Obwohl mein Magen kracht, betrete ich weder das *Bruge* noch das *Issei*. Durch die Scheiben sehe ich die wunderschöne japanische Kellnerin. Ich sehe sie, sie sieht mich nicht. Ehe sich das ändert, gehe ich weiter.

Beim Essen im Hotel lese ich. Ich finde Leute albern, die meinen, man dürfe beim Essen nicht lesen. Lesen darf man immer und überall. Wenn es das gäbe, würde ich mir die Innenseiten der Augenlider mit einem elektronischen Lesegerät ausstatten, um auch noch auf Zahnarztstühlen lesen zu können.

Eine SMS von Daniel. Er, Else, Ela, Angie, mein Vater, Stefan Beuse, Werner und das Kind. Das sind die Einzigen, die mir derzeit schreiben können.

*Hast du den Essay von Zizek schon gelesen?*, fragt Daniel.

*Noch nicht dazu gekommen. Bin beschäftigt.*

*Womit bist DU denn bitte beschäftigt?*

*Na, na!*

*Dann lies diesen Artikel! Ich halte ihn für das beste, was bisher über die Flüchtlingskrise geschrieben wurde.*

*Ich habe gestern eine alberne und zugleich grausige Doku über Aliens gesehen. Jetzt glaube ichs dann wirklich. Ist auch nur logisch.*

*Herrje.*

*Haha. Netflix:* The Hidden Hand! *Schau dir das an. Ein paar davon lügen, das kann ich nachweisen, und die UFO-Aufnahmen sind allesamt Fälschungen. Aber dass wir umgeben sind von Existenzen, die wir nicht begreifen, davon bin ich jetzt überzeugt.*

*Du bist sicher umgeben von Existenzen, die du nicht begreifst.*

*Hahahahaha du Arsch*

*Zum Beispiel jeder Antialkoholiker mit Doktorgrad.*

*Wo steckst du überhaupt?*, fragt er.

*Bin unterwegs. Du?*

*New York.*

Keine drei Autostunden entfernt. Ich muss lächeln.

Ich lese weiter. *ZERO ZERO ZERO* von Roberto Saviano.

# ANTARKTIS, 90° SÜDLICHER BREITE

Das Hühnchen war mit Sicherheit das älteste Hühnchen seines Lebens, aber überraschend genießbar.

»Hätte ich nicht gedacht«, sagte Marie. »Bringst du deine Portion ganz runter? Ich meine nämlich nicht.«

»Ich dachte, es schmeckt dir?«

»Tut es ja. Also fast. So, wie Hühnchen aus der Dose eben schmeckt. Aber ich kann mich nicht an den Gedanken gewöhnen, dass es älter ist als meine Oma.«

»Wer denkt denn auch an so etwas beim Essen.«

»Seit wann isst du überhaupt Fleisch?«, fragte Marie.

»Für Mallorys Huhn kann man schon einmal eine Ausnahme machen.«

»Ich suche gleich mal ein Coldimin raus.«

Komisch, dachte er. Nun esse ich am Südpol ein neunzig Jahre altes Huhn, das jahrzehntelang am Everest gelegen hat, dem dritten Pol.

Mallory hatte diese Dose in der Hand.

Dann ist er abgestürzt.

Und jetzt ist sie hier.

Fast hundert Jahre später.

Hundert

Jahre

Frühling Sommer,

Herbst und Winter

Menschen

Gelebt

Huhn
gelegen
Zeit
Weg
egal
allen
allem

# ANTARKTIS

Am Abend darauf ging es ihm gut. Auch die Tage danach. Der Zusammenbruch kam am fünften Tag, als der Weg wieder schwieriger wurde und ihnen die zermürbende Wanderung durch eine Eislandschaft voller Sastrugis bevorstand.

Abends im Zelt untersuchte Marie ihn gar nicht erst, sie warf ihm nur einen vielsagenden Blick zu und versuchte, Birger per Funk zu erreichen.

»Meldet sich der jetzt einfach nicht? Was ist mit dem eigentlich los?«

Im Operationssaal hatte ihre Stimme nicht so gezittert. Jonas bemerkte es, ohne sich den Kopf darüber zu zerbrechen, dass wohl er der Grund dafür war. Er fror und hatte Schüttelfrost, an etwas anderes konnte er nicht denken. Nur an das Fieber, an den Schweiß, an die Kälte. Er wollte schlafen.

»Du machst das schon«, sagte er. »Du kriegst das hin.«

Er dämmerte weg. Einmal drang die Wirklichkeit zu ihm durch, da sagte Marie etwas von Schlechtwetterfront und dass die Maschine nicht starten könne. Er fragte sich, von welcher Maschine sie redete. Er hatte nicht das Gefühl, von diesen Vorgängen betroffen zu sein.

# ANTARKTIS

»Wir müssen weiter«, sagte Marie.

»Ganz wie du meinst. Sag, was ich tun soll.«

»Gehen.«

»Wohin?«

Er sah Marie vor sich stehen. Nach einer Weile erfasste er die Zusammenhänge. Sie wollte, dass er aufstand und sich hinaus in die Kälte begab.

»Du musst! Das Wetter wird immer schlechter. Das Flugzeug kann auf absehbare Zeit nicht landen, und in der Nähe befindet sich nur eine russische Expedition, die selbst überfordert ist. Kannst du laufen?«

Ich hab's dir ja gesagt.

Was hast du gesagt?

Nicht den Bogen überspannen.

Gar nichts habe ich überspannt.

Schau dich mal an!

Alles wird gut, alles wird gut.

Ah ja?

Jonas stand auf. Ihm wurde schwindlig, doch er blieb stehen.

»Siehst du?«

Er fragte sich, ob er das gedacht oder gesagt hatte.

# ANTARKTIS

Als es passierte, liefen sie leichtsinnigerweise nebeneinander. So kam es, dass sie, als die Schneedecke brach, beide in die Gletscherspalte stürzten.

Jonas konnte sich mit einer blitzschnellen Drehung am Rand der Spalte festhalten. Marie rutschte mit einem Schrei ab. Doch auch sie hatte Glück, denn zum einen landete sie auf einem Vorsprung, an dem sie sich irgendwie festhalten konnte, und zum anderen krachte ihr Pulka nicht auf ihren Rücken, sondern verklemmte sich über ihr zwischen den Eiswänden.

# ANTARKTIS

»Das war knapp«, sagte Marie.

»Allerdings. Aber knapp daneben ist auch vorbei.«

»Solche Aphorismen zeigen immer an, dass es dir bessergeht.«

»Geht es mir auch.«

»Das ist das Adrenalin. Ich fürchte, du klappst jetzt erst recht zusammen.«

»Du bist echt ein Sonnenschein.«

»Der Sonnenschein muss dir mitteilen, dass die Hälfte unserer Vorräte und das Funkgerät da unten liegen.«

»Na und? Steige ich eben hinunter und hole das Zeug.«

Marie zeigte in Richtung des Abgrunds, dem sie entronnen waren.

»Schau mal!«

Er schaute. Die Spalte führte tief hinunter in den Bauch des Gletschers.

»Meine Güte, ist das ein Monster!«

»Willst du noch immer hinunterklettern?«

»Wir brauchen nicht unbedingt ein Funkgerät.«

Marie ließ das Wundpflaster, mit dem sie sich gerade eine Schramme am Arm verarzten wollte, auf das Eis fallen. Sie hörte nicht mehr auf zu lachen.

»Du bist der Beste«, sagte sie und schlug die Hände vors Gesicht.

# HARRISBURG

Kurz vor Harrisburg, wo ich das Mietauto zurückgeben und nach Washington weiterfliegen werde, gibt es einen Stau auf der Autobahn. Gerade an einer Stelle, von der aus ich Three Mile Island sehen kann. Das Atomkraftwerk, in dem es 1979 zu einer Kernschmelze gekommen ist. Der Name hat mich immer schon fasziniert. Three Mile Island. Atomunfall. Das klang für mich sehr schön und sehr dramatisch.

Ich stehe auf der Überholspur und sehe im Rückspiegel einen weißen Kastenwagen größer und größer werden.

Es gibt Momente, in denen ich nicht viel von der Welt mitbekomme, und es gibt solche, in denen ich plötzlich hellwach bin und binnen Sekundenbruchteilen funktioniere. Woher das kommt, weiß ich nicht. Ich habe kein über Jahre hinweg memoriertes Kommandowort, vergleichbar mit jenem, zu dem Großmeister Kernspecht rät für den schwierigen Moment, in dem man sich nolens volens zum Zuschlagen entscheidet. Etwas in mir übernimmt die Kontrolle, steigt für mich aufs Gas und setzt mit einem Schlenker den Wagen auf die rechte Spur, wo noch Platz ist.

So habe ich Gelegenheit, aus nächster Nähe zu verfolgen, wie neben mir der weiße Kastenwagen kurz vor dem Aufprall gebremst wird und der Fahrer versucht, dem Hindernis noch auszuweichen, ein Unternehmen, das fehlschlägt. Der Kastenwagen donnert in den stehenden Jeep und fliegt über die Leitplanke, während der Jeep auf die Seite gedreht und zwischen Leitplanke und dem Auto davor eingeklemmt wird.

Der Wagen vor mir gibt Vollgas. Ich auch, weil ich keine Lust

habe, irgendwie in den Unfall verwickelt zu werden. Erst hundert Meter hinter dem Blechchaos werde ich langsamer. Im Rückspiegel sehe ich Menschen, die aus ihren Autos springen und den Verunglückten zu Hilfe eilen.

Ich bleibe stehen. Was soll ich tun? Gehört es sich, zurückzulaufen, um dumm rumzustehen, damit ich behaupten kann, ich wäre nicht ungerührt weitergefahren? Helfen kann ich niemandem. Darüber hinaus scheint es mehr als genug Helfer zu geben. Ich bin sogar erstaunt, welche Menschenmenge sich binnen Sekunden um die zerstörten Autos schart.

Ich sehe gezückte Handys. Die Leute machen Fotos. Gut, nicht alle. Einige helfen tatsächlich.

Ich fahre langsam weiter.

Was wäre geschehen, hätte ich nicht in den Rückspiegel geschaut? Was wäre diese Sekunde jetzt für eine Sekunde? Was diese? Was diese? Und diese? Was für eine Sekunde ist es für die Menschen da hinten? Geschockt, verletzt, mit Schmerzen? Eine Sekunde voller Blut. Davor gerade noch eine Sekunde mit Musik oder Gesprächen. Nun Sekunden voller Entsetzen und Angst. Sekunde auf Sekunde kein Zurück.

Ein Auto überholt mich. Darin sitzen vier Hillbillys, die Musik laut aufgedreht. Sie winken mir. Ich ignoriere sie. Sie hupen unzufrieden und rasen davon.

Ich kann mich auf keinen Gedanken konzentrieren. Ich denke mehr an mich als an die Opfer. Ich bitte das Universum, sich ihrer anzunehmen, aber gleich bin ich wieder auf mich zurückgeworfen.

Wie knapp das war.

Ich hasse es.

Und es ist schön.

Ich halte an, um vollzutanken, und trinke auf dem Parkplatz hinter der Tankstelle Kaffee. Ein Rettungshubschrauber fliegt über mich hinweg. Ein alter Mann steigt aus seinem Auto, deutet zum Himmel und sagt etwas, das ich nicht verstehe. Ich nicke. Er humpelt zur Tankstelle. Er ist nicht verletzt. Er dürfte das schon länger haben.

Auto kommt keines mehr vorbei. Der Turnpike ist gesperrt.

Ich zwinkere in die Sonne.

Ich denke an das Kind. Sehe seine Augen und sein Gesicht, wenn es mir einen Streich spielt, und atme durch.

# ANTARKTIS

Whiteout: Ein Schneesturm in einer Schneelandschaft. Als ob über einem eine Welle aus Milch zusammenschlägt.

Nicht mehr wollen: In einem Zustand auswegloser Erschöpfung. Wenn der Mensch spürt, dass etwas in ihm unwiderruflich seine Ordnung verloren hat.

Ein Tag: Aneinanderreihung von Momenten. Existieren nur, wenn jemand hinsieht.

Momente: Auf der Flucht vor ihrer Qual versinkt der Mensch in sich. Was er nicht sieht, existiert nicht.

Gehen: Trance.

Fieber: Wenn es will, stärker als jeder Mensch.

# WESTSTEIERMARK

»Gibt es ein Leben nach dem Tod?«

»Es geht schon wieder los«, sagt die Deutschlehrerin.

»Jaaaa!«, rufen ein paar Mitschülerinnen und setzen sich zurecht, als würde ihnen ihr Opa eine spannende Kriegsgeschichte erzählen. Einige legen ihren Oberkörper auf den Tisch und schieben sich einen Pullover unter die Brust, um es bequem zu haben. Ihre Augen sind offen. Ich meine nicht einfach offen, sondern es ist, als würden sie sie weiter öffnen als sonst, um mehr in sich aufnehmen zu können.

Es ist ein seltsamer Moment. Alle sind still. Wirklich alle. Sogar der fette Püttl. Ich schaue ins Publikum und bin mir plötzlich des Zaubers bewusst, den ich mit einem Satz in den Raum geworfen habe. Er nimmt mir meine Befangenheit, und ich brauche kaum auf meine Notizen zu blicken.

»Gibt es ein Leben nach der Geburt?«

Ich lasse den Satz auf meine Zuhörer wirken. Bei einigen klingelt es schneller. Sie lächeln, als hätte ich ihnen ein Geschenk gemacht.

»Das ist der Satz, den ich an den Anfang stellen will. Und damit bin ich schon wieder weg von den Glaubensfragen. Ihr hört im Religionsunterricht viel über Himmel und Hölle, darüber müssen wir nicht reden …«

»Eigentlich werden die selten erwähnt«, ruft Markus.

»Pst! – Pssst!«

»Was jemand glaubt, ist die eine Sache«, setze ich fort, »aber was sagen die Wissenschaftler?

Menschen, die klinisch tot waren und zurückgeholt wurden, be-

richten übereinstimmend von einem Tunnel, an dessen Ende ein helles Licht zu sehen ist. Sie sagen das wirklich, zumindest werden sie so zitiert. Ich finde das ja komisch, ein helles Licht, aber vermutlich meinen sie ein besonders strahlendes. In diesem Licht warten verstorbene Verwandte, manchmal auch Freunde. Die meisten Rückkehrer berichten von einem Gefühl großer Leichtigkeit, mit dem sie ihren Körper verlassen haben. Sie schweben nach oben und blicken von der Decke auf ihren Körper hinunter. Ein Unfallopfer sieht sich auf der Straße liegen, aber fühlt keine Schmerzen. Oder ein Patient in einem Krankenhaus, der sieht, wie die Ärzte rund um sein Bett versuchen, ihn mit einer Herzmassage zurückzuholen. In der Regel fühlt er sich so befreit, dass er denen unter sich zurufen möchte, sie sollen ihn doch bitte in Ruhe lassen. Dann schwebt er durch die Decke hindurch und landet im Tunnel.«

»Wah! Ich habe Angst!«, schreit Sabine lachend.

»Und ich erst!«, schreit jemand aus den hinteren Reihen.

Kurz entsteht heitere Unruhe. Die Lehrerin schüttelt den Kopf und malt mit dem Kugelschreiber Ringe auf ihre Schreibunterlage. Aber auch sie scheint konzentriert zuzuhören.

»Das ist die Ausgangssituation, über die man spricht, wenn man die Frage nach einem Leben nach dem Tod wissenschaftlich betrachtet. Wie interpretieren wir diese Berichte?«

»Das passiert wirklich?«, ruft Sabine.

»Ja, das passiert wirklich.«

»Wem passiert das? Wann passiert das?«

»Das will ich auch wissen«, sagt Wiwo. »Nur wenn man einen Unfall hat oder wie?«

»Nein, ich habe es falsch erklärt. Nicht nur, wenn man einen Unfall hat. Wenn man einen Herzstillstand hat.«

»Dann ist man tot!«, ruft Bernhard, der Skeptiker der Klasse, und erntet Gelächter.

»Davon reden wir ja die ganze Zeit«, mischt sich Sabine ein.

»Hallo!«, rufe ich. »Darf ich? Danke. Also, technisch gesehen stimmt das nicht. Wenn dein Herz stillsteht, bist du noch nicht tot,

der Prozess des Sterbens hat soeben erst begonnen. In dir gibt es noch Leben. In deinem Hirn passiert noch etwas. Deswegen unterscheidet man zwischen Herz- und Hirntod.«

»Pfui, ich mag das gar nicht hören!«, sagt Johanna, ein zartes Mädchen, dessen Stimme man sonst das ganze Jahr über nur bei mündlichen Prüfungen zu hören kriegt.

»Um diese Minuten geht es«, fahre ich fort. »Zumindest nimmt man das an. Nachdem der Hirntod eingetreten ist, holt man niemanden mehr zurück. In der Zeit zwischen Herz- und Hirntod scheint das Bewusstsein oder die Seele auf Reisen zu gehen.«

»Das Bewusstsein oder die Seele?«, fragt die Lehrerin.

»Gute Frage«, sage ich, ohne sie zu beantworten.

»Und gibt es nun ein Leben nach dem Tod?«, schreit Sabine.

»Was glaubst denn du?«

»Ich bin mir sicher!«

»Und«, sage ich, »was ist mit euch? Was denkt ihr? Wer an ein Leben nach dem Tod glaubt, zeigt auf.«

Eine große Mehrheit zeigt auf.

Die Lehrerin zeigt ebenfalls auf.

Auch ein seltsamer Moment.

»Es gibt zwei Auffassungen«, erkläre ich. »Die einen sagen, natürlich sind das die ersten Schritte in eine neue Welt. Die anderen sagen, es ist nichts als Chemie. Ausgelöst durch Sauerstoffmangel oder etwas in der Art gaukelt das Gehirn dem Menschen diese Bilder vor. Etwa, um den Tod leichter zu machen. Es wird eine Realität hinter dem Tod vorgetäuscht, als Akt der Gnade oder so.«

»Und wer ist für so einen Akt der Gnade verantwortlich?«, fragt Johanna.

»Das weiß ich auch nicht.«

»Wenn es einen Akt der Gnade am Ende des Lebens gibt, ob Chemie oder nicht, woher kommt denn der?«

»Wie gern würde ich das wissen.«

»Das heißt doch, es gibt Gott. Der muss für diesen Akt gesorgt haben!«

»Darüber wollte ich gar nicht …«

»Wenn es ein Akt der Gnade ist, gibt es Gott!«

»Das kann schon sein«, sage ich. »Wir wissen es nicht. Wir werden es vielleicht erfahren. Fest steht bloß, dass Menschen übereinstimmend von diesen Nahtoderfahrungen berichten und dass auf uns ein Tunnel wartet. Über das, was dahinter liegt, gibt es keine Klarheit.«

»Das ist aber nicht sehr tröstlich«, sagt Wiwo. »Es könnte also auch Chemie sein?«

»Ich hab Chemie noch nie gemocht«, sagt Markus.

»Ja, es könnte auch Chemie sein.«

»Und wenn es Chemie ist, ist es auch ein göttliches Zeichen«, sagt Johanna.

»Und was glaubst du?«, fragt mich M. plötzlich.

Es wird still.

»Ist das wichtig?«, frage ich.

»Für mich schon«, sagt M.

Ich zögere.

»Na?«

Ihr Blick.

Keine Ahnung, wie ich es schaffe, ihm standzuhalten.

»Ja«, sage ich. »Ich glaube an ein Leben nach dem Tod. Ich glaube daran, dass wir alle wiedersehen.«

»Das finde ich schön«, sagt sie. »Das glaube ich auch. Wir werden uns wiedersehen.«

# ANTARKTIS

»Gibt es ein Leben nach dem Tod?«, fragte Jonas Marie.

Ja, du Depp.

Vielen Dank, aber ich würde es gern von der Neurochirurgin hören!

Die wird dir auch nichts anderes sagen.

Befangener als du in dieser Frage kann man wohl kaum sein.

»Meinst du die Frage ernst?«, fragte Marie.

»Du bist doch … kompetent.«

»Kümmere dich jetzt nicht um solche Dinge. Du stirbst nicht!«

»Irgendwann sterben wir alle.«

»Aber du jetzt nicht!«

»Deswegen darf ich nicht fragen, ob du glaubst, dass es ein Leben nach dem Tod gibt?«

Marie legte ihm ihr Stofftaschentuch auf die Stirn, in das sie Schnee gefüllt hatte. Mit einem Löffel flößte sie ihm Tee ein. Weil seine Lippen von der Kälte aufgeplatzt waren, brannte es ein wenig.

»Du sollst einfach Ruhe geben.«

»Ich gebe aber keine Ruhe.«

»Versuch zu schlafen.«

»Hattest du Patienten, die mit dir darüber geredet haben?«

»Nein.«

»Marie.«

»Ja?«

»Du solltest gehen.«

»Wohin?«

»Richtung Basislager.«

»Mache ich ja.«

»Ohne mich. Sollst du gehen. Mich hierlassen.«

»Bist du verrückt?«

»Wir haben nichts mehr zu essen.«

»Stimmt gar nicht. Wir haben noch drei Schokoriegel.«

»Das reicht nicht für uns beide.«

»Wie stellst du dir das denn vor? Wer bleibt ohne Zelt, du etwa?«

»Ich will bloß nicht, dass dir etwas passiert«, sagte Jonas.

»Da sind wir schon zwei.«

»Eben.«

»Wir sind in zwei Tagen in Patriot Hills. Vermutlich begegnen wir morgen sowieso irgendeiner anderen Expedition. Du brauchst also nicht über den blöden verblödeten blödsinnigen Heldentod nachdenken.«

»Gut.«

»Allein losgehen. Der Witz des Jahres.«

»Schon gut. Du entscheidest. Du bist der Kapitän.«

»Jonas, schläfst du?«

»Wie soll ich? Ich glühe. Mein Kopf explodiert.«

Und dein Herz rumpelt ziemlich.

Das werde ich aber für mich behalten.

Und wieso?

Weil sie mir da nicht helfen kann. Und ich sie nicht beunruhigen möchte.

Das sind gravierende Herzrhythmusstörungen, mein Lieber.

Soll sie mir ein Pinguinherz transplantieren?

»Es gab sogar mehrere«, sagte Marie.

»Mehrere was?«

»Menschen, die klinisch tot waren und die wir zurückgeholt haben und die sich dann einer oder einem von uns anvertraut haben. Zu mir sind sie selten gekommen. Aber sie haben fast alle das Gleiche erzählt.«

»Vom Tunnel … von den Eltern, die sie abgeholt haben …«

»Das ist die weichgespülte Variante. Es gibt einen Kollegen, dessen Neocortex nicht mehr funktionsfähig war und der seine Koma-erlebnisse daher als Beweis für ein Leben nach dem Tod ansieht. Dabei muss man nur darüber nachdenken, was der gesehen haben will. Grüne Wiesen, auf denen Erwachsene und Kinder sich an den Händen halten und tanzen! Wo außer in der Fruchtsaftwerbung gibt es denn noch Ringelreihentänze? Wenn das das Jenseits ist, will ich ewig leben. Lauter hübsch gekleidete Naturschutzbundmitglieder, die mich empfangen? Der Kerl ist schlicht.«

»Und was ist die nicht weichgespülte Variante?«

»Es gibt auch solche, die gar nichts sehen. Da ist es einfach dunkel. Und neben den Schilderungen großer Euphorie gibt es auch Horrortrips. Ein geringer Prozentsatz nur, aber es gibt die Menschen, denen der Ausflug keinen Spaß macht.«

»Und was schließt du daraus?«

»Jonas, ich bin so etwas wie eine Mechanikerin. Ich habe das Auto nicht gebaut. Und was nach dem Schrottplatz passiert, weiß ich nicht.«

## MEXICO CITY

Im Café gegenüber meinem Hotel spüle ich mit Mineralwasser eine Coldimin runter. Hier schweben Partikel von Exkrementen in der Luft, was ein Grund dafür war, warum ich lange nicht hierherwollte. Lieber vorbeugen als Krankenhaus.

Ich hätte vorher fragen sollen, dann hätte ich gewusst, dass auf dieser Reise auch Kollegen dabei sind. Ich habe nichts gegen sie, ich finde bloß zu viele von ihnen auf einem Haufen anstrengend. Deshalb spare ich mir die öffentlichen Dinners und die Workshops und die Journalisten und beschränke mich auf das Minimalprogramm der einen Abendveranstaltung.

In jeder Stadt, in die wir kommen, schütze ich bei den Veranstaltern Unwohlsein vor und sperre mich in meinem Hotelzimmer ein, bis alle zu irgendeinem Kulturhäuptling abgedampft sind. Dann suche ich mir eine Kneipe, in der ich in Ruhe das Treiben auf der Straße verfolgen kann.

Egal, wohin auf der Welt ich komme, ich mache das immer so. Mich interessieren keine Sehenswürdigkeiten. Mich interessieren weder Empfänge noch Honoratioren. Mich interessieren die Banalität und der Alltag. Eine Welt erkennt man nicht an ihren Ausschlägen, sondern an ihren kleinen Minuten.

Ich trinke Kaffee und starre auf eine Straße, die es länger gibt als mich.

# GUADALAJARA

Der Kaffee schmeckt bitter. Der Portier hat mich gewarnt. Vor dem Café hundert Meter weiter hat er mich aber auch gewarnt, aber da nicht wegen des Kaffees. Also sitze ich hier und starre hier in diese fremde Welt.

Alles, was ich sehe, gibt es auch ohne mich.

Ist mir aber recht. Wäre zu viel Verantwortung.

Dieses Haus. Dieses Mofa mit den Fehlzündungen. Dieser Radfahrer. Diese qualmende Klapperkiste, in der mindestens acht Leute sitzen. Der Lärm der Autos, die fremden Stimmen, Töne, Gerüche. Teile einer Realität, die nie meine sein wird.

Aber immerhin nehme ich sie wahr. Ich bin mehrere Wochen ohne Unterbrechung nüchtern. Meine Nase tut nicht mehr weh und rinnt kaum noch. Mein Bein zuckt nicht mehr, ich halte mich nicht für tot, ich fühle mich lebendig.

# GUADALAJARA – PUNTA ARENAS

Den Termin in Guatemala City habe ich abgesagt. Die Frau von der Botschaft wirkte nicht glücklich, aber sie hatte Verständnis. Gewöhnlich halte ich Zusagen ein, aber in diesem Fall geht es nicht anders. Nach Punta Arenas wollte ich immer schon, und das passt in meinen Reiseplan nur ohne Guatemala. Das Ticket nach Chile habe ich vor Wochen gekauft. Es war das erste Mal, dass ich einen Flug gebucht habe, ohne zu wissen, ob ich ihn nehmen würde.

»Viel Vergnügen«, wünscht mir die Frau von der Botschaft. »Alles Gute.«

Wieso schaut die so, frage ich mich.

An einem winzigen Flughafen empfangen mich zwei Schilder, die in mir Aufregung und Euphorie auslösen:

WELCOME TO THE WORLD'S MOST SOUTHERN CITY!

PUNTA ARENAS – ENTRANCE TO ANTARCTICA

Ich habe ein nicht ganz billiges Hotel genommen, ich habe keine Lust, vor und nach mehrstündigen Flügen auf Pritschen zu liegen.

Nach dem Einchecken spüre ich die Müdigkeit. Am liebsten würde ich mich aufs Bett werfen und nur schlafen. Aber ich habe nicht einmal 24 Stunden in der Stadt, also dusche ich, ziehe mir frische Sachen an und bin schon aus dem Hotel draußen. Ich vermeide, nach dem Weg zu fragen, ich will nach Möglichkeit mit keinem Menschen reden, um in meinem Traum zu bleiben. In etwa kenne ich die Richtung, die ich einschlagen muss.

Nach zehn Minuten bin ich am Ziel. Vor mir Wellen mit weißen Kronen.

Die Luft riecht salzig, Wind bläst mir Gischt ins Gesicht. Wohl wegen des schlechten Wetters bin ich fast allein auf der Aussichtsplattform. Es nieselt, es ist kalt, man hat das Gefühl, sich irgendwo zwischen Zeit und Raum verlaufen zu haben.

Neben mir weisen Schilder in alle Himmelsrichtungen.

Sevastopol 14 500

Paris 13 280

Tokio 16 963

New York 10 457

Jerusalem 13 836 – *la tierra de Cristo*

Ich gebe im Entfernungsrechner Wien ein. Es liegt 13 952 Kilometer entfernt.

Krk: 13 620.

Carlisle: 10 413.

Carlise, wo ich hinter dem Wäschetrockner eine Nachricht an mich selbst versteckt habe, die mit Sicherheit noch immer dort klebt. Wo in diesem Moment die schöne Japanerin bei *Issei* irgendjemandem Nummer 23 serviert, Sarah und Kamaal Südstaatenjugendliche über deutschsprachige Gegenwartsliteratur informieren, die Straßen vor Kälte klirren und wo ich in meiner Wohnung auf der Couch lag und manchmal an diesen Ort dachte, an dem ich jetzt stehe.

Von hier über die Drake Passage, und ich würde den Fuß auf den Antarktischen Kontinent setzen.

Lange schaue ich nach Süden. Ich bin sicher, um mich herum kreischen Möwen und andere Vögel, aber ich höre sie nicht. Ich habe nur Augen für diesen wilden, gefährlichen Ozean, der mich von einem Ort trennt, den ich schon immer sehen wollte.

Da unten. Da ist vieles passiert.

Da unten ist so vieles nicht passiert.

Ein ganzer Kontinent, so lebensfeindlich wie kein anderes Gebiet der Welt. Nichts wächst hier, nichts lebt hier. Eis liegt auf Bergen und wartet. Die Berge wachen alle paar hunderttausend Jahre

auf, um nach dem Rechten zu sehen. Wenn es nichts Neues gibt, legen sie sich wieder schlafen.

Ich würde sie gern sehen. Die Berge, das Eis, den Pol. Aber nicht allein. Der Südpol ist ein Ort, den ich mit jemandem teilen will.

Ein junger Mann in einer Art Sportuniform drückt mir eine Broschüre in die Hand. Darin werden Flüge zum Pol angeboten. 1400 Dollar kostet der Spaß. Umgerechnet knapp fünfzehn Gramm Koks. Die habe ich schon lange eingespart.

Ich überlege hin und her. Aber dann falte ich die Broschüre und stecke sie ein, um sie zu Hause an meine Pinnwand heften zu können. Wenn schon, dann laufe ich hin. Der Flieger ist keine Option.

Ich finde das Indianerdenkmal schnell. Es heißt, wenn man den Fuß des Indianers berührt, wird man wiederkommen. Ich berühre ihn. Stelle mir vor, wie ich eines Tages wieder hier stehen werde. Nicht allein. Ich würde gern zu zweit wiederkommen. Wer wird mit mir hier sein?

Wer?

Ich stehe eine Weile am Indianerfuß und frage mich, was morgen sein wird. Übermorgen. Nächste Woche. Nächstes Jahr.

In zehn Jahren.

Werden neue Menschen in mein Leben treten?

Werde ich mich verlieben?

Was wartet auf mich?

Ich schaue über die Schulter zurück und verabschiede mich.

Ich komme wieder. Wir sehen uns wieder, alter Indianer. Und dann bringe ich vielleicht jemanden mit.

# WESTSTEIERMARK

Dieses Jahr gibt es garantiert weiße Weihnachten. Wenn man nach draußen geht, hat man das Gefühl, man müsste binnen einer Minute ersticken, so dicht flockt einem der Schnee ins Gesicht.

Ich mag das. Die Lehrer fluchen über den Schneematsch, die Schüler denken an Schneeballschlachten und Skifahren, und ich bin aufgeregt. Ich mag Ausnahmesituationen. Ich mag den Gedanken, wir könnten eingeschneit werden, der Verkehr und die Stromversorgung könnten zusammenbrechen. Ich mag die Vorstellung, Teil einer Katastrophe zu sein oder eines großen Abenteuers. Ich weiß, dass ich überlebe. Wieso ich das weiß, weiß ich nicht. Irgendetwas hat sich verändert in den vergangenen Wochen.

Mit einem Ohr horchend, ob der alte Waldschrat, der Gangaufsicht hat, kontrollieren kommt, rauche ich in der Schultoilette eine Zigarette. Das Gefühl, das der Rauch in meinem Kopf erzeugt, lässt meine Beine angenehm weich werden.

Der Schnee weht am Fenster vorbei. Eine schöne Stimmung. Heimelig. Vor mir faucht etwas leise im Heizkörper. Ich fasse das Metall an und verbrenne mir die Finger.

Ich denke über das Geschenk für M. nach. Ich möchte es ihr unterjubeln, ohne dass sie merkt, von wem es ist. Natürlich wird sie mich verdächtigen, aber ich werde es niemals zugeben. Ich finde den Gedanken, ein Geheimnis sein Leben lang für sich zu behalten, ungeheuer anziehend. Es ist, als würde man sich Gott nähern. Wenn niemand da ist, der weiß, was man tut, ist man mit Gott allein.

So wie die Entdecker und die Forscher früher. Wenn sie auf Berge kletterten, die nie zuvor jemand bestiegen hatte, waren sie allein

mit sich und Gott. Und sollte Gott nicht existieren, nun, dann waren sie ganz allein. Niemand außer ihnen sah, niemand außer ihnen würde je sehen, was sie sahen, nicht mit den Augen des Ersten.

Der Erste auf dem Mount Everest. Der Erste am Nordpol. Der Erste am Südpol. Der erste Mensch auf dem Mond.

Ich werfe die Zigarette ins Klo und ziehe die Spülung. Damit ich nicht zu sehr nach Rauch rieche, beiße ich in einen Apfel. Keine Ahnung, ob das den Geruch vertreibt.

Ich betrachte das Kerngehäuse.

Das hat auch noch nie jemand vor mir gesehen. Diesen Kern. Der wuchs in diesem Apfel und kommt nun in die Welt.

Das ist die einzige Entdeckung, die uns geblieben ist. Sonst gibt es nichts Neues mehr. Mit diesem Planeten sind wir fertig.

Ich muss etwas anderes finden.

Genau. Etwas anderes finden. Und das werde ich auch. Wer bei seiner Geburt 52 Zentimeter lang und 3,65 Kilogramm schwer war und Badewannenpech überlebt, der kämpft sich irgendwie durch.

So, das ist mal eine Einstellung.

Es läutet zur nächsten Stunde. Ich gehe zurück in die Klasse. Die Gangaufsicht würdige ich keines Blickes. Wer keine anderen Sorgen hat als die Frage, ob Schüler auf dem Klo rauchen, war noch nie im Kopf auf dem Mount Everest, noch hat er oder sie ein Kerngehäuse verstanden.

# KRK

Es ist sonderbar, an einen Ort zurückzukehren, den man nicht wiederzusehen glaubte. Ich sitze in demselben Haus auf Krk, in dem ich einen Monat verbracht habe, gerade eben oder vor einer Ewigkeit.

Das Bett, in dem ich liege und leise die Fernsehnachrichten höre, war nicht mehr da. Es existierte nur in mir als Erinnerung. Als etwas, das es einst gegeben hatte, das seine Realität verloren hatte. Und nun habe ich sie zurückgeholt. Hätte ich das geplant, wäre alles anders gewesen. Dieser Ort wäre ein anderer. Kein verlassener und wiederentdeckter, er wäre nur verwaist gewesen. Nun ist er ein wiederbelebter.

Das macht ihn besonders. Das macht ihn groß.

Auf YouTube finde ich eine Folge von *Exodus Erde*, die ich noch nicht kenne. Ich bin begeistert.

*Exodus Erde* behandelt verschiedene Szenarien, in denen die Menschheit durch äußere Umstände dazu gezwungen werden würde, die Erde zu verlassen, etwa durch eine katastrophale Fehlentwicklung in der Nanotechnologie oder durch Naturkatastrophen. In dieser neuen Folge wird die Erde von einem primordialen Schwarzen Loch getroffen. Es ist so groß wie ein Atom, tritt mit einer Geschwindigkeit von dreißig Kilometern pro Sekunde in die Erde ein, durchbohrt den Planeten binnen sechs Minuten und löst bei seinem Austritt einen kleinen Abschiedstsunami aus.

Es wird aber noch besser. Durch die enorme Energie, die das primordiale Schwarze Loch im Erdinneren freigesetzt hat, kommt es auf der ganzen Welt in den kommenden Monaten zu verheerenden Vul-

kanausbrüchen. Zuletzt explodieren auch die Supervulkane, etwa die Phlegräischen Felder in Italien und natürlich der Yellowstone. Die Menschheit, jedenfalls der Teil von ihr, der es sich leisten kann, zieht sich in rasch gebaute Biosphären zurück, um zu überleben.

# ANTARKTIS

»Jonas!«
Hey.
»Jonas!«
Hey! Man spricht mit dir!
»Jonas! Wach auf! Sprich mit mir!«
So tu ihr doch den Gefallen.
»Jonas, bitte!«
Entweder du machst die Augen auf, oder wir werden uns umgehend auf meiner Seite unterhalten.
Das hast du schön gesagt.
Noch bist du drüben.
»Jonas?«
Mach die Augen auf!
Mag nicht.
Du musst!
Kann nicht.
»Los jetzt!«
Ich will nicht
mehr

Hey, du. Bleib noch eine Weile, wo du bist. Ja?

Hallo?

So viele Städte
So viele Häuser

So viele Straßen
So viele Farben
So viele Gesichter
So viele Lichter
So viele Jahre
So wenige Jahre
So wenige Menschen
So viele Zimmer
So viele Spiegel
So viele Gefühle
So viele Märtyrer
So viele Versprechen
So viele Morgen
So viele Auswege
Die meisten Auswege sind auch Sackgassen

?

Jeder von uns ist eine Galaxie, in der eine völlig andere Sonne brennt. Manche dieser Sonnen sind grün, manche aus Gummi, manche mögen eckig sein und manche kalt. Was bleibt, ist die Andersartigkeit. Was bleibt, ist unsere Überzeugung, diese Andersartigkeit existiere nicht. Was bleibt, ist unser naiver Glaube, der andere wäre wie wir. Nichts könnte von der Wahrheit weiter entfernt sein.

Sleep paralysis. Man gleitet an der Grenze zwischen Wachsein und Schlaf entlang und fällt in ein Loch, in dem Welten lauern, denen man nichts entgegenzusetzen hat. Man ist gelähmt, aber wach. In diesem Zustand sehen manche Menschen Geister. Manche glauben, von Aliens entführt zu werden. Sie werden von ihnen durch die Decke gesogen. Ein Erlebnis, von dem Menschen aus allen Kulturen auf der ganzen Welt übereinstimmend berichten. Sie glauben nicht an sleep paralysis. Sie glauben, es ist wirklich passiert.

Wieso kann man eigentlich nicht Tote miteinander verheiraten. Kann man nicht, weil beide Ja sagen müssen. Blah. Na und? Man verheiratet sie einfach trotzdem. So, ich verheirate hiermit Kleopatra mit James Joyce. Zack. Na, die werden sich freuen.

Der Mond sollte ein Würfel sein

Wir müssen endlich anfangen, in Jahrtausenden zu denken.

Verlieben ist leicht. Lieben ist eine Entscheidung.

Manche sehen den Blitz vor der Explosion

# WESTSTEIERMARK

Das ganze Haus riecht nach dem Weihnachtsbaum, den Uriella aufgestellt hat. Geschmückt habe ich ihn. Das hat sie mir aufgetragen. Wenn sie aufwacht, wird sie sich allerdings wundern. Ihre Glöckchen und Schleifchen liegen, wo sie waren, nämlich in der Schachtel. Wenn es nach Uriella geht, muss ein Christbaum aussehen wie eine jugoslawische Prostituierte, mit billigem Glitter und falschem Klimbim.

Okay, ich war die ganze Nacht wach und habe mich ab und zu gefürchtet, weil ich das Gefühl hatte, Suux oder Baby oder irgendein fremder Geist sehen mir zu, aber ich war so bei der Sache, dass mich dieses paranormale Publikum auch nicht irritieren konnte.

Ich habe alles Mögliche aufgehängt, Schulhefte, Schachfiguren, eine Packung Taschentücher, Teebeutel, ein paar Scheiben Milchbrot, ein paar Riegel Kinder-Schokolade, eine Zeitungsseite, einen Schuhlöffel, Besteck, kleine Schnapsflaschen und gerade jetzt, bevor ich die Tür zuziehe, einen Schneeball. Bin gespannt, ob sie ihn noch tropfen sieht, wenn sie aus dem Bett kriecht und einen ersten taumelnden Rundgang durch das Haus unternimmt.

Der Bus nach Graz ist so gähnend leer, dass ich das Gefühl habe, nicht einmal der verschlafene Fahrer wäre hier, wenn der Bus allein fahren könnte. Das Bild dieses Busses, dessen einziger Fahrgast ich bin, löst etwas in mir aus, doch ich kann nicht sagen, was es ist. Komisch ist es. Nicht unangenehm. Irgendwie richtig.

»Frohe Weihnachten«, murmelt mir der Fahrer hinterher, als ich aussteige.

»Danke. Ihnen auch!«

»Wir werden's probieren«, sagt er, streckt beim Gähnen einen Arm hoch und lacht.

Mein Opa hat diese Schmunzelfalten um die Augen, als er öffnet und mich sieht. Ich umarme ihn und drücke ihm sein Geschenk in die Hand.

»Was ist das?«, fragt er überflüssigerweise.

»Wenn du es auspackst, wirst du's wissen.«

»Da hast du wohl recht.«

Vorsichtig löst er die Schleife, die ebenso dilettantisch gebunden wie das Päckchen eingewickelt ist. Nein, das Päckchen sieht noch armseliger aus, so als hätte ein Schimpanse daran gewerkt. Aber bestimmt merkt er die gute Absicht.

Er sieht ein bisschen aus wie Suux, wie er seine Brille aufsetzt und den dicken Bildband aufklappt.

»*1903 – Ein Jahr in Texten und Bildern*«, liest er. »Das ist ja mein Geburtsjahr!«

»Na, so ein Zufall!«

»Was hast du … was ist dir denn da eingefallen? Das kostet doch ein Vermögen!«

»Das kostet kein Vermögen. Das ist ein Buch. Kein Buch kostet ein Vermögen.«

Er blättert Seite um Seite um, gierig, mit zitternden Händen. Es ist noch schöner, als ich es mir vorgestellt habe. Ich war mir sicher, er würde sich freuen, aber jetzt ist es, als würde er sich in das Buch hineinstürzen. Immer wieder liest er sich fest. Er tippt auf ein Bild und sagt etwas zu mir, zu knapp und zu wirr, um einen Zusammenhang zu verstehen. Beim Foto eines Mannes mit grauem Bart lacht er freudig auf, als hätte er auf der Straße einen lange verschollenen Freund entdeckt.

Seltsam, denke ich. Das ist alles wirklich geschehen, und es liegt so lange zurück. Das war die Welt, in die mein Opa hineingeboren wurde. Er ist selbst ein Relikt.

Ein Mensch, der sein Leben vor sich ablaufen sieht. Diese Bilder drücken in ihm auf einen Knopf. Damals hörte er den Startschuss, und er ist bis hierher gelaufen. Nun sind sie der Startschuss, um sein Leben zu rekapitulieren.

Den ganzen Tag erzählt er. Er erzählt und erzählt, vom Ersten Weltkrieg, vom Zweiten, von Russland, von den harten Zwischenkriegsjahren, von der Zeit nach dem Zweiten Weltkrieg. Entgegen dem, was ich angenommen hätte, sind seine Erinnerungen vor allem bunt und fröhlich. Auch er und seine Freunde hatten Spaß, hatten ein schönes Leben, immer wieder zumindest, Krieg hin oder her.

Seine Augen leuchten.

Er redet sogar beim Kochen weiter. Er kocht sowieso nie etwas anderes als Eintopf, etwas anderes hat er nicht gelernt. Zu Weihnachten gibt es einen, den er am 24. Dezember 1943 in der Ukraine gegessen hat. Ich kann mir ehrlich gesagt ein besseres Weihnachtsessen vorstellen, aber heute verstehe ich zum ersten Mal, warum er ihn mit so viel Liebe zubereitet, warum er jede Zwiebel so langsam kleinhackt, als wäre es ein Gebetsritual, obwohl uns beiden die Augen tränen. Wir müssen beide lachen, so sehr weinen wir.

# ANTARKTIS

Und?

Was und?

Wo bleibt der Tunnel?

Keine Ahnung. Ich hole dich jedenfalls nicht ab.

Wieso nicht?

Weil ich sauer auf dich bin.

Wieso bist du sauer?

Weil dein Sterben ein Fehler ist.

Das war deines auch.

Das würde ich nicht so sagen.

Wie denn dann?

Meines war ein Irrtum. Irrtümer passieren.

Fehler auch.

Ein Genie begeht keine Fehler. Seine Fehler sind auf richtigen Prämissen beruhende Irrtümer, die an der Außenwelt scheitern.

Ich bin eben kein Genie. Das Genie warst du. Das Genie ist schon tot.

Nein.

Was, nein.

Das Genie ist nicht tot.

Du bist also kein Genie?

Vermutlich schon. Hehe.

Was redest du für Zeug?

Ich sagte, das Genie ist nicht tot, weil es da vorne kommt.

Was?

Das Genie kommt, sagte ich.

»Jonas?«

»Ja?«

»Siehst du das?«

Jonas versuchte die angefrorenen Lider zu heben. Es war schwer, aber mit Hilfe der Finger schaffte er es.

Er saß auf einem Schlafsack, der auf dem Eis lag, an Marie gelehnt, die ihn von hinten umschlungen hielt. Alles war weiß. Er konnte oben von unten nicht unterscheiden. Ihm wurde auf der Stelle schwindlig. Er musste sich übergeben.

»Geht's wieder?«, fragte Marie.

»Ich hoffe.«

»Dann schau mal. Dort!«

»Ich sehe nichts.«

»Schneeblind?«

»Nein, es ist einfach nur alles weiß!«

»Nicht ganz. Da drüben. Das Dunkle. Siehst du das auch?«

Erst: nichts. Dann: ein Schatten. Schließlich eine Gestalt, die größer und größer wurde.

»Da kommt jemand«, sagte Jonas.

»Sicher?«

»Kein Zweifel.«

»Das bilde ich mir also nicht ein?«, fragte Marie.

Die Gestalt wurde noch immer größer, selbst als sie eigentlich nicht mehr größer werden sollte. Der Schlitten, den sie zog, sah dagegen aus wie ein Kinderspielzeug. Als sie vor ihnen stand, wirkte sie auf Jonas noch um einiges größer als zwei Meter siebzehn.

»Warum kann es mit dir nie einfach sein?«, seufzte der Hüne.

Jonas wollte mit den Schultern zucken, doch er konnte sie nicht bewegen, er war steif gefroren.

»Das habe ich mich auch schon das eine oder andere Mal gefragt«, sagte Marie.

»Nachvollziehbar.«

Jonas übergab sich wieder.

»Der wird erst mal gereinigt, sonst fasse ich den nicht an.«

»Schade, dass er nicht Birger Burder ist. Den hätte ich mir nehmen sollen.«

»Wer ist Birger Burder?«, fragte Zach.

»Einer, der nie kotzt. Die ganze Familie kotzt nie.«

»Mit wem von euch soll ich jetzt sprechen?«

Marie umarmte ihn. »Gut, dass du da bist.«

»Sieht so aus, ja.«

»Legen wir ihn auf den Pulka?«

»Wieso auf den Pulka?«

»Na, wie willst du diesen Brocken denn sonst transportieren?«

»Na so.«

Als Zach ihn aufhob, musste Jonas lachen.

»Was ist?«

»So hast du mich getragen, als ich mir damals das Bein gebrochen hatte.«

»Bist schwerer geworden.«

Jonas fielen die Augen zu. Er bekam noch mit, dass die beiden über seinen Zustand sprachen, doch es ging mit solcher Rasanz ab in eine tiefe, tiefe Nacht, dass er sofort vergessen hatte, was sie sagten oder wer sie waren oder wer er war.

# WESTSTEIERMARK

In drei Tagen bremst das alte Jahr ab, und wir steigen ins nächste um. Und dann werde ich vierzehn.

Theoretisch könnte ich aus dem Feiern kaum rauskommen. Bloß weiß ich nicht, mit wem ich feiern soll. Markus ist mit seinen Eltern nach Tirol gefahren. Zu meinen Freunden in der alten Schule habe ich den Kontakt verloren.

Ich stapfe hinter dem Haus durch den Schnee. Ich frage mich, was ich zum Geburtstag kriegen werde. Vermutlich Geld. Was nicht unpassend wäre, denn mit vierzehn bin ich geschäftsfähig, darf also Verträge abschließen. Einen Bausparvertrag zum Beispiel. Aber mir ist nicht nach Bausparvertrag.

Ich forme Schneebälle und genieße es dabei, wie meine Hände klamm werden. Ich mag Kälte nicht besonders, aber gegen einen Ausflug in die Kälte habe ich nichts. Manchmal mag ich es sogar, ins Eis zu greifen. Solange ich die Hand wieder zurückziehen kann.

# ANTARKTIS, PATRIOT HILLS

Der Lange hat dir den Allerwertesten gerettet.

Hat den Anschein.

War das notwendig?

Krank kann man immer mal werden. Es war kein Harakiriunternehmen. Habe ich eben Fieber gekriegt. Das kann passieren. Es könnte mir auch der Blinddarm durchbrechen, dafür könnte auch keiner etwas.

Du bist noch immer nicht über den Berg.

Klar bin ich das.

Du hast hohes Fieber.

Ich bin bloß dehydriert.

»Er ist dehydriert, aber stabil«, hörte er Marie ins Funkgerät sagen.

»Was ist kalibriert?«, fragte Birger Burder.

»DU SOLLST DEINE DRILLINGE ZUM FLUGPLATZ SCHICKEN!«

»Was?«, schnarrte Birgers Stimme.

»Ich geb's auf mit dem«, sagte Marie zu Jonas. »Du musst einfach so überleben.«

»Wieso sollte er auch nicht?«, fragte Zach. »Er sieht ja schon wieder ganz gut aus.«

»Also gut würde ich das nicht nennen. Aber ja, überleben wird er es.«

»Er überlebt immer«, sagte Zach. »Er ist der, der überlebt.«

»Der schafft es, am Südpol Malaria zu kriegen, ich fasse es nicht«, sagte Marie und kontrollierte die Infusion, die sie Jonas angehängt hatte.

»Es sind schon seltsamere Sachen passiert«, sagte Zach. »Ich hatte Dengue-Fieber und die Pest. Dengue ist schlimmer.«

»Und er ist am schlimmsten«, fügte er hinzu, deutete mit dem Daumen auf Jonas und stieg in die Maschine, in der Roy die Triebwerke anließ.

# WESTSTEIERMARK

Ich schieße mit Schneebällen auf die Krähen, die den Singvögeln das Futter klauen wollen, das wir ausgestreut haben. Was ja eigentlich komisch ist, Vogel ist Vogel, aber wir wollen nun mal diesem helfen und jenem nicht, weil wir diesen lieber haben als jenen. Das ist nur natürlich. Niemand kann uns Vorwürfe machen, dass wir lieber diesem helfen.

?

Du hast nie Angst vor dem Tod, du hast Angst vor dem Glück, sagte Werner.

Stimmt.

Weißt du jetzt, warum du immer solche Angst davor gehabt hast, es könnte klappen, alles, und du könntest glücklich werden?

Weil ich so große Angst davor hatte, das Glück wieder zu verlieren.

Genau. Und Feigheit ist verboten, wie du weißt.

Absolut richtig.

Wenn du etwas unbedingt haben willst und man es dir gibt, musst du es auch annehmen.

Stimmt.

Hast du das jetzt kapiert?

Ja.

Wirst du dir das merken?

Ich denke, das schaffe ich. Und jetzt lass mich schlafen.

Mir machst du nichts vor. Du willst doch bloß bei ihr noch ein bisschen Mitleid schinden. Am Everest war es wirklich knapp. Das hier, ich bitte dich. Es geht dir ja schon besser.

Stimmt, aber darf ich trotzdem mal kurz schlafen?

Vor mir wirst du dich nie verstecken können, mein Lieber.

Will ich auch nicht. Gute Nacht!

Es ist heller Tag!

Hier ist es immer hell! Gute Nacht!

Nur im Sommer.

RUHE!

## WESTSTEIERMARK

Ich erwische tatsächlich eine. Sie kreischt und flattert auf, um hinter der nächsten Hecke wieder zu landen. Vermutlich ist sie krank. Gewöhnlich erwischt man die ja nicht. Jetzt habe ich ein schlechtes Gewissen.

# KRK

Der Flughafen von Rijeka liegt für mich günstig, nämlich direkt auf der Insel Krk, mit dem Auto keine fünf Minuten von meinem Haus entfernt, das ich mir wieder gemietet habe. Mein Vater kommt mit der Maschine um 7 Uhr morgens an. Wir umarmen uns, kaufen Obst und stellen das Schachbrett auf.

Zu Mittag werden wir hungrig. Bei Tuna kriegen wir Ćevapčići. Mein Vater sagt, das seien die besten, die er je gegessen habe. Tuna verrät ihm, das liege an einem geringen Anteil Katzenfleisch, das er hineinmische. Mein Vater lacht, aber Tuna ist gut, er bringt ihn zumindest dazu, dass er längere Zeit vor sich hin starrt. Ich muss einmal ums Haus gehen, um mich nicht durch meine Miene zu verraten.

»Der ist total verrückt«, sagt mein Vater, als wir zu Hause die nächste Partie spielen. »Bei dem esse ich nicht mehr.«

»Ćevapčići sind ohnehin nicht so gesund. Du musst dich eben an den Fisch halten. Der ist immer frisch.«

Als er einmal über einen Zug so lange nachdenkt, als ginge es um die Weltformel, leere ich im Badezimmer seine Shampooflasche und fülle stattdessen Enthaarungsmittel ein.

Ich bekomme eine SMS. Lemmy Kilmister ist tot. Ich beneide Musiker so sehr um ihre Fähigkeit, Menschen Freude zu schenken. Ein Schriftsteller schenkt nur Verwirrung.

»Kommst du, du Pferd?«, ruft mein Vater. »Was machst du? Jagst du Katzen für deinen Kumpel da unten?«

# ANTARKTIS

»Wir sollten zu dritt sein«, sagte Marie, den Blick starr auf den Sitz vor ihr gerichtet.

»Meinst du das so, wie es sich anhört?«, fragte Jonas.

»Genau so.«

»Wirklich?«

»Jonas, glaubst du, so etwas sagt man zum Spaß?«

»Nein. O Mann. Also ja. Ja.«

»Nein zum Spaß? Ja zum Ja?«

»Ja zum Ja.«

»Schön.«

»Sehr schön.«

»Sehr sehr sehr sehr schön.«

»Aber wieso gerade jetzt?«, fragte er.

»Weil ich es jetzt weiß.«

»Weil du was weißt.«

»Dass du es ja doch kannst.«

»Dass ich was kann?«

»Abgeben. Teilen.«

»Das konnte ich immer. Als würde ich an Besitz hängen!«

»Jonas, davon spreche ich doch nicht.«

»Sondern?«

»Von Verantwortung.«

»Wie meinst du das?«

»Du warst noch vor kurzem anders. Durch die Welt fliegen, allein. Dich in der Welt verstecken lassen, allein. Nichts und nieman-

den dir wirklich nahekommen lassen, keine Schwäche akzeptieren. Du wolltest immer die Kontrolle. Besser alles alleine machen, dann kann man sich sicher sein, dass alles funktioniert. Das ist in manchen Dingen aber idiotisch. Nah. In vielen. Und jetzt habe ich gesehen, dass das nicht mehr stimmt. Du kannst auch zu zweit sein.«

Jonas fragte sich, ob sie damit recht hatte. Aber eigentlich war es ihm egal. Wichtig war das andere.

Vor ihnen raschelte Zach mit einer Zeitung. Roy nieste. Zach sagte Gesundheit und nieste ebenfalls. Er drohte dem Piloten mit furchtbaren Konsequenzen, wenn dieser ihn angesteckt hatte.

»So ein schöner Tag«, sagte Marie und drückte Jonas' Hand, ohne ihn anzusehen.

»Und wieso starrst du mitten in der großen Romantik geradeaus wie eine Puppe?«

»Weil der fliegt wie ein besoffener Weltkriegsveteran und ich sonst kotzen muss, mein Lieber.«

# WESTSTEIERMARK

Uriella hat ein Paar zu Besuch. Es ist offensichtlich, dass ich ihnen im Weg bin. Bei jeder Gelegenheit betont die Frau, was für ein süßer Junge ich bin und dass aus mir einmal ein Hübscher wird. Ich verziehe mich immer wieder in mein Zimmer, aber ich bin ungeduldig, ich will Geburtstag haben und das Feuerwerk sehen, und darauf wartet es sich länger allein als bei den seltsamen Vögeln im Wohnzimmer.

Beim Anblick der Vase in meinem Bücherregal werde ich traurig. Normalerweise hätte ich nicht etwas so Sinnloses wie eine Vase herumstehen, ich stelle mir ja kein Duftgemüse ins Zimmer, aber das ist die Vase, die Suux so geliebt hat. Sie kaufte sich immer selbst Blumen, bis ich irgendwann auf die Idee kam, das übernehmen zu können, zumindest ab und zu. Tja, und jetzt steht die Vase hier.

Vor genau zwei Jahren war ich noch bei ihr. Wir feierten zusammen Silvester, und ich ahnte nicht, dass es das letzte sein würde. Zum Glück wusste ich das nicht, es hätte mich verrückt gemacht.

Langsam ist es nicht mehr so wahnsinnig schlimm, denke ich, während ich die Vase in der Hand halte. Suux ist immer noch da. Das klingt so platt und naiv, aber es stimmt. Ihr Körper ist nicht mehr da, aber dafür wächst jeden Tag meine Gewissheit, sie eines Tages wiederzusehen. Ich weiß nicht, ob das so ablaufen wird, wie sich die Leute das vorstellen, mit Umarmen und Hallo und Willkommen, als kämen wir in einen Kurort nach, in den die anderen vorausgefahren sind. Kann sein, dass sich das auf einer anderen Ebene abspielen wird. Aber ich weiß, sie ist da. Und sie wird da sein. Und ich werde sie wiedersehen. So alt ich auch werde, so viele Erinnerungen auch

vergehen mögen, ich werde sie wiedersehen, und bis dahin bringt es ja nichts, sich über alles Mögliche aufzuregen. Ich schaffe es auch allein.

Und überhaupt. Die Leute haben oft so viel Angst vor Gefühlen. Ich meine, ich bin ein Kind und kann das nicht richtig einschätzen, wie das ist, wenn man erwachsen ist, aber ich glaube, die meisten Leute haben Angst vor Nähe und davor, sich zu verlieben oder so. Weil sie da was aufgeben müssten und weil sie etwas riskieren müssten. Ich sage jetzt einfach mal, dass das ein Riesenfehler ist. Ich glaube, dass man im Leben etwas riskieren muss. Ich glaube, dass man alles riskieren muss. Ich glaube, dass man selbst mit einer enttäuschten Liebe und wenn man unglücklich ist, noch immer glücklicher ist, als wenn man gar nichts ist. Also wenn man so dahinfühlt, ein bisschen hier und ein bisschen dort. Da bin ich lieber ohne M., aber ich weiß in meinem Unglück wenigstens, was das Glück wäre.

Außerdem mag ich Feigheit nicht. Ich bin in manchen Dingen feige, und ich werde das jetzt ändern.

Ich blättere im *Metamagicum*. Es erscheint mir passend, am letzten Tag eines Jahres solch rätselhafte Sätze zu lesen.

*Wären Schriftsteller Bäcker, würde die Länge dieses Satzes genau ein Dutzend Wörter betragen.*

*Was eigentlich kein vollständiger Satz ist, sondern lediglich ein Nebensatz.*

*Würde man die Bedeutungen von »wahr« und »falsch« auswechseln, dann wäre dieser Satz nicht falsch.*

Über den letzten Satz denke ich lange nach. Ich finde, er passt perfekt zum Abschluss eines Jahres. Ich verstehe ihn, und ich verstehe ihn nicht. Aber ich glaube, er versteht mich.

Fünf Minuten vor Mitternacht, fünf Minuten vor meinem Geburtstag stelle ich mich in den Garten, ohne jemandem etwas davon zu sagen. Ich hoffe, dass sie es zu spät merken und nicht vor Mitternacht rauskommen. Danach ist es mir egal, aber in dieser Sekunde,

während dieses einen Moments will ich allein sein. Was man sich zu Silvester um Mitternacht wünscht, geht in Erfüllung. Woran man zu Silvester um Mitternacht denkt, wird passieren.

Und dann geht es los. Überall explodieren Raketen, der Himmel leuchtet und funkelt und blitzt, und unter wildem Getöse schreitet das Neue Jahr ein. Jedes Jahr gratuliert mir die ganze Welt zum Geburtstag. Das muss doch etwas bedeuten.

Alles wird gut, denke ich.

# KRK

Mein Vater hat das Schachbrett aufgestellt. Er schreit, ich sei ein Mistvieh und ein Schaf und solle kommen, ob ich die Sau kämme, ob ich etwa bis morgen warten wolle, bis zum Neuen Jahr.

Nebenan amüsiert sich das Kind über einen YouTuber. Ich höre sein Lachen und kann nicht sagen, was ich fühle. Der Klang dieser Stimme steht für alles, was groß und wichtig ist.

# KRK

Ich schaue auf die Arbeit eines Jahres. Ich denke nicht darüber nach. Ich bin fast glücklich. Dann schaue ich aufs Meer und bin wirklich glücklich. Weil ich so klein sein darf.

Zehn Minuten vor Mitternacht schlüpfen wir in die Neoprenanzüge, die ich für uns beide gekauft habe. Meinem Vater ist das Meer nicht geheuer, er bleibt am Ufer stehen. Das Kind und ich schwimmen aufs Meer hinaus, bis über unseren Köpfen Raketen explodieren.

»Gutes Neues Jahr!«

»Gutes Neues Jahr, Kind!«

»Und alles Gute zum Geburtstag!«

»Danke dir, mein Kind.«

Wir umarmen uns kurz, dann kneife ich das Kind in die Seite, so dass es erschrocken aufquietscht, weil es hier Haie vermutet. Es jagt mich bis ans Ufer. Dort wünschen wir meinem Vater ein gutes Neues. Das Kind zieht mir eins über. Lachend fliehe ich bis zu Tuna, der uns beiden einen Schnaps hinstellt. Wir trinken beide nicht. Das Kind, weil es zu jung ist, ich, weil ich zu alt bin.

Der Wind trägt die Stimmen der Nachbarn zu uns. Trotz der kühlen Temperaturen stehen bei ihnen alle Fenster offen, offenbar läuft eine kleine Party. Sie winken uns, als wir vorbeigehen, wir winken zurück.

»Darf ich noch ein bisschen aufbleiben?«, fragt das Kind.

Ich sage ja, aber ich hätte auch ja gesagt, wenn es sich einen Eisberg oder einen fliegenden Teppich gewünscht hätte. Ich setze mich

in das, was mal ein Wintergarten hätte werden sollen, aber nicht ganz fertiggestellt wurde. Ich schaue aus dem Fenster in die Nacht über mir, die noch immer ab und zu von einem Feuerstreifen zerrissen wird.

Nachbar: Miau! Miau! Komm, Katze, spring auf den Hund!

Mir kommt ein Gedanke. Ich will ihn aufschreiben,

Miau! Miau!

aber jetzt habe ich ihn vergessen.

Mein Vater sagt gute Nacht. Wir wünschen uns noch einmal ein gutes 2016, er gratuliert mir zum Geburtstag. Er ermahnt mich dringend, nicht so oft nackt über den Naschmarkt zu laufen, und bringt auch die Sau ins Spiel.

Einer der Nachbarn furzt, dass man sich Sorgen machen möchte.

»Diese Musik soll an deinem Grab gespielt werden!«, rufe ich.

Die Nachbarn brüllen vor Lachen. Sie laden mich ein, zu ihnen rüberzukommen. Ich sage dankend nein.

Ich telefoniere mit Werner. Er wird sich in ein paar Stunden ins Auto setzen, um mit mir auf Krk meinen Geburtstag zu feiern, deswegen lasse ich ihn nach seiner überschwänglichen Geburtstagsgratulation und der Versicherung, ich sei für ewig sein bester Freund, wieder mit den Leuten allein, die ich bei ihm im Hintergrund johlen höre.

Ich beantworte ein paar Neujahrs-SMS von Bekannten. An meine besten Freunde schicke ich die Nachricht, die ich immer zu Neujahr versende. Sie lautet: Alles wird gut.

Ich sehe fern. Werde müde. Die Nachbarn nicht.

Miau! Miau! Komm Katze, der Hund ist schön!

Das Kind kommt stirnrunzelnd ins Zimmer.

»Wieso miaut der die ganze Zeit?«

»Er will über unterschiedliche Arten hinweg eine Beziehung stiften.«

»Du redest auch nur Blödsinn«, sagt das Kind und geht wieder zu seinen YouTubern.

Ich schaue mir die erste Stunde von *Interstellar* an.

*Interstellar* ist einer der traurigsten und schönsten Filme, die ich je gesehen habe. Ich schaue ihn oft an, und jedes Mal packt es mich am Schluss.

Ich frage mich, wer von den Charakteren ich bin. Oder zu sein glaube. Oder gern hätte, dass mich die anderen dafür halten.

Ich schalte ab.

Lieber 50 Jahre brennen als 100 Jahre lodern, hat James Hunt gesagt, der Formel-1-Weltmeister von 1976. Der hat sich aber verrechnet und ist mit 45 an einem Herzinfarkt gestorben.

Ich denke an früher. An den, der ich war. Der mir einige Probleme eingehandelt hat.

Mit dem, der man vor zehn oder zwanzig Jahren war, hat man ja nicht mehr viel gemein. Er ist ein Fremder. Blöd nur, dass man alles ausbaden muss, was dieser ungeschliffene, kurzsichtige Mensch getan oder gelassen hat.

Kurz will ich mit mir zu hadern beginnen, aber ich entscheide mich dagegen. Ich habe gelernt, den, der ich war, in Ruhe zu lassen. Es hilft nichts, wenn man dem, der man war, dafür böse ist, dass der nicht immer demjenigen gegenüber verantwortungsvoll gehandelt hat, der er wurde. Man muss ein abgelegtes oder überwundenes Ich mit Verständnis und Sympathie betrachten. Der konnte es eben nicht besser. Er hat sicher Gutes gewollt. Und er hat ja keine Katastrophen angerichtet. Oder?

Man gibt sich sich selbst zur Pacht. Man kriegt sich zur Miete. Man leiht sich von einem späteren Ich aus. Ich grüße den, der ich in zehn Jahren sein werde. Ich werde mich bemühen, auf ihn aufzupassen. Soweit das eben möglich ist.

Das Kind kichert.

Mir fallen die Augen zu.

Das Kind lacht.

Der Nachbar schreit, er will die Sonne ficken.

Das finde ich irgendwie gut.